U0635223

世界传世藏书

世界禁书文库

马松源 ⊙ 主编

线装书局

目　录

世界禁书文库

性爱之旅

【美】亨利·米勒⊙著
王　茵⊙译

綫裝書局

一

我与她初次相见，想必是在周二晚上的舞厅里。我估计睡了一两个钟头，早上就梦游似的去报到上班了。这一天梦境般地一晃而过。吃过晚饭，我躺在沙发椅上睡着了。第二天早上六点多醒来，才发觉自己是和衣而卧。我觉得自己精力充沛，心境纯净，满脑子就想着要不惜一切把她得到。我匆匆穿越公园，想着在送她书的同时该献上什么样的花儿，《威斯伯葛．俄亥俄》这本书可是我许诺给她的。我正迈进三十三岁的门槛，而耶稣基督被钉在十字架上受难也是这个年龄。只要我知难而进，直面人生，一个崭新的生活前景就会展现在我面前。这实际上也没有什么冒险可言：处在社会底层的我，再怎么说也是个失败者。

这是个星期六的早上，对我而言，星期六一向是一周里最舒心的日子。当别人因劳累过度而酣然大睡时，我可早就起床了；犹太人的休息天是我一周生活的开始。这种舒心愉快的生活持续了七年之久。当然，这开中缘由我也不清楚，我只知道星期六这一天多姿多彩、顺心如意。我做事从来不计后果，因此要做出非常之举，舍弃一切而明哲保身，实在是一件轻松自在的事。对自己所爱的女人鞍前马后地俯首听命，唯恐失去她，这仅仅是受情欲的驱使。除此之外，与她没有任何瓜葛。

我一早上都在到处借钱，很利落地把书和花儿发送出去，接着便坐下来写了一封长达几页的信。这信将由专人送达，告诉她我会在下午晚些时候打电话给地。我中午下班回了家，坐立不安，烦躁万分，兴奋到了极点。要一直等到下午五点钟才能同她通话，这简直让人寂寞难耐。我就又去了公园，毫无目的地顺着湖边散显，小孩子们在湖中划船嬉戏。我脑子里空空荡荡，什么也不去注意。远处，有人在跳皮筋，这倒使我想起了那充满着梦魇、渴望与懊悔的童年生活。这时，我性情有些急躁，情欲勃发，总想捣点乱子，便想起了过去的某些大人物，想起他们在我这个年龄早已功成名就。这本该有的雄心壮志已消失得无影无踪；我什么也不想干，只求对她俯首听命，求得一夜风流；只想听到她的声音，知道她还在这个世界上，还不曾把我忘记，这便是我生活的全部。以后要能每天给她打电话、能听到她的一声问候，就足够了，我还

有什么可奢望的呢？要是她对我信誓旦旦，而且绝不食言，即使天塌下来我也毫不在乎。

下午五点整，我拨通了电话。不知是谁接的电话，语调冷漠，态度很恶劣，说她不在家。我还想问问她几时能回家，不料对方已经把电话给挂了。一想到她没接电话，我就心烦意乱、痛苦万分。我给我妻子打电话，说不回家吃晚饭了。她听我讲完，仍同往常一样虚情假意地寒暄一番，好像巴不得我迟回去似的。“闭住臭嘴巴，你这母狗。”我挂电话时自言自语道。“起码，我清楚我不想要你，你身上的任何地方都毫无生气。”这时，驶过来一辆敞开门的电车，我连想也没想它要驶向哪儿，就跳将上去，走到车后面坐了下来。恍恍惚惚、无精打采地坐了个把钟头，等回过神来，我认出了临近港口区的阿拉伯人办的冷饮室。于是跳下车，走上码头，坐在楼梯石阶上仰望着布鲁克林大桥那富有生命力的浮雕。离我壮着胆子去舞厅的时间还有一段距离，还要消磨几个时辰。我于是心不在焉地眺望对岸，思绪犹如失去舵的船，在水里漂来荡去，飘飘不定。

后来，我站起身，像一个被施了麻醉刚从手术台上溜下来的病人，摇摇晃晃地离开此地，眼前的一切都烂熟于心，但还是激不起一点儿涟漪。按正常的思维方式，我只简简单单地记些桌子、椅子、建筑物、人之类的东西。我费了好大的劲儿，才将这些印记理出个头绪。空无一人的厂房甚至比墓地还要凄凉可怕。机器瘫痪，这种氛围比死亡本身还要空虚寂寞。我幽灵似的在冥冥之中徘徊。落座，点烟，起身，掐烟，想或者不想，呼吸或者屏声静气，这都毫无二致。你倒地毙命而后来者居上；你螳螂捕蝉却不知黄雀在后；你声嘶力竭几乎欲使死者复生，人们仍安然无恙。交通车辆正在东西行驶，刹那间它又改道南北。一切都依习惯盲目发展。这样，无论是谁都要到处碰壁。有的如苍蝇，碰碰撞撞、东倒西歪地纷纷跌落；有的如蚊子，成群结队地飞来飞去，无可依托。将油腻腻的硬币投入售货机，站着就餐，打着饱嗝，剔着牙，歪戴帽子漂泊流浪，鬼鬼祟祟，蹒跚而行，打着呼哨，以枪弹射入脑部了结此生。下辈子我要轮回变成专食腐肉的秃鹫：我要栖息在高楼大厦的顶层，一嗅到死亡的气息，就立刻俯冲而下。我现在心平气和，吹着轻松愉快的调子。喂，玛勒，你好吗？这时她会露出迷人的微笑，伸出双臂，亲热地拥抱我。我们在强烈照人的弧光灯下独处一隅，周遭弥漫着神秘的氛围，可谓是太虚幻境了。

我登上台阶，走进这个地方。富丽堂皇的舞厅，闺房一般地泛光溢彩、鲜艳热烈。情场老手不计其数，他们的膝部微微弯曲，臀部紧绷，踝部涂成宝石蓝色。在这散发着口香糖的淡淡的香味中，他们一舞步，潇洒地旋转。透过击鼓声，我听到楼下传来救护车的鸣叫，紧接着灭火车呼啸而过，警笛响个不停。这声音淹没了舞厅的钢琴曲，由于这是一大片街区，着火的楼里没有安全出口，舞会被迫停止。她当时不在地板上，可能正躺在床上看书，也许正与一个职业拳击手做爱，或者赤着一只脚，在刚收割后的麦地里疯狂地地飞奔，有个叫科恩·科布的男人正兴奋地紧随其后。我根本不知道她到底在何处；她没出现，可真让我捉摸不定。

我向其中的一个姑娘打听，问她是否清楚玛勒几时回来。玛勒？从来没听说过这么个人。这也难怪，她大约在一小时前才找到这个活儿，正跟头驴似的苦干，把六套羊毛线织成的内衣打成包裹，她怎么会知道呢？何不邀请她跳上一曲——这样，她就会向其他姑娘打听玛勒的下落。我们吃力地跳了支曲子。我甜言蜜语地同她聊天，话题总离不开鸡眼、脚趾囊肿胀以及血管静脉曲张，等等。那些演奏者龇牙咧嘴、表情呆板，眼神躲躲闪闪地搜寻着这闺房里眼花缭乱的一切。那边站着个姑娘，是弗洛莉。她或许能告诉我有关我朋友的情况。弗洛莉咧个大嘴，眼睛青灰青灰的；她刚刚参加了整整一个下午的乱糟糟的宗教聚会，看起来冷若天竺葵。玛勒是否很快要回来，弗洛莉对此清楚吗？她不这样想……她觉得玛勒今晚根本不会回来。怎么啦？她说玛勒与人有约。最好问问这个希腊人——他可是个万事通。

这个希腊人说玛勒小姐会回来的……哦，稍等一会儿。我望穿秋水。姑娘们犹如站在雪地里辛勤苦干，追逐打闹，热闹非凡。子夜时分，还不见玛勒的影子。我缓缓地挪着步子，极不情愿地朝门口走去。有个波多黎各的小伙子站在高高的楼梯口正扯着裤子的拉链。

坐在地铁里，我看着贴在列车尾部的广告，想试试自己的视力如何。我仔细端详着自己的身体，想确信是否沾染上了现代文明人易患的精神失调症。呼出来的气味正吗？心在跳吗？脚背坍凹吗？关节是因风湿病而肿胀吗？有没有瘘管炎？牙槽生不生脓溢？大便干燥吗？要么午饭后疲惫不堪？难道就没有周期性偏头疼、酸性中毒、肠粘膜炎、腰部风湿、胆囊错位、鸡眼或脚趾囊肿、血管静脉曲张？据我所知，我神经方面好好的，不过……唉，其实，我缺少的可是生机勃勃的东西……

我患了相思病，病入膏肓，无药可医啊！一摸头发，头皮屑就唰唰飘落，而且，我会像吃了毒药的老鼠一样倒地毙命。

我身子铅一般重地倒在床上，立刻酣然入睡。这肉身之躯，成了一副配有石制锁头的石棺，倒下就纹丝不动。做梦的人如一缕轻烟，从石棺里升腾而起。在这个世界里云烟氤氲，环来绕去。做梦的人，想寻求一种能够与他的精神实质相契合的肉体的形式；他如同一个绝对高明的裁缝师，接连试穿了几个肉身之躯，都不适合，真是枉费了心机。到头来，他不得不复归自个儿的身躯，又变成铅制模型，俯卧在床，身体僵硬，没有一丝活力，在无聊倦怠中消磨时光。

星期日早上，我从睡梦中醒来，精神饱满，感觉就如一个顶尖儿人物。我面前的这个世界，好似北极地带的处女地，未曾受人染指，清白纯洁。我吃了一些胃药和漂白粉，为的是要清除掉身上残存的无聊倦怠之气。我要径直去她家，按响门铃，推开房门。我在这儿，跟我结婚——要不就杀了我。你可以刺我心脏，戳我脑袋，扎碎我的肺、肾，捣烂肠子，挖眼，割耳，怎么着都行。只要我还有一处存活，你就命中注定逃不出我的掌心，无论今生还是来世，你永远属于我。我天生是一个亡命之徒。剥皮抽筋，杀人越货，什么都做得出来。我贪婪成性，毛发、耳屎、血痂，只要是你的，再恶心的东西我都敢吞进肚里。把你的父亲叫过来，他那些赛马呀、风筝呀、免费入场证呀，我都要生吞活剥，统统吃掉。你坐的那把椅子呢？你最喜欢用的梳子、牙刷和指甲锉呢？统统都给我拿来，我一口就可以吞进肚里。你不是说还有个比你更漂亮迷人的姐姐吗？把她叫过来——我要揍她个半身不前遂。

在无际的沙漠里行进，去那片沼泽地，建了一处孵卵的小屋；这枚卵子发育正常成形，洗礼时被命名为玛勒。从男人体内喷射出的这么一滴精液居然能创建如此神奇的生命！我信奉圣父上帝；信奉他那唯一的圣子耶稣基督；信奉天国的精灵——保佑众生的玛丽亚；信奉人类的始祖亚当；我什么都信奉：铬金硬币、氧化物和红药水、水禽和水芥子、癫痫病发作、淋巴腺病疫、行星的会合、小鸡的爪印和投掷杆、剧烈的变革、股票狂跌、战争、地震、飓风、蔬菜、呼啦圈舞。这些我都信奉，我都信奉。我信奉是因为如果不这样，我这肉身之躯会变成铅砣，俯卧在床而且躯干不能弯曲，永远是这么半死不活，打发着无聊倦怠的时光。

我望着外面那具有时代气息的风景。田园里的牲畜、庄稼、肥料以及在废墟中盛开的玫瑰花，哪里还有它们的踪影？映入我眼帘的无非就是铁路、加油站、水泥建筑群、铁制横梁、高耸的烟囱、机动车辆、墓地、厂房、货栈、小作坊、专用空地，甚至连只山羊也看不到。我心里很明白，这些景物昭示于人的只是颓废、衰败和死亡。三十年了，我整天都背负着给人带来苦难、耻辱的铁十字架。摸不离地服务但毫无虔诚之心；出力流汗却没有任何回报；歇息睡眠却清楚心里得不到片刻的宁静。仅仅是占有她、爱她或者被她爱，我为什么就该相信这 一切都将发生翻天覆地的变化？

除了我自已，天地万物依然如故。

当我走近这座房子，就看到有个女人在后院里搭晒衣物。她斜侧着身；毫无疑问，这肯定是那个在接听电话的奇特而陌生的女人。我不想碰到她，不想知道她是何人，也不想相信我的猜度。我绕过她，再次来到她家门口时，她就不见了，而我也有些胆怯了。

我犹豫不决地按响了门铃。门猛地打开，有个魅悟的年轻人堵住门口。她不在，什么时候回来很难说，你是谁？找她干什么？再会，砰！这门差点儿贴在我脸上。年轻人，你会后悔的终究有一天要用枪把你的下身那一团肉打飞……咱们走着瞧！谁都要时刻警惕，谁都要被杀死，谁都要接受如何躲避、逃生的训练。没人知道到玛勒小姐身在何处，也没有人知道她可能出现在何处。玛勒小姐犹如随风飘放的火山灰，无处不在。犹太人安息年的第一天我就如此失落和悲惨。这个星期日给非犹太人、和亲戚朋友们带来了晦气。死神降临到所有的基督兄弟们身上！死神降临到我们这个善于伪装的现世社会！

一连过了几天，我还没有听到玛勒的任何消息。我妻子离开餐厅后，我要在厨房里给她写上几十封信。我们住在卧室和阴暗的用赤褐色砂岩盖的房子的地下室里，我俩犹如这儿的邻里，很不正常，老死不相往来。我老婆总是在我跟前愁眉苦脸、唉声叹气的，我受不了，经常得耐住性子写下去。只有一次我破了她那神经兮兮的咒语；那次我发高烧持续了好几天，我一不去看大夫，二不吃药，三不加强饮食营养。楼上屋子的角落处摆着一个大的床，我就躺在上面，终于治好了置我于死地的谵妄症。我从儿时起就从来没有得过疾病，这种经历值得津津乐道。要在人群里挤着去厕所犹如要通过航船上所有复杂的通道，跌跌撞撞，蹒跚而行。几天里我体验了好几种生活，我那唯一的假期就是在被称之为家的坟墓度过的。我能够耐着性子呆下去的另一个地方就只有厨房了。这个地方很舒服，跟单人牢房差不多。我就像囚犯，常常只身一人坐到深夜，心里盘算怎么逃生。我的朋友斯坦利偶尔来陪我，他这人心术不正，言语刻薄；常说我命运坎坷，多灾多难，总想摧毁我的希望。

就在这儿写信，我才能写得最狂热、最充满激情。任何一个人，如果认为自己不堪一击、不可救药的话，他都能够从我身上获得勇气。一只刮纸的钢笔、一瓶墨水以及几片稿纸——这些是我仅有的武器。只要是我想到的，无论有没有意义，我都会记下来。等我把信寄出，我就上楼，躺在老婆身边，睁大眼睛，死死盯着黑暗处，好像非要从中看到未来的样子。我总是地这样想，假如一个男人，一个像我这样对爱情忠心耿耿然而前途渺茫的男人，全心全意地爱上一个女人。如果他乐意削掉双耳寄给她，如果他愿意倾出满腔热血写成血书，使她充分了解他的需要与渴望，愿意永远侍其左右。如果这样，她就不可能对他加以拒绝。要是他乐意为爱情奉献出最后一滴血，那么长相最丑的人、最软弱无能的人、最不引人注目的人就必定能获得成功。面对这刻骨铭心的爱情表白，没有哪个女人能够招架得住。

我又去了舞厅，见有留给我的便条。一见到她那熟悉的笔迹我就激动得发抖。上边说得简单明了。她约我第二天晚上在泰晤士广场那儿的杂货店门前见面。我就不必给她家写信了，这太让我高兴了。

会面时，我口袋里还剩不到十块钱。她应酬得很好，热情而又诚恳。她没有提及我去她家，以及给她写信、寄送礼物的事。她聊了一会儿就问我愿意去哪儿散散心？我一点儿也不知道如何是好。她活灵活现地站在那儿，跟我说着话，眼睛盯着我，这真让我受宠若惊，不知所措。“咱们去吉姆·克利那儿吧！”她算是给了我台阶下。她挽着我的胳膊，走到有出租车的地方。我的身子陷进车座里。她只是出现在我面前，却使我心慌意乱，不知所措。我不敢亲吻她，连握她的手的勇气也没有。她能来，我就谢天谢地了。

我俩吃着、喝着、跳着，一直玩到凌晨。我们心灵相通，无所不说。我对她自己以及她的现实生活的了解与以前一样，没什么进展。这倒不是因为她秘不示人，而是因为她的现实生活相当充实。这样，昔日经历与未来前景就显得微不足道。

服务员送来的账单简直是要我的命。

为了磨蹭时间，我又多点了些水酒。实话实说，说我身上只带了两三块钱，她提出让我给他们支票，说支票兑付绝对没问题。我解释道自己没有什么支票，只有薪水。总之，我已把钱花得精光了。

刚才向她坦言窘境时，我心里就萌生了一个念头。我找了个借口就去电话亭打电话。我接通电报公司的总办事处。夜班经理是我的朋友。我恳请他让一名仆差带一张五十元的支票，马上赶到我这里。他可以去柜台借这笔钱，他也知道我不是欠债的主儿，但我还是向他诉说了不幸，并保证明天天黑前归还借款。

送钱的人是我的另一个好朋友。这老头叫克瑞顿，以前可是个什么都精通的部长。看到我在这样的地方呆到这时候，他似乎非常惊奇。我在账单上签着字，他低声问我五十块钱够用不够用。“我可以把自己的钱借给你，”又说，“我很乐意帮助你。”

“你有多少钱?”想到我上午可能还有事要干，转头问他。

“我可以借给你二十五块。”他欣然说道。

我接过钱，对他千恩万谢。我付了账单，塞给侍应生一笔小费，同经理、助理、保安人员、戴帽子的收银小姐、门卫一一握手告别，也同伸手索要钱财的乞丐握了握手。我俩钻进出租车。车一开动，玛勒就迫不及待地扑向我，分开腿跨在我身上。我俩手忙脚乱地做爱，车子开得晃来晃去，牙齿磕磕碰碰，舌头搅咬在一起。她浑身湿漉漉的、热乎乎的。天刚蒙蒙亮，正当我们从河边一个热闹非凡的市场穿过时，我瞥见有警察站在路边，心里咯噔一下。车子急驶而过，“天亮了，玛勒。”我说得慢条斯理，竭力放松着我的紧张神经。“等等，我还要。”她紧紧搂着我，兴奋不已、气喘吁吁地央求道。她不停地求欢，性高潮持续了好几次，差点儿要把我挤成干柠檬。高潮过后，她从我身上溜下来，重重地栽进车座里，衣服仍撩到膝上，我俯身拥她入怀，手在她那湿漉漉的身上来回抚摸着。经过这一番的纵情恣意，她水蛭般地紧紧贴在我身上，不住地扭动着柔嫩光滑的腰肢。她兴奋地颤抖、痉挛，不能自已。接二连三的性高潮过后，她犹如被猎获的母鹿，精疲力竭，全身瘫软地倒在一边，有气无力地笑着。

过了一会儿，她掏出小镜子开始化妆。她的头猛然向后一扬，我突然觉得她的面部表情骇人。化完妆后，她跪坐在车座上，眼睛盯着后窗外面。“有人在跟着我们，”她说。“不要看!”刚才云雨了一番，我倍感舒适，也累得够呛。“真有点儿神经病。”我心里自忖道，但什么也没说，就这么入神地看着她的一举一动，她说话像连珠炮似的，给司机乱指一通，话说得越来越快。“请往这儿开，请。”她恳请司机，好像是到了生死关口。“夫人，”我听见司机说话的声音好像隔了千里之遥，从另外一个世界的机动车里传来的，“我再也不能由着你了……我有妻有子……很抱歉。”

我拉着她的手，轻轻地按了按。她沮丧地打着手势好像是说，“你不知道……你不知道……这太可怕了。”现在可不是问她原因的时候。我猛然意识到我俩处于危险境地。我眼观六路，耳听八方，由着自己的暴烈性子决定何去何从。我反应敏捷……没人跟踪我们……那只不过是服用可卡因和鸦片酊后的幻觉……但是，是有人跟在我们屁股后面，绝对没错……她在犯罪，很严重，可能还罪行累累……她说什么也是白费口舌……我说谎可是张口就说……我正同一个非常夸张的怪物谈情说爱……我现在就该抛开她，马上就这么做，没什么好解释的……不然，我只有死……她实在是难以捉摸，我难以与她抗衡……我应该清楚，大多数世上的女人，一到了我离不开的地步，就被罩上了一层神秘……马上出去……开门跳车……自我救赎吧!

我觉得她把手放在我腿上，不知不觉地提示了我。她面容倦怠，又大又圆的眼睛闪烁着天真无邪的光彩……“他们溜了，”她说，“现在平安无事了。”

我心里想，世上的事根本没有一帆风顺的，我们现在才刚刚开始。玛勒，玛勒，你要把我带到哪儿去?运气不好，凶多吉少，但我还是要死心塌地地跟着你，只要你愿意你就可以同我结婚，倘若我残了、废了、瘫痪不起，你就把我交给我的父母。我们之间还没有充分地了解。我觉得地面正从我脚下悄悄地松动滑行……

无论是在当初还是后来，她从来看不出我的想法。她好像长着触角，盲目地探测我的意图，探得很深却不仔细思考。她清楚我是本来想摧毁一切，连她也要干掉的。不管她虚情假意地跟我兜什么圈子、玩什么把戏，她心里明白自己与我正是棋逢对手。我们准备在房子那儿停留呆一会儿。她紧紧地贴着我，好像安了一个她随意控制的开关，那非常灼热的爱情之光激发了我的欲望。车停了下来。她又让司机把车停放在不远处的街道上等我们。我俩四目以对，双手紧握，促膝而立，血管里流淌着火

一样的激情。我们就这样在某种古典爱情的氛围中默默地伫立良久，直到汽车的引擎声打破了这份儿宁静。

“明天给你打电话，”说着，她很冲动地靠着我，又拥抱了我一次，然后，在我耳边柔声细语地说，“我正爱着世界上最奇怪的男人。你老吓唬人，也很温柔。抱紧我……永远相信我……我老觉得同自己的偶像呆在一起。”

她激情似火。我抱住她，浑身抖动不止。注入我心田的这席话使我思绪万千，激动万分。我从小时候起就到大街上审视自我，这种心理上的压抑以及竭力显示内心欲求而不能的受挫感，现在突然迸发出来，直冲云霄。我对自己不熟悉的以及与生俱来所掌握到的书本知识，能提出某种独到而新颖的见解，才思敏捷得令人惊讶。

睡了一两个钟头，我就去报到上班。办公室里挤满了许许多多的求职者。电话同往常一样响个不停。要在这儿一辈子没完没了地填补空缺，没有任何意义。这个规模宏大的电报公司的官员们早已不注重我了。不过话说回来，这个领域联结的就是电线呀、电缆呀、滑轮呀、电话呀，天知道还有什么稀奇古怪的玩艺儿。我对这工作还看不上眼呢。唯一能引我兴趣的就是工资——我们天天对奖金唠唠叨叨。我还爱干另一件子事儿，挺损的，暗地里伤人。斯皮瓦克是个研究人力资源效率的行家里手，公司那帮人把他从另一个城市请来专门暗中监视我，我对他怀恨在心，向他发泄着不满情绪。只要斯皮瓦克一露面，不管他的办公地点离我有多远，别人都会告诉我。以往，我就像撬箱盗柜的贼，躺下睡不着，翻来覆去地想我怎样能给他使个绊子，让他呆不下去。我发誓地要精心策划把他毁掉。使我高兴的是，我曾冒名伪造信件寄给他，让他上当受骗，出尽洋相，招来没完没了的烦恼。我甚至让人们给他写恐吓信。让我的帮凶柯里时不时地给他打电话，就说他家房子着火了，或者他老婆已经被送往医院了——只要搅得他心烦意乱，让他徒劳地东奔西走，干什么都行。我从这种诡计多端的交战中受益匪浅，在这非常时期增长了才干。我父亲总是对我说，“最好把他的名字从名册上划掉，他永远不会付钱的！”我就如同一个年轻的印第安战士，反复想象着要是这个老练的头目交给他一个在押犯并说，“他的脸苍白可怕，把他杀掉吧！”这该多好呀（我想了上千条既能折磨人但又不犯法的计划。有些人我压根就不喜欢，等他们把零零散散的债务早早还清后，我就给他们些颜色看看。而我特别憎恨的人呢，等他一收到我的匿名信，而且信上涂抹着猫呀、狗呀以及其他几种动物的粪便，当然也有最能达意的人的大便，这封信极尽污辱之能事，他准会中风发作而死）。

所以，斯皮瓦克正好撞到了我枪口上。我把全部工作的精力都集中到搞垮他的唯一计划上。平常见了面，我对他毕恭毕敬，摆出一种急于同他在各方面精诚合作的姿态。尽管从他口中蹦出的每个字都气得我血液沸腾，但我从来不跟他发脾气。我尽可能地把他捧得高高的，助长他的嚣张气焰。这样一来，等时机成熟，我找个茬儿挫挫他的锐气，他就会臭名远扬，一败涂地。

临近午时，玛勒打来电话。这次电话可能说了十五分钟，我想她不会挂掉电话的。她说自己又重新拜读了我写的信，还挑了几封、甚至大部分信件大声念给她的姑妈听（她姑妈说我肯定是个诗人）。我借钱的事让她心烦。我真的能把钱还上或者她需要想办法帮我借些钱吗？我就该是个穷光蛋，简直不可思议——我言谈举止与富人，然而我身无分文她心里就高兴。我们下次要坐电车去某个地方转悠。她才不稀罕什么夜总会呢；她更喜欢在乡下漫步散心或者沿着海滩散步。这本书太精彩了——她今天早上才开始读的。我怎么不试着写一写呢？她坚信我能写出个精彩的文章。我们重逢，她就会向我说起对一本书的想法，要是我乐意，她就引荐我认识一些她熟知的作家——他们很愿意帮助我……

她就那样东拉西扯，没完没了。这真让我毛骨悚然，苦不堪言。我倒希望她能够把想法记录下来，但她说自己很少写信。我为什么就不能领会呢？她伶牙俐齿，令人叫绝。她说起来漫无边际，不知所云，煽动性极强，要么一下子就进入一种激情迸发、活力十足的状态。这样好的语言技巧，熟悉写作技巧的作家得苦熬几年才能修炼成功呀！不过她也写信——记得当我打开她的第一封信的时候我就惊讶不已——整篇文章中满是稚气呀！

而她的话却产生了意外的效果。那天吃罢晚饭，我没有同往常一样马上冲出家门，而是摸黑躺在沙发椅上陷入沉思。“你咋不试着写写呢？”这句话一直萦绕于耳，整天让人放不下。你口出此言时，正是我要对你表达谢意的时候；那是我蒙受欺骗之后，向我的朋友马格瑞哥索要了十块钱，你后来替我还了账。

在黑暗中，我开始审视自我，想起那无忧无虑的孩提时代。在漫长的夏季，母亲常常牵着我，越过大片田野去看望我的伙伴乔伊和托尼。我年纪还小，不可能理解优越感带来的快乐所在。这种优越感似乎使我具备了智力正常、天资健全的品质。这就能使一个人同大伙儿玩得开、合得来，同时也能使他审视自己的这种参与感。以我当时的年纪，我当然意识不到我会比别的孩子玩得开心、尽兴。随着年龄的增长，我才慢慢明白自己与其他人的差异。

我认真考虑过写作这个问题。它一定是一种缺乏愿望的行为。这个词，犹如海水深处的激流，靠着它自身的力量慢慢浮现。天真无邪的儿童就没有写作的欲求，而一个命运坎坷的人，他写作就是要把积淤于胸中的怨恨、愤懑发泄出去。他一直都在极力地寻求失去的童真，然而，他这样做的成功之处无非就是把他的幻灭感带来的阴暗心理灌输给世人。一个人如果有勇气，为着他的信仰生活下去，他就不会在纸上涂写

只言片语。源头无活水，也就产生不了真实的创作灵感。如果他想营造真、善、美的生活，何必要用千言万语来隔离这个真实的现实生活呢？同别人一样，他真正的欲望是权力、荣誉和成功，如果不是这样，他又何必耽于行动。“书是人类耽于行动的产物。”巴尔扎克这样说，然而，领悟了这一真理，他却一改善良的本性，不知厌倦地干着魔鬼的勾当。

作家要寻求公众支持，其手段之卑鄙，无异于政治家或者其他江湖骗子；即便再推延一千年，他也乐意给人指点江山，以医生的身份开处方，为自己赢得一席之地，被大家供奉为权威，生活在阿谀奉承之中。他不愿意看到现实生活日新月异的变化，因为他明白自己永远适应不了。他想虚构一个世界，在这个世界里，他是幕后操纵者、无冕之王，靠实力来支配它。想到要生活在这刀光剑影、尔虞我诈的现实世界里，他就害怕，所以他就想在这虚构的作品中，阴险地支配着芸芸众生。的确，与别人相比，他能把握住这个现实社会，是很了不起的，但他从没想过将这美好的现实生活融进他的艺术世界。等发生了天灾人祸，他愿意干的无非就是宣传说教，作壁上观。他是一个给人带来不祥和灾难的毫无道义感的预言家。别人总是谴责他、排挤他，尽管他们力不从心，难当大任，但他们随时准备为这世界上的突发事件承担责任。真正伟大的作家不想动笔：他希望这个世界成为一个他想象中的那个地方。他颤抖着手抬笔写的第一个词便是天使受到重创时所说的话——痛苦。创作的过程如同给自己注射了麻醉药。当作家笔下洋洋洒洒，注意到一部作品日渐其厚时，他就会洋洋得意，一副天下滔滔、舍我其谁的模样。“我也成了统治者——可能还是全世界最伟大的统帅！我的时代就要来临。我要用语言的魔力征服世人……”

“为什么不试着写写呢？”这个短句子一开始就在我脑子里萦绕，搞得我晕头转向，不知所措。我希望让世人得到美的享受而不是奴役他们的心灵；我希望过上高贵、豪华的生活，但我不损人利己；我希望能马上激发世人的想象力，因为没有整个社会的支撑，没有使想象力一体化的群体，想象力的自由就会泛滥成灾。我写下“本质”同为上帝写下“本质”一样，谁都不会放在眼里。字的本身产生不了个体、准则、思想。有意义的只是那些包含上帝在内的东西——这是世人共识的。人们总是为天才的命运担忧，而我从来不，很简单：天才总是为天才着想。我从来不关注别人。对生活在迷途中蹒跚而行的平民百姓来说，谁也不会关注他们的出现。天才很难互相勉励。可以这样说，所有的天才都是水蛭。现实生活的血液是他们共同吸食的源泉。天才的当务之急就是要当个废物，与别人想法如出一辙，不要像个怪物标新立异。我考虑过，写作使我获得的唯一好处就是抹掉了与同伴之间的差异。从某种意义上说，艺术家就是想法奇特、天马行空、不食人间烟火的人，我肯定不当这种艺术家。

成功的写作，可不是那种砌砖弄瓦的体力活，将词与词堆积在一起就行了，而是开始就非常艰辛的工作。作家在沉思默想中、在梦乡里以及头脑清醒状态，不管在什么情况下吧，写作都能够进行。简而言之，写作就像女人怀孕。谁也未曾记录下他原本要说的一切，即原始的创作冲动，这种冲动无大小、形状、秩序之分，混沌一片，无论作家动不动笔，它都一直贯穿在创作的过程之中。创作伊始，靠的是艺术的创造力而不是什么天分。在这种状态下，作家根本无法捕捉那短暂即逝的想法；作家内心唤起的是昔日的记忆、创作的素材或者上帝等诸如此类的永恒，这时候，作家才能感情迸发，全身心地投入写作。语词、句子、思想，无论作家构思得多么精心别致，那恣意奔放的诗歌、意味深长的梦境、虚无缥缈的想象，都不过是粗糙难懂的符号，这种符号是人们为纪念一件事而难以言传的痛苦和悲哀。在一个文明有序的社会，不必为表达如此非比寻常的偶然事件而进行非理性的尝试。实际上，这也没有多大意义，因为人们如果仅仅要使艺术显得逼真，那么，当每个人对现实生活随意取舍进行创作时，谁会对这虚幻的作品满意呢？比如，当他自己也同贝多芬一样刻苦努力，发奋图强去记录那迷人的和声音节时，谁还会赶着去听贝多芬的演奏呢？一部伟大的艺术作品，如果它能达到一切目的，足以使我们铭记在心就好了。否则的话，我们的梦想必然是天马行空、无迹可寻的。说到这个艺术世界，人们对此知之甚少，理解不了其中的奥秘，只能是接纳或者弃之如草芥。要是前者，我们就能恢复元气、获得新生；倘若是后者，我们就会弱不支势、名誉扫地。无论艺术的意蕴是否存在，它总是难以言表的。总之，我们投身于艺术是由于我们渴望摒弃现世的生活。如果我们完全视自身为艺术品，那么实际上，这整个艺术世界就会枯竭而日渐衰亡。我们每一个凡夫俗子，当闭上眼睛、俯卧着身子时，一天至少要懒洋洋地运动几个小时。总有一天，人人都会神志清醒地掌握做梦的技巧。一旦人们神志清醒并且都在梦想着电力通信的实现（与他人和与具有感召力的人物通话），那么，创作就无异于傻瓜声嘶力竭的喊叫，而书籍也就会早早地销声匿迹了。

我沉浸在对辉煌时期的模糊记忆中。我对创作的各个方面烂熟于心，但没有掌握甚至也不情愿去精通这种拙劣的写作技巧。名家大师在这方面特别能下苦功，而我以前对此不以为然，十分厌恶。我对大厦正门的构造一无所知，但对整个建筑物的构造却指手画脚、吹毛求疵。倘若我只是这古老教堂里的一小块砖，心情肯定比以前愉快；哪怕是这座建筑物的一小丁点儿呢，我也就具有这座建筑物的灵魂。然而我是个门外汉，是个连草图也勾勒不出来的无知者，更不要说对我梦寐以求的这座大厦进行一番整体规划了。我梦见自己置身于一个前所未有的多姿多彩的世界。可是一开灯醒来，这个梦中世界便轰然倒塌。虽然它消失得无影无踪，但绝不会一去不复回，因为我唯

一能做的便是重新入睡，双目圆睁，死死盯着暗处，这个梦中世界再次浮现……梦中的世界完全与于我生活中的任何一个领域。我认为这不属于我一人独有——只不过是我的想象力超乎寻常罢了，艺术是个性化的产物。要是我用独特的想象力来高谈阔论；那就谁也不明白；我就筑起了高楼大厦而且让人无形可循。这种想法总是萦绕于我脑中。搭建一个无形的高堂庙宇，到底有何惠益？

因为那句话，我的情绪一直在波动起伏。不管什么时候，只要一出现“写作”这两个字眼，我便会陷入这种思考中。这十年里，我不时地硬着头皮努力写作，也许也写了百万多字吧！你不妨可以说成百万片青草。让人注意到这乱蓬蓬的草场可真让我下不来台。我所有的哥儿们都知道我热衷于写作——对写作的热爱常使我与大家伙合得来。比如埃德·哥瓦尼，他就正向牧师这方面努力：为使我能从中汲取艺术的养分，他特地在自己家里为我开了个小型聚会；结果，我在大庭广众之下抓耳挠腮，非常尴尬，本来一个好好舞会却让我搞得不欢而散。他为了显示自己对高雅艺术的兴趣，隔三差五地带些冷冻的三明治、提着苹果和啤酒登门拜访，有时就拿一盒子雪茄烟。我就可以饱餐一顿然后张着大嘴地高谈阔论。倘若他有一丁点儿才华，就绝不会想着要当什么牧师……在北美宇宙精灵电报公司，有个叫泽布若基的，是个出色的电报操作员。他总要把我的鞋、帽、大衣检查一番，看看这些东西还能不能穿。他没有时间看书，也不关心我写的是什么，该进展到哪儿了，不过，他喜欢听我给他讲。特别能引起他兴致的是马、云雀。只要不误事，他就听我聊，开心解闷儿，必要时，还犒赏我吃顿丰美的午餐或者给一顶新帽子。他好像是外星人，所以我给他讲故事总是兴味盎然。他总是能巧妙地岔开话题，问我爱吃草莓酱还是冰冻乳酪甜点心……柯斯帝根，从约克维尔来的，是个四指关节上套着铜套的打手，这又是一个可以信赖的人，不过这老家伙挺敏感的。他曾认识一个为《治安报》写稿的作家，这倒使他觉得有资格寻找一批志同道合的人。如果我愿意屈尊洗耳恭听，他就告诉我一些肯定以产生轰动效应的故事。柯斯帝根这一着怪招激起了我的兴趣。他这个人看起来蔫不唧唧的，老态龙钟，满脸粉刺，毛发又粗又硬；不过他温文尔雅，和蔼可亲，以至于他要男扮女装的话，你绝对看不出来他能把人摔到墙上，揍他个脑袋开花。这家伙挺不容易的，能咿咿呀呀地给你唱上一段，然后用募集到的巨款给死人买上个花圈。在电报公司里，大家都认为他是个时刻把公司利益挂在心上的、安分守己、办事牢靠的职员。可是在不上班时，他就无恶不作，害得邻里街坊鸡犬不宁。他有个妻子，未婚前娘家的姓是提里朱庇特；她长得形如仙人掌，很有肉感。晚会要是有他俩在场，我就坏点子特多，总想毒箭伤人。

屈指一数，我可能有五十多个朋友和拥护者，其中有三四个人对我现在的所作所为多少有些了解。这几个人中，有个叫拉瑞·汉特的作曲家，住在明尼苏达州的一个小镇上。我们曾租给他一间房子住，可他得了便宜卖乖，爱上了我妻子，因为我待她太不人道了。但他更喜欢我，等他返回到小镇上，我们就开始通信，而且信件逐渐增多。他在信中闪烁其词，想马上返回纽约拜访我们。我巴不得他马上来这儿把我妻子从我身边勾走。前几年，我们的婚姻刚刚破裂时，我就想尽各种办法拿她当欺骗她的老情人，他叫若纳德，家住纽约州的北部地区。若纳德曾来过纽约向她求婚。这小伙子看起来不那么笨，是那种认准一条道儿要走下去的主儿，所以我说话要有水平，做到滴水不漏。就这样，我们三人碰了面，在一家法国餐馆吃饭。从他那望着莫德的眼神中，看得出，他比我更能与她合得来。我非常喜欢这个小伙子；他干净利落，老实厚道，待人体贴入微，堪称模范丈夫呀！更可贵的是，他等了这么久。有件事她早已忘了，否则，她再也不会与我这种一文不值、待她刻薄的狗崽子过日子了……那天晚上有件怪事，她只要能想起来就绝不会饶恕我。我没带她回家，反而同她的昔日情人回到旅馆住下。我同他坐了一整夜，尽力使他相信他是个很不错的人，我把自己对她、对别人的罪恶行径都一股脑儿地倒给他，给他说好话，恳求他把她带走。我知道她爱他，这是她亲口对我说的，我把话都说到这种程度。“她恰恰嫁给我是因为我正好撞上了，”我说。“她是真心实意地等着你。给了你这么个好运气。”但是，他不愿意听这些。好像我说的是连环漫画的戈斯顿和奥福斯，既滑稽可笑又哀婉动人，总归一点儿也不真实。这种事就如在电影院里，人们掏上钱才能看得到……不管怎样吧，考虑到拉瑞·汉特的来访，我知道不用对这档子事儿再啰嗦了。我担心的是他可能会同时找另一个女人，倘若是真的，他真该千刀万剐的。

我爱去一个地方（在纽约仅此一个），尤其在我极其兴奋的时候更喜欢去那儿。那个地方就在住宅区，是我朋友乌瑞克的画室。乌瑞克这个人可是个好色之徒；他利用职业之便可以接触脱衣舞女、浪荡婊子以及各种各样的性生活极不检点的女人。她们个个性感迷人，身材颀长，貌若天仙，走进他的画室就宽衣解带。我更喜欢这些尤物中的混血儿少女，而他似乎对此习以为常了。让她们给我们摆好身姿可不是一件容易。有一次，我们哄她们摆摆姿势，想办法让她们把一条腿松松垮垮地抬到椅子上，最大限度地露出那片艳肉，这可把我们难坏了。乌瑞克可是满脑子下流念头，只要他想搞恶作剧，没有不成的。别人托他描红画绿时他才没有这念头（他为一些杂志设计封底，报酬丰厚，能做几桶美味的汤或者玉蜀黍）。他真正在意的是画女人的阴户，你可以把这些千姿百态的阴户贴满卫生间的墙上，这样，大便时肯定会轻松愉快、妙不可言。要是有些女人让他管顿饭或者给些零钱花花，他可有办法让她们心甘情愿地白干。我刚才就说了，他有让女人露出隐秘部位的超凡才华。等他把模特儿摆弄成奇形怪状的

姿势例如弯着腰要去捡发夹，要么爬上梯子清洗墙上的斑点，他就给我画本和铅笔，暗示我选好角度，装模作样地画人体像（我可是力不能及），这样，我就可以饱览女人展现出来的那个部位的构造，而画纸上却画了些鸟笼、棋盘、凤梨以及小鸡的爪痕。歇息片刻，我们就会别出心裁地帮助模特儿恢复到原来的姿势。乌瑞克必然想出某种微妙精巧的办法，比如让模特儿把屁股蹲低或者蹶起来，把一只脚抬得高一些，双腿撇开一些等等。“我看，就这样最好，露茜，”他边说边麻利地把她摆弄成淫荡勾人的姿势。“这架势能保持住吗，露茜?”这个时候，露茜就会满口脏话地抱怨个不停，看来，是把她摆弄好了。“我们不会让你太辛苦的，露茜，”说着，他诡秘地朝我眨眨眼。“观察一下阴道的径度。”他用露茜怎么也听不懂的专业术语对我说着，对“阴道”这样的字眼，露茜听起来简直就是一种悦耳动听、轻松迷人的叮铃声。一天，我们在街上碰到她，我就听见她跟他说道，“乌瑞克先生，今天要做阴道操练吗?”

与其他两个哥儿们相比，我与乌瑞克更容易相处。我觉得他代表着温文尔雅、思想开放的欧洲。我们花上几个小时谈论关于艺术与生活有某种联系的另一个世界，在这个世界里你可以静坐在大庭广众之下观察这短暂即逝的景象，冥思苦想一番。我最终会成功吗？是否为时已晚？我该怎么生活？我要用什么语言？当我实实在在地思考这一问题时，它似乎给人一种幻灭感。只有勇敢、无畏的人物才能实现这样的梦想，乌瑞克卧薪尝胆一个春秋做到了这一点。十年来，他为了梦想成真，做了违心之事。现在这个梦想已经结束，他的生活又恢复了原貌。实际上比以往更倒退，因为他再也不适合干这种单调乏味的工作了。对乌瑞克来说，这个梦想就是犹太人每隔七年让土地休种一年的时期。随着岁月的流逝，梦想渐渐让人们产生痛苦、怨。恨我绝不步乌瑞克的覆辙。我永远不能为这种梦想做出牺牲，也不满足于这或长或短的唯一休整期。我的生活原则历来是不留后路、破釜沉舟，我永远面向未来。一旦失败，那可就是毁灭性的打击。一旦惨败，我就干脆承认自己是个草包，然后我再养精蓄锐，以图东山再起，这一点我比任何人都做得好。有时，这种反弹颇似演出中的慢动作，但是在上帝的慧眼中，成功没有什么特殊的意义。

不到几个月的时间，我就在乌瑞克的画室里写完了我的第一部书——关于十二名信差的故事。我以前喜欢在他弟弟的房子里写作，在我之前有位杂志编辑就在这儿小住了一段时间，我还没写完，他就读了几页，然后冷酷无情地说我腹中无物，对写作一窍不通——总而言之，我是个十足的笨蛋。他说，小伙子，你现在最紧要的是要忘掉写作，老老实实地做人吧！又有个不够数的家伙，他因写了一本有关基督木匠的书就变得大红大紫了，也认为我不是写作的料，但是，如果退稿单也是这个意思，那就足以证实人家洞察入微，对我的非难是对的。“这些讨厌鬼是谁?”我常对乌瑞克说。

“他们跟我说这些是何居心？除了知道他们自己如何赚钱外，他们还会干些什么？”

哦，我正在谈我的两个好朋友乔伊和托尼的事。我躺在黑暗中，树上的小嫩枝随着日本信风摇曳。回想起我的作品，语言无病呻吟，结构经不起推敲，文字描述粗劣不堪，描写高堂庙宇必是杀气腾腾、血肉模糊，然后，把它呈现在世人面前。我起身打开灯，四周柔和起来。我如同荷花绽开，心静如水，神志清醒，不会像以前那样暴躁地走来走去，撕扯着自己的头发恨不得连根儿拔掉。我悠闲坐在桌旁的椅子上，拿起铅笔，开始写作。我用朴实明白的文字描述我怎样拉着母亲的手穿过阳光普照的田地，我怎样看到乔伊和托尼脸上闪烁着欣喜的光芒，张开双臂急冲向我。犹如一个踏实肯干的泥瓦工，一块一块地往上砌砖。这样作品就能产生高品位的东西——不是正在泛青的草地，而是深思熟虑的建构好了的广厦。我没有强迫自己写完；我把能说出的话写出来就行了。我默默地读着我写的一字一句，激动得流下了眼泪。这可不是给编辑看的；它是人生道路中令人难忘的东西，是一种愿望的实现，是一种放置于抽屉、弥足珍贵的东西。

每天，我们都在扼杀自己最美好的冲动。当我们拜读大师的作品而且视为己出时，由于我们不够自信，缺乏对真、善、美的评判准则，这样，刚萌发了一些思想火花便惨遭窒息，这就是我们痛心疾首的原因所在。每一个人，一旦他心绪宁静，一旦他非常忠实于自身时，他就能说出深奥不凡的真理。我们大家都如出一辙。万物之源没有神秘可言。我们大家都是艺术作品的要素、文学大师、诗人和音乐家；我们只需敞开心扉，只需发现早已酝酿的创作冲动就行了。

我自己要描写乔伊和托尼的生活，无异于昔日生活的再现。如果我什么都不考虑，如果我对此付诸全部精力，如果我愿意经受一味地纯粹写作导致的后果，那么，我展示的故事就是我能说出的我十分想说的话。

二

过了几日，我第一次在晴空万里之下碰见玛勒。我在位于布鲁克林的长岛火车站等着她。大约是夏令时的下午六点钟，太阳光照得人头昏眼花，长岛铁路候车室里人头攒动，反而使这阴暗的地窖显得有了点生气。我站在这候车室门口，突然看见她正在高架铁路线下横穿车道；阳光投射在庞大骇人的建筑物上，滤出一道道金黄色的粉尘。她身穿缀着小圆点儿的瑞士服装，看上去有一种雍容华贵的特质；微风轻轻吹拂着她那光亮如丝的黑发，秀发就像拍击着峭壁的浪花撩拨着她那粉白的面庞。她走起路来风风火火，婀娜多姿，透着一种自信而又机灵的劲儿，看得出，她那花一般的典雅气度和弱不禁风的美丽在她的肉体中已荡然无存。她衣着十分简单，说起话来孩子气十足，是个精力充沛、身体健壮的尤物，她白天就是这个样子。

我们决定在海滨度过良宵。她衣着单薄，我担心她会受凉，她却说根本不觉得冷。我们感到非常开心，说起话来喋喋总有说不完的话。在电车司机的分隔间里，我们拥作一团，拂面而立，面容因落日烟霞而泛着红晕。记得那次周日的早上，我离开孤寂难耐的家，乘车来到她家，爬到楼顶上要约她出来。与现在相比，真是天壤之别呀！这世界转眼间就变成了另一副模样，可能吗？

火红的太阳正慢慢西沉——多么让人欣喜和温暖的象征啊！它使我们心潮澎湃，思想得以升华，灵魂产生磁铁一般的魅力。它在深夜仍然给这世界散发着温暖，并冲破夜色从崎岖不平的地平线上再次普照大地。在这蔚为壮观的景色中，我把手稿交给她过目。我可能再也找不出这样一个更为理想的时机或者一个更为称心如意的批评家了。这篇作品是在暗中孕育成稿然而却是在明朗的阳光之下得以洗礼的。看到她翻阅时的表情，我欣喜若狂，觉得我交给她的好像是一份出自造物主本人的信函。我无须知道她的想法，我能从她的脸上察言观色。许多年来，我一直对这个有意义的东西怀有深厚的感情，在我同一切人断绝往来的困境时刻，我时常将它反复回味，在陌生城市的寂寞的小阁楼上徘徊着方步思考，翻阅着这些墨迹未干的书稿，极力想象着我未来的读者是如何流露出对我的作品的热爱和崇敬的。当人们问我，我坐下来写作时是否考虑到为某一特定的读者群而写，我的回答是否定的，我什么人都没有考虑，而实际上，我写作时面前浮现出一大群无名氏的肖像，他们都长着一副亲切友善的面孔：在那群人中，我看到曾经是单个儿的人在慢慢地聚积，激情如火一样燃烧：我知道这会蔓延、起火，迸发出一场大火灾（作家得到人们承认的唯一时刻就是有人按捺不住作家独处写作时煽动的激情而与他产生共鸣。如果想得到的是毫无节制的激情，为激情而激情，那么诚实中肯的批评就显得毫无价值）。

一个人精力有限却非要硬着头皮干时，要想寻求朋友的支持，可是白费力气。最好的朋友是患难之交——至少我经历过，他们要么彻底击败你，要么超越他们自身。悲哀与不幸是最重要的一环，然而，当你一试身手时，当你全身心投入新的工作时，给你使绊子的极可能是你的朋友。一旦你向大家宣布你那虚幻的思想，他那甜言蜜语的吉利话足以挫败你的锐气。只有他特别了解你他才信任你；如果你藏秀于拙、大智若愚，他就会寝食不安，因为朋友之间的情谊建立在互相了解的基础上。当一个人铤而走险时就必须摆脱一切束缚，这几乎是一条人生法则。他必须让自身疯狂起来，当他历尽千辛万苦磨炼成才时，就必须从狂野中恢复过来；选收门徒，门徒的品质如何低劣并不要紧：关键就是他要绝对地相信。因为要生根发芽，这个群体中的某一个人就必须表现出坚定的信仰。同伟大的宗教领袖一样，艺术家要在这方面表现出异乎寻常的敏锐力。为了他们的信仰和目标，他们从来不敷衍塞责，但是总有某个糊里糊涂、常常滑稽可笑的人才这么干。

初尝创作的滋味使我很难堪，甚至被证明是一场悲剧，无论是作为一个人或者一名作家，我发现，人们都不会心甘情愿地把我奉若神明。玛勒倒是真的对我崇拜得五体投地，但她不是朋友。还有一个人，我们相处得亲密无间，但他根本不信奉我。这邪恶的圈子里到处活跃着虚伪的崇拜者和嫉贤妒能的诋毁者，我需要圈儿外的人，需要来自蓝天、大海的人。

乌瑞克极力要知道我是怎样想的，但是他本身却没有觉察我注定要成为什么人的能力。我怎么能忘记他是怎样得知玛勒的消息的？那是我们在海边相聚后的第二天。我早上同往常一样去了办公室。可是到了中午，灵感大发，似有排山倒海之势。我就乘电车赶到乡下。我文思如泉涌。趁别人还没打断我的思路，就一气呵成。结果我达到了那种只能意会不可言传的境界，你根本来不及记下你的思想火花，最后只能对着幻想中创作成功的辉煌唏嘘哀叹了。你要知道，所有混沌杂乱和非常贴切的语句犹如通过孔眼溅落的锯木屑，都要经过你的脑子过滤、精选，你再也捕捉不到这些思想，甚至连一行也记不住。这些日子里，你同最要好的伙伴打得火热——他为人善良谦让，干什么都碰壁，暮气沉沉的，这姓甚名谁的作用无非就是万一有个三长两短可以在公家的登记簿里找出来。但是，能够改变局势的人，其真正的自我几乎是一个怪人。他

是个很有办法的人；他是个不畏谣言而顶风写作的人；如果你对他的英雄业绩佩服得五体投地，他最终会让你的自我脱胎换骨，你的名字、地址、妻子、过去和将来，一切都得服从他的意志。一旦你兴致勃勃地去拜访一位老朋友，他自然不愿意马上承认你有另一种与他完全不同的生活。他说得相当幼稚，“今天感觉特别好，嗯？”你羞愧难当，点头称是。

“瞧，乌瑞克，”我突然来到他面前，他正在绘制《军营钟声下的浓雾》，“我给你说个事。我实在憋不住了。”

“行，说吧，”说着，他把水彩刷蘸在身边凳子上的盆子里。“要是我继续画这该死的玩艺儿，你不介意吧”我晚上之前得绘

我假装说我不在乎，但已没有了兴致。我压低些声音为的是不打扰他。“你记得我给你讲过的那个姑娘吗？就是我在舞厅里碰见的那个。真好，我又碰见她了。昨晚我们一起去了海滨……”

“怎么样……很带劲吧？”

我看到他伸出舌头舔着嘴唇，他想听听带刺激性的故事。

“听着，乌瑞克，你知道恋爱是什么滋味吗？”

他根本不屑于回答这个问题。一边在浅铁盘里灵巧地调和着颜色，一边又不由自主地低语着。

我很不知趣地继续问道：“要是有一天，你遇上一个能彻底改变你生活的女人，该怎么想？”

“我已经碰上了一两个想改变我的女人——不过你也看见了，她们并没有得偿阶愿。”他回答道。

“讨厌！你等会儿再干行不行？我想告诉你……我想给你说我恋爱了，而且爱得死去活来。我知道这事挺傻的，但这不同于其他——我以前从来没有恋爱过。你想知道她是不是好样的，是的，她出类拔萃。可是，对这事我可不能轻举妄动……”

“噢，你不能？哼，这倒新鲜了。”

“你知道我今天做的事吗？”

“可能去休斯敦街的伯雷斯克那个地方吧！”

“我去乡下了……我疯了似的到处乱窜……”

“你的意思是——她已经拒绝你了？”

“不，她说她爱我……这一点我清楚，这挺幼稚的，是不是？

“我可说不清。总之，你会神魂颠倒的。人一谈上恋爱，行为举止很怪。我们要摊上这事，就更没完没了。我可以投入更多的感情听别人讲，但我不想要这烫手货。你

等会儿不回来吗？说不定我们还能一起吃饭，如何？”

“没问题，我一小时左右就回来。你小子可别把我给耍了，我可是一分钱都没带。”

我冲下楼就朝公园奔去。我心里很窝火。当着乌瑞克的面把这事给抖落出来，真愚蠢。那家伙总是不动声色、城府很深。你怎么能使别人理解你内心的真正矛盾呢？要是我折了一条腿，他当然会不顾一切地来照顾我，但是，如果你因为特别开心而伤心——那好，这就有点儿烦人了，你总该知道吧！悲痛可比快乐更容易对付些。快乐具有毁灭性：它使别人心里不自在。“哭泣，而且你独自饮泣吧！”——多么美妙的谎言啊！你泪流满面，你就会发现有百万之巨的人滴着鳄鱼的眼泪。这个世界就这样长久地悲叹，浸泡在泪花里。笑声，是另一回事。笑，转瞬即逝啊，而快乐，是一种付出满腔热血的狂喜状态，是绝对称心如意而且充溢着你每一个毛孔的羞于出口的那种心花怒放的状态。你不能仅仅使自己快乐而让人们不快乐。快乐抑或是不快乐，必是源于自身。快乐是由于世事过于深奥而不为人所理解，人们由此进行联系、交流而产生的。要想快乐，就要做一个阴暗幽灵、亡界的狂人。

我忘了我是不是见过乌瑞克真正地快乐过。他总爱开怀大笑，而且笑得坦坦荡荡，但是，一旦他情绪低落，他就不那么爱笑了。至于斯坦利这个人，模样特别有趣，外表就像个“笑”字，他常咧着嘴笑。在我认识的人中，没有一个人内心真正快乐，甚至性情开朗的。我有一个名叫克伦斯基的朋友，现在是一名医生，要是他看到我整天笑呵呵的，他准会大吃一惊。他谈起快乐和忧愁，就好像它们是病因——在时而癫狂、时而抑郁的症群中起着反作用。

当我回到乌瑞克的画室，看到这里挤满了他的一些不请自到的朋友。这都是些被乌瑞克称之为浪荡少年的南方青年。他们都全部驾着赛车从弗吉尼亚和北卡罗来纳赶来，而且还带着几罐质地上乘的白兰地酒。我谁也不认识。开始浑身还有些不自在，不过，酒过三巡，我就如鱼得水，开始同他们海阔天空地聊。使我惊奇的是，他们似乎听不懂我说的话。他们闪烁其词，难为情地为自己的无知辩解，说他们只不过是俗不可耐的乡巴佬，聊起赛马来头头是道，而书本知识却知之甚少。我都没有想到要谈什么书方面的事，正如我很快觉察到的，他们的借口提醒了我。毫无疑问我是个知识分子，可以说我愿意做一个知识分子，而他们，最多就是个穿着靴子和马刺的乡下绅士。不管我怎么费力地随着他们说话，气氛还是相当紧张。随后他们中有人向我乱说了一通惠特曼的情况，说得愚不可及，这场合一下子就变得荒诞不经了。这天我玩得挺过瘾，情绪高昂；他们为炫耀而开车兜风多少使我神志清醒些，但是，随着上好的白兰地酒斟了一杯又一杯，聊天也松松垮垮地不怎么说了，我的情绪又渐渐地高昂起来。这帮身体魅悟的南方恶少，他们那无聊空虚的喧哗打闹使我胸中积闷，不吐不快，

我想借这酒劲儿同他们斗一斗。所以当一个来自达勒姆的颇有教养的年轻家伙就我最喜欢的美国作家同我进行讨论时，我就唇枪舌剑地同他激烈地辩论，同往常这种情况一样，我做得言过其词。

这个画室里吵吵闹闹，一片喧嚣。显然他们从来没遇到过有人会对这样一件鸡毛蒜皮的事如此计较。他们的笑声使我恼羞成怒。我就大骂他们是一帮醉鬼、婊子养的懒虫，肤浅无知、狂妄偏激、分文不值的嫖客，等等诸如此类的脏话。一个长相难看的细高个儿，就是后来成为电影明星的那个人，这时站起来，威胁着要揍我。乌瑞克过来解围，他斟满酒杯，用和事佬的口气劝我们双方休动干戈。就在这时，门铃响了，走进来一位漂亮姣好的年轻女子。她作为某个人或者其他人的妻子被介绍给我，其他人似乎都认识她，都想承其芳泽。我把乌瑞克招呼到一边想知道来龙去脉。"她丈夫是个残废，"他向我吐露，"她日日夜夜护理着他。偶尔过来喝点儿酒——我想，这事对她太沉重了。"

我立在一旁，上下打量着她。她在家里受着活寡的折磨。看起来就是那种性欲过于旺盛而想方设法地满足自己的性需求的女人。她刚一坐下，又有两个女人进来。其中一个，明眼人一看就知她是个妓女，另一个正好是某个人的老婆，她们早已看不出昔日的风韵，让人玩得不中用了。我如同粗鲁的汉子饥渴难忍，心里怪尴尬的。女人一来，我的好斗心理就消失得无影无踪。我脑子里就有两件事——食与性。我走到卫生间里，然后心不在焉地拉开了拉锁。可能是白兰地的原因，我肚子憋得厉害，我后退几步，手握鸡巴，对准刻有精美花纹的尿罐，就那样站着开始撒尿。这时，门突然被推开。进来的是埃瑞娜，那个瘫子的老婆。她屏住叫喊正要关门，但是，由于某种原因，可能因为我看起来镇静自若，像是在故意冷淡她，她就站在门口没动弹。我刚一尿完，她就若无其事地对我说。"你真行啊！"她说的时候，我正抖落最后的几滴尿。"你总是背地里干这个吗？"我抓住她，然后把她拽进来，另一只手把门上了锁。"不，请不要这样。"她带着非常惶恐的表情向我哀求道。"只一会儿，"我低声说着，下身蹭着她的衣服，嘴唇紧紧地贴在她那红润的嘴上。"嗯，请别，"她向我求饶，拼命地想从我的怀抱里挣脱出来。"你叫我怎么见人。"我知道得放她走，就快速而狂猛地揉搓她。"我会放你走的，"我说。"就想再亲亲你。"说着，我把她抵在门上，我甚至连她的衣服都不想撩起来，就不停地撞击着她，一股精液全喷射在她的黑丝绸衣服上了。

谁也没注意到我不在场。那些南方恶少围在另外两个女人身边，使出浑身解数，很快就把这两个娘儿们弄得神魂颠倒。乌瑞克诡秘地问我是不是看见了埃瑞娜。

"我觉得她去洗澡了吧！"我说。

"那事有何进展？"他说。"你还在恋爱吗？"

我对他苦笑。

“为什么不抽出一晚上的时间劝劝她呢?”他继续说道。“我总能找个借口把埃瑞娜给搞过来。我们轮流去安慰她，如何?”

“听着，”我说，“借我一块钱，行吗?我得吃饭，肚子饿得咕咕叫。”

你一旦向乌瑞克借钱，他总表现出一副不知如何是好的狼狈样儿，我得直截了当地向他要，否则，他会要嘴皮子，死活不想给你。“快点，”说着，我抓住他的胳膊，“这会儿没时间跟你磨蹭。”我们到了客厅，他偷偷地塞给我一张票子。我们正要出门，埃瑞娜就从浴室里走出来。“怎么，你们不是要走吧，嗯?”她朝我走过来，然后两条胳膊搂着我们。“不，他现在得赶快离开，”乌瑞克说，“不过他保证一会儿就回来。”说着，我们俩搂着她，吻得她透不过气来。

“我什么时候能再看到你?”埃瑞娜说道，“你回来时我可能不在这儿了。我很想同你聊聊天。”

“只是聊聊吗?”乌瑞克问道。

“哦，这你清楚……”她笑起来非常淫荡挑逗，算是回敬了一句。

这笑声刺激得我下身燥热。我又抓住她，把她推到墙角，手放在她那热乎乎的腹部上，舌头滑进她的嘴里。

“你怎么现在就离开呢?”她嘟哝着，“怎么不留下来呢?”

乌瑞克走进来想沾点儿光。“不要为他操心，”说着，他水蛭似的贴在她身上：“这家伙可不需要什么安慰。他身后的女人一大堆呢。”

我偷偷地抽出手，从埃瑞娜的脸上发觉到一丝哀求的表情。她的腰弯得几乎成了九十度，外衣扯到膝盖以上。乌瑞克的手在她的大腿上缓缓地移动，紧紧地挤压着她。“哟!这个骚货!”我上楼的时候咕哝了几句。我饿得头昏眼花，我真想吃一大块葱卷煨牛排，美美地喝一大杯啤酒。

我坐在酒吧间的后部吃饭，这个地方位于第二条大街，离乌瑞克的家不远。我大吃二喝，酒足饭饱之后还剩下十分钱。这时我觉得自己和蔼可亲，胸襟开阔能容纳一切。我这种心境肯定溢于言表，因为当我在门口驻足观望眼前的街景时，就有个牵着狗招摇过市的人友好地向我打了个招呼。我想他认错人了，这事我常遇到，不过这次不是。这仅仅是一种善意的举动，可能也同我一样心情愉快吧!我们认识上了，随即，我就随他一起牵着狗溜达。他说他就住在附近，要是我愿意同他喝点儿酒助助兴的话，我可以去他家里坐坐。从谈话中，我敢说他肯定是个非常敏感、颇有教养的老派绅士。果然不错，他接下来便告诉我他刚从欧洲回来，在那里他生活了好多年。到他寓所的时候，他讲起了自己在佛罗伦萨同一个伯爵夫人相处的经历。他似乎想当然地认为我

知道欧洲。在他看来，我好像是位艺术家。

这个寓所布置得相当豪华。他立刻拿出一个精美的盒子，里边装有上好的哈瓦那雪茄烟，又问我喜欢喝什么。我要了一杯威士忌，坐在舒适的扶手椅里。我感觉到，用不了多长时间，这个人就会往我手里塞钱的。我吐出的每个字眼他都听得津津有味，信以为真。突然，他突然问我是不是个作家？怎么看出来的？哦，是从我环顾四周的眼神、我的站相以及我的言谈中——这些细微之处也说不出个头头道道来，但大致给人一种敏锐、好奇的印象。

“你呢？”我问。“你做什么工作？”

他打着手势予以回绝，好像是说，我什么都不是。“我曾画过画儿，也挺寒酸的。现在我无所事事，自得其乐罢了。”

听他这么一说，我俨然大人物，跟他滔滔不绝地讲了起来。我告诉他我的处境，我把事情搞得乱七八糟，现在仍然不顺心。我曾有过辉煌的梦想，只要我能持之以恒，合理调整，那么，展现在我面前的是多么壮丽的人生啊！我说得有些夸张。他与我形同陌路，出人意外地撞上我。让我去他家做客，我不可能对他实话实说，说我是个彻彻底底的失败者。

迄今为止，我写了多少东西？

噢，算起来有七本书、几首诗、一批短篇小说。我说得飞快，为的是不想在鸡毛蒜皮的问题上露出马脚。关于我的处女作嘛——那倒是写得精彩。这本书大约出现了四十个人物。我在我家的墙上挂了一张大图表，是这本书里的一种图形——他看明白也得费些功夫。他记得基瑞勒佛吗？这是陀思妥耶夫斯基的一部作品中的人物，这个人因为太幸福了，自己就饮弹毙命或上吊自杀了。我就是这种人，我要杀死每个人——我幸福得无法形容……比如今天吧，要是他早几个钟头见到我，他就没命了。我是个十足的疯子，在河边的草地里打着滚；大口大口地嚼着草；疯狗似的把自己抓得遍体鳞伤；使足吃奶的力气大喊大叫；手脚轮流地前后翻跳；甚至双膝跪地，默默祈祷，不是索取恩赐，而是因为自己活着、呼吸着空气就谢天谢地……只要有口气，不是很好吗？

我继续讲述我在电报公司以外的一些生活片段：我得对付的那些无赖，乖戾的说谎者，性变态狂，呆在租房里的那帮患有弹震症的流浪汉，靠救济度日的卑鄙、虚伪的工人，疾病缠身的穷苦人，不守规矩的浪荡子，强行闯进办公楼里兜售皮肉的妓女，大腹便便的胖子，癫痫病人，孤儿，洗心革面的少年，逃匿在外的罪犯，淫男狂的女人。

他的嘴如张开的蚌壳，张得老大，眼睛因惊讶都几乎脱落出来，同被石块击中的

本性善良的蟾蜍简直如出一辙，再来一杯吧？

好的！说到哪儿了？哦，对……我在书中会戳穿的。为什么不？有很大一部分作家，没有激发艺术情思就能把一件事拖拖拉拉地从头扯到尾，我们需要的是像我这样一个对发生的事情满不在乎的人。陀思妥耶夫斯基在这方面就没有离谱。坦率地讲，我写得就莫名其妙。人就应该疯疯癫癫。人们写作品都有足够的情节和性格可供挑逗。情节和性格并不能构成生活。生活不会置于高高的阁楼之上：生活就是此时此地，随时说起这个词，随时就能掀起生活的波澜。生活就是四百四十马力的双缸发动机发出的功率……

他这时接过话茬儿。“噢，我敢说你肯定经历过这种有意义的生活……我倒想拜读你的一部大作。”

“这没问题，”我说的时候，内心的激情难以自抑。“过两天我给你送来一本。”

有人在敲门。他便起身去开，向我解释说他一直盼望有人来。他请我不要担心，只不过是他的一个要好的朋友来访。

一个美轮美奂的女人伫立在门口。我起身向她打着招呼。她看起来是意大利人。这可能是他先前提到的那个伯爵夫人吧！

“斯维雅！”他说，“你不早来一会儿，太可惜了。我刚才听到的故事非常吸引人。这个年轻人是个作家。我想叫你跟他认识一下。”

她走进来，伸出双手让我握着。“我相信你是个顶尖儿的作家，”她说。“看得出来，你受了不少苦。”

“斯维雅，他活得有滋有味，极不平凡。相比之下，我的生活似乎还没有开始。你猜猜他为了谋生现在做什么？”

她转向我，似乎在说她更愿意叫我生存。我心慌意乱。我没想到能碰上这么令人销魂的尤物。她充满自信，沉着文静，而且言谈举止非常自然。我很想站起来摸摸她的屁股，就这样吸引着她，推心置腹地交谈一番，她那湿润的眼睛光滑柔软；眼睛浑圆，眸子黑亮，闪烁着同情与热切的光芒。她能同这个老朽谈情说爱吗？只要跟她说两个字，我觉得就能从中获得某种暗示。阴差阳错呀！

她似乎能感受到我的尴尬心境。“为什么不让人给我端杯酒来？”她先看看他再瞅瞅我，问道，“我想来点儿葡萄酒。”她向我说着话，补了一句。

“你可是从不沾酒的！”我的主人发话了，然后他站起来替我说话。斯维雅举着个空玻璃杯，我们三个人紧紧地站在一起。“事情能发展到这一步，我很高兴，”他说。“我不可能让你们俩处处作对吧！我相信你们会互相理解的。”

看到她把杯子移到唇边，我脑子里就有了想法。我清楚这是我冒险步出的第一步。

我的直觉很强，他很快就要托词离开，让我们单独呆上一会儿，而她二话不说就会扑到我的怀抱里。我也觉得自己再也不会见到他们俩了。

果不其然，事情正是依我想的那样发生了。她到这儿还不到五分钟，我的那位主人声称他有件很重要的事得去跑跑腿，恳请我们让他出去一会儿。他一关上门，她就走过来坐到我的大腿上，“他今晚不回来了。现在我们可以谈谈了吧？”这话使我更感到害怕而不是吃惊。我脑子里闪现着各种各样的念头。她停了一下又加了一句，“你说我怎么样，我本来就是个漂亮女人；可能是他的情妇？你认为我的生活怎么样？”听罢此言，我身上起了一层鸡皮疙瘩。

“我看呀，你这个人非常危险，”我一时冲动回了她一句，不过，可是真心实意的。“你要是个出色的间谍，倒不足为怪了。”

“你的直觉够厉害的，”她说。“不，我可不是什么间谍，不过……”

“哎呀，你如果的话就不会向我透露了，这我知道。我真的不想了解你的生活。你知道我在想什么？我就知道你想要我。我好像已落入圈套了。”

“你这样就不对了。这都凭你的主观想象，要是我真的想要你，我们还得了解清楚些，不对吗？”一阵沉寂过后，她突然说：“你就只想成为一名作家，有把握吗？”

“你这话什么意思？”我马上反驳道。

“就是那个意思。我知道你是位作家……但是你还可以干其他职业。你就是那种上什么山唱什么歌的人，不是吗？”

“恐怕恰恰相反吧，”我回敬道。“我办过的事，迄今为止都以惨败而告终。这个时候我连自己是个作家都不相信了。”

她从我大腿上站起来，点了一根烟。她踌躇片刻，好像正集中思路寻求柳暗花明的境界，“你不可能是个失败者，”她说，“你的麻烦，”她说得慢条斯理，“就在于你从来没有给自己找一个与你的能力相适应的职务。你得劳其筋骨，饿其体肤，自己给自己加砝码。等把你压得喘不过气来，你才能人尽其才。你现在干什么，我不清楚。不过，我敢肯定，你目前的生活不适宜于你。你的生活就该过得危机四伏；与别人相比，你更能冲锋陷阵，因为……哦，你自己可能知道……因为你受人保佑。”

“保佑？我不懂。”我脱口而出。

“哦，的确如此，”她不动声色地回答。“你的一生都受到保佑。稍微想想……你不是有好几次接近死神了吗？……你不是总发现有人帮助你吗？通常还是些素不相识之人，只是当你想到的时候，他们都不见了。你不是已经屡次犯罪，却没有人对你产生怀疑吗？你现在不正是处于引火烧身的激情中吗？你要不是福星高照，单与人私通这一件事就能让你身败名裂。我知道你在谈恋爱，知道你为了满足情欲可以上刀山、下火海。你奇怪地看着我……你纳闷我是怎么知道的。鄙人不才，只有点儿看人一眼就能看出个门道儿的能耐。瞧，刚才你心急火燎地等着我来找你。你心里明白，他一离开，我就会扑到你怀里。我做了，可却把你惊呆了——有点儿怕我，这样说对吗？为什么？我能为你做什么？你一没金钱，二没能力，三没权势。你能让我问你要什么？”她停了一下，又补充道：“我实话实说，行吗？”

我无助地点了点头。

“万一我真的求你为我做事，你恐怕不会拒绝吧？你的心爱上一个女人，你心里乱成一片，因为，你早就觉得自己必定会成为另一个女人的牺牲品。你需要的不是女人，而是一台供你排遣性欲的器具。你想摆脱束缚，渴望更为刺激的生活。不管你爱上哪一个女人，我都可怜她。对你来说，她会以强者的身份出现，但那仅仅是由于你老怀疑自己的能力。你就是强者，你将会永远坚强——因为你仅仅考虑的是你自己、你的命运。倘若你仅仅差强人意，我要为你担心的。你可以做一个危险的狂热分子，然而这并不是你的命运。你心智非常健全，精力非常充沛。你热爱生活超出热爱你自身。你迷惑不解，因为不管你把自己交托给谁或者投身到什么事情上面，这对你来说是远远不够的。——难道不是吗？谁也不能长久地包容你：你总是弃自己所爱的东西于不顾而好高骛远，总是寻求你永远发现不了的东西。如果你还希望把自己从痛苦的折磨中解脱出来，那就得审视自身。你善交朋友，这我相信，但是，你不把任何人当作自己的朋友。你孤独寂寞。你会一直孤独寂寞下去。你想要的东西太多，远远超出生活所给予你的……”

“请停一下，”我打断话头。“你为什么把这些事都告诉我呢？”

她停顿片刻，似乎不情愿直接回答。“我觉得我只是在回答我自己想的一个问题，”她说。“今天晚上我必须郑重地做出决定；我早上要去长途旅行。见到你时，我心里想——这可能就是能够助我一臂之力的人吧？然而我错了。我不求你什么……你要是愿意……要是不怕我的话，你可以伸出臂膀搂着我。”

我走过去，紧紧地搂着她，与她亲吻。我挪开嘴唇，看着她的双眼，胳膊仍旧绕着她的腰肢。

“你看什么？”她说得尽力使自己温柔些。

我没有立刻回答，移开身子，从容地看了她许久。“我看到什么了？没什么。绝对没有。审视你的眼睛犹如照着一面深颜色的镜子。”

“看你心神不宁，怎么了？”

“你刚才说我的那些话——真使我害怕……所以，我保佑不了你，是这意思吗？”

“在某种程度上，你已经帮了我的忙了，”她答道。“你老是暗中相助。你不由自主

地散发着活力，这正是我需要你帮我的。人们都依赖你，然而你却不清楚其中原委。尽管你为人处事心地善良，真正富有同情心，可你根本不愿意这样。我今晚来到这儿的时候，内心有些震撼；我失去了以往的那种自信。我望着你，而且我看见了……你想是什么？”

“一个因自我的觉醒而激动不已的人，我是这么猜测的。”

“我看见一头野兽！我感觉到，要是我放任自己的情欲，你就会吞噬我。我倒很想尽力地发现自己的性欲，这种感觉持续了好大半天。你很想抱着我，把我放倒在地毯上。以那种方式占有我难道不能使你心满意足？你在我身上看到的，以前可从来没有在别的女人的身上看到吧？我身上有你自己的假面具。”她稍加停顿。“你不敢坦露真正的自我，我也没那个勇气。我们的共同之处还真多。我的处境很不妙，倒不是因为我是个强者，而是我知道该如何利用别人的力量。我害怕不能再这么干了。因为，一旦我洗手不干，就会一败涂地。你从我的眼睛里看不出什么来，就因为没有什么看头。正如我刚才给你说的，我身上没有什么能带上你的。你寻找的仅仅是能让你发财致富的猎物、牺牲品。说真的，对你来说，当个作家可能是最好的选择了。要是把你的想法昭然于世，你极有可能要担当个罪名。人生有两条路总可以供你选择。阻止你走错道的不是道德感——而是你的本能使然，从长远的观点来看，这种本能对你用处最大。你不清楚你为何要放弃那些英明的决策；你认为是懦弱、恐惧、疑虑，其实不然。你有动物的本能，万事万物都服从于生存的欲望。即使你明白自己身陷囹圄，你也会不考虑我的意愿，毫不迟疑地占有我。你不怕那捕人的陷阱，但你对另一个陷阱却怕得要命，它会让你步向你时刻提防的那个方向，因此你是对的。”她又暂停了一下，“是的，你帮了我的大忙。今晚我要不碰见你，我就会坚持我的疑虑。”

“于是，你就准备冒险行事。”我说。

她耸了耸肩。“谁清楚危险是个什么？心存疑虑，那就挺危险的。你在一天中感到有危险的时间比我多得多。这样，为了不让自己不再诚惶诚恐、疑虑重重，你将会对别人做伤天害理之事。这个时候，你根本没有信心回到你所爱的女人身边。我已毒害了你的思想。你要是有把握在没她帮助的时候能做你想要做的事，你就干脆抛弃她。然而，你需要她，而且会把这种需要称之为爱情。当你享受到有女人的生活时，你总会再求助于那个爱的托辞的。”

“那就是你的错了，”我有些恼火地打断了她的话。“使生活变得索然无味的不是那个女人，而是我。”

“那你可是自欺欺人。因为那个女人从来未能满足你的欲望，你自己可成了一个长期受折磨的人。女人需要爱，而你却不能给予她。如果你是个下流男人，你就是怪物一个；但是你会化险为夷、转危为安。是的，你当然可以继续搞创作。艺术能化丑为美。荒谬可笑的作品要比荒谬可笑的生活好。艺术让人挖空心思，枯燥乏味，很折磨人。你要是敢于尝试艺术，不畏艰难，你的工作可以让你成为一个和蔼可亲、慈悲为怀的人。看得出来，你宽宏大度，不会满足于纯粹的名誉。等你历尽沧桑，你可能会发现超越你现世生活的一些东西。你也可以过着为别人而活的生活。那就要看你如何利用自己的聪明才智了。”（我们热切地注视着对方）“大概你不像你自我评价的那么聪明吧？你这人缺点不少，恃才傲物。你要是能充分自信自己能够战胜自己，该有多好。你集女人的美德于一身，然而你却羞于。因为你性生活强烈，就认为自己是个雄性十足的男子汉，可是，你更是个女人态。你性欲旺盛，只能说明你未谙性事、能量大一些罢了。不要利用你的性诱惑力竭力证实自己是个男人。女人们才不会被那种力量与魅力所迷惑。女人，即使她们在精神上屈服你的时候，总能够左右局势。女人可以受到性奴役，然而还能主宰那个男人。因为你没有兴致去操纵另一个女人，所以你要比别的男人更费劲儿。你总要尽量地学会主宰自身；你所爱的女人只不过是供你操练的器具……”

说到这儿，她突然打住了。我明白她是巴不得让我走。

“哦，顺便说一下，”我正要向她告别，她发话了，“那位先生让我给你这个。”说着她递给我一个封好的信封。“他大概因为跟你解释为何这么神神秘秘地离家出走而找不出更为恰当的借口吧！”我接过这信封，同她握了握手。她要是突然地说：“跑！逃命吧！”我二话不说就会那样做。我既不知道所为何来，也不知道所为何去，真是彻头彻尾的朽木不可雕了。在最得意之时，我很快就陷入沉思，这种得意忘形来得蹊跷，缘由似乎也说不清，而且跟我毫无瓜莲。我从正午到午夜，想来想去，又返回了原地。

我在街上启开信封。里面有一张二十美元的支票，支票里夹了一页纸，上面写着，“祝你走运！”我一点儿也不惊讶。我们初次见面，就知道会有这一套的。

这事过后，我用了几天时间写了一篇名叫《自由幻想曲》的小说，我把它带给乌瑞克，然后再大声念给他听。这篇小说无头无尾，由我随心所欲地乱写。写作时，脑子里只有一个固定的形象，那就是悬挂着的日本式灯笼。完稿时，我最省笔墨的就是写我往女主人公的屁股上踢了一脚。这个被用来对准玛勒的动作，更能让我比这个读者大吃一惊。乌瑞克认为我的部作品是非常了不起的，不过他承认自己分不清作品的头尾。他想要我给他后来盼来的那个埃瑞娜看一下。他说她性格乖戾。那天晚上，其他人都走了，她和他很晚才返回到画室，而且，干那事时，她几乎把他折磨得死去活来。按照他的想法，玩上三个回合足以使任何一个女人感到惬意了吧，可这个女人就能持续干一整夜。“这骚货的性高潮就没中断过，”他说。“难怪她丈夫是个瘫子——她

肯定把他的那玩艺儿给拧断了。”

我把自己在晚会上不辞而别后发生的事告诉他了。他不住地摇头，说，“天啊！我老碰不上这些事。多亏是你，谁要是告诉我那种类似的经历，我才不信呢。你的整个生活似乎是由这些小插曲构成的。那到底为什么，能否透露一二？别嘲笑我，我知道问这样的问题很愚蠢。我也清楚自己是个相当狡猾的家伙。你这人似乎不设防，有什么话说，我想这就是秘密喽，而且，跟我比起来，你更爱打听人们的事。我太容易产生厌烦情绪了，我承认这是个缺陷。你常告诉我，在我走之后你玩得非常尽兴。可是，即使我彻夜眠，我敢肯定我也碰不上你所说的那些事。你还有一件事触动了我，你总能在一个人身上挖掘出情趣来，我们大多数人都意识不到。你有一套激发她们、让她们袒露内心的手腕，我可没有这方面的耐心……不过，你要真告诉我，到头来连她们的名字都不熟悉，难道你就没一点儿歉疚吗？”

“斯维雅，你的意思是说她？”

“当然。你说她是个骚货。难道你没有想想你再呆五分钟就会有好戏吗？”

“不，我是这样想的……”

“你这小伙子真有意思。我猜想你准备说什么了，没有呆下来收获反而更多，是这样的吧？”

“我不知道。也许是，也许不是。实话告诉你吧，在我快要离开时，我该操操她，可我早忘得一干二净。你不能碰上一个女的就操，对吧？你要是问我，我他妈的真该死。要是我把她给玩了，我从她身上得到的远远不止这些吧？说不定她会给我染上性病呢，说不定我会使她大失所望呢。听着，要是我常常丢个丝小东西，我根本不会放在心上。你好像还存有某一风流账吧，你，你这个兔崽子，难怪你不敢跟我信口开河。”

乌瑞克挤眉弄眼带耸肩，一副听到天方夜谭的表情。

“我看只有我像个牙医似的从你嘴里拔出蛀牙来你才能相信我。我在那拐角处转悠，碰上了个陌生人，我只是跟他聊了一会儿，他就在壁炉台上给我留下一张二十元的支票。对此你怎么解释？”

“你不要说了，”乌瑞克苦笑着。“我想，那就是我永远遇不上这些事的原因吧……但我真的想说一说，”他从座位上站起身，皱眉蹙额，一股子执拗劲儿，继续说道。“不管你什么时候觉得自己真的穷困潦倒了，你总可以找我帮忙。你清楚，我向来不太担忧你生活上的困苦的，因为我非常了解你，即便我正好帮不上忙，我心里清楚，你总会绝处逢生的。”

“我得说，你的确对我的能力深信不疑。”

“当我谈这类事的时候，我绝不是出于冷酷无情的心理。你知道，我要处于你这种状况，就会灰心丧气的，以至于都不愿意去寻求朋友的帮助——我为自己感到羞耻，而你会笑呵呵地跑到这里，说，‘我得要这……我得要那。’你没有装出似乎非常需要帮助的样子。”

“他妈的，”我说。“你要我跪下来可怜兮兮地哀求吗？”

“不，当然不会那样。我像个该死的傻瓜又胡说八道了。不过，即便你说自己身处绝境时，你也让人们妒你。因为你老觉得他们应该帮助你，这样，人们有时就回绝你，难道你不明白？”

“是的，乌瑞克，我不明白。不过，这没什么，今晚，我请你吃饭。”

“可你明天要向我借车票钱。”

“哦，那有什么不好吗？”

“没什么，只不过挺荒唐的，”说完他笑了笑。“自打我认识你以来，哟，认识的时间不短了，你总是求我给你钱——五分的、一角的、两角五分的、上了一元的票子……不知怎么搞的，你有一次恬不知耻地向我要了五十元钱，记得吗？而且我总是对你说没有，不就是那样的吗？不过，借钱这事根本没有影响你什么。到现在我们还是好哥儿们。不过有时候，我想知道你究竟怎么看我，我不是爱拍马屁的人吧？”

“嗨，乌瑞克，我现在就能回答这个问题，”我笑着说：“你是……”

“别，现在别告诉我。以后再谈吧！我还不想听实话。”

我们在唐人街那里吃了饭，在回家的路上，乌瑞克塞给我一张十元的票子，仅仅是向我表白他的确真心待我。我们坐在公园里畅所欲言。最后他对我说我的许多朋友已经告诉我了——说他自己已没啥奔头了，不过他坚信我会重镇雄风并且干出惊天动地的伟绩，进而又非常诚恳地说他认为我这个作家还根本没有开始表达自我。“你没有说什么就写什么吧？”他说，“你好像不敢袒露自己的内心。要是你开始坦露自我、直言不讳，那么你写出来的东西就如尼加拉瓜瀑布一样壮观辉煌。跟你说实话吧——在美国，无论哪一个作家的才华都无法与你相比。我可一直信任你——而且，即使你证明自己是个失败者，我也不改初衷。尽管你的生活是我了解到的最疯狂、最杂乱的，但我知道，你不是生活中的落魄之人。要是我遇到你一天里做的所有的事情，那我连画上一笔的时间都没有。”

与他分手后，我仍同往常一样感觉到自己可能低估了他对我的友情。我不知道我能指望朋友们干什么。其实，我对自己、对我那无谓的努力太不满意了，以至于我看人看事都不顺眼。要是我陷入绝境，一定要挑选反应最迟钝的人与我竞争，让他成为手下败将，这样，我就能从中获得心理平衡。舍出去一个老朋友，不出第二天我就能

交到三个新哥儿们，这一点我可是看清了。过后，我偶然碰见其中一个被抛弃的朋友，感到他能容忍我且毫无怨言，他常常为我摆一桌丰盛的酒席而且还借我钱花，心甘情愿地与我重归于好，这事也真让人伤感。我脑子里一直有这么想法，有朝一日我要还清所有的债务，好让我的朋友们目瞪口呆。夜里，我常常计算欠账数催自己入睡。即使到现在，这欠账数目已够可观的了，能意外地交上好运才能还清这笔债务。也许有那么一天，某个闻所未闻的亲戚死后给我留下一笔五千或者一万元的遗产，我就会立即赶到最近的电信局把一沓沓汇票给所有的债主迅速地发送出去。我必须用这个办法还债，如果把这票子放上一会儿，我就能挥霍一空。

那天晚上，我睡觉时做梦得到了一笔遗产。次日早晨，我听到的第一件事就是有人宣布要分发津贴——天黑前我们就能拿到现金。我们人人激动不安。大家最关注的问题是能领多少钱？到下午四点该发钱了。分到我手里的也就是三百五十元的样子。我首先关心的是穆戈文领了多少，这是个看大门的老奴才（付给他五十元）。我瞥了瞥名单。一眼看见的有八到十人——都是对我好的几个电信公司的兄弟。其他人得等到第二天才能发钱——也包括我要瞒报这笔津贴的老婆。

领到这笔钱后，我在守望台上花了十分钟把钱铺散开来。我早就决定在这儿把这笔津贴分好。我又核实了一遍欠账名单，确保不要漏掉任何一个重要的人。我的这些恩人多少有些怪。泽布若基是个很棒的发报员，柯斯帝根是个指节上套着铜套的打手，海明·劳斯彻是个电话总机，奥·玛勒是常作我助手的老朋友了，斯代文·罗米欧在总办事处工作，不起眼的柯里唯我命是从，马西·谢纳第是个可依赖的老家伙，克伦斯基做医生工作，而乌瑞克，当然……哦，不言自明吧……马格瑞哥呢，只是个投上一笔有益的资金等我偿还的人。

总的说来，我得开销三百多块钱——还别人二百五十元，答谢宴可能也得花五十块。那样我就所剩无几了，这可是家常便饭。倘若还剩一张五块的，我极可能去夜总会看看玛勒。

正如我所说的，我刚才统计起来的，三教九流，什么人都有，与他们维系友谊的唯一办法就是吃喝玩乐。当然，我首先还了他们债。这可比吃喝重要多了，随后马上就是调鸡尾酒，我们就开始大吃二喝起来。我订的这餐饭很丰盛，酒水很多。一向不爱喝酒的克伦斯基一沾酒就立马有了醉意。我们还正儿八经地喝酒，他早已跑到外面，将手指插进喉咙呕吐了一番。等他再同我们一块喝酒时，他像个白脸魔鬼，脸色可怕得就如漂浮在散发着恶臭的沼泽地里的死青蛙的肚皮。乌瑞克可从未见过这种人，他觉得克伦斯基是个十足的怪物，而克伦斯基也对乌瑞克厌恶之极。他在一旁问我怎么把这号满口仁义道德、一肚子男盗女娼的货色给请了来。马格瑞哥非常憎恨不起眼的柯里——他不知道我怎么能跟这种恶贯满盈的无赖处得很好。奥·玛勒和柯斯帝根看来是这些人中处得最好的一对；他们就乔·根斯与杰克·约翰逊两人的相关优点畅谈了好久。海明·劳斯彻极力想从泽布若基那儿听到最近的秘闻，可泽布若基呢，由于他的职业性质，便抱定主意从不泄露只言片语。

就在吃饭的时候，我的一位名叫伦伯格的瑞典朋友正好走进来。他也是我的债主，不过他从来不逼债。我把泽布若基拉到一边，邀请他与我们同喜同乐，我借了一张十元的票子好付清我这位贵宾到来后的饭钱。我从他那儿得知我的老朋友拉瑞·汉特住在镇上，而且急着见我。“带他到这儿来，”我催促伦伯格。“人越多，我就越高兴。”

等我们唱完《今晚与我梦中相逢》和《这几天的日子》这两首歌，我们的聚会活动达到高潮。这时，我注意到邻桌的两个意大利小伙子似乎很想热闹热闹。我走过去问他们想不想参加。看得出，他们一个是作曲家，另一个是职业拳击家。我把这两人介绍给大家，然后为他们在柯斯帝根和奥·玛勒坐的地方中找了个座儿。伦伯格已出去跟拉瑞·汉特打电话去了。

乌瑞克是如何在这种场合下继续这么一个话题的我不清楚，但他总会想出种种缘由让我长篇大论地讲奥赛罗。那个意大利作曲家在洗耳恭听。马格瑞哥厌恶地把脸转过去同克伦斯基大谈男人的阳痿不举。要是他认为这个话题可能使听者心里极不舒服的话他就说个不停，到后来就使人哄堂大笑、乐不可支。看得出，那个意大利作曲家已被乌瑞克那油腔滑调的高谈阔论吸引住了。他也会像乌瑞克那样挥舞着右臂说着英语。承蒙我们正兴致高昂地用英语谈论着，他不胜荣幸。我引他说了几句英语，才发现他思维混乱，前言不搭后语。我得意扬扬，突发奇想地跟他讲起英语语言的妙处来。这时柯里和奥·玛勒也转过身来凑热闹，接着泽布若基也来到我们那个桌子尽头，拽了把椅子，坐下来，紧随其后的是伦伯格，他立刻告诉我他跟汉特联系不上。这个意大利人欣喜若狂，给我们每个人叫了份上等法国白兰地酒。我们大家都起身碰杯。这个叫阿杜罗的人，硬是用意大利语说了一番祝酒词。他坐下来，兴奋说他在美国生活了十年，还从未听过如此美妙的英语。他说自己现在根本驾驭不了这种语言，他想知道我们能否就这样说下去。他唠唠叨叨地说自己何等程度地喜欢这种语言，其赞美之辞使我们大家深受感染，都愿意过过嘴瘾。到后来我有了醉意，站起身，又将一杯烈性酒一饮而尽，漫无边际地说了一刻半钟的疯话。这个意大利人摇头晃脑的好像他连一个字都听不下去了，暴跳如雷的。我死死地盯着他，不住地对他说这说那。周围的桌子上不时传来阵阵喝彩声。看来，我的这番酒后演讲必定是狂妄自大了。我听克伦斯基与人窃窃私语，说我正处于癫狂状态，癫狂！这么一个字眼就能重新激起我的热情。有人给我斟满了酒，我迟疑了一下，然后一饮而尽，真是舒服至极，犹如快乐的

云雀，所到之处都要脆鸣几声。我这辈子从来没想在大庭广众之下高谈阔论。要是有人插话说我的演讲精彩绝伦，那我就会惊愕不已。我不过是刚刚学了这种语言。我脑子里想的只是这个意大利人非常渴望听听他驾驭不了的这种奇妙无比的英语。我根本不知道我说了些什么。我没有开动脑筋——只是把蛇信子一样长的舌头伸进丰富的语言宝库，恰如其分地将要表达的东西卷走。

我的演讲在喝彩声中结束。其他桌上的客人纷纷过来向我道贺。那个叫阿杜罗的意大利人早已泪花点点。我觉得自己就好像在无意中放了颗原子弹。这次展露峥嵘使我窘迫不堪而没有一点点惊奇。我真想逃离这个地方，独自一人离开，看看会有什么效果。于是我很快把经理拉到一旁，借口说我得离开此地。等我付清欠账才发现身上还剩三块钱。我决定跟谁都不打招呼就悄悄离开此地。他们能一直坐到死——这一套我早就受够了。

我在远离闹市的住宅区漫步而行，很快就来到百老汇。走到第三十四街，我加快了步子。去舞厅是早已决定好了的。到第四十二街，我还得在人群中挤过去。人群攒动使我心里一沉：撞上人，就坏了我的正事。我很快就从人堆里冲出来，气喘吁吁的，想看看我走得对不对。与教堂相对的卡文特公园剧院正在上演明星托马斯·布克的戏。我转身上楼时，“卡文特公园”这几个字还一直萦绕在我的脑海。伦敦——带她去伦敦是再最好的了。我必须问她是否愿意看托马斯·布克的戏。

我进去的时候，她正同一个长相年轻的老家伙跳得火热。趁她还没注意到我，我上下打量了她一番。她拉着舞伴走到我跟前，眼睛明亮如水，脸上激动得布满红晕。“我想介绍你认识一下我的老朋友，”说着，她把我介绍给白发苍苍的卡鲁瑟斯先生。我们亲切地相互致意，站着聊了一会儿。这时，弗洛莉走过来叫走了卡鲁瑟斯。

“他这人看来蛮不错的，”我说。“我猜猜，你的崇拜者？”

“他一直待我很好——我生病时他对我百般呵护。你大可不必为他吃醋。他就愿意装成一副爱上我的样子。”

“假装？”我说。

“咱们跳舞吧，”她说。“他的事，我以后抽时间告诉你。”

跳舞的时候，她拿下胸前佩戴的玫瑰花，并插在我衣服上的扣眼里。“今晚你玩得肯定开心吧！”说着，她呷了一口酒。我向她解释是一个生日晚会，领着她来到阳台，想私下里同她聊聊。

“你明天晚上能抽时间——同我去看电影吗？”

她箍着我的胳膊表示同意。“你今天晚上比任何时候都要漂亮迷人。”说着，我紧紧抱住她。

“检点些，”她的眼睛越过我的肩膀偷偷望了望，低声咕哝着。“我们不能在这儿呆久了，幸好你明白，要不我浑身是嘴也说不清，卡鲁瑟斯嫉妒心很强。我可惹不起。看，他走过来了……我得走了。”

尽管我很想仔细地观察卡鲁瑟斯的举动，但还是故作镇地不去环顾四周。我靠着阳台上那不堪一击的铁栏杆，聚精会神地观察着楼下各式各样的面孔。即使从这么低的位置上看，这群人表面看起来，有着体重、身高，却没有一点儿人的特征。要是不存在所谓的语言，那么芸芸众生的破坏力与动物生活的其他方式没有什么区别。即使人类有非凡的语言才能，这种区别也是微乎其微。他们谈什么？能称之为语言吗？鸟禽、犬类也有语言，说不定还同芸芸众生的语言一样丰富多彩。交流无法进行时语言才得以产生。这些人相互交谈的每一件事、阅读的每一本书以及他们用以调节生的每一种东西都是毫无意义的。此时此刻与一千个不同过去的时刻相比，没有根本的差异。漂泊流浪的生活，其大起大落的趋向与过去未来的趋向同出一辙。她刚才还说“嫉妒”这个词呢。特别是当你注视着芸芸众生、当你看见偶然撮合的夫妇、当你意识到现在亲密无间的人顷刻之间就因此反目仇各奔东西时，“嫉妒”这个词就不同寻常了。只要我在她这个圈子里，我才不管有多少男子爱着她呢。我同情卡鲁瑟斯，觉得他是嫉妒的牺牲品，很可怜。在我的生涯中，我丝毫不生嫉妒之心。也许我从来不在乎什么。我丧心病狂地追逐女人，并非出于我自己的本意。说实话，占有女人，拥有一切，真是万事皆空：这都是些风度翩翩之人或者是些有万贯家财之人。你能永远这样爱别人或者爱财产吗？她不妨可以承认卡鲁瑟斯已疯狂地爱上了她——这同我爱上她有何区别？要是一个女人能够激起男人的爱恋之情，那她必定也能激起其他男人的这种情愫。爱人与被人爱，无罪可言，而真正有罪的是使人信以为他或者是她只是你的爱。

我走进舞厅。她正同别人跳着舞。卡鲁瑟斯独立一隅。我很想给他一些安慰，这念头一起，我就走过去，同他攀谈起来。他要是正在妒火中烧，痛苦万分，那他当然不会显山露水的。我觉得，他待我非常傲慢与不敬。我怀疑他是确实嫉妒我，要么就为了想隐瞒别的事就尽力地让我作如是观。她提到自己的病情——如果严重的话，她以前怎么没有向我透露一个字？这可奇怪了。她这种迂回曲折的态度让我觉得她最近才得了病。他对她百般照护。在哪儿？肯定不在她家。我又想：她总是劝我不要往她家写信。为什么？也许她无家可归吧！她说，在院子里晾衣物的那个女人不是她母亲。那么是谁？她闪烁其词地说可能是邻居。一提到她母亲，她就特别敏感。看我信件的不是她母亲，而是她姑妈，而且让我吃闭门羹的那个年轻人可是她的弟弟？她说没错，不过他一点儿也不像她。她父亲呢，既然他再也不饲养赛马，再也不在房顶上放风筝，那他整天在哪儿晃悠？她根本不喜欢她母亲。有一次，她甚至故意提醒我她不敢肯定

这个人是不是她母亲。

“玛勒这姑娘挺怪的，不对吗？”我跟卡鲁瑟斯有一句没一句地聊了半天后，说道。

他嘿嘿一笑，让人毛骨悚然，好像要我在她这个问题上超脱一些，于是回应着：“你知道她不过是个孩子。那你当然不信她的话喽。”

“可以这么说吧，她就是那样给我留的印象。”我说。

“她除了玩得开心，脑子里什么都不想，”卡鲁瑟斯说。

就在这时，玛勒款款走来。卡鲁瑟斯很想同她跳上一支舞。“不过我这次说好同他跳的。”说着，她拉起我的手。

“不，没关系，同他跳去吧！我要走了。希望很快能见到你。”她还来不及辩解，我就一口气说了出来。

第二天晚上，我早早就坐在剧院里。我买的座位票靠前。这次演出有好多我最喜欢的演员，比如琪谢·弗瑞甘泽、乔伊·杰克逊以及罗伊·巴耐斯。这次想必是明星大荟萃了。

过了约会的时间，我又等了半个钟头，还是不见她的阴影。我急于想看演出，就决定不再眼巴巴地等她了。我正想着怎么处理这多出的一张票，就有一个长相非常清秀的黑人从我面前经过去票房买票。我叫住他问他要不要票，看到我要无偿送，他似乎觉得不可思议，说，“我还以为你是个票贩子呢。”

幕间休息过后，托马斯·布克登台亮相了。他给我的印象非常深，其中原因我也不很清楚。真是无独有偶，他的名字以及他那天晚上唱的那首《皮卡迪的玫瑰》都与许许多多的事情有一种奇妙的巧合。我的思绪一下子跳跃到七年前，也是这样的季节，这样的晚上，此时此刻，我正踌躇不定地站在通往舞厅的台阶下面……

卡文特公园。我抵达伦敦后的几个小时，去的就是卡文特公园，而且我从花市上买来一束玫瑰花，要送的人就是我特邀请她跳舞的那个姑娘。我本来打算径直去西班牙，然而，当时的情况使得我直奔伦敦而来。一个偏偏来自巴格达的属于犹太血统的保险代理人领我来到卡文特公园剧场。这个地方现在做了舞厅用。在离开伦敦的前一天，我去拜访一位住在占卜教堂附近的英国占星家。往他家走得穿过别人的住地。当我们在这块地盘上匆匆穿行时，他不经意地告诉我这住地是托马斯·布克的，此人就是《石灰房之夜》的作者。第二次，我还想赴伦敦一游，但未能成行，就取道皮卡迪返回巴黎，流连忘返于我脚下的那块风景秀美的地方，并且高兴得流下了眼泪。想起那一连串的失意、沮丧、挫折以及希望后的绝望，我突然第一次感受到“云游”的含义。她能够进行第一次旅行，那必然有第二次。我们再也没有重逢。从全新的意义上来讲，我是个自由人。云游四方，乐此不疲。这种激情紧紧攫着我，使我迷恋了七年之久，倘若有什么东西可以做注解，那无疑就是托马斯·布克演奏的这首感伤的曲。在我还没有怜悯卡鲁瑟斯时，那种感受只有这个晚上才有。而现在听着这首曲子，我突然感到惊恐万状、妒意横生。这首歌唱的是一朵凋谢不了的玫瑰，这是一枝留存于人内心深处的玫瑰。听着这曲中的歌词，我预料到自己会失去她的，我失去她是因为我刻骨铭心地爱着她，是由于爱之切切而造成的恐惧。尽管卡鲁瑟斯对此冷漠淡然，但他还要使鬼点子扫我的兴。卡鲁瑟斯带给她几束玫瑰，她又把他插在她胸前的那朵玫瑰花送给我。喝彩声响彻屋宇。他们在往舞台上投掷玫瑰。他应听众要求再唱一遍《皮卡迪的玫瑰》，当他同以往一样唱到“可是，在皮卡迪有朵永不凋谢的玫瑰……这是一朵活在我心中的玫瑰”，这时，我被深深地打动了，倍感凄凉、寂寞。我难以自已，冲出这个地方。我在大街上狂奔穿行，跌跌撞撞地来到舞厅的台阶上。

她站在地板上，同一个把她箍得很紧的皮肤黝黑的家伙轻挪舞步。舞曲一停我就冲过去。“你去哪儿了？”我问道。“出什么事了？为什么不来？”

见我为这点点小的事闹情绪，她好像露出不解的神情。她怎么了？哦，根本没什么。她去参加一个非常狂热的晚会，回来很迟了……没有跟卡鲁瑟斯呆在一起……他跟我分手才不久。不，组织这场晚会的是弗洛莉。弗洛莉和汉娜——你记得她们吗？（我记得她们吗？弗洛莉是个色情狂，汉娜呢，酒鬼一个。我怎么能把她们忘了呢？）对，她喝了好些酒，这时有人让她叉开腿，她就撇得开开的……哼，她这是蹂躏自己，原来如此。我早该觉察到她要出事。她不是那种与人约好了又不守诺言的人——就像别人让她叉开腿一样。

“你什么时候到这儿的？”我问道。我心里明白，实际上，她心静如处子，出奇地沉着、镇定。

她才到一会儿。这有什么不同？她的朋友杰瑞是个业余拳击家，他正攻读法学，是他带她去吃饭的。昨天晚上他一直活跃在晚会上，而且又好心好意地送她回家。她周六下午要在那个村庄的宝塔茶馆与我会面，这个地方由她的好朋友陶大夫经营。他非常可爱。她愿意让我去见见他。

我说会等她并送她回家的，如果不在意的话，这次可以乘地铁。她说自己回家很迟等诸如此类的话，求我别麻烦了。我强烈地要求送她。看来她不太高兴。显然，我敢肯定她是去打电话了。她是否真的住在她称之为家的那个地方，我又摸不着头脑了。

她从更衣室里出来，笑得那么天真、自然，她说经理同意她早走。我们要是愿意走，可以拔腿就走。当务之急是找个地方填饱肚子。在去饭馆的路上、在吃饭的时候，她连珠炮似的同我聊经理的事儿，还谈到他待人如何心地善良。他是个慈悲为怀的希腊人，为一些女孩子做的事情着实不凡。她是何居心？像个什么似的？比如，像弗洛莉。弗洛莉做人流的时候她还没有见到这位大夫朋友。尼克支付了全部费用，还送她到乡下住了几周；而汉娜让人把她的牙全拔了……哦，尼克给她安了一副假牙。

尼克这个人，自讨苦吃，得到的是什么？我用温和的口吻问道。

“没人了解尼克的底细，”她继续说。“他从来不跟姑娘们套近乎。他自己的事还忙不过来呢。他在住宅区开了个赌场，搞股市交易，在克内岛拥有一个海滨更衣处，又对某处的餐馆垂涎已久……他忙得焦头烂额，哪有闲工夫想那些事。”

“看来你也受宠啊，”我说，“你愿来就来，愿走就走呀！”

“尼克心里只有我，”她说。“与别的姑娘相比，也许因为我能吸引不同类型的人吧！”

“难道你不愿意为生计再做点什么吗？”我突然地问了一句。“你并不是刻意干这种事；我想这就是你成功的原因吧！告诉我，难道你就没有别的非常想做的事吗？”

她莞尔一笑，看来我提的问题是多么幼稚可笑啊！“你不觉得我干这事是因为我喜欢？我做皮肉生意使我挣的钱比干什么都多。我责任心不强。做什么我都不在乎——我每周必须赚一大笔钱。不过，咱们不要谈这个了，太痛苦了。我知道你在想什么，可惜你错了。人人都待我如皇后。别的姑娘愚不可及。我用智慧办事。你也注意到了，拜倒在我石榴裙下的几乎都是上了年纪的男子……”

“你是指杰瑞这样的人？”

“哦，是说杰瑞这个老朋友啊！他不包括在内。”

我抛开这个话题。最好不要问得过细过深，可还有一件小事使我寝食不安。我得彬彬有礼地同她探探讨一下。她为什么要在弗洛莉和汉娜这种不要脸的荡妇身上浪费时间呢？

她仰头大笑。嗨，她们与她相处得亲密无间。她们崇拜她，愿为她赴汤蹈火，在所不辞。一个人必须有人相助，一旦陷入困境他就有了依靠。哦，只要她说句话，汉娜就能为了她把假牙典当出去。谈到朋友，她倒愿意以后给我介绍一个出类拔萃的姑娘。这姑娘完全属于另一种类型，颇有贵族气派。她叫劳拉，有点儿混血儿气质，不过，几乎看不出什么来。的确，劳拉是个非常可爱的朋友。她肯定觉得我会喜欢她的。

“为什么不约个时间？”我随即提示她。“可以在我朋友乌瑞克的画室里会面。我也一直想让你见见他。”

她觉得这主意非常好。虽然劳拉总会按时来，但还说不出多什么时候能办成。不过，她会尽快想出办法的。劳拉的丈夫是个富有的鞋业制造商；她总是不能如鱼得水。她有一辆赛车，这倒是一个接触她的好法子。也许我们可以开车去乡下，晚上找个地方呆下来。劳拉有自己的一套办法。说实话，她只不过有些傲慢。不过，那是她的混血所致，她的一切底细我秘而不宣。至于我的朋友乌瑞克，我是不想给他吐露一个字儿的。

“但他就喜欢混血种的姑娘。他会疯狂地迷上劳拉的。”

“不过劳拉并不想因而让人迷恋，”玛勒说。“她皮肤白皙，非常吸引人，这你会看到的。谁也不会怀疑她身上还流淌着混血儿的血液。”

“噢，但愿她不要太正统了。”

“你不必为此忧心忡忡，”玛勒立刻接上话茬儿。“一旦她忘记自己的身份，她会玩得很开心，我向你保证，绝对会是春宵难买。”

从地铁车站到她家的路上，我们漫步而行。走着走着，我们停在一棵树下亲热拥抱。我的手在她的衣服上磨来蹭去的，而她笨手笨脚地寻找着我裤子的拉链。我们俩就倚着树干亲热。时已深夜，没有一个行人。就当时而言我完全可以把她放倒在人行道上。

她拉开裤链，拽出我的阴茎，正要进一步有所行动时，突然树上的一只大黑猫暴躁地尖叫着朝我们猛扑过来。我们吓得魂飞魄散，而那只猫更是惊恐万状，爪子还撕扯着我的外衣。我惊慌失措地拼命打它，它反而变本加厉地撕咬、抓挠。玛勒吓得如风中的树叶瑟瑟发抖。我们好不容易来到一片开阔地，在草坪上躺了下来。玛勒惊魂未定，我也觉得毛骨悚然。玛勒要偷偷地回家去拿些碘酒之类的东西，我躺在那儿等着她的回来。

这个夜晚温暖宜人，我仰卧地躺在地上眺望着天上闪烁的繁星。有个女人路经此地，也没有注意到我躺在那儿。我的那玩艺儿吊在裤子外面，暖风习习吹来，它就开始膨胀。玛勒还没回来的时候，它就直挺挺地抖动不止。她手拿绷带和碘酒跪在我身旁。我这玩艺儿硬硬地冲着她。她弯下腰，轻轻抚弄它，一副贪婪样儿。我把东西扔到一边，把她拽到身上，尽情地戏耍起来。

我们虚脱地躺下，在习习暖风的抚摸中休息了一片刻。随后她起身侧坐，给我伤口上敷上碘酒。我们点起烟，静静地坐在那儿聊天。最后，我们打定主意离开此地。我陪她走到她家，站在门口互相拥抱，她很冲动地抓住我，急切地拉着我。“我还不能放你走。”说着，她的身子紧紧地贴过来，热烈地亲吻我，准确无误地把手伸进我的裤子。这一次，我俩懒得去找一块开阔地做爱，便倒在人行道旁的一棵大树下真枪实弹地干了起来。在人行道上做爱很不舒服，我必须想办法往那软和的地方挪上几步。挨着她胳膊肘那儿有一小水坑，我想抬起身子再挪动一点儿，然而我正要抽出那玩艺儿时，她暴躁起来。“千万别动，”她一副哀求的口气，“你快让我发疯了！”我哄了她好大一会儿。同以前一样，她极其兴奋，情欲高涨，像头被宰的猪一样尖声号叫。她的

嘴张得又圆又大，完全一副淫荡的样儿；眼睛不停地翻转，好像羊痫风发作。她尽力地向后仰立着，身子倾斜得很厉害。我无情地在她体内抽送着，这倒使我觉得我不能射精了。我旁观似的审视这交媾的过程，恣意地推拉她的肉体。她发出噢—呵、噢—呵的声音，紧接着，我真的射精了。

我们三下五除二地穿戴齐整，又返回她家。走到拐角处，她立即站定，转过身来，煞有其事地对着我，笑得丑陋不堪，“现在该给钱了吧？”

我迷惑不解地看着她。“你这是什么意思？你在说什么？”

“我的意思是，”说着，她还是那副滑稽怪相，“我需要五十元钱，明天我得拿到手。我必须。我必须……现在你明白我为何不想让你带我回家了吧？”

“向我要钱为何吞吞吐吐的？难道你觉得要是你急需的话我筹集不到五十元钱吗？”

“但我立马就要。十二点以前能搞到这个数目吗？不要问我要钱干什么，我急需这笔钱，非常需要。你觉得能拿出来吗？能让我吃个定心丸吗？”

“哦，当然没有问题。”我回答道，说这话的时候我也纳闷在这么短的时间内究竟去哪儿搞这笔钱。

“你真了不起，”说着，她抓住我的双手，热情地握着，“我从心底里不愿意求你。我知道你也没钱。我老是东讨西要的替别人搞钱，我能做的似乎就是这个了。我讨厌这种事，但是又无其他事可干。你相信我，不对吗？我一周后就奉还。”

“玛勒，何出此言。我并不要你还。只要需要，通知我一声就行。我穷得也没钱，不过，我很快就能筹集下。我想能多搞点儿，想把你从那个倒霉的地方带走——我不愿意看到你在那儿。”

“现在就别说了。回家睡觉吧！明天十二点半在泰晤士广场的杂货店门前见面。记得吗？我们以前在那里会过面的。老天爷啊，你那时不知道对我有多重要。我把你当百万富翁了。明天可别让我失望呀——你能保证吗？”

“不在话下，玛勒。”

靠允诺也好，借现款也好，我总得很快地筹集下钱，而且到期给人家奉还。要是时间充裕，我想筹集上一百万也不成问题，然而这得时时刻刻、成年累月地筹集，而不是宇宙的恒星时。能神速地借到钱，哪怕是车费呢，也算是交给我的最艰巨的任务。自打我不上学了，我几乎就马不停蹄地求爷爷告奶奶来维持生活。我常常累死累活地耗上一整天才搞到一毛钱，而有时候就毫不费力，大把大把的钞票往你手上涌。刚开始跟人家借钱时，我能说会道的，而现在已不是从前，什么也不懂了。我知道，不管出现什么情况，某些人我根本不用求，而有些人呢，九十九次都给你个闭门羹，第一百次时却拱手奉送，并且再也不可能回绝你了。你急需救助时，你觉得有些人是救世主，这些人知道你要依靠他们，可是一到危急关头，你伸手求助，却遭到无情的欺骗。的确，没有一个人值得你完全依赖，而随手甩给你一笔钱的那个人，你只不过是刚刚遇见的，他几乎与你素昧平生，这往往是个非常保险的赌注。故交知己是最靠不住的：他们残忍无情，恶性难改。女人们，作为一种衡量的标准，也往往表现出漠然、冷淡的态度。你总觉得要是恬不知耻地借钱，你的熟人会把钱交给你，可是，一想到要探人家口实、要绞尽脑汁地想着如何让人家把钱借给你，此番做法，真让人厌恶之极，这样，你早已把他排除在外。可能是痛苦的人生体验吧，老年人常常那样做。

要想顺利地借到钱，人就得跟做其他事一样，专心致志地搞。这就如同做瑜伽功，就是说，要全神贯注，不能生气伤神或者存有私心杂念。如果你中途停止，你又挣不到一分血汗钱，就这样生活一辈子，这种代价自然是太大了。穷困潦倒之时你只会产生绝望心理。最理想的办法是要别出心裁、出其不意。比如说，你就不能向与你平起平坐或者高你一等的人寻求帮助，而向不如你的人借钱就相对容易些。还有重要的一点就是你得心甘情愿地放下架子，但不能说践踏自己身份的话，这一点绝对必要。借钱的总是犯人，是没有露出马脚的窃贼。即便这欠债要付利息，但根本不会有人讨债的。即便这个人出于深仇大恨，向你提出合法但不合情的要求来刁难你，他总会败北的。向人借钱可掌握着这主动权，而借钱给人却恰恰相反。当个借债人心里可能不自在，但可以生活得轻松愉快、有滋有味。尽管借债人得常常忍受债主的侮辱和伤害，但他自己还觉得债主可怜巴巴的。

说一千，道一万，借债人与债主都一样。这就是为什么烦琐的说教不能根除罪恶的所在。这两者如同男女一样互相求、互为依存。无论这所需借钱数大得多么离奇，无论这还债契约定得多么古怪，总会有一个人借出一只耳朵，支付必需的钱呀！最会借债的人如同聪明的犯罪分子能把事情办得漂漂亮亮。他的首要原则是不见兔子不撒鹰。他不想知道是如何以最低的条件搞到这笔钱的，但是还债时却要绞尽脑汁。一旦碰到债主，他至多也是寒暄两句。正如我们所说的，他们都以票面价值的多少审视对方。聪明的债主看问题就很实际，他知道，明日乾坤一转，借债人摇身一变就能成了债主。

我认识的人里面，只有一个人能看透这其中的门道，这就是我父亲。当我山穷水尽时我总要留条后路向他伸手求助。只有他，我永远赖不了帐。他不但对我有求必应，而且还鼓励我对别人也该如此。我每次从他那里借到钱，转眼就变成了比较阔绰的债主，或者应该说是个施舍者，因为我从不强求别人还债。善有善报的唯一途径就是当落魄者向你伸手求助时，你也得慈悲为怀、好心施予，就涉及的无数的记录而言，偿还债务根本没有必要（所有其他的记录表格已不合乎时代，废纸一堆了）。“债户、债

主都不复存在。”杰出的莎士比亚这样说，这声音表达了一种他要实现乌托邦生活的愿望。对世人来说，借钱与放钱不仅是人们生活中必不可少的，而且这种比例应该扩大到极不相称的程度。真正只讲实用的人是个不左顾右盼、只顾向前走的傻瓜，他什么也不想就施予别人，然而又得硬着头皮向人讨还。

为了速战速决，我就去找我的那老家伙，开门见山地向他要五十元。使我吃惊的是，他银行里没有那么多了，不过他很快告诉我他可以向其他的裁缝借。我问是否能尽力为我筹集到那笔钱，他说当然不在话下，马上办到。

“我过一周左右还你。”我向他道别时说。

“不着急，”他答道。“什么时候都行，希望你在其他方面事事如意。”

我在十二点三十分整把钱交到玛勒手上。她说定第二天在宝塔茶馆的公园里与我相见，说完拔腿就跑。我觉得今天能跟她见个面就算玩得开心了。于是，我大踏步跨进柯帝斯根的办公室想向他要一张五元的票子。他不在，不过其中有个职员，我猜他会对我俯首听命的，果不其然，他乐意帮我摆脱困境。他说我为他的表弟出力不少，应该谢谢我。表弟？我想不出他的表弟是何许人也。“你不记得那个小伙子吗？你送他去了精神病院。”他说。“他是从肯塔基那个地方跑出来的，他爸爸是个裁缝，记得吗？你给他爸打电报说你愿意照护这孩子一直等到他来。那个孩子就是我表弟。”

哦，那个小伙子，记起来了，历历在目。他想当演员，看来他脑子有问题。在精神病院，他们说他已开始违法乱纪了。在报童的住处他就偷了那些哥儿们的一些衣服。这个小伙子出类拔萃，与当演员相比，更适合做个诗人。要是他的脑子有问题，那么我就绝对不正常。他痛苦得向大夫的睾丸上踢了一脚，难怪他们极力把他当犯人看待。我听到这事，淡淡一笑。他真该拿一个包皮的铅头棍狠敲那个性虐待狂的精神病大夫……如何怎样，我在这个保管员的身上找到一个陌生的朋友真是惊喜不已。听他说我还能有一些变化的机会，心里也挺高兴的。我在街上偶然碰到一个曾当过保管员的人，他现在可做了邮差。他硬塞给我两张棒球比赛票，这次比赛是由他负责的纽约魔术师协会提供赞助。“我希望你再给我找一个保管员的工作，”他说。“因为我是这个协会的负责人，现在专门处理的事琐碎繁多，邮差这个活儿我干不好。而且，我老婆快生孩子了。你怎么不来探望我们，我给你看新发明的魔术戏法。那个小孩在勤学苦练想精通腹语；过了一年左右，我就让他登台表演。不管怎么说，我们得养家糊口呀！你知道的，魔术表演挣不了多少。我年纪不小了，但还不能这么早就把腿脚弃而不用。我天生就是搞魔术的料。你了解我的个人才能和生活习惯，你要是能来观看棒球赛，我就把你介绍给那个大名鼎鼎的瑟斯顿，他说好了要去那儿的。我得走了——我手上还有一封投递不出的信。”

你了解我的个人才能和生活习性，我站在拐角处，把这句话记在信封背面。十七年前，也是这句话呀，他叫富彻斯，F. U. 办事处的那个杰哈德·富彻斯。这与乔伊和托尼的家乡——格兰代尔那个地方的亨斯基的扒手同名同姓。以前我常常碰到另外一个叫富彻斯的家伙，他扛着一袋子狗呀、鸟呀、猫呀的粪便，穿过墓地，把它送到某个地方的香料厂。这粪便发出臭鼬似的味道。这个富彻斯是个鲁莽粗俗的雇佣兵、恶贯满盈的鸡奸犯。富彻斯和昆泽，一对好色之徒。昆泽是个受过正规训练的皮肤病专家，已患了结核病。人们常常看见他俩每天晚上都在靠近新池塘路的劳斯彻露天啤酒店端着臭烘烘的啤酒，插科打诨，饮酒作乐。雷吉伍德是布鲁克的一个美籍德侨的居住区。这是他们的麦加，他们非常向往的地方。他们从不轻易讲英语，在他们眼里，德意志是上帝，恺撒大帝至高无上，是德意志的化身。哼，但愿他们倒霉。他们要是还没死的话，愿他们如同肮脏的日耳曼语系中的元音变音一样从这个世界上消失。找到这样一对儿同名同姓难分难舍的双胞胎，真是可笑。该说什么呢，生活习性，——臭味相投吧……

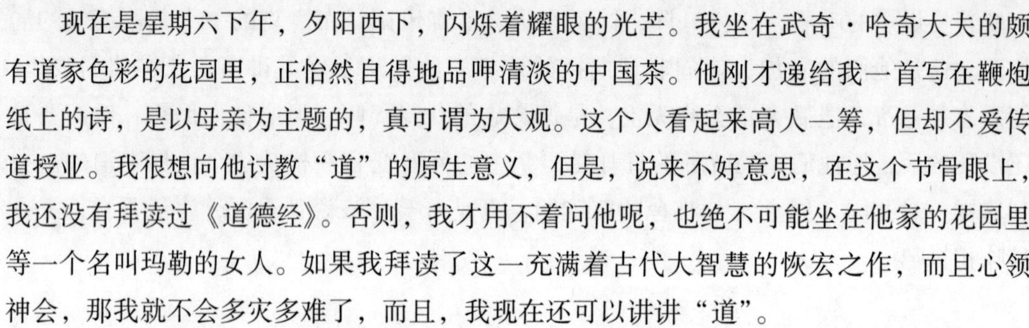

三

现在是星期六下午，夕阳西下，闪烁着耀眼的光芒。我坐在武奇·哈奇大夫的颇有道家色彩的花园里，正怡然自得地品呷清淡的中国茶。他刚才递给我一首写在鞭炮纸上的诗，是以母亲为主题的，真可谓为大观。这个人看起来高人一筹，但却不爱传道授业。我很想向他讨教“道”的原生意义，但是，说来不好意思，在这个节骨眼上，我还没有拜读过《道德经》。否则，我才用不着问他呢，也绝不可能坐在他家的花园里等一个名叫玛勒的女人。如果我拜读了这一充满着古代大智慧的恢宏之作，而且心领神会，那我就不会多灾多难了，而且，我现在还可以讲讲“道”。

坐在这个公元前十七年修建的花园里，我的思想与眼前的景色迥异。说实话，此时此刻，如烟往事全部忘却。我勉强记得我是看不上这首描写母亲的诗，尤其是假大空的文风给我印象很深。更让我讨厌的是写这首诗的秦克一家人，这事我记得很清楚。这首诗的开头看着像是剽窃过来的，真把我气疯了（要是我得到了道家思想的点滴滋养，我就不会大发雷霆了。我就如同怡然自得的奶牛坐在那里，看着夕阳美景觉得自己充满了生命力，就感激涕零、谢天谢地了）。我今天写到这儿的时候，太阳已经落山，玛勒还是没有露面，虽然我没有变成一头惬意舒服的奶牛，但我觉得生机勃勃，心情因为这个世界而宁静如水。

里屋传来一阵电话铃声。秦克劈头盖脸地告诉我有位女士想同我通话。这家伙有一副屁股一样的脸，可能还是个哲学教授吧！电话是玛勒打来的。我敢肯定她刚刚从床上爬起来。她说自己和弗洛莉都睡昏了头。她们两个人因纵欲正在附近的旅馆里酣然大睡呢。哪个旅馆？她不愿意说。她说让我只等半个钟头，她就会打扮得漂漂亮亮。我心乱如麻，不愿意干等半个小时了。她肯定先是撇开两腿让男人操上半天，然后累得睡昏了头。我想搞个明白，与她同床共寝的到底是谁。不可能是一个名字以“C”开头的人吧，可能吗？她不喜欢那样干，也不许任何人同她谈论乌七八糟的下流事。哦，你听见了吗？我现在就在胡说八道呢！告诉我你在什么地方，这样，我马上去见你。你要不想说，那你就自讨苦吃吧！我讨厌……喂，喂！玛勒！

电话给挂了。唉，她可能又干上了。弗洛莉这个臭骚货，操卖皮肉全是她捣的鬼。

这个弗洛莉，她那毛乎乎的肉洞痒得不行了。当你听说有个姑娘找不到她中意的大肉棍时，你有何 感想？看见她，你肯定想狠狠地把这婊子的肋骨踢出几根来。她不穿鞋身高一百零三英寸，那欲壑难填的肉体也有一百零三磅重，你要问我她怎么样，她也算得上是个豪饮之徒，爱尔兰的浪荡女、淫荡的骚货。这婊子还装腔作势，竭力装出她曾经是个齐格菲德活报剧中的姑娘。

一周过后，我还没有得到玛勒的丁点儿消息，接着玛勒的电话把人搞得措手不及。听得出来，她心情郁闷。她要我吃饭时去某个地方见她，有要事要告诉我。她的口吻正儿八经地，我还是第一次遇到。

我正心急如焚地赶赴约会，不料，在街角撞见的却是克伦斯基。我想跟他打个招呼过去就算了，却白费了半天工夫。

“慌里慌张地，干什么去呀？”他咧着嘴笑着，慢吞吞地讥讽你，真是半路里杀将出这么个狗东西。

我解释说与人有约。

“你是吃饭去吗？”

“我是要去吃饭，不过我想独去。”我索性打开窗户说亮话。

“哦，不，米勒先生，你不是单枪匹马。看得出来，你需要个伴儿。今天你可不是神采飞扬、容光焕发呀……你看你这着急样儿，但愿陪伴你的不是个女人吧？”

“听着，克伦斯基，我要同人家见面，不想让你瞎搅和。”

“哎，米勒先生，对老朋友怎能这么说话？今天我是跟定了。我付饭钱，怎么，你总不能连这也不买账吧？”

我忍不住笑了起来。“好吧，你这个无耻之徒，跟屁虫，真拿你没办法。说不定我需要你帮忙呢。我穷困潦倒时我才把你当人看。听着，跟着我可别出洋相。我要让你见见我所爱的那个女人。她可能讨厌你的长相，不管怎样吧，我让你见到她就行。我似乎还不能把你扔到一边，将来我要结婚，你迟早要露面，倒不如让她现在就开始遭你这份罪。我猜想你不会喜欢她的。”

“米勒先生，听起来还真当回事呢。我得采取些措施来保护你。”

“你一开始就瞎搅和，小心你的脑袋，”我必须粗野不堪，“对这个女人，我可是正儿八经的。你以往没见我这么一本正经的吧？嗯，你还不信？好，你只管看着我的言谈举止就行。跟你说我可是个正人君子……你要是坏了我的好事，杀了你我都不解恨。”

我很惊奇玛勒已经捷足先登了。她在昏暗的角落找了一个无人去的桌子。“玛勒，这是我的老朋友，克伦斯基大夫。他非要跟我来，我想你不介意吧！”出乎我的意料，

她热情地同他打着招呼。克伦斯基呢，这时却直勾勾地盯着她，不怀好意地挤眉弄眼，同她打情骂俏，而他一声不吭时给人的印象更为深刻。当我把他介绍给一位女性时，他总是絮絮叨叨地没完没了，情绪激动得发出鼻息声却看不到鼻翼的煽动。

玛勒却是出奇地冷静；她的说话声如催眠曲，平缓、静谧。

我们刚刚点上菜，彼此恭维了一番，克伦斯基从容而又亲切地看着玛勒，就打开话匣子："很不幸，我今天来得不是时候。要是你非要让我走，我马上起身。说句心里话，我很想留下来。说不定我还能帮上忙呢。我同这个小伙子相处得很好，我愿意与你交个朋友。当然是忠诚的朋友。"

这番话很能打动人。显然，玛勒深受感动了，热情地答道。

"你务必留下来，"为了表示诚意与信任，她从桌子上伸过手来。"你一来，我说话也不拘束了。我听人说起过你，不过，我觉得你这位朋友说得不对啊！"说着，她抬起头，假装地看着我，然后又温和地笑了。

"不，"我迅速接过话茬儿，"我从不把他当老实人看，这是事实。"我转向他，"克伦斯基，你知道你的性格最让人讨厌了，而且还……"

"得啦，得啦，"他歪鼻咧嘴地扮了个鬼脸，"不要动不动就拿陀思妥耶夫斯基的那一套分析我。我是附在你身上的恶魔，你要说的是这些吧？不错，我的确把你带坏了，不过，我可没给你添乱子，而你却对我落井下石。我打心底里喜欢你。要是我想着你打算要办什么事，即使这事能给我的至爱带来灾难，我也是对你有求必应。在我认识的人中，你高高在上，我为何与人言，因为你根本不配。现在呢，我承认自已伤心透顶。看到你们相亲相爱，我想你们会为对方着想的，然而……"

"你是说我爱玛勒爱得还不热烈，是这意思吗，嗯？"

"我还不能说，"他特别严肃地说。"我已看出你们俩正是棋逢对手。"

"你就这样认为我真的配得上他？"玛勒的口气非常谦恭。

我困惑不解地看着她。根本没想到她能跟一个陌生人说这话。

她的话一下子把克伦斯基激了起来。"配得上他？"他冷笑着。"问题是他能配上你吗？他的所作所为能让女人感觉到配得上他吗？他现在沉默不爱言语，还没开始显能耐呢。我要是你，我一点儿也不信任他。他做个好朋友都不够格，还谈什么做情人或者丈夫呢？可怜的玛勒，千万别把这些事放在心上。要是你非要让他显出能耐，就要让他鞍前马后为你服务，激活他的能力，让他活蹦乱跳的。倘若要让我给你一个忠告，像我那样认清他、迷恋他，那你就要给他使坏，惩罚他，逼他陷入绝境！不然，他会吃定你，你就完蛋了。这并不是说他是个坏蛋，并不是因为他想加害于人……噢，绝对不是！他没有慈善之举。他要给你布下陷阱，就肯定让你以为他的确考虑了你的利益。他口蜜腹剑、笑里藏刀，而且还给你说他是为了你的利益才做的。他是一个恶魔，不像我这样的人。我装模作样，可他功利性很强。他是个两条腿走路的狗杂种，残酷得令人发指，可笑的是，因为他禽兽不如或者也许是他做事直来直去，你才爱他。一旦他要向你下手，他事先警告你，笑眯眯地告诉你。等把你打翻在地，他如同安琪儿一般，扶你起来，亲切地拂去你身上的土，明目张胆地告诉你他的确把你搞得很惨，等等。这个狗娘养的！”

“当然，我可没有你认识得那么彻底。”玛勒轻声地说，“不过，说实话，他不管在什么情况下都没有向我暴露这种的品质。我只知道他温文尔雅、超凡脱俗。我想这样下去他会一如既往地待我。我钟情于他，又把他当人看。我愿意为他的幸福牺牲一切……”

“但是，你现在不是很快活呀！”克伦斯基好像根本没有听她说。“告诉我，他逼你做什么？”

“他什么也没干，”她猛然回敬道，“他不明白我的苦恼。”

“哦，能跟我说说吗？”克伦斯基的声调变了，眼睛湿湿的，样子就像一个摇尾乞怜以示友好的小动物。

“不要强迫她，”我说。“她想说的时候会说给我们听的。”说着，我望着克伦斯基。他的表情说变就变，把头转了过去。我看着玛勒，发现她热泪盈眶，随之，泪水哗哗地往下淌。过了一会儿，她托词去了洗手间。克伦斯基看着我，笑得那么有气无力，这种表情就像一个沉默寡言的人在月光之下病恹恹地喘着粗气。

“别想得这么惨，”我说，“她干什么都坚韧不拔，一切都会好的。”

“这是你说的！你站着说话不腰疼。你激起了感情而把它称之为痛苦。你难道不明白这个姑娘正身陷不测？她希望你助她一臂之力，可不是袖手旁观呀！如果你不为她帮忙那我会义不容辞。这次你可遇上了女中豪杰，而且，米勒先生，一个真正的女人期望找到一个不仅仅是能说会道的意中人。如果她希望你离妻别子，放弃工作，同她一起私奔呢？我觉得这值得一做。听她的话，不要顺从你的私欲！”他重重地落座，剔着牙。停了一下他又说，“你在舞厅遇到的她吗？哦，祝贺你有好眼力找到这么个真正的人。你要是对她放心，她会造就你的。当然，如果不是太晚的话就行。你知道你变化得太离谱了。跟你那个老婆再过上一年，你非完蛋不可。”他厌恶地朝地板上吐唾沫。“你福星高照，未曾耕耘就有收获，而我呢，狗崽子似的出力流汗，可等我一回过头，一切都灰飞烟灭了。”

“好在我是异教徒。”我打趣地说了一句。

“你不是异教徒，是个犹太黑人，可你又不信犹太教。你的身份让人着迷，是个犹

太人就想百般讨好你。你是……哦，多亏你提醒。玛勒是个犹太人，没说的吧？现在得啦，别装蒜了，她没告诉你？”

说玛勒是犹太人，真是太搞笑了，我不当面笑他才怪呢。

“看来你是不见棺材不落泪了？”

“她是什么人我不管，”我说，“不过我敢保证她不是个犹太人。”

“那她是什么人？你总不会把她当成纯种的雅利安人吧？”

“我也没问过她，”我答道。“随你问她好了。”

“我才不会问她呢，”克伦斯基说，“她可以当着你的面对我胡说八道。不过，等下次见了你我会告诉你真伪的。我可是能分辨出犹太人。”

“你我初次相逢，你觉得我是犹太人喽？”

听到这里，他坦然一笑。“你真的相信我的话了？哈哈！呃，这太棒了，你这个书呆子，我跟你说这些只不过是想讨你的欢心。要是你身上有一滴犹太人的血液，出于对我们民族的尊重，也要私刑处死你。你是犹太人？……好，好……”他摇头晃脑，眼中噙着泪水。“犹太人首先是聪明绝顶，”他又说上了，“而你可不算机灵，而且，犹太人以诚实为本，这足够了！你诚实吗？你骨子里有一点儿真实的东西吗？而犹太人就有。即便傲气十足的时候，犹太人总是表现得谦恭卑微……看，玛勒过来了，咱们就此打住吧！”

“你们在说我，不是吗？”玛勒落了座。“为何不往下谈了呢？我不介意。”

“你错了，”克伦斯基说。“我们根本没有聊你的事……”

“他撒谎，”我插了一句。“我们是在谈你的事，只是还没怎么谈。玛勒，我倒希望你能跟他说说你家里的事，我是说，你跟我说的那些事情。”

她阴沉着脸。“你怎么对我家的情况感兴趣？”她一副非常生气的样子。“我家的事索然无味。”

“我才不信呢，”克伦斯基若有若失地说，“我觉得你打了折扣。”

他俩的说话表情真让我吃惊。好像她在暗示他不要太急躁。他们心照不宣，我茫然不知，成了局外人。我又清晰地记起她家后院里的那个女人。她试图暗示我那个女人不是她的邻居。那该是她的继母了？我在记忆中极力搜寻着她讲起她亲生母亲的话，可是在这错综复杂的迷宫中转瞬即逝，她已抛开这个明显给人带来痛苦的话题。

“你这么想了解我的家庭，有什么理由？”她转向我说。

“涉及你痛苦的事，我一概不问，”我说：“不过，要是问得很得体，跟我们说说你继母的事，不介意吧？”

“你继母是哪儿的人？”克伦斯基问道。

“越南人。”玛勒说。

“那你呢，也生在越南了？”

“不，我出生在罗马尼亚的一个小山村。我身上可能流淌着吉卜赛人的血液。”

“你是说你的母亲是吉卜赛人？”

“是的，经历大概这样的。据说我父亲与她一分手就和我的继母结了婚。我推测这就是我母亲厌倦我的原因。我是这个家的丧门星。”

“那你很崇拜你父亲喽？”

“我崇拜他。他跟我一样。家里其他人与我形同陌路，我们产生不了共鸣。”

“那就是说你支撑着这个家了？”克伦斯基说。

“谁告诉你这些的？我明白了，我进来时你们谈的就是这些事情吧……”

“不，玛勒，谁也没对我说过。我善于察颜阅色。你牺牲了自己，难怪你不快乐。”

“我不否认，”她说。“这都是为了我父亲。他身患残疾，什么也不能干。”

“那你的那些哥哥弟弟呢，出什么事了？”

“平安无事，懒惰而已。我宠坏他们了。你知道，我在家里养活不了全家，十六岁那年就离家出走，在外面呆了一年；等我返回家，才发现家人活得很辛苦。他们无药可救，就我还有些出息。”

“你管得了全家吗？”

“尽力而为吧，”她说，“负担太重，有时我真想撒手不管，可是我不能这样做。我要是甩手而去他们就会饿死。”

“胡说，”克伦斯基激动不已。“你走了也是合情合理的。”

“可是，我不能，不能在我父亲还活着的时候就一走了之。我操皮肉生意什么都得干，总不能看着他受冻挨饿吧！”

“那么他们也会让你卖淫？”克伦斯基说。“你瞧，玛勒，你如此这般有悖于常理。你承担不了所有的责任。让他们自己管自己吧，把你父亲接来，我们会帮你照顾他的。他不知道你这样赚钱吧？你不是跟他说在舞厅上班吗？”

“是的，我说了。他想着我在剧场上班，但我继母什么都知道。”

“那她不在乎？”

“在乎？”玛勒脸上挂着苦笑。“只要我能把这个家撑住，她才不在乎我干什么呢。她说我尽干坏事，说我是婊子，就像我生身母亲。”

我打断她的话。“玛勒，”我说。“我不清楚有这么糟。克伦斯基说得对，你得自我解脱。为什么不照他的建议离开这个家，再把你父亲接走？”

“我何尝不愿意呢？”她说。“可是我父亲死活不离开我继母。她把他当小孩看，胁

迫他。”

“但是他要是知道你在干这事呢?”

“他永远不会知道，我不会让任何人向他透露的。我继母曾威胁我要告诉他。我说要是露了馅就杀了她。”她苦笑着。“你猜我继母说什么了?她说我一直想着法子伤害她。”

正当此时，克伦斯基出主意让我们到住宅区他朋友的家里继续谈，恰好他朋友外出了。他说随便我们谈上一晚也可以。在地铁里，他情绪突变，又同往常一样挤眉弄眼、打趣逗乐，面目狰狞，苍白得吓人。这意思明摆着，他自认为是情场老手，觉得不费吹灰之力就能把长相迷人的女人勾引到手。汗水顺着他的脸庞往下流，浸得衣服软软的。他说起话来又紧张又激动，东一鎯头西一棒子，一点儿也不连贯。他想别出心裁地渲染一种喜剧氛围，他就像被两台大强度探照灯照射的蝙蝠，慌乱不迭，松松垮垮地拍打着自己的翅膀。

玛勒却被这种光景逗得眉开眼笑，真让我恶心。“你的这位朋友真的疯了，”她说，“可我喜欢他。”

克伦斯基无意中听到这句话，凄苦地咧着嘴笑，汗珠子更是唰唰地往下淌。他越是龇牙咧嘴地笑，越是丑态百出，看起来就越抑郁伤感。他才不想让人看出他这倒霉劲儿呢。他是克伦斯基，待人宽宏大量，身体健壮如牛，精力充沛，做事不拘小节，是个替人排忧解难的乐天派。你要是有时间听他摆龙门阵，他就能滔滔不绝地聊上几个小时，甚至几天。他一想起聊天，就马上谈起琐碎而无意义的事情。无非是讲一讲世界的未来及其进化本质、天体物理的构造、政治经济的形态，等等。他老是在汇集石油短缺的真实材料、调查研究苏维埃军队或者我们国家的军火库以及防御工事的情况，由此他推论这世界正处于灾难之中。

他说，由于苏军士兵只有那么些衣服、鞋帽等给养，今年冬天就难以发动战争，这好像是一个无可厚非的事实。谈及糖类、肉禽等生活供应问题，就好像他到世界各地视察了一番。他掌握国际法知识比最有名望的法学权威还要多。看来他对各行各业的知识都烂熟于心。他目前不过是一个城市医院的实习医生，但是要不了几年，他就会是个权威的外科医生或精神病学者，要么是其他方面的佼佼者。他还不知道自己会选择什么职业呢。“你为什么不想成为美国总统呢?”朋友们冷嘲热讽地问他。“因为我不是个傻瓜，”他伶牙俐齿地予以回击。“要是我想做，你觉得我不自量力?听着，你认为当个美国总统就不费脑筋，是吗?我想踏踏实实地工作。想助人一臂之力，不愿意欺骗他们。我要是接管了这个国家，就得彻头彻尾地精简机构。我要先拿你这样无能的人开刀……”他要清除世间的不良现象，使这个庞大的机构秩序井然，为人类的兄弟情谊和自由思想的王国铺平道路。他能这样说一两个钟头。他的日常生活就是用精美的梳子一边清理恶心的虱子，一边回想着世界大事。某一天，他得知很多奴隶在黄金海岸的生活处境，就会暴跳如雷；他给你复述一遍半成品黄金的价格或者某一惊人虚构的统计数字；这种虚假的财务内情简表无意中使人们互生怨恨，而且给一些胆小怕事、胸无大志的人找了些白吃饭的活儿，这样，无形之中增加了政治经济的负担。再一天呢，他就会抱回来一些铬或高锰酸钾之类的东西，可能是由于德国或者罗马尼亚垄断了这些药品的市场，一旦天有不测风云，苏军的外科医生就难以进行手术。或者他专门收集最新的可靠消息，把那帮刚露出马脚就打家劫舍的害群之马了解得清清楚楚；如果我们不马上行动起来发挥绝顶的聪明才智，那么这个文明社会会很快陷入无政府的混乱状态。他一直未能解开的谜团就是这个世界没有克伦斯基的点拨怎样日复一日地蹒跚前行呢？克伦斯基从不怀疑他对世界情势的分析。经济萧条、金融恐慌、水灾泛滥、激烈变革、瘟疫流行，所有这些现象全都证实了他的判断力。天灾人祸使他乐不可支；他如同未成名的社会政客阴森森地预报灾难，然后就哈哈大笑。天上人间的事情怎么与他自己的看法相吻合，这个问题从来没有人向他讨教过。问题的本身没有这么巧，说明不了什么。大家悟性太差，问不倒他。他这时就觉得自己露了脸。他的第一任妻子死于医疗事故，而且要是他的第二个妻子知道我们的谈话内容，很快就会疯的。他有能力为刚诞生的人类共和国构想出最完美的机构模式，可是，面对臭虫对他的安乐窝的肆意袭击，他却束手无策，真让人感到奇怪呀；他对世界大事有先见之明，在非洲、瓜德罗普、新加坡等地方发生的事情都一一应验了，出于这个原因吧，他自己的住所总是一片狼藉。比如，碟子没有洗，床铺没整理，家具拆落一地，黄油臭气熏天，厕所堵塞，浴缸渗漏，桌子上扔着几把脏兮兮的梳子，而且总的来说，这种让人难以忍受的脏乱差的状况正好体现了克伦斯基大夫的风格；就他本人而言，头垢、湿疹、疖、水疱糜烂、弯腰驼背、肉赘、粉瘤、口臭、消化不良以及其他小打小闹的毛病，这些都算不了什么，因为一旦这个世界变得井然有序，过去的一切都会烟消云散的，人类就会脱胎换骨，犹如新生的羔羊。

他带我们去他朋友家，告诉我们说这个朋友是个艺术家。跟有名的克伦斯基大夫能交上朋友，看来，这个人的艺术才华也不简单哩。这种人只有在太平盛世期间才会一举成名。他朋友的绘画与音乐并驾齐驱，成就非凡，难分伯仲。很不凑巧，我们无缘欣赏他的演奏。不过，我们能看到他的八幅绘画作品，他的大部分杰作都给毁掉了，如果不是为了克伦斯基，他会把所有的绘画作品都付之一炬的。我随意地问问他的朋友现在干什么？他在加拿大的荒地上为残疾孩子们经营着一个示范农场。克伦斯基本人是这一活动的组织者，但他一直忙忙碌碌，根本无暇顾及管理方面的实施细节。再

者，他的朋友身患肺结核病，很有可能要永远呆在那里。克伦斯基经常给他打电报，向他提出方方面面的建议。这一活动刚刚起步，用不了多久，他就会使医院、收容所关门大吉，向世人证明，老弱病残们有能力互相照顾。

“这是你朋友的一幅作品吗?”他一开灯，墙上蓦然现出一大块黄中带绿的胃液呕吐物。

“这是他的早期作品，”克伦斯基说。“他出于伤感才保存下来的。他最好的一些作品我已拿去收藏。不过，你从这幅微不足道的作品中可以发现他创作的意图。”他得意地看着这幅画，好像视为己出。“怎么样，不错吧?”

“真可怕，”我说。“他有一种发泄情结，他可能是在二月里 一个阴沉沉的天气，从大贫民区附近的布满陈年马尿小坑儿的下破烂的地方出走的吧!”

“你说出这等话来，”克伦斯基以牙还牙，“你就是看见他本人，也认不出他是个以诚实为本的画家。你对新生的革命英雄佩服得五体投地。你是个浪漫主义作家。”

“你的朋友可以当个革命者，但他绝不是画家的料。”我坚持自己的看法。“他没有一点儿爱心；他无非就是怨恨，更有甚者，他连自己怨恨的东西都表达不出来。他是井底之蛙。你说他有肺结核病，我看他是个胆汁病患者。你的这位朋友浑身恶臭，这个处所也是臭气熏天。你为什么不开窗？好像有股死狗的味。”

“你说的是豚鼠身上的味。我一直把这儿作实验室用，难怪有股臭味。米勒先生，你鼻子太尖，是个唯美主义者。”

“这儿有酒喝吗?”我问道。

当然没有。不过，克伦斯基提出要出去买些来。“拿些烈性的，”我说。“看着这地方就要干呕吐。难怪这可怜的家伙患肺结核呢。”

克伦斯基很难为情地迅速离开了。我看着玛勒。“你看呢，咱们是等他呢，还是一走了之?”

“你这人心眼太坏了，还是等等吧！他挺有意思的，我还想听他聊聊，而且他的确能把你放在眼里。看得出来，他说话时就望着你呢。”

“他就这一次说得有趣，”我说，“说实笑话，他烦死我了。我听他胡说八道了这么多年。他算是聪明的，但他总要马失前蹄的。记住我的话，他将来会自杀身亡的，而且，他是个丧门星星，只要碰到他，事情准糟糕。你不觉得死神附在他身上吗？他要是不能阴森森地预报灾难，就会如同一头无尾猿哼哼唧唧，不知所云。你说怎么跟这样的人做朋友呢？他想让你做他的患难之交吧？他有什么苦恼我却不了解。他为这个世界操心分担，可我才不关心呢。我不能把这个世界治理得井井有条，包括他在内，谁也无能为力。他为什么不想法子生活呢？要是我们再自得其乐些，这世界哪能这么惨呢？他真把我给搅昏了。”

克伦斯基买了些劣质酒回来，还口口声声说自己费了好大的劲。他只沾了一丁点儿酒，所以不管我们中不中毒，他自己反正没事。他说他倒希望我们酒精中毒。他好像借酒排遣了整夜的郁闷，玛勒还愚不可及地为他感到难过。他舒展着筋骨，头枕着她的大腿躺在沙发上，又开始稀奇古怪地讲世人的悲惨遭遇。同往常一样，没人与他争辩，也不互相谩骂，但是他就如同录音电话机，索然无味地说着这个世界中许许多多不幸的人的故事。

克伦斯基的脑袋枕着她的大腿。他阴险恶毒，目中无人，说起话来如同从半开的龙头中渗溢出来的煤气。荒谬的是，人类最小能缩到原子。在这群体最痛苦的时候，人们会下意识地产生精神错乱。克伦斯基大夫已不复存在，有的只是痛苦与磨难，在这丧失人格的强大原子能的真空中发挥着正负电子的作用。他如一团死水，即使这个世界被惊人地苏维埃化，也不能激起他热情的火花。他口中念念有词——神经质、内分泌腺、脾、肝脏、肾、紧贴皮肤表层的小毛细血管。皮肤本身就是一个皮囊，里边乱七八糟的什么都有：骨头、肌肉、腱子肉、血液、脂肪、淋巴、胆汁、尿、粪便等等全套装备。细菌在这个恶臭的内脏袋子里发酵蔓延；无论那个被称之为愚木疙瘩的脑袋发挥得多么超群，细菌总是战无不胜的。人的躯体总是要向死神投降的，而克伦斯基呢，尽管 X 光线的统计数字表明他还活得很结实的，当死神离他而去时，他也只不过是个被脏兮兮的指甲盖碾碎的虱子。克伦斯基因泌尿系统的机能衰退而时发狂，但他万万没有想到，宇宙之下，死亡会采取另一种方式。他对着这么多的尸体，剖腹取肠，大卸八块，这时死亡的概念非常形象具体的了；可以说，这是一块放在停尸板上的冻肉，电停了，机器也不转了，这块冻肉一会儿就臭不可闻。这真是司空见惯的事了。再可爱的人死了，也不过是另一件非常无情的铅管子。就在他身上有了坏疽之后，他望着自己的妻子，旁敲侧击地说她应该是一头展现迷人风姿的鳕鱼。当得知坏疽仍在他的体内肆意生长时，她也无暇顾及自己经受的痛苦了。他已经迈进了死亡之门，他的反抗精神让人钦佩。他认定死神总是时刻陪着你，它潜伏在黑暗的角落，一有良机就会抓着你的头颅狠狠地往死里撞。他说，死神总是机会伏在我们所有人的身上，这是我们唯一真正的契约。

他张开那没有血色的厚嘴唇大放厥词，玛勒却听得入迷了。她捋着他的头发，温柔而惬意地哼哼着。他那千篇一律的预言不算什么，但对受难者的露骨的同情使我恼羞成怒。他病羊似的蜷成一堆，使我感受到一种特别明显的喜剧色彩。他吞食了许许多多的空锡罐，用被遗弃的汽车零件滋养自己。他是个用事实与数字堆积起来的活坟墓。搞清这统计数字可真难死他了。

“你知道自己该做什么吗?”我悄悄地说。“就现在，今天晚上，你该自我了结才对。你活得没有什么奔头了，为何自欺欺人?我们过一会儿就丢下你，你只管结束自己的命吧!你脑瓜子灵，一定知道如何头脑聪明地自杀。说真的，我觉得你也是这个世界的人。既然如此，你只需损害自己就行了。”

这番话使苦不堪言的克伦斯基大受刺激。他竟然海豚似的跳将起来，拍手喝彩，像个麻木的跛子，体面文雅地跳了几个舞步。当他得知妻子又生了小孩子时，就如同水道挖掘工一样，欣喜若狂起来。

“米勒先生，你是说要我自己死吗，嗯?你如此慌张干什么?你是嫉妒我了吧?哼，折磨得你死去活来。总有一天，你要来求我给你解围。你将要跪在我面前苦苦哀求，我才不吃你这一套。”

“你疯了吧?”说着，我用手摇着他的下巴。

“哦，不，我不疯!”他拍着我的秃头。“跟所有的犹太人一样，我只是有点儿神经过敏。你别犯傻了，我永远不会毁掉自己的。我要参加你的葬礼，不停地嘲笑你。也许你没什么伤心事。说不定你将来因借我的钱而债台高筑，这样，当你一死，你就得把身体赎给我。米勒先生，一旦我开始搜刮你，你连一分钱也留不下。”

他伸手拿起钢琴上的裁纸刀，刀尖抵住我的肚子。他在我肚子上比画着，而后在我眼前晃来晃去。

“我可要动手了，”他说。“拿肚子开刀。我先灭灭你那浪漫的痴人呓语，不然你总觉得自己活得挺滋润；然后呢，我要像剥蛇皮一样扒了你的皮，这样可以够得着你那沉着冷静的筋，把这些筋弄得颤动、跳跃；你得在我刀下苟延残喘地活下去；你金鸡独立，头搭在壁炉台上，龇牙咧嘴地笑着，你这等模样，真是怪物一个。”

他转向玛勒。“等我给他换上实验室的衣服，你觉得还会爱他吗?”

我背对着他来到窗口。布罗克斯后面的风景是独一无二的：木栅栏、晾衣竿、洗涤槽、污秽不堪的草地、鳞次栉比的廉价公寓、安全出口，等等，不一而足。穿着各式服装的人们在窗前徘徊。为了完成第二天那无聊乏味的工作，他们一个个都准备着休息。十万人中，可能有一个人能摆脱这种集体毁灭；而其他人呢，要是有人晚上趁他们睡熟时进来割破他们的喉咙，这算是对他们的怜悯。要相信这些可怜的牺牲品还能开创什么新生活，真是无稽之谈。我想起了克伦斯基的第二任妻子，她慢慢也会发疯的。她跟这帮人没什么区别：父亲开了个杂货店，母亲患了子宫癌，整天躺在床上养病；一个弟弟嗜睡如命，另一个瘫痪不起，哥哥脑子又不够聪明。一个智力正常的家还要使整个家庭的生活处于瘫痪，那么这所智力正常人的房子呢……

我厌恶地朝窗外吐了两口。

克伦斯基站在我身旁，一只胳膊搂着玛勒的腰。“为什么不动手呢?”说着，我把自己的帽子扔出窗外。

“什么，闯下祸让邻居们来处理呀？不，先生，我才不干呢。米勒先生，看来你着急要自杀。为啥不赶快行动?”

“我是愿意，”我说。“如果你同我一起动手的话。我让你看一看死有多么容易，来，把手递过来……”

“唉，算了，算了。”玛勒说。“你们这是小孩玩过家家呀！我还指望你们两个为我排忧解难呢。我才真正地担忧呢。”

“没办法呀，”克伦斯基闷闷不乐地说。“你父亲就不愿意让人帮他，他就想死。”

“可是我想活命呀，”玛勒说，“我才不当苦行僧呢。”

“谁都会说，可无济于事。等我们推翻了这个腐朽的资本主义体制，才能柳暗花明呀……”

“这全是废话，”玛勒插上了嘴。“你认为我为求活命要等到革命爆发吗？现在就该采取措施。要是我用其他方法还是无力回天，我就去当妓女，当然是智商高的喽。”

“哪儿有智力型的妓女呀?”克伦斯基说。“出卖皮肉就是弱智的表现。你为何不动动脑子？你要是个间谍，就得更好地用脑子。这就算出主意了！这个组织里有我非常好的关系，我觉得还能从那行当里给你找个事儿干。当然，你就得放弃跟这家伙鬼混的想法。”他猛地指着我。“可是，像你这种女人，”他的眼睛贪婪地在她身上扫来扫去，“挺起腰杆，得有个伯爵夫人或者公主的样子，怎么样?”他又说。“除去花销，每周一百元……不太坏吧，如何?”

“我现在挣得可比这多，”玛勒说，“还不遭人算计。”

“什么?”我们俩立刻惊叫起来。

她笑了。“你觉得说的钱数很大吗？我需要的远不止这些，只要我愿意，明天就能找个百万富翁结婚；我屁股后面一大堆给钱的呢。”

“你为什么不嫁上一个人再迅速跟他离婚呢?”克伦斯基说。“你可以走马灯似的换人，自己也成了百万富翁了。你怎么这么死心眼儿？这等事情还举棋不定，不打算告诉我?”

玛勒真不知怎样应答。她想来想去说，为了票子跟一个被社会抛弃的人结婚，实在是太糟糕。

“你是说自己可以操皮肉生意！”他满口讥讽。“这儿的这家伙受到资产阶级道德观的腐蚀，你也是一样的可恶，听着，你咋不让他学学给你拉皮条？你们俩在下流社会里可是珠联璧合呀！干吧！说不定我能经常给你拉些生意呢。”

"克伦斯基大夫，"我和蔼可亲地微笑着，"我想我们要同你分手了。可以说，今天晚上玩得很开心，受益匪浅。玛勒一染上梅毒，我肯定请你出山。我觉得你手腕非凡，把我们所有的问题都解决了。要是想送你老婆去精神病院看病，就过来跟我们玩吧！你起码是个幽默风趣的人，有你在，咱们肯定玩得开心。"

"快别说了，"他求饶似的。"我想跟你好好谈一谈。"他转向玛勒。"你急需多少钱？要是能救急，我能借给你三百元。这钱不是我的，过六个月我得还给人家。听着，现在别走。我想跟你谈些事，让他走吗？"

玛勒望着我，好像在问我刚才他那番话是不是真的。

"问他干什么？"克伦斯基说。"我对你可是真心诚意的。我喜欢你，愿意为你效劳。"他转过身粗言厉声地对着我。"请吧，回家去吧，好吗？我又不会强奸她。"

"那我走了？"我问道。

"好吧，走吧，"玛勒说。"只是为什么这白痴跟我说话还要耗很长时间？"

这三百元的事我真拿不准，不过我还是离开了。坐在地铁里，看着那些乘客在夜幕下的大都市里疲惫不堪的模样，我如同当代小说中的主人公，陷入了深深的反思。像他们一样，我扪心自问一些毫无价值的问题，提出一些根本不存在的事情，为未来制订着虚无缥缈的蓝图，对万事万物——包括我自身的存在也心存疑虑。当代的英雄人物，其思想无所指归；他的脑子就是个滤盆，可以把无聊乏味的思想冲刷掉。他心里想自己正坠入爱河。他坐在飞快地地铁里，像台缝纫机一样，在车里来回穿梭。他想的就是及时行乐，逍遥自在。就比如吧，他也许正跪在地板上抚摸着她的膝部；他那热乎乎、汗津津的手在这冰凉的肉体上慢慢地向上移动；他谄媚地说她是多么的出类拔萃；要是能插进她体内，要是能求她双腿再叉开点儿，那就绝不是三百元钱能办的事了，他就会层层加码；她的乳房越来越近地蹭着他，她希望他心满意足地咂巴一番就行，千万不要逼她交欢。她自忖这不是玩弄和诱奸吧？因为她坦率地警告过所有的人，如果她迫不得已地干了这事，她就应该而且必须与男人交媾求欢。老天爷作证，男女之事可不是纸上谈兵：她能够轻松迎战，能放荡纵欲，时松时紧地变换着花样，谁也搞不清她被人玩弄了几个回合；她的托词确凿有据，干这皮肉生意只是不愿意让她父亲像狗一样地死去；此时，他把头埋在她的大腿上，舌头火辣辣的；她把身子往低处倾斜，一条腿搭绕在他的脖子上；她感觉到这次是最风骚、最淫荡的了；他要通宵地逗弄她、让她干着急吗？她双手按着他的头，手指扯弄着那油污污的头发，她性欲亢奋，就急切地扭动着身躯，喘着粗气，撕扯着他的头发。她疯狂地拽着他的衣领，往膝下猛拉他的衣服，她的手光滑如鳗鱼，你还没觉察到，就早已塞进鼓包包的裤子里。他如同海象，慢慢地喘着粗气；她紧紧箍住他的脖颈。……那个地方，哦，对，对，就这样，啊，啊！他使劲地往里顶着，蓦地，他想起两件事。三百元钱……三张美钞呀！谁愿意让我操呢？是主耶稣，这太荒谬了。天哪，就这么干！他同时感受着、思考着。再搞一次吧！耶稣主啊，多带劲儿的阴户呀！他当她是傻瓜。怎么样，妙不可言吧！现在舒服吧，舒服得要死！耶稣主啊！要是我们能通宵达旦地这样玩，该多好呀！噢，耶稣主啊，我来劲儿了。动一动，你这骚货，快点，快点……

我们的这位英雄睁开了眼，又恢复他自身，换句话说，这个人性交时充当我自己的角色。他不愿意承认支配他行动的意图。我心里想，他们柔情蜜意之后很有可能拉开窗帘，做一番长谈。这脏兮兮、汗涔涔的交媾，如一场梦魇，再不会萦绕于她心头了。他也许还要与她尽情地接吻，可她接知道该如何保护自己了。莫德是不是还醒着？我性欲难忍。快到家时，我就解开裤扣，把那玩艺儿掏出来。莫德的阴户。一旦她有这心思，自然地会求欢的。她闭上眼睛、似睡非睡的。我只要贴近她的背静静地躺下就行。我把钥匙插进锁孔，猛地推开铁门。冰凉冰凉的铁皮贴着我那颤悠悠的玩艺儿。必须趁她在梦乡的时候，蹑手蹑脚地靠着她，我悄无声息地溜上楼，匆忙地脱了衣服。听见她翻身的声音，知道她快睡着了，那温热的屁股冲着我。我轻轻地溜上床，把她抱住。就算她睡得跟死猪一样，我还是不能太仓促，不然，就会把她弄醒。必须在她睡着的时候那样干，要不她就觉得受了侮辱。她还是睡得很沉。其实，这骚货心里想着呢，只是羞于出口罢了。一不做二不休，干脆玩了这个废物吧！我轻轻动了她一下，她像浸了水的木头有了反应。随即又死气沉沉地躺下，装模作样地入睡了。对了，我不能半途而废呀！我得像起重机似的把她移转过来。好在她动了动，一切正中我的下怀。我当自己老婆是匹死马呢，在她身上恣意折腾，真是太棒了。你感觉到这柔嫩光滑的肉体里的每一次涟漪；你可以趁这机会天马行空地想这想那。这具肉体是她的，可这个阴户是你的呀！这两具肉体到了早上要互相面对，而且感到都有些不同；他们没有那玩艺儿照样能活，好像这俩玩艺儿只是为着产生精液和淫水而存在的。她酣然大睡，当然不在意我怎样摆弄她。那么这肉体，这靠着滚珠轴承独立操作的起重机说明什么呢？肉体蒙受伤害和羞辱，它暂时失去了名号和地址，愿意把阴茎割下来，像袋鼠那样一直保存着它。莫德可不是屁股冲天而俯身躺着的肉体，而是橡皮软管之下的无助可悲的牺牲品。如果操作者不是她丈夫而是上帝该多好呀！莫德看到她自己手持一把漂亮的红阳伞，羞答答地伫立在绿莹莹的草地上。一群可爱的灰鸽在啄着她的鞋。这群她自认为可爱的鸽子咕咕咕地叫着，多么优雅大方的小生命啊！她们自始至终排泄的都是洁白的粪便，不过，这些鸽子都是从天堂下凡到人间的，这洁白的东西就是蛋糕，粪块可是个肮脏的字眼。人类一披上衣服，变得斯文时就发明了这个字。对着上帝派来的小鸽子，她默默地祈祷，如果她能瞟上一眼，就会看到一个不知羞耻

的轻佻女子在向一个裸体男人展示她那迷人的大腿，这跟田地里的母牛和牡驴有什么区别呢？特别是这个女子摆弄出如此令人难堪的姿势，她更不愿去想了。她撑开阳伞，不愿离开草地一步。赤身裸体地沐浴在这明净的阳光之下，与一位想象中的朋友谈天说地该是多美好的享受啊！莫德说起话来温文尔雅，犹如一身素装的女子，这时教堂的钟声在缓慢而有节奏地响着；她呆在这属于自己的一方天地里，像尼姑一样，用盲人的密码语言唱起了赞美诗。她腰身抚摸了一只鸽子的头，羽毛这么轻柔、软和，由于爱而又这么温暖，茸茸的羽毛包裹着这么一个生灵。太阳闪烁着耀眼的光芒，它在温暖着她那冰冷的脊背，噢，多好的太阳啊！她像一个和蔼仁慈的天使，把腿分开：这只鸽子在她的双腿之间拍打着翅膀，轻柔地拂着大理石的拱门。这只可爱的鸽子扑腾得越来越欢；她得紧紧地抓住这柔软的小脑袋。现在还是星期天，这个角落依旧不见人影。莫德在与莫德交心。她说要是有个健壮如牛的人来到这儿，扑到她身上，她会丝毫不动。她对自己咕哝着，莫德，性交妙不可言，不是吗？性交是这么舒服。为何我不每天来这儿，就这样站着？莫德，说实话，这真是太棒了。你把衣服都脱了，站在这块草地上；你弯腰给鸽子喂食，这时，就有个粗壮汉子爬上你这面人坡，……哎哟，天啊，不过，这样玩可真是舒服极了，这片干净的绿茵茵的草地，他那温热皮肤的气味，他那蛮牛一样的喘息声，——噢，天呀，我要让他像操母牛那样操我。噢，天啊，我想，我想极了。

四

第二天晚上，我的老朋友斯坦利顺便来看我。莫德对斯坦利怀恨在心，理由说得很充足。因为他每次看着她时那无声的咒语使她恼羞成怒。他的表情不言自明，“要是我娶了这个骚货，就拿斧头把她劈了。”斯坦利积蓄着深仇大恨。他看起来乱窜枯槁，瘦长而结实；他在奥格素普戍边了几年，从骑兵营退役时就是这个样子。他的目标就是杀、杀、杀。要是他做坏事而能安然无恙，他就要把我这个最好的朋友杀掉。他对这个世界积怨很深，多会儿都是兴冲冲地恶声咒骂。他顺道来访就是为了弄明白我为何没有什么上进心，而且堕落得越来越深。“你没什么出息，”他说，“你我一样，胆怯软弱，没有鸿鹄之志。”我们都有一个不足以启齿的志向：创作。我们十五年前互通信件的时候就对写作心存向往。奥格素普边塞对斯坦利是个再好不过的地方；他在那里成了酒鬼、赌徒和窃贼，这使他的信也趣味盎然。信里的内容可与军营生活相差甚远。但，他写信的时候是顺着一些激情浪漫的作家的思路写的。斯坦利就不该回北方来；他该在奇卡马加下车，裹上烟叶，抹上牛粪，把自己打扮成美丽的印第安女人。相反，他返回北方的这座殡仪馆，觉得自己已成了一个卵巢丰产的肥胖的波兰少妇，得负担一窝小波兰人的生活，还要在这乱七八糟的环境中枉费心机地进行写作。斯坦利很少谈及目前的状况，他更愿意把他在部队里崇拜和爱慕的人抬出来，杜撰一些令人难以置信的故事。

斯坦利沾染着波兰人所有的恶行劣迹。虚荣、刻薄、粗暴，假惺惺的慷慨，如落魄文人一般耽于幻想，愚忠，而且还非常奸诈，认为谁也靠不住。总之，嫉妒和猜忌可把他害苦了。

我喜欢波兰人的语言。听到聪明人说出的波兰语就心醉神迷。这种语言的声调总让人想起一些从未见过的画面，画面里总有一个修剪齐整的绿茵茵的草坪。草坪之上，嗡嗡欢唱的大黄蜂和嘶嘶乱窜的毒蛇成了这儿的主宰。我记得在很早以前的一段日子里，斯坦利要邀我去拜访他的亲戚；他想在我面前炫耀炫耀他那些阔绰的亲戚，就让我带上一大卷乐谱。那种情形我还历历在目，一见到这些油嘴滑舌、过于客套、自命不凡而且虚伪透顶的波兰人，我总觉得非常难受。不过，一旦他们时而用法语、时而

用波兰语地互相攀谈起来，我便坐回来，津津有味地看着他们。他们扮着奇怪的波兰式鬼脸，一点儿也不像我那些着实愚蠢、粗鲁的亲戚，这些波兰人就如身上扑满黄蜂而伏卧不动的毒蛇。我根本不知道他们在谈些什么，但是总觉得他们似乎正体面地诋毁某人。他们嘴里都长着长剑和砍刀，说不定就电闪雷鸣地猛烈挥舞着。这些人的心态极不正常，不止 一次地粗暴对待女人和小孩，用系有血红色三角旗的长剑刺杀他们。当然，所有这些勾当都是戴着黄油色手套的男人们和挥舞着笨重的长柄眼镜的女人们在客厅里就着一杯浓茶进行的。这些女人美妙超群，是那种几百年前十字军东征期间那些金发碧眼的妖艳女郎。她们的双唇天竺葵般的柔软、小巧，肉感的嘴总是嘶嘶地发出五颜六色的声音。这些既有毒液又有玫瑰花瓣的语言轮番轰炸，产生了一种使人心醉神迷的音乐，还有一种硬邦邦的莫名其妙的声音，这声音既像有人呜咽又如奔涌不息的河水，沙哑嘈杂非常难听。

我们乘车回家，总是经过一块块死气沉沉的土地，这里遍布我们这个辉煌的文明世界的硕果：汽油罐、烟筒、谷仓、公共汽车票以及其他生化乳胶产品。这沿途所见让我心如明镜，自己在这寂寞无主的命运里，不过就像燃烧的垃圾堆里的一坯粪便、一副恶鬼的动物下水而已。在那里，燃烧的化学产品、废弃物、肠肚杂碎总是散发着一股酸臭味。波兰人是个分裂的民族，其语言源于昔日战火的废墟。对这个民族的历史，我是一无所知，但我迷恋他们的语言。于是，我就想，总有一天，我能否乘火车来到他们这片神奇的土地，车上挤满了犹太人，不管波兰人多久与他们搭话，他们都会吓得发抖吧？看到这些犹太人吓得浑身颤抖，我忍无可忍，就用法语同一个波兰贵族唇枪舌剑地斗（我，可是个布鲁克林的小人物呀）。我会旅行到一个波兰公爵的庄园，给他看秋季当代画家作品展览会几幅具有忧郁伤感情调的作品。与我这位粗野、暴躁的朋友斯坦利一同乘车进入这片泥沼地，想象能遇到什么样的不测事件呢？我这个懦弱、胸无大志的人，怎么敢相信自己有一天会勉勉强强地离开家人，掌握一种新的语言，养成一种新的生活方式，喜欢那儿的生活，使自己沉湎于其中，与外界隔断一切联系？脑中回想着我当时乘车经过的那片地带，就好像在一个寒冷刺骨的夜里当你在火车站呆呆地换车的时候，某个傻瓜告诉你的一件恐惧、可怕的事情。

可怜的柯里正好在这特殊的夜晚顺便来访。他也看不上莫德，只不过趁莫德弯腰把肉放进烤箱时偷偷地摸摸她的屁股，让她激动激动而已罢了。柯里总觉得他这些勾当谁也没发现；莫德老是让人们对她如此这般，好像这等事是不经意地发生的；斯坦利心知肚明，却装作什么都没看见，不过，你能清清楚楚地看到他在桌子底下往指节上的锈铜套上倒硝酸。我自己呢，什么都看它个一清二楚，哪怕是石灰墙上新出现的裂痕呢。要是时间允许，我还能死死盯住一条裂痕，我可以连标点符号也不落一鼓作气复述人类的整个历史，现在视力慢慢地集中在墙上这一特殊的方寸之地。

在这特殊的夜晚，户外温暖如春，草地天鹅绒般的柔软。要呆在家里，默不作声地互相折磨，可真是说不过去。莫德急于让我们出去；我们正在亵渎神灵。何况，她过一两天就要来例假了，这使她比以往任何时候都爱哭鼻子，更心乱如麻，情绪低落。最让我惬意的莫过于走出户外，随意跳上一辆疾驶而来的卡车，这样就会使她如释重负了。现在令我困惑的是，我以前为何不做做使她心满意足的这等小事呢？多少个夜晚，她想必孑身一人，盘腿打坐，默默祈祷着我会挺着个粗大的阴茎回到她身边。要是遇上了这种事，她这种女人就会很露骨地说，"谢天谢地，他总算玩上了！"

我们漫步来到花园，仰卧地躺在修剪得短短的草坪上。苍穹犹如无边无际的碗状物那么亲切宜人、宁静祥和；我奇怪地感觉到自己就如一位圣贤哲人那样悠闲自在、宁静致远。我很奇怪斯坦利吹口哨的心境与我相去甚远。他说我真该歇息歇息了，作为朋友，他要帮助我做自个儿做不了的事。

"把这风流事让给我吧，"他轻声低语。"我会尽我所能地成全你。不过，事成之后可别找我吃后悔药哟。"他又加了一句。

我想问问他怎么样全力以赴地风流一把？

"这就不碍我的事了，"他说得我心领神会。"你死心了，不是吗？很简单，你想抛弃她，说得不对吗？"

我摇摇头，笑了起来。在所有的人中，唯独斯坦利如此狂妄，突然提出这么露骨的一招，真是荒诞透顶。他这样做好像是蓄谋已久，只需时机一到与我摊牌就是。他很想更多了解玛勒，而我对她就十分有把握吗？

"现在说说这小姑娘吧，"他说起话来，还是像以往一样冷酷无情，"这李代桃僵的事不好受吧？不过，过上一会儿你就忘得一干二净。你又不准备做什么神仙。只是，以后再别来求我做这事了，懂吗？一旦我遇上这风流事，我可是一次性解决。我向来不拖泥带水。我要是你，现在就去得克萨斯的某个类似的地方。永远不回这儿了！你得脱胎换骨，就像刚刚开始自己的人生一样，不怕做不到，就怕想不到。我不能。我处处受挫。这就是我想助你一臂之力的原因。想到你，我现在可不干，干这风流事是因为我打心底里愿意风流一把。你跟女人玩得尽情时也会把我忘个一干二净。我要是身在你这处境，我谁都忘了。"

柯里听得入了迷，很想立刻知道他是否能随我一起走。

"不管干什么，都不要带他！"斯坦利粗鲁地脱口而出。"他成事不足，败事有余，干什么都不行。况且他不受人信赖。"

柯里的自尊心大受伤害，露出不悦之色。

“听着，不要戳人疼处，”我说。“我知道他一事无成，不过，毕竟……”

“我这人说话不绕圈子，”斯坦利一点也不客气。“我首先声明，我不想再看到他。他可以滚蛋，怎么死都可以。你心肠太好了，难怪你陷入这么糟糕的境地。你知道，我没有一个朋友，也不想与任何人来往。我不想出于怜悯为任何人做任何事。要是他伤了心可就太糟糕了，不过，他得拼命忍受着。我说话铁板钉钉，可不是闹着玩儿的。”

“我咋知道自己可以由着你操纵指挥呢？”

“你可以不要违心地相信我。总有一天，说不定什么时候，这事儿会发生的。你搞不清是怎么回事。你会为你的生活感到惊奇，而且，因为明白这事为时过晚，你也改变不了自己的想法。我要跟你说的是，这事儿无论你喜欢与否，你都会自由的。这风流债是我为你了结的最后一件事。事后你要好自为之。不要给我写信说你忍饥挨饿的事，因为我再也不会关心你了。生死浮沉，听天由命吧！”

他站起来要拂袖而去。“我要走了，”他说：“那事儿随后再定？”

“可以。”我说。

“给我拿二十五元钱。”他起身离开时说道。

“我身上没这么多钱。”我转向柯里。他点着头心领神会，不过，没有把钱递过来。

“你给他吧！”我说。“到了家我再还给你。”

“给他？”柯里轻蔑地看着斯坦利。“让他也尝尝求人借钱的滋味吧！”

斯坦利转身就走。他像个牛仔似的慢跑而去。从后面看，他与凶手一样。

“这不要脸的杂种！”柯里闪烁其词。“我真想刺他一刀。”

“我自己也恨他，”我说。“等他变好他早就萎靡不振而亡了。我不知道他为什么给我来这一手。这可不是他做的事呀！”

“你怎么清楚他的心思？怎么能信任这种人呢？”

“柯里，”我说，“他想帮我的忙。这忙不是什么好事，可我实在想不出别的办法来。你不过是个小孩儿，搞不清这其中的奥秘。这总算是个转折点。我多少能得到慰籍。”

“这倒使我想起了我父亲，”柯里苦笑着说。“我恨他，而且恨之入骨。我很想看到他们俩被吊挂在同一根杆子上。这卑鄙的杂种，我真想臭骂他一通。”

过了几天，我坐在乌瑞克的画室里，等待玛勒与她的朋友劳拉·杰克逊的到来。乌瑞克从来没见过玛勒。

“你觉得她品质不错，嗯？”他说的是劳拉。“我们不必搞得这么客套，你说呢？”

乌瑞克说话总要探探我的口气，这倒使我觉得很有趣。他想吃个定心丸，不想白浪费一个晚上。他根本摸不清我什么时候能跟女人或者朋友玩上手；我对他那谦卑的建议有点儿漫不经心。

然而，一看到她们，他心里的石头才落了地。其实，他一看到她们就惊慌失措。他马上把我拉到一旁，对我的审美观赞不绝口。

劳拉·杰克逊这个姑娘稀奇古怪的。她的不足之处在于她不是个纯种白人。这一点起码使她在人之初相当与人难处。给我们留下一点儿印象的是她的文化水平和家庭教养。两杯酒下肚，她已经准备着要向我们显露那迷人的身姿。她的衣服过长，可又要急于做出惊人之举。她照我们的提议脱了衣服，露出一双长筒纯丝袜、一顶乳罩和乳蓝色的紧身短衬裤，这把她的体型衬托得魅力四射。玛勒也决意照着劳拉的样儿做。我们立刻就哄诱她们摘了乳罩。我们四个搂抱成团，拥挤在一张很大的没有靠背的长沙发椅上。我们关了灯，放开一张唱片。劳拉觉得这样太热，干脆就脱得只剩下丝袜。

我们在这一尺见方之地肌肤相触地跳起了舞。正当我们换了舞伴，正当我与劳拉的下身贴在一起密不透风时，电话响了。是海明·劳斯彻打来的。他严肃而急切地告诉我，邮差已宣布罢工了。“陛下，你明天早上最好早早到场，”他说。“还说不定会出什么事呢。如果不是因为斯皮瓦克，我才不打扰你呢。他在抓你的辫子，他说你应该知道那些邮差要罢工的事。他已租了几辆出租车。明天可要出乱子的。”

“别让他知道你给我打电话，”我说，“我一大早就到那儿去。”

“你玩得尽兴吗？”海明尖声地叫道。“没有我为你们的晚会凑热闹的机会吗？”

“海明，恐怕不行吧！要是你想找姑娘玩玩，我可以给你介绍一位，在智商测验办公室的那个，你认识的。那可是个乳头硕大的姑娘。她午夜不下班。”

海明还想告诉我他老婆动手术的事。这时劳拉已经滑上我的身子，抚弄着我那玩艺儿，我什么也听不清楚了。他话没说完，我就把电话挂了。我假惺惺地跟劳拉解释通话的内容。我清楚玛勒过一会儿会跟在我后面的。

我与劳拉纠缠在一起，她的背弯得几乎到了九十度，而且还一直谈论着邮差罢工的事。这时我突然听到乌瑞克与玛勒哼哼唧唧的交欢声。我抽出那玩艺儿，拿起电话，随意地报个了号码。我惊奇的是电话那边传来女人懒洋洋的声音，“是你吗，亲爱的？我一直想着你呢。”我说，“是吗？”她好像似睡非睡地继续说：“快点回家吧，亲爱的你不愿意吗？我等得快疯了。跟我说你爱我……”

“莫德，我尽快赶回去，”我用清晰自然的语调应着。“邮差们在罢工，但愿你打电……”

“怎么回事？你在说什么？这是什么意思？”那边的女人惊诧起来。

“我说把运货单火速送到 D. T. 办事处，让柯斯帝根去办理……”电话咔嗒一声给

挂了。

他们三人正躺在这长沙发椅里。我在暗中能闻出他们的体味。“我希望你不要走，”乌瑞克说得很沉闷。劳拉搂着他的脖子，正趴在他身上。玛勒突然说要上卫生间。她使劲拽着我。我们躺在沙发旁的地板上，开始尽光地交欢。我们玩得正起劲儿，大厅的门开了，灯蓦地亮了，原来是乌瑞克的弟弟内德和一个女人进来了。他俩都有些醉意，一看就知道他们想早一点儿返回来，偷偷摸摸地云雨一番。

“别让我们扫了你们的兴，”内德站在门口，看着这淫乱的场面好像视为平常。突然，他指着哥哥叫喊，“怎么了？你在流血！”

我们都看着乌瑞克：从肚脐到膝盖，到处都涂抹着血。这情景使劳拉窘得无地自容。

“很抱歉，”血水顺着她的屁股滴流而下。“我没想到我会这么快……”

“这没什么，”乌瑞克说。“玩了好几个回合了，这些血是怎么回事？”

我随他去了卫生间，在途中稍停片刻想让他引见一下他弟弟带来的那个妞儿。她真是美到极点了。我与她握手，她抓住我的手，出乎意料地碰了碰我的下身。这反而使大家感到自在一些。

“这真是了不起的体能操练啊，”乌瑞克起劲地搓洗着身子说，“你觉得我还能再重振雄风吗？我的意思是说，沾上点儿经血无伤大体，是吗？我似乎觉得还想再玩它一回，你说呢？”

“性交有益于健康，”我爽快地说。“要是我能跟你换换位多好呀！”

“这事我根本不在意，”说着，他淫荡地伸出舌头，舔着下嘴唇。“你觉得能对付这次性交吗？”

“今晚可不行，”我说。“我要走了，明天我要精力充沛，潇潇洒洒地玩一玩。”

“你要带玛勒走吗？”

“不错。告诉她马上来这儿，好吗？”

我正用香粉涂抹着下身，玛勒突然地开了门。我们随即尽情地搂抱起来。

“在浴缸里交欢如何？”

我打开热水，放进一条肥皂。我用抖动的手指往她身上涂抹着肥皂。她的眼睛闪烁着光芒，犹如一把星斗洒落在身上。她身上的每一寸肌肤都绸缎般地光润柔滑，乳房丰满得要爆炸。我们躺在浴垫上，我摇晃着她，犹如摆弄一个能说明地球引力原理的无腿玩具。

两天过后，我心情郁闷。我在暗中躺在睡椅上，思绪从玛勒迅速地转到这该死的没有任何意义的电信生活。莫德过来跟我说些事，我千不该万不该趁她站在那儿怨东怨西的时候就随随便便地揉搓她的衣服。她受了侮辱拂袖而去。我并不是总想着要操她，这就如同你抚摸着一只猫。我只是水到渠成地向她求欢。她一睁开眼，你就不能那样碰她了。可以说，她从来不在行动中与人做爱。她觉得性交与爱情有某种联系，可能就是肉欲的爱情吧！当我第一次认识她，当我坐在钢琴凳上快速地扭转、摇晃，那玩艺尽没至她的身体里时，桥下的溪水依然汩汩地流淌，一切都没有改变。她现在做事就像一个在准备各式菜肴的厨师。她会谨慎地想好主意，那欲言又止、性欲难熬的样子，让我明白玩不玩只是个时间问题。尽管她乞求欢愉的方式有些古怪，但这也许是她受刚才的念头所驱使吧！不管怎么说，她要不要欢愉，我才不在乎呢。可是，我蓦地想起斯坦利说的话，我就对她有了欲望。“最后狠狠地撞击吧！”我心里一直这样想。哦，我也许趁她假寐的时候，凑上去想办法弄弄她。我想到了斯皮瓦克。他最近这几天像头秃鹰，死死地观察着我的一举一动。我对电信业务的憎恶都聚集到他身上了。他是那种表面上就很凶残无情的工作人员。趁他们还没坏我的事，我必须设法击败他。我一直想着怎么才能引他到一个秘密的码头，让某个两肋插刀的朋友把他从船上推到水里。我想到了斯坦利。他可愿意干这种活儿呢……

他干这活儿要让我心焦到几时？我很想弄明白，而且要用什么方法一下子把他推到水里？我在车站看到玛勒走过来与我会面。对呀，我们就要共创新生活了！我连想也不敢想是哪一种生活方式。也许克伦斯基会为我们筹集三百元钱呢。她谈到的那些百万富翁也该发发善心了吧！我想着这几千元如何分配：一千元支付我们这几个月的生活，一旦到了得克萨斯或者某个类似的天高皇帝远的地方，我就信心十足了。我会和她一同辞去报社办公室的工作——她在那儿一直受到好评。我应邀给人家写些短篇小说、随笔、见闻什么的多好啊！我跟商人们打交道，教他们怎样写广告。我相信自己肯定能在旅馆门厅里碰一个给我心灵以休憩的情投意合。国家如此之大，再怎么说总会有那么多孤独寂寞之人、宽宏大量之人的。要是他们都有真正的个性就好了。这样我为人处事就会真诚坦率、表里如一，就说我们去密西西比河某一破旧不堪、几乎倒塌的旅馆吧！有人从黑暗处走过来问我感觉如何。有个小伙子只是想与人聊聊天儿。我把他引见给玛勒。我们乘着月色，挽着手臂地散步着，树上密密缠满了藤枝蔓叶，地上的木兰花在凋谢枯萎，潮湿、闷热的空气使万物发霉、腐烂，就是人也散发着腐烂之气。对他来说，我是一股来自北方的清新温柔之风。我诚恳、率直，全然一副谦恭的模样。我会马上把名片放在桌上。好啊，伙计，就是这种处境。我喜欢这个地方，想今生今世呆在这儿。这会把他吓跑的，因为你不能一开始就跟南方人直来直去的。你是做什么的？于是，我犹如一根配有湿海绵块的能盖住乐声的单簧管以轻松、淡然的心情，洪亮地再说上一遍。他听到的只有寒冷的北方才有的小调，这是冷冻厂在严寒的早晨发出的汽笛声。这位老先生，我不喜欢寒冷。不，先生！我想干某种保险一

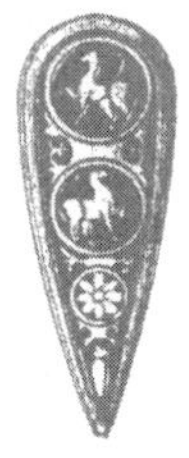

点儿的活儿，只要有碗饭吃就行。我能有啥说啥吗？你觉得我疯言疯语，是吧？我在北方那个地方寂寞开无主呀！是的，先生，我们心里恐惧和孤独，脸都发青了。我们住在小房子里，手拿刀叉用餐，戴着手表，服用治肝脏的药丸，吃着面包心和香肠。说实话吧，先生，不要打听我们在那里呆的地方。我们吓得要死，我们要说话，说些真事。别睡……你不会吧！咱们谈它个通宵，为这个世界的毁灭祈祷吧！我们什么都不信任：我们憎恨每一个人，我们互相攻击。一切都是那么根深蒂固，死死的，牢不可破。老实巴交一事无成。背叛、收买和出卖。先生，世界无非就是收买和出卖……

当这个恶魔站在低垂的树下动着狂热的心思时，我能清楚地想象出这个鬼东西的样子。他同别人一样不会从我身边溜走，我绝不能让他得逞。只要我愿意，我就会整夜整夜地咒骂他，把他镇住。让他在靠近长沼附近的大房子里对我们赔礼道歉。这个黑人会端着一个盘子、一份薄荷酒来到我们面前。我们受宠若惊。“孩子，这是你的家，千万别客气啦！”你看人家，根本不玩弄人。是的，要是有人这样待我，我会对他忠不二，为他上刀山下火海……

这一切如此真实，我觉得需要马上把这一切告诉玛勒。我钻进厨房，提笔写信。“亲爱的玛勒，我把所有的问题都给解决了……”我兴之所至，好像写得很清楚而且掷地有声。看起来玛勒与我不同。我看到自己站在参天大树下不可思议地与她说着话。我们在蔬菜地里挽着臂地漫步而行，同人们一样谈天说地。天上的月亮又大又圆，泛着微黄。有几只狗在我们后面狂吠着。我们好像一对夫妇，性情、脾气挺合得来。她一直想着要做房后小湖里的那一对天鹅。没有什么金钱万能，没有霓虹灯，也没有中国的炒杂碎。只要我们活着，自自然然地呼吸，做事不慌不忙，不求发展，不做惊人之举，这多棒呀！她也是这样想的。玛勒她已变得今非昔比了。她又胖又圆，笨重如牛；走起路来如老牛上坡，说起话来慢条斯理，长时间就那么死气沉沉地默不作声，所有这一切都确确实实，自然而然的。万一她自己精神错乱呢？我敢肯定她会恢复以前的老样子，浑身透着新鲜劲儿，走起路来更是健步如飞……

“懂了吗？玛勒？你明白这其中的内涵吗？”

这思想十足地惊世骇俗，我几乎是流着泪水，如实地把它全部记下来的。突然，客厅里传来莫德拍打的声音。我把所有的信纸收收齐，卷好。我握拳压着信纸，等着她说话。

“你在给谁写信？”她问得直截了当。

“给我认识的某个人。”我沉着冷静地回答。

“我想，是个女人吧！”

“是个女人。更确切地说，是个姑娘。”我郑重其事地加重了口气。自己依然沉浸在这恍恍惚惚之中，她的身影伫立在高大的树下，一对天鹅在平静的湖面上自由自在地游着。我心里说你要想知道，我就告诉你。我不明白为什么我还要撒谎。我对你没有怨恨，而以前可是有过。我希望能爱上我所爱的，这样做易如反掌，我不想伤你的心。我只是想让你允许我天马行空。

“你爱上她了。你不必回答，我知道有这么回事。”

“是的，的确不错，我是恋爱了。我找了我真正爱的人。”

“也许你待她比待我好吧？”

“但愿这样，”我说得依旧淡然，还想让她听我讲完。“莫德，说真的，我们从没有真正地互相爱过，不是吗？”

“你向来不尊重我这个人，”她答道。“你当着朋友的面对我横加污辱；整天围着别的女人转；就连自己的孩子也提不起兴趣来。”

“莫德，这次我希望你不要这么说行吗？但愿我们能不互揭疮疤地谈一谈。”

“你可以，因为你很幸福。你找得了新的玩偶。”

“不是那回事，莫德。听着，假定你所说的都是真的，现在有什么区别呢？假如我们同舟共济，而船在往下沉……”

“我不明白为什么要假设。你要同别人生活，可我呢，所有出力不讨好的事，所有的责任义务，都留给了我。”

“我知道，”我看着她，真正产生了体贴之情。“我想你为这事原谅我吧，行吗？要我呆下去会有什么好处呢？我们永远学不会相爱，难道我们能断绝朋友之情吗？我并不是在你危急时刻弃你于不顾。我将会尽情地享受到我本该得到的，我指的是性爱。”

“这事说起来容易。你总是对没发生的事信誓旦旦。一走出这个家就会把我们抛在脑后。我了解你，跟你这人打交道我潇洒不起。你从一开始就欺骗得我好苦。你一直为自己打算，自私透顶。一个人变得这么残酷、冷漠、不通人性。我以为就根本不可能。唉，现在我几乎认不出你来了。你这一次的行为就像个……”

“莫德，我说的话可能让你受不了，但我还得说。我希望你能理解。为了学会如何对待一个女人，我也许还能与你白头到老。这并不完全是我的错，命运也多少与性爱有关。你瞧，我一看到她，就知道……”

“在哪儿见到她的？”莫德突然激起了女性特有的好奇心。

“在舞厅。她是个开出租的妞儿。我知道听起来可不怎么样。可是如果你见到她……”

“我才不想见她呢。她的一切我也不想听。我仅仅是好奇。”她迅速向我做出一个哀怜的表情。“我做出你觉得她是那种让你幸福的女人吗？”

“你称她是女人，不对，她还是个年轻的姑娘。”

“这更糟糕。哦，你好愚蠢呀!”

“莫德，这根本不像你想的那样。你可不能乱下判断。你怎么能不懂装懂呢？而且说白了，我才不在乎你的话呢。我早打算好了。”

听到这里，她垂下了头，犹如一个挨了拳打脚踢、身体极度损伤的人，其沮丧、萎靡之情还真难以形容。我不忍心看她的表情，就低下头看着地板。

我俩谁也不敢抬头，就那样足足地坐了有好几分钟。我听到她的抽泣声，抬头一看，她的脸痛苦地抽搐着。她哭哭啼啼地把胳膊抬到桌子上，靠着桌子，捂着脸，埋下头。我注视着她的一举一动，一只手搭在她的肩上。我竭尽全力想说点儿什么，可是如鲠在喉。我不知道该如何是好，只是把手插在她的头发里，悲伤而又茫然地抚摸着她的头，就好像在暗中猛然摸到一个奇形怪状的受了伤的动物的头部。

“得啦，得啦，”我尽力发出咯咯的笑声，“哭可是无济于事呀!”

她哭得更厉害了。我知道说错了话，我忍不住了。无论她做什么，即使自杀呢，我也无力挽回这个局面了。我真希望自己能掉上几滴眼泪。她流着泪，胡言乱语，我只是摸着她的头发。我的心思不在她身上。如果她破涕为笑上床入睡，我就能静下心来把信写完。我还能在信中附带讲讲我是怎么折磨这个感情上受伤的人的。我可以悲喜交加地说，“我们完蛋了。”

我抚着她的秀发，心头思绪万千。我可没把她放在心上。我感到她的身体一阵阵地颤动，一想到我拍屁股走后，她用不了一星期就会风平浪静，我内心也就如释重负。“你会有一种新生的感觉，”我自忖道。“而且你正排遣这一切苦恼，这当然是情理之中的，我并不因此而找你的茬，只要把这苦恼包袱甩掉就行!”我该提醒她把这想法铭记在心，因为就在这时，她猛地站起来，用她那疯狂无望、泪水婆娑的眼睛看着我，猛地朝我伸出手臂，悲喜交加地把我拥在怀里。“你不会撇下我吧？”她呜咽着，淫荡的双唇饥渴地吻着我。“请搂着我。把我箍紧。天哪，我觉得自己被熔化了!”她全身心地沉浸其中，我以前可没感受过她现在的这种狂热劲儿。我们俩都挺伤感的。我把手滑进她的腋窝，轻轻地扶她起来。我们就如一个人完全钟情于对方那样，情人般地柔情蜜意，心荡神摇。她穿的和服滑落下来，下身一丝不挂。我的手滑到她的腰上，摸了摸那又圆又肥的屁股，让她紧贴着我，吻着她的双唇，撩咬着她的耳垂、脖颈，舔着她的眼睛、发根。她紧闭双眼，脑子里一片空白，被我弄得浑身瘫软，无力支撑，就瘫倒在地上。我扶起她，挽着她穿过客厅，爬上一阶楼梯，把她抛在床上。我慌乱不迭地压在她身上，让她把我的衣服脱掉。我死人一般地仰面躺下，唯一有活力的东西就是我那玩艺儿。我的手指播弃着她的头发，让它们飘洒在她丰满的胸脯上，捏弄着她那柔似橡胶的腹部。她的身体在黑暗中扭来扭去，我仿佛手中端着一杯牛奶，产

生了久旱逢甘露的感觉，这样，我犹如一只饿了三年的野狗遇上一席盛宴大餐不顾一切地狂饮海吃。她兴致高昂，激动得发狂，我就恐怕狂亲乱吻之后，我们交欢得干净利索——没有眼泪，没有爱情，没有这样那样地许诺。让我看看你这身经百战的粗壮玩艺儿吧！我要做爱！这就是她的索取。我残酷无情、狂轰滥炸着她的肉体。也许这是最后的一次交欢了。她对我已是很非常了。我们是在通奸，就是《圣经》里常说的那种受情欲支配的乱伦行为。亚伯拉罕进入萨拉或者琳达的肉体是因为他了解她（在英语的《圣经》里都是奇怪的斜体字印刷），但是那些好色的大主教玩弄起自己的老小妻子、姐妹、母牛和山羊来，其手腕可是尽人皆知呀！由于掌握了这些老色鬼的技巧和手腕，他们可能会贸然参与此事。我觉得自己像是在寺庙里与野兔行奸的艾萨克。她是一个耳朵长长的白兔子。她体内有许多复活节彩蛋，而且还会把它们一个一个地放进篮子里。我研究她身上的每一处裂缝、每一次眯眼、每一个有牡蛎大小的软而圆的肿块。我可是对她的内心思索了好久。她的手指摸索着纽约出版的布莱叶式的盲文书，翻了翻身就休息了。她动物似的伏卧下来，身子因内心的喜悦而扭来扭去，发出低微和缓的嘶嘶声。她嘴里没一句人话，也看不出会说什么语言，只会发出头——用具——小老天爷——吨——吹——吹口哨诸如此类的声音。从密西西比来的那位先生早已不见踪影了；他早就溜回到人类社会最下贱的那沼泽般的监狱里去了。剩下的是一个天鹅般的人物，一颗淡蓝色的头，一张红宝石色的鸭子嘴，真是个混血儿。我们很快就会过得舒舒服服，我们所想的结局就是天上能给我们掉下李子呀、杏呀什么的。我们先把那些让人窒息的、坏到极点的废物处理掉，然后再把轮流等着解雇的两个笨蛋也清理出去。干得漂亮。清一色的同花大头。我了解她而且她也了解我。春去秋来，花开花落。她会扭着身子投入别人的怀抱，轻易地与人交媾，发出轻微和缓的嘶嘶声，尖声叫喊，蹲伏下来，激动得瘫软在地——然而，这可不是与我交欢。我已给了她最后的性爱洗礼，早就仁至义尽了。我闭上双眼，很快就入梦了。是啊，玛勒和我要迎接新的生活。我得早起，把这封信藏在大衣的口袋里。怎么结束这不正当的恋爱关系，有时候还真让人无法想象呢，你总认为自己会对着墓碑文采斐然地说完最后一个词；你万万没想到死搬教条的家伙趁你入睡时就清理了账目。这是世界上最严格的复式簿记，是精心计划好的，会使你不寒而栗。

斧头在往下落。再给你一次考虑的机会。蜜月特快列车，大家请上车：孟菲斯，查特努加，纳什维叶，秦卡毛加。昔日那雪白的棉花地……在泥沼里张着大嘴的鳄鱼……在草地上慢慢腐烂的最后一个杏……月亮盈盈，沟渠深深，这世界邪恶，邪恶，邪恶。

五

第二天早上，在暴风骤雨般的交欢之后，我吃完早饭，揣上车费直奔地铁，我答应饭后带她去看电影的。性爱对于她也许只是这一天中竭力忘却的一场梦魇，而我却把它看作一种发泄的途径。我们谁也不提及这件事，不过却一直在那儿颠鸾倒凤，这倒使我们之间宽容、达观了许多。我不知道她在想什么，不过，我的看法可是清楚明了。我每次对她都是有求必应，满足她的要求，我心里想："太妙了，你不就是要让我跟你玩玩吗？只要你不误认为我要同你度过余生，让我干什么都行。"

性交满足了她的动物本能，她现在也不那么痛苦了。她为自己这些非婚姻的、王公贵族与贫家女的婚前、婚后的频频做爱辩解，说出的话往往使我惊诧莫史。她当然心甘情愿地与我这样做爱。先前她常常在屁股底下垫个枕头，激动地亲吻着我，现在她可是老道多了。我猜想她这是在拼了命做爱吧！为做爱而做爱，纯粹的生理刺激，真该天诛地灭呀！

过了一周，我还是没有见到玛勒。莫德求我带她去纽约的一家剧院看演出，这个剧院正好与那个舞厅相对。演出的时候，我坐在那儿却想着玛勒，有时觉得近在咫尺，有时又觉得远在天涯，我对她以能忘怀，以至于我们离开剧院时，我按捺不住内心的冲动。"你愿意去哪儿？"我说的是去舞厅跟她见见面。这话可真残酷，而且话一出口，我就觉得为她难过。莫德看着我，那神情好像是我挥拳揍了她一顿。我立刻赔礼道歉，然后拽着她的胳膊赶快把她拉到相反的路上去，边走边说，"只不过是一时的想法。我并不想伤害你。我原以为你会问东问西的，就是这样想的。"她默不作声。我就是费上半天口舌也难以自圆其说。在地铁里，她挽着我的胳膊，这样就能休息片刻，好像是说，"我明白了，你还是同往常一样，幼稚，没有脑子。"归家途中，我们下车来到她最爱去的冷饮厅，她要了一盘最爱吃的法式冰淇淋，兴致勃勃地就鸡毛蒜皮的琐事跟我谈得昏天黑地，意犹未尽，能看，她早把刚才的不悦之事抛在了脑后。这盘被她当成奢侈品的法式冰淇淋的上边已经有了刚刚咬过的牙印，她吃起来显得那么淫荡猥亵。她没有在楼上的卧室里脱衣服，而是像平时一样，走进与厨房相连的浴室，让门开着，一件一件地脱起来，时而从容不迫，时而手脚麻利，活脱脱一个脱衣舞女；后来叫我的时候，她在梳理着茸茸的体毛，给我看她大腿上那青紫的疤痕。她穿着鞋袜，赤身裸体地站在那儿，浓密的秀发自她的背部流泻而下。

我知道她的意图，就仔细地审视着这个疤痕，在她身上轻轻地摸来摸去，看是不是还能找到其他的疤痕，这些疤痕一触即痛，她可能忘了给我看了；与此同时，我疑虑丛生，心中激起阵阵欲望，但还得跟她旁若无事、实打实地说着话，使她自己对撕心裂肺的性交能泰然处之，而不能让她知道她正在交欢的事。按我的做法，要是我准备用医学博士那平淡无味的例行公事的语言跟她说，“我觉得你最好躺在厨房的桌子上，这样察看的效果好一些。”她看不出其中有诈，可能就会照我说的躺下来，腿叉得开开的，毫不犹豫地让我进行所谓的检查。因为到现在她还记忆犹新，她前一段时间下身有点儿肿，情绪低沉，她起码是这么想的；阴道肿胀使她忧心忡忡；只要我能动作轻柔，她也许能慢慢地适应，然后，就可以成其好事。看来我这方法一点儿也没让她担惊受怕，我劝她在桌子上躺上一会儿，我因为厨房里太热，就脱去衣服，挨着热烘烘的炉子，这样就可以跟她成其好事了。接着我把身上脱得只剩下鞋、袜，而那玩艺儿硬邦邦得能击碎一个碟子，我温柔有力地干开了。或者更确切地说，我现在想起了往事，比如肿块、瘀伤、红斑、肿瘤、胎印，等等，我俩在做爱，要是她能让我舒舒服服地玩上一次该多好呀，云雨过后，我们就会上床入睡，因为这次玩得很晚了，我不想把她搞得精疲力竭。

她说自己根本不累，真让我不可思议。性游戏过后，她突发奇想，想与我一决高下，我们先是背贴背地量，然后是面对面地测；即使那样，当我那玩艺儿如一管爆竹在她的大腿间嘭地翘起，她还假装地想着尺寸呢，说她的鞋后跟太高，该脱了才是，这样，我们又能成其好事。于是我就让她坐在厨房的椅子上，慢慢地褪掉她的鞋袜，她呢，趁我给她大献殷勤的时候，就体贴地摩挲着我那玩艺儿，我冠冕堂皇地帮她出主意，让她挪得近点儿，在椅子上把两条腿抬到一个再巧不过的角度；这样，我把她抬起来，然后，把她抱进隔壁房子里，摔到床上，再次狂风暴雨似的操将起来，她疯狂地尖叫着，用最露骨、最不懂行的话恳求我要坚持住，……接着，她想了想，突然地停下来，翻转身子，屁股疯狂地扭动，咯咯咯地闷笑，露骨地用英语自言自语地说着淫声浪语。嗬，她偶尔还能说出这样的一个词来呢，要是她一清醒，这个粗俗的词非要把她搞得又怕又气，蜷缩成一团不可。可是现在呢，我们插科打诨了半天，又是举重，又是比身高，然后经过了几个性交回合，还比画了半天身上的瘀伤、疤痕、肿块等等。她品过了美味的法式冰淇淋，而且在剧场外面没头没脑地转悠着——曾经沧海难为水，更不必说由于她前几天夜里那痛苦的招认而泄露出她的一切狂妄想法。像“淫”这样的词只不过是个正儿八经的词，意指酸性转炉的温度，她就借来形容自己那

炽热发烧的阴户。阴茎就是给她献出精液而且剩不下什么东西的标志。它正是意味着，“无论我今儿下午还是明天干啥，无论我自以为是什么还是如何憎恨你，无论你明天还是后天都要风流一把，但是我现在就要交欢，而且我希望万事万物都因它而变化生息。我不在乎你操练了多少女人，我就想让你玩我，我淫了，听到了吗？我不想让它出来。我告诉你，我淫了……”

按惯例，经过此番交合，我醒过神来总是沮丧万分。我看着她穿上衣服的样子，也看着她的嘴角流露出平日里那恶心、做作、讥讽的神情，冷眼观察她坐在饭桌旁的姿势，除了这以外，再也没有什么看头了。有时我就想，为什么我没在某个晚上带她去码头散步，然后把她推到水里呢？我如同一个溺水者，把斯坦利许诺过的那种解决办法看作救命稻草，只是到现在还没有个头绪。我有病乱投医，就给玛勒写了封信，提到我们得尽快想出办法，否则，我就自杀毙命。信写得可能太伤感了，因为她一给我打电话就说必须马上来见我。不久，我就遭到刁难，那几天里乱七八糟的，似乎什么事情都要出差错。办公室里挤满了许多求职者，即使我有三头六臂，我也根本不可能招收这么多求职者来填补一夜之间冒出来的说不出名堂的空缺。我想把与玛勒的约会推至晚上，可是她不同意。我同意在她给我找的地方与她呆上一会儿，她说这个地方在乡下，是她朋友的寓所，我们不会受到干扰的。

我把一帮求职心切的应聘者甩掉，给打电话催要运货单的海明许诺说几分钟之后我就返回。我跳进一辆停在拐角处的出租车，在前面带有小花园的小屋前下了车。玛勒来到门口，她身着淡紫色的外衣，里边一丝不挂。她急忙搂住我，激动地吻起我来。

“这个安乐窝真是太棒了。”我不让她贴得很近，只是想好好看看这个地方。

“是吗?”她说。“这是卡鲁瑟斯的家。他与妻子在沿街那边住；这不过是个小不点儿的秘密处所，他隔三差五过来住住。有时，太晚了，回不了家，我就在这儿睡。”

我没说什么。转身望着墙上整齐码放着的书。我瞥见玛勒从墙上取了一件什么东西，好像是一张包装纸。

“什么东西?”我并不好奇，不过，得装装样子。

“什么也不是，”她答道。“只是一张素描，他要我处理掉。”

“让我瞧瞧!”

“这不值一提，你才不希看呢。”她开始揉巴着。

“你总得让我瞧瞧呀!”说着，我抓住她的胳膊，从她手中抢过来。我展开一看，大吃一惊，原来这是一张我自己的漫画像，心口上还插着一把匕首。

“我告诉过你他有嫉妒心的，”她说。“他干这事的时候，醉醺醺的，这画也就没什么意图。他近来一直喝酒很多。我还得像鹰似的观察他。你知道，他不过是个老顽童而已。我不能让你认为他对你怀恨在心，他这种伎俩起码说明他对我有兴趣。”

“你说他结婚了。怎么回事？他夫妻关系不和吗？”

“她有病。”玛勒郑重其事地说。

“坐轮椅？”

“不，确切地说不是，”她脸上露出一丝淡淡的微笑。“哎呀，现在谈这些干吗？有什么用呢？你知道我心里没有他。我记得告诉过你，他以前对我可体贴呢；现在，轮到我照料他了，他需要有人安慰。”

“所以你就经常来这儿睡觉，而他跟自己的老婆呆在一起，是这样的吗？”

“他有时也睡在这儿。你注意到了吗，这儿有两张简易床。哦，对不起，”她恳求道，“别谈他的事了好不好？用不着你担心，你不明白？你不信我的话？”她挨近我，把我抱住。我立即使出浑身解数与她疯狂做爱。她立马有了性高潮，接着一阵一阵地，铺天盖地而来。她起身，很快地洗了洗自己的下身，她一洗完，我也跟着她学。等我从浴室里出来，她正躺在沙发上，嘴上叼了根烟。我坐在她身边，一只手塞进她的两乳间，轻声低语地同她说了一会儿话。

“我得回办公室去，”我说，“我们没时间聊了。”

“还是别走吧！”她坐得笔直，充满柔情地抚摸着我那玩艺儿，向我哀求着。我一只胳膊搂着她，长时间地热吻着她。正在这时，我们突然听到有人在摸索门上的球形把手。

“是他，”她迅速地跳起来，往门口走去。“就呆在那儿，没关系的。”她甩出这句话，悄悄地走过去迎接他。我来不及拉上裤链。等她傻傻地发出惊喜的叫声，扑进他怀里时，我站起来，阴茎就那么随便地直挺着。

“我有个客人，”她说。“我让他来的。他一会儿就走。”

“嗨，”他伸着手，过来同我打了个招呼，脸上流露出和蔼可亲的笑容，一副若无其事的样子。说实话，他看起来比起我初次在舞厅碰到他的那个晚上的样子亲切多了。

“你用不着这个时候走，好吗？”说着，他解开随身携带的一个包。“你要不要先喝点儿酒？喜欢什么？苏格兰威士忌还是裸麦酒？”

我还没有说喝不喝呢，玛勒早就跑到外面去取冰块了。他手忙脚乱地开着酒瓶，我大半个身子背对着他站着，装作对眼前书架上的一本书饶有兴趣的样子，偷偷地拉上裤裢。

“这地方乱七八糟的，请多包涵，”他说这只是个小小的藏身之所，“我可以在这儿与玛勒，还有她那些可爱的朋友聚会。她穿的那套衣服有魅力吧？你不认为这样吗？”

“不，”我说，“这身衣着相当迷人。”

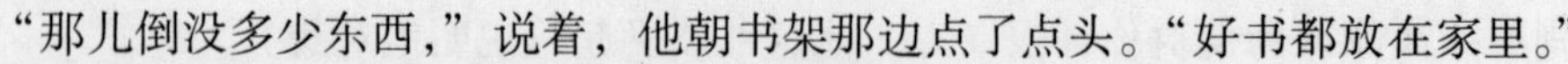

“那儿倒没多少东西，”说着，他朝书架那边点了点头。“好书都放在家里。”

“看起来也像是精品荟萃呀！”能把话题转到这方面，我心里美滋滋的。

“你是个作家，我懂。玛勒也告诉过我的。”

“算不上吧，”我答道，“我愿意当个作家。可能你自己也算一个吧，不是吗？”

他笑了。“哦，”他量着酒，以蔑视的口吻说，“我们都是以这种方式开始写作的。我对自己生活中遇到的一些事情涂写乱画，主要是诗。除了喝酒，我对一切再也无能为力了。”

玛勒端着冰块返回来了。“到这儿来，”说着，他把冰块放在桌上，伸出一只胳膊搂着她的腰，“你还没亲我呢。”她仰起头，冷冰冰地接受着他那感情炽热的吻。

“我在办公室里可真是再也熬不住了，”说着，他把泛着泡沫的水倒进杯子里。“我不知道为什么要去那个倒霉的地方，我看起来举足轻重，而且还要在许多无聊的文件上签上自己的名字，除了这些，我还能做什么呢？”他美美地喝了一大口，然后，示意我坐下，他蓦地坐进宽大的莫里斯安乐椅里。“啊，舒服多了。”尽管他根本没干一点儿活，但仍像一个满身倦怠的商人咕哝着。他招呼着玛勒，“在这儿坐坐，”说着，他拍拍椅子的扶手。“我想跟你谈谈，我给你带来了好消息。”

就在刚才，我目睹了一个非常有趣的场面。他是否在装模作样地施恩于我，我还琢磨了半天。他试图要按着她的头，想再粗暴地吻她，但她死活不依，说，“嗯，瞧，你在犯傻。可别喝酒了。等会儿你醉醺醺的，那就跟你聊不成了。”

她把一只胳膊搭在他肩上，手指插进他的头发里揉搓着。

“你看她多霸道呀，”他转向我。“老天保佑娶她的那个可怜虫吧！我急急忙忙赶到这儿是要告诉她一个好消息，不过……”

“哦，什么好事？”玛勒插进话来。“你怎么不说呢？”

“你要成全我，我就告诉你，”说着卡鲁瑟斯柔情地拍打着她的屁股蛋子。“顺便问一下，”他转向我，“不愿意再倒一杯吗？也给我来一杯，也就是说，你要是征得她同意就好了。我在这儿可没发言权。总而言之，我这个人就让人讨厌。”

这种揶揄和唇枪舌剑的交锋看起来没完没了。我想，时间太晚了，办公室是回不去了，今天下午又打发了。我第二杯酒下肚，心里就想着呆在这儿，并要看它个究竟。我注意到玛勒可没喝酒。我觉得她是希望我离开此地。那个好消息也变得不重要了，或者早已被抛在脑后。或者，他也许偷偷地透露给她了，因为他似乎很突然地撇开这个事了。也许她恳求他讲出这个消息的时候，早就告诫似的拧了拧他的胳膊（哦，什么好事？而且她这一拧，就是让他不要当着我的面脱口而出）。我全然不知所措。我坐在另一个沙发上，小心翼翼地卷起沙发垫，看上面有没有几页纸。看来没有。等会儿我会听到事实真相的。我们还要再磨一磨。

卡鲁瑟斯是个地地道道的酒鬼，也是个善于交际的乐天派。跟那些酒鬼一样，他时醉时醒，从来不为食物发愁，有着不可思议的记忆力，洞察力敏锐，但是面对这个世界，他却意识不清，情绪低沉，不闻不问。

“我那幅画搁在哪儿了？”他死死盯着墙上挂画的那个地方，突然问道。

“我取下来了。”玛勒说。

“这我明白。”他那粗言厉声的口气还不是非常让人觉得讨厌。“我想让你的朋友在这儿过过目。”

“他早看了。”玛勒说。

“哦？看了吗？那后来，没关系吧！再者，我们什么都没对他隐瞒，对吗？我不想让他误解我。你知道，我要得不到你，别人也休想得到。说得不对吗？要不然，一切都太顺利了。她想搬到这儿来，就一两周。我告诉她我得与你谈谈这房子的事，因为你正占着这个地方呀！”

“这可是你的家呀，”玛勒探着他的口气。“什么都按你说的办。只是，要是她进来，我就搬出去。我自己有地方住；我只是来这儿照应你，别让你喝酒喝得上了西天。”

“好有意思，”他转向我说，“这俩姑娘可都互生怨恨呀！按我说，瓦瑞非常可爱。她没头脑是真的，但反过来讲，那姑娘可没什么大毛病；除此以外，她有男人需要的一切。你知道，我跟她处了一年还多；我们处得也是好极了，直到这个姑娘来，”他朝玛勒的方向点了点头。“你我之间，我觉得她嫉妒瓦瑞。你该见见她，要是你逗留很长时间，你会如愿以偿的。我预想天黑前她要顺便来此转一转。”

玛勒笑了，笑得那么卑鄙、丑陋，让我觉得好陌生。“那个笨蛋呀，”她不屑一顾地说，“她为啥连看也不去看一个引火烧身的男人呢？她是个活着的畸形人……”

“你是指你的朋友弗洛莉？”卡鲁瑟斯傻乎乎地咧着嘴说。

“我希望你不要提她的名字。”玛勒火冒三丈。

“你见了弗洛莉，不是吗？”卡鲁瑟斯不理睬她的话。“你可曾见过比她更淫荡的小骚货吗？但是玛勒还一直把她当成淑女呢……”他放声大笑。“真不无法想象，她碰到的都是些操皮肉生意的。罗伯特，那可是个冲着你极其风骚的娘儿们。总是乘坐大型豪华轿车到处转悠。她说，那个姑娘的性格让人捉摸不准，其实，真实的情况……哦，就咱们俩的看法，她只不过是个懒散的流浪女。可是我把她一脚踢开后，玛勒还得庇护她，照应她。说真的，玛勒这个姑娘挺聪明，而你是装出来的，有时你的行为举止与傻瓜没什么差别。除非——”他若有所思地望着天花板。“再与女人交欢交欢。你根

本搞不清——”他依然盯着天花板，“她俩形影不离的原因。谚语说得好——物以类聚，人以群分，可依然不可思议啊！我认识瓦瑞，也认识弗洛莉，还认识这个姑娘，她们我都认识，然而，你要是问我她们的情况，我是全然不知。跟我们这代人相比，她们又是一代人；她们就是雌性动物。她们一开始就没有道德感，谁也没有。不愿意做个有教养的人；她们做爱犹如搞动物展览。你回到家，发现有个陌生人躺在你床上，可你还得为自己这种贸然闯入找借口。要么，她们伸手向你要钱，好去旅馆与男朋友春宵一夜。万一有了性病，你还得找大夫给她们治疗。男女交欢是带劲儿，可有时也让人厌恶。还不如跟野兔搞舒服呢，你说呢？”

“他一醉就唠叨这些，”玛勒试图用笑声来摆脱这尴尬局面。“你说呀，把我们的事再抖落一些，我敢肯定他听得兴致高昂。”

我不信他喝酒喝醉了。跟那些醉鬼一样，他醉不醉都要信口开河，甚至说一些异想天开的事，事实上，他清醒着呢。痛苦、幻灭的男人，习惯于装出遇到什么事都处事不变惊的样子；究其实，他们多愁善感得无以复加，感情一受挫就借酒消愁，这样不至于在难以预料的时候号啕大哭。女人看到他们魅力十足，是因为他们从不提任何要求，从不真正地嫉妒他人，尽管他们对外可以摆出各种各样的姿态。对丧失生活能力、处处受挫的妻子，他们常常不堪重负，因为懦弱（他们称之为同情或者忠诚），他们愿意为这些可怜的人肩负起生活的重担。卡鲁瑟斯就是这种情况。我从他的谈话中得知，卡鲁瑟斯要找个迷人的年轻女人与他共筑爱巢，真是易如反掌。有时就有两三个女人与他同时淫乱。为了不让女人把他当成十足的傻瓜，他可能还得表现出嫉妒欲、占有欲的样子。至于他的老婆，我后来才弄明白，她的处女膜完好无损，她只是在这个程度上算个病人。卡鲁瑟斯那几年就一直忍受着无法性交的痛苦，然而，当他意识到自己几年后年龄不饶人时，他突然像个大学生似的开始到处疯癫，接着他沉迷于酒精之中。为什么？他觉察到自己已经老得不能满足精力旺盛的年轻姑娘了吗？他突然对他那几年的禁欲生活后悔万分吗？是玛勒亲口告诉我这个情况，当然，她说起来就特别没有表情而且不偏不倚。不管如何吧，她的确承认自己常在这同一张沙发上跟他睡觉，我一想就明白他可不是个绞尽脑汁的人。她又紧接着补充说，别的姑娘可是心甘情愿地同他上床，这言外之意当然是说，他只“骚”那些送上门来甘愿被骚扰的女人。我不明白玛勒有种不愿意被人骚扰的特殊的原因。要么我就应该认为他不愿意骚扰给他带来幸福的姑娘？与她分手时，我们就因为这个事吵得不可开跤。我们白天黑夜地疯狂做爱。我玩得疲惫不堪，倒在地上便蒙头大睡。我们是在饭前玩的，干完后我肚子里咕咕直叫。据玛勒说，卡鲁瑟斯对我的这种行为非常愤慨；她费尽力气劝他千万别往我头上砸瓶子。为了平息他心头之火，她与他在沙发上躺了一会儿。她没有说他是不是想“骚扰”她。反正他就小睡了一会儿；一睁眼，他就觉得饿了，想马上吃点儿东西。他睡的时候早把我这个访客忘了；看到我躺在地板上一副睡着的样子，他又暴跳如雷，然后他们一同出去，好好地吃了一顿；回家途中，她哄他给我买了几份三明治和一些咖啡。我想着这些三明治和咖啡就如演出时的幕间休息。卡鲁瑟斯因为瓦瑞的到来早把我给忘了。这事尽管很模糊，但我还能记起来。我看到一个年轻漂亮的妞儿走进来，然后伸出手臂抱住卡鲁瑟斯。别人给我端来一杯酒，然后喝得就什么都不记得了。那后来呢？哦，就像玛勒解释的那样，她自己与瓦瑞有点小矛盾。卡鲁瑟斯呢，喝得昏天黑地，不省人事，跌跌撞撞地跑到街上，就不见了。

“可是，我醒来时你可坐在他的大腿上！”我说。

哦，她承认有这回事，不过，在此之前，她就出去找他，在村子里转来转去，最后正好在教堂的台阶上找到了他，然后坐上出租车带他回了家。

“你就觉得他肯定能跟你玩而不怕引火烧身吗？”

她不否认，可不想再给我讲那事了。

这样，你们在傍晚云雨了一番。那瓦瑞呢？瓦瑞摔碎一个昂贵的花瓶就怒气冲头地走了。不过，我想弄明白，搁在我旁边的这把面包刀是做什么用的？这个吗？哦，那是卡鲁瑟斯在冒傻气。他装出要挖我心的模样。从他手中夺走刀子，她还嫌费事呢。卡鲁瑟斯这个人没什么恶意，连个苍蝇都不敢拍死。我心里想，把我叫醒实在是明智之举，这是一码事。我想知道接下来的事。只有天知道他们黑灯瞎火时干的勾当。要是她能让我跟她颠鸾倒凤，而她知道卡鲁瑟斯会随时进来，既然我愣着出神，聪明才智一点儿也派不上用场，她肯定会让他“骚扰”她一会儿的（要是能消消他的气就行）。

现在可是早上四点钟，卡鲁瑟斯正在沙发床上酣然大睡。我们站在第六大街上的一个门口，想达成某种协议。我一直坚持要她允许我送她回家，可她说时间太晚了。

“即使还剩一个小时，我也要送你回家。”我铁了心不让她再回到卡鲁瑟斯的淫窝。

“你不明白，”她请求着。“我已好几周没回家了。我所有的东西都在他那儿。”

“然后你就同他睡觉。你为何不早说？”

“我的确没有同他上床。只是临时住一住，等我一找到住处，我就走。我再也不回家了。我同继母吵翻了，我就出来了。告诉他们永远不回去了。”

“那你父亲，他说什么呢？”

“吵架时他不在场。我知道他一定要伤心，可是我再也受不了了。”

“很抱歉，”我说，“要是样我的接受。我想你也是身无分文。你肯定很累，我送你回去吧！”

我们就在空旷的大街上漫无目的地溜达着。她突然停下来，把我搂住。“你相信我，不是吗？”她看着我，泪水在她眼眶里打转。

“我当然相信你。不过，我希望你再找个地方住吧！我总能付起一间房的租金吧！你为什么不让我帮你一把？”

“哦，我现在不需要任何帮助，”她轻松地说。“哎呀，我差点儿忘了告诉你那个好消息了，是这样的，我要去乡下呆几周。卡鲁瑟斯要送我去他那简陋的小屋，这个地方在北部森林的深处。一起去的有我们三人：弗洛莉、汉娜、我本人。这可是名副其实的休假。你可以跟我们一块儿玩吗？试试看，不好吗？不愿意吗？”她停下来吻了我一下。“你看清楚了，他不算一种坏人，”她补充说。“他自己坏不起来。他想让我们玩得尽兴。他要是如你认为的那样爱我，何不约我一个人去那儿呢？他不喜欢你，这我承认。你太正经了，难怪他怕你。总之，你让他产生了某种反感。要是他老婆死了，他就会毫不犹豫地央求我嫁给他，这不是说他爱我而是他想保护我。你现在明白了吗？”

“不，”我说，“我不明白。不过，这没什么。你当然需要休假，但愿你去那儿玩得高兴。至于卡鲁瑟斯吗，不管你什么，我都不喜欢他，也不相信他，而且我根本不相信他在按你形容的那种君子风范行事。我巴不得他死呢，要是我能给他施点儿毒，我高兴还来不及呢。”

“我每天都给你写信。”我们站在门口互相道别时，她说。

“玛勒，听着，”说着，我把她拽到身边，跟她咬着耳朵。“今天我有许多话要跟你说，可是早已无影无踪了。”

“我知道，我知道。”她兴奋地说。

“也许等你一走，事情会有变化的，”我接着说。“很快就会出事的，我们不能再这样下去了。”

“我也这么想，”她温柔地说着，充满深情地靠近我。“我讨厌这种生活，等我到了那里一人独处时，我要好好地想一想。我不知道自己为什么老是不顺。”

“好，”我说，“也许我们以后会想到一起的。你要给我写信，绝不食言？”

“没问题，我会……每天，……”她转身要走时说道。

她转身进去了，我在那里伫立了一会儿，想知道我放她走是不是很愚蠢；想知道，假如我跟她磨蹭时间，而且死活要憋出一条办法来，娶不娶她，干不干活儿，这是否不太好呢？我脑子里还在翻江倒海，我干脆离开这个地方，不过，是我的两只脚载着我回了家。

六

玛勒邮来一张明信片，背面的风景很美，色彩斑斓的松球从缅因州的松树上飘落而下；她在这上面密密麻麻地写了好多话。哦，她离家去了北部森林，只是刚刚落脚，跟她相伴的还有那两个骚货呢。她们在那儿真是事事如意呀！有那么两个林区工人，做什么都很拿手，对她们百般照顾。又是做饭，又是教她们猎击飞禽走兽，还在繁星闪烁的夜晚靠着门廊为她们弹吉他、吹口琴，对她们有求必应，照顾得无微不至。

我立刻赶到卡鲁瑟斯的淫窝，看他是否还在城里。他确实没走。看到我，他满脸惊诧，一副不大乐意的表情。我撒谎说是来借那天晚上让我看上眼的一本书。他冷淡地说早已不朝外借书了。他板着脸要把我扫地出门。我正要离开，却发现他把那幅我心口上插着匕首的漫画挂到墙上了。他知道我注意到了，但是没有吭声。

我感觉自己脸上有点儿挂不住，但是转瞬之间又特别宽慰自己。因为她曾跟我交了底呀！我狂喜万分，在途中买了一本信纸和一个信封，就直奔公共图书馆，坐在那儿好好给她写封信。直到关门时间到了我才写完。我清楚靠给我邮信是来不及知道她的情况的，于是就通知她给我拍电报。邮了信，我写了一份很长的电文，然后很快发了出去。过了两天，她杳无音信，我又发了一份比上次内容更多的电报，给她快速发走后，我就在麦卡阿尔卑旅馆的门厅里坐下来，又给她写了一封信，这次比头一封信的内容更多。第二天，我收到她的一封短笺，写得柔情蜜意，俨然一种孩子气。她没有提及第一份电报的事。这真让我怒火中烧。她也许给我捏造了个通信地址，但她为什么要如此这般？管它呢，最好再拍份电报！问她要个详细地址和最好联系的电话号码。那第二份电报还有那两封信她收到了吗？“希望留意信函及往后要返的电报。时常来信。有可能就来电。往回返就特告。我爱你，我为你疯狂。内阁部长。”

这“内阁部长”几个字一定是跟她开玩笑呢。她很快给我这个格兰猎手回电，随后又寄来一封签有维多利亚（格兰猎手、维多利亚都是哈默逊作品中的人物）名字的信。她写信时心中充满神圣。她说自己看见了一头鹿，于是在森林里跟踪追寻，不幸却迷了路。那两个林区工人发现了她，把她带回来。这两人十分耿直坦率，于是汉娜和弗洛莉都爱上了他们，与他们乘划子玩，有时还在森林里与他们通宵睡觉。她一周

或者十天之后就回来。离开我这么长时间，她再也熬不住了。她最后写道：“我就要回到你身边，我想嫁给你做老婆。”她的言与行就是这么开门见山，简单明了。我想着与她颠鸾倒凤必定美味无穷啊！她这么直截了当，心地坦荡，我越发爱她了。我欣喜若狂，兴奋得来回踱着步子，想这想那，于是一下子给她写了三封信。

我激动万分，眼巴巴地等着她归来。她说过星期五晚上要回来的。她一进城肯定会很快往乌瑞克的画室给我打电话的。到了星期五晚上，我坐在乌瑞克的画室里等她的电话；到了凌晨两点，电话铃还没响。乌瑞克这个人经常疑神疑鬼的，他说也许人家指的是下周五。我垂头丧气地回了家，不过，我蛮有把握觉得早上能收到她的电报。第二天，我给乌瑞克打了几次电话，想问问他是否知道她的消息。我听得出来，他很不耐烦，对我的事根本没有兴趣，还为我感到有些害臊。到了中午，我正要下班，却意外地碰到马格瑞哥和他妻子，他们开着一辆新车准备出去兜风。我们有好几个月没见面了。他执意要我与他们共进午餐。我想推辞却无济于事。“你怎么啦？”他说，“你不是你自己了。我猜，又爱上女人了吧！天哪，你什么时候才能学会照料自己呢？”

吃饭的当儿，他告诉我他们决定开车到长岛玩，说不定还要在那边过夜呢。为什么我不能 同往？我说已跟乌瑞克约好了。“这有什么呀，”他说，“把你的朋友乌瑞克带上就是了。我跟他没什么交情，但是，只要能使你比以前更开心就行，我们肯定接他来，何乐而不为呢？”我试图告诉他，乌瑞克不太喜欢跟我们一块儿玩。他就是不听。“他会来的，”他说。“你交给我办好了。我们去蒙陶克岬或者是避风岛，自由自在地玩上一圈，散散心，你会受益匪浅的。至于你心里惦记的那个珍妮，干脆抛到脑后算了！她要是喜欢你，自个儿就会找上门来。对她们这帮人可不能手软，我说的就这意思，你说呢，苔丝？”说着，他捅了她一下，差点儿把她撞岔了气。

苔丝·莫莉就是人们称之为脾气温和但丑陋无比的爱尔兰人吧！我见过的女人中，就数她最难看了，身材短粗，屁股肥大，满脸麻子，头发稀稀拉拉、粘粘乎乎的（她快秃顶了），就这丑样子，还乐哈哈的，懒惰成性，总爱和人吵嘴打架。马格瑞哥出于绝对功利的动机才娶了她。他们人前人后从来不假惺惺地你欢我爱。婚后不久，他主动告诉我，她不把夫妻之间的性爱当回事，这样，他们就连那种动物的感情都不复存在了。他们做爱起来常常要上腾下挪，对这一点，她倒不说什么，不过她感受不到做爱的快乐。时不时地问他，“你搞完了吗？”要是他玩的时间过长，她就会求他给倒杯水或者取些零食。“她这么一来，我就非常难受，干脆就给她找份报纸。‘你看报吧，’我对她说，‘你可不要忘了看连环漫画哟！’”

我原以为劝说乌瑞克与我们一同前往会大费周折。他只是跟马格瑞哥打过照面，并且每次都摇头晃脑的，好像说，“这可把我难住了！”而这次乌瑞克对马格瑞哥的那个热乎劲儿使我惊讶不已。他下周要接一个以往没干过的活儿，干好了，就能得到一张高额支票。这会儿正养精蓄锐呢。他刚才出去给自己买了几瓶酒。看来，玛勒根本没有来电话。乌瑞克认为玛勒不会来电话了，一两周也等不到。来，喝酒！

马格瑞哥一眼就看上了乌瑞克刚刚完成的一个杂志封面。这封面上是一个男人挎着高尔夫球包正要去球场打球。他觉得这封面极富生活气息。“看不出你还有两下子，”他一向说话不恰当。“冒昧问一句，像这活儿，你能挣多少钱？”乌瑞克告诉了他，他默然不语。他妻子也找到一幅自己喜爱的水彩画。“你画的？”她问。乌瑞克点头称是。“我想买下来，”她说。“你出个价吧？”乌瑞克说等一画完，愿意奉送。“你是说还没有完成？”她惊叫起来。“我觉得这就算画成了。就这样子，我不在乎，反正我要买。你拿上二十元钱好吗？”

“给我听着，你这傻瓜，”马格瑞哥滑稽地在她脸颊上戳了一下，她猝不及防，撞跌了眼镜，“人家说还没画好呢；你要干什么，逼他当骗子呀？”

“我可没说它画好了，”她说，“也没有说他是骗子。我就喜欢这个样子，想把它买下来。”

“好，好，买吧，老天保佑，你可考虑好！”

“不，说真的，我可不能让你就这样买走，”乌瑞克说。“而且，这也画得不怎么样，哪能卖出去呢？这仅仅是个草图呀！”

“不碍事，”苔丝·莫莉说，“我想要。我出三十块。”

“你刚才说的是二十块呀！”马格瑞哥插进来。“你怎么回事，疯了？以前没买过画儿吗？听着，乌瑞克，最好让她买下，要不，我们简直走不了。天黑前我想去钓钓鱼，你说呢？当然，这个家伙，”他指着我，“不爱钓鱼。他就想闷闷不乐地坐着，幻想爱情，想着上天国，整天无所事事的。快点儿，咱们走吧！哎，谢天谢地，带上一瓶酒，到不了那儿，我们就能喝个精光。”

苔丝在墙上取下水彩画，往桌子上放了一张二十块钱的票子。

“你最好装起来，”马格瑞哥提醒说。“这事就过去了，不要向任何人说。”

大约过了一个街区，我意识到该在门铃上留个条儿。“哼，去他妈的鬼主意吧！”马格瑞哥说。“让她提心吊胆吧，她们就喜欢这样。你说呢，老婆？”他又捅了捅他妻子的腰。

“你要再这样打我，”她说，“我可要拿这酒瓶子砸你的脖子。我指的是你那玩艺儿。”

“她指的是那玩艺儿，”他转过头来看着我们，爽朗地笑了。“你可不能把她戳得太厉害了，你这家伙能吗？哎，她脾气很好，不然，她可忍受不了我这么长时间，说得

不对吗？小家伙？”

“哼，闭嘴！看你开到哪儿去了？我们可不想让这个车像别的车一样撞个粉碎。”

“我们不会？”他叫喊起来。“老天开眼，我就喜欢这样，而且，我可以说，我这车光天化日之下还撞过在海普斯德公路上行驶的牛奶车呢！”

“唉，忘了这事吧！”

他们一直说到车经过詹买加。他忽然不再烦她、骂她了。不过，他通过镜子的反光，开始跟我谈自己对生活和艺术的理解。他认为，艺术意味着生动的描写，并且都是虚幻骗人的东西。假如一个人确实才华横溢，从事这种工作还是很不错的。他的看法是，杰出的艺术家与其所获的财富等值。若是你注意到的话，他这是实践出真知。他想表达的意思是，任何一个杰出的人总会得到社会承认的。难道不是如此吗？乌瑞克说他自己亦作如是观。当然不总是这样的，不过我是就一般而言。当然也有高更这样的艺术家。马格瑞哥继续往下说，毫无疑问，这些艺术家是很出色的，但反过来讲，他们有某种怪癖，如果你认为他们这是与社会格格不入也可以，这种习性使他们不能马上得到公众的认同。你总不能因此而责难公众吧？有些人生来就命运多舛，这他明白得很。就以他为例吧！可以肯定，他不是个艺术家，可他也不是个废物呀！就算他这个样子，他的优点与最亲近的人不相上下，也许就好那么一点点，可是，无论他干什么，结果都事与愿违，这恰恰证实了世间万物的易变性。有时，一个小小的官僚就能击败他。为什么？因为他，马格瑞哥不愿意降格屈就地去做那些已成定局的事情。他固执己见地认为，有些事情你就是不要做。不，先生！他狠捶自己的腿。但是，这是他们玩的把戏，并且他们也侥幸成功了，但这长久不了！长久不了啊！

“现在你就拿马克斯菲尔德·帕里什来说吧，”他继续往下说。“我觉得这个人算不上啥，不过他同时又对他们有求必应。而高更这样的家伙还得为面包片四处奔波呢，甚至他死了，他们也要投之以蔑视的目光。艺术，真是一种奇特的游戏呀！我想这跟别的事一样，你从事这个工作是因为你喜欢它，大概就是这么回事吧，对吗？现在，你让这家伙坐在你身边——哎，说你呢！”说着，他通过镜子对我咧着嘴笑。“他以为我们就该对他供着、捧着，一直等他的杰作问世，同时也不想找个活儿干一干。哦，不，他才不肯弄脏自己白白净净的手呢。他是个艺术家呀！哟，按我们理解的，也许是吧！不过，是骡子是马，得先拉出来遛遛呀！我说得对吗？因为我想着自己是个律师，人人就都供奉我吗？有梦想是不错，况且我们谁都喜欢梦想，可总得有人实现吧？”

我们恰好经过养鸭场。“你们看，这就是我的梦想，”马格瑞哥说。“安下心来养养鸭子比什么都强。为什么我没干呢？因为我有自知之明，对养鸭一窍不通。你不能仅仅是凭着想象，你得喂养它们呀！要搁在亨利身上，他要想着养鸭，只会从这儿搬走，想美梦成真呢。当然，他先得求我借给他钱。我必须承认他这方面可是精通多了。他明白，你喂养前总得买吧！所以，一旦他想要什么，比如鸭子吧，他可就瞎胡扯了。'给我些钱，我想买鸭子！'这就是我说的难应付。这是做梦吧……我怎么要回钱呢？我这是肉包子打狗吗？一旦我让他出去马上把钱要回来，他就被激怒了。他觉得我跟他做对。对吗？要么我是在诽谤你？"说完，他又透过镜子对我咧着嘴笑。

"太好了，"我说。"不必为这满心忧虑。"

"为这满心忧虑？你可听清？老天爷，你要是认为我晚上睁眼躺着为你操心，可就大错特错了。我正尽力让你恢复正常，没别的，就是想使劲敲敲你的榆木脑袋，让你清醒些。我当然知道你并不想喂鸭子，可是你必须承认自己常常有些疯狂古怪的想法。老天做证，但愿你别把想卖给我一本犹太百科全书的时间给忘了。请想想，他想让我在表上签个字，这样他就可以取得佣金，如愿以偿了。不过，我准备等会儿就把它还了。我准备给他讲讲某一荒诞不经的故事，听了这故事他就能不加思索地虚构成篇。他有这方面的才华，而我呢，一个律师而已！你看到我会那样把自己的名字签在一份虚假的协议上吗？不，托上天的福，如果他告诉我想自己养鸭，我会对他倍加尊重的。我能想象成心想养鸭子的人。不过，千方百计地把一本犹太百科全书塞到你最好的朋友手上，真是卑鄙，更不用说有悖于情理了。这是另一码事——他认为法律已经不起作用了。'我不信法律。'他这样一说，好像信不信总有些不同，可是他一有麻烦就急忙拿上书来找我，'干吧，'他说，'你清楚怎么处理这些事情。'对他来说，纯粹游戏而已。所以他就觉得没有法律照样能活，不过，他如果一直没什么麻烦，我就糟透了，至于我是自讨苦吃还是我给他惹什么麻烦，他当然不会去想。出于友情，我应该给他做些微不足道的事情。你明白我的意思吗？"

谁也不说话。

我们默不作声地向前行驶了一会儿。途中的养鸭厂比比皆是。我们扪心自问，要是有人买下鸭子，安心呆在长岛，儿时会发疯呢？瓦尔特·惠特曼就出生在这儿的某个地方。我就像买鸭子的一样，一想到他的名字，就想参观他的故居。

"去看看瓦尔特·惠特曼的故居怎么样？"我大声问道。

"什么？"马格瑞哥叫喊起来。

"瓦尔特·惠特曼！"我扯开嗓门，"他是在长岛某个地方出生的。咱们去那儿吧！"

"你知道在哪儿？"马格瑞哥叫道。

"不知道，不过可以打听嘛。"

"哦，真是胡闹！我还以为你知道呢。这地方的人不知道瓦尔特·惠特曼是什么

人。你要不说他那么多事情，我自己也可能不清楚。他有点怪，不是吗？你不是告诉我他爱上了一个汽车司机吗？或者他是个黑人解放运动的支持者？我也记不清了。”

“也许二者兼而有之吧！”乌瑞克打开了酒瓶。

我们正驾车穿过一个小城。“天哪，除非我对这儿似曾相识！”马格瑞哥说。“我们到底在哪儿？”于是他停下车向行人打着招呼。“嗨，这是个什么镇子呀？”那个人告诉了他。“你能想法子绕过这个地方吗？”他说。“我觉得自己认得这个糟地方，老天呀，我曾在这儿得过可怕的性病！我看能不能找到那间房子。我就想路经那里，看看那个迷人可爱的婊子是否正坐在阳台上。我的天哪，你一定会说，这是个可爱的天使，是你迄今为止碰到的最美丽的俏妞，而且她还跟你交欢！你知道这些让人激动万分的小骚货们，老是那么性欲如火，总要马上向你露出白白的屁股。有一次，我冒着倾盆大雨驾车到这儿与她约会。一切都那么凑巧。她丈夫外出旅游，她就想趁机乐一乐……我现在正极力回想我俩不期而遇的地方。我知道，我费了半天周折劝说她让我去拜访她。哼，反正我跟她玩得很舒服——两天没有下床，连洗涮也顾不上，麻烦就出在这儿。天哪，你要是看见自己枕头边上的那面孔，我敢发誓，你会认为自己在同圣母玛丽亚做爱呢。她玩起来能连续出现九次性高潮。就这样，她还说，‘再玩一次吧，我还要……”这真是个有意思的妞儿，嗯，我觉得她不清楚这个词的意思。反正，过了几天，我那玩艺儿发痒，继而发红、肿胀。我不相信自己染上了性病，还以为是跳蚤叮咬的呢。接着，阴茎开始流脓。小伙子，跳蚤叮咬可不会有脓呀！唉，我就去找那个名医，‘这是花柳病呀！’他说：‘在哪儿得的？’我如实相告，‘最好查查血样，’他说，‘可能是梅毒。’”

“说够了吗？”苔丝哼哼着。“你就不能换个高兴的事谈一谈？”

“好，”马格瑞哥接上话头，“你说，自从我认识你，我可是洁身自好的啊，对吗？”

“但愿如此，”她答道，“否则，你的身体就糟糕了。”

“她老是怕传染，”马格瑞哥又透过镜子咧着嘴笑。“听着，小子，往后谁都会患上花柳病的。我没认识你时就得了这种病，你可以谢天谢地了——说得不对吗？乌瑞克？”

“哦，哎！”苔丝厉声地说。假如我们到不了马格瑞哥认可的能好好歇歇脚的村庄，你看吧，保不准还会吵个没完没了。他有个想法，愿意去抓蟹玩，而且，他要是记性好的话，附近还有一家供应美食的小旅馆。他把我们都带上。“想撒尿呀？快点！”我们让苔丝像把破雨伞似的站在路边，就回到房子里痛快淋漓地解了个手。他拽住我俩的胳膊。“咱们说好了，”他说，“今天晚上我们就在这附近溜达。很快就能引来很多人；你要想跳舞，再喝一两杯，这可是个好地方。我不愿意告诉她咱们要呆下来，以免她担惊受怕。咱们先去海滩，四仰八叉地躺在那儿舒舒筋骨。肚子饿了，尽管说，这样我就能马上想起那个小旅馆，明白我的意思吗?”

我们晃晃悠悠地走到海滩，这地方没什么人。马格瑞哥买了一包烟，点了一根，脱了鞋袜，在水里玩耍，香烟散发出浓浓的香气。“这不是很舒服吗?”他说。“你等会儿就是个小顽童了。”他让自己的妻子也脱了鞋袜。她仿佛一个笨重的鸭子摇摇晃晃地下了水。乌瑞克懒洋洋地躺在沙滩上打着盹儿。我躺在那里注视马格瑞哥和他老婆那笨拙、滑稽的样子。我想着玛勒是否到家了，等她发现我不在那里会有何感想呢?我要尽快赶回去。至于什么旅馆呀，来这儿跳舞的那帮人呀，去他妈的吧！我感觉她已回来了，正坐在乌瑞克家的台阶上等着我。我的愿望就是想再婚。究竟是什么诱使我出来到这个倒霉的地方呢?我恨长岛，以前也经常这样。马格瑞哥，还有他说的鸭子！想到这事我就气得能疯了。要是我自己有只鸭子，就叫它马格瑞哥，把它拴到灯柱上，用一只0. 48口径的左轮手枪打死它。我要把它射死，然后宰了它。我心里想，他这家伙，去他妈的！什么都是扯蛋！

我们去了那个小旅馆。如果我迟疑一下，我就把这事忘了。我很绝望，心绪极为冷漠，任凭自己浮想联翩。事情经常是这样，一旦你宽宏大量，并且能容忍别人相左的意愿时，我们指望不上的事情就发生了。

这个地方的气氛让人感到很舒适，很惬意，大家心情都不错。我们吃完饭，正喝着第三四轮酒。这时，有个年轻小伙儿端着酒杯从邻近的桌子旁站起来，向大家讲话，他可没喝醉，只不过就像克伦斯基说的，是因为太好了，来了兴致。他轻声低语、平心静气地给大家解释其中原委。他冒昧请大家注意他本人以及他举杯与之相碰的妻子。今天是他们结婚一周年的纪念日，他们非常幸福，就想把这种幸福告诉给在场的每个人，并希望大家与他们共同分享。他说自己并不想讲话，免得扫大家的兴，他从小到大没讲过话，现在也不想讲，不过，他必须要让每个人知道，他和他妻子的感觉是多么幸福，多么好。也许，他一生中再也不会重现这种感觉了。他说自己是个无名小卒而已，为了生活四处奔波，却挣不下几个钱（谁都是一样）。不过，他清楚一件事情，那就是他非常幸福，而且这种幸福是由于他觅得了所爱的女人，他尽管已结婚一年整，但他仍然痴心不改，深深地爱着她（他微笑着）。他说在众人面前说这事没什么不好意思的。即使这事弄得大家心烦，但他还是会情不自禁地和盘托出，因为当你觉得自己非常幸福，你就想让别人与你共享。他说，世界之大，不如意事接二连三，还能有这样的幸福呢，不过，要是人们能互相交交底，谈谈自己的幸福，而不是只有在大家失意沮丧时才相互倾吐内心的秘密，那么大家就可能有更多的幸福，他认为这样的生活就很棒。

他说自己非常想看到大家快乐、开心的样子，尽管我们互不相识，可我们今晚与他俩相聚在一起呀，假如我们愿意与他俩共享欢乐，还会使他俩更开心、更幸福。

每个人都应该与他俩共享欢乐，他完全沉浸在其中了，一口气说了二十多分钟，就像一个坐在钢琴旁即席作曲的人，谱了一曲又一曲，他权当我们是朋友，就愿意心平气和地由着他讲这讲那。他就是说得再有激情，听起来一点儿也不荒谬可笑。他这个人坦率真诚得无以复加，而且打心底里就认为幸福快乐是世界上最最恩惠的东西。他可没有胆量站起来向大家讲话。因为这明摆着，想到自己这样即席给大家长篇大论地讲上一通，他跟我们一样惊讶不已。他现在只是个福音传教士，就美国社会中那稀奇古怪的生活现象来讲，由于介绍得不够，他可是一点儿也不清楚。男人可能受孤独感的困扰，看到美轮美奂的女人就激动万分，听到难以名状的声音就心弦拨动，一有抑制不住的内心冲动就坐卧不宁，这样的男人在我们这个国家何止千万；他们要多久才能从这种好像是孤独感的恍兮惚兮之中顿然醒悟，并且重新塑造自我，让世界焕然一新，重新树立自己的信仰和理想呢？我们习以为常地想到自己是伟大的民主团体，靠共同的血缘关系和语言维系，依靠人类的独创性可能设计出来的各种通讯手段紧紧地联成一体；我们吃喝穿戴都一样，读的报纸也没啥区别，什么都差不多，只是自己的名字、体重和号码与别人不同；我们大家都是世界上最没有个性色彩、最集体化的人，当然不包括我们认为发展落后的原始人群。但是，乍一看，我们联系得很紧密，相处得很融洽，性情和善，乐于助人，富有同情心，几乎是兄弟般的手足情谊，尽管如此，我们依旧很孤独，是一群病态的狂妄之徒，我们在疯狂地激情中翻来覆去地思索，想极力忘记自以为是的想法，说真的，我们没有凝聚力，缺乏奉献精神，不善于听取他人意见，我们一切都无从谈起，只是些数字而已，在与我们无关痛痒的计算分析中某一无形的手将我们随意地组合来组合去。从我们这种没有意义的凝聚来讲，所谓的日常生活就是烦琐的程序，这一程序不是生活，而是悬置于强大生活之流上方的恍兮惚兮的东西。也许可以说，有人就因此有时猛然醒悟，时而一败涂地，而且因为他不再认同生活中的普遍模式，这个人似乎在我们看来就狂妄不羁。他发现自身有一种奇异而且几乎是可怕的力量，他能够让千千万万多得不计其数的人放弃共同的信仰，使他们无依无靠，迷惘彷徨。他可以为所欲为地操纵他们，给他们注入欢乐或者疯狂的情绪，迫使他们与自己的亲戚断绝来往，放弃内心冲动，改变自己的性格、相貌及其内在的精神。这种不可抵抗的诱惑、疯狂以及“即兴的狂乱”，其实质是不是就如我们喜欢说的那个男女之欲呢？假如没有感觉到欢乐和宁静的话，还会是什么呢？每个传教士语言各异，但他们谈论的都一样（切莫追逐名利，切莫为生计东奔西走，切莫互相贬低，切莫老想着要追求虚荣和摇摆不定的目标）。

性高潮是眨眼之间的事，这种奥秘操纵着人的外部动作，使人的心灵得到安慰，激情得以平衡，使人宁静、安谧，并且容光焕发，冷静从容的激情永不消失。他们尽情地交流性高潮的奥秘，说实理，他们在我们眼里是个讨厌鬼，我们躲避他们，觉得他们是居高临下地尊重我们；他看起来再高贵，想到不能与任何人平起平坐，我们就愤愤不平；我们常常生活在社会底层，地位、能力都不如人，和那些从容冷静而且自制力强的人、那些明显给人使绊子而且信念不动摇的人相比，更加难以望其项背。我们不满意墨守成规的东西，喜欢用阿谀奉承来影响一切，喜欢生活按我们的逻辑推理来发展，符合我们对原则的集体化反思，使别人接受我们那古老的效忠仪式。

听他讲话的时候，我心里觉得自己幸福多了，不过，他会变成被称之为危险的男人。永远追求幸福会令这个世界骚乱不已而渐达危险的境地。让世界笑起来是一码事，使它幸福可就完全不同了。在这方面，谁也没有达到目的。大人物，就是那些反正都能左右世界命运的人，却常是个悲剧性人物。即使阿西西的斯特·弗朗西斯也是个痛苦之人。那么，如来佛祖呢，一门心思地消除苦恼，怎么样呢？确切地说，他也不算幸福。他宁静淡泊，而且死的时候，书上也是这么说的，整个躯体在发光，好像是精神在燃烧。你要愿意这样理解的话，他这是远远超过幸福的内涵了。

但是，这位圣者达到的辉煌状态，作为一种试验、一种开端（如果你愿意这样理解），在我看来，要令整个世界幸福愉快，这样做还是值得去努力的。我知道，“幸福”这个词特别是在美国社会有一种恶心味儿；这个词听起来透不出个机敏劲儿，还给人带来霉运；它空洞洞的，没有内涵，是意志薄弱者的理想所在。它是从古英语借用过来的，让我们曲解为没有意义的东西了。人们都不好意思正儿八经地用它，但为何是这样呢？这根本没什么站得住脚的理由。幸福与悲伤一样地合情合理，况且每个人，当然不包括那些天马行空的人凭智慧发现更好、更伟大的东西，都渴望幸福，并且如果他能的话（他只要清楚如何干！）就会在所不惜地获取它。

这个年轻人讲的尽管细究起来可能没什么意义，但我还是愿意听。每个人都愿意听，都喜欢他们夫妇俩。经他这么一讲，大家心情愉快轻松，无拘无束地互相交流起来。这好似给我们大家打了兴奋剂。大家隔着桌子交谈起来，有的起身握手寒暄 一番，有的友善地拍拍肩膀。是呀，你要恰好是个非常严肃认真的家伙，要关注世界的命运，把精力都投在某一宏伟的蓝图（比如改善工人阶级的条件或者降低本国人的文盲率）上，也许你眼中的这个小事似乎就显出一种非常难以估量的重要性。就真正地幸福这一话题摆开阵势，泛泛而谈，有些人听了就很不舒服；有些人更喜欢自己的幸福秘不示人，觉得袒露自己的快乐心境是冒失的，要么有点儿让人厌恶。他们或许只是浸淫于内心世界，这样就无法进行思想感情的交流或者人际交往。至少，我们这里没有这

样敏感之人；这是由普通人构成的一群人，当然，这些普通人都拥有小汽车了。他们有的是巨富，有的并不是那么腰缠万贯，不过，他们谁也不会忍饥挨饿，也不得癞痫病，也不是伊斯兰教徒或者黑人，也算不上是贫穷的白人。从一般意义上来讲，他们是黎民百姓。跟上百万美国人一样，他们名不见经传，不摆架子，没有什么宏伟的目标。一旦生命结束，他们突然好像觉察到自己跟别人没啥两样，不好也不坏，而且本能地醒悟过来，甩掉那各自为营的小伎俩，开始互相交往。他们很快就开始你一杯我一杯地喝酒，还唱着歌，然后就跳舞，但是跳得跟他们以前要跳的不一样；有些人，好几年都没晃过腿了，站起来也开始跳，同自己的妻子翩翩起舞；有些人跳单人舞，因自己的体面和自由的心态而高兴，而陶醉；有些人边唱边跳；有些呢，瞥见别人就表情和善地对着人家微笑。

一种坦率真诚的快乐宣言产生的作用让人咋舌。他的语言本身没什么，只不过是朴实无华，平铺直叙，任何一个人只要留心一下就能记住。马格瑞哥总是疑神疑鬼的，总想鸡蛋里面挑骨头。按他的说法，这个年轻小伙着实聪明，说不定是个戏剧性的人物呢，而且为了制造一种效果，他就故意说得坦率、朴实。诚然，他不否认这样讲使他听了很舒服，只是想让我们清楚他可不是那么好哄的。他也觉得如饮甘露，但是，尽管他听得津津有味，他还假惺惺地说自己没有受蛊惑。

他要真这么说，我可为他难过了。一个人感觉再好，也比不上完全受蛊惑的人呀！聪明可以说是一种天赋，但是对人深信不疑，轻信到极端愚蠢的地步，毫无保留地和盘托出自己的想法，是生活中最大的快乐。

好哇，我们都很快乐，索性就决定改变计划，不准备在这儿过夜，直接返回城里。我们一路上扯开嗓门大唱特唱，就连苔丝也一展歌喉。她可是五音不全呀，不过唱得很起劲，汗水淋漓的。马格瑞哥以前可没欣赏过她的歌喉；就发音器官而言，她过去总是跟驯鹿似的。说起话来粗声粗气地咕哝着，不时地哼上几声以示同意与否。我有种奇特的预感，在这让人丧心病狂的痛苦之中，她可不会像往常那样就喝杯水、吃个苹果或者吃片火腿三明治就能打发了，而是要心血来潮地扯开嗓门吼上几曲。万一她就像现在这样要噱头，我可能想象出马格瑞哥的表情。（“老天爷，还唱呀？”）不过，嘴上却说，“唱吧，唱下去，换个假声试试看！”他喜欢人们做闻所未闻的事。肯定有些卑鄙无耻、几乎令人难以置信的事情，人们能够做到，而这些事情他根本想象不到，不过他可愿意这么认为呢。他还愿意这样想，人类要犯恶作乱或者与自己的同类做对，那世界上的事情就没有什么太可耻、太下流、太恶心的了。他吹嘘自己思想解放，对于愚蠢可笑、残酷无情、背信弃义或者刚愎自用的事情，无论以哪种方式出现，他都来者不拒，尽纳其中。他接着假设说，每个人从本质上都很卑鄙、残酷、自私，真是婊子养的狗杂种，他做的那些幼稚得让人拍案惊奇的事情，结果在法庭上为万夫所指，证明他有犯罪行为。若是每个人都受到监视、盯梢、追踪、盘问、五花大绑，强迫他招供，哼，三下五除二地一判，你看吧，我们都得进监狱。但是，按他的话讲，最声名狼藉的罪犯全是些国务部长、法官、政府高级官员、牧师、教育家以及宽厚待人的工作人员。至于他自己的同行，他在生活中也碰到过这么一两个，他们诚实笃信，说话算数；其他人呢，几乎可以包括所有的同行吧，与靠两条腿走路的最下贱的犯人、社会最底层、人类最卑鄙的渣滓相比，他们更卑鄙、更下贱。不，这些家伙胡说自己为整个社会的消费乐善好施，贡献不少。他才不相信这骗人的鬼话呢。他搞不清楚自己为什么这么诚实和正直，这当然是不合算。他天性如此，没办法。况且他还有别的缺陷，有先天的，有后天形成的，还有自己想象出来的，他把这所有的缺点收集起来，列了张表格，真是触目惊心呀！这样，等他一完蛋，有人就禁不住地要问，为啥还这么煞费苦心地保持诚实和正直这另外两种品质呢？

“所以你还一直想着她？”他微微转过脑袋，突然提出这个问题，而且这句话是从嘴角挤出来的。“唉，我为你难过呀！我想你除了要娶她就无所事事了吧？你就该受这份罪。你想过自己靠什么来糊口吗？你心里明白这工作也干不了多长，事到如今，他们一定把你看透了。我纳闷的是他们咋不早开除你！到现在几年了？三年？这当然算你的工作履历了。我就认为干三天也难熬呀！当然，她要是那种愿意养活你的姑娘就好了。你就用不着担心找工作了。这可是个美差呀，不对吗？你老是信誓旦旦地对我们说要写几部杰作，这下就如愿以偿了。你老婆找你的碴儿，她把你当作拉磨的驴，不辞劳苦地忙活，我想，难怪你这么急着要抛开她。嗨，每天早上起床，上班，肯定把你折腾得够呛！你怎么干那事的，愿意告诉我吗？你以前老是懒得要命，都不想起来吃饭……听着，乌瑞克，这个杂种一连三天都在床上躺着，倒没出啥事，只是一想到要直面人生，心里就无法承受。有时患了相思病，要么就是要自杀，动不动就拿这吓唬我们。这是他惯用的伎俩（他透过镜子看着我）。你忘了那些日子，没忘吗？他现在可想活命了……我搞不清楚……什么都没变化……一切还是那么糟糕。他讲自己要奉献给世界的，无非就是写部杰作。他就是给我们写不了一部销路很广的平庸之作。哦，不，他才不写呢！他这部力作独树一帜，前无古人。那好，我就翘首企盼吧，写得成写不成，我都不说。我就是等待。况且我们这些人还得为生计奔波呀！可不能因老想着名作的问世而耗费毕生精力呀（他喘了口气）。你知道，我有时还觉得自己好像愿意写一部作品，这只是想让这家伙知道，你用不着这样把自己当猴耍。我认为，要是自己想写，六个月保准交稿，而且还不耽误正事。我可不敢说它能获奖。我向来不以艺术家自居。让我恼火的是这家伙居然自诩为艺术家，他就敢断定自己比什么赫吉什默，或者德莱赛之类的作家艺高一筹。其实呢，他一成都没有。倒想让我们盲目地接受他的作品。你要是求他展示一下作品的手稿，他会大发雷霆。我是个能干的律师，没什么学位，就想靠自己的真才实学给法官留下印象，你想想我行吗？我清楚你不能当着别人挥舞着学位证书，以此来证明你是个作家，不过，你还要把手稿拿出来让人家看看呀，不能吗？他说已经写了好几本书了，那么，在哪儿？有谁见过吗？"

乌瑞克这时帮我插了句话。我坐在后面柔软的位子上抿嘴轻笑，很欣赏马格瑞哥这些充满激情的长篇大论。

"哦，那好，"马格瑞哥说，"你只要说见了一部手稿，那我就信你的话。这小子可从没给我看过一个字呀！我想，他是不吃我这一套的。听他高谈阔论，你觉得他是个天才，我知道的就这些。提到任何一个作家，谁也比不上他。就连阿纳托勒·弗朗西也不济事。他要令这些人靠边站，自己就必须高水平。按我的想法，像约瑟夫·康拉德这样的人既是艺术又是大师，他觉得这种评价过高。他对我说，梅尔维尔可是难以望其项背的呀！而且，老天作证，你知道他将来要承认我的说法吗？他可向来没读过梅尔维尔的作品！不过他说这没什么大不了的。你咋跟这种人讲理呢？我也没读过梅尔维尔的一个字呀，除非我读过，不然我死也不相信他能在康拉德之上。"

"嗨，"乌瑞克说，"也许他不太热衷于康拉德的作品吧？这就好像很多从未见过吉奥托作品的人就蛮有把握地断定他在马克斯菲尔德·帕里什之上。"

"这可不一样，"马格瑞哥说。"我们根本无须怀疑吉奥托和康拉德作品的价值。梅尔维尔呢，我看他就是匹横空出世的黑马。这一代人可以看出他比康拉德优秀，不过，再过一二百年，他就如彗星一样渐渐地被人淡忘了。等他们一回过神来，他早就销声匿迹了。"

"那么，你怎么就认为康拉德的声望再过一二百年还会如日中天呢？"

"因为他的作品经得起推敲，已被译成多种语言，深受全世界的喜爱。假如我清楚自己谈论的事情，那么杰克·伦敦或者欧·亨利也是这种情况，他们这些作家显然处于社会的底层，但是众所周知，他们的艺术生命永恒。社会地位高不能代表一切。享有盛名与身居高位可是同等重要。最能迎合人心的作家，如果他身居某一高位但根本不充当雇佣文人，那么就现有的艺术才能而言，他必定是那种永远身居高位、十全十美的作家。几乎每个人都能读懂康拉德，并不是每个人都能读懂梅尔维尔呀！你要是举一个极好的例子，比如刘易斯·卡罗尔吧，我就敢打赌，凡是说英语的人都知道他会胜过莎士比亚的……"

他沉思良久，接着说，"以我的看法，美术作品可就有些不同了。欣赏一幅好画可比看一部作品费时多了。人们好像认为自己清楚阅读与写作的奥秘就能分辨良莠。即使作家，我指的是杰出的作家，对良莠作品的分辨也没有一定之规。因为这点，画家之于画也是一样；但我有这样的看法，一般而言，比起作家之于作品来，画家对名家之作的良莠评判要一致得多。打个比方，只有愚蠢透顶的画家才会对齐真尼的作品的价值嗤之以鼻。但是，我们从狄更斯或者亨利·詹姆斯的身上可以看出，满腹才华的作家和批评家对他俩各自优点的评价真是大相径庭。要是当今的一位作家在自己的艺术领域与毕加索一样稀奇古怪，那你就很快明白我的真正意图了。即使他们看不上他的作品，大多数深解艺术个中滋味的人都公认，毕加索是个旷世奇才。就说乔伊斯吧，他这个作家相当怪癖，能达到毕加索的那种赫赫声望吗？除了一些专家学者，除了一些无所不欲的势利小人，他现在的名望主要是基于他的怪癖。他的才华举世公认，这我赞同，但是，可以这样说，这种才华已受到腐蚀。即使毕加索不常为人理解，但他能赢得众人的尊敬，而乔伊斯却是人们茶余饭后的笑料；他声誉鹊起恰恰因为他不能被广泛理解。犹如英国港口城市加的夫的巨人一样，他是作为怪才、奇人被公众接受的……另外呢，就是我现在说的，不论这个天才画家多么地桀骜不驯，要比起与他的才能不相上下的作家来，其艺术的转化过程要快得多。锐意创新的画家至多过上三四十年就能被人接受；而作家有时就得几个世纪。反回来说梅尔维尔，我是说，他耗费了五六十年的光景才功成名就的。就这还不清楚他是否能一直那样如日中天；也许过了两三代，他就落花流水春去也。他是在勉强维持，可以说徒增笑料而已。康拉德苦心经营自己的作品，他早已深入人心，家喻户晓，你可不能随意否认这种实际。至于他是否名副其实，是另一码事了。我认为要是这一真实情况已是路人皆知，我们就会发现许许多多本该活下来的人却被扼杀、被遗忘。我知道名实之事实难证明，不过，感觉众人的话中还是透露了某种真实。你只得在日常生活中环顾四周去观察各处发生的同一事情。我了解自己，在我的生活圈子里，好多人完全配得上最高法官的职务；他们在竞争中败北，一切都灰飞烟灭，可是能说明什么呢？能说明他们与那些我们让其坐在法官席上的老朽一般无二吗？美国总统每四年才选一个；这是不是说，有幸当选总统的人（常常不公平）就比竞选失败者或者比成千上万个连竞选议员想都不敢想的无名小卒强呢？不，似乎多半被有幸上的人结果最次也是功过分明。对人类社会有贡献的人要么由于谦逊，要么由于自重，通常甘居人后。林肯可没想当什么美国总统；这事儿他也勉为其难。谁都知道，他几乎是被大家推上总统宝座的。所幸的是他不负众望，当然也不排除另一种情况。因为他正是总统的苗子，就没有被选上。事实恰恰相反。哎哟，他妈的，我说岔了。不知道到底从哪儿谈起……”

他停下来，慢悠悠地点了一根烟，接着又娓娓道来。

“还有一件事我想说说。我明白说到哪儿了。是这样，我为这个天生是块作家料的

人感到难过。我对这家伙极尽冷嘲热讽之能事，也缘于此；我知道他目前的困惑，就千方百计地让他气馁。他要真的经不起打击就好了。有人这样跟我说，画家一年作六幅画简直不在话下。但是作家呢，不知怎么搞的，有时写部作品要费十年功，然而，像我说的要质量上乘的话，找人出版又得十年，这样，等这部作品名扬天下，至少要等十五至二十年的时间呀！注意，为一部作品几乎耗费了一生的精力。他平时怎么生活？唉，跟狗有什么两样呢？相比之下，叫花子过得也算花天酒地了。人要是有自知之明，谁也不从事这一事业。创作在我看来无异于痴人说梦。我敢说干这事可真划不来。艺术可不是这样创造出来的。关键一点是艺术乃当今的难得之遇。我不读书，不欣赏画，同样生活得好好的。我们杂事多如牛毛，根本不需要书籍和绘画。音乐，说真的，还总要欣赏的。我们并不需要阳春白雪，只要是音乐就行。反正没什么人创作阳春白雪的音乐了……看得出，这个世界就要土崩瓦解。这年头儿，你不必动什么脑子就能活下去。其实，你越不聪明就越富有。把什么都算计好了，你干什么都能唾手可得。你需要清楚的是如何把一桩小事办得称心如意；你加入一个协会，尽可能干些零敲碎打的活儿就行，这样，一到年龄就能领一笔退休金。你要是稍有审美趣味，你才不会年复一年地干这乏味单调的工作呢。艺术能激活你的心灵，使你不满足于现状。我们的工业体系根本达不到这一点，所以就给你提供许多舒服可爱的代用品，让你忘记自己是一个人。我跟你说，久而久之就根本没有什么艺术可言。你就得掏钱让人们参观博物馆或者去听音乐会。我不知道这种情况会不会老这样下去。不，就在他们重视这个问题时，一切都在顺其自然地发展，再也没人怨天尤人地诉说苦衷了，也没有人心起波澜、大胆尝试了，这种局面犹如大厦之将倾。人类本不该是机器，而政府的所有这些乌托邦制度是很荒诞可笑的。这些制度总是信誓旦旦地给人类以自由，但是，他们首当其冲地要把他作为能跑八十天的钟用，让他疲于奔命。为求得人类的自由，他们把每个人当奴隶使唤。这真是个狗屁逻辑。我不清楚现行的制度有什么好，实际上，再也没有比我们现在的处境更糟糕的了。然而，我知道，放弃我们现有的可怜的权利根本无助于条件的改善。我觉得我们想要的不是更多的权利，而是深远的思想。主啊，看到律师和法官都在想着法子明哲保身，我不由地想呕吐。法律是一帮社会的寄生虫吵吵闹闹的聒噪，与人类的需求根本不沾边。只需翻开一部法律书，随意地高声念一段，倘若你感觉正常的话，那你恐怕就是非同一般的愚不可及。法律是完全脱离实际的东西，我再清楚不过了。但是，主啊，要是我开始怀疑法律，那其余的事情更是如此。如果我看清尘世，准会发疯。尽管你画地为牢，也无法摆脱法律的魔掌。你动辄就要出岔，可还得装模作样地把法律敬若神明；你让人们明白你清楚自己在干什么，但是，谁也搞不清自己在干什么！我们早上卧床不起，就思考自己的事情。不，

先生！我们昏沉沉地起床，睡意未消就跌跌撞撞地穿过一个漆黑的地道。我们干什么都是小打小闹。我们明白这法律是胡说八道，可是我们实在没办法，别无选择呀！我们生来就置身于某一社会形态中，受制于这种社会的局势：我们可以笨手笨脚地修补法律，就如修复一个破漏的船一样，但是，你无法翻新，时不待人，你就得靠港，否则，后果不堪设想。当然了，我们永远达不到目的。按我的话来说，这艘船绝对会下沉……哼，我要是亨利，我要是能像他那样自诩为艺术家，你认为我还煞费心思地向世人证明法律的虚伪性吗？我不行！我连一行字也不想写；我只不过是想我所想，梦我所梦，由它去吧！我得找个工作，只要有饭吃，干什么都无所谓，而且我会向世人说：'去你妈的，你这家伙，你不能把我怎么样！你不能让我饿着肚子向别人说明我是个艺术家。不，先生，我什么都清楚，但是没有人告诉我自己与别人有何不同。'我能少做就少做，凑合着活下去就行。要是我有丰富而深沉的思想，就孤芳自赏，自得其乐。我不愿意给人们灌输这些意识。我大多数时间里都要装成沉默寡言的样子，做个唯唯诺诺、人云亦云的人。让他们随心所欲地把我轻易击败。说实话，我最多只知道我确确实实是某个人。我要急流勇退，绝不等到年迈之时，否则，他们会先对我说些大话套话，尔后又极尽奉承之能事，说我准能得诺贝尔文学奖……我清楚这并非肺腑之言。思想需要被赋予形式与内容，但是我现在谈论的不是做的问题，而是认识与生存的问题。为了生存，你总得做个大人物呀，而且，一直不懈地争取当大人物，没什么可笑的吧？哦，假如你心里想着要拼死拼活地成为艺术家，我知道自己算一个，这只是迫于生计，但又怎么样呢？做个艺术家，就意味着自己得写上几本书，要么作上几幅画？我觉得这算不了什么，充其量凑数而已……假如你是亨利，你写了一部冠绝古今的作品，可是你刚一搁笔就把手稿给弄丢了。再假如，即使包括你的挚友在内的人，谁也不知道你写了这部力作；在这种情况下，你就同我一样，都算是没在纸上划一道的货色，不对吗？如果我们俩在这个节骨眼上猝然而逝，世人永远不晓得咱俩谁是艺术家。我可能好好地享受这种荣耀，而你呢，可能就白耗了自己的整整一生。"

这时，乌瑞克再也听不下去了。"情况恰恰相反，"他反驳道，"艺术家逃避人类的责任就享受不到生活的情趣。你这家伙一直就想破坏他的生活。艺术并非独奏表演，它是由百万之巨的演奏家及听众组成的一个无形的交响乐队。享受伟大的思想根本不能与其艺术表现的快乐相提并论，尤其与永恒的表现相比，更是难以企及。实际上，艺术绝对不能不反映伟大的思想。我们只是艺术才能的表达手段。似乎可以说，是艺术赋予我们创作才能。谁也无法脱离一切，仅靠创作主体就能进行艺术创作。艺术家是一种工具，它如实地记录现实生活，记录属于这整个世界的东西；而且，倘若他是个艺术家，就不得不把记录下的东西展现给这个世界。具有伟大思想的人就像演奏家，

双手交叉坐在剧场正厅准备演出。你根本进行不了艺术创作！至于你刚才虚构的那个作家，他把自己毕生重要的手稿给弄丢了，为什么我会把这样一个人比作出类拔萃的音乐家呢？这位音乐家就在隔壁屋里一直指挥着交响乐队，谁也听不到他的演奏，但是他是个名副其实的参与者，随着管弦乐队的首席演奏家的演奏或者听着他的乐器发出的美妙音乐，他心里有说不出的愉快。依你的想法，人不应该享受精神的快乐，要是知道自己能演奏小提琴，就认为这跟指挥交响乐队的感受完全一样，这就大错特错了。我真是傻瓜认准一条道了，老是谈这话题。至于报酬嘛，你总是把人们对你的认识与回报混淆在一起。这是两码事。即使你劳而无获，再怎么着你也该以苦为乐呀！我们十分看重劳动的报酬，这种想法可怜得很——其实不必这样，谁都清楚，这个艺术家能有几个钱？他莫名其妙地选择艺术这一行当，生活当然不如人。正像你所说的，他忘记自己是个凡夫俗子，不过，这真是万幸！思索人生、艺术要比整天想着吃穿住行好得多。当然，一旦你必须吃，可你一点儿也不想吃，那么吃饭就成了心理负担。但是，艺术家与普通人的区别就是，他真到了吃饭的时候，就能马上沉浸在自由无限的艺术世界，他在这方艺术天地里摄取一切，而你的那些平庸无能之辈只不过是一个烟尘肆虐的小城市里的垃圾。退一步讲，假如你不是凡夫俗子，而是腰缠万贯的人，而且极具艺术趣味，对艺术有一种疯狂地迷恋，你稍微动动脑子，面对着美食或者美酒要么是美色，百万富翁的乐趣能跟一个饥肠辘辘的艺术家相比吗？享受任何事物的乐趣，你就得让自己坦然接受它；我甚至可以说，它意指着某种抑制、修行、贞洁。总而言之，它意味着欲望，而且是一种你得靠正常生活而孕育的欲望。我现在俨然一副艺术家的口吻，但我的确不是，我只是个靠广告谋生的插图画家；不过我对艺术很通，也就敢说我嫉妒勇于投身艺术的人，我嫉恨他，是因为我知道他富甲天下。他是耗尽了自己的毕生精力才这么有钱的，然而这不仅仅是靠辛苦、金钱或者天资奉献艺术的。你根本不可能当个艺术家，因为你缺乏信念；也不可能产生伟大的思想，因为你早已把它们扼杀殆尽。艺术可以创造美，美就是爱，爱生活本身，艺术的自身目的就是热爱生活，对这些观点，你都予以否认。一切在你眼中只是瑕疵，只是陈谷子烂芝麻。艺术家，即使他觉察到生活中的一丝缺陷，他也能化腐朽为神奇。要是我可以这样有多好。他并不违心地认为小人物就是人类的精华或天使，但他能让小人物变得胸怀宽广一些。他知道即使自己看到百万乃至十亿个小人物，也明白这个世界并不全是他们。你看到一个可怜的小人物，就说，‘看，一切都彻底完蛋了！’你看不到希望……哦，对不起，我这样说并不是出于刻薄或者图什么自在，但愿你明白我的意图……”

“这有啥呀，”马格瑞哥爽朗地说。“偶尔汲取别人的思想还是不错的。或许说得

对，可能我这个人看问题过于消极，但我是天生的。要是我能按你的思想理解艺术，我的心情一定好得多，可是我不能；而且，我必须承认自己从未真正遇到过一个杰出的艺术家。将来能同这样的人谈话肯定是一大乐事。”

“哦，”乌瑞克说，“你对艺术一窍不通，可一辈子都在同艺术家谈话。假如在你的朋友这里都认不出一个艺术家，一旦你碰上一个，你怎么知道他是杰出的艺术家呢?”

“你说这话我很高兴，”马格瑞哥说。“既然你把话说到这儿了，我承认我的确认为他是个艺术家。我一直是这么想的。至于听他谈话，我也是洗耳恭听，而且相当严肃认真，但是接下来我又有些拿不准。要是我长时间地听他讲这讲那，时间一长，他会腐蚀我的思想。我明白他说的有道理，不过，这就像我前边跟你说的，如果你想生活得好好的，你就不能汲取这样的思想。他肯定说的没错！随便什么时候，我会跟这个幸运儿换个位置。辛辛苦苦，得到了什么呢？我是个律师。又能怎么样呢？我还不如一堆粪土。我的确想换换位置，但是，正如你所说的，我恰恰不是个艺术家。我想，最让我难过的是我不能轻易接受自己只是个类似的小人物这一事实。”

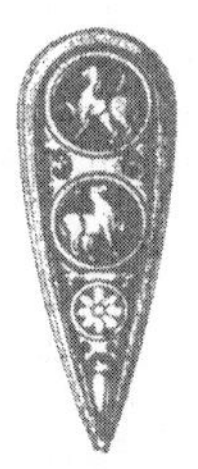

七

我回到城里，看到乌瑞克家的门铃上有一便条，是玛勒写的。原来，我们刚走不久她就到了。她一直坐在台阶上等了我几个钟头，我要信她的话就好了。她又附带说自己和她的那两位朋友去洛克韦了，要我尽快给她回电话。

我傍晚时分到的，就看到她在车站等着我，她穿着泳衣，外边随意披了一件雨衣。弗洛莉和汉娜又在旅馆里酣然大睡，消困解乏；汉娜把才镶的一副精美的假牙给弄丢了，而且精神受了点刺激。她说弗洛莉准备再次返回林区，她对那个林区工人比尔爱得死去活来；不过，她先得打胎。这对弗洛莉算不了什么。唯一让她伤脑筋的是每次流产时她似乎又比以往肥胖了，尔后她只会骂这骂那的。

她带我走进另一个旅馆，打算在这儿过夜。我们坐在阴森森的饭厅里就着一杯啤酒闲聊。她穿上那件橡皮布制成的雨衣，看起来挺滑稽的，就像一个人三更半夜因大火从屋里逃脱出来。我俩很想上床，可又不想太露骨了，只得装出优哉游哉的样子。我什么感觉都没有：我俩就好像随着一大批人在大西洋岸边的一间黑乎乎的屋子里约会。有两三对男女蹑手蹑脚地溜进来，呷着酒，鬼鬼祟祟地低声说着话；有个男人拎着一只血淋淋的鸡闯了进来，鸡被劈成两半，头也没了，鸡血滴洒在地板上，形成一个Z字形——就像一个月经来潮的妓女，醉醺醺的，一走进来就滴血不止。

最后，我们被带到长廊尽头的一间小屋子里。这屋子犹如梦魇，要么就像残缺不全的奇罗克画。这个走廊形成两个毫不相关的世界：偌是按逆时针而非按顺时针走，你就永远回不来了。我们迫切需要性的发泄，就脱光衣服，倒在床上。我们恣意交欢，仿佛两个角斗士，在空旷的竞技场上，等灯灭人散后准备决一雌雄。玛勒因性的刺激而疯狂不已，在我身下扭动着，挣扎着。她莫名其妙地觉得与自己的性器官一分为二，迷失在夜晚的黑暗中；她犹如在梦中猛烈运动着，拼死都要重新撞进开始告饶的肉体。我起身想洗洗身子，用点儿凉水冰冰我那玩艺儿。这屋里没有安水池，借着昏暗的灯光，我透过支离破碎的镜子看到自己的模样，真有一种正人君子察看自身瑕疵的味道。玛勒的身上凸凹有致，晶莹透亮，她气喘吁吁，香汗涔涔地俯卧在床，那个样子就像被蹂躏成残花败絮的东方女奴。我匆忙穿上裤子，摇摇晃晃地穿过漏斗形的走廊去找盥洗室。有个秃头家伙光着膀子站在大理石浴盆前洗着身子和腋窝，像个矮胖子似的哼着鼻子，行着淋浴礼；他的皮肤跟大象差不多，皱巴巴的，一片连着一片；他一洗完就打开一盒爽身粉，撒得身上到处都是。我一直耐心地等着他洗完。

等返回屋来，我看见玛勒在床上独自折腾。她被性欲撩拨得难受。我们又狂风暴雨般地干将起来。这次想象逛窑子似的操她，但是仍没这种效果。这房子也开始地动山摇，起伏、膨胀，四壁也非常地焦躁不安，稻草填充的床垫几乎触地。我俩开始变着法儿地交欢，玩着恶梦中才呈现的花样。走廊尽头传来一个哮喘病人那时断时续的气喘声，听起来就像大风的尾梢嗖嗖地穿过凸凹不平的老鼠洞。

她的性高潮正要来临，我们就听到有人在摆弄门锁。我立刻从她身上滑下来，探出脑袋张望。原来是个醉鬼在找自己的房子。几分钟过后，当我再去盥洗室冰冰那玩艺儿时，他还在找房子。所有房子的天窗都敞开着，里边传来呼噜呼噜的打鼾声，此起彼伏，这必定是贪吃成性的人发出的。当我返回来又开始搞这种严酷的体能训练时，我那玩艺儿就好似暗褐色的橡皮棍制的。木木的没有感觉，更要命的是我已无精可泄；要是现在玩起来，无非就是受点儿擦伤，要么是赶着鸭子上架，挤出一滴脓来。使我惊奇的是，它还是像藤条一样坚挺如初；它已全然丧失了性器具的面目，看起来犹如杂货店里那分文不值的机械玩艺儿，像一个没挂诱饵的鲜亮的钓鱼具，样子十分恶心。玛勒鳗鱼似的摇摆着身子，她不再是个性欲旺盛的女人，甚至都不算是个女人，只不过是一团挣扎扭动得难以名状的轮廓，就像透过凸透镜在波澜汹涌的海水里看到的一个刚刚被串到钩子上的诱饵。

我对她那扭动摇摆的风骚劲儿早已提不起兴趣。我心里极为平静，觉得与她天各一方。这种性交就是一份长时间没有投递的电报，上边提到的人你早就忘得一干二净。我现在盼的是玩得没有尽兴就出其不意地射出这乌七八糟的东西，流进她那死咽活气的子宫。

临近拂晓，这是东方标准时间。她脸上风情万种，温顺有加，看来就要交欢了。只是在另一方面，她的面孔经历了早期子宫生活的一切变化。脸上的活力如同一个被戳破的气球一下子就瘪了气，眼睛和鼻孔像烤熟的橡果在微微起皱的白皙皮肤上冒着气。我撇开她，一下子就昏睡过去，一直睡到黄昏有人敲门才醒，接着便精神抖擞地擦了把脸。我朝窗外望去，灰褐色的鸽子点缀着星罗棋布的柏油屋顶，海边传来惊涛骇浪声，形成一种煎锅的钢皮被狂敲乱击的交响曲，这声音在这濛濛细雨的一百三十九摄氏度的天气里逐渐地平息下来。这旅馆犹如一只沼泽地里即将死亡的肥嘟嘟的苍蝇，在人迹罕至的松林深处发出心满意足的嗡嗡声。歇业期间，走廊的周围更是一片萧条凄凉。左边那一片豪华区全都用木板封得死死的，这就如同沿海滨的石板路搭建

的那些高大的更衣处，一到淡季就自动关闭了；在这数不清的长条木板和夹缝中穿行，人非要憋死不可。而右边这一片不足称道的地带已被杵捶捣得一片狼藉，这是某个极端狂热的家伙想竭力证明他这个临时工的存在而干的好事。我脚下泥泞不堪，滑溜溜地要摔跤，好像一群套着枷锁的黑人妇女摇摇晃晃，一步三晃退地费上一整天才来到盥洗室。门大敞开着，里边有很多水乡美女，长得奇形怪状的，她们用玻璃丝和碎布条织成的细窄细窄的渔网紧紧包住肥胖晃悠的乳房，唯一值得称道的红润的脸色也慢慢褪去，乳房是因甲状腺肿而变得又肥又大。这种流行病很快就会过去，海水不会恢复那富丽堂皇、高雅端庄、气势逼人的神态。

我们大踏步地走到脏兮兮的沙丘凹处。这里紧挨着一堆散发着恶臭味的海藻，海藻的上风处铺有一条碎石子路。代表着人类文明与进步的精英们在漫步而行，我们耳中传来他们那熟悉而又抚慰人心的说话声，但不时又掺杂着此起彼伏的吐痰、放屁声，这些声音混淆在一起让人觉得很有趣。夕阳西下，但没有了往常那种辉煌美景，就像好看的煎蛋卷上抹了许多鼻涕和粘痰，让人顿生厌恶之感。性交是爱情中最重要的一部分，就比如杂货店里租卖的东西，袖珍版的内芯才最实用。我脱了鞋子从容不迫地把自己的大拇指塞进玛勒两腿叉处。她的头冲南，而我的头冲北，我们各自把手交叉起来，头枕在手上，身体懒洋洋的，像浮在贮油池中的两条长长的树枝，舒服自在地玩着。我潜意识地想着自己成了文艺复兴时期的游客，可能就要假想自己已被从一幅画中剔除出去，这幅画描绘的是一个骄奢淫逸的总督的扈从那种凶暴的结局，这部作品根本没有吃透透视构图的精神。我们那可怜的疲惫样儿足以当作流浪汉小说中的一个细节，我们快要成为废墟了。

我们交欢起来毫无章法可言，就像子弹打在腱子肉上，急促而杂乱地发出沉闷的撞击声。我们没有说话，夜色给这个场面覆上一层诗意的色彩，就如给堕落的美貌女子体内注射了一针毒剂。汉娜会在这钢琴后面找到自己的那副假牙的；弗洛莉要拿一把生锈的开罐刀去放别人的血。

我们身上粘着泥沙，跟刚贴上的糊墙纸那么紧。附近还有几家工厂和医院，它们把用过的化学药品倒了出来，把粗毛交织物浸泡在处理液中，把人身上没用的器官（我们心疼地把它称为盲肠）处理掉，就这样让它们慢慢地腐烂，这些东西都让我们感觉到沁人心脾的芳香。德国多瑙河种的小猎狗因即将分娩，在梦乡中暂时处于半麻醉状态。

我一回到城里，莫德就十分含蓄地问我假日过得是否快乐。她说我看起来面容憔悴。她又说有个女修道院的老朋友邀请自己到乡下家里住上几天，她正想着要度几天假呢。我觉得这个主意不错，就欣然同意了。

过了两天，我送她和孩子去车站。她问我想不想陪她娘俩坐上几站。我心里十分明白，这没有理由拒绝。何况她也许有要事相告呢。我登上火车，跟她们谈些鸡毛蒜皮的事，老是纳闷她多会儿能吐露真言呢，火车离乡下还有一段路程，她还是没说，我只好下了车与她们道别。“跟爸爸说再见，”她催促着孩子。“你几周内再也见不上他了。”再见！再见！我诚心诚意地挥挥手，这跟任何一个土里土气的父亲送妻别子有什么两样呢？她说过要呆几周的，这真是太棒了。我在站台上踱着步子等着火车启动，静静地想着她走后我要做的一切。玛勒会高兴的。我们可以一连几星期大过风流瘾，这可就像度秘密的蜜月呀！

第二天，我耳朵疼起来了。我给玛勒打电话，请她务必到大夫的诊所与我会面，这个大夫是我老婆的一个凶猛残忍的朋友。有一次，他就用古代的刑器差点要了一个小孩的命。现在可轮到我了。我让玛勒坐在靠近公园门口的凳子上等着我。

大夫看到我似乎很高兴；他在进行器械消毒的当儿同我瞎聊了半天文学。然后他试了试通电的玻璃罩，这个东西看起来像透明的心脏；这本来是作分离催化器用的，可一到他手里，却成了残忍的吸人血的新玩艺儿。

那么多的庸医都治我的耳朵，搞得我成老病号了。每治一次，耳朵都要钻心地疼，就是说，这块坏死的骨头在一点一点地侵蚀着脑子，最后会连成一大片。耳乳突如同一匹野马杀将出来，耳朵里老是有木槌和锯子的尖亮的声音，像开音乐会似的，这样，我就像个半身不遂的疯子，扭着个半边脸被人送回家。

“你可不能再用这只耳朵了，能保证吗？”他也不提个醒，就把一根通高压的电线接到我脑门上。

“不，根本不行的。”我疼得差点儿从座位上滑下来。

“哦，这无伤大体。”说着，他玩弄着模样怪难看的鱼钩。

手术就这样进行着。每次治耳朵，一次比一次痛苦，直到我疼得真想把他踢个稀巴烂，他才作罢。耳朵里还插着通电的小罩子。这是要冲洗耳道，把残留的脓吸出来，然后就没事了，我就可以如脱缰的野马一样无拘无束了。

“你这耳朵挺麻烦的，”他点了根烟，跟我卖关子。“我自己可不想把这病治糟。要是疼得厉害，最好让我动手术。”

我渐渐安下心来，让他给我冲洗。他塞进喷嘴，随后打开开关，我仿佛感觉到他在往我脑子里灌氢氟酸。脓出来了，还带着几丝血。我疼得要死。

“真有这么疼吗？”看到我疼得面如纸灰，他惊讶起来。

“比上次还疼，”我说。“你要不赶紧做完，我就要疼死了。我宁愿长出三个乳突看起来像个疯子都行啊！”

他拨出喷嘴，上边沾有耳屎、小脑、肾以及尾骨的骨髓。

“效果不错，”我说，“我多会儿再来?”

他说明天来最好，想看看我恢复得怎么样。

玛勒看到我吓了一跳。她想马上带我回家，好好地侍候一番。我累得精疲力竭，不想让人给我添乱。就急切地与她道别，“明天见!”

我像个醉汉跌跌撞撞地回到家，倒在沙发床上就呼呼地睡死了。等我醒来，已是黎明时分。我感觉非常好，就起床去公园里散步。这些天鹅也醒来了，它们可是没有耳突呀!

我的耳疼一减轻，即使我身无分文，不交朋友，没有鸿鹄之志，生活似乎依旧挺美好的。能顺畅地呼吸，能安然无恙地行走，我就心满意足了。天鹅、树木甚至汽车在我眼里也是美丽的东西。生存在四轮滑冰鞋上向前行进着；大地博大精深，一直在孕育着极具魅力的新天地。看看这风是怎样轻拂这玲珑可爱的青草叶吧！每一片青草都有灵性；一切都在听从生命的召唤。如果地球本身就很痛苦，我们还能干什么呢?行星可没有耳疼的毛病；尽管要忍受极端的痛苦，但它们具有免疫功能，任凭风吹浪打，胜似闲庭信步啊!

我就这一次提前上的班，不知疲倦地忙活了半天。我按时见了玛勒。她又是坐在公园的凳上等我的。

这次，大夫只是简单地查看了一下，挑出一块新结的痂，用药膏轻轻地擦洗耳朵，然后塞住，“恢复得不错，”他含糊其词地说，“过一周再看看。”

我们，玛勒和我，心情有说不出的畅快。我们在路边的小旅馆吃了饭，付了钱。夜色宜人，我只想散步到天亮。我们躺在草坪上，仰望着点点繁星。“你觉得她真的要外出几周吗?”玛勒问道。

这事好得让人觉得不踏实。

“也许她再也不回来了，”我说。“她要我陪她乘一段路，大概这就是她想说的要紧事吧！也许她最后六神无主了。”

玛勒认为她不是那种要付出代价的女人，再说这也不碍事。我们这会儿挺开心的，还想她干什么。

“但愿我们能一同离开这个地方。”玛勒说我们去谁也不认识的另外某个地方。

我认为这个想法再好不过。“会如愿以偿的，”我说，“这里没有一个我牵挂的人，你要不是出现在我身边，我的整个生活都很无聊。”

“咱们去划船吧，”玛勒突然冒出这么一句。我们起身，怡然自得地来到租船处，可惜这地方已闭门谢客了。我们就顺着河边的小路慢慢地走着，很快便来到建在水上的客栈，这里空无一人。我坐在粗糙不平的凳子上，玛勒坐在我大腿上。她穿一身昂贵的缀着小圆点的瑞士服，我特别喜欢这身装束。她里边什么也没穿，赤裸着身子。她从我大腿上滑下来，脱去衣服，跨在我身上。我俩紧紧地搂在一起，美滋滋地玩了一次。云雨过后我们衣衫不整地坐了半天，就这么静静地吻着对方的嘴唇和耳朵。

最后我们站起身，在湖边用手绢擦了擦身子。我正要用汗衫的一角擦拭下身，玛勒突然抓住我的胳膊，指着矮树丛后的什么东西。我只看到一线亮光。我马上扣好裤子，拉着玛勒又回到砾石场，然后朝相反的方向慢腾腾地走去。

“我肯定那儿是个警察，”玛勒说。“他们就爱干这号事，真是个性变态。这帮人老是藏在矮树丛里监视人们的一举一动。”

过了一会儿，身后传来沉重的脚步声，这肯定是个反应迟钝的警察。

“你们俩，等一等，”他说，“准备去哪儿？”

“你这什么意思？”我做出恼怒的样子。“我们在散步，你没长眼睛？”

“你俩可转了大半天了，”他说，“我很愿意同你们一起返回车站，去配种站怎么样？”

我装疯卖傻地说不清楚他葫芦里到底卖的什么药。他是警察，一听这话就火冒三丈。

“闭住你的臭嘴，”他说，“趁我还没逮捕你，马上把这个女人带走。”

“她是我老婆。”

“哦……你老婆，当真？哎呀，这有什么不好的呢？仅仅亲亲摸摸，嗯？你竟然在公共场所洗你那见不得人的玩艺儿，我以前要到撞见过这种事，就不得好死。现在也别太性急。小伙子，你可闯大祸了，而且这女人要是你的老婆，她也得栽跟头。”

“等等，你的意思是不是说……”

“你叫什么？”他打断我的话，想要往小本上写。

我告诉了他。

“那，住在哪儿？”

我又说了。

“她的名字？”

“同我的一样，我告诉过你她是我老婆。”

“你就说这些吧，”他不怀好意地瞥了一眼，“好了，嗯，你在哪儿混饭吃？始终上班吗？”

我取出钱包，向他亮了亮“宇宙精灵”公司的证件，这东西我常常随身携带，这样可以免费乘坐纽约大街的地铁、火车和公共汽车。他看了直挠头，并且还把帽子掀

到脑袋后面。“这么说，你还是个劳工部的经理？对你这样一个年轻人可是个要职呀！”他犹豫了一下。“我想你肯定愿意在这位置上多干一干，不是吗？”

我脑子转得飞快，看到自己的大名会赫然出现在晨报上被大肆渲染。要是记者们来了兴致，就能给你添油加醋地来上一篇精彩的故事。不行，得赶快想办法。

“喂，长官，”我说，“咱们息事宁人吧！我就住在附近，何不跟我去家里坐坐呢？我俩结婚没多长时间，做事有点鲁莽，真不该在公众场合做这等苟且之事，不过，夜深了，附近又没人看见……”

“哦，可能要了事吧，”他说，“不想丢掉饭碗，是吗？”

“是的，我不想。”我猜自己兜里还有多少钱，他是不是冲着这来的。

玛勒也在包里摸来摸去。

“夫人，你可别这么紧张。你明白自己是不能贿赂执法人员的。顺便问一下，我不太爱询问别人的事，你们去哪个教堂。”

我马上说出了我家拐角处的那个天主教堂的名字。

“这么说，你是欧·马雷神父的信徒喽！嗨，你咋不早说呢？我敢说，你现在总不想给教堂抹黑吧？”

我对他说，要是欧·马雷神父知道此事，那可就把我毁了。

“那么，你们是在他的教堂里结为伉俪的？”

“是的，长官，我们在去年四月份结的婚。”

我数着口袋里的钞票，可没让它露出来。好像只有三四元钱。我想知道玛勒有多少钱。这个警察迈开了步伐，我们也得紧随其后。他突然站住，警棍指了指前方。他挥舞着警棍，头也随之摇来晃去，慢条斯理地自言自语，说着要连续九天向圣母作悔罪祈祷等诸如此类的话。他抬起右手说你们一直往前走出公园最近了，听着，你们行为以后要检点呀，可别再做傻事了。

我们俩急忙塞给他几张票子，对他千恩万谢，箭一般地离开了。

“我想你最好跟我回家，”我说。“要是给他的钱不够，他还会来找我们的麻烦。我才不相信这些下流坯子呢……欧·马雷神父，去他妈的吧！”

我们匆匆赶回家，闭门谢客，玛勒还是被吓得浑身发抖，我意外地发现碗橱里还藏有好些深红色的葡萄酒。

“现在怕就怕，”说着，我倒了一杯酒，“莫德回来，给我们来个措手不及。”

“她不会这么巧，是吗？”

“恁天由命吧！”

“我想咱们最好就住在这儿，”玛勒说，“我可不想到她床上睡。”

喝完了酒，我们就脱了衣服。玛勒洗了澡，穿上莫德的日本丝制和服从浴室里出来，这样子让我十分惊讶。“我是你老婆，不是吗？”她搂着我说。这番话让我好生激动。她在房子里踱着步子仔细看着家里的摆设。

“你在哪儿写作？”她问道。“就在这张小桌子上？”

我点头称是。

“你自己应该有张大桌子和一间房子。你在这儿怎么写呢？”

“楼上有个大写字台。”

“哪儿？卧室里？”

“不，是在客厅里。那里边阴森森的。想瞧瞧吗？”

“不，”她说得很快。“我才不想上那里呢，我老想着你坐在靠窗户的拐角处……就在这儿给我写那些信的？”

“不，”我说，“在厨房里。”

“带我转转，”她说，“看看你坐的地方就行。我想看看你坐在那儿的样子。”

我牵着她，带她来到厨房。我坐下来，装出给她写信的样子。她弯下腰凑近我，双唇触着桌面，亲吻我双臂围起来的那片小天地。

“我做梦都想不到能看到你的家，”她说。“这个地方竟然能影响你的生活，真不可思议。这是个神圣之地。我真想把这桌子、椅子都带走，就连炉子也别留，能拿的都拿上，真想把这整个房子搬走，建成我们的家。这间房子非咱们莫属。”

我们睡在地下室里没有靠背的长沙发椅上。在这暖融融的夜里赤身裸体地进入梦乡。我们搂抱在一起躺着，大约早上七点钟，有人噼里啪啦地推开门，站在门口的是我的爱妻、楼上的房东和他的女儿。这真令我们措手不及。我光着身子从床上跳起来，操起搭在沙发床边椅子上的一块毛巾，胡乱裹住身子，等着受人发落。莫德示意她的证人进来，她看了玛勒一眼。玛勒用一张床单盖住乳房还躺在那儿。

“快把这个女人赶出去。”说着莫德就急向后转，跟着那两个目击者上了楼。

她在楼上我们自己的床上睡了一通宵吗？真是这样的话，她为啥一直等到早上？

“别害怕，玛勒，反正已经是这样了。何不留下来吃顿早饭再说。”

我慌忙穿上衣服，出去拿了些咸猪肉和鸡蛋。

“天哪，我真搞不明白，你还真沉得住气，”说着，她叼了根烟，坐在桌子旁。“你就没什么感觉吗？”

“当然有。我觉得一切很顺利。我自由了。你没看出来？”

“你现在准备干什么？”

“我要上班，因为有件事需要办，我今晚去乌瑞克那里，你在那儿与我会面好了。

我知道我的朋友斯坦利随后就来，我们会明白的。”

我在办公室给斯坦利拍了份电报，让他今晚在乌瑞克家里与我碰面。莫德给我打电话建议我自己找房子住。她说会尽快与我离婚的。她对那事只字未提，完全一副公事公办的态度。我打算让她知道我何时希望拿走自己的东西。

乌瑞克把离婚这事看得相当严重。离婚意味着生活要发生变化，而且一切变化对他都至关重大。反过来讲，玛勒完全是为自己着想，并且早就企盼着新生活的到来。再下来就看斯坦利的态度了。

门铃响了，他站在那儿，脸上的表情依然阴森可怕，喝得醉醺醺的，走起路来一跌一撞的。他这副样子我好几年没见了。他早就认为离婚当属头等大好事，而且应当可喜可贺，根本不可能从他嘴里套出什么具体的话。“我跟你说过，我乐意为你处理好这件事。”他说，“你去办，但是苍蝇触网，麻烦事不少，我找人把这事好好地协商一下。我没问你任何问题吧？你的心思，我一清二楚。”

他从上衣口袋里取出一个酒瓶，美滋滋地喝了一口。他根本不想脱掉帽子，仍旧在奥格素普戍边的那股劲头。一看到他这样儿，我就可能对他敬而远之。

电话铃响了。是克伦斯基给米勒先生打来的。“祝贺你呀！”他大叫着。“我一会儿就去那儿看你。想跟你说件事。”

“顺便问一下，”我说，“你清楚谁有多余的房子出租吗？”

“我正要跟你说这事，我特意在布罗克斯的住宅区给你挑了一处地方，是我朋友的房子。他是个医生，你自己可以用这套房子的侧厅。你咋不带玛勒？你会喜欢那儿的。他在一层开了个弹子房，还有个不错的图书馆，还有……”

“他是犹太人吗？”我问道。

“他吗？一个犹太爱国主义者，是个无政府主义者，他遵守犹太教法典，还为人堕胎。这小伙子十分优秀，你要是有难处，他可以为你两肋插刀呀！我刚才去你家了，什么都知道了。你老婆好像高兴得要死。就靠你付给她的赡养费，她一定会过得舒舒服服。”

我把他说的都告诉给了玛勒。我们决定马上去看看那个地方。斯坦利不见了。乌瑞克说他可能去浴室洗澡了。

我走到浴室，敲了半天，没人应声。我推开门一看，斯坦利把帽子蒙在眼睛上，手拿空酒瓶，衣冠楚楚地躺在浴盆里。就让他那样躺着好了。

“我想他走了吧！”我们起身走的时候，朝乌瑞克大声嚷嚷着。

八

布罗克斯!

这套房子的侧厅是个养火鸡的地方，鸡毛乱飞，乱七八糟的东西不少。这就是克伦斯基口口声声给我们找的天堂。

在这儿住了一段时间，身家性命都难保。一开始就受到蟑螂的肆意骚扰，而且吃的五香熏牛肉的三明治，味道很浓。最后，我们就搬到新城德莱维河边的一个舒适的地方住。克伦斯基的第二个老婆在这里就精神病的后遗症给大家画了一个大大的圆形圈，讲解了半天，大家听得不知所云。

玛勒决意把自己的名字改成“莫娜”，可能是受了克伦斯基的影响。在布罗克斯这块地方，比更名换姓还要显著的变迁也都很有来头。

那个晚上，我们到了奥尼里菲克大夫的秘密据点。雪花轻盈地飘落，前门那五颜六色的窗格玻璃上附上一层洁白。真没想到克伦斯基会给我们的“蜜月”选了这么一个地方。我们一开灯，蟑螂就在墙上爬来窜去，连虫子都这么放肆，看来这是造物主的安排。丢在屋角的弹子游戏桌根本没人收拾，一片狼藉，不过，一旦奥尼里菲克的小孩偶尔玩兴大发，就开始把桌子腿摆弄好，一切似乎又恢复原样了。

前门一开就正对着我们的房子。这家里摆着我说过的这张弹子游戏桌，铺有鸭绒被的大铜床，写字台，豪华钢琴，能动的玩具木马，壁炉，沾满蝇屎污点的破镜子，两个痰盂，还有带靠背及扶手的长椅子。总共有八扇窗户。有两扇挂有窗帘，能遮住三分之二的走道；剩下的光秃秃，结了很多蜘蛛网。这个家真不错，至少不会有人按铃或者敲门；谁都可以不报家门走进来，随便坐在哪儿都行。这是个里里外外都能看得见风景的房间。

我们就在这儿开始了生活。真是开门大吉呀！唯一遗憾的就是没有安带流水声的厕所，小便时就极为不雅。一旦奥尼里菲克一家子在楼下洗衣房里坐得不耐烦了，他们绝对会像海雀和企鹅一样，深一脚浅一脚地跑到我们家，默不作声地观察我们吃饭、洗浴、做爱或者为对方梳出头发上的虱子。他们的语言我们根本不懂。他们缄默不言如同驯鹿，即使看到被遗弃的胎儿，也是面不改色心不跳。

奥尼里菲克大夫总是忙碌不停。他专治小儿疾病，不过，我们在这儿的时候只看到他做碎胎术，将胎儿剁碎，然后扔进阴沟。他自己有三个孩子。他们个个不同凡响，他也就放手让孩子们随心所欲地表现。年纪最小的那个大约五岁了，堪称数学奇才；这样下去，毫无疑问能当个天才数学家，但也必然是个纵火狂。他曾有两次放火烧了房子。最近他又自作聪明地想做件惊天动地的事，就是准备把装有新生婴儿的摇篮车点上火，然后顺着拥挤的行车道把它推下山去。

是啊，在这个舒服的地方能重新扬起生活的风帆。戈姆帕尔以前当过宇宙精灵电报公司的邮差，但该公司制订了一条制度，要解雇黑人职员，克伦斯基就这样收留了他。戈姆帕尔的体内流淌着德维殿家族的血液，并且罪孽深重，因而首当其冲地遭到解雇。他是个谦谦君子，干什么都是谦良恭让，真是一种痛苦。奥尼里菲克大夫很乐意给他在自己庞大的家庭里找个活儿干——让他扫烟筒就很风光了。这个人吃住在哪儿可是个难解之谜。他干活儿时总是默默无闻地，必要时，就幽灵般倏地一下闪得没影了。克伦斯基引以为自豪的是他挽救了这个流浪汉，让他成了呱呱叫的专家。“他正在书写世界的历史。”他感触颇深地告诉我。戈姆帕尔的工作就是处理文件，护理家人，像女仆那样清理卧室，洗碟子洗碗，传递信件等，不过，克伦斯基没有提及戈姆帕尔还往炉子里加炭，清除灰烬，铲雪，裱糊墙壁，用涂料装饰备用的房子。

谁也想不出消灭蟑螂的好办法。擀面板、木制家具，还有墙纸下面藏有上百万只蟑螂，只要一开灯，它们就从墙上、天花板、地板、墙洞、裂缝处三三两两、络绎不绝地倾巢而出，这名副其实的部队似乎是一切行动听从某个无形的蟑螂教官的指挥，列队行进，演习操练，场面非常凶，大家起先是厌恶，继而感到恶心得要呕吐，到最后却产生了不可思议的麻痹现象。这跟我们接触奥尼里菲克家人的情形迥然相同，他们理所当然地来我们这儿，也就见怪不怪了。

钢琴曲完全走了调。克伦斯基的老婆是个胆小如鼠的家伙，嘴巴似乎向上翘，笑起来露不屑一顾的神情。这个女人就爱坐下来在钢琴上练练指法，手指飞快地敲击键盘，呕哑嘈杂难以入耳。比如听她弹威尼斯船工的舟子曲，简直是在折磨人。她好像听不出这尖声刺耳的调子，演奏起来还流露出十分安静祥和的神情。

这种恶毒的镇静谁也欺瞒不了，就连她自己也哄不住，因为她的手指一停止胡敲乱击，狐狸的尾巴就露出来了，她还是那个卑鄙、自私、心狠手辣的婊子。

我很想搞清楚克伦斯基是怎样假惺惺地把这第二个老婆当宝贝的。如果他不是那种滑稽可笑的主儿，宠爱她可能是因为感情的怜悯和同情，这不能不说是悲剧性的。他像海豚似的跳来跃去，想在她面前显出机灵劲儿。她冷嘲热讽，只是想刺激刺激这个内心脆弱的笨蛋。他犹如一只受伤的海豚慌乱不安，嘴角流着口水，脑门上的汗直往下滴，还浸湿了双眼。他在这些场合露骨得令人发指；尽管令人同情，但还是让人笑得流出了眼泪。

倘若柯里对他如此这般，他就会以最古怪的方式对他狂轰滥炸，发泄自己的愤怒，谁也搞不清他为什么厌恶柯里。是不是嫉妒让他愤怒得难以自控？不管是什么原因，克伦斯基这时候完全是疯子的干法。他就像心地恶毒的女人，围住可怜的柯里极尽诽谤侮辱之能事，非要把柯里惹怒不可。

"你咋不动手，咋不骂人呢？"他轻蔑地笑着，"伸出手来！怎么不给我一拳？你只会嚷嚷，不对吗？你可是个卑鄙的小人、恶棍，跳梁小丑。"

柯里一声不吭，带着轻蔑地笑斜眼看着他，然而，他坦然得很，若是克伦斯基太过分，就会随时反击。

谁也不清楚这些丑陋的场面是怎么发生的，戈姆帕尔更是丈二和尚搞不清禁了。很显然，他根本没有在家乡亲眼目睹过这样的场面。这些事情让他心里痛苦不安、震惊不已。克伦斯基敏锐地感觉到他这一点了，觉得自己比戈姆帕尔更让他感到厌恶。他越承认戈姆帕尔的判断，就越觉得难以极力讨好这个印度人。

"这是个正人君子，"他跟我们说，"我愿意为戈姆帕尔做任何事情，干什么都行。"

他可能做了几件事减轻了戈姆帕尔的负担。不过，他给人的印象是，时机一到就会为戈姆帕尔做出惊天动地的事。到那个时候，一切都会使他心满意足的。他不希望看到任何人向戈姆帕尔伸出援助之手，"想安慰你的良心，嗯？"他咆哮起来，"你怎么不搂他，亲吻他呢？怕感染，是不是？"

有一次，我就是要气气他。我走到戈姆帕尔跟前，伸出胳膊搂住他，吻着他的额头。克伦斯基气愤难当地看着我们。谁都知道戈姆帕尔可是梅毒缠身呀！

当然，奥尼里菲克本人干的也不是人事，他是在家里胡搞。他在二层自己的办公室里干什么呢？我们谁都搞不清楚。克伦斯基使出浑身解数，一惊一乍地捏造说他闭着眼睛就能想象到奥尼里菲克在给人打胎，还诱奸女人，这种残忍的游戏只有魔鬼能做得出。我们见到奥尼里菲克时，总觉得他是个生性善良、对学问一知半解而对音乐情有独钟的男人。我看他沉不住气只是一会儿的工夫，而且这也情有可原。我读过希莱瑞·贝洛克的一部作品，描写的是犹太人这几百年的苦难经历。即使向他提及这本书，他也愤怒不已，我马上对自己的这一弥天大错后悔莫及。克伦斯基想阴险恶毒地挑拨离间。这时候，他往往眉毛一扬，身子摇来晃去的，好像是说，"我们为啥要留这个祸根呢？"奥尼里菲克大夫却故意不吃这一套，他认为我迷上了天主教邪恶诡辩的思想，好像我又是个容易受骗的傻瓜。

"他今晚可真讨厌，"大夫走后，克伦斯基就主动跟我搭讪。"你明白吧，他对自己那二十三岁的侄女紧追不放，他老婆也清楚他的想法。她威胁说，若是他还不罢手，就要把他交给地方检察官。她的嫉妒心胜似恶魔，但我不责怪她。而且，她每天的这种威胁都无济于事，似乎可以说，他们在她的眼皮底下公然行事，脏了她的家。她真不愿意想这些了。她肯定他是有什么毛病，你要注意到的话，她也有毛病。要问我咋回事，我觉得她是怕他趁某个晚上要了她的命。她一直盯着他的手，好像他刚杀了人又来找她。"

他思索良久。"她内心也很痛苦，"他接着说，"女儿也长大了……快成了年轻女人了。哦，你看得出来吧，有这样的丈夫她心里惴惴不安呀！心里想的可不是什么乱伦，太恐怖了，可是往深里想，……他会带着残忍的双手趁晚上骚扰她的……这双手会戳她女儿的子宫，非害她一辈子不可……她心如乱麻，什么？然而这是不可能的。这家伙不会的！他如此地出类拔萃，对人对事十分敏感，又不是个庸俗之辈。她是对的，但是更糟糕的是他很讲究基督教的礼仪规范。你对他可不能谈性欲狂躁的话题，因为他不会听你一个字的。他满嘴仁义道德，其实一肚子男盗女娼。总有一天，警察会来把他逮捕的。他这个人卑劣之极，你会明白的。"

我知道奥尼里菲克大夫可能要让克伦斯基搞他的医学研究，而且我也清楚克伦斯基得独树一帜地来报答奥尼里菲克。他最得意的就是让他的朋友一败涂地，然后再颇具风度地前去搭救。同时，为快点儿让他的朋友命中注定地身败名裂，他谣言惑众，恶意诽谤，暗箭伤人，无所不为。他特别想做他朋友的工作，恢复名誉，而且这位朋友好心地让他接受了科班训练，他想滴水之恩当以涌泉相报。为使自己立于不败之地，对处处与他的朋友作对的单位，他可是不客气。他这种处事态度荒诞可笑。是个行为无常的加拉罕。干什么都爱插一杠子。总是把事情弄得越来越糟，到头来，一切都是个烂摊子，这时，克伦斯基就会插进一杠，奇迹般地扭转乾坤。尽管这样，他可不希望别人对他称恩道谢，而是要让大家认识到他那空前绝后的才气。

他还是实习医生的时候，我就趁他上班的时候去医院拜访他。我们常同其他实习医生玩弹子游戏。我心情一不好，一想吃饭或者需要钱的时候，就来医院找他。我不喜欢这个地方的氛围，也很讨厌他那些同事。他们的言谈举止，就连他们的病人，我也是非常厌烦的。在他们眼里，伟大艺术根本无所谓；他们就是要找份身心愉快的工作，就这么简单。如同政治家没有治国雄才，他们大多数人也医术平庸。他们连起码的用宗教方式治疗病人的先决条件——热爱人类都没有。这帮人麻木不仁，冷酷无情，完全自以为是，除了关心自身的加官晋爵外，对任何事情都毫无兴致。比起屠宰场的屠夫的粗鲁性子来，他们有过之而无不及。

克伦斯基在这种环境中如鱼得水，十分自在。比起别人来，他懂得多，嘴皮子厉害，脑瓜精明，有感召力。他玩弹子球，赌博，下象棋，样样拿得起，放得下，别人望尘莫及。他在做爱方面是个万事通，喜欢喷射出精液，大肆炫耀自己的这滩东西。

别人非常憎恨他，可是天经地义的。虽然他的品质让人厌恶，可他那善与人相处的天性使同伙们都围着他团团转。若是他被迫形只影单只地生活，他非崩溃不可。他知道自己不是众望所归之人：除了向他求援，没有一个人与他共事。一想到他孑身一人的困境，他可能会痛苦难受的。很难知道他是怎样切实评价自身的，因为，有别人在场，他就时而兴高采烈、谈笑风生；时而咋咋呼呼、虚张声势；时而神圣高尚、夸夸其谈。其所作所为就像面对着隐形镜子排练着角色。他多么爱自己呀！是的，而且这种虚荣心是多么让人厌恶呀！“我身上有股腐烂的气息！”他每晚独守空房时可能这样自言自语。“可是我还能惊天地泣鬼神呢……走着瞧吧！”

他的心绪隔三差五地低落。他是个可怜虫，生活空虚单调，毫无生机勃勃的气息，日子真不是人过的。说不定他会中途倒地，自身堕落下去。这种时候，他身上很快长出了肿瘤，就如吞下的某个硕大的烂土豆不知不觉地发霉变质了。无论怎么刺激他，他依然倦怠，依然无动于衷。无论把他置于什么地方，他都会呆下来，毫无生机地活着，总是闷闷不乐地沉思默想，似乎这个世界的末日就要到了。

人们至今能搞清的就是他没有个人方面的问题。他是个残忍的怪物，生活垂死一般无生气，从来没有轻松愉快过。他的肉身之躯几乎很迟钝，老是想专横跋扈地玩。感情生活犹如醉醺醺的哥萨克人说的疯言疯语，温柔起来能把人吃掉，需要的不是感情的激动而是心脏本身，若是可能，他还想要喉咙、肝、胰腺以及其他柔嫩可食的人体部位，欣喜若狂时，他似乎不仅要急于吞噬这柔嫩的器官，而且还邀别人把他也吞噬掉。他的嘴巴随着上颚骨疯狂地翻动；他渐渐地兴奋起来，成了一个柔软恍惚的物体。性交是一种令人毛骨悚然的感情状态，因为它千变万化，让人惊恐万状。在早已淡忘了的记忆里，性情暴跳的人和残酷阴险的人，他们的交媾时间拖得很长，分泌出来的生命原浆交织在一起。按某一古代的狂喜状态来讲，这种淫欲过度或者溅出来的精液、久睡不醒都失去了人的个性色彩。

现在呢，在我们命名的蟑螂大厅里，我们准备着美味十足的煎鸡蛋的性游戏，每个人都要别出心裁地体会这性的乐趣。交欢是一套大住宅，可比一间房子强多了，里边有一种热闹的氛围。它是爱情的诊所，可以这样说，胚胎在这里杂草般地狂长，并且被连根拔掉，要么用长柄镰刀将这些杂草割倒。

这位宇宙精灵电报公司的人事经理怎么让他本人陷入这浸透着血液的让人无法领会的淫窝呢？在高架火车站一下车，我就下了楼梯，融进布罗克斯的心脏，摇身一变，

判若两人。去奥尼里菲克大夫的住宅要穿过几个街区，这足以把我搞得晕头转向，使我有机会扮演一个特别敏感的天才、具有浪漫情怀的诗人、开心愉快的神秘主义者，他发现了自己的真正爱情并随时准备为她献身。

我每天晚上得恣意求欢，肉体的感觉与最近的内在精神极不谐调。大千世界里到处都隐隐约约地呈现着面目可憎、呆板单调的围墙。居住在围墙后面的家家户户，其整个生命都是围着工作转。勤奋不辍、坚忍不拔、野心勃勃的奴隶，其目标就是要摆脱奴役、争取自由。他们在忍辱负重的奴役期间，不在乎挫折、困难，不做邪恶之事。心高气傲的小人物一心想的就是要摆脱只能给他们带来卑下与悲惨的奴役生活。

我敢肯定这种穷困潦倒能够产生威信吗？我模模糊糊地只记得自己十岁以前在布鲁克林第十四慈善收容所的情形。那时我们被慈善机构收容，少年不知愁滋味，只知道整天乐呵呵地由着自己的性子玩。

我为什么要跟奥尼里菲克大夫说话，闯下这大祸呢？今天晚上本来不想谈论犹太人的事，原准备要讲《通往罗马之路》的。贝洛克写的这本书真使我心潮澎湃。他这个人才思敏捷，一派学者风度。就欧洲历史写的回忆录来讲，真是生动传神，恍若现世。他决定从巴黎步行走到罗马，其间只挎个旅行包，拄一根粗而结实的拐杖。他成功了，旅途中该发生的事都发生了。我初次领会了过程与目标的差异，第一次意识到了生活的目的在于生活中的人这一真理。我对希莱德·贝洛克的冒险精神羡慕得无体投地！即使今天，在他这本书的包角处，我可以看到他用铅笔勾勒出的围墙与塔尖、塔楼与堡垒的轮廓。就是想到这本书的书名，我也觉得自己又身临其境，坐在茫茫原野中，要么伫立于颇具中古之风的桥上，或者在法兰西中心的静静的运河旁打着瞌睡。我从不去想自己可能看到那片国土，在旷野中穿行，伫立于同样风格的桥上，沿着同样的运河漫步。这事我永远遇不上，我的命运就是这样。

当我现在想到自己得以自由的计划，想到自己所爱的人想抛弃我而使我摆脱羁绊，我笑得是多么悲伤迷茫啊！世间的一切剪不断，理还乱！对暗箭伤人者，我们感激涕零；对乐善好施者，我们唯恐躲之不及；我们吉星高照，可喜可贺，可根本没想到这种吉星高照会成为难以自拔的苦境。我们傲气十足地勇往直前，却糊里糊涂地陷入困境，死路一条，永无出头之日。

我正穿行在布罗克斯的五六个大楼间。时间还早，还能在这街区转悠转悠。莫娜会在那儿等我的。她会热情地拥抱我，那热烈劲儿好像我们从来没有这样过。我们在一起只能呆两三个时辰，然后她逃开我去舞厅做舞女去了。她凌晨三四点下班回来，我早已进入梦乡。要是我没醒来，要是我不能热情地去拥抱她并且告诉她我爱她，她会噘着嘴以示不满。她每个晚上要给我讲许多的事，哪有时间说做爱的事呢。早上我出门的时候，她就睡下了。就如铁路上的列车；你来她走，她来你走。我们就是这样开始两人的生活的。

我爱她爱得刻骨铭心。她是我的一切，然而她根本不是我儿时崇拜的偶像，不是我梦想中的女人。与我内心深处想象的根本完全不同。她是全新陌生的偶像，是命运之神将她从冥冥之中裹挟而来与我相逢。当我看着她，一步一步地迷恋上她，我发现自己根本把握不住她的全部。我的爱与日俱增，而她，我苦苦寻觅的意中人，却像喝了灵丹妙药一般脱身而去。她完全属于我所有，但我无法操纵她。受控的是我，这种爱气吞万像，纯真赤诚，甚至也爱自己的脚指甲以及里边的污垢了。然而，我激动得双手颤抖，想抓住什么，却什么都捞不到；这种爱情让我生平第一次发狂。

有天晚上回家时，我瞥见的是一些住在犹太人区的温柔、性感的人，她们好像是《旧约全书》中的人物。她们是犹太人，这些人一定叫露丝或者埃丝的，要么也许叫米丽亚姆。

啊，米丽亚姆！这正是我梦寐以求的名字。我一直在扪心自问，这个名字对我就如此美妙吗？这么一个平平常常的名字怎么能激起如此强烈的感情呢？

米丽亚姆是最理想的名字，要是我能把所有的女人铸成一个完美的偶像模子，要是我能赋予这个偶像以女人的所有品质，她无疑就叫米丽亚姆。

我早已把让我浮想联翩的这个尤物抛到九霄云外了。我努力追忆着，当我步子加快，心跳加速时，突然想起自己十二岁时认识的米丽亚姆这个人的音容笑貌。她自称米丽亚姆画家。仅仅十五六岁的年纪，却体态丰满，活泼亮丽，散发出花一般的芳香，而且还是个未谙性事的处女。她不是犹太人，也根本没想到去记《旧约全书》中的那些传奇人物（也许我当时也还没读过《旧约全书》呢）。她正值豆蔻年华，一头飘逸的栗色秀发，眼睛纯洁无邪，厚厚的嘴唇性感撩人，我们只要在街上碰面，她都会热情地同我寒暄。她总是那么悠闲自在，情意绵绵，生机勃勃，性情和善；而且又精明聪颖，富有同情心，善解人意。跟她在一起，用不着硬着头皮跟她主动打招呼：她总是神采飞扬地掩饰不住内心的欢乐，微笑着来到我身旁。深深地感染我；时而像母亲拥我入怀，时而像爱人让我兴奋不已，时而像尤物让我魂牵梦绕。对她，我根本没动过私心杂念，从来没想到要占有她，要得到她的抚爱。我爱她爱得至诚至真，以至于每每见到她时，都好像是一种再生。我所需要的一切就是她应该活在这个世上，呆在某个地方，只要她不香消玉殒，什么地方都可以。我这种愿望没有所求，并不想要她为我做什么。只要她活着就足够了，是啊，我过去常常钻进这个住宅，将自己藏起来，口中念念有词地感谢上帝派米丽亚姆光临我们这尘世人间。多么神奇的安排呀！我爱这种神圣！

我不知道这种情况要持续多长时间。一点也不清楚她是不是意识到我的爱慕之情。怎么啦？我爱上她了，因为爱情。这是爱呀！我完全堕入爱河，匍匐在这纯洁的圣像前，哪怕为她死上千次呢，怎么死都行，毁灭每一次自我的影子，发现这整个精神世界有形可寻，而且深深植根于另一个活生生的人身上。人们说这是处于青春期的朦胧的感受。胡说八道！这种爱是未来生活的萌芽。我们把这爱的种子深深地埋在心中，当我们历经世事而心绪不宁、不知所措时，我们抑制不住这种感情而且极力地去摧毁它。

等我见到第二个偶像——尤娜·吉福特的时候，我已经病倒了。恰恰在十五岁那年，口腔溃疡在折磨着我的生命。怎么回事呢？米丽亚姆早已从我的生活中消失了，当然不是很明显地，而是不显山不露痕迹地销声匿迹了。她就这么走了，我再也没有见到她。我根本意识不到她弃我而去的意思，对此也不去想什么东西。人们来来往往，物质彼消此长；同其他一样我自己也在千变万化，即使难以名状，这也是自然而然的。我开始看书，可以说是博览群书。就像花儿在夜里闭合，我自己变得内向、自我封闭了。

尤娜·吉福特只能给我带来痛苦和烦恼。我想要她，需要她，离开她我可是活不下去。她既不说对也不说不对，原因很简单，我没有勇气向她提出问题。我快十六岁了，而且我们俩仍在求学，明年就要毕业了。你想，一个与你年龄相仿的姑娘，你跟她只是点了点头，要么死死地盯着她，她怎么能成为你生活中必不可或缺的女人呢？还未跨进生活的门槛，怎能梦想着结婚成家呢？话说回来，我十五岁那年要是同尤娜·吉福特私奔，我要是娶了她而且让她生上十个孩子，这可能就没错，绝对没错。即使我完全与这不同，失魂落魄到至极，这有什么可怕的呢？即使我做爱已有未老先衰之态又有何妨呢？我需要她，她根本没答应过，而且这种需要如同创伤，久而久之时间一长就长成一个大裂口。随着岁月的增长，随着我这狂热的需要越来越强烈，我早已看破红尘，可还得苟延残喘地活下去。

当我初次认识莫娜的时候，我意识不到她多么需要我。我也意识不到，为了向我呈现她纯粹猜想的我心目中的她本人的完美形象，她的生活习性、身世经历的变化是如此之大。她真是脱胎换骨了——名字、诞生地、母亲、幼年教育、朋友、爱好甚至欲望，一切都与以前判若两人。她还想给我更名换姓，而且如愿以偿了，她就是这么个人。我现在名叫瓦尔，是在圣瓦伦丁节选定的可爱的情人。这好像是个懦弱者的名字，对此我老是感到害臊，不过，既然出自她口，这名字听起来也就很适合我了。尽管别人老听莫娜重复这个名字，但没有一个人叫我瓦尔的。在我的朋友们眼里，我还是以前的我；他们并不因为我仅仅更名换姓就着迷。

千变万化……我俩在奥尼里菲克大夫的寓所度过的第一个晚上的情景历历在目。看到乌压压的蟑螂出没于洗澡间，我们颤颤惊惊地一同洗了个澡。我们上了床，身下铺的是鸭绒被。在这布满稀奇物件的陌生人的房子里，我们狂欢做爱。紧紧地贴在一起度过了这个良宵。我已同老婆分手，而她也远离双亲。住在这么一个偏僻的地方，其中原委我们也弄不明白。按照常规，我们谁也不可能想要这么个地方。可是我们俩正处于非正常状态。我们急于开始新生活，可是都为冒天下之大不韪所犯下的罪行而深感内疚。一开始，莫娜的罪恶感比我更甚。她觉得自己对我们夫妻的离异有责任。她愧对我撇下的孩子，而不是我老婆。这事使她痛苦万分。毫无疑问，她怕就怕在我一旦觉醒过来，意识到自己所犯的错误。于是她就想方设法地显示她在我生活中的必要，忠心耿耿、完全牺牲自我的爱着我，希望把过去的一切忘得干干净净。她并不刻意这样做，甚至意识不到自己当时的所作所为，然而她死心塌地地依赖着我，以至于我现在一想到这事就热泪盈眶。因为她这样做多此一举：我需要她更甚于她需要我。

那天晚上我们睡得很香，她辗转身子，背对着我，被子滑落了，她蜷缩着身子，样子与动物无异，那背部皮肤的色泽给我的印象极深。我伸出双手在她的肉体上游弋着，抚摸着背部，犹如抚摸一头母狮的腰身。说来也怪，我以前可没觉得她的背部如此妙不可言。我们同床共卧好多次了，而且入睡的姿势各式各样的，可我什么也注意不到。现在呢，这张宽床似乎借着微弱的灯光在这间大房子里漂浮起来，她的背部深深地刻在我脑中。我可没有正儿八经地想什么做爱，仅仅想到她体内有种力量与生命力所产生的朦朦胧胧的愉悦之情。一个靠脊背支撑世界的女人！我可没有这样准确无误地叙述什么事情，不过，我心里清楚这种想法是朦朦胧胧、模模糊糊的，而且极可能是很熟悉的事情。

洗澡时，我逗弄着她那养得相当肥胖的肚子，但马上意识到她对自己的体型再敏感不过，我并不苛求她有什么旺盛的情欲，能在她身上发现情欲我就高兴。我想这印证了一个诺言。然后，这具丰满肥硕的肉体在我的目光盯视之下开始畏缩。内心的痛苦开始侵蚀肉体的情欲。与此同时，她身上的怒火也开始剧烈地燃烧，她怒不可遏，情欲因此而消失无踪。我最喜欢的她那强韧而又颀长的脖颈变得越来越细，脑袋犹如一朵硕大的牡丹花在弱不禁风的茎上摇曳着。

“你没生病吗?”这突如其来的变化让我惊诧不已。

“当然没!”她说。“我在减肥。”

“可是，莫娜。你搞得太过分了。”

“我这样就像个姑娘，”她答道。“我要苗条，天经地义。”

“可我不想让你瘦得皮包骨头，我不想让你变什么模样，看看你这脖子，骨瘦如柴

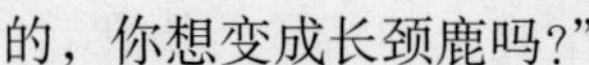

的，你想变成长颈鹿吗？"

"我的脖子可不是骨瘦如柴。"她随着一跃而起，对着镜子端详着自己。

"我可没有说，莫娜……可是，你要是继续这样不停地减肥，不那样才怪呢。"

"瓦尔，请别说这事了。你不懂……"

"莫娜，你不能这样说。我没有训你的意思。只是想保护你。"

"你不喜欢我这样……是这意思吗？"

"莫娜，不管你长成什么样子我都喜欢你。我爱你、崇拜你，可是你要理智些。我怕你这身子会弱不禁风的。我可不想让你生病……"

"别犯傻了，瓦尔，我这辈子从没觉得比现在这么好过。"

"顺便问一下，"她补充道，"你周六要去见那个小娘儿们吗？"她向来不提我老婆或者孩子的名字，而且，她更倾向于我周末去布鲁克林时只看望孩子。

我说我认为自己会去的……怎么，为何不让去呢？

"没，没有！"她冷冰冰地摇着头，转身拉开写字台的抽屉翻腾东西。

我站在她身后，她一仰身，我伸出手臂搂紧她的腰。

"莫娜，告诉我……我要去那儿真的伤你心吗？你坦白地说。要真是这样，我就不去了。反正有一天这事得有个交代。"

"你知道我并不想拦你。我说过不让你去的话吗？"

"没有呀，"我低下头，死死地盯着地毯。"没有呀，你从来没说过，可我有时候还希望你会说呢……"

"你怎么这样说话？"她尖叫起来。一副气势汹汹的样子。"难道你没资格去看自己的女儿吗？如果我是你，我会去看的。"她停顿了一下，然后，难以自控地脱口而出："她要是我生的，我可不能撇下不管。不会由于什么都得不到就抛弃她。"

"莫娜！你在说什么呀？这话什么意思？"

"就是这个意思。我不明白你怎么对待此事。付出这么大的代价，我真不值得。任何人都不值得这样做的。"

"咱们别说这事了，"我说，"就说些无关大体的事吧！我告诉你，我这人做事从不后悔。不用说，我这事没付出什么代价。我想要你，并且得到了。我很幸福。必要的时候，我能把每个人都忘掉。你是我的整个世界，你该知道这些的。"

我抓住她，将她拖到我身旁。她脸上滴着泪。

"听着，瓦尔，我并不让你放弃一切，不过……"

"不过什么？"

"当我下班时，你就不能偶尔在晚上跟我见个面吗？"

“你是说凌晨两点?”

“我知道……这时间够荒唐的……可是一离开舞厅，我就感到非常寂寞孤独。尤其是同那些愚蠢透顶、讨厌至极地对我无足轻重的男人跳过舞之后，感觉更是如此。我回到家，你却蒙头大睡。我该如何是好。”

“请别说了。哦，当然，我会常常与你碰面的。”

“你吃过饭就不能打打盹，然后……”

“这肯定没问题。咋不早告诉我？我这人没想到这事，太自私了。”

“你不自私，瓦尔。”

“我太……听我说，假若我今晚同你出去玩得精疲力竭呢？我就返回来，休息一下子，然后在下班时与她会面。”

“你敢断定这不会太累?”

“不，莫娜，这太好了。”

然而，在回家的路上，我就想，这样的话，该怎么安排我的时间。我们两点钟找个地方随便吃点儿东西，坐上一个钟头的火车。入睡前莫娜还会聊上一会儿。这就到了五点钟。到七点我就得起床去上班了。

我得准备与她在舞厅会面，每天晚上换衣服也就成了一种习惯。这并不是我每晚都要去，而是尽量地常去。我换上破旧衣服——一件土黄色的卡其布衬衫、一双鹿皮鞋，手里把玩着一把莫娜从卡鲁瑟斯那儿窃来的手杖——这就是浪漫的自我。我过着两种生活：一个是在宇精灵电报公司的工作，另一个是同莫娜呆在一起的日子。弗洛莉有时跟我们一块吃饭。她又换了个情人，是个德国籍医生。据众人讲，这个人的性器硕大无比，是唯一能满足她性欲的人，这她最清楚。这个人在百老汇也是数一数二的人物，长有一副典型的爱尔兰人的面孔，一看就是个易被引诱的家伙，他也许怀疑她的私处深得能否放进一把大锤子，或者怀疑她既喜欢男人也喜欢女人？凡是与性相关的事她都喜欢。萦绕在她脑中的就是那长而深的裂缝。她想着这裂缝一直扩展，扩展得不能再扩展了为止，这裂缝需要的可是超乎寻常的阴茎呀！

有天晚上，我送莫娜上班后，便在大街上徘徊。我想自己可能要去看电影，等看完再去接她。我正要进电影院，听到有人在叫我。转身一看，有人似乎藏在过道处，原来是弗洛莉和汉娜·贝尔站在那儿。我们穿过大街去喝酒。这俩姑娘的行为举止烦躁不安，她们说过会儿就要走，看来，喝酒只是不想驳我的面子。我这是头一次与她们呆在一块，她们就浑身不自在，唯恐透露出我不该知道的事情。为使她消除这种疑虑，我天真地抓住弗洛莉那搭在她腿上的一只手，紧紧地握住。使我惊奇的是，她激动地紧握着我的手，然后，身子前倾，好像在跟汉娜说什么悄悄话，她松开手，在我

裤裆里乱摸一气。这时，有人进来，她们热情地打着招呼，然后把我作为朋友介绍给他，这个人的名字叫莫纳汉。“他是个侦探。”说着弗洛莉妩媚地看了我一眼。这个人刚一落座，弗洛莉就跳将起来，拉着汉娜的胳膊就要离开这个地方。走到门口她向我们告别，接着，穿过街道，向着她们原先藏身的门口的方向跑去了。

“真是难以想象，”莫纳汉说。“你要些什么？”说着，他叫侍应生叫过来。我又点了一杯威士忌，然后木然地看着他。我不乐意留下来与这位侦探呆在一起，可莫纳汉的心情与我大相径庭；能找个人谈话，他似乎挺开心的，看到我拄根手杖，衣着随便，他断然认定我是搞艺术的。

“你穿得就像个艺术家，”言外之意说我是个画家——“可你又不是，这双手太纤巧了。”他捏住我的手，迅速地察看了一番。“你也不是个音乐家，”他补充道，“哦，只有一说了，是个作家！”

我哭笑不得地点头称是。他这种爱尔兰人的直率真让我反感。我预料到必定有一番争论不休：为什么？为什么不是呢？怎么啦？你这是什么意思？这个时候，我总是温文尔雅，落落大方。我同意他的看法，可他不想让我同意，他想争辩。

我还没开口，然而过了几分钟，他便用言语攻击我，同时又告诉我他是多么地喜欢我。

“你正是我想见的那种小伙子，”他又叫了几杯酒，“你知道得比我多，可你却不愿意谈。在你眼里，我这人没文化，一无是处。你错了！说不定我知道一些你想当然的事情呢。我也许能告诉你一些，你为什么不问我？”

我要说什么？起码，他身上没有我想知道的一切。我真想拍拍屁股走了算了，可还不能冒犯他。我不想让这个毛茸茸的胳膊把我拽到座位上，然后粗俗不堪地向我表达仰慕之情，对我盘问再三，与我争个面红耳赤，再用言语侮辱我。而且，我觉得有点儿恶心，我想着弗洛莉；她的举止多么让人难以想象呀，我仍能感觉到她的手在我裤裆里不停地摸着。

“看来你头脑不清吧？”他说。“我以为作家脑瓜子都挺机灵，总能够对答如流呢。怎么，难道你不善交往？或许不喜欢我这样的笨蛋？听着，”他的手重重地按在我臂上，“放明白点，……我是你的朋友！想同你聊一聊。你要告诉我一些事情……所有我不明白的事情你要让我了解清楚。我也许不能马上吃透，可我还是要听，不成的话就休想离开这里，听懂了吗？”说着，他奇怪地笑了笑，这笑声溶杂着热情、诚挚、困惑与不敬，看来，他要从我这里得到想要知道的一切，不然，就要把我摆平。他出于某种难以言明的原因，就坚信我能急他所急，能给他解决生活的疑难，即使他不能完全领会，他听了心里也会很踏实。

我现在惊慌失措。这种局面我压根儿对付不了。真想结果了这狗娘养的杂种。

他希望从中得到心灵上的震撼，希望有人能影响他，说服他。他真不想再对别人极尽污辱之能事了。

我决定马上接受挑战，挫挫他的傲气，这样试试我的智力也好。

“你想让我推心置腹地谈一谈，是这样吗?”我对他坦然一笑。

“是的，没错，”他应着，“开火吧！我忍受得了。”

“好，那我就不客气了，”我笑得仍是那么温和而坦率。“你不过是个卑鄙小人，这你也清楚。你底气不足，害怕什么，我弄不明白，不过，我们会搞明白的。你装腔作势地声称自己没有教养，一无是处，可是就你本人而言，你假惺惺地把自己装扮成聪明伶俐、举足轻重、坚韧不拔的人。你什么也不怕，是吗？你知道这是在胡说八道。你内心十分恐惧，还说能受得了。受得了什么？一拳击到你嘴上？当然，像你这种硬邦邦的流氓肯定能忍住疼，可你能经得住真话吗?”

他讪笑着，满脸通红，看来是在竭力地压抑着自己。他想说，“是的，接着说!”可是话到嘴边却说不出来，只是点点头，阴森森地笑着。

“你赤手空拳痛打过许多讨吃鬼，不是吗？有人欺压这个讨吃鬼，而你呢，却费尽了力气把他痛打一顿，直打得他发出恐怖的尖叫声。你非得让他坦白交代，然后你也毁了自身，直往喉咙里灌酒。他是个坏蛋，活该。可你比他更坏，这就是你自毁的原因。你喜欢伤人。小时候就可能干过伤天害理之事。一旦有人冒犯了你，你就永世难忘。”（我觉得他听了这话缩了一下身子）“你承认自己定期做礼拜吧，可你没有向上帝交心。只是半遮半掩地祷告，根本没有向神坦言相告自己是个卑鄙下流、臭不可闻的杂种。跟他说一些偷鸡摸狗的小事，从来没说过你对未动过你一根汗毛的人大打出手时的痛快劲儿。然而，你总是慷慨地往箱子里捐上一毛钱。真是遮羞费呀！好像这就能安慰良心！除了你欺凌的那些可怜虫外，谁都说你了不起。你自己也知道这就是你的工作，你就得如此这般，不然的话……要是你撒手不干，还真不知道你还能做什么，不是这样吗？你有什么资本？你知道什么？要你有什么用？当然喽，你可以做个清道夫或者破烂王，尽管我怀疑你有没有勇气这样做。可是，你不清楚什么东西才有意义，是吗？你不读书看报，不与你圈外的任何人交流思想。你感兴趣的只是政治。政治！这可是很重要呀！从来不清楚你什么时候需要朋友。也许将来错杀了人，那么然后呢？哦，你就想找个垫背的，他可以为你干任何事，这种人与你一样没有教养，可怜虫一个，没有一点儿人情味，或者说毫无君子风度，而且，你将来会好好地报答他的，我是说，假如若他真的让你报答他，你会把他弄死他的。”

我停顿了一下。

“你要真的想知道我的想法，我会说你已经杀害了十多个天真无邪的人。你口袋里塞满了一沓钞票，多得都能把马噎死。你对自己的不端行为深感内疚，就来这里借酒浇愁，你也知道这些姑娘为什么会突然起身穿过街道的。要是我们对你摸得很清楚，你该坐上电椅等死了……”

我说得简直喘不过气来，于是我停下来，下意识地摸了摸嘴巴，似乎对它的完好无损颇感惊奇。莫纳汉再也抑制不住自己，尖声大笑起来。

“你真疯了，”他说，“跟臭虫一样地疯狂，可我喜欢你。再接着说吧！我喜欢听你所知道的最糟糕的事。你说对了一件事，”他补充道，“我口袋里是有一沓钞票，想看看吗？”他掏出一叠花花绿绿的票子，赌棍似的在我鼻尖下轻轻掸着，“往下说吧，让我听听！……”

一见到钱，我便心绪不宁。我想的就是如何把他与这不义之财分开。

“我刚才说得是有点狂，”我开始用另一种语调说话。“我很奇怪你听得好像很上瘾，而且还没有揍我，我真是紧张极了……。”

“不必跟我说这些。”莫纳汉说。

我说得更加抚慰人心了，“我跟你谈谈我自己的情况，”我说得很舒缓，三下五除二地简单谈了谈我在精灵速滑队的位置，我与公司侦探奥洛克的关系，我要成为作家的雄心壮志以及我在精神病医院参观的情况，等等。说这么多就是要让他知道我不是个幻想家。奥洛克的名字引起他的注意。我心里很清楚奥洛克的兄长是莫纳汉的老板，他对这个人非常敬畏。

“这么说你跟奥洛克是好朋友喽？”

“他是我最要好的，”我说。“我很敬重他，他父亲般地保护我。我从他身上学到了做人的品质。奥洛克是个做小事的大人物。他会另谋高就的，至于要到什么地方，我也弄不清楚。虽然他拼命地工作，可对目前的生活状况十分满意。使我恼火的是他居然意识不到。”

我沉浸在这种兴致中，极力称道奥洛克的美德，认为他与普通的生活方式相比，其伟大是显而易见的。

我的话产生了预期的效果。莫纳汉露出一副沮丧样儿，像块海绵软不拉蹋的。

“你把我看错了，”他最后脱口而出。“我同别人一样的宽宏大量，只是不显山露水罢了。你不能到处显示自己，当然不是现在。我们大家并不都像奥洛克那样，我倒是愿意承认你的看法，然而，我们是人，是基督徒！你是个理想主义者，毛病恰恰就在这里。你想完美无缺……”他古怪地看着我，自言自语，接着便用平稳的口气说：“你说得愈多，我就越喜欢你。你身上有我曾经拥有的东西。当时，我为此深感惭愧……

我怕自己是个胆小鬼或者什么的。我喜欢你是因为生活没有给你带来灾难。你知道生活像什么，而且生活也没有让你变得乖戾或者卑鄙。你曾经说过一些非常卑鄙的事情，其实，我早就想揍你。为什么不揍你呢？因为你没跟我说你就是要把枪口对准像我这种犯错误的家伙。你这个人听起来是为自己考虑，其实不然。你一直在跟世人谈话。你该当个传教士，想到了吗？你和奥洛克两个珠联璧合，我是说生活方面。我们这些人有活儿就行，而且也感受不到生活的乐趣；你们这些人是为了求得心灵的消遣才工作的。而且，更有甚者……哦，请别介意……瞧，把手给我……”他抓住我那空无一物的手，紧紧地握着。“你看——”他的手劲很大，疼得我龇牙咧嘴，真想抽出手来。“我能把你这只手捏个粉碎。我不会乱来的。我就想这样坐着，跟你说说话，好好地看着你，然后把你的手捏碎。我的手劲就这么大。”

他松开手，我赶忙抽出来，手已经麻麻地没有感觉了。

“这不碍事，”他继续说。“这只是股蛮劲儿；你有我缺少的另一种力量。你可以用言语把我完全打败，这是智慧呀！”他一副心不在焉的样子。“手怎么样？”他发出梦一般的呓语。“我没伤着你，是吧？”

他紧握着我另一只柔嫩纤细的手。

“我想不要紧。”

他目不转睛盯着我看呀看的，然后放声大笑：“我饿了，咱们吃点东西吧！”

我们下了楼，先是看了看厨房里有无吃的。他想让我看看厨房里的一切是多么干净利落：他拿起切肉刀和大砍刀，举到灯下让我细瞧，好让我赞叹不已。

“我得用这儿的刀子把一个家伙劈倒在地。”他炫耀地挥舞着大砍刀。“把他一劈两半，手起刀落，干净利索。”

他充满深情地拉起我的胳膊，引我回到楼上。“亨利，”他说，“我们要成为好朋友了。你要谈谈你的情况，多多益善，而且你要让我帮你一把。你有个妻子，也很漂亮吧？”我极不情愿地猛扭了一下身子。他紧抓住我的胳膊，把我带到桌子旁。

“亨利，咱们推心置腹公地谈一谈吧！即使我不注意这件事，也略知一二。”他停了一下，“让你的老婆滚出那个下流场所！”

我正要说，“什么下流场所？”他突然又接着说：“所有的事情能把一个人搞糊涂了，不过，他有时也能理出个头绪来。可女人就不一样了。你不愿意看到她在那里呆头呆脑、晕头转向地工作吧，是吗？搞清楚她为何呆在那儿：你可不要发火……我并不想伤害你的感情。除了我听别人说的那些，我对你老婆可是一无所知……”

“她不是我老婆。”我脱口而出。

“哦，管她是不是呢，”他慢吞吞的口吻，好像这是一件一点儿也不重要的事情，

“让她滚出那个下流场所！我像朋友似的告诉你。我知道自己在谈什么。”

我灵机一动，不停地推算着。我一下子想到弗洛莉和汉娜，想到她俩的突然出走。会有抢劫、敲诈勒索这些惊天动地的事吗？他是在提醒我吗？

他可能猜到我的心思了，因为他接下来就说：“要是她得找活儿干，让我给她找找看。她可以干别的，不是吗，像她这么个迷人的姑娘……”

“咱们换个话题吧，”我说，“谢谢你的建议。”

我们不发一误地吃了半天。考虑到我很可怜，莫纳汉便从口袋里拿出一大沓花花绿绿的票子，从中抽出两张五十元的票子，放在我的盘子一边。“拿上吧，”他说，“放进口袋里。为什么不让她去看看戏呢?”他低头叉起一口意大利面条吸进嘴里。我拿起钞票，悄悄地装进裤兜里。

我一脱开身就去舞厅前接莫娜。我心情冷漠得很。

我仿佛醉了般地沿着百老汇的大街走着，头有点儿晕。尽管可以这样迷迷糊糊的，但我一定要高兴无比。这顿饭以及与莫纳汉临别时所说的一些中肯的话使我头脑清醒了许多。我觉得自己胸怀宽广、感情奔放，沉浸在自我思考的情绪中。正如克伦斯基要说的，我是得了欣快症。对于我，这意味着纯粹的快乐。不管谁说什么或者做什么，只求幸福快乐，知道你自己快乐，活着开心就行。这可不是酒桌上的狂欢；威士忌酒只能败坏这种情绪。这可不是某种显现出来的潜在自我，如果要我这样说的话，这的确是自我的膨胀。我每向前走一步，酒劲儿就减一点；我的思维非常清晰。

我路经电影院，扫视了一眼布告牌，倒使我想起一张熟悉的面孔。我知道这是谁，知道他姓甚名谁，对他的一切情况都非常了解，我很惊奇，可是——哦，说实话，我对自己内心唤起的记忆非常惊讶，以至于对别人身上发生的事来不及惊诧。一旦我这欣快症过去，我最终会回到她身边的。我正暗自发誓，迎面撞上了老朋友比尔·伍德罗夫。

喂，喂，你好，是的，我很好，好久不见，在做什么？老婆好吧，以后再见吧，是的，我有急事，我肯定会来的，这么长时间了，再见……这个啰唆劲儿，真是例行公事。两个肉身之躯非常偶然地碰到一起，唏嘘寒暄，互相交换礼物，拨错电话，再三说定要如何如何，分分合合，然后又记起来了……匆匆忙忙，机械一般，毫无意义，那么，这一切究竟意味着什么？

十年了，伍德罗夫丝毫未变。我性急地想照照镜子瞧瞧自己的模样。十年了！他想大概地知道一切。愚蠢的家伙！感伤主义者，十年了。我回想起十年前自己跑到两边带有哈哈镜的长长的漏斗形的走廊那里，我脑子里老想着伍德罗夫，即使在来世，我也是那么理解他的。他憔悴不堪，一如显微镜下的两翼受伤的蝙蝠标本。他在那个地方无望地扭着脖颈。这时她闯进他的生活，我正要经过剧院，她的面容闪现在我脑中。他对她爱得发狂，没有这个姑娘他无法活下去，而且，就连他的双亲、他那位可恨之极的普鲁士的笨蛋小舅子，大家都替他出主意想办法让他向她求爱。

艾达·弗莱娜。天生就该起这个名字。这听起来恰恰跟她本人一样——漂亮，虚荣，虚张声势，背信弃义，娇生惯养，动辄发怒。她如同德累斯顿的少女一样漂亮，只是长一头乌黑透亮的秀发，有点儿爪哇人的灵魂。她要是有灵魂多好呀！她完全生活在肉体、感官、欲望之中，以她那专横的想法卖弄自己，炫耀自己的身段，而可怜的伍德罗夫却把这当作某一巨大的性格力量。

艾达，艾达……他常常对我们哆嗦不停。她娇生惯养得有点过分，如同克兰纳契笔下的一幅裸体画。肉身之躯弱不禁风，头发乌黑，灵魂畏缩，犹如从埃及金字塔中扔出来的一块石头。他们在求爱期间搞得很不体面；伍德罗夫常使她泪流满面。第二天又会送她几束兰花，要么一条好看的项链，或者一大盒巧克力。艾达跟个巫婆似的全部接纳。她是个残酷无情、贪得无厌的姑娘。

他终于用尽各种办法把她娶了过来。他肯定给了她不少好处，因为她明显地瞧不起他。他压根儿想不到自己能筑起一个漂亮可爱的爱巢，给她买想要的衣服和其他物品，每周几个晚上带她去看电影，让她心中充满欢乐。一旦她痛经就坐在她身边，握住她的手，向专家咨询她是不是咳嗽了。总的说来，他是个多情而又体贴的丈夫。

他越对她百般体贴，她越是不喜欢他。她是个彻底的怪物。长时间下去，谁都知道她对性交兴趣缺乏。除了伍德罗夫，谁都不会相信此事。后来，他同第二任妻子也有类似的经历；要是他活得长些，接着来的便是第三个、第四个妻子。他对艾达迷恋得近乎疯狂，即使她失去双腿，我认为这丝毫不会改变他的爱。实际上，他只会愈发爱她。

伍德罗夫因为自己的过错就非常渴望友情。他至少把我们几个人当成知心朋友，而且对我们毫不怀疑。说起来，我算得上他最好的朋友。我有资格自由出入他家；可以在那里吃、睡、洗澡、修面。我是这个家庭中的一员。

我从一开始就不喜欢艾达，这倒不是出于她对待伍德罗夫的态度，而是一种本能上的反感。艾达见到我也不自在。她根本不知道怎么对待我。我从来不对她吹胡子瞪眼，也绝不会故意讨好她；我只把她当成我朋友的妻子。她当然对我这种态度不满意。很想用色相引诱我，让我陷入危险的境地不能控制，她对伍德罗夫和别的求婚者也使用这样把戏。说来也奇怪，我对女人的妩媚姿色毫不心动。可以说，尽管我常想知道她性交起来是个什么样子，可我作为一个人才不在乎她呢。我冷静地思索这种男欢女爱的事，不过，这事多少压抑了她的本性。

有时，在他们家里度过良宵后，她大声抱怨说不想单独同我呆在一起。伍德罗夫站在门口准备去上班，她装出胆战心惊的样子。我躺在床上等着她给我送来早餐，可伍德罗夫对她说："艾达，不要这么说话。他不会伤害你的，我非常信任他。"

有时，我会放声大笑，叫喊着："不要担心，艾达，我不会强奸你的。我这人阳痿。"

"你阳痿？"她装模作样地尖叫起来。"你没有阳痿。你是个老色棍。"

"给他准备早餐！"说着伍德罗夫就去上班了。

她非常不愿意在床上服侍我。她对丈夫也没这样过，可不明白为什么该服侍我。除了在伍德罗夫的家里，我以前可从未让人把早饭端到床上。我这样做就是要羞辱她，让她发火。

"你怎么不起来坐在桌子旁？"她说。

"我起不来，那玩艺儿勃起了。"

"噢，别说这事。除了性就不能想想别的？"

她的意思是说性是可怕的、龌龊下流的、非常丑恶的东西，可她的行为举止正好相反。她是个淫荡下流的婊子，对性索然寡味只是因为她是个十足的婊子。如果我趁她往我大腿上放碟子的时候摸摸她的腿，她就会说："满意吗？性交时好好感受一下。但愿比尔能看清你，知道他有个多么忠诚的朋友呀！"

"为什么不跟他说？"有一天我问。

"这个蠢驴才不信我的话呢。他认为我在让他吃醋。"

我让她为我备好洗澡水。她装着不情不愿地样子，可同时又照我说的做了。一天，我正坐在浴缸里用肥皂擦洗身子，发现她没有给我拿毛巾。"艾达，"我叫道，"给我拿几条毛巾！"她走进浴室将毛巾递给我。她穿一身丝制浴衣，套一双长筒丝袜。当她俯身绕过浴缸往架子上搭毛巾时，浴衣一下子开了。我悄悄跪起来，把头埋在她的衣服里。这事太突然，她根本来不及反抗，或者说连反抗的样子也不装一装。我马上将她连衣带人地放入浴缸，三两下把她的浴衣剥掉，扔在地板上。没有拉掉她的袜子，这反而使她显得更淫荡更下流，更像克兰纳契笔下的裸体画了。我仰面躺下，然后把她拖到身上。她简直就是个性欲难熬的骚货，在我的全身咬来啃去，气喘吁吁，一如上了钩的蚯蚓扭动着身子。她的下身玲珑可爱、湿润柔滑，与我那玩艺完全相合。我轻轻咬着她的颈背，舔着她的耳垂，亲吻她肩膀上的性感区。我们默不作声地撒云播雨。云雨过后，她就跑到自己房里开始穿衣服。我听到她在浅吟低唱。能够这样表达她的脉脉温情，我对此非常困惑。

自打那天起，为了向我求欢，她巴不得伍德罗夫去上班。

“你就不怕他意想不到地回来，发现你与我同床而卧？”我有一次问她。

“他不会相信自己的眼睛。他以为我们在开玩笑呢。”

“要是他能感觉到这事，他会认为我们这不是在开玩笑。”我说得让她心惊肉跳。

“天哪，要是他刚好知道如何占有我就好了！他太性急。我那里边还没什么感觉，他就猛地戳进我体内。我只好躺在那儿，让他发泄性欲，这个过程一眨眼就过去了。可是同你在一起，你还没挨饿，我就淫了。我猜测这是因为你不在乎我。你确实不喜欢我，是吗？”

“我就喜欢干这个，我喜欢你这阴户，艾达……这是你身上最好的玩艺儿了。”

“你这个畜生”她说。“就凭这，我也该恨你。”

“为什么不恨我，嗯？”

“唉，别说话了，”她咕哝着，紧紧贴着我，玩得直冒汗。她嘴里不知所云，眼睛转动着，呼吸急促。

过后吃午饭时，她说：“你现在就得走吗？不能再多呆一会儿吗？”

“你想再让我戳戳你的洞洞，是吗？”

“你就不能含蓄点儿？天哪，要是比尔听了这话，不出事才怪呢！”

“你一向不穿内衣，是吗？你这个懒散样儿，就知道风流？”

我剥光她的衣服，就让她那么坐着等我把咖啡喝光。

“你让我什么都做，真是个恶棍。”

“你喜欢这样，不是吗？”

我进了里屋，一头栽到床上，点着一根烟，等着她与我颠鸾做爱。我知道这次可是个持久的合欢战。

她披着那件丝制浴衣走进来，里边还是赤条条的。“脱了你的衣服吧，”说着，她掀开被子钻了进去。我俩互相抚弄着。这把她撩拨得性欲难耐，于是摆弄出千奇百怪的姿势让我来干。她性高潮频频来临，搞得她几乎虚脱。我将她放在小桌子上，就在她兴奋得难以自已时，我赶忙让她站在地上，就那样同她在家里走来走去，让她一直处于兴奋状态。

我把她的嘴唇咬得青一块、紫一块的，伤痕累累。我嘴里的味道很奇怪，颇似鱼胶味和名贵香水的味道。我来到街上，觉得双膝松软无力。来到杂货店，喝了一两杯麦乳精。我心里想这一次玩得好极了，真不知道当我再见到伍德罗夫时该怎么办。

伍德罗夫真是船漏偏遇顶头风。先是丢了银行的饭碗，接着艾达同他最要好的朋友私奔。当他得知她私奔前就与这个家伙睡了一年时，心情非常沮丧，以至于昏昏沉沉地过了一年。过后，他被汽车撞得脑袋开花，再就是他姐姐成了疯子，引火烧了房

子，自己的孩子也被活活烧死了。

比尔·伍德罗夫从来没作过孽，他不知道自己为这么什么这么倒霉。

我常常在百老汇遇见他，而且还与他在大街的拐角处闲聊一会儿。他毫不讳言地怀疑我与他所爱的艾达相处的事。一谈到她，他就骂她是个绝情的母狗，可他以前从来没流露过这种情绪，然而，他依然爱着她。不过，他还跟一个当修脚工的姑娘来往甚密，这个姑娘长相不如艾达，不过，对他可是言听计从，让人放心。“我想让你抽空儿见见她。”他说。我答应以后会来看她的。可是，就在我与他分手之际，我说：“你知道，艾达近来怎么样？”

艾达·弗莱娜。我站在舞厅的入口，心里还一直念叨着她，想着与她在一起的舒服的日子。我正有了一阵子儿闲工夫。我忘记了自己口袋里的钞票，还沉浸在往日的记忆中。想知道我将来有一天能否站在剧院里，好好看一看坐在第三排中间的艾达。要么去她的化妆间，趁她梳洗打扮时同她促膝谈心。我很想知道她的肉体是否还同往日 那样洁白如玉。她那浓密的乌发披泻在肩。她的的确确是个让人销魂荡魄的阴户。她所拥有的就是那纯洁无瑕的阴户，而且伍德罗夫为此像喝了迷魂汤似的，天真单纯而又对它顶礼膜拜。记得他说过自己过去每天晚上都要亲吻她的全身，在她面前表现出一副忠心耿耿的奴仆样儿。难怪她从不给他难堪。他这个低能儿，命该如此。

有些事情实在让人发笑。男人总以为长着一根粗大的家伙就是生活天大的恩赐。他们觉得你只要掏出那玩艺儿朝女人晃一晃，那她就是你的了。唉，只有比尔·伍德罗夫才有这么粗大的玩艺呢。这可是一根名副其实的种马的生殖器。记得第一次见到它时，我都不敢相信自己的眼睛。要是这粗大的玩艺儿是真的，艾达就要受他奴役和蹂躏。这玩艺儿给她印象深刻，但是方式却不对劲头。她干什么都大惊小怪的。这粗大的东西把她吓呆了。他愈是对她频频发起攻击，她越是生气。不过，这舔屁股的样儿真让我发笑。发狂地迷上女人，然而却发现这种本性跟你要了个卑鄙的花招，这真让人扫兴。

艾达·弗莱娜。我预感到自己会很快去拜访她的。这阴户再不会像以前那样光滑细嫩，与我那玩艺儿顶口吻合了，而且自慰也没什么意思了。要是我认识艾达，要是她阴中生津，要是她的屁股光滑粉嫩，她那玩艺儿还值得让我干上一家伙。

一想到她，我那阴茎就开始勃起。

我等了半个多小时，还是不见莫娜的影子，我决意上楼去打听一番，才知道她因头疼早已回家了。

九

就在第二天晚饭后，我才知道她为什么那么早离开舞厅。她接到家里打来的电报，就连忙赶回父母身边。我清楚她还过着一种不可告人的生活，便不逼她说出来。可是，她不知怎么地总要急于向我倾吐心声。同往常一样，她总要神秘地绕弯。我不得其解，听了半天才知道他们身处劣境；她指的“他们”是整个家庭成员，包括她的三个兄弟以及她的嫂子。

“他们都在一起过日子吗？”我傻乎乎地问。

“什么呀！”她气呼呼地说。

我无话可说。过了一会儿，就壮着胆子问她姐姐的情况。记得她跟我说过她姐姐要比她本人漂亮多了……可她却又说，“不过如此。”

“你不是说她嫁人了吗？”

“是的，她当然结婚了。可她能对付得了那事吗？”

“对付什么？”我有点恼火。

“哦，我们在说什么呀？”

我笑了。“这正是我想知道的。怎么回事？你想告诉我什么？”

“你可别听。我姐姐——我想你不相信我有个姐姐吧？”

“看你说的。我当然相信你的话，只是我无法相信她能比你漂亮迷人。”

“唉，反正她很漂亮，信不信由你，”她呼吸急促地说。“我瞧不起她。这倒不是你所说的那种妒忌之心。我鄙视她是因为她没有想象力。她明白眼前的事情，却一点忙儿也不帮。真是自私透顶。”

“我想呀，”我温和地说，“还是那个老问题——他们需要你的帮助。唉，也许我这人……”

“你！你能做什么？瓦尔，请别这么讲了。”她歇疯狂地笑着。“天哪，这让我想起了自己的兄弟。他们都向我暗示——谁也不干事。”

“莫娜，我可不是随便说着玩的。我……”

她猛地转向我。“你得看管妻子儿女，不是吗？我并不想听你说要如何如何的帮

我。这是我自己的事。只是，我知道为什么事事都得让我一人来做。其实他们想做也能做的，天哪，我管了他们这么多年吃喝。我支撑着全家人的生活；现在他们又得寸进尺。我再也不能这样了。这太不公平……”

静默了一会儿，她接着说。“我父亲是个病号，我当然不能对他抱心存希望。况且，我牵挂的就只有他。要不是为了他，我才不在乎他们呢，不然我就会甩手走开，让他们苟延残喘地活下去。”

“那，你的兄弟们怎么样了？”我问。“他们怎么就行动拘谨的？”

“不就是懒惰吗？我把他们宠坏了。让他们自以为自己都无可救药了。”

“你是说他们没有人干活儿，都无所事事吗？”

“哦，是这样的。他们中有人常常能找到一连几周的工作，可是，由于某种愚笨的原因罢手不干了。他们明白我总会救济他们的。”

“我可不能再这样活下去了！”她急促地说。“我不愿意让他们毁了我。我想跟你在一起，这样，他们就会离我而去。只要我能给钱，他们才不在乎我干什么呢。钱，钱，钱。天哪，我真厌恶这个词！”

“可是，莫娜，”我温柔地说，“我给你一些钱。瞧，我有！”

我抽出两张五十元的钱，塞到她手里。

她哈哈大笑，笑得那么怪诞，而且愈发难以自拔。我有些迷惑了。我搂住她。“放松些，莫娜，别紧张。你很不舒服吧！”

她流着泪。“我控制不住自己，瓦尔，”她说得贬力，“你这样做倒使我想起了父亲。他以前常对我这样。当我处处碰壁时，他总会带上几束花或者某种称心如意的礼品出现在我面前。你可像他呢。你们两人都是梦想家。难怪我这么爱你。”她热情地拥抱着我，开始呜咽着说。“别跟我说你在哪儿搞到钱的，”她嘟嘟地说。“哪怕你是偷来的呢，我也不在乎。我会给你偷来的，你知道的。不是吗？瓦尔，他们不配拿这钱。我想你该为自己买些东西。或者，”她又激动地说，“给你那可怜的妻子买些东西。买些能让人回忆的漂亮好看的东西。”

“瓦尔，”她极力稳住自己的情绪，“你相信我，不是吗？可别问我无法回答的事情，好吗？答应我！”

我们坐在那宽大的带有扶手的椅子里。我让她坐到我腿上，捋着她的头发，算是答应了她。

“你看，瓦尔，要是你不来，我真不知道会碰到什么事呢。直到我遇上你，我才觉得自己的生命不再一样。只要他们能让我平平安安地活着，我才不在乎干什么工作呢。我看不惯他们要这要那，这搞得我脸上很不光彩。他们每个人都是那么不可救药。就我姐姐还能干些事情——她这个人讲求务实，干什么都井井有条，可是她很想担当起夫人的角色。在这家里，有这么一个任性的家伙就够了，她言外之意是指我呢。我羞辱了他们一番，这也是她巴不得的事情。她让我越来越气愤，她以为这样就惩罚了我。看到我带回了钱，而别人一个子儿也不交，她高兴的要死。她干起这卑鄙勾当来真是隐蔽，我真想杀了她。可我父亲可能就没有意识到这种情况。他觉得她美如天使。她太娇嫩了，根本受不了这份洋罪，而且，她是妻子，是母亲。他才不会让她付出一点儿代价的。可轮到我……”她眼里含着泪水，“坚强，能忍受一切，而且任性放荡。天哪，我有时觉得他们这帮人愚笨之极。他们还会想着我这钱从哪里来的？他们才不管你呢……连问都不会问一下。”

“那你父亲身体好吗？”缄默了一会儿，我问道。

“我不知道，瓦尔。”

“他要死了，”她补充了一句，“我再不会跟他们在一起。哪怕他们饿死呢，我也不管。”

“你知道，”她说，“你一点儿也不像他，可从体格上讲，你们的共同点不少。你同他一样的脆弱敏感，可是你没有受到损伤，而他就不同了。你知道如何照顾好自己，只要你想这样，可他就根本学不到。他总是一副不可救药的样子。就这样，我母亲还要压榨他。她对待他就如同对待我一样。凡事都得依她……我希望你能在他死前见上他一面。我常这样想呢。”

“我们将来会有机会见面的。”尽管我打心底里不愿意，可我还得说。

“你会喜欢他的，瓦尔。他极幽默，又擅长讲故事。我觉得，他要不娶我母亲，早该是名作家了。”

她站起身，开始梳洗打扮，依旧兴奋地谈着她父亲以及他在越南和其他地方的生活经历。该去舞厅上班了。

她突然离开梳妆镜，说：“瓦尔，你为啥不在业余时间搞写作呢？你总是想着要写，为啥就不写写这个呢？你不必老这么约我。要知道，我很愿意回家看到你在打字机前忙碌。可不能把毕生的精力都放在公司里呀！”

她走到我跟前，抱住我。“坐到你腿上吧，”她说。“听着，亲爱的瓦尔……不要为了我牺牲你自己。我们中有一个这样，那太糟糕了。我多么希望你自由地生活。我知道你是个作家，至于要过多久才能一举成名，我倒不在意。我只是想助推波助澜……瓦尔，你没听我说话吧，”她用胳膊肘轻轻地碰了我一下。“在想什么？”

“哦，没什么，”我说。“只是在幻想。”

“瓦尔，临渊羡鱼不如退而结网！咱们可不能老这样下去了。看这个地方！我们怎

么来的？在这做什么？你我两人都有点儿疯狂。瓦尔，今晚就开始干，如何？我喜欢你喜怒无常的样子。但愿你是在考虑其他的事情。喜欢听你说些让人入迷的事。我能这样认为就再好不过了。可能的话，我怎么也得当个作家。有思想，有幻想，对别人的问题不知所措，除了金钱和工作还能想些别的什么……记得你曾经为我写的有关托尼和乔伊的那篇小说吗？为啥就不能再为我写写？仅仅为我而写就行。瓦尔，我们必须做些事情……必须找条出路。听见了吗？"

我听得很清楚。她的话犹如一首歌在我脑中快速地过了一遍。

我跳将起来，好像要拂去什么蜘蛛网似的，我揽过她的腰，"莫娜，事情很快就会见分晓的，很快，我感觉到了……我送你去车站吧，我需要呼吸新鲜空气。"

看得出，她有些失望，她原本希望我能更加积极一些。

"莫娜，"当我们快步走到街上时，我说，"说得好听！可一口不能吃个大胖子呀！是的，我确实想写作，而且对此深信不疑。可是我得把情绪稳定下来再说。我倒不要求安逸舒适地写作，可我需求的是一片安静。我哪能很容易地就改变呢？同你一样，我也讨厌自己的工作，可却不想干别的；我真想好好地休息一下。一个静寂，感受一下写作的滋味。这样生活下去，真的不认识自己了。我被吞没了。别人的事情我知道得一清二楚，独独不知道自己。我只知道自己的感觉。我的感觉好多。我绞尽脑汁。真希望能一天天、一周周、一月月地就这么思考下去。我现在就在不停地思考。思考，可是莫大的享受呀！"

她紧握着我的手，好像告诉我她听懂了。

"我一回到家里，就要坐下来好好地思考问题。说不定我会睡着。好像只是为了装模作样才这么干的。我成了机器。"

"你知道我有时想什么？"我继续说着。"我觉得要是自己能静下心来，单纯地思考那么两三天，我会把一切都搅个天翻地覆。主要的是世上的一切都荒诞不经。之所以这样，是我们不敢自由地去思考。总有一天，我该去办公室让斯皮瓦克的脑袋开花。这是第一步……"

我们来到高架铁路车站。

"别老想这些，"她说。"安静来做个梦吧！给我想些瑰丽的事来。不要老想那些丑陋可怜的人。想想我们自己！"

她轻盈地跃上台阶，挥手向我告别。

我缓缓地往回走，梦想着另一种豪华奢侈的生活，蓦地，我想起她把那两张五十元的票子压在壁炉台上那个插满人工花儿的瓶子下面。她放的时候，我看到票子露出多半截。我极速地往回赶。要是克伦斯基瞅到钱，肯定会窃为己有。这倒不是说他这人不老实，而是想折磨我。

快到家门口时，我想起了愤怒的谢尔登。尽管我气喘吁吁，可我还是能模仿他说话的样子。当我打开房门，我还是笑个不停。

屋里空无一人。果然不出我所料，钞票不见了。我坐下来，哈哈大笑。我咋没跟莫娜说莫娜汉的事呢？我咋没向她提及剧院的事呢？在往常，我会马上把事情道个水落石出，可这次却不知怎么搞的，是出于本能而不相信莫娜的意图吧！

我想给舞厅挂个电话，想看看是不是莫娜趁我不注意，顺手牵羊拿走了钱。我准备去打，可到中途却扬帆转向。我非常想去屋子里搜寻一番。我来到房子的后面，下了楼梯。走了几步，便来到一间灯火耀眼的大房子里。这家里有很多洗好了的衣服。跟教室一样，墙边摆着一张凳子，上边坐着一个长着花白胡子、戴一顶天鹅绒便帽的老头儿。他佝偻着腰，头枕着手臂，撑着一根手杖，似乎在迷茫地盯着这空间。

他瞅了我一眼。身子一动不动。我见过这个家里的很多成员，唯独没见过他。我用德语打招呼，想着他更愿意用英语搭讪，在这糟糕的家里，似乎还没人说英语呢。

“你说英语也行。”他口音很重。仍径直地看着这四面八方。

“给你添招来麻烦了吧?”

“没关系。”

我觉得应该自我介绍。“我叫……”

“我，”他没等听我的名字。“是奥尼里菲克大夫的父亲。我猜想，他压根儿没跟你提起过我吧?”

“是的，”我说，“他可从来没说过，不过我几乎见不到他。”

“他可是个大忙人。也许太忙了……”

“不过，他总有一天要受到惩罚的，”他继续说。“一个人不该犯杀人罪，更不该对未出世的孩子下毒手。这地方就不错，安很宁静的。”

“你不愿意让我熄灭几盏灯吗?”我希望岔开话题。

“这儿就该亮堂，”他答道。“越亮越好。他干着隐秘的工作。他太狂妄。他为魔鬼卖力。这里有湿衣服还蛮不错的。”他沉默片刻。屋里传来湿衣服的滴水声。想到奥尼里菲克大夫手下滴流而下的血液，我胆点心惊。“是的，几滴血，”这个老家伙似乎摸透了我的心思。“他这个屠夫，脑子里想的就是死亡。灭杀未出世的生灵，这可是人类思想中最不可告人的事情。即使动物，除了献祭，人类也不该屠杀。我儿子什么都明白，可就是不知道荼毒生灵是天大的罪过。这儿有亮光，让人眩目，可他坐在那儿的黑暗中。他父亲坐在地下室里为他祈祷，而他却在那里屠杀宰割、破肚挖肠。血流满地，一屋子血污。好在这里有洗衣店。我还可以在这里把钱冲洗干净。这套房子只有

一间干净。而且灯光也不错。灯光。灯光。我们必须打开灯，让它们照个亮堂。人类不应该摸黑地工作。脑子应该清醒，应该知道何去何从。”

我一声不吭地洗耳恭听。那单调沉闷的语言、令人目眩的强光真让我沉沉欲睡。这老头一举手、一投足，颇有贵族气派，穿的宽松外衣以及戴的天鹅绒便帽更显出他不凡气质。他有一双外科大夫的手，灵巧而又好看；青筋暴突如水银一样明显。就像被驱逐出故土的宫廷医生坐在这昏暗的地牢里，他使我清清楚楚地想起西班牙的摩尔时代某一赫赫有名的宫廷医生。这个人的品质有口皆碑，精神操守无懈可击，周身放射着灵魂的光芒。

我突然听到拖鞋的嗒嗒声，是戈姆帕尔端着一碗热牛奶走了过来。这老头儿立刻间又换了一副面孔。他靠着墙，热情而又亲切地看着戈姆帕尔。

“这是我儿子，我的好儿子。”说着，他的眼光对着我。

就在他把这碗热奶送到老头儿嘴边时，我趁机跟戈姆帕尔说了几句话。观察这印度人的行为真是一件乐事。不管这活儿多么下贱，他干起来还很有尊严和体面。他服侍得越谦卑，越发显得尊贵而高尚。他根本不觉得难堪或者丢脸，也不埋没自己，总是有始有终，永保自身的品格。我极力想象着，克伦斯基做这种事时会是什么样子。

戈姆帕尔出去了一会儿，拿回一双暖和的卧室拖鞋。他跪在这老头儿的脚前给他穿鞋，这老头儿轻摸着戈姆帕尔的头。

“你是灵光之子。”说着，这老头往后拨拉着戈姆帕尔的脑袋，用镇定清澈的目光盯着他的眼睛。戈姆帕尔也用同样的目光看着这老头儿。他们俩如同两道清澈透明的聚光灯，互相照耀着，放射的光芒都把对方熔在一起了。我突然意识到，从没有罩子的电灯泡中流露出来的那令人目眩的灯光跟这俩人炯炯有神的目光交合相比真是算不了什么。也许这位老人没有觉察到人类发明的这种昏黄、不自然的灯光；也许这间屋子已被他心灵深处的泛光灯照射得亮堂堂的。即使现在，尽管他们不再双眼对视，这间屋子也明显地比以前亮堂多了。这景观就像夕阳下的晚霞放射出神圣的光辉。

戈姆帕尔有事要告诉我。我就蹑手蹑脚地回到起居室等他。却发现克伦斯基坐在扶手椅里翻着我写的一本书。这人表面上一看可比往常镇定自若多了，这倒不是迫于无奈地装模作样，而是漫不经心、稀奇古怪地沉浸在其中。

“喂！我不知道你回家，”他料想不到我会来这儿，就大惊小怪地说。“我只是大致翻翻你这废话连篇的玩艺儿。”他把《梦之丛》这本书扔到一边。

他还来不及再对我感谢万千，戈姆帕尔就进来了。他拿着那笔钱朝我走来。我微笑着把钱接过来，对他千恩万谢，再把钱放进口袋里。克伦斯基以为我向戈姆帕尔借钱呢。他很生气，甚至是义愤填膺。

“老天爷，你还得向他这个人讨钱吗?”他脱口而出。

戈姆帕尔立刻亮起嗓门，却被克伦斯基打断了。

“你不必为他遮掩，我明白他的鬼花招。”

戈姆帕尔又壮起胆子，说得从容而又服人。

“米勒先生没跟我要花招。”他说。

“好，你赢了，”克伦斯基说。“不过，我说实话，千万别把他敬若神明。我知道他对你不错，而且对你们通讯组的所有人都好，但是，这不是因为他心地善良……他非常喜欢你们这些印度人是因为你们是些怪物，知道?”

戈姆帕尔温和地对他笑着，似乎他听明白了这一悖论。

看到戈姆帕尔笑吟吟地，克伦斯基恼羞成怒，就回敬道：“不要对我报以怜悯的笑，”他呵斥。“我不是可怜的流浪汉。我是内科医生。我是……”

“你仍是个孩子，”戈姆帕尔平和地说。“大凡聪明一点儿的人都能当医生……”

克伦斯基一听，便嘿嘿地冷笑。“他们能，嗯？就这，哈哈？太容易了吧……”他环顾四周，好像要找地方吐痰。

“我们说呀，在印度……”戈姆帕尔又开始讲那些让明白人失望的孩子气的故事了。戈姆帕尔不管是遇到什么情况，都有小故事可讲，我听得津津有味的；这些故事像地道的以毒攻毒的药物，真理的药丸外面包有一层糖衣。经他这么一讲，我久久难忘，这倒使我乐此不疲。我们写的书汗牛充栋，无非要说明简单的道理；东方人讲故事言简意赅，如同一颗钻石嵌入你的头部，让你难以忘怀。他讲的故事是无足轻重的哲学家赤脚踩伤萤火虫的事情。克伦斯基最不愿意听有关低等动物与人这类高级生命交流的奇闻轶事。他觉得这是人的耻辱，是恶意的诋毁。

可他还是情不自禁地对这传说的结局讥笑了一番。他早已对这种粗鲁的言行懊恼。他对戈姆帕尔怀有深深的敬意。这样做的意图只是想挤对我，不曾想也把戈姆帕尔搭了进去，这真让他恼羞成怒。他还是那么笑容可掬、声调柔和地探询格斯的情况。格斯是印度人，回印度已有一段时光。

戈姆帕尔告诉他，格斯抵达印度不久就死于痢疾。

“真他娘的，”克伦斯基无奈地摇着头，似乎是说，像印度这样的国家，与痢疾做斗争真是鸡蛋碰石头。随后，他苦笑着对我说。“你记得格斯，不是吗？那家伙长得圆嘟嘟的，像个盘腿打坐的如来佛。”

我点了点头。“可以说我的确忘不了他。我不是还资助他回印度吗?”

“格斯可是个正人君子。”克伦斯基正义地说。

戈姆帕尔的脸上闪现出一丝难易觉察的恼怒。“不，他不是正人君子，”他说。“在

印度，我们有很多人都……”

“我知道你要说啥，”克伦斯基插进话来。“在我眼里，格斯与正人君子毫无二致。痢疾！我的天哪！这跟中世纪一样……甚至还要糟糕！”于是，他郑重地说这种病仍在印度肆虐泛滥，而且，人们因疾病而贫穷，因贫穷而迷信，接着便导致奴役、堕落、绝望、冷漠、不可救药。为不可一世为的英国殖民者与狂妄不义的印度王公贵族串通一气，把持着印度，就使这个地方成为正在腐烂的庞大坟墓、藏骸纳尸的场所。根本不谈什么建筑、音乐、学识、宗教、哲学、漂亮的容貌、女人的雅致、艳丽的衣着、浓烈的香味、叮当的铃声、了不起的奖章、迷人的风景、绚丽多彩的花朵、川流不息的人群、唇枪舌剑的辩论、种族冲突、派性矛盾、潜伏着死亡与腐朽的动乱，统计表上却是歌舞升平。他只需稍微说明就能够全盘否定这种虚假。说实在的，印度正在流血致死，但是，克伦斯基却无法理解这个国家具有生命力的那种如日中天的辉煌。他根本没想及过城市的名称。从来没有区分过安哥拉与德里、拉合尔与买索尔、达吉林与卡拉奇、孟买与加尔各达、贝那热与科伦坡，印度祆教徒、耆那教教徒，印度人、僧人，等等，它们没什么两样，都是权力压迫之下的可怜的牺牲品，都在帝国主义者悠闲度日的烈日下渐渐腐烂。

我如今只是随意地听听他与戈姆帕尔的争论。每次听到城市的名字，都要激动一番。提到下面这些字眼，如孟加拉、几加莱特、马拉伯口岸、加里山道、尼泊尔、克什米尔、锡克教、《奥义书》、风云人物、印度塔、古印度方言、首陀罗、涅槃、印第安人的新教徒、印度教首领、巫婆、神汉，等等，这足以让我在晚上恍恍终日。这个大陆泱泱五亿人，问题、奇形怪异，足以摇撼印度自己的皇皇权威的幻想，而一个人，命中注定要过着内科医生那种循规蹈矩的生活，住在像纽约这么一个残酷无情的城市，怎么敢奢谈秩序井然的环境呢？难怪这些圣徒般的人物引起了他的注意。他在公司的下属一些地狱般的地区同这些人打交道。这些“家伙”，正如戈姆帕尔称呼的（他们二十三岁至三十五岁年龄不等），就像精心挑选出来的勇士、信徒一样，他们历经磨难，先到美国，随后在完成学业的同时为生计东奔西跑。他们找到了复兴的良策，于是放弃享受一切，为自己民族的繁荣富强奋斗。唉，不管怎么说，没有一个美国人，可以说，没有一个美国白人能够与他们摆擂台，拼个高低。一旦这些“家伙”偶尔有人误入歧途，成为上流社会女人的忠实走狗，或者臣俯地听令于某个发狂的恶棍，我也觉得高兴。当听说印度人懒洋洋地坐着柔软的垫子，吃香喝辣，穿金戴银，在夜总会里翩翩起舞，开小车兜风，勾引年轻的处女上床，等等，真是对我大有好处。我想起一个文质彬彬的年轻的印度祆教教徒，这家伙同某个柔情万种、因奸情败露的中年妇女一同私奔了。我记得到处都在传播他的丑闻，他的行为给不安分守己者带来道德上的混乱。这真是太精彩了。他与这个社会周旋，我对这个社会渣滓佩服得五体投地，幻想着要跟他学几朝。有一天，我病恹恹地躺在我老婆称之为太平间的那间房子里，他带着鲜花、水果以及几本书来看望我。他还坐在我床边，拉着我的手，同我谈起印度，谈起他那惊险的儿童时代，说到他后来忍受的悲惨遭遇，谈到美国人给他蒙受的耻辱，谈到他非常渴望自由自在、丰富多彩的生活，而且这种生活一旦出现，他就抓住机遇，却发现这生活除了衣物、金银珠宝以及女人外，空虚无聊，没有任何意义。他决定放弃一切，回到自己的人民身边，与他们同呼吸共患难，只要能鼓起他们的勇气就行；如要不然，宁肯与他们一样地死去，流荡在大街上，赤身裸体，无家可归，遭人歧视，受人践踏，受尽蔑视，这样一堆死人骨头，连秃鹰都觉得难以消受。这样做不是出于罪过、悔恨，而是因为印度这个国家千疮百孔，像蛆那样溃烂化脓，它在嗷嗷待哺，正在统治者的压制下痛苦得难以自持。这样的国家与美国方面每都很舒适却无情无义的国家相比，对他更有意义。可以说，他是个印度袄教教徒，而且他的家庭曾一度富有过；他至少知道自己的童年很幸福，可是其他印度人却被迫流浪到山野、深林，他们的生活在我们看来与猪狗有什么两样呢？至今，我都琢磨不透这些卑贱的人每天是怎样在这荒凉之地克服他们遭遇的巨大困难的。不管怎么样，我同他们游历了由乡村到小镇、由小镇到城市的路途；欣赏朴实无华的民歌，听老年人讲的传说故事、信徒的祷告、印度教首领的劝诫、说书人讲的传奇、街头祈祷的乐声、送葬者的恸哭与哀号。透过他们的眼睛，我看到这一伟大民族的颓废意味，但又看到他们从这极端的颓废情绪中振作起来的品质。他们讲述自己的经历时，脸上流露出文雅、谦卑、尊严、虔诚、信念以及正直，他们这几百万人的命运使我们难以处变不惊。苍蝇般地死去然后再获新生；不停地生产人口；祈祷上天并愿为信仰献身，他们不得不这样做，而且任何外来的魔鬼都不能使他们这帮干巴巴的躯体离弃生于斯长于斯的国土。这些人三教九流，形形色色，信仰不同，语言各异；野草般地生根发芽，遭人践踏、蹂躏。他们刚刚踏上人生之路，即使有个风吹草动，内心也是飘忽不定、惶惶恐恐。他们乱哄哄地、成群结队地往前走，有的如同打磨好的珠宝，有的如同稀世奇花，有的如同有价值的纪念品，有的如同光彩照人的牧师，有的如同超然脱俗的精神，有的如同腐烂发臭的蔬菜。

我正在沉思默想，克伦斯基亮起嗓门提醒我说，他撞见了谢尔登。“这该死的傻蛋，他想拜访你，不过让我给搪塞过去了，我觉得他是想借给你钱。”

愚蠢的谢尔登！奇怪的是我在回家途中可能想到了他。钱，是的……我就猜到谢尔登又会借给我钱。我记清欠他多少了。从来没想着要还他，他也这么想。他给，我就要，这样他才开心。他野兔一般的疯狂，不过却诡计多端，实用至上。他犹如水蛭

紧紧地缠着我，大概出于他自身的某种说不清道不明的原因吧！我可从来不去揣测。

我对谢尔登的扮鬼脸非常入迷。他一说话总是咯咯咯地笑，好像有只无形的手掐着脖子。他生活在波兰的克兰科夫这一犹太人居住的凶神恶煞的地方，肯定有一些悲惨恐怖的经历。我永远不会忘掉这么一个事件：他刚要逃离波兰，对犹太人的血腥屠杀就开始了。大街上血流成河。他惊恐万分地冲进家里，屋里已挤满了士兵。身怀六甲的姐姐正躺在地板上，遭受士兵的轮番蹂躏。父母的胳膊反捆着，被迫目睹这一残忍的行径。谢尔登狂怒地往士兵身上撞，随后被砍伤在地。等他苏醒过来，父母早已没气，姐姐赤身裸体地躺在他身边，肚子被剖开，塞满了稻草。

我们晚上穿过托普金广场，他首先就给我讲这个遭遇（后来他不厌其烦地重复讲，每次几乎一模一样，甚至连说的话也是声情并茂。我每次都听得头发直立、毛骨悚然）。不过，他头天晚上讲完后，我觉得他有些异样。我注意到他在扮那些怪相鬼脸。就好像憋着劲儿地吹口哨却吹不响。两只眼睛异常地小，滴溜溜地喷着怒火，缩得跟两个手枪子弹一样大小。只有两个炽热的瞳孔透视着我。他攥住我的手臂，脸贴着脸，发出哽咽的、咯咯咯的声音，到后来，这声音呕哑嘈杂，完全像个无聊之人吹的哨子声。我这时的感觉非常可怕。他激动得难以控制，狂热地抓住我，脸紧紧地贴着我的脸，喉咙里发出的可不是我熟悉的人的声音，一点儿也不像我们称之为说话的声音，然而，他疯狂地发出咯咯声、唏嘘声、窒息声、口哨声，这可是一种语言啊！他箍得我紧紧的，即使我想转头也不成，更别想挣脱了。我不知道这种情况要持续多久，过后他会不会愤怒，然而，他不会！这种情况一冷却，他说话的声音也低沉了，调子更为朴实无华，好像什么事都没发生过的。我们又迈开大步，朝公园的别的出口走去。他谈起自己如何巧妙地将珠宝唾手而得，这些绿宝石和红宝石价值连城，而且发光都不一样；他谈到自己省吃俭用，抽空儿还卖保险单的事，还说起其他的表面上没什么关联的事情。

他讲述这些事情时，语调平缓得有些假，声调千篇一律，只是在句子快说完时，才偶尔亮起嗓门，无意中以问号作了结尾。可是，他的态度也随之说变就变。按我最好的解释，他正变得如山猫一般难以捉摸。所讲述的方方面面似乎直指某种无形的精灵。看来，他说话遮遮掩掩，只把我当作听众，而这个“另外的”人，是个隐身人，他或者她可以以自己的方式解释清楚他说的很多事情。“谢尔登不是个笨蛋，”他随便地暗示了一下。“谢尔登可忘不了给他使的某些小花招。他现在的言行举止合乎礼仪，与绅士一样，但他没有死……不，他万寿无疆。必要时，他很狡猾。他跟别人一样可以穿锦绣衣服，但他更为谦恭有礼。他和蔼可亲，随时为帮助大家。对儿童，甚至对波兰的儿童也是爱意浓浓。他没有所求。淡泊宁静，谦恭有加……但是，要当心!!!”

然而，我惊奇的是谢尔登吹起了口哨……毫无疑问，这原本是悠扬、清丽的哨子声被当作是对隐身人的警告。当心这一天！他的口哨声，意思再清楚不过了，当心，因为谢尔登正在准备做超乎凶暴的事情，波兰人的榆木脑子根本想象不到他会怎样。谢尔登这些年来可没吃闲饭呀……

谢尔登借给我钱的事很自然地就发生了。那天晚上，我们是就着一杯咖啡办这事的。我同往常一样，口袋里只有五分或者十分钱，这样，我就得让谢尔登拿出支票。我这个劳工部经理不花钱的念头对谢尔登来说真是无法想象了，以至于我好长时间都害怕他会把自己所有的珠宝首饰典押出去。

“五块钱足够了，谢尔登，”我说，“你要是真的愿意借给我的话。”

谢尔登的脸上掠过一丝厌恶的神情。“噢，不，不啊！”他尖叫起来，尖锐的声音高得几乎成了汽笛声。“谢尔登可从来不给五块钱，不啊！米勒先生，谢尔登愿意给五十元钱！”

真是老天开眼，他真的掏出都是五十元一张的五十块钱。这次他又装出那种山猫的样子，几块几块地发给我时，往我方向的远处看，而且，嘴里哼吱着，向人表明他——谢尔登，可是怎么样的一种人。

“可是，谢尔登，我明天又会一贫如洗。”我想看看这句话的效果。

谢尔登笑眯眯地，这笑声透着狡猾和机警，好像是他同我一起搞的鬼。

“当然，谢尔登明天再给你五十块钱。”他的话听起来有一种怪腔怪调的唏嘘声。

“我不知道你几时能把钱收回来。”我接着说。

听了我这句话，谢尔登便从内衣口袋里拿出三张油乎乎的银行存折。存折上的钱只有两千多块。他从几个内衣口袋里摸出几个戒指，上面的宝石真的在闪闪发光。

“这算不了什么，”他说。“谢尔登并没有交家底呀！”

我们之间的友谊就是这样开始的，这对于我这个劳工部经理来说无法想象了。有时我就想，别的劳工部经理是否也享有这些优势？在午餐会上偶尔碰到他们，我就觉得自己不是个经理，而更像个邮递员，根本产生不了他们似乎永存于内心深处的尊严和自大。我讲话的时候，他们似乎从不看我的眼睛，却总盯着我那宽松肥大的裤子、破破烂烂的鞋、污迹斑斑的破衬衫或者帽子上的小窟窿。我要是讲个简简单单的小故事，他们却比我知道的还要多，搞得我十分为难。就比如，当我跟他们讲，有个邮递员在宽街办事处等电话的当儿，还要读但丁、荷马、托马斯·阿奎那的原著，他们听了，印象极为深刻。他曾在波伦亚的一所大学当过教授；妻子和三个孩子在火车事故中丧生，弄得他很想自杀；他丧失记忆力，于是持着别人的证件到了美国，而且仅仅干了六个月的送信工作就恢复了身份；他发现这个活儿挺得心应手的，就很愿意呆下

来，希望做个默默无闻的人——这些事大概在他们听起来太荒谬怪异了，他们可没有心情听这些。他们所能知道而且惊奇的是穿着工作服的“送信者”居然能阅读古典文学原著。讲完其中一个逗笑取乐的事情，我常常向他们中的人借上一张十元的票子，当然这就不打算还了。因为我供他们娱乐，也就觉得应该向他们榨出些来，可是他们却支支吾吾地不十分情愿掏这几个糟钱儿！跟我的那些“大大咧咧”的邮递员们相比，真是相形见绌！

思虑着这帮人的前前后后，总让我激动到万分。经过十分钟的思考与反省，我急着要写一本书。我想到了莫娜。如果只是为了她，我也应该动笔。可是到哪里去动笔呢？就在这间如同精神病院的走廊的房子里？开头就写克伦斯基仔细地察看我的肩膀？

我最近不知在什么地方读到一篇描写缅甸的一个废墟之城的文章。这座城市原是古代一个地方的首都，方圆百里之地有八千座寺庙，曾一度盛况空前，香火连连。这整个地区已经有一千多年的历史，现在却是荒无人烟；只有少许孤零零的或者有点儿疯癫的和尚还在这空荡荡的寺庙里游荡。蛇、蝙蝠以及猫头鹰在这些圣洁的殿堂里肆意出没；到了夜间，几数的胡狼在这废墟中奔走哀号。

为什么这一凄凉的描写让我产生如此沉重的压抑？为什么这八千座空荡、颓败的寺庙激起我这样大的苦恼？人的生命凋谢、种族灭亡，宗教也逐渐消失，这是事物的规律所驱使；但，美的东西应该留传下来，然而它却没有感召力，难以打动我们的心扉。这一难解之谜使我的心情很为沉重。因为我根本没有开始去建造啊！我甚至没来得及砌上几块砖，自己意识中的那座寺庙已突然倒塌，我和那些准备助我一臂之力的疯狂的信徒犹如夜间哀号的胡狼，怪模怪样地出没于灵魂的废墟之地。我们在这超然物外的天堂、梦想中的印度塔里徘徊，它还没来得及世俗化就会成为废墟的。在缅甸，是入侵者把人类的灵魂驱入地狱的。这种事情在人类历史的长河中接二连三地发生，而且有据可查，然而，我们这个大陆上的幻想家们，是什么东西不让我们赋予自己的理想殿堂以形式和内容呢？空想的设计师们早已灰飞烟灭！人类的创造力早已被更改，而且引入岔道了，因此可以作如是观；但我不能接受这一事实。我看见，即使建筑物里那裂开的石块、大梁、大门、窗户也像灵魂的眼睛；我看见它们正如看到了这些书籍中的活页张，而且看到了显示我们民族生命的建筑风格会以书籍、法律、石头、风俗的形式再现出来；我看到梦想被构思（首先在意识中出现）继而物化，赋予光、空气和空间，赋予目的和意义，赋予跌宕起伏的节奏，从嫩芽长成郁郁葱葱的大树，再从树叶飘零、枝干枯萎生成嫩芽，然后再给嫩芽施肥。看得出来，这个陆地与其他陆地没什么两样：包括悲剧性结局在内的任何意义上的创造才能都会让人们忘得一干二净……

克伦斯基与戈姆帕尔离开了，我觉得头脑非常清醒，想到自己也该好好地散会儿步了。这念头一闪，我激动不已。一边穿衣戴帽，一边看着镜子中的自己。我学着谢尔登吹口哨的怪模样，很为这一模仿能力洋洋自得。我以前曾想过自己能当一个出色的丑角。记得上学时有个能充当我孪生兄弟的小伙子，我跟他形影不离、过往甚密。后来毕业的时候，我们成立了一个名叫泽尔克斯协会的十二人俱乐部。我俩控制着协会的主动权，而别人只不过是十足的废物和寄生虫。绝望之时，乔治·马歇尔和我有时还为别人即兴来个丑角演出，逗得他们捧腹大笑。我后来经常认为这些举动颇具悲剧性色彩。别人的这种依赖性才着实可怜：我此生中也会遇到他们表现出来的惰性与冷漠，想到乔治·马歇尔，我便开始连接不断地扮鬼脸；我装得很像，以至于有点儿怕自己了。因为我蓦然想起那么一天；我此生中第一次看着镜子，但却意识到自己在盯着看一个陌生人。这件事发生在我同乔治·马歇尔和马格瑞哥去剧院看某部名剧之后。乔治·马歇尔说这可能是那天晚上搞得我心乱如麻的原因。我对他的愚蠢解释愤懑不已，但不可否认他戳到了我的痛处。他的话使我意识到我们之间的孪生情谊已经完结，实际上还会反目为仇。他解释的理由虽然站不住脚，但他是对的。从此以后，就如染色体分裂，我便开始奚落我的知心朋友乔治·马歇尔，千方百计地想与他作对。

乔治·马歇尔仍坚持自己的看法。他犹如一棵树扎根生长，而且他很有可能谋得了职业，相对而言又是非常幸福的，可是，我那天晚上朝镜子里看的时候，觉得自己与镜子中的形象不符，方明白乔治·马歇尔对我前途的预言只不过是表面看起来正确而已。他根本没有真正地理解我；他怀疑我很异常的时候早已同我一刀两断了。

想着这些的时候，我依然看着自己，面怀悲切的，一副沉思的模样。我不再看自己的模样，而是看自己记忆中的那个形象——那是我有天晚上弯腰曲背地坐着听一个名叫陶德的印度人讲话的时候。陶德也说那天晚上把我惹得心烦意乱，不过他是以朋友的身份说的。他按印度人的礼节握着我的手。过路人还以为我们是在打情骂俏呢。陶德力求让我用异常的眼光看问题。他困惑不解的是我还是那么“心地善良”……而且多会儿都是那么顾影自怜。陶德非常想让我信守自我，他所指认的自我是我的“真正的”自我。他似乎意识不到我本性中的复杂情结，或者，即使意识到了，也不把它放在心上。他不理解我为什么对生活的境遇不满意，特别当我做得这么优秀的时候还怨声载道。一个人仅仅是一台从善的机器就完全被人憎恶，他觉得这简直无法想象。他没有意识到我只是个盲从的机器，仅仅习惯性地遵纪守法，而且，即使这种惯性意指善行，我也恨之入骨。

那天晚上，我灰心丧气地离开陶德。我不想让那些为给我套上枷锁而握住我的手、安慰我一番的庸俗之辈围着我团团转。我离得他远远的，但开心之余有一种不祥的预感；我没有回家，而是本能地去了女服务员住的那间布置齐整的房子，我要与她谈情说爱、打情骂俏呢。她披着男用长睡衣来到门口，请求我由于时间关系不要与她一同上楼。我们走进去，到了过道，靠着暖气炉取暖。过了一会儿，我解开腰带，想以那种勉强过得去的姿势尽情地同她玩一玩。她惊喜交加地浑身颤抖。云雨过后，她抱怨我太草率了。“你为什么做这些事？”她浅声低语，紧紧地偎依着我。我突然跑开，她表情迷惑地站在楼梯口。“哪种人才是真正的自我？”这句话在我疾速穿越大街的时候在脑海中萦绕着。

我在布罗克斯的险象环生的大街小巷疾速地穿越着，脑子里一直想着这句话。为什么要疾走如飞？是什么东西逼我这样？我放慢脚步，好像要让魔鬼超过我……

你要是一味地扼制自己的欲望，最终就会是一个不动感情的呆子。这种压抑完全耗尽了你的生命，你到最后一吐为快，可是几年过后你才意识到这不是你吐露的东西，而是你深藏于心中的自我。你要是失去了自我，就会像个被幽灵追踪的发疯，在黑暗的大街小巷疾速地穿越。你总会虔诚至上地说：“我不知道自己此生中想做的是什么！”你明白一切都超乎你的想象、都鞭长莫及，而且都已面目全非时，你可以在生活的夹缝中洁身自好，然而却事与愿违。这个游戏从那时起就开始了。无论你选择什么方向，都会发觉自己处在布满镜子的大厅里；你就会疯子似的疾走，寻找着安全出口，却发现周围的镜子里都是那可爱的自我所反射出来的怪模样。

乔治·马歇尔、克伦斯基、陶德以及他们所代表的那些不胜枚举的人，其表面的矜持严肃最让我反感。而真正持重的人脸皮很厚，干什么都显得若无其事。我瞧不起的那种人就是自己的心理还没完全稳定，倒要担当天下之大任，对人类的状况深感茫然的人，既没有自身的许多苦恼，也拒绝直面这些挫折。我这里讲的是绝大多数人，而不是摆脱奴役的少数人。这极少数人早就认为他们特殊，能够代表全人类的意志，这样，便可以享受最奢侈的东西——服务。

我打心底里最不喜欢的便是工作了。在我看来，即使在人生之初，工作也是为笨蛋保留的一种活动。它是消遣，而且由于根本没有存在的理由，它也只不过是生活中的最高推动力，这与创造力正好形成反比。上帝创造了宇宙是为自己提供工作，有人这么说过吗？由于一连串的情况无法与理性或智慧产生联系，我跟别人一样，成了苦行僧。我凭自己的劳动养活妻子儿女，这种理由太过牵强了。我知道这种借口不堪一击，因为要是我第二天倒地毙命，他们怎么着也得活命呀！何不放弃一切、自我消遣一番呢？我的一部分精力用于工作，这使我的妻子儿女过上他们想都不敢想的生活，我至少想着要让家庭的命运一直改变下去。这种想法真是彻头彻尾的愚蠢和自私！对这个世界来说，履行养家糊口的义务，我无足轻重；但总的说来，世界也非常需要我

这样的人给它装扮门面呀！

一旦我在社会中变得玩世不恭，而且回归自我，那么这个世界只会着手从我这里获得某种利益。天下的州、国家、联合国只不过是一个庞大的重蹈覆辙的个人组成的集合体。他们一落地就陷入这种机构，而且至死都不能松口气；然而，他们却极力地把这种单调、乏味的工作美其名曰“生活”。如果你让任何人就生活的全部内涵作一说明或界定，你会大失所望的。生活是哲学家在书本中解决的话题，没有人读过这些书。那些整天埋头苦干、处在生活漩涡之中的人，哪有时间瞎扯这些无聊的问题呢？“你吃饭了，不是吗？”这句问话本来是信口开河，如果不是彻底地予以否认、至少不是为找麻烦而予以否认，这句话根本回答，它是个引子，接下来便是其他一系列真正的欧几里德的问题。从我读的少数书本知识中，我注意到那些一辈子受人敬仰、对生活产生影响或者就是生活本身的人，可是食不多、不贪睡、两袖清风呀！他们对受人尊敬不心存幻想，不奢求能永远记住自己的亲友，不幻想自己能维护国家的利益；他们对真理感兴趣，而且只对真理感兴趣；他们只承认一种活动，即创造力。谁也不能博取他们的忠心，因为他们已发誓将自己献身于全人类了。这种不求索取只图奉献的精神非常有价值，我喜欢这种生活方式。这就是生活，可不是对自我崇拜之极的幻影。

我起码是以人的意识来理解上述思想的，然而，在现实的幻想还没变成推动力之前，我们的生活仍然富有强烈的喜剧性因素。我的欲望非常强烈，或者其他人觉察到我这一生中犹如一块磁铁吸引人；那些人需要我这种特殊的欲望，他们迷恋我的生活。这种欲望被人夸大到一千倍。依恋我的人（像铁锉屑）似乎变得敏感，而且会顺次去感染别人，感觉成熟之后能转为体验，而且体验又能产生体验。

有些人完全把自己嵌进我本人的生活模式中，而且把我的命运与他们紧紧连在一起。我私下里非常渴望把自己与这些人分离开来。要使自己振作起来，摆脱我这些仅仅靠着惰性而形成的日积月累的体验，需要付出非同一般的努力。我时常刺戳撕扯着这张生活之网，但只能是越陷越深，难以自拔。我的自由似乎包含着那些亲近我的人带来的痛苦和苦难。每次为自己的个人利益着想时都会遭到责备与非难。我背信弃义也有上千次了。我连生病的权利也失去了，因为“他们”需要我。他们不允许我死气沉沉的。要是我死了，我觉得他们会千方百计地让我的尸首装成活生生的样子。

“我站在镜子前，担心地说：‘我想闭着双眼看看自己在镜子里的模样。’”

理奇特曾这样说。我第一次偶然看到它们的时候，心里骚动得无以言表。我同样感受到诺瓦里斯下面说的这几句话，这几乎像由上文推导出来的。

“人的灵魂是内心世界与外界相互关联的所在。因为没有一个人了解自己，他要是只是自己并且同时不再是别人就好了。”

正如诺瓦里斯再次表述的："拥有超验的自我，同时就是我之为我的超验的我。"

意识在某一时期禁锢着人的头脑，人只不过是他人思想之下的可怜牺牲品。好像可以这样，自我的矛盾一旦到了分崩离析的程度，人的个性丧失；在这个时候，人们似乎就要"窃取"别人的思想。人是不受制于思想的；思想、观念和意图的生与息、被接纳或者被抛弃，像衬衫一样被人们套上身、脏袜子一样被人们脱下来，这看来很正常，但是，在我们称之为危机的那些时期，一旦思想犹如大锤之下的钻石砰然裂为碎粒，那么空想家的这些天真想法就会乘虚而入，渗透在人的脑海里；而且由于这种捉摸不透的渗透过程，人的个性就会明朗、定形。从外表上看没有发生大的变化；受影响的人，其言谈举止不会突然地判若两人；相反，他一举手、一投足比以前更"规范"。这一表面上的正常状态更具有保护的意味。他里里外外都是蒙蔽，然而，随着每次新的思想危机的出现，他更强烈地意识到没有任何变化的变化，而且内心深处隐匿的东西非常的鲜明。现在呢，他一闭上双眼就能确确实实地看到自己的模样。他明白这不再是一个面具。确切地说，他明白自己没有睁开眼睛看。闭着双眼幻想着自己处在蜘蛛网的中心，景色与声音汇合在一起，这种幻想捉摸不定、难以把握。冥冥之中，隐隐约约地出来几个名人；要识别泛音，就以明快、响亮的和声谨慎地相互拍打着。使用任何语言或者描图画像都是多余的。

船一旦沉没，就慢慢地停了下来；桅杆、帆桁、绳索就漂浮而去。船葬身于海底，沉重的船体装载着珠宝；对船体的切割无情地开始了。船的内涵不管怎么说也是无法毁灭的。

人们犹如船只一次又一次地沉没。只有记忆不会使他们完全分散开来。富于想象、善于抒情的艺术家疏漏下的东西，在水中奄奄一息的人把它们当作救命稻草。在由气态转为液态而后再转化回气态之中，灵魂爬回到湿漉漉的楼梯上，想用力地向上攀登，眩晕地下落。对数字、日期以及发生的事件过目不忘。人的大脑记不住变化。大脑只会逐渐地退化，加之细胞的损耗，其余，大脑中空空如也。但是在人的意识里，万事万物没有层次之分等，不可命名称号，不能被同化吸收，它们一直处于形成、发展、联合、分解乃至调和的过程。思想观念是人的意识领域中不可毁灭的因素，它们构成了内心生活中最受宠爱的星座。我们就在这轨道中运行。要是我们遵循这些思想的复杂模式，那就是天马行空地运行，如果竭力扼制它们，我们的运行就要处处受控制。外在的一切东西只不过是意识具体化的反映。

艺术作品是永不停息的游戏。这种游戏的产生是恰如其分的；它是本能的冲动，而且气势恢宏，遵循着艺术规律。一个人撇开真实的反映便开始给你讲故事。永不停息的会议呀！只有狂人受到排挤。正如我们所说的，只有那些"失去其思想"的人，因为这些人从来没有停止过对梦想的渴求。他们睁着眼睛站在事实真相面前，却酣然入梦；他们在记忆的墓碑上确认自己的影子。他们的命运崩溃，成为雨果所称的“一场眼花缭乱的动物展览，这个展览通过显示爱心使他们自己成为贵宾狗和广袤的新大陆”。

富有创造力的生活！向上，向上。超越自我。飞速进入蓝天，抓住飞驶而上的梯子，揪着自己的头发把这个世界提升上去，将躺在天堂之床上的守护人唤醒，使自己完全淹没于星光深处，紧紧贴住彗星的尾巴。尼采在癫狂之中写下这一切，然而却被这充满真实的艺术作品搞得神魂颠倒，为的是脱胎换骨，重新焕发新的生命。“楼梯与相对应的楼梯，”他写着，但突然之间就再没有下文了；意识如同破碎的钻石，在真理大锤的重击下被彻底击碎。

在我照顾自己父亲的日子里，我要孤零零地呆上好几个小时，把自己关在我们用来做办公室的小棚子里。他与几个哥儿们寻欢作乐的时候我正沉浸在富有创造力的生活中。陪伴我的都是自由自在的精灵，精神的大富翁。就着昏黄的灯光坐在那儿的这个年轻人，精神彻底崩溃了；他生活在崇高思想的夹缝中，隐士一般地伏卧在这儿座高山之间的不毛之地。他经历了由真实到想象、再由想象到创造的过程。伫立在这没有归途的最后一个大门口，他心里充满恐惧。单枪匹马地勇往前行，可得完全靠自己呀！

人们制订纪律规范，为的是更好地求得自由，然而，自由泛滥到不可收拾的地步就太可怕了。为了让你具有十足的人味，成为慈悲为怀的化身，使你更崇高伟大，宁静致远，淡泊处世……于是世上便诞生了抚慰人心的思想。它奉劝你悬崖勒马，把这种自由的推动力描述得很神秘，使你更清醒地对待人类的名誉问题。

人们像海里的船一样沉没沦落。孩子也有这种遭遇。九岁就处在生活底层的孩子，骨子里肯定有背信弃义的新想法。有些不忠不义的恶棍用一种年少无知、温情脉脉的眼神看着你；因为我们无法对她们的罪行赋予名称，这些罪行就不能定论。

为什么可爱迷人的面孔就使得我们这样魂牵梦绕呢？奇妙无比的花就一定会有邪恶之根吗？

我仔仔细细地看着她的双脚、双手、毛发、嘴唇、耳朵、乳房，吻遍她那肚脐眼以上的部分，我爬在这个女人身上，又是撕咬，又是抓挠，吻得她喘不过气来。她曾经是玛勒，现在又叫莫娜，将来还会更名换姓，变成其他，成为其他附属品上的零件。这个女人充其量也只不过是一尊冷冰冰的塑像，它矗立在沉没的陆地上的一个陌生的花园里。到九点钟，或者再早一些，她带着一只原本不是用来射击的左轮手枪，会昏头涨脑地扣响扳机，如一只精疲力竭的天鹅从梦中深处飘然而下。性交可能会更好地

达到这一点，因为她本人已被折腾得四分五裂，而在精神上，她却如四处飞扬的尘土。她的内心深处响起悠扬的钟声，然而无人知晓这钟声的征兆。她根本不是我心目中想象的模样了。她早已把自己那薄雾般的形象嵌进我这受到伤害的大脑中，而且，感情上的创伤愈合的时候，这种深刻的印象早就刻在脑子里了，就如同一枚脆弱的树叶落在石头上。

我夜里辗转反侧地睡不着，心里充满创造的欲望。我只看到她的很多眼睛，那些眼睛犹如熔岩池子，气泡升腾翻滚，许许多多的幽灵神出鬼没，若隐若现，给人一种惊魂未定、神秘兮兮的气氛。花儿不断地被追踪、藏匿，警犬永远探不出它的香味。透过幽灵的身影，隐约出现在丛林中的是个羞怯的孩子，他似乎要情欲勃发地向她献身。这时，这只天鹅缓缓而下，好像电影中的镜头，片片雪花飘洒在这个下落的躯体上，然后便出现了越来越多的幽灵，眼睛又变成眼睛，如同褐色煤块燃烧着，随即放射着火星般的光芒，然后花儿般的柔软；这时，冥冥之中出现了鼻子、嘴巴、面颊、耳朵，如月亮一般姣美，面具露出来了，情欲有了形式特征。

我每晚都是这样，从语言到梦想、到情欲、到幽灵地生活着。镇定自若，要不就是情难自控。姣美的月亮，栽种的大片棕榈林，警犬的吠叫，孩子那易被引诱的洁白身躯，岩浆气泡，雪花那越来越慢的飘洒，情欲的无底深渊。除了月光，何谓情欲呢？除了夜晚，何谓月光呢？夜晚是渴望，是按捺不住的渴望呀！

“关心我们自己吧！”这是她那天晚上转身上楼时所说的话。这似乎是说我这人对别的什么都不在乎。我们俩与楼梯在无止境地向上升腾，然后就是“相对立的楼梯”了；这楼梯在我父亲的办公室里，这楼梯能导致犯罪、疯狂，给人给予创造力。我怎么还能考虑别的事情呢？

创作！虚构一部能启开她心灵之门的传奇。

她是个试图吐露内心秘密的女人。极度绝望的女人想通过性爱使自己兼备自己的多种特性。面对着这神秘兮兮的东西，人就如一只蜈蚣，觉得脚下的土地在滑动。敞开的每一扇门都会使人产生强烈的空虚感。人就必须像一颗星，在无轨迹的时间海洋里遨游一番。必须容忍埋在喜马拉雅山峰下的镭。

我对崇高精神的研究已经有了二十余年的历史；我在这一段时间也经历了上百次的试验，结果对自己了解得更多了。我觉得许多政治首脑或者军事将领必定也有这样的感受。人无法解开宇宙之谜，但不管如何也会对命运的本质有些了解。

人一开始时就恨不得把每一个问题都处理妥当。越是急于求成，一味地坚持这种态度，就越会快速无误地陷入麻烦的境地。最无助的莫过于逞能的人，而且这种人最能给人带来灾难和不幸了。他对着这棘手的问题虚晃几枪，指望着能快刀斩乱麻。这种幻想到头来会以血流成河而告终。

具有创造力的艺术家与这样的勇士有着共同之处。尽管发挥作用的领域不同，但他也相信自己能想出锦囊妙计来。他一生都在致力于实现自己成功的梦想。当每一次声势浩大的试验完成时，无论是政客、军人、诗人抑或哲学家，生活中那杂七杂八的问题同样让人迷惑不解，高深莫测。据说最幸福的人是那些在历史上平淡无奇的人。那些辉煌一时、彪炳史册的人，看来只能通过他们的业绩来表现人生奋斗的永恒。这些人终究只不过就像那些不求上进、只图吃喝玩乐的人们一样，也会从这个世界上消失。

具有创造力的人（在仔细地考虑其艺术手段方面）应该体验到快乐才对。如果这种快乐适度，那么它与极力表现自身思想所产生的痛苦可以相互抵消。我们说他是个写作狂，但是这种独特的生活绝对因人而异。只有在这个意义上，他才感受到生活的美好与丰富，他才可以被说成是写作狂。用富有想象力的生活替换现实生活中那地地道道的冒险，如果没人意识到这点，不知道其中的意图或者功利该多好呀！把自己置身于尘世生活之外的每个人，这样做，不仅仅是希望拓展或者甚至丰富一下自己的生活阅历，而且想激励自己更好地生活，只有在这个意义上，奋发努力才有某种内涵。承认这一看法，就说明成败之间没有任何差异。然而每个伟大的艺术家在创作过程中逐渐认识到，他这种忘我的创作过程必得须受生活的另一方面。他沉浸在写作的忘我之境中，丰富了生活的内涵。正因为此，他永远远离或者免受似乎能击败他的步步逼近的死亡。凭着直觉，他推测艺术的奥妙永远不会被人领会，但只能按他自己理解的意义具体化。他得让自己成为这一艺术行业的一部分，既要与它相依为命，更要投身于其中。接受便是解决这一问题的途径：它是一门艺术，并不是靠着才智来自我卖弄。一个人经过艺术熏陶，终将就会建立与现实生活的联系，这便是重大的发现。在这里，一切都是游戏和创造；没有坚实的立足点可供发射飞弹，穿透这放荡、愚昧和贪婪的邪恶之所。

我们所处的这个世界乱七八糟的，它应该体现为一种秩序；我们可以在这种秩序中和睦共处，并且能够认识到这一秩序完全不同于我们想尔虞我诈的那种秩序。我们非常渴望自己有一种追求真善美的能力。幸亏我们大家都软弱无能，否则，这种能力只会导致两败俱伤。最重要的是，我们得有眼光，然后就得培养自己的约束力和忍耐力。直到我们谦逊地承认别人比你更有洞察力，相信世界上有超凡能力的存在，那么，一切事都好办了。有些人相信脑力与体力是解决一切的灵丹妙药，他们必定是遇到了一些狂热而又突变的事件才产生的这种谬误。他们从此一蹶不振，再也不会对神或者上帝妄加指责了，只好把矛头对准自己的同伙，叫喊着“大逆不道！愚蠢透顶”等诸如此类的空话，发泄着他们那无谓的狂怒。

艺术家最高兴的就是开始意识到事物的井然有序，并且凭借自身强有力的本能冲动认识到人类的创造物与所谓“天才”的创造物之间有着某种相似性。在想象力飞扬的作品中，艺术法则通过秩序而显示自身，这一现象比其他艺术作品更为明显。但没有什么比一部富有想象力的作品更疯狂、更混沌无序的了。这样一部纯属虚构的作品像水一样有其自身的水平线，但却能渗透到所有的人心中。没完没了地对作品进行阐释，只能加深表面上的晦涩难懂。这种晦涩难懂在某种程度上给人一种深奥的感觉。面对这些作品，尽管有人假装冷漠，但每个人都激起了感情波澜。在富有想象力的作品中，常常存在只能被比作灵丹妙药的神秘因素，这便是人们所指的作品中的“一派胡言”。由于这一因素，作品便形成了恣意汪洋、神秘莫测的风格，我们便在这别有风韵的氛围中找到了自己的存在。在我们的词汇中，“胡言乱语”可是个让人非常迷惑的词。它像死亡一样，只具有消极和贬义的特性。它只能表现出来，而难以言表。再说，观念意识与胡言乱语可以互为统一这个说法还有待于论证。胡言乱语属于别的领域和范畴，我们随时可以用手势表达，但在下结论时却把它打入冷宫，这只能证明它的荒谬性。凡是在我们狭隘的脑子里不能容纳的东西，我们都加以摒弃。由此看来，深奥与胡言乱语具有某种毋庸置疑的亲和力。

为什么我不立刻采用纯粹的废话进行写作呢？因为，我也像别人一样对它畏惧有加。更有甚者，我置身于废话的氛围之中不能自拔。我自己先是个作家，然后当批评家，最后成了刀斧手，可以说，我在达达主义流派的毒害下苟延残喘地活着。我的文学经历一如公元前四五世纪的汪达尔人攻陷之下的古城，早已成为一片废墟。我很想重新搭建起来，但搜集的材料不可靠，而且根本没有详细制订的文学法则。如果艺术的本质是人类的灵魂，那么我必须承认，由于我这种毫无生气的灵魂，我什么都写不出来。沉湎于戏剧性的插曲，穷尽细枝末节的写作，就意味着人类意识不到自己活动的崇高，而且这仅仅是艺术创作的一个方面。写作是为了发泄情感，但同时又放松了另一种活动。当一个修道士静静地穿过修道院的大厅时，他浸在思想的海洋中，而且还不住地祈祷。潜心写作的艺术家何尝不是如此呢？作家不再一心想着要观察世界，认识社会，而是费尽心机地思考着形式的世界。他轻摇竹笔，形式就随着他的挥洒跃然纸上了。

任何一位篡权夺位的野心家都不会寄希望于唯命是从的奴仆，而一个四处碰壁的求索者会把生活作为他梦寐以求的那种安详与舒适的睡眠。做梦，就像空房子里散发的一股清新的气息，给思想内容赋予一种新的形式。艺术家的污浊之气散发殆尽，游戏就开始了。

发掘这一游戏的目的，理清它与生活的关系，是毫无意义的。这就像问上帝火山和飓风是怎么回事一样多余。因为道理很明摆着，这只能带来灾难。灾难给世界带来毁灭性的打击，而那些被吞没于其中的人只会启发幸存者渲染这种因素。这种启发只能靠艺术的力量。航行归来的梦想家如果没有在途中罹难，他很有可能是把自己的虚弱之躯靠在其他船员的身上。活在幻觉和假象中的学生可能会有不同的反应。科学家会把思想中的感情财富化为泡影。某种现象能使孩子们高兴得大喊大叫，但在一位严肃的试验家看来，它却能产生灿烂的真理之光。这两种根本不同的反应会融合在艺术家的脑中，形成最根本的一个：被称作认知的催化剂。观察、了解、发现、享受——这些本能或者力量如果没有认知的参与则会软弱无力。艺术家的游戏是转向现实，是要超越惨败战场的画面所呈现在世人面前的那场“灾难”。因为，自创世以来，世界所呈现给人类肉眼的画面只不过是一个惨不忍睹的战场，除此之外，别无其他。它过去如此，将来也是一样。如果人们不再觉得自己只是个矛盾结合体，如果人们能肩负起这样的重担：成为“我即他之我”，那么世界便是另一幅景象了。

十

我平时在周六的中午结束工作。与我共进午餐的人不是海明·劳斯彻和罗密欧，就是奥洛克和奥玛拉。有时来凑热闹的还有柯里或者一位名叫乔治·米蒂德的希腊诗人兼学者，这个乔治还是信差组的成员。奥玛拉还经常地邀请艾玛和多洛雷丝同去吃饭。她们先是在宇宙精灵公司的劳工处做不起眼的秘书工作，后来又跑到五号大街的一家大百货商店当了采购员。我们的午饭常常要拖到三四点钟才结束，然后，我便拖着疲惫的身子赶往布鲁克林去看望莫德和孩子；我每周去一次，从不间断。

地上的积雪依然没有消融，我们无法去公园散步。莫德总是随随便便地穿着睡衣，一头长发蓬蓬松松地垂到腰际。房间里暖暖的，家具也摆得过于拥挤。她总是在沙发旁边放一盒糖块，以便躺下来够得着吃。

看我们互相打招呼的样儿，别人还以为我们是多年未见的老朋友呢。有时我到了家，孩子却不在，她常去邻居家找小朋友玩。

莫德说："她一直等到你三点才出去玩的。"语气里带着一丝责备，但又有难以觉察的激动。

我总是托词说工作忙得脱不开身。一听这话，她就会看我一眼，好像在说，"我知道你又敷衍我，为何不找点别的借口呢?"

有时她突然会问："你的朋友多洛雷丝怎么样?"要么就警惕地看着我，说："她不再跟你处朋友了?"

她提出这样的问题是在旁敲侧击，希望我不要欺骗别的女人（指莫娜）。她从不提及莫娜的名字，当然我也不会。至于"她"与"她"暗指谁，她都会准确无误地用一种很含蓄的语言表达出来。

她的这些问话还蕴含着更深的含义。由于离婚问题刚提上议事日程，法律还没有判定离婚，我们在此期间一切会怎么样还说不清楚，但我们起码不再互相为敌了。孩子是一条纽带，紧紧地维系着我们；况且，在她安排自己的离婚生活之前，她们娘俩还要依赖我过日子。她很想多了解我与莫娜的生活情况是否如希望的那样称心如意，但是，自尊心使得她不愿意问得太露骨。她有理由认为，我们七年的婚姻生活在目前这种岌岌可危的情况下总不能完全一笔勾销。我一旦与莫娜的关系结束，又会陷入困境。她觉得自己有义务与我建立怪诞新奇的友谊，这种友谊也许使我们的感情更为深厚。

她这种天方夜谭似的梦想表现得过于露骨，我的怜悯之情油然而生。我觉得自己重蹈覆辙。莫娜那边什么事都会发生，但唯有她的死才能把我们分开，但我绝不会与莫德重修旧好。我可能去找艾玛或者多洛雷丝这样的女人，甚至还会找在希腊餐馆当女招待的莫尼卡。

“你怎么不过来坐到我身边，我又不会吃了你。”

她的声音好像从遥远的地方飘来。我们单独在一起时，这种感觉经常产生，我不知道自己的心在何处。就比如现在，我恍恍惚惚地答应着，顺从地挪动着身子，而我的心却离我而去。随即，我心里产生了反抗情绪，实在是硬着头皮心不在焉地与她搭讪着。我懒得去逗引她；只不过是到家里消磨几个小时，然后匆促离去，免得再有心灵的创伤。可是，我总得心不在焉地抚摸着她那充满情欲的肉体。我的手刚摸上去的时候，感觉就像勉强地爱抚着一头宠物。渐渐地，她的肉体使我感觉到她内心的喜悦之情。然而，就在她的回应让我专注于她的肉体之时，她突然动动身子让我的手挪开。

“别忘了，我再不是你的人了！”

她就喜欢这样激我，她知道这样能使我重整旗鼓，手心并用地放在她不让我摸的肉体上。她这样奚落我是想展现她有接受或者拒绝的权力，真是别有用心。她似乎总在用自己的肉体说：“想占有这玩艺儿就不能忽视我。”如果我只是从她身上获得性的满足，她就觉得这是奇耻大辱。她似乎是说：“我要给予你的比任何女人都多。你要是只看我一个，心里只有一个真正的我就好了。”可她现在十分清楚我已不在乎她，我们之间的关系早已错位，早已濒临绝境，而且这种感觉比以往更加清楚。她也明白只有通过肉体的满足才能贴近我。

说来也奇怪，无论我们看到和触摸的肉体有多么熟悉，一旦它的主人变得难以捉摸、扑朔迷离，它就会产生一种特有的神秘意味。我记得很清楚，当我得知莫德曾去过医院做阴道检查的事后，我又兴趣大增，对她的肉体探察了一番。有意思的是，她咨询的那个医生曾经向她求过婚，而她从来没向我提起她有过这么多的追求者。有一天，她突然告诉我她去过他的诊所，又说她有一天摔了一跤，她曾给我说没什么事，但后来却跑到老情人那儿去了，她对他十分信任，决定让他给做身体检查。

“你只是去他那里做检查吗？”

“不，根本不像你所说的。”听了我的话，她不由得笑起来。

“那么，到底发生了什么事？”

我很想知道他是不是发现她的健康状况有所好转，或者过去的五六年间的其他情况。他难道不会得寸进尺？当然，她已经跟我说过他结婚了，但是她又想法设法地让我知道他还是一个非常英俊、具有人格魅力的人。

“那么，当你当着老情人的面，躺在床上，叉开两腿，你有何感想呢？”

她想让我知道她这个时候早就没有性欲了，那么希拉里大夫，管他叫什么呢，一直要求她彻底放松，还提醒她，他正在履行医生的职责，等等。

“你后来放松了吗？”

她又笑了。万一她要说起“害羞”的事，她总是笑得那么撩人欲望。

“说呀，他做了些什么？”我又追问。

“哦，其实他没做什么，只是检查了一下阴道。”——她不说“我的”阴道！——“他用手进行检查，当然还套着皮手套。”她后边添的这句话好像是为自己开脱，免生嫌疑，让我听了就觉得大夫是在敷衍了事地检查。

“他认为我长得丰满漂亮。”她抢先说出这句话真让我吃惊。

“哦，他是这么说的，对吗？接着他就对你进行全面检查？”

她随后说出的一句话引起了我对这件往事的回忆。她说，以前的创伤最近又在隐隐作痛，她很担心。她又向我叙述几年前跌伤的情景，当时还误以为是骨盆受伤。她的语气很严肃，以至于她把我的手放在腹部上时，我觉得这个动作十分天真。她的体毛长得很浓密，犹如真正的玫瑰树，很久以前，她总穿着薄而诱人的衣服，一举一动透着风骚和挑逗，无论在公共场所、剧院的走廊，还是在高架火车站，我总是扑上去，紧紧地抓住那玩艺儿不放。她总是恼羞成怒，火冒三丈，但我紧紧地贴着她，这样别人就看不见我那不安分的手了，我仍旧抓住她不放，说：“别动！谁也看不见我在干什么。”我不停地和她讲话，手却一直没有停下来，她害怕得几乎晕了过去。在剧院里，灯光一暗下来，她就会分开两腿让我抚弄。她也毫不犹豫地解开我的裤扣，拨弄着我的下体，直到演出结束。

此刻，我意识到自己的手正激动地搁在她那肥厚的臀部上。天地之间，只有我的手在那儿挤压着，她也正中下怀地默许我这样做。为了打破这沉默的尴尬时刻，她滔滔不绝地说着。

我似乎对她的话产生了浓厚的兴趣，我突然向她提起她多年以前的那位继父。果然不出所料，她立即对我的话做出强烈反应。一提到他的名字，她就非常兴奋，握着我的手激动地压着。我的手自然地往下滑着，她却全然不在意。谈起她的继父，她那个热情洋溢的劲头简直像个学生妹。内心涌起一阵阵复杂的冲动。几年前，当我开始与她约会时，我对她的继父非常嫉恨。她当时二十二三岁，体态丰满成熟。已出落成大姑娘了，薄暮时分，在窗前，她坐到他的大腿上，跟他柔声细语地说着话，看到这些，我的肺都气炸了。“我爱他。”她总是这么说，她认为这样可以为她的行为开脱，因为在她看来，“爱”这个字眼纯洁无瑕，与肉体的愉悦毫不相干。这些场面都是在夏天发生的，我总是盼着那个老东西放开她，我非常清楚她那薄如蝉翼的衣裙里是温热赤裸的肉体。在我看来这倒不如说她是赤身裸体地坐在他怀里。我总想到她重重地陷在他的怀抱中，贴在他身上，大腿荡来荡去，丰满的臀部紧贴着他的裤扣处。我敢肯定，不管那个老家伙对她的爱多么纯洁，他一定会意识到自己怀里抱着的可是一枚甘甜可口的果子。只有僵尸才会对这充满活力的胴体和她身上发出的热量没有反应。而且，我对她了解得越清楚，我就越觉得她神秘而又淫荡地献出自己的肉体非常自然。要是说她乱伦，一点儿也不过分；如果她非得被人“玷污”，恐怕她宁愿让她所爱的这位父亲担当此任。实际上，他并非她的生父，但却是她的意中人，如果她真的对这类事情没有想法，那么一切都好说了。当时，这种可恶的、有悖情理的关系使我很难与她建立明朗公开的性关系。她很想让我像对待孩子一样抚摸她，在她耳边说些甜言蜜语的话，宠她，娇惯她，逗着她玩。她希望我用那种荒诞不经的乱伦姿势拥抱她、爱抚她。她不愿意承认我和她都长着生殖器。她想听情话，想让我用手静悄悄地，神秘地挤压她，抚摸她。以她的好恶标准，她觉得我的性交方式太简单，太粗暴。

等她真正体验到性的乐趣后，她激动、狂怒、害羞、耻辱，发狂得不能自已。她根本想不到交欢是那么舒服带劲儿而不是令人作呕。她认为最让人恶心的就是性的放纵。想到男人的大腿间吊着的那个玩艺儿弄得她忘乎所以，她就怒不可遏。当她不再是孩子时，她就有一种强烈的独立意识。她不想受别人束缚，不愿意卑躬屈膝，不愿意合作，也不愿意改变，她很想保持自己内心中那坚强的自我，但又要让自己真正地享受到献身的欢愉。肉体与灵魂不能分离，特别是在性交中，是导致两性的欲望极其刺激的根源。她听任自己的肉体任由男人操纵，她的行为举止看起来就好像她已经失去了强烈自我中的某一微小分子，失去了难以替代的某一元素。她越是与之抗争，就越放纵得不可收拾。没有一个女人像她这样在内心极其冷漠时，肉体却能歇斯底里地发泄着性欲。

我现在抚弄着她的大腿和阴毛，思绪万千，如烟往事，浮上心头。我仿佛成了她意中选定的父亲，在昏昏欲睡的薄暮时分，在一间暖烘烘的房子里抚弄着这个挑动我情欲的女儿。此时此刻，一切都显得那么虚幻又真实。如果我像她希望的那样做，如同她的情人一般温柔体贴、善解人意，那么我肯定会有回报的。她会充满激情地把我吞食下去。只要摆好姿势，她就会火山爆发似的扑上来。

她静静地躺着，一副任人宰割的模样，心思都沉浸在我那手指的拨弄中。我偷偷

地瞥了她一眼，见她脸上洋溢着狂喜的表情。她就喜欢偷偷摸摸地互相爱抚。如果她现在真的睡着了，听任男人的摆布，假装什么都没看见，体内也没什么感觉……彻底地放纵但又全然不知——那该是多么幸福啊！她就喜欢在恍惚状态中一动不动地躺着让男人拼命地折腾。只有这样，她才可以彻底地放纵、发泄，直到瘫成一滩稀泥。

现在我必须适可而止，绝不能像对待茧壳似的捅破她仍在编织的薄膜，不然就会显出她那赤裸裸的淫荡的自我。让阴茎替代手指进入她的体内需要催眠师的技巧。这种极度的欢愉必须靠集腋成裘才能达到，这种过程就像毒药，肉体才能逐渐地适应过来。她这个人必须穿上一层薄纱才能让男人玩，这恰恰与前几年一样，为了能和她结婚，我还得透过睡衣像她的那位意中人一样地玩弄她。这时，我脑子里突然产生一个很怪的想法。我想起了她在黄昏时分坐在她继父的大腿上。我真想知道，如果她突然感觉他要侵入她那美妙的肉体时，她脸上会出现什么样的表情呢？我看着她，想看看她是否读懂了我的心思。她双眼紧闭，淫荡地张开嘴巴，她的腰肢开始不安地扭动，好像要从网中挣脱出来。一下子我想不到她会突然改变主意。她的头有气无力地挺着，双眼无神地随着她身体的扭动而转来转去。可就此时，有人在使劲敲门。我们惊得心都停止了跳动。像平常一样，她镇静一下情绪，抽身跑去开门。

“谁呀？”她问道。

“是我。”传来一个胆怯颤抖的声音，我马上听出这是谁了。

“哦，是你呀！怎么不早说呢？有什么事吗？”

“我只想知道亨利是不是在这儿？”这声音有气无力、拖泥带水的，真让人生气。

“对，他是在这儿，”莫德气呼呼地说，随即冷静下来，“哦，梅拉妮，这就是你想知道的吗？难道你……？”莫德的声音好像是敲门人在折磨她。

“有电话找亨利，”可怜的梅拉妮说，然后用更慢的语速、更大的音量加了一句，“我……认为这事很重要。”

“好啦，”我叫了一声，从沙发上跳起来，系好裤扣，“我马上去接。”

我拿起话筒，大吃一惊，是柯里从蟑螂大厅打来的。他没说什么事，要我尽快赶回家。

“别这么说好不好，对我说实话，发生了什么事？是莫娜的事吗？”

“是的，不过一会儿就会好的。”

“这么说她没死吧？”

“是的，不过这是侥幸脱险了。快点来吧……”说着，他挂了。

在客厅里，我碰上了梅拉妮。她的胸脯半裸着，一瘸一拐地走着，颇有一种忧郁的美。她会心地看了我一眼，同时又夹杂着同情、嫉妒和责备。“我不该打扰你，”她难过地拖着长腔说，“亲爱的，他们要是不说情况紧急就好了，”她把身子靠在楼梯上，“这里事情真多。你年轻的时候……”

我不等她说出来，就立刻往楼下跑，几乎撞到莫德的怀里。

“出了什么事?”她十分关切地问。我没有立即回答，她又问，“她是不是……出事了?”

“我想没什么大不了的事。”我一边说一边抓起帽子和大衣。

“你必须立刻走吗？我的意思是说……”

莫德的声音不仅仅是焦急，更不夹杂着失望和不悦。

“我没有开灯，”她边说边往灯那儿走去，好像要打开它，“因为我害怕梅拉妮会和你一起下来。”她故意摆弄了一下睡衣，好让我注意到她心里最想干的事。

我突然感觉到，不与她柔情蜜意一番就离开是太残酷了。

“我真该走了，”说着，我放下衣帽，迅速地走到她身边，“我真不想这样离开你。”她正要开灯，我抓住她的手，把她搂在怀里。她没有反抗，相反，仰起头噘噘嘴唇要我吻她。她那柔软发烫的肉体痉挛似的紧贴着我。（我耳边仿佛传来“快点，快点!”的声音）“我马上搞完。”我心里想着，根本不在乎现在的动作鲁莽与否。她欲火难忍，做出的每一个动作都是那么迫切，仿佛我的那玩艺儿是她眼中的私人财产。

开门见山地交欢是有些尴尬。“咱们躺下吧!”她轻声说着倒下了，随后也把我拽着躺下了。

见她迫不及待地想脱光衣服，我说：“这样会感冒的。”

“我不在乎。”说着，她扒下我的短裤，毫无顾忌地往她身上拉我。

我纹丝不动地躺着，心里却老想着那个骗人的电话（“快点，快点!”可我清清楚楚地记得他说过她没有死）。我可以打个出租车。耽误几分钟没关系，谁也不会想到我暗地里干这勾当。

（要尽情享受，这个时候要尽情享受!）

她知道我现在不会走了。她也知道，特别是这样相拥而卧的时候，我心不在焉地玩着，她想延续多久就延续多久。

她现在的一举一动，以前可从没做过。她恣意地扭动着身子，用力咬着我的嘴唇、喉咙、耳朵，像一台失控的自动化机器，不停地呻吟、狂喘，不停地说着撩人的淫言浪语。她的性高潮一浪高过一浪，有排山倒海之势，千姿百态的淫荡样儿难以言表。突然，她支持不住了，重重地倒下，大口喘息着，汗流满面，一副精疲力竭的样子……

坐在地铁里，我想着该如何应即将面临的难题。不知为任何，我心里总觉得莫娜

没有什么危险。说实话，这个消息不算令人吃惊。这几个星期，我一直想着有某种感情的事要爆发。当一个女人的前途凶多吉少时，她绝不会故作冷漠的。这对于一个有罪恶感的女人来说，尤其如此。我毫不怀疑她要孤注一掷，同时，我也清楚她的本能不会使她了结此生的。我更担忧的是她可能因此贻误了自己的工作。这引起了我的好奇心，她做了什么呢？是怎么干的呢？她是事先知道柯里要来挽救她才如此这般计划吗？我的想法有悖情理，但愿她的经历让人折服。我不想听稀奇古怪的流言蜚语，这会使我发出一阵阵歇斯底里的狂笑，让人觉得我这个人变幻莫测。因为我心里只觉得悲伤和同情，所以我希望自己能板着面孔，面带悲伤和同情地听别人说。戏剧，特别是靠爱煽情的戏剧，我看了总是不太舒服，总让我产生荒谬滑稽的感觉。也许这就是我为什么在绝望时嘲笑自己的原因吧！一旦我决定演戏，我就成了另一个人——演员，而且，我总是把这个角色发挥得过度。我推想，这种怪异的行为，说到底，是源于我极端痛恨欺诈与虚伪。虽然，我这样做可以明哲保身，但我不愿意欺骗众人。攻破女人的防线，迫使她爱你，激起她的嫉妒欲，把她弄到手——这与无意识地靠真情实意博得女人的欢心是截然不同的。对我来说，除非这个女人投怀送抱，否则，我毫无成功或者满意可言。我追起女人来总是接连失败，而且动不动就泄气，不是我没有能力，而是我不信任她们。我想让这个女人来找我，希望她能主动求爱。她勇往直前不会有什么危险。她越是不顾一切地奉献自己，我越敬佩她。我不喜欢处女和羞答答的姑娘。勇敢的女郎才是我崇拜的偶像。

我们多么不甘心承认自己愿意受人摆布！我们既受别人奴役，同时又奴役别人！甚至在爱情当中，受奴役的人也总是带着颐指气使的伪装。男人要征服女人，要让她按自己的意志和愿望从事，对他非常顺从——他不就成了他的奴隶的奴隶？在这种关系中，打破力量的平衡对这个女人来说真是易如反掌！她威胁男人的唯一武器就是我行我素，这样，那个专横无畏的追求者就会六神无主。如果他们毫无保留地向对方交出一切，拼命地讨好对方，如果他们都承认自己谁也离不开谁，是不是说，他们就享受不到自由的极大乐趣呢？承认自己是懦夫的男人就已经在征服懦弱了；而当着众人的面坦言承认自己的懦弱，并要大家认清、他与他相处时能够考虑到这一因素而谅解他，这样的男人无疑会成为英雄。一旦到了紧要关头，人们就会吃惊地发现，这样的男人临危不惧、坦然自若。他一扫往日那自诩为懦夫的忧虑心情，从此再不是什么懦夫了。只有这种做法才会被大家认为是怪异的行为。恋爱也是如此。如果一个男人不仅对自己，而且对他的伙伴甚至他所爱慕的女人承诺他可以鞍前马后地听凭女人使唤，也承认自己无力与他人竞争，这样，他总会发现自己占了上风。可见，征服女人的最有效的手段就是拜倒在她的石榴裙下。女人生来就有抵防心理，就愿意被男人追求，这是她从小养成的行为方式。万一她没有遇到任何可以提防的事，她就会轻易地上当受骗。能够沉湎于爱情中是生活赐给我们的最理想的奢侈品。真正的爱只有在婚姻快要破裂的时候才能产生。个人的生活，总而言之，是以信任尤其是相互信任为基础的。社会是由所有互为依存的个体组成的集合体。而在社会和个体之外，还有一种更为多姿多彩的生活；但是，如果你不首先经历酸甜苦辣的个体生活，那你便对这丰富的生活一无所知，更不可能去体验。要做理想的情人，要使自己具有让人魂牵梦绕的魅力，使世界的目光都注意你，那你首先要做一个大智若愚的人。而自以为是的男人必然会主动地追求女人，结果是竹篮打水一场空。至于那些只求被人爱、愿意在镜子里寻求自我形象的人，即使再伟大的爱也不会使他们心满意足。在这么一个渴望得到爱情的世界里，男人和女人因追求自我形象的魅力而忘乎所以，对爱情缺乏判断力，这在我们看来屡见不鲜，而到最后却饮弹身亡也是顺理成章的事。地铁快车的车轮尽管能把人的肉体碾成碎片，但它不能产生医治爱情的灵丹妙药。在这以自我为中心的多棱镜中，可怜无助的受害者身处自己所折射的光线中，真是搬了石头砸自己的脚。

我的思绪在不着边际地游弋，脑海中突然闪现出梅拉妮的形象。她像一个肉瘤长在我脑子里，总是取不出来。她身上同时具有野兽与天使的因素。她走起路来一瘸一拐的，说起话来吞吞吐吐，一副懒洋洋的架势，嘴角淌着口水，一双充满无限忧伤的眼睛像两个煤球悬挂在眼窝里。她是一个漂亮的疑难病患者，虽然失去了性功能，但却表现出一种难以言表的肉感，就像威廉姆·布莱克的动物展览中的那些发情的动物。她往往对日常生活中一些鸡毛蒜皮的事情非常在意，但从不在乎自己的身体。她总是裸露着丰满雪白的乳房在房间里走来走去，手脚不停地干着家务活儿。这在她习以为常的事了。莫德总是训斥她，看到她的下流举动（莫德用“下流”这个词）就火冒三丈，但是梅拉妮就像愚蠢的水獭一样无动于衷。如果“水獭”这个词的说法有些怪，这是因为它非常准确。梅拉妮的各种荒唐的样子总是不断地在我脑海里闪现。可以说，她只不过是“有点儿”愚蠢。她的智商越退化，她的身体就越迷人，她是用身体思考，而不是用脑子……她好像全身上下透着一种性感；这种性的意味并不是固定在她的大腿间或者别的什么部位。她不知廉耻。当她给我们往桌上摆早餐时，偶尔春光外泄，腹下露出些许黑毛，那种表情与露出脚趾或者肚脐眼没什么送别。我敢说，倘若我取咖啡壶时，心不在焉地碰了一下她那地方，她根本不会有什么异样的反应，就好像我摸了摸她的胳膊一样。我洗澡时，她常会毫不在意地打开门，把毛巾搭在浴缸上方的架子上，只是支支吾吾地道个歉，但绝没有想背过脸的意思。有时，碰上这种场面，她甚至就站在那里与我聊上几句，无非说些她的宠物、脚趾囊肿或第二天的菜单之类的话，说的时候还直勾勾地望着我，毫无一丝尴尬之态。尽管她头上生了华发，但徐

娘半老，风韵犹存；对于她这个年龄的人来说，她的肉体可真嫩哟。我躺在浴缸里，她大大方方地看着我，和我海阔天空地聊天这时我的下身就不知不觉地粗壮起来。有那么一两次，我们不经意被莫德撞见了。她当然吃惊不小，对梅拉妮说：“哦，亲爱的，你一定发疯了吧！”梅拉妮却回敬道：“你干吗大惊小怪的！我知道亨利不会介意的。”她笑了笑，一副忧郁、沉闷的神态，然后，她便拖着步子跑回莫德为她精心挑选的房间。不管我们搬到那儿，梅拉妮的房子总是一个模子刻出来的。这真是个关押痴呆性患者的地方，里边总有关在笼子里的鹦鹉，脏兮兮的卷毛狗，依旧是那么几张用早期摄影方法拍成的照片，还有缝纫机、铜床以及古色古香的皮箱。在梅拉妮的眼里，这间乱七八糟的房子犹如天堂，里边到处都是刺耳的狗犬声和鹦鹉学舌的吱吱声，时不时地夹杂着嘟嘟囔囔的安抚声、啃咬声、喁喁声、时断时续的废话以及充满感情的尖叫声。有时我从门口经过，就能看见她身穿无腰带的宽松衣服坐在床上，鹦鹉在她手掌里栖息着，卷毛狗钻在她的两腿间。“喂！”她望着我，流露出一种让人舒服但又茫然的天真表情，“天气真好，是吗?”也许她会把狗推到一边，倒不是因为难为情，而是这家伙那湿淋淋的舌头放肆地舔着她的大腿，弄得她浑身痒痒。

有时，我悄悄地溜进她的房间，想窥探一番她的秘密。我对梅拉妮产生了好奇，很想知道她收到谁的信啦，读什么书啦之类的事。她房间里的每一件东西都尽收眼底，没有一件废品，好像都能派上用场。床下的盘子还残留些水，皮箱上扔着几块被啃过的饼干，或者是一块仅咬了一口就忘记吃的蛋糕。有时，床上摆着一本打开的书，上面压着一只破破烂烂的拖鞋；其中有一个作者叫布尔沃·利顿，当然，还有什么里德·哈格德。她好象对变戏法感兴趣，尤其对妖术情有独钟。有一本关于催眠术的小册子，边角弄得很脏，一眼就可以看出她早把这本书翻烂了。我惊异地发现五斗橱里有一根橡胶性具，这性具只有一个用途，除非梅拉妮傻乎乎地把这玩艺儿移作他用。她是否有时会像古时的尼姑那样靠着它自慰一番，度过一段快乐的时光呢？要么，是不是在旧杂货店里买上这玩艺儿再收藏起来，以便日后为防意外或者别的什么长生不老的原因而不时的拿出来消受一番呢？我觉得这真是个难以说清。不难想象，她身着破烂不堪的宽松衣裙，躺在脏兮兮的被子上面，用这玩艺儿自慰自娱，情不自禁地尖叫狂喘……她的卷毛狗和鹦鹉在一边又叫又跳地为她助兴……

梅拉妮真是个稀奇古怪的女人。即使她才智枯竭，也会用一种原始的、甚至是动物的思维方式认为，性，就像食物、水和脚趾囊肿一样，无处不在。使我生气的是，一旦梅拉妮在场，莫德总要装出一副虚伪做作的样子。当我们吃过晚饭，躺在沙发上，于黑暗中静静地享受一番云雨之趣时，莫德总会突然跳起来，把灯开到微亮处，这样，梅拉妮就不会怀疑我们要干什么了，或者不会漫不经心地闯将进来，交给我们一封本该在吃早饭时就给的信件。我过去常常兴致勃勃地幻想（正当莫德趴在我身上时），梅拉妮突然闯进来交给我一封信。我微笑着接过信，并向她千恩万谢；而梅拉妮却站在那儿，说些毫无关系的话，一会儿抱怨热水太烫了，一会儿又问莫德早餐要不要吃鸡蛋或者熟碎肉冻什么的。假如这只是跟莫德耍花招的话，我倒觉得这是莫大的刺激，但莫德自己老以为梅拉妮不知道我们在一起干那种事。她把梅拉妮当成白痴或者十足的疯子了，并且自信像梅拉妮这样的人根本没什么性的概念。她敢保证自己的继父没有跟这个精神错乱的女人上过床。她当然不愿意刨根问底，但却对此深信不疑。她不想谈及此类话题，因为事情明摆着，她觉得是自己的继父不检点。谁都会顺着她的思路走，认为梅拉妮故意装疯卖傻，目的是不想让她继父的淫欲得逞。

梅拉妮在骨子里对我可是情有独钟。一旦我与莫德发生争执，她总站在我这一边。在我的记忆里，她从来不因我的冒犯与不轨谴责我，而且，从一开始就是这样。起先，莫德总不愿意看到她，因为梅拉妮使她深感羞耻——似乎她成了这个家庭污点的见证人。梅拉妮似乎分辨不清何谓君子，何谓小人。她只有一个生活原则：投之以木桃，报之以琼瑶。因此，当她发现自己开口说话时，我并没有故意躲避她；当她絮絮叨叨地胡扯时，我并没有像莫德那样感到心烦意乱；当她得知我喜欢大吃二喝，特别爱吃奶酪和大红肠时，她就心甘情愿地为我当牛做马。莫德不在时，我们偶尔进行一番愚蠢的奇谈怪论——通常是在厨房里，中间放一瓶啤酒，可能还有一截蒜泥红肠之类的食品。遇到这种场合，我便由着她口若悬河地乱说，这样倒能发出出她那有滋有味的往事。“她们”好像来自某个闭塞落后的地区，乌兹柏格河流经此地。女人们总是被勾引上手，男人们往往由于某种鸡毛蒜皮的原因而遭到禁闭。这颇有些星期天学生出外野餐的氛围：几桶啤酒，好多用裸麦粗面包做的三明治，塔夫绸做的裤裙，用花边装饰的内裤，还有成群的山羊在草地上兴趣盎然地交媾。有时我真想问问她是否曾让圣特兰的矮种马狠狠地操过。倘若梅拉妮觉得你是真心实意地想知道，她就会毫不犹豫地回答这样的问题。你还可以面无表情地问一些她与许多男人交欢的事。她的潜意识是根本没什么防人之心，谁都可以在她的潜意识之门里自由进出。

她接纳那位小日本的做法确实精彩。那个小日本名字叫托利·塔坷库奇，常在我们家寄宿，是个讨人喜欢、通情达理、气宇轩昂的小伙子。尽管他语言不流利，但却有窥一斑而见全豹的本领。当梅拉妮站在他门口，像只疯癫癫的母山羊喋喋不休时，他以日本人特有的那种方式向她微笑着。他对我们也是面带微笑，哪怕我们告诉他大难临头时也是这样。倘若我告诉他我马上就要命丧黄泉，他仍像往常一样笑吟吟的。梅拉妮当然了解东方人的微笑神秘莫测，但她觉得 T 先生——她总是称他“T 先生”——的微笑特别迷人。在她眼里，他酷似个洋娃娃，那么干净利落！身后从不留

一点儿脏土。

一两个月的工夫，我们都熟识了。这时候，T 先生就开始往家里带姑娘了。为保险起见，有一天他悄悄地把我叫到一边，问我是否能允许他偶尔带个年轻女人回家来，并且堂而皇之地（咧着嘴笑）借口说要洽谈什么生意。为了征得莫德的同意，我便把他的借口说给莫德听，并装模作样地说那个小瘪三相貌无奇，要不是做生意，哪个漂亮的美国妞儿会光顾他的住处呢。莫德只得勉强地同意了。她真是左右为难，既想在邻居面前不丢面子，又恐怕失去一位出手大方的房客，而我们正急需钱用。

当第一个姑娘闯进他的房门时，我正好不在家。我是第二天听到这件事的，而且听说她“漂亮得超乎想象”。这是梅拉妮说漏嘴的。她很高兴他找到了一位像他自己那么可爱的朋友。

“可她不是什么朋友呀！”莫德古板地说。

“哦，好吧，”梅拉妮慢吞吞地说，“大概只是谈生意吧……可她漂亮极了。他总得像别人一样有个女朋友吧！”

几周过后，T 先生又换了个姑娘。这一个不那么“漂亮”，而且比他高出一头，长得像只黑豹，看一眼就知道不是谈生意的。

次日吃早饭时，我向他表示祝贺，并单刀直入地问他是从那儿弄到的这么一位光彩照人的尤物。

“在舞厅。”T 先生笑呵呵地露出大黄牙，随即便爆发出女人般的那种叽叽咯咯的笑。

“非常聪明，是吗？”为了不中断谈话，我搭讪着。

“哦，是的。她非常机灵，是个好姑娘。”

“小心给你染上花柳病。”说着，我平静地喝干了自己的咖啡。

我想莫德会生气地离开。我怎么能这样对 T 先生说话呢。她要让我知道我的话很伤人，令人作呕。

T 先生一副迷惑不解的神情，他还没有学过“花柳病”这个词呢。当然，他还是微笑，为什么不笑呢。只要我们容许他天马行空地干，他才不在乎我们说什么呢。

出于礼貌，我主动下了定义，解释说那是“头痛”的意思。

听到这里，他捧腹大笑。多有趣的玩笑！看来，他心领神会了。这个小王八蛋，他理解个屁！不过，让他自以为理解了只是出于礼貌。

接下来，我也笑了，就像班卓琴发出的声音，这使得 T 先生又叽叽咯咯地大笑起来，手指在水杯里晃动，笑得直打嗝儿，餐巾也扔到了地上。

不容置疑 T 先生在挑选女人方面情趣高雅，花钱大方。有些姑娘真让我垂涎三尺。

我觉得她们的美貌对他并不太重要。他或许对她们的体重、皮肤肌理，甚至她们的洁净更感兴趣。他各种姑娘都接触——红发的，金发的，浅黑色的，矮的，高的，丰满的，苗条的——似乎她们都是他从百宝箱里掏出来的。一句话，他这是花钱买性交。他同时也学了点英语（“这叫什么?”“那叫什么?”“你爱吃夹心糖，对吗?”），他很会买礼物，这是他的一门艺术。当我看见他领着姑娘进了房间，听到他咯咯地笑，用他那蹩脚的日本式英语叽里咕噜时，我常想，这些姑娘抓住T先生，比起和上大学的美国小伙子出去寻欢作乐更有油水可捞。我也敢说T先生的钱总是能花在刀刃上。与自己国家里的性艺术家相比，这些愚蠢的美国骚娘儿们在T先生的眼里肯定是一个可悲可叹的模样。我记得奥玛拉描述他逛日本妓院的情形。听他讲，那种感受就像吸食了鸦片。显然，她们非常看重性交前的准备工作。那里乐曲悠扬，香气缭绕，还可以在浴室里鸳鸯戏水，享受柔指的按摩与抚摸。这一整套的诱惑和刺激使性高潮达到一种妙不可言的疯狂地步。奥玛拉说：“那些妓女简直就像漂亮的玩偶，那么柔情蜜意，那么可爱可亲，她们真能把你弄得癫狂至极。”后来，他抵挡不住她们那种销魂荡魄的性手腕，只得举手求饶。她们好像有一本性交手册，正好从我们云雨完毕的地方开始。这一切都是在柔和的气氛中进行的，好像性交是一种高尚的艺术，是通往天堂的途径。

T先生只能在他那摆满家具的房子里享尽风流，如果他能找到一个激起他性欲的妓女，那真是三生有幸。他是不是很快活还不肯定，因为不管问他什么，他总是千篇一律地回答：“很棒!”有时，我回家晚了，就碰到他和某个美国妞儿玩了一两个回合之后去浴室。他总是穿着草编的拖鞋，穿着和服去浴室；和服很短，只能勉强盖住他的阴茎。莫德觉得他这种样子四处乱窜太不像话，但梅拉妮却认为这使他更像个字母T，“他们都这样四处跑。”她说，其实她狗屁不懂，只是想随时替别人说话。

“很快活吧，T先生?”我笑了笑。

“很棒，很棒。”然后便是咯咯地笑。也许他咧着嘴笑时，手正挠着自己的睾丸呢，“水热，对吧?”他在浴室里不停地洗着身子。

如果他料想莫德已进入梦乡，有时便打着手势招呼我过去，意思是想让我看件东西，我就跟着他进了房间。

“我进来了，好吗?”他这么一说，真把那姑娘吓呆了，“这是米勒先生，我的好朋友。……这是斯丽丝小姐。”我发现她们总是叫史密斯、布朗或者琼斯什么的，也许他懒得问她们的真实姓名吧!

我得承认，有些姑娘的确有骇人的能耐。“他很帅，对不对?”她们常这么说。于是，T先生便走近她，就像对待商店橱窗里的模特一样，撩起她的裙子，“她的，大大的漂亮，是吧?”说着，他便开始摆弄她的下身，好像里边装有他买来的货物。

“嘿，你这小恶魔。不能这样！”姑娘说。

“你马上走，好吗？”T 先生就是这么打发她们的。从这个干瘪的黄肚皮里说出的话听起来粗鲁无比，但 T 先生就没有意识到什么是粗鲁不雅。他痛痛快快地玩了她，吻了她的屁股，经过一番讨价还价，付给她货真价实的钞票，还送上一件小小的礼物。看在上帝的分上，还要怎么样呢？“你马上走，好吗？”他半闭着眼睛，看上去全然一副索然无味的样子，使这个姑娘丝毫不起疑心，觉得她走得越快，对她越有好处。

“下次你试试！她那个地方，太小了。”说着他龇牙咧嘴地笑了笑，用手势向我比画着她那儿的大小“日本妞儿的那个地方有时也很大。这个国家倒是挺大的，可姑娘的那个玩艺儿却小巧玲珑，真棒。”品头评足之后，他又馋涎欲滴了。他好像不想失去这个机会，就掏出一枝牙签，一边剔牙，一边寻找他的小笔记本上记下的词汇，“这是什么意思？”他让我看类似“危险的”或者“超自然的”词。“现在我教你个日本字吧——欧哈哟！意思是早上好！”他咧着嘴笑着，依然剔着牙，或者抠抠脚丫子。

“日语大大的简单，所有的词发音都一样。”他叽里咕噜地说出一大串词，还咯咯地直笑，也许它们的意思是“大笨蛋”“臭狗屎”“傻帽老外”，等等。既然我并不存心学日语，这些词是什么意思我也不用关心。我更感兴趣的是招徕白人妇女的手腕与技巧。按他的说法，这真是易如反掌。当然，很多姑娘是小日本儿们互相推荐介绍来的。很多这样的姑娘肯定潜心揣摩过小日本人的特点，知道他们既干净利落又出手家伙。与小日本儿性交非常有利可图，这就是她们的生意经。日本人爱讲排场，摆阔气，出门有自己的小车，衣着华丽富贵，在高级酒楼遍尝世界珍馐美味。可中国佬就不同了，他们是一帮逼良为娼的货色，但日本人却值得信赖，如此等等吧！我可以顺着她们的思路一点不差地推断下去。她们最欣赏的是小日本赠送的可爱的礼物。美国人根本想不到这一点，通常也就不送。只有笨蛋才会破费钱财给婊子买礼物呢。

我不知怎的又想到了和蔼可亲的 T 先生。去布罗克斯的路真他妈的远。假如你让自己的大脑自由飞奔的话，从区政厅到特里蒙特这一段路上，你的思绪就能著成一本书。另外，尽管我刚与莫德进行了一场厮杀拼搏的交媾，但我那玩艺儿又悄悄地开始粗挺起来。这个道理其实很简单：玩得越多，就越想玩，当然也就玩得越棒！淫欲过度，阴茎反而更富有弹性：它软绵绵地耷拉着，但好像时刻都如箭在弦。你只要碰碰裤扣，它立马就有反应。走路的时候，那个玩艺儿好多天就像根橡胶棍子一样在你的大腿间晃来荡去。女人们似乎意识到了这一点。

我偶尔地尽量把思绪集中到莫娜身上，脸上一副悲痛欲绝的样子，但这种表情转瞬即逝。我感觉真他妈的好，真是倍感的轻松与逍遥。听起来似乎可怕，我想到自己与莫德的那场性交，那真是一场我一安抚她躺下就想草草收兵的性交。我闻闻手指头，以确保我把她那种骚味儿冲洗干净了。我正冥冥苦想，脑海里却浮现出莫德那副滑稽可笑的模样。我让精疲力竭的莫德躺在地上，自己奔向浴室去冲洗。我正洗着，她开门进来了。她总是云雨之后就马上冲洗，防止怀孕。我告诉她大方一些，别在乎我。她把那些脏东西都尿了出来，拿橡皮管套在了热水喷嘴上，然后躺在浴室的垫子上，两腿抬起蹬在墙上。

“我能帮你吗？”说着，我擦干下身，又往上面洒了一些她那质量上乘的香粉。

“你不介意吗？”说着，她扭了扭屁股，这样就把腿伸得更直了。有气无力地躺着，屁股靠着墙根，直挺挺的两条腿好象罗盘上的指针。我禁不住地咯咯发笑。

“别瞎磨蹭，”她恳求道，好像耽误一会儿就意味着要流产似的，“我以为你很着急呢。”

“我是着急，”我回答，“可是，天哪，我一看见这玩艺儿，下身又硬了。”

我插上喷头，水从她体内涌出来，流得满地都是。我往地上扔了几块浴巾，把水吸干。她站起来时，我拿起香皂和浴巾为她擦洗，我把她的全身上下都涂上了香皂——摸起来真是妙不可言。

她的身体比以往任何时候都要柔滑。我的指头就像弹班卓琴一样在里外飞快地转动。我那玩艺儿又隐隐约约地勃发起来，这种状态比完全硬起来还要可怕。我开始给她擦身子。当我把她拉近一些擦她的两侧时，她用一种如饥似渴的目光低头望着我的下腹，既着迷又为自己贪婪的神态感到羞涩。……她慢慢地站起身，非要重新为我清洗它。她这时柔情蜜意，似乎刚刚发现它是位忠实可靠的朋友。“你必须利索点儿。”说完，她目光移向别处——“我希望她幸福。告诉她，好吗？”

是的，提到刚才那一幕，我笑了笑。“就这样跟她说……”如此妙不可言的交欢使她柔情似水。我想起自己曾读过一本书，书中写了关于到对食肉猛兽——狮子、老虎、豹子——的一些奇怪的试验。假如这些凶残的野兽吃饱喝足了，人们可以把温顺的动物与它们关在同一个笼子里，它们就绝对不会伤害那些动物的。狮子只有饿红了眼才张口血盆大口，并不是总要杀生。这就是事物的根源之所在……

因此，莫德在心满意足之后，可能刚刚意识到对另一女人心存芥蒂是毫无必要的。她也许暗自思忖，假如她能随心所欲地与我交欢的话，不论另一个女人对我拥有什么权利，那又何妨呢。她也许平生第一次悟到，倘若自己不给予的话，对我的占有又有什么价值呢？她甚至可能还会想到，有我保护她，与她性交，并且不会因嫉妒而生我的气，这种状况可能更好一些。如果别的女人能缠住我，能阻止我与路上邂逅的任何一个骚货瞎混，如果她们俩能心照不宣地共同享有我而不会引起任何尴尬和混乱，这也不失为一种上策呀；享受云雨之趣而不担心遭到背叛，与现在是你朋友（或者说又

是情人）的原来的丈夫行鱼水之欢，从他那里得到你的所需，需要他时可以招之即来，与他享受一份温暖深情的秘密，体验往日的男欢女爱，同时又学到了新的花样，是偷情也不是偷情，但自己却尽情地放纵了一回，重新焕发了青春。除了放弃传统的束缚以外，一切都完好无损……的的确确，这是最好不过的策略了。

我敢肯定这种念头正在她的脑海中萦绕，周身笼罩着一种光环。我冥冥之中看到，她正无精打采地梳理头发，抚摸乳房，查看我给她脖子上留下的牙印，希望梅拉妮不会注意到它们，但并不很在乎她会不会看到。也许她正在扪心自问，她到底是怎么失去我的。她心里明白，倘若她重新生活的话，她将不会重蹈覆辙，也绝不会杞人忧天。担心另一个女人的所作所为真是愚蠢至极！男人偶尔失足，算得了什么呢？她曾画地为牢，把自己封闭起来，还做作地说自己没有性欲，不敢性交——因为我们不再是夫妇了。真是奇耻大辱！对性生活心驰神往，像狗一样地摇尾乞怜，而它一直在等待着她。管他妈的是对是错呢？这种销魂荡魄的偷情不比生活中的一切都美好吗？犯罪？她生来还没觉得这么坦然呢。即使“另一个女人”死了，她也不会悲哀难过。

我绝对知道她当时的想法，甚至都想好了下次见面时该怎么问她。当然下次见面时，她也许又是以前的那个莫德了，这完全是有可能的。另外，还不能让她知道我的兴致很高——那只能让她毒性大发。最好的办法是与她保持一种冷淡的关系。让她故态复萌是没有意义的。进门口高高兴兴地打个招呼，再问几个问题，把孩子打发出去玩，然后走近她，悄悄地把阴茎掏出来塞到她手里。千万别让房间太亮了，更别说废话！径直走近她，一边问问生活情况，一边把手伸进她衣服里，先刺激得她浑身发痒再说。

最后那场销魂荡魄的性交对我来说真是创造了纪录。当你冲进那个大水库，想抽尽最后一滴水时，你总是惊讶地发现，那里却有无穷无尽的能源。我以前也碰到过这种情况，但从没认真地关注过。彻夜不眠和不知疲倦的劳作对我产生的效果是一样的；反之亦然，比如过了疗养期还长期卧床不起，不再需要休息时还强迫自己入睡。打破习惯，建立我的节奏——这种简单的手段古人早已晓得。它也绝对常规。只有摒弃旧的模式，与陈旧的关系决裂，人的灵魂才能自由驰骋，才能形成新的思想感情，产生新的心理张力，爆发出新的生命力。

的确，我十分惊喜地发现我的思想在放射着火花，并向四面八方辐射。这就是我有了创作欲时所祈求的那种思维敏捷与感情被澜。我过去常坐下来盼望着这一切，但它从来没这样出现在我身上。后来它出现了，有时是我离开打字机出外散步时发生的。是的，它犹如一场袭击，突如其来，乱哄哄地从四面八方涌上心头，那气势如洪水泛滥，雪山崩塌，而我却正好离打字机数里之遥，口袋里没装一页纸片，真是难倒英雄汉啊！有时我撒腿往家奔，但还不敢跑得太快，唯恐它从脑海中消失，就像性交那样，要轻松一些，告诉自己不要着急，不要想它，你毫无感情地进进出出，尽可能地想着那是你的阴茎，而不是你本人——这两种过程完全一样。稳住脚步慢慢前行，坚持着，不要老想那台打字机或者离家还有多远，就那么轻轻松松地稳住脚前跑，如此而已……。

回味这些灵感的奇怪到来时，我突然想到在去罗利莫尔和百老汇街角上的“欢乐场”滑稽剧院途中的一幕（我当时正坐在高架火车上）。离剧院还有两站的时候，创作欲便袭上心头，这是一次非常重要的奇袭，因为那是我平生第一次意识到人们所说的“灵感喷发”。突然，我便意识到不是每个人都能遭遇到这种激情。它的到来没有缘由，根本无规律可循。可能正是因为我的脑子一片空白，因为我深深地陷入自我，愿意任其驰骋吧！我记得清清楚楚，外部世界如何豁然开朗起来，大脑机制如何闪电般地开始流畅而又急速地思绪纷飞，形象接踵而至，互相撞击，都疯狂地想把自己定格在脑海中。我对百老汇恨之入骨，尤其是从高架铁道上看（它给我提供了一种“优越”的视角，在这里，我可以居高临下地俯瞰生活、人群、建筑以及人们的各种活动），这个百老汇突然经历了一场形态变化。它并不是变得理想、美丽或者虚幻了，恰恰相反，它异常地真实、生动。它获得了一种新的定位；它坐落在世界的中心，此时，这个我似乎能够饱览具有内涵的大千世界。曾几何时，百老汇是惨不忍睹的污秽之所，一切都是那么丑陋和混乱；而现在它却井然有序，是世界的一个有机组成部分，不好也不坏，不美也不丑：它只是一个组成部分。冬天的暴风雪中，荒凉的海滩上抛着一根木头，百老汇就像这根木头上的一颗生锈的钉子。我真的无法形容了。你沿海滩行走，空气中充满浓烈的盐味，你情绪高涨，思路清楚——不总是智慧之光，但却是清晰的。那根木头是物质世界的一种现象：它躺在那里，历经沧桑，充满了神秘感。某个人在某时某地以某种方式用锤子敲击那颗钉子，这样做自有一定的道理。他在为别人出海航行制造船只。造船就是他的一辈子的职业——他与孩子们的命运都凝聚在锤子的每一次敲击之中。现在，那块木头躺在那儿，钉子也锈了，但是天哪，它不仅仅是颗生锈的钉子，否则一切都很愚蠢和没有意义……百老汇也是这样。玻璃工们在没有一丝生机的窗户上装模作样地忙碌着，工作台上一堆堆油灰，给牛皮纸浸上一片片污斑。真奇怪人类是怎么成年累月地进化到今天的——从爪哇猿人到面容憔悴的玻璃工；玻璃工正在切割一块名为玻璃的易碎物品，几百万年来，任何人，甚至古代的魔术师也没梦想过这种物品。我看到街道在慢慢下沉，随着时光逐渐消失、光阴如梭逝去，如水汽蒸发；楼房坍塌；木板、砖瓦、灰浆、玻璃、钉子、床腿、油灰、纸张等等一切都退缩到一个庞大的实验室里。一个新的人类出现在地球上（就在这同一片土地上），

即使有可能重现昔日的风景，他们也不知道我们的存在，不在乎甚至也不理解过去的一切。臭虫们在大地的裂缝中穿梭爬行，数十亿年来它们继往：顽固地保留着自己的原始形态，对物种的进化没有一点儿贡献，甚至对物种进化有些嗤之以鼻。它们目睹了地球上每一个人种的生息过程，而自己却从各种自然灾害和历史上的毁灭中幸存下来。在墨亚哥的农村，某种爬虫却成了人们的盘中餐。有些生活在地球上的人，他们不是因为遥远距离遥远与我们隔离，而是被思维和精神的鸿沟隔开。他们抓住蚂蚁之后炒熟了，一边津津有味地品尝，一边沉浸在乐曲的美妙之中，而且这种音乐与我们的相去甚远。就这样，在这广袤的大地上，在这同一时刻，这完全不挨边的事情同时发生，不仅仅在陆地上，也在高空与深海之处发生。

到了罗利莫尔大街车站，我下意识地出了车台，但却没有力气走向阶梯。我突然灵感迸发，就像被鱼叉扎住一样怔怔地呆在那儿。我释放的阵阵急流在绕我旋转，在吞噬我，把我吸进一个漩涡。我就这样木然地固定在那里大约三四分钟，也许还要更长一些。人们似乎经过我的梦。又一趟列车进了站台，但随即又开走了。有个人朝阶梯奔跑时撞到我身上，我听见他道歉，但声音听起来十分遥远。他撞我时，把我推转了一下。我并没有意识到他的粗鲁……但是，我突然从装满口香糖的自动售货机的玻璃中看到了自己的模样。当然事实上绝非如此，我只是在幻觉中看到了自己——好像我瞥见了旧的自我的尾巴，经常见面的人从我的眼睛后面向外观察着我。我真有点儿局促不安，就好像某个人在冥冥之中突然看到彗星的尾巴划过天空，然后便在视网膜中自动消失了。我站在那儿看着自己的形象，灵感的奇袭过去了，但它的震撼力却植入我的心田。我更加清醒地认识到一种兴奋。天哪，喝个酩酊大醉也丝毫无法与之相比（这只不过是一种事后的愉快回忆而已）！我现在陶醉了，可刚才还灵感爆发呢。刚才我知道了什么是乐不可支。刚才我真是到了忘我的境地：我四仰八叉地覆盖了整个地球。假如再强烈些，我或许会搞不清自己是神志清醒呢还是精神失常。我可能达到了一种不能自控的状态，把自我淹没在一望无际的大海之中。我缓缓走向阶梯，下了台阶，穿过街道，买票进了剧院。幕刚刚拉开，把我带到了一个比刚才的虚幻世界还要荒诞的天地。它是绝对不现实的——绝对如此。甚至那再最熟悉的音乐听起来也很刺耳。我几乎分辨不出眼前活蹦乱跳的身影与闪烁不定的舞台布景；它们似乎都由同一种物质构成，即灰色的炉渣与低压电流的融合。它们跳得多么机械啊！发出的声音简直柔弱极了！我环顾四周，抬头望见那一排排包厢，铜柱之间架设的毛扎扎的电线，还有一排排呆呆地坐在那儿观看演出的木偶们，它们都由一种物质组成：土，普通的土。这是一个影子的世界，一切都完全粘合在一起——布景、观众、幕布、音乐、烟雾——笼罩在一种郁闷而毫无意义的氛围中。我一下子全身发痒，就好像有数千只跳蚤同时叮咬我。我想喊叫，我要大喊大叫，把他们从这可怕的迷魂阵中惊醒过来（屎！拉稀啦！一听这话，谁都会跳起来，幕布跌落下去，领座员拽着我的领子，把我撵走了）。但我却喊不出一声，喉咙宛如一张砂纸。奇痒止住了，我又感到一阵燥热和冲动。我以为自己会憋死呢。天哪，我心神不宁啊！史无前例的闹心！我意识到什么事都不会发生。即使我扔颗炸弹，也不会激起一丝涟漪！他们都死了，已经发臭，这就是症结之所在。他们坐在自己那臭气熏天的粪便中，在里边熏蒸……我一秒钟也忍受不下去了，便逃离出来。

大街上，一切灰濛濛的，又恢复正常了。这是一种十分压抑的正常。人们就像细长的蔬菜一样滚动着。他们酷似自己吃的东西，而且他们吃的东西成了粪便，仅此而已。呜呼哀哉！

根据我在高架火车上的经历，我意识到一种新的因素正在蒙发，这是一种具有极其重要意义的因素。这就是意识。我现在明白了自己身上发生的一切，而且在某种程度上我还可以控制这种爆发。有失必有得。如果不再有先前那种“突袭”的激情，也就不会有随之出现的无助状态。这就如同坐在一架高速穿过云层的飞机上，虽然不能关掉马达，但却惊喜地发现你至少能控制操纵杆。

我离开了习惯性的轨道，但情绪稳定，足以观察自己的方位。我现在怎样观察事物，日后也就怎样写作。各种各样的问题犹如愤怒的神祇拉紧弩弓，箭一般地向我袭来。我能记得住吗？我能在一张纸上同时向四方拓展思绪吗？艺术的目的难道就是疯狂地引爆激情，其后再经历一场大出血吗？作家是不是就像一位听命于上帝的圣徒，仅仅记录心灵感应的训谕呢？难道艺术的创造就像地球本身那样，要在一片滚烫的岩浆中开始？或者必须等地壳冷却下来？

我非常激动地除去了记忆问题。要想再现一场思想的暴风雨是毫无希望的。我只能尽力保留某些主要线索，把它们转化成记忆的试金石。最重要的是重新找到矿脉，而不是能挖出什么金子。我的任务就是为我的灵感图表制成一种记忆索引。即使最勇敢的冒险家也很少自欺欺人地说他能踏遍这个神秘地球上的每一寸土地。的确，真正的冒险家必须意识到，在他没有结束浪迹无涯的探险时，纯粹地积累美妙的经验是愚蠢的。

我想到了梅拉妮，通常，如果我计划写一部有关自己生活的书时，我根本不可能把她写进去。当我常常不屑于想她时，她是如何闯进我脑海中的呢？这种闯入的意义何在？能在我的书中起到什么作用呢？两块试金石同时落入我的怀中。梅拉妮？哦，对啦，总让我想到“美丽”与“精神错乱”的字眼。我为何要记住美丽和精神错乱呢？此时，我又想起了这样几个字：“肉体的多样性”。接下来，我便对肉体、美丽以

及精神错乱这三者间的关联进行了最微妙的漫游似的思考。梅拉妮的美源于其天使般的本性；精神错乱源于她的肉体。肉体与天使般的本性是完全分开的，而且，美貌绝伦梅拉妮是一尊即将坍塌的雕像，也正在慢慢地失去那种丽质（有些歇斯底里的人也曾成功地把肉体同意识分开，赋予它自己一种独特的生命，而他们又往往给它接上保险丝，恢复电流，再次控制其大脑。他们在大脑中装了一个百叶窗，就像剧院里的石棉幕一样，既能打开防火，又可以表示一幕结束了）。梅拉妮就像某种奇怪的裸体动物，半人半神，她的全部时间都用来徒劳地从乐池往舞台上攀登。对她来说，表演是在进行或者结束，是否排练或者幕间休息，是不是一座寂静的空荡荡的剧院，这些似乎都毫无差别。她费劲儿地往上爬，给人一种疯子赤身裸体时所显示的强烈的性诱惑。假如我们相信某种幻觉中的古怪行为，天使们也会根据自己的兴致戴上古波斯人的头巾或者圆顶礼帽，但她们从来没有被形容为疯子，她们赤身裸体时也未曾激起人们的性欲；但梅拉妮滑稽得却像个瑞典天使，而在孤独的牧羊人眼里，她就像一只发情的母羊，让人欲火中烧。白发使她的肉体更具诱惑力；眼睛乌黑发亮，乳房丰满坚挺，臀部像块磁场魅力四射。但是你愈回味她的美貌，她的疯狂样儿愈加显得淫荡下流。你幻想着她在裸体奔跑，勾引得你触摸摸她，结果，这个精神错乱的人可能会出乎意料地低声怪笑。她就像你晚上乘车时突然想知道司机是在打盹还是醒着时，偶尔透过车窗看到的危险信号，时时刻刻萦绕在你的脑海。正如此时，你吓得浑身瘫软，动也动不了，说也说不出，心中纳闷将要遇到什么样的灾祸；所以，当我想到梅拉妮那种虚幻的美貌时，我常常神思恍惚地梦想到肉体，梦想到我所熟知并且涉足过的各种女人的肉体，还有那即将发现的类型。色胆包天、无所顾忌的淫荡唤醒了我的危险意识。心理变态的人在拥挤的地铁里不由自主地去摸弄女人那丰满诱人的屁股或者伸手去抓近在咫尺的迷人的乳房时，心中那种既恐惧又着迷的感觉我已体验过许多。

意识不仅起了某种控制作用，使我在想象中抬起脚从一级台阶迈向另一级台阶，它同时还有一个更加重要的意图——激发我开始创作。我一直对梅拉妮不屑一顾，并且认为她阅历浅，没有经过大风浪，但现在，她却成了我创作的源泉，使我的思路豁然开朗。实际上并不是梅拉妮，而是那些我觉得有必要探讨并不惜笔墨要表达的词（“美貌”“精神错乱”“肉体的多样性”）。即使历经数载，我也能记住这般辉煌，发掘它的秘密，使它跃然纸上。我追求过数百个女人，像没有主子的狗一样跟踪她们，目的无非就是要研究某种神秘的特征，比如一双离得很宽的眼睛，一颗石英雕琢而成的脑袋，一个似乎有自我生命力的屁股，一副犹如鸟鸣的那种婉转动听的嗓子，一头玻璃丝般的秀发，一截如橡皮般柔软的腰身……当女性的美貌使人难以抗拒其诱惑时，都可以生发出一种独特的品质。这种品质常常不能激起人的肉欲，是一种虚无缥缈的东西，以至于在占有者看来，她根本谈不上具有令人瞠目的美。她那魅力无穷的上身变成一头钻在脑中的双头蛆，或者成为一个神秘莫测的烂瘤；在人们的大脑深处，她那性感的厚嘴唇就像个带有两片阴唇的阴道，使人们得了一种世界上最难治愈的疾病——忧郁症（有些漂亮女人几乎不敢裸着身子照镜子，有些女人一想到自己的肉体所产生的吸引力，就惊恐万状，默默地缩成一团，甚至担心身上散发的气味暴露了自己。还有些女人，只要一站在镜子前，就激动不已，赤身裸体地冲出门外，把自己的肉体献给第一个过路人）。

肉体的多样性……就在你闭上眼睛还没入睡的时候，自发出现的形象便开始在你的脑海里萦绕……你在地铁里跟踪的那个女人又出现在大街上：这个无名氏的幻影突现出现了，正扭着柔软的腰肢款款向你走来。她使你想到另一个长相类似的女人（但脸一点儿也不重要啊！）。你的记忆里不时地闪动着那些腰身，就像你的大脑某处时时浮现出孩提时代看到的公牛形象：公牛正爬在母牛身上交配。各种形象若有若无，而且总让你想到身体的某一特殊部位以及某种容易辨认的记号。名字消失了，可爱的称呼也消失了，就连那些浑厚而有魅力的颇具个性的声音也慢慢混杂在沸腾的人声中，听不见了，但是肉体还活着，眼睛以及它们所看到的手指仍旧留在记忆中。那些素不相识的或者无名无姓的形象在我脑海里忽隐忽现，自由自在地与别的形象混在一起，似乎成了他人生活的一个组成部分。那些素不相识的形象常使我想起她们某天某时在空虚无聊中过着骄奢淫逸的生活。你记得那天下午吧，火辣辣的太阳照射着大地，有位穿淡紫色连衣裙的高个儿姑娘站在那儿痴呆呆地看着喷泉中嬉戏跳动的水线。你真真切切地记得当时那种饥饿感——就像一把利刃迅速地插进你的背部上方，随即又马上抽出来，但你却像深深吸了一口久违的鸦片一样兴奋不已。接着又有一个人浮现在脑海中，那么笨重，那么迟钝，身上布满了沙石一样的毛孔；因为她，我的脑海广纳万物，与身体极不谐调，犹如一座火山，随时都有可能爆发。她们就这样在我脑海里忽隐忽现，既清晰又准确，谁也不碰撞谁，转瞬之间就给我留下了印象。三教九流，各种性情的人都有：闪闪发光的、大理石雕像般的、影影绰绰的、如花似玉的、像毛茸茸的漂亮小动物的、擅长荡秋千的、呈现人形的乳白色的喷泉。你怡然自得地剥光她们的衣服，在显微镜下细细查看，要她们扭扭腰肢，弯腰，屈膝，打滚，叉腿。既然你已能开口说话，不妨与她们聊一聊。那天你在干什么？头发总是这种样式吗？你这样盯着我想跟我说什么？我能要求你转过身吗？对。双手捧住你的乳房。太棒了。那天我完全可以强暴你的。我可能就在人行道上当着众人的面跟你干那事。我可能会把你强暴致死，把你埋在你正盘腿打坐的那个湖边。你知道我正看着你。告诉我……告诉我，天知地知，你知我知……你当时正在想什么？为什么要盘腿呢？你知道我正

盼着你叉开腿呢。你很想叉开，是不是？跟我说实话的！天气暖洋洋的，你连衣裙内什么都没穿吧！你从家里出来想透透气，希望能发生点儿什么事。你并不在乎发生什么，对吗？你在湖边徘徊，盼着天赶快黑下来。你希望有人看着你，希望他的眼光能剥光你的衣服，目不转睛地盯着你大腿间那块儿温热潮湿的地方……

你就这样把她们剥得光溜溜的，同时你的目光在瞬息万变的激情之下来回扫动着，骨子里是一种无法言表的诱惑力。神秘的诱惑法则！犹如在神秘的艺术整体中，每一个孤立的部分都深藏着秘密。

异性的诱惑力难以抵抗，她在精力旺盛的过程中让人感到非常恐怖。女性的美是永恒的艺术品，对其缺陷（经常是幻想的）的不断革新使整个人类螺旋式地向着天空攀升。

十一

“她想毒死自己!”

我一进奥尼里菲克房间的门就听见这句话。这是柯里说的，开门的声音使他的说话声不太清楚。

我走进去便看到她已睡着了。克伦斯基照顾着她，他要求大家什么也不要跟奥尼里菲克说。

柯里解释说：“我一进来就闻到一股氯仿味。她坐在椅子上，佝偻着身子，像是中了风。”

“我还以为她做了人工流产……”他又加了一句，显出紧张不安的样儿。

“出了什么事？她自己说了吗？”

柯里支支吾吾，无言以对。

“快点儿，别装傻。怎么啦，是嫉妒？”

他不敢肯定。他知道的一切都是她编造的。她不止一次地说过她再也受不了了。

“受不了什么？”我问。

“我猜是因为你去看你的妻子吧！她说她拿起话筒给你打电话时，就觉得事情不对头。”

“她到底怎么说的，你记得吗？”

“记得。她胡言乱语地说你背叛了她。说你名义上是去看孩子，而实际上是去看你的妻子。她还说你是个懦夫。说你不和她在一起的时候，什么事情都干得出来……”

我惊讶地看着他，说：“她真这么说？你没添油加醋吧？”

柯里假装没听见，接下来便说克伦斯基照顾莫娜是如何如何好。

“我认为他不会把谎话编得这么圆满。”柯里说。

“谎话？你这是什么意思？”

“你真该听听他是如何说你的。上帝啊！他简直是在向她表达爱心。他把你的事说得那么活灵活现，她听了以后就孩子似的哭了。”

“想象一下吧，”他接着说，“告诉她你是世界上最虔诚、最可靠的男人！还说你自

从认识她以后就完全改变了，没有一个女人能打动你的心！”

说到这里，柯里忍不住地咧开嘴苦笑。

“哦，她说的是真的。克伦斯基也没冤枉我。”我几乎是带着愤怒的口气说。

“你爱她那么深，你……”

“你怎么以为我不爱呢？”

“我了解你。江山易改，本性难移。”

我坐在床边看着她。柯里不停地走来走去，我感觉到他内心郁积的怒火。而且明白他为何要这样。

“我看她现在没事了吧？”过了一会儿我问道。

“她又不是我老婆，我怎么知道。”他话里有话，咄咄逼人。

“你怎么了，柯里？是嫉妒克伦斯基，还是嫉妒我？她一醒来，你就可以握住她的手，还可以哄哄她嘛。你了解我……”

“我就是这么做的！”柯里怪里怪气地回敬道，“本来是你该在这儿哄她的，可一需要你的时候，你却无踪影。我想你当时正握着莫德的手吧——现在她不再需要你了。我可记得你是怎么对她的。我当时少不更事，总觉得不可思议，而且我还记得多洛雷丝……”

“轻点儿！”我嘘了一声，头转向躺在床上的人。“她不会这么快醒来。别担心。”

“那就好！你说多洛雷丝怎么啦？”我压低了声音说，“我对多洛雷丝做的事伤害到你了吗？”

他愣了一下，说不出话来，只是表现出一种轻蔑的神情，最后还是脱口而出：“你毁了她们！毁了她们内心深处的东西。我说的就这些。”

“你是说，我和多洛雷丝分手后，你想引她上钩而她不愿意要你？”

“这前后有什么区别呢，”他咆哮着说，“我知道她的感受，因为她曾经跟我说过。即使她恨你的时候，她也不愿意见我。她把我当枕头，一不愉快了就在我身上哭，好像我无所不知。你暗地里干完事后就心满意足地拍拍屁股走了。只剩下可怜的柯里给你收拾残局，替你把一切都安排得妥妥当当。你从来没想到你关上门走后会出什么事吧？”

我拉着长腔，皮笑肉不笑地说：“没，没想过。什么事？告诉我！”

能知道我拍拍屁股走后发生的事情是很有趣的。我得坐下来说耳恭听。

“你当然想收拾局面喽。”为了激他，我斗胆说了这么一句。

“如果你想知道的话，”他这算是打开窗户说亮话了，“对了，我是这样的，即使很棘手，我也得处理善后事宜呀！当时我搂着她，让她痛痛快快地哭出来。最后我还是成功了。想想我当时的尴尬处境，我算干得不错哩。就你那位漂亮的多洛雷丝，我还能给你说说她的一些事呢……”

我点点头说：“一定很动听吧！”我愿闻其详。

“大概你不知道她哭的时候是如何做事的吧！真是太遗憾了。”

我掩饰住内心的冲动，旁若无事去让他随便谈谈。说来真奇怪，尽管他很想伤害我，却很难把他的故事连贯地讲下去，更不必说要利用我提供给他的机会了。他越说越难过，无法排遣自己的失意与挫折。他很想败坏她的声誉，并希望能得到我的认可，给他增添些乐趣。他还以为我也会对往日的偶像泼脏水呢。

我同情地看了他一眼说：“所以你就永远达不到目的吧？这真糟糕。她的确是个好姑娘。我要是早知道的话，就会助你一臂之力。你该表达自己的感情。你太嫩了，感觉不到她的那种感情。我很自然地想到，在我走后你会抱着她呢。我不相信你会亮出自己的那个玩艺儿，想与她成就好事。你把男女之事看得太神圣了。天哪，你当时还是个孩子吧，多大了？十六，还是十七？我可能对你姨妈的事有印象，不过那跟这不一样。她强暴了你，对吗？”

我点燃一支烟，坐在扶手椅上。

“说真的，柯里，这事让我有点儿纳闷……”

“你是说莫德？我根本没什么企图呀……”

“不，不是这个意思。你有没有企图我才不在乎呢。我想你该马上走了。万一她醒来，我想和她谈谈。你能来这儿反复，我真是幸运，嗯！我真该谢谢你。”

柯里便收拾起自己的东西。说：“顺便说一下，她的心脏不太好。而且她身上还有别的毛病……克伦斯基会告诉你的。”

我随他走到门口。与他握手道别时，我真想说点儿什么。

“听着，我不怪你说我对多洛雷丝如何如何，但我不在时，你可别在这儿说。掂量着点儿！你可以对她敬而远之。我可不想搞什么恶作剧，你明白了吗？”

他恶狠狠地瞪了我一眼，便闷闷不乐地离开了。我以前从未对他这么说话，心里后悔不已，这不是因为我伤害了他，而是我突然意识到自己给他出了主意。他现在就觉得自己处境不妙。等验证了自己的能力以后他才不会感到痛苦。

好一个多洛雷丝！我就觉得她无足轻重，而且还不喜欢她身上的一些东西。多洛雷丝太软弱，对我百依百顺，根本配不上我。曾几何时我还差点儿要她嫁给我呢。至于为什么没有酿成大错，我记得很清楚。我知道她在精神上还是个处女，难以抵抗我那粗硬玩艺儿的挤压，但她只会顺从我的摆布。这种逆来顺受的柔弱性子只能使她以泪洗面悔恨终生。她非但不帮助我忘却过去，反而是那么沉默寡言，这倒使我产生了

犯罪感。于是我离开了自己的妻子。从某种意义上来说，我这个人确确实实是个软弱的寄生虫。我不需要任何人在这方面培养我！多洛雷丝这个女人实在令人憎恶。当她看到我在给人医治心灵的创伤时，双眼闪耀着炽热的青春之光。是的，我现在能看清她的面目了，她就像一个协助大夫治病的护士。我正忘我地用春秋笔法挽救那些可怜的家伙们时，她非常愿意对他们履行母亲的责任。她就想整天整天地在我身边服侍，然后就用她那可爱的肉体犒劳我。对爱情，她到底懂多少呢？她只不过是个尤物而已。我很替柯里感到难过。

克伦斯基说得对！当我坐在莫娜的床边等她醒来的时候，我就反复地说着这句话，谢天谢地，她没有死，只是睡着了，看上去像是吃了很多镇静药。

对我来说，要扮演一个失去亲人的角色真是有点儿古怪。一想到如果她现在就死在我面前而我该怎么办时，我便十分茫茫。假如她再也睁不开双眼呢？假如她就这样在睡眠中一命呜呼呢？我集中全力想着这些念头。我非常想知道万一她死了我的感受如何。我想象着自己转眼之间就成了鳏夫，甚至还没有去请殡仪员呢。

我首先起身把自己的耳朵贴到她嘴上。哦，她还活着。我就把椅子拉近床脚，全身心地想她的死亡问题。人死的时候跟往常一样，根本表现不出什么特别的情绪。坦率地讲，我把自己的身体可能出现的损伤早已抛到九霄云外，而沉湎于怎样死才能称心如意的幸福的冥想中。我开始想到自己的死，想着我怎样享受死亡的乐趣。一具躯壳躺在那里，几乎停止了呼吸，被施了麻醉剂以后，犹如一叶小舟尾随着一艘大船在海上漂浮，这就是我自己呀！我曾经向往死亡，而此刻我正向死神走去。我再也感知不到这个世界了，但我还没有进入地狱。我在汪洋里渐渐地失去了知觉，完全没有遭受那种窒息而亡的痛苦。无论是在我要离开的这个世界，还是在我正动身前往的另一个世界，我的思想都无枝无依无靠。实际上，活跃的思想是无与伦比的。它不是空想，更像一个流浪在外的游子，内心郁结的疙瘩解开以后，个人的私欲也就无影无踪了，甚至再不存在什么自我了；我就好比优质雪茄吐出的烟雾，在稀薄的空气中消失得毫无踪影，剩下的只是烟灰，这支雪茄烟也就不复存在了。

我心里猛的一沉：我竟敢这么胡思乱想！我回过神来，不再那么死死地盯着她了。为什么我要想到她的死呢？我又突发奇想：如果她真的死了，我就用我想象中的方式去爱她！

"还是在演戏吧！你曾经真心爱过她，但是，想到还能爱你身边的另一个女人，你就沾沾自喜，也就马上把她抛到九霄云外了。你一直在欣赏着自己的求爱戏。你把她逼到这一步是为了能重温当时的感受。你以为失去她就能再得到她。"

我拧了自己一下，似乎要确认自己有知觉。

“还好，你不是木头疙瘩。你有感情，可惜用错了地方。你这人特别容易激动，你真该感谢那些让你痛苦欲绝的人。你不要为他们感到难过，你痛苦只是想把这种痛苦当成奢侈品，品味其中的乐趣。其实你还没有达到真正的痛苦，你只不过是代人受苦而已。”

我的心灵独语多少闪烁着真理的光芒。自从我走进这间房子，我就老想着该怎么办、该怎么表达自己的感情。至于和莫德的最后一次交锋，这也是合情合理的。我早已移情别恋了，仅此而已！命运捉弄了我。去他妈的莫德！我才不在乎她呢。我记不得她什么时候激起了我内心的同情。莫娜要是知道了实情，命运就太捉弄我了！而对这么一个尴尬的进退两难的局面，我该做何解释？克伦斯基告诉她我是多么忠诚、多么可靠，这也应了她的直觉，可我恰恰在这节骨眼上背叛了她。克伦斯基说得对！可是，他向她吐露实情时，可能怀疑这事实是以讹传讹。他断言自己信任我是因为他本人就愿意把我当成可以信赖的朋友。克伦斯基可不是个蠢货，他可能会与我处得更好。我低估他了，如果他不急于探明我的本意，如果他不会让我下不了台，那该多好呀！

柯里的那番话又把我搞得我心神不定。克伦斯基对莫娜关怀备至，俨然一位莫娜的追求者！为什么我一想到有人在追求她总是浑身抖动不已呢？是嫉妒心作祟？要是我能亲眼目睹她有让别人爱她的能力，我何尝不愿意妒火中烧呢？我最崇拜能够驾驭世界的女人！我把这种女人当成自己的偶像连我自己都惊叹不已！如果男人面对她的妩媚坐怀不乱，我就会特意帮助她，让她诱惑男人上钩。拜倒在她石榴裙下的男人越多，我个人的成功感就越强。因为她真正爱我这个人，这一点是无可厚非的。假如，在那么多追求者当中，她就不挑我这个待她如此薄情的人会是什么结果呢？

她曾经跟柯里说过我这个人很软弱。我是软弱，可她也软弱呀，我软弱是对所有的女性而言，而她软弱则是对她所爱的人而言。她希望我能全心全意地爱她，不能对别的女人有丝毫的情意。

非常奇怪，我便开始顺从地把全部身心都投到她身上了。假如她每次都侥幸地没有让我注意到她的弱点，那我自己就可能发现世界上唯一适合我的人就是她了，但是现在，她的弱点非常明显，我做梦都想着自己能有控制她的能力。即使有悖于常理，我也想证实这一点。

我断然打消了这种念头。这根本不是我所愿意看到的。我确实爱她，而且十分专一，即使海枯石烂，我心依旧。

我开始回味这场恋爱的过程。有经过吗？压根儿没有。一切都是瞬间发生的。嗨，我觉得自己应当引经据典地说明一番，即使我第一次向她求爱就遭到拒绝，也证明我认识到了女人的诱惑力呀！我为自己的这一想法感到非常惊奇。出于恐惧心理，我本

能地拒绝了她。晚上，我在舞厅里从头到尾回味着第一次追求她的场面，而把自己以前的生活从脑海中剔除出去。她从舞厅的中心向我走来。我向两边扫了一眼，几乎不敢相信她居然挑中了我这个人。尽管我快要倒进她的怀里，但我还是恐慌不已。难道我没使劲地摇头？不！不！我这简直是无理取闹！与此同时，我心惊胆颤，因为即使我老站在那儿，她也不会再朝我看一眼的，但是我明白自己需要她，哪怕她对我没用呢，我也要毫不放松地追求她。我离开扶手走到墙角去吸烟。我浑身颤抖不止，躲在角落不敢去看她。我心里已经妒意横生，谁要是被她选上做下一个情人，我就嫉妒谁。

（重温旧梦真是美妙极了。现在，我的确又感觉到了……）

我是感觉到了。过了一会儿，我站起身又回到扶手椅处，周围仿佛有一群饿狼在步步紧逼，压得我好难受。她在跳舞，而且和同一个男人连续跳了几个回合。跟其他女孩子一样，她没有依偎着他，但神情非常快活；她注视着那个男人的脸，又说又笑，好不自在！显然，他在她心中的地位真是无足轻重。

接下来便轮到我了。她毕竟屈尊注意到我了！她丝毫没有一点儿不悦之色，相反，好像是在极力取悦我。我就这样晕眩地让她带着我绕着舞厅转。我们转了一圈又一圈，跳了一曲又一曲。在我还没有鼓足勇气与她谈话之前，我知道自己不会无视她的存在就离开这个地方。

我们不停地跳，直到累得不行了，才坐在角落里开始交谈。那天晚上我真是财大气粗！毫不在乎地大把大把花钱是何等惬意呀！我一掷千金的神态俨然一个百万富翁，因为我就是百万富翁，是爱情的百万富翁呀！我有生以来第一次体会到富有的滋味，感受到达官贵人的派头。我正在出卖自己的灵魂，不是像浮士德那样做交易，而是随意抛撒。

我们曾经就斯特因伯格而展开的奇谈怪论，像银线一样将要贯穿我们的生活。我一直想重温《朱莉娅小姐》这本书，因为这是她那天晚上话中提到的，但是我没能做到，也许以后永远也做不到。

后来，我在百老汇大街等着她。当她这是第二次向我走来时，我完全被她征服了。在小包间里，她又摇身一变，成了另一个人。她变得那么让人捉摸不透，这的确是她的魅力使人无法抗拒的秘密所在吧！

我自己讲不出头绪，但是，当我迷茫坐下来思考着她的一字一句时，我才明白自己会像个疯子一样一头栽进她苦心经营的陷阱中。她编织的这张网太露骨、太无力了，根本经不起我的审视。别的女人这样做会引起我的怀疑。我可能记住她是个巧舌如簧的谎言家。而这可不是在撒谎，她是在给自己的故事添油加醋，时而在漏织的地方补上几针。

此时，我脑海里闪现出一个从未有过的念头，这种萌芽在我的心灵深处一闪而过：她一直都在这么干！此刻我可能产生了这种想法，但我立刻就抛到脑后了。她俯着身子的样子、一只胳膊独撑着全身的重量、她的手、她的右手，这整个人就像一枚编织针一样动来动去。对了，就是在那个时候，后来还有那么几次，我脑子里都闪现出一个偶像，但我没得及，更确切地说，她没容我有时间去搞清楚这个问题，然而现在都一清二楚了。谁在“一直这么干”呢？是命运！是罗马神话中的命运三女神！她们都会给我们带来不幸与灾难。她们生活在洪荒时代，编织了一张阴谋之网，其中的一个命运女神摆好相架，移了移身子，扬起手，向暗箱里看去，接着便开始那种没个完的缝补、编织，这无声的交谈在言语之网中来回穿梭。

梭子不停地来回穿梭，纺织用的筒管也摆动个不停，时不时地漏织一针……就像一个撩起她衣服的男子。他正站在门廊处对她道着晚安。一片寂静。他殚精竭虑……父亲在房顶上放飞风筝，他犹如查格斯笔下的紫精灵从天上飘然而至。他出没于赛马群中，手持缰绳一边牵着一匹马，大步流星。一片寂静。一切都无影无踪……

我们漫步在海滩上，月亮在云端里快速地穿行。刚才我们还在电车司机的驾驶室里紧紧地坐在一起呢。我不停地给她讲托尼和乔伊的故事，这故事是我刚刚写成的，也许是为了她、为了某种捉摸不透的情感吧！她突然又把我抛弃，使我感觉到这种孤独有一种无法形容的愉快。她心里激起感情的涟漪，像一顶象征荣誉的花冠牵动着我的自我意识。她给那个儿时穿过田野向他的小朋友问候的男孩子注入了新的血液，使他得以重生。那个时候谁会逢场作戏呢！那个男孩儿在茫茫的天地之间独自跑着，最后扑到托尼和乔伊的怀里……当我给她讲乔伊和托尼的故事时，她为什么目不转睛地看着我？我永远忘不了她那鲜活明亮的面孔！而且现在我明白那是为什么了。我觉得自己阻止了她，使她不再能够无休止地去编织那个阴谋之网。她的目光里充满着感激、爱意和钦佩。我使这台机器停了下来，她犹如一团雾气向上升腾、升腾，这一切都发生在顷刻之间。她那鲜活明亮的神情是她的自我意识解放的一道光环。

接着，我们便疯狂地做爱，淹没了那团雾气。那种暴风骤雨式的做爱好像是在水中托起了一缕轻烟，在黑暗中一层一层地剥掉黑暗。这是另一种感激方式，尽管说起来有点儿可怕，好像我在教她一定要学日本人那样切腹自杀。卡里加瑞大夫的住宅就在罗克维海边上，那是一个没有洗澡间的旅馆。我们在他家度过了一个非常不明所以的夜晚。我们在盥洗室里跑来跑去。我猛地扑到她身上，就像我是个手持利刃的暴徒，在活生生地刺杀睡美人。第二天早晨，也许已是下午了吧，我们躺在海滩上，互相用脚趾蹭着对方的大腿，好像两个不食人间烟火的家伙向世人展示危险的肉搏战。

我又看见陶博士的一首诗印在爆竹纸上。她没有如约到公园里见我，我就把要说

的话憋在心里。和她通话时，我手里还握着这首诗。宝贵的东西从我的手指缝中溜走了。她还没起床，是和那个荡妇弗洛莉呆在一起。她们头天晚上喝得太多了，的确，她站到了桌子上——哪儿？反正站在某个地方！她极力做着劈叉动作。她这是作践自己。我太气愤了，管她伤没伤呢。反正她还活着 ，是吧？可她没有露面，而且，也许弗洛莉没在她那儿睡，她在乱说八道。也许躺在她身边的是卡鲁瑟斯那小子。对了，那个老笨蛋又热心又体贴，但是他依然有勇气往别人的相片上插匕首。

一种孤寂、凄凉的感觉袭上我的心头。卡鲁瑟斯对我的威胁已经过去。他曾经帮助过她，而别人肯定在他之前也帮助过她

……但是设想一下：如果我那天晚上没带一笔钱去舞厅，如果我仅仅跳上几曲就够了，一切又会怎么样呢？就算不考虑第一次的良好机遇，在其他运气不佳的情况下又会怎么样呢？（我现在却想着下流的东西）……假如我当时失去她呢？但问题恰恰是，我不可能失去她。她一定意识到了这一点，不然，她绝不会冒这个险……

我这人诚实得几乎残酷，我得承认自己设法弄到的那笔钱，数目不大，却创造了奇迹，这恰好是个很重要的因素。这笔钱使她确信我这个人是可以依赖的。

我把这一切往事彻底抛在了脑后。他妈的，要是人能够向命运之神发出质问，那一切就可以靠你早饭要吃什么的问题迎刃而解了。老天开眼，你的人生道路上有很多机遇：金钱、运气、青春、生命力以及很多不同的东西。若这一切都没有吸引力，那就什么都无从谈起。正因为我愿意为她献出一切，所以我才有这么多机遇。金钱，去死吧的！这与机遇沾不上边儿。金钱带来这么多的风云世事、背信弃义、寒酸贫穷！这就像在奥尼里菲克大夫的书房里给歇斯底里下的定义：“心理隔膜的反常渗透。”

不，我可不打算卷人这些复杂的漩涡里。我闭上眼睛沉进另一条长长的银线一般清澈见底的小溪。在我的心里，有她给我传授的一个传说故事，讲的是一棵树的故事，正如《圣经》里说的一样，一个名叫夏娃的女人，手里拿着一个菜果站在树下。这个故事像一条清澈的小溪奔流不息，它确实构成了我的生命。想到这里，我心中泛起阵阵涟漪。

地下的河流清澈地流向何方？我说这话是什么意思呢？为什么会有生命之树的影子呢？为什么要那么兴奋地再次品尝浸了毒药的苹果、跪在《圣经》里的女人脚下苦苦哀求呢？为什么蒙娜丽莎的笑是整个人类最神秘的表情呢？而且，为什么我要把文艺复兴时期的这种微笑挪到夏娃的嘴唇上呢——我仅仅把这个夏娃当作一尊雕像？

我依旧徘徊在回忆的边缘。那种谜一般的微笑显示出安详、幸福与纯洁，但同时，这种神秘的微笑又渗透出一种有毒性的劣酒和蒸馏物。我开怀畅饮，结果使我的记忆变得模糊。曾经有一天，我承认我们是在搞交易，结果，我们便不可思议地分道扬

镳了。

我绞尽脑汁地想着，尽管白费心机，但我毕竟想起了这件事。在春暖花开的某一天，我在一家豪华旅馆的玫瑰间里见到了她。她安排与我在那儿见面。是想让我瞧瞧她买的一套衣服。我提前到了那里，焦躁不安地等了她半天，还不见她的人影，我就恍恍惚惚地入睡了。是她的声音唤醒了我。她唤着我的名字，声音就好像透过薄雾的轻烟穿透了我的全身。她猛然出现在我的眼前，美得让人心醉。我醒来还是那么迷迷糊糊的。她一坐下，我便慢慢地站起来，依然迷迷糊糊地挪了挪步子，跪在她的脚下，口中念念有词，好像是在赞美她的美貌。好一会儿，她不想把我从迷糊状态中唤醒。她握住我的双手对我微笑着，这种微笑犹如环绕日月的光晕光彩照人，灿烂无比，放射着无穷的魅力。随后，它便消失了，再也没有重现。这种天使般的微笑充满着祥和、温馨和祝福。在公共场所，当我们发现自己孤立无助时，都会想起这样的微笑。它是神圣的东西，我以美好的文学形式把此时此刻、此情此景记录下来，写进摆放在生命之树下面的那部写有传奇故事的著作中。这样，已经融为一体的我们就接纳了一位隐身人。也许直到生命结束我们再也不会孤立无援，再也不会感到静寂和绝望了。我们付出了，现在也获取了。我们短暂而又永恒地站在伊甸园的门口，——我们往里走，满目繁星闪烁，一片璀璨景象。伊甸园的美景就像闪电一样，转瞬之间就在四面八方消失了。

有一种理论认为，一颗行星，就比如我们的地球吧，它创造出了生命的每一种形式，当它耗尽自身的创造力时，就会土崩瓦解，一切都如尘埃一般消散在宇宙中。它不像寂静的月亮在宇宙中运行，而是爆炸，仅仅几分钟的时间，宇宙间再也看不到它的任何痕迹了。就算生活在海底，我们也会有同样的结果。这叫内向爆炸。当一个习惯了海底生活的两栖动物升到某一高度，只要压力超过它的承受力时，它体内就会发生爆炸。难道我们对人类生活中的这种情形不熟悉吗？突然变得狂暴的挪威人以及胡作非为的马来人，难道不是更能说明这种爆炸性质的例子吗？杯子里的水太满就会渗出来；但是，如果杯子和它里面装的东西是同一种物质，又会怎么样呢？

有这样的时候，当生命的灵妙运程达到辉煌的顶点时，人的灵魂就会外溢。人们通过蒙娜丽莎式的迷人的微笑可以看到灵魂淹没了灵魂。月亮逐渐成为满月的现象表明和谐才是完美的东西。奇迹会在顷刻之间消失得无影无踪，于是便出现了捉摸不透的、无法言明的东西。在人类的生活中或许不会发生月亮满盈的事情。在某些人的生活中，唯一值得庆贺的不可思议的奇迹看来的确会永远地黯淡下去。在社会思潮泛滥成灾的情况下，不管它采取什么形式，我们都害怕看到只有月亮盈亏圆缺的现象持续发生。现在仍有少数人很不正常，真正成功了，却被成功的奇迹吓得屁滚尿流，以至

于耗尽余生也要拼命避开使他们出头露面的人。心理斗争其实是灵魂分裂的过程。月亮满圆时，有些人就无法接受月亮亏缺后的黯淡；他们很想在自己的天堂顶端悬挂一个满而圆的月亮。他们试图阻止这种规律的运行，而这种规律正是靠着自身以及自身的生与灭来完整而理想地表现着自己。他们在社会浪潮的裹挟之下被肢解得灵肉分离，只剩下一个分割后的自我的幻影在精神世界里呐喊争辩。他们被自己身上辐射出来的强光所摧毁，永远生活在对真理、美好与和谐的徒劳追求中。他们失去了自身的光辉，很想拥有那些具有感召力者的灵魂与精神。他们不放过每一道光，而且对光辉的渴望表现得淋漓尽致。只要光亮唰地对准他们，他们也会很快地黯然失色。照在他们身上的光线越强，他们似乎就越眼花缭乱——甚至瞎了双眼。尽管有危险，但他们有一种不可遏止的欲望，总想成为光芒四射的发光体。

她躺在炽热的灯光下，嘴唇微微张开，似乎在神秘地笑着。她的身体出奇的轻，就好像漂浮在麻醉品的雾气中，她的肉体依然洋溢着激情，这种激情超然地悬浮在她的上方，像某种罕见的凝聚物环绕着她，等着被肉体重新吸收进去。

正当我沉思冥想时，一个奇特的想法攫住了我。她想自杀的时候却发现自己早已死亡了，我这样想是不是太愚蠢了？是不是死神不想受她的蒙骗而已经附到她身上了呢？是不是说这种难以想象的激情犹如镜子上呼出来的雾气，集中反映了她的另一种死法呢？

她总是活得那么带劲儿，可以说，活得那么让人感到神奇。除了睡觉，她从不休息，而且她睡起来就跟一块没有知觉的石头一样。

“你就没做过梦？”我有一次问她。

她已经记不清了，她很久以前做过一次梦。

“可是每个人都要做梦的，”我坚持说，“只不过你不用心记罢了。”

接着她很快用一种非常明显的漫不经心的口气告诉我她又开始做梦了。这些梦很不寻常，与她说的话有天壤之别。起初，她向我透露的时候还装作害羞的样子，不过，当她后来从我的问话中得知这些梦有多么重要的时候，她便详详细细地给我慢慢道来。

有一天，我给克伦斯基复述其中的一个梦，我把这个梦当成自己做的讲给他听，并且还假惺惺地说我这个人很神秘，让人摸不透，他说：“好我的米勒先生！这个梦一点儿真实性都没有，你是想让我出丑吧？”

“让你出丑？”我着实的确大吃了一惊。

“对于作家而言，这个梦听起来或许很真实，但在心理学家的眼里，它却是一派胡言。你也清楚，你不能像杜撰小说那样去捏造梦。梦与小说一样都有自己的真实性的标准。”

我由着他否认这个梦好了。为了封住他的嘴巴，我只好承认是我早编好了的。

过了几天，当我在奥尼里菲克大夫的书房里随便翻阅时，碰巧看到一本关于描述个人自我感如何丧失的大部头。我走马观花地翻阅着，却发现书里夹着一枚信封，上面写有我的名字，背面还有通信地址，的确这是我的笔迹。看来，只有莫娜才会把它丢在这里。

我读的这些章节都是一个精神病学者关于梦的记录。他记录的都是一个具有双重人格的梦游者所做的梦。我有一种熟悉，于是便不安地继续往下看。我只是在某些句子上辨认出来了。

最后，我看得十分入迷，竟对某些熟悉的片段做了笔记。我要在适当的时候把这些片段的前后关系查个水落石出。我又搜出来几本书，想找找批注，结果没有任何收获。

但是，我明白了这个过程。她只摘录了最激动人心的部分，然后又把它们拼凑在一起。在她眼里，描写十六岁少女之梦的片段与描写吸毒成瘾的男子的梦的片段没有什么不一样。

我想了一个好主意：先把这枚破信封插进这部书的另一章中，然后再把书放到书架上。

半小时过后，我又想出一个更好的主意。我取下这本书，核对了一下笔记，然后在她曾经抄袭过的段落字句下仔细细地划上杠杠。我当然清楚，因为她，我可能过上几年才能听到事实的真相，也许永远听不到了。不过我乐意等着。

我刚刚反思了半天，脑海里又泛起一个令人泄气的想法。如果她能编造自己的梦境生活，那么她的现实生活是什么样子呢？如果我准备开始调查她的过去……这事很棘手，它足以使我刚披甲上阵就要鸣金收兵。因为，谁都会警觉起来，况且这也不是个让人愉快的想法。人总不能竖着耳朵生活一辈子。让人难以捉摸的是，当我回想起她是怎样放弃某一话题时，我只不过在自言自语呀！她能顺利地让我忘掉那桩小事，真是不可思议。记得我第一次去她家登门拜访的时候，在她家的后院里瞥见一个女人，我料想这是她的母亲；为了纠正我的这一错误想法，她带着一种精明的真诚向我详细说明了那个女人的人品与性格特征，并且断然告诉我那是她的姑妈。这一来，她便巧妙地打消了我的疑虑。她的这套骗人把戏太拙劣了，以至于我事后一想，便对自己这么容易上当受骗而恼怒不已。这事我起码能立刻调查呀，可是我太自以为是了，总觉得要把这个事查个水落石出太无聊了，所以几乎儿断然放弃了这种做法。我还没走到这一步，不过，凭我的嘴皮子跟她耍个聪明花招让她下不了台才更有趣呢。如果我再学学治人的花招，就会少走几个弯路。

可是无论如何，我绝不能让她怀疑我识破了她的谎言。我马上反问自己，有这么大的必要吗？我喜欢揭露越来越多的谎言？这是件乐事吗？我脑海里又闪现出一个问题。若你和一个嗜酒如命的人结婚，你是不是自以为狂饮海喝对身体有百益而无一害呢？为了搞清楚你所爱的人身上表现出来的这种恶习，你会一如既往地违心说一切都那么美好吗？

如果我在不违背常理的情况下对这件事激起了好奇心，那么，能刨根问底、弄清楚她为何这么放肆地说谎就更好了，但是这种痼疾对我的影响还不太明显。稍微想想脑子，我就会马上意识到给我们带来最糟结局的便是感情上的疏远与背离。第一次发现她撒谎给我带来的震惊绝不亚于我与疯子交锋所产生的感情冲击。感情的背叛以及由此产生的恐惧感，通常，是由于人格丧失而产生的恐惧心理造成的。人类要把真理提升到至高无上的境界，并且使它可能成为个体存在的支点和轴心，就可能需要一个漫长的过程。而道德因素，对于某种更为深奥、几乎被人遗忘的意图来说，只不过起了一种陪衬和掩饰的作用。史记本来就是故事，而谎言和历史，总而言之具有重要性，不容忽视。一部小说，是富有创造力的艺术家的思想结晶，它应当被看作是了解作者真实生活的最有力的材料，因而其意义也非常重大。很多谎言只能藏身于真理之中而不能孤立地存在，它们与真理共生于一体，是一种相互依存的关系。漂亮的谎言所显示的内容要比真理所表现的多，这是对追求真理的人而言的。对这样的人来说，一旦听到谎言，他不会不因此而大动肝火或者有任何反责之词，更不会痛心疾首，因为一切都是那样独具匠心、真诚坦率！

我为自己能长时间地进行哲理性的客观思考而感到非常惊奇。我又把重新出现的想法记下来。我或许会有一些收获的。

十二

我刚从克朗西的办公室出来。克朗西是公司的总经理。对上司和对下属，他都一样称为“先生”。

我对他压根儿谈不上什么尊敬。虽然我们之间有个约定，每隔一个月左右我就要去拜访他，和他聊上一小段时间，但我六个月都躲着不去见他。今天他把我叫到办公室，对我说他很失望，这其实上是在暗示我辜负了他。

这可怜的傻瓜！若我不是这么讨厌他的话，我或许真会为他感到难过。我看得出他遇到麻烦了，可是这是他二十多年来的报应，是自作自受。

克朗西干什么都很有军人风度。必要的时候他既可以发号施令，也可以接受别人的调遣。绝对服从是他的人生信念。我显然不是一个好军人。若放手让我去干，我肯定是个优秀的人，但是既然他对我严加管束，他就会懊恼地发现，即使是他这位总经理都得让三分的人，我照样把他们的话当耳旁风。听说我冒犯了曲里格先生的一个亲信，他真的气急败坏了。曲里格是公司副总裁，这个人心狠手辣，和克朗西本人一样，也是靠这点手段爬到现在这一位置的。跟上司的简短会谈，耳朵里灌进好多废话，真让人倒胃口。这次交谈不欢而散。事实上，自从我被通知说要和斯皮瓦克先生合作，我的日子就没好受过，如今看来，这人然显是曲里格先生的走狗。

你怎么能和一只老鼠共事呢？特别是和一只存心想找你茬子的老鼠呆在一块？我走进酒吧想喝一杯，脑子里在回想几个月来发生的一切。现在我知道了，是斯皮瓦克的出现才造成我今天的处境。正当我把一切安排得好的时候，曲里格把斯皮瓦克从另一个城市派来，任命他为效率专家。于是，斯皮瓦克执掌握大权，并且指出原先的工作效率太低。

从那时起他们就把我像棋子一样移来移去。他们先是把我调到总部。似乎是要给我来个下马威，曲里格自己就在这栋楼里办公，他的办公室在我上面十五层。我就好像被关在了一间令人窒息的笼子里，四周堆满了可恶的摆设。每次客户打来传呼电话，就一闪一闪地、嗡嗡叽叽地乱叫。巴掌大的地方放上两张办公桌后，两头只够再摆两张椅子供客户们坐。我得扯着嗓子，满头大汗地嚷嚷才能让客户听见我说话。短短几

个月的时间我有三次失声。每次我都去找楼上公司的大夫看病，每次他都是迷惑地摇头。

“说‘啊’!”

“啊！……”

“说‘哦!’”

“哦！……”

他用一个扁平的小木棒压着我的舌头，“嘴巴张大点。”

我尽可能地把嘴巴张得大大的。他朝我嘴里喷了些药水。

“觉得好点吗?”

我尽量想说“是”，可没发出声音，只吐出来一口痰。

“看不出你嗓子有什么毛病，”他总这么说，“过几天再来瞧瞧。可能是天气的缘故。”

他从来不问这些天我都用嗓子干什么了。但，当我想到失声就可以休几天病假，我便觉得他不知道我的病因其实也不坏。

但斯皮瓦克却怀疑我是托病逃差。在我嗓子好了之后的很长一段时间里，我都喜欢故意用一种几乎听不见的沙哑声音跟他说话。

“你说什么?”他粗言厉声地问。

而我总是低声地重复毫不重要的话。

“哦，是那事!”他大发雷霆，训斥我该扯开嗓门说话。

“你觉得你的嗓子什么时候能康复好?”

“我不知道。”我直盯着他的眼睛低声说。

然后他就叮嘱他的接线员，让他探听出我是否在装病。他一出去我就恢复正常音量说话，但若有电话，我就让我的助手去接：“米勒先生不能接电话，他的嗓子坏了。”我这样做是为了不让斯皮瓦克的阴谋得逞。他非常可能离开我的办公室，从前门出去，马上就找一间电话亭给我打电话，要是能把我的把戏戳穿，他肯定会非常高兴。

但这种小孩玩的把戏实在无聊之极。每家大公司都有这种事。这可以说是人的本能的一种发泄，也算是一种文明吧!

我又喝了一杯，快速瞟了一眼市政大楼的大钟。说来好笑，那口大钟曾给过我灵感，我还为此写过唯一一首诗歌。那是他们把我从住宅区调到总部不久的事。我透过窗口朝街上一望就能看见这栋大楼。瓦莱斯佳就坐在我前面，就是由于她我才写那首诗的。我记得那个周六的上午我开始写诗时的激动心情。简直难以置信——那是一首诗。我给瓦莱斯佳打电话，告诉她这个好消息。几个月之后她就死了。

不过，就那一次柯里没跟她在一起，这事我是最近才知道的。他好像以前常带她去海边。上帝知道，在水里站着他就干了那事。那是第一次。随后无论是在汽车里、在浴室、在水边，还是在游览汽艇上，他们都毫旁若无人地做爱。

我正回忆这些美好的往事呢，就看见一个穿着制服的高大身影从窗前经过。我跑过去跟他打招呼。

“米勒先生，我不知道我是否可以进去。你知道我正在上班呢。”

“没关系，进来坐会儿，一块喝一杯吧！见到你真高兴。”

这人是谢利登中校，斯皮瓦克组织的警卫队的头目。谢利登是亚利桑那州人。他来找我谋职，我便安排他晚上值勤。我喜欢他。每个人都喜欢他，甚至连那个禽兽不如的曲里格也喜欢他。

谢利登为人一点儿也不狡猾。他受的教育很少，除了本分做人以外，他单纯朴实，一点也没有野心。他是至今为止我见过的少数几个正派人之一。

我问他军事操练进展怎样。他说情况很糟糕、令人泄气。他对那些男孩子感到很失望。他们没有斗志，对军事操练提不起兴趣。

“米勒先生，”他痛苦地说：“我生平没有见过这样的家伙。他们不知羞耻……”

我不禁笑了，不知羞耻，天哪！

“谢利登，”我说，“难道你不知道自己在和一些社会渣滓打交道吗？而且男孩子天生就不知道什么是羞耻，尤其是城里的男孩。这些男孩就是小流氓。你去过市长办公室吗？你见过在那儿值勤的人吗？那些人是成年勤务兵。若你把他们也关进监狱，你就弄不清他们和那些真正的罪犯的区别。整个城里除了流氓就是痞子。城市就是这么个地方——一个极好的罪犯滋生地。”

谢利登迷惑地看了我一眼。

“但米勒先生，您可不是那种人。”他说完，不好意思地咧嘴笑了。

我也笑了。“我知道，谢利登。我是例外。我正在这儿打发时光呢。总有一天我会去亚利桑那州，或者别的什么宁静悠闲的地方。我没告诉过你吗？几年前我去过亚利桑那，我要是留在那里就好了……，告诉我，你怎么会离开那儿的？你不是个牧羊人，对吧？”

这次是谢利登笑了。“不，米勒先生，我告诉过您，您不记得啦？我是个理发师。”

“理发师？”

“是的，”谢利登说，“我的手艺挺不错的。”

“可你还会骑马，对吗？我猜你不是一直呆在理发店里，是吧？”

“对，”他马上回答说，“我想我确实干过别的。自打七岁开始我就自谋生路。”

“你怎么来纽约的？”

“我想看看大城市是什么样。我还去过丹佛、路易斯安娜和芝加哥。每个人都告诉我我得去看看纽约什么样，于是我就决定来纽约了。我跟您说，米勒先生，纽约是个很好的地方，但我不喜欢这儿的人。……我想我不能理解他们的行为方式吧！”

“你是说他们把你推来搡去的样子？”

“是的，他们说谎骗人。甚至这儿的女人也跟我们那里不同。我好像找不到我喜欢的姑娘。”

“你好极了，谢利登。你不知道该如何对待她们。”

“我清楚这点。米勒先生。”他低下了头，一副害羞的样子。

“你知道，”他吞吞吐吐地说，“我猜我身上有什么不对劲的地方。他们在背后嘲笑我，每个人都这样，甚至连小孩子都这样。也许是我说的话不对头。”

“谢利登，你不能对那帮男孩子太客气，”我插嘴说，“我提醒你，你必须对他们严厉点！不时地揍他们一顿，训斥训斥。别让他们觉得你心慈手软。那样的话，他们会欺负到你头上去。”

他缓缓地抬起头，伸出手，“看这儿。这是前几天一个男孩咬的。您想象得出来吗？”

“你怎么处罚他的？”

谢利登又低下头，看着自己的脚。“我打发他回家了。”他说。

“就这样吧？你只是打发他回家？没狠狠揍他一顿？”

不说话了。过了几分钟他又开口说了，语气很平静而又坚定。

“我不愿意处罚人，米勒先生。若有人打了我，我从不还手。我已经尽量找他谈，找出他的错误。您看，我像个小孩一样遭人打，真是过得太艰难了……”

他突然又不吭声了，两只脚挪来挪去。

“我总想告诉您点事，”他似乎鼓足了全身的勇气。他继续说着，“米勒先生，您是唯一我可以告诉您这事的人，您知道我可以信赖您……”。

又是沉默。我认真地等着听下文，很想知道他要说什么。

“当我来电报公司的时候，”他接着说，“我一分钱也没有。米勒先生，您还记得吗？是您帮了我。我感谢您为我做的一切。”

沉默。

“刚才我说，我来纽约是想见识一下大城市，但这只是事实的一个方面。我是在回避某件事。米勒先生，您知道我特别留恋我的家乡。在那儿我有一个对我来说意味着一切的女人。她理解我，我也理解她，但她和我哥哥结了婚。我不想从我哥哥身边把她夺走，但没有她我又活不下去……”

“你哥哥知道你爱她吗?”

“起初不知道，”谢利登说，“但过了一段时间他就注意到了。您知道，我们三个人住在一起。那间理发店是他的，我帮他干。我们的手艺在那地方是一流的。”

又是一阵尴尬的沉默。

“有一天出事了。那是个星期天。我们出去野餐。我和她一直很相爱，但我们从没干什么。我说过，我不想伤害我哥哥，但那事还是发生了。我们都睡在户外，而她睡在我们俩中间。我一觉醒来，发现她的手放在我身上。她完全醒了，一双大眼睛盯着我。她凑过身来，吻我。于是就在那儿，我哥哥就躺在我们身边。我占有了她。”

“再来一杯吧!”我劝他。

“我觉得是得再喝一杯，”谢利登说，“谢谢您。”

他继续缓缓地、犹犹豫豫地叙述着事情的经过，他心如乱麻。我喜欢他谈论他哥哥的方式，几乎就像是在谈论他自己。

“嗯，长话短说吧，米勒先生，一天他醋劲大发，真有点疯了。他拿着剃须刀追我。您看见这个伤疤了吗?”他把头轻轻偏向一边，“这是我尽力想躲开，但结果被划的那一刀。如果我没躲开。我想他可能把我半张脸给割下来。”

谢利登慢慢地啜着酒，若有所思地盯着前方洗手池子上的一面镜子。

“最后我让他镇定了下来，”他说。“当然，当他看见血顺着我脖子流下来，而且耳朵也差点儿被割掉，他也吓坏了。后来，米勒先生，可怕的事情发生了。他就像个孩子似的开始哭了起来。他告诉我是他不好，当然我明白并不是这样。他说他不该娶埃拉，埃拉就是那姑娘的名字。他说他要离婚，要去别的地方，一切要重新开始。他还说我应该娶埃拉。他求我让我说我会娶她。他甚至还要借钱给我，他想立刻就走，他说他再也忍受不了。当然我一点儿也不愿意听这些。我求他什么都不要对埃拉提。我说我自己会去旅行，让事情淡下去。他说他不愿听这些……但最后，当我告诉他我走是唯一明智的做法时，他才同意让我走……”

“这就是你来纽约的原因?”

“是的，但也不全是。您瞧，我已经尽量把事情做对。如果对方是您哥哥的话，您也会这么做的，对吗?我尽了最大努力。”

“嗯，”我说，“那现在又有什么事让你发愁啦?”

他两眼发呆地盯着镜子。

“埃拉，”他沉默了很久才说，“她从他身边跑走了。起初她不知道我去哪儿了。我不时给他们寄明信片，一会儿这个地方，一会儿那个地方，但从不写我的地址。前几

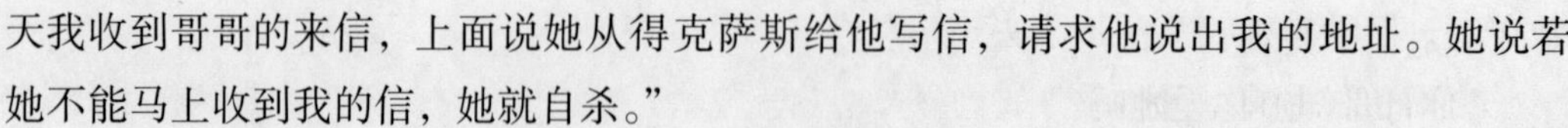

天我收到哥哥的来信，上面说她从得克萨斯给他写信，请求他说出我的地址。她说若她不能马上收到我的信，她就自杀。”

“你给她去信了吗？”

“没有，”他说，“我还没给她写信呢，我真的不知道该怎么办。”

“但看在老天的分上，你爱她，对吗？而且她也爱你，而你哥哥也不会反对。那你究竟在等什么呀？”

“我不想偷走我哥哥的妻子。而且，我知道她确实也爱他，她爱我们俩，就是这么回事。”

这次该轮到我吃惊了。我轻轻吹了声口哨：“问题就出在这儿！”我笑了出来，“这样一来就是另一回事了。”

“是的，”谢利登马上说，“我们两个她都同样喜欢。她从他身边跑走并不是因为她恨他，也不是因为她要我。的确，她是要我，但她跑走是要他采取行动，要他找到我，带我回去。”

“他知道这点吗？”我问。我有点怀疑谢利登是在凭主观猜测。

“是的，他知道，而且若那就是她想要的话，他也想那么过下去。我想若能那样，他也会觉得好受些。”

“那现在呢？你有什么打算？”我问。

“我不知道。我想不出来。米勒先生，我把什么都告诉您了，您如果处在我的位置，会怎么办呢？”

然后，好像是在对他自己说的，他自言自语着：“我也知道像那样生活是不对的，……但若我不马上采取行动，或许埃拉真的会自杀。我不希望那样。我得做点什么来制止这件事情发生。”

“你看，谢利登，……以前你哥哥嫉妒你，但我猜现在他已经想通了。他和你一样都特别希望她回去。那……你想过自己会不会嫉妒你哥哥吗？万一你吃醋呢？和别人一起分享你所爱的女人，即使是和你哥哥，那也不容易做到呀！你知道这点，是不是？”

他没有迟疑，马上回答说：“米勒先生，这些我全想过，我知道自己不会吃醋。我也不担心我哥哥。我们互相了解。问题是埃拉。有时我想她是否真的知道自己的想法。您看，我们三个人是在一起长大的，这正是我们能够相安无事地生活在一起的原因。直到……，那很自然，对不对？但若我现在回去，我和哥哥公开占有她一个，她可能就会开始区别对待我们俩了。这种事会破坏我们这个家庭的和谐。很快人们就会觉察到这件事。我们那儿是个小地方，人们不会接受这种事。我不知道过上一段时间会发生什么事……”

他又不说话了，用手不停地拨弄杯子。

“米勒先生，我还想到一点……，假设她有了孩子，我们永远不会知道我们俩谁是孩子的父亲。天哪，各种可能性我都考虑过了。思前想后，要做出决定真难哪!”

“是的，”我表示理解，“的确不容易。谢利登，我一时也拿不出好主意来。让我仔细想想。”

“谢谢！米勒先生。我知道如果你能够的话，你会帮我的。我想我得马上去了。斯皮瓦克先生肯定在找我。再见，米勒先生!”他急匆匆地走了。

当我回到办公室，有人告诉我说克朗西来过电话。他问起最近我招聘的一个女雇员的情况。

“怎么啦?”我问，“她干什么啦?”

没人知道实情。

“那她在哪儿工作?”

我查出她被派到商业区与住宅区之间的办公楼去工作了。她的名字是尼娜·安德鲁斯。希米已经整理出她的所有资料。他给那姑娘工作的办公室主任打过电话，但什么也没查出来。那位主任自己也是个年轻姑娘，她对这姑娘各方面的印象都挺好。

我决定最好还是打电话问克朗西，搞明白是怎么回事。他态度生硬，脾气很糟糕。显然，曲里格先生训斥过他，他当然要迁怒于我。

“但她干了什么呀?”我替她抱不平。

“她干了什么?”克朗西气恼地重复我的话，“米勒先生，我提醒过你几次了？我们只聘用高雅的淑女。”

“是的，先生。”我只好说道，心里却在诅咒这个笨蛋。

“米勒先生，”他郑重其事地说：“那个自称是尼娜·安德鲁斯的女人纯粹是个妓女。这个情况是我们一个重要的客户反映的。他告诉曲里格先生她企图勾引他。曲里格先生打算调查这件事。他怀疑我们还有别的这样下流的女雇员。米勒先生，不用我说，你也知道这件事很麻烦，这是一件严重的事情。我相信你知道怎样应付这种处境，过一两天向我汇报。明白吗?”他把电话挂了。

我坐在那儿，尽量想回忆起这位闯祸的年轻女子。

“她现在在哪里?”我问。

“她被解雇了。”希米说。

“给她拍份电报，”我说，“让她给我来个电话，我想和她谈谈。”

我一直在等她的电话，直到晚上七点。刚好奥洛克进来了。我忽然想到，也许我

可以问问奥洛克。

这时电话铃响了。是尼娜·安德鲁斯。她那好听的声音马上唤起了我对她的同情。

“很抱歉我没能马上给您打电话，”她说。“我整个下午都出去了。”

“安德鲁斯小姐，”我说，“不知道您是否愿意帮我一个忙，过一会儿我想上您家去，和您聊聊。”

“哦，我不想要那份工作了。”她语气很愉快，“我已经又找了份工作，一份更好的工作。谢谢您……”

“安德鲁斯小姐，”我坚持说：“我还是想见见您，就一会儿，您介意吗？”

“不，一点也不。您当然可以来。我只是不想麻烦您……”

“好，谢谢。……我马上就来。”

我去求奥洛克，简短地向他解释了这件事。“或许你想一块去，”我说，“你知道，我不相信她是妓女。我现在想起她来了。我觉得我知道……”我们钻进一辆出租车，来到她住的“七十秒大街”。这是一栋典型的老式住宅。她住在四楼。

看到奥洛克和我一起来她有点吃惊，但不是惊恐。

“我不知道您会带朋友来，”说着，她坦诚地看了我一眼，“很抱歉，这儿有点乱。”

“这没什么，安德鲁斯小姐。”奥洛克说话了，“尼娜是你的名字，对吗？”

“对，”她问，“怎么啦？”

“这名字很好听。”他说，“现在不怎么常听见这个名字啦。你不会碰巧是西班牙人的后裔吧？”

“对，不是西班牙人，”她回答得非常快也很机警，一点没有让人产生怀疑。“我是丹麦人，而我父亲是英国人。怎么，我看上去像西班牙人吗？”

奥洛克笑了，“其实，安德鲁斯小姐……尼娜小姐，我能这样称呼你吗？……不，你看上去一点也不像西班牙人，但尼娜是个西班牙人名，对吗？”

“请坐。”说着她把沙发上的靠垫放好，然后以非常自然地口气说，“我猜你们听说我被解雇了吧？就跟这一样！没什么好解释的，但他们给了我两周的薪水，而且我已经找了份更好的工作。所以不算很糟糕，对吧？”

我现在庆幸把奥洛克带来了。若我一个人来，说不上两句我就会走的。听到这我完全相信这姑娘是无辜的了。

这姑娘在求职表上填的写是25岁，但很明显她大不过19岁。她看上去是在农村长大的。迷人的小姐，而且很机灵。

显然奥洛克也有同样的感觉。他提高了嗓门，看来他在考虑怎样帮她减轻不必要的麻烦。

“尼娜小姐，”他说，他说话的神态就像是位父亲，“是米勒先生叫我一块过来的，你知道，我是夜巡队队长。现在你能想起他的名字——他是布鲁克斯保险公司的。你记得他的名字吗？尼娜小姐？想想，也许你能帮我们。”

“我当然知道他的名字，”她显得十分轻松地回答说：“715 号房间的哈考特先生，是的，我跟他很熟，我还认识他儿子。”

奥洛克的耳朵立刻竖了起来。

“你认识他儿子？”他重复了一句。

“怎么啦？我们是一对恋人。我们是一个镇上的。”她提到一个乡村小镇，“我猜你们不把它叫作镇子。”她轻轻笑了两下。

“我明白了。”奥洛克一边说一边想着用什么话引她继续说下去。

“我现在知道我为什么被开除了。”她说，“这个哈考特先生认为我配不上他儿子，可我总觉得他不至于那么恨我呀！”

当她说话的时候我越来越清楚地回想起她第一次来谋职时的情况了。有一个细节我记得十分清楚。填写申请表，她特别提出希望被安排在某一栋办公楼里工作。这也不是什么出格的要求，求职的人总是有这样或那样的要求，喜欢在某一部门工作。我还记得她笑着感谢我帮了她的忙。

“安德鲁斯小姐，”我说，“你来求职的时候，不是求我派你去赫克歇尔大楼工作的吗？”

“的确，”她回答说，“我想离约翰近点。我知道他父亲尽量想让我们俩分开。这正是我离家的原因。”

“超初哈考特先生试图奚落我，”她补充道，“我指的是最初我给他办公室送电报的时候，但我不在乎。约翰也不在乎。”

“嗯，”奥洛克说，“你不在乎丢掉工作吗？无所谓你想回去上班的话，我想米勒先生会给你安排的。”他瞅了我一眼。

“哦，我真的不想回去，”她毫不犹豫地说，“我已经找了份好得多的工作，而且是在同一栋楼里。”

我们三个都笑了。

我和奥洛克站起来要走，“你是个音乐家，对吗？”奥洛克问。

她脸红了。“怎么……你怎么知道的？我是会拉小提琴。当然，这是我决定来纽约的另一个原因。我衷心希望有一天能在这儿举办个人演奏会，也许在市政礼堂。在这样一个大城市里举办演奏会是不是挺令人激动的？我说的没错吧？”她像个女中学生似的咯咯笑了。

“生活在纽约这样一个地方很好，”奥洛克说。他的声音突然显得庄重起来，“我真诚希望你能成功地得到你想得到的东西……”他没接着往下说，沉默了好一会儿，然后抓住她的手，端正地站在她面前说：“让我给你提个建议，可以吗？”

“当然可以！”安德鲁斯小姐说，脸微微有点儿红。

“那么好吧，当你第一次在市政礼堂举办演奏会的时候，让我们这样假设一下吧，我建议你用你的真名：玛乔里·布莱尔。这个名字和尼娜·安德鲁斯同样好听……你不这样认为吗？”他说着，也没停下来看看她对这话的反应，抓起我的手就朝门口走去，“我想我们会相处得很好的。祝你好运，布莱尔小姐，再见！”

“我都被搞糊涂了。”当我们来到街上时，我说。

“她是个挺好的姑娘，是吗？”奥洛克说着拖着我向前走，“克朗西今天下午给我打过电话，给我看了她的申请表。我已经搞到了她的全部资料。她这人完全可以——没什么可说的。”

“但是名字呢？”我问，“她为什么要改名字？”

“哦，那没什么，”奥洛克说，“有时候年轻人觉得改个名字挺有意思的。……庆幸的是她不知道哈考特先生都跟曲里格先生说了什么，是吧？如果这事泄露出去，可就有咱们的好戏看了。”

“顺便说一声，”他补充道，好像提及一件无关紧的事，“我向曲里格先生汇报时，我会说她快满二十二岁了，你不介意我这样做吧？你知道，他们怀疑她不满十八岁。当然你不够核实每个人的年龄，但你还是得小心。当然，你能够明白……”

“我当然明白，”我说，“你能帮我说话真是太好了。”

我们静静地朝前走着，眼睛在寻找着一家饭馆。

“给曲里格先生编那么个故事，哈考特先生不是也太冒险了吗？”

奥洛克没有马上回答。

“这件事太令人气愤了，”我说，“他妈的，你知道吗？他几乎把我的工作都给搞丢了。”

“哈考特这件案子比较复杂，”奥洛克慢慢说道，“你要知道，我是信任你才告诉你这个的，我们别再说哈考特先生什么啦。在我的报告里我会告诉曲里格先生说这个案子已经圆满解决。我会解释说哈考特先生误会这姑娘的为人了，她立即找了另一份工作，而且建议说让这件事情就这样过去。……我想你已经猜到了吧？哈考特先生是曲里格先生的一个好朋友。能肯定那姑娘说的都是实话，她也是一个不错的小姑娘，我喜欢她，但她自然对我们隐瞒了一件事。哈考特先生解雇她是因为他嫉妒他儿子……你想知道我怎么这么快就知道的？我们有自己了解情况的渠道。如果你想听的话，我可以告诉你许多有关这个哈考特的事。”

当他突然想改变话题时，我立刻说：“是的，我想听。”

“我知道你最近碰到过一个叫莫纳汉的小伙子。”

这可让我足足吃了一惊，“的确，莫纳汉，没错。怎么，你哥哥告诉你的吗？”

“是的，你知道，”奥洛克继续缓缓地说道，“莫纳汉是干什么的，对吗？我的意思是他的工作职责是什么？”

我装作我知道似的，嘟哝了几句，不耐烦地等他说下去。

“事情是怎样凑巧到一起去的，这非常有意思，”他继续说，“当尼娜·安德鲁斯来纽约的时候，她并没有马上去你那里求职。像所有的年轻姑娘一样，她被灯红酒绿的城市给迷住了。她很年轻，也很聪明，她知道怎样照顾好自己。老实说，她并不像外表看上去那样天真无邪，但这都不关我的事……简短地说吧，米勒先生，她的第一份工作是在舞厅当舞女。你也许知道，那地方……”他说话的时候眼睛直盯着前方，“是的，就是莫纳汉当监场的地方，老板是一个希腊人，也是个很好的小伙子，当然，我是说服干他这行的其他人相比较而言。但还有别的人呀，在舞厅里晃荡，总想找点事的那种人。尤其是当尼娜这样的漂亮小妞走了进去，脸上抹得红红的，一看就是从农村来的那副拘谨的样子。”

当他又转变话题时，我正急着想多听些有关莫纳汉的事。

“有关哈考特的事怪滑稽的。有一点要关于你的就是，当你开始调查一件事的时候，你得格外小心。”

“你这是什么意思？”我问，不知道他的下文会是什么。

“嗯，是这样，”奥洛克说着，在考虑他的措辞。“哈考特在纽约有一大歌厅，在别的地方也有。保险公司只是个幌子，所以他让自己儿子去管。他对保险不怎么感兴趣。他的兴趣在年轻姑娘身上——越年轻越好。如果真是他说服安德鲁斯小姐用她的真名玛乔里·布莱尔的话，我一点儿也不会觉得奇怪，当然，这只是我的猜测。因为若他们之间出了什么事，安德鲁斯小姐就不能跟别人讲了，是不是？至少不能告诉她所爱的年轻人。现在她只有十九岁，但她看上去也就 16 岁。别忘了她是在农村长大的，她们有的特别早熟，你知道，我是指很早就会来月经。”

他没有说下去，好像在打量眼前的一家饭馆，不知不觉他把我领到这家饭馆前面了。

“这地方还凑合，我们进去吗？哦，等会儿，我们说到哪儿啦？哦，关于哈考特……当然，那姑娘没想到他和舞厅有什么关系。她去那家舞厅纯属偶然，你知道我指哪家，对吧，它正对着……”

“是的，清楚。”我说，为他提起我的痛处，讽刺我，心里感到有点不快，“我有个朋友在那儿工作。”我补充说。心想：你明明知道我的意思。

我在想莫纳汉都跟他透露了多少。我又忽想到莫纳汉是不是早就认识奥洛克了。他们俩都喜欢玩弄这种把戏，一会儿大惊小怪，一会儿又漠然置之。我猜他们会情不自禁地这样干。就像出纳员在梦里说“谢谢”一样。

当我等着听他的下文时，脑子里又产生一股疑团。也许莫纳汉扔下的那两张五十美元的钞票是奥洛克的。我几乎都这样肯定了。除非……但我马上放弃了这个想法，这太牵强附会了。除非……我又忍不住想到，钱是哈考特的。那天晚上他给我看的是一大沓钞票。一般监场身上是不带那么多钱的。不管怎么说，如果莫纳汉是敲诈哈考特得来的（也许是那个希腊人!），奥洛克是不会知道的。

我们正要走进饭馆，我突然听他说道：“在那样的舞厅，一个姑娘如果不先和哈考特睡觉，几乎是不可能找到工作的。至少，莫纳汉是这么告诉我的。”

“当然，这也没什么特别的。”他停了一会儿，打量了一下饭馆里面的环境。

我们在里边一个僻静的角落里坐下来，以便不让人偷听到我们的谈话。我注意到奥洛克以他那习惯的警觉在环顾四周。

“但玛乔里·布莱尔小姐用另外一个名字找了份工作，这差点暴露了他生活不检点的丑事。”

“哦，天哪，”我叫道，“我从没想到过这一点。”

“庆幸的是，他先看了看她的照片……”

我忍不住打断他说，“你是不是很快就了解到所有真相了?”

“这是巧合，”奥洛克坦白说：“我从克朗西的办公室回来的路上碰巧遇到了莫纳汉。”

“可你又怎么这么快就把这两件事联想到一块的呢?”我依然疑惑不解，“当你碰到莫纳汉时，你并不知道那些姑娘在舞厅干过呀？我真不知道你是怎么搞到那情况的。”

“我是不知道，”奥洛克说，“我是从哈考特那儿知道的。你看，我跟莫纳汉聊天时，他说起他的工作，还附带提到了你。是的，他说他非常喜欢你。顺便告诉你一声，他还想见你……你应该跟他联系。……我说过，我曾经给哈考特去过电话，我问了他几个一般的问题，比如说他是否知道那姑娘以前在什么地方工作过。他说她在一家舞厅干过。他的原话好像是：‘她只是个妓女。’我问莫纳汉是否认识一个叫安德鲁斯的姑娘，她在舞厅干过。我当时甚至不知道是哪家舞厅，然后，使我吃惊的是在我给他解释完这个案子之后，他开始告诉我有关哈考特的事。经过就是这样，很简单，对不对？我跟你说吧，纸里包不住火。要想人不知，除非己莫为。”

“真见鬼。”我只想说这么一句。

奥洛克在研究菜谱，我却心不在焉，不知道该吃些什么。满脑子想的都是哈考特。他玩遍了那么多女人！天哪，我气坏了。我很想揍他一顿。或许莫纳汉就是这么想的。

我随便点了些吃的，坐在那儿，闷闷不乐地看着吃的东西。

“怎么啦?”奥洛克问，“你看上去垂头丧气的。”

“是的，”我回答说，“不过没什么，如今好了。”

整顿饭的过程中我都没怎么认真听奥洛克说话。我一直在想莫娜。我想若我对她提起哈考特这个名字，她会说什么呢？那个流氓！几乎把我的饭碗给砸了！这个无耻之徒！

我花了几个小时的时间才甩掉奥洛克。当他想缠着你的时候，他就能一个故事接着一个故事地讲给你听，故事之间的过渡又会那么自然。跟他在一起呆上一个晚上，我总是被弄得精疲力尽。有时他会让我在电话局等上半小时或半小时还要多，我等得都烦躁。他还在翻箱倒柜地费力寻找那些并不重要的细枝末节，而且，在把他的故事接着讲完之前，他总要兜一个大圈子，谈到我们认识的办公室里的职员、经理或报务员。他的记忆力很好。分布在全市大大小小的百多个分部里职员的名字，他都记得；他们是否变换过工作，更换过办公室，他也知道；连他们家的私事他都清楚。他不仅认识所有在职员工，还认识上一辈人。另外，他还认识警卫，不管是白班的还是夜班的，对那帮老职员他还格外热心，他们中的有些人在公司里干的年头几乎和他自己一样长。

在和奥洛克的谈话中，我知道了许多内幕，而有些我怀疑克朗西自己都未必清楚。我发现不只是少数人有过贪污受贿的事，奥洛克有他自己处理这类事件的方法。凭着多年来积累的丰富经验，他经常随心所欲地对付这些不幸的人。我敢肯定，有一半案件只有奥洛克一人知道。如果他信任那个人，那他就会允许他慢慢地供出全部经过。当然，这一切都是他俩之间的秘密。有时这种事能有双重效果。通过用这种不寻常的方式处理这些事件，不仅公司肯定能找回所有被窃取的财物，而且出于对他的感激，那些人从此之后能成为他可靠的线索提供人，一旦出事，总有人向他告密或向他自首并揭发别人。起初我还纳闷奥洛克为什么对那些社会渣滓那么感兴趣，许多次我都发现奥洛克已经将他们改造成有用之人了。其实，从他那神秘的举动中我已经了解到了很能说明问题的一点，那就是，他肯对其花一点点时间和精力的人都是对他有某种用处的人。

尽管他给人的印象总是干起活来风风火火，虽然他经常显得又笨又傻，尽管他好像整天无所事事游手好闲，而事实上他的所作所为都和他手头的工作有着息息相关的联系。而且，从未有过一个案子他是孤立无援地处理的，他有一百多个本人。他从没对一个案子丧失信心而撒手不管，公司或许会将它从记录上划掉，而奥洛克不会。他有着艺术家的无限的忍耐力，他总承认自己有足够的时间。生活的各方面好像没有他

不熟悉的。尽管，提到艺术家，我得承认在艺术领域他不大自信。他也许能站在百货商店的橱窗前天真的看一本《救火梯》的书。他的文学知识几乎是零。他是个侦探是因为他对他的同事有一种非同寻常的兴趣和同情心。他从不会给人带来不必要的痛苦。在证据不足的情况下，他总是认定那人是无辜的。无论那人干过什么，他从不记仇，即使他们是最卑鄙的小人，他也尽量去理解他们，去揣摩他们的心理和动机；而且，最重要的是，你完全可以完全信任他。他的话一旦出口，他愿意以一切代价来坚持他的观点。他从不受礼。我实在想不出能用什么引诱他玩忽职守。依我看，他丝毫没有什么野心。他除了本分做人之外没有什么别的奢望。他把他的全部身心都投入到他的工作之中。尽管他知道，这是一份没人感激的差事，尽管他知道他只是被一个毫无感情的机构利用。但，正如他自己不止一次提到过的，不管公司态度如何，这都与他无关，而等他退休的时候，他们会忘掉他辛辛苦苦干了一辈子的功绩，这他都不在乎。他也从来不会不为有求于他的人尽力。

奥洛克这种人难遇了。有时他深深扰乱了我的心境。我认为我从未见过像他这样一个坦诚直率的人。在我的记忆里，我也从未见过像他这样毫无保留地给别人出主意提意见的人。他是我认识的唯一一个让我认识到如何容忍、如何样去尊重别人的人。

经历了这样一个夜晚之后，当我完全清醒地躺在床上，我总是扪心自问：如果奥洛克处在我这个位置，他会怎么做呢。经过这么一想，我会经常次地意识到我对奥洛克的私生活一无所知，什么都不了解。并不是说他总是含糊其词（不能这样说），但真的是一个空白。

我不知道为什么会这么想，但我有一种感觉，他过去经受过一段挫折，也许就是失恋。

不管是什么，他没有因此而消沉。他挣扎过后便复原了，但他的生活被完全改变了，把所有这些零碎的细节组合在一起，把我所了解到的他的一面和我有时隐约感觉到的另一面（当他追忆往事时）放在一块比较，你不可能否认他们是完全不同的两面，奥洛克具有的所有那些坚强的优秀品质就像一层保护外衣，它不是穿在外表而是在内心深处。在那个世界里他无所惧怕，他完全存在并属于那个世界，但他却无力违抗上天的旨意。

我闭上眼睛，心想这真奇怪，我欠他太多，可他对我将永远是一个解不开的谜团。我只能通过他的行为和他处理事件的态度来了解他。

一股暖流涌上了心头。我突然比以往更懂得奥洛克了。我比以往任何时候都理解得更深刻。我第一次体会到“微妙”这个词的真正含义。

十三

曾几何时，梦里醒来之后总是感到莫名的苦恼和烦躁。在梦里，一个人往往身不由己，事与愿违。在梦里可以什么也没发生，只是清醒地意识到，有一种东西在我的意识之外，却比我意识中的一切更深刻，更真实。

一天早晨，不知不觉又睡醒了，努力想回到对我纠缠不清的梦中仙境去。当我懊恼地发现自己真的醒了时，眼泪都快掉下来了。我合上眼睛，拼命想再回到把我粗暴赶出来的梦境，却再也无法回去了。我逐个尝试听说过的所有方法，却无一管用。就像射出枪膛的子弹，谁也无法截拦。

不过，梦的尾声还是记得的，我正充满情欲地闲逛。我好像完成了某项重要的任务，但我还未来得及体会任务的重要性，我的名字就被抹掉，于是我被推了出来，来到了一个谁也说不清的地方。而在这，无论什么事情都只有一个解决办法——去死。

这就是我手中仅剩的一点零乱的切实的碎片；我紧紧地攥着他们，就像为了一点点面包屑，穷人们会围在富人们的饭桌周围。可是从梦中拾回来的记忆碎片，拼凑起来的东西就像一个证据不充分的案例，而这件案件肯定永远只是个谜。那些散落的碎片在现实中经历着最令人伤心的变化，而它们却是在我将要睡醒时像一个神秘的走私犯那样偷袭过来的，它们就像冰淇淋在八月闷热的天气下溶化了。不过，正当它们和灵魂中萌芽状态的混沌融合在一起时，记忆中模糊的部分却渐渐清晰起来，永远那么明朗，好像是一个可以触摸、可以感觉的连续统一体，有着朦胧而又柔软光滑的轮廓，在这个统一体里他们在移动、在扩张。不是自身的虚幻，而是活生生的显实！那种包容、延续、生命升华的现实，正是人们渴望回到并能永远保留并沉溺于其中的激情。

那天清晨，当我从那个永不消逝的世界中醒来，浑身都是血愈后刚刚愈合的敏感的伤口。除此之外，那个梦里世界还剩下什么呢？我爱过的失去了的女人的脸！尤娜·吉福特，但不是我认识的那个尤娜·吉福特，而是那个饱经数年分离痛苦而变得冷艳逼人的尤娜·吉福特。她的脸变得像在黑暗中的鲜花一样更加好看，被自己发出的耀眼的光彩衬托得更加光彩夺目。所有这些有关她的回忆，都是我精心地保留下来的，就像装在烟斗里的精美烟草，会带来自然的美丽。郁积着的记忆碎片所唤醒的大理石

般的光芒使她苍白的肤色显得更加惨白。她的头在几乎都看不清的躯干上晃动。她的双唇饥渴地张着，非同寻常地充满活力，却又脆弱不堪。就像做梦一样，眼睛无助地搜寻着，从遥远的某个地方搜寻过来的饥渴的双唇。于是，就像在夜间扭缠在一起的外来植物一样，我们的双唇在无尽的找寻之后终于相遇，粘在了一起，也粘在了刚才还在不停流血的伤口上。是吻驱赶了所有痛苦的回忆，是吻止住了流血的伤口，并使它愈合。这吻持续了很久很久，这段永远不会遗忘的美妙时光……

突然，所有一切都被打乱了。就像从堤岸的上面滑下的湿湿的沙子，涌出的乌黑的东西外面，仅剩下一层薄薄的靠不住的白色外壳在闪闪发光，只要不经心的一脚，就能把一切都踩碎。

她又出现了，她在朗读一本书中的某个章节，而那本书我肯定看过。当我终于听出她读的正是我自己的话，正是我脑子里想的而没有写在纸上的话时，我才注意到她不是在读给我听，而是读给躺在她身旁的年轻人听。他仰面躺着，专注地盯着她的脸，好像这世界只有他们两个人。我和他们相隔不远，中间却有一条鸿沟，再也不能走进他们的世界和他们交流。他们俩漂浮在一片荷叶上。我们被分隔开了。我尽力想穿过真空传递信息，告诉她那些优美的词句摘自我的词典，但却是白费力气。我被抛弃了，我被遗忘了。

后来我知道我又找到了仙境，而那仙境是由上帝支配的世界。我还知道一点：如果那只是梦的话，它会结束的，而如果不是梦……

我睁开了眼睛，发现自己躺在一间屋子里，就是头天晚上睡觉的那间。那么其他发生的事就都可以算作梦了。可梦是什么？梦里的那个人是谁？他干了什么？在什么地方？在什么时间呢？

在我那虚幻的旅行中，我被一股无形的力量拽扯着前进，既回不去又走不远。我躺在床上，眼睛轻轻合上，回想着梦里像幽灵一样在一个地方游荡的过程。夏日的一天，我向尤娜挥手告别，转过身背朝着她。尤娜的眼睛紧紧追随着我，跟着我沿着街道向前走，当我拐弯的时候，我觉得那双眼睛穿透了我的胸膛。我知道无论我走到哪里，无论我怎么试图忘却，那双恳求的眼睛都会永远停留在我的脑海里。几年后，当我们恰巧在街上，在她家门口相遇时，这个尤娜领我去了她的卧室，已经完全改变了的尤娜，被婚姻绑住的尤娜。我的向导乔治·马歇尔领着我来到她的房前，像一个下流的偷看者，我等着她挽着袖子走出房门，出来吸口新鲜空气。她没意识到我的存在。尽管我们活生生地站在那儿，和她只有几步之遥。我能够随心所欲地观察她，甚至可以和我的同伴、向导一起对她妄加评论。她看上去总是那样：完全成熟的女人。我看够了她，然后悄悄地溜走。天黑沉沉的，我费劲地记住街道的名字，而这条街道若没人领着我是永远也找不到的。当我在街道拐角处找寻街道标记时，夜色已经很浓了。我知道乔治·马歇尔会像往常一样抓着我的胳膊，说：“别着急，我知道怎么走。……总有一天我还会带你回来的。”说着，乔治·马歇尔、我的向导、我的朋友、我的背叛者，突然猛地将我一推，我就一个人留在了一个不知名的令人作呕的地方，身边四处弥漫着邪恶的气息。

我一个酒吧一个酒吧地闲逛，总是被人斜眼盯，总是被人唾弃，总是被人像皮球似的拳打脚踢。许多次我都发现自己平躺在人行道上，嘴角、眼角都在流血，手被割得一个口子一个口子的，身上肿了一大块。为了偷看她，我付出了这么惨重的代价，但这是值得的。当我在梦里，看见乔治·马歇尔走进来，听见他答应说能安排我们相会，我的心就开始怦怦直跳。我恨不得插上双翅飞到她的房里。奇怪的是我自己从来找不着路。奇怪的是，乔治·马歇尔，就是那个能领我去找她的人，有一根无形的线将我和他连在了一起。虽然他不愿相信自己的眼睛，但他还是全部经过的无声的见证人。于是在梦里，乔治·马歇尔又用怀疑的眼光看了看，重新审视我们走过的历程，期盼能够找到满意的答案。

猛然我又记起了本已忘记的事情。我睁大双眼，好像在凝视着遥远的过去，想捕捉到某个空白的记忆。我看到了后院，因为是在冬天，榆树的树干上都结了冰，地面很硬实，也很荒芜。我是个爱情战场上战败的囚犯。我是个只会对着痰盂愤怒地射精的懒汉。我愤怒地捶打她的颧骨来获得性高潮。我咬她嘴上的茸毛。我忧郁地把自己嘴上的胡须拔下来放进嘴里嚼，再吐掉。

整个冬天都是这样的，直到有一天我回家时发现她躺在床上，身下有一滩血。在梳妆台上医生放了一个用毛巾裹着的七个月的胎儿。它就像是个侏儒，皮肤褐红，有头发也有指甲。它无声无息地躺在梳妆台的抽屉里。它没有名字，没有人爱它，也没有人会悼念它。它会被埋了，即使它尖叫也不会有人听见。它的生命是梦里得到的，也消失在梦里。它的死只是更深更远地刺入了一个永远不会醒的梦里。

卡洛特两腿交叉地躺在床上，两脚搭在床沿上。她一直那样躺着直到大夫来抢救她。房东进来换了床单。我们被告知要搬走，房间要消毒。我们另外找了个地方，有床，有炉子，有五斗橱。我们仍像以往一样吃饭、睡觉。

日子一天天地就这样过去了，直到遇见尤娜·吉福特。那是我和卡洛特搬到另一套公寓的几个礼拜后，我在她家附近的街上遇见了她。我跟她上了楼，也许呆了半小时，或许更长，但关于那次拜访我所能记得的就是她带我去了卧室，给我看了她的床，她的孩子就是在那张床上出生的。

不久我想法摆脱了卡洛特的纠缠，到后来我就和莫德在一起了。我们俩婚后大约

三个月时，一次非常偶然的相见发生了。一天晚上我一个人去看电影。我进了电影院。我在电影院后面站了几分钟才找到一个座位。幽暗的灯光中一位拿着手电的女引座员来到我面前。她是卡洛特。“亨利!”她喊道，像只受伤的雌兔发出的尖叫。她太激动了，一句话也说不出来。她 一动不动地看着我，眼睛张得很大，眼眶都湿了。在她长久的默默注视下我感到有些羞愧。“我给你找个位置。”最后她说，当她把我领到一个座位上时她对着我的耳朵小声说道：“过一会儿我来找你。”

我一直盯着屏幕，思维却像脱了缰的野马。我这样坐着似乎有好几个小时了，脑海里像放电影似的，往事如过眼烟云。突然我意识到她坐到了我身边，抓住了我的胳膊。她很快就把手滑到了我的两腿之间，当我看她时，看见她的眼泪顺着脸颊流下来，“天哪，亨利，这么长时间啊!”她低声说道，另一只手把我的裤子扯到了膝盖上面。我很快也对她这样做了。我们这样坐了一段时间，开始亲吻，眼睛心不在焉地扫一下闪烁的屏幕。

后来一股激流涌遍全身，我们用手热烈地抚摸着对方滚烫的肉体。我们还没尽兴呢，电影突然演完了，灯亮了。

“我送你回家。”我说。我们相拥着走上过道。我嗓子发痒，声音嘶哑，嘴唇发干。她靠在我怀里，两腿紧贴我的两腿。我们迟缓地着朝出口走去。在门厅她停下来补了补脸上的妆。她没有多大变化，眼睛更大更忧郁了，不过还是很妖艳很迷人。紫红色的外衣料子很薄，紧贴在身上，恰到好处显出她的身段。我看着她的腿，突然回忆起她的脚特别灵巧娇小，有这样一双脚的人永远也不会变老 。

在出租车上我开始告诉她，我走之后发生的事，但她把手放在我嘴上，低声求我到家后再告诉她，然后，她还是把手放在我嘴上，问：“你结婚了，是吗?”我点了点头。“我就知道会这样的。”她低声说着，随后把手抽了回去。

后来她用胳膊搂着我，疯狂地吻着我，她哽咽地说：“亨利，亨利，你不应该这样对我的，你应该早告诉我这一切的。你太残忍了，你太狠心了，亨利，你把什么都毁了。”

我紧紧搂着她，把她的腿放在我腿上，用手迅速抚摸她的大腿，车突然停了，我们只好分开。我跟着她走上台阶，有些发抖。我也不清楚一旦进去会发生什么事。一关上门她就在我耳边提醒我走路轻点。“你不能让乔治听见你，他病得很重，恐怕他要死了。”

客厅漆黑一片。我只好抓住她的手，让她领着我走上两层盘旋的楼梯来到她和她儿子住的顶楼。

她打开昏暗的灯，用食指指了指沙发，然后她竖起耳朵，贴在隔壁的门上仔细听了听，确定乔治是睡着了。最后她踮着脚尖来到我身边，轻轻地在沙发边上坐下。“小心点，”她低声说，“这沙发会吱吱地响。”

我感到很难受，一声不吭，一动不动，我不敢想如果乔治发现我坐在这儿，他会干些什么，而他马上要死了。一个可怕的结局。我们坐在那儿，就像两具僵尸，坐在摇摇欲坠的顶楼上。不过，我还考虑到这种事只得悄无声消息地进行，也许还是好事。天知道如果她能大声说话，她会说出些多么难堪的话来。

“把灯关了！”我用手势求她。当她站起来去关灯时，我指了指地板，意思是说我想睡到沙发旁边的地板上。过了一会儿她也躺到了我旁边的地板上，随后她站起来迅速脱掉衣服。借助从窗户露进来的微弱的光线我能看见她。当她把衣服全扔掉时，我也迅速解开裤子的扣子。

很难做到不发出一点声音。想到乔治可能会听见我们，她显得很担忧。我知道造成乔治生病的责任很容易会推到我身上，她已经默认了这个事实，而且她的害怕正是担心这件事情暴露而引起的。

做爱时的激情是我们以往从未有过的，但却不能发出一点声息，这一切需要技巧，需要耐心。而突然发生的另外一件事对我影响很大，那就是她欲哭无泪，但我能听见她的眼泪在心里流淌时的汩汩声。尽管她说因为乔治在隔壁，因为洗澡会发出响声她没法洗干净，所以她颤抖地低声求我不要射精，但也许是因为她在无声地哭泣，更因为我想让她心里的汩汩声停止，我射了一次又一次。每次她都知道我会射在她里面，但她无能为力，也一次又一次地达到了高潮。

最后当我站在她的房外，跟她拥抱分别时，她低声说她要钱付房租，并求我第二天拿钱给她。然后正当我要下楼时，她拉住我，嘴贴在我耳边说：“他活不过下周！”这声音如雷贯耳。即使现在，想起这件事，我就能听见微风中传来她那低得几乎听不见的声音。我的耳朵好像是一蒲公英，每一个飘动的飞絮都带着一个信息，当这个讯息传到我脑里时，就在脑海里爆炸开来：“他活不过下星期！”回家的路上，我一直在重复这句话，重复了一千多次。而每次想起这件事，脑海里就会出现一幅可怕的画面：一个没有头皮的女人的头像。我总是能看到这幅情景：黑暗中露出一张脸，头的上半部分被一扇门截住了，然后我就看见乔治出生了（就像她原先给我讲过的那样）。她把自己关在一间小屋里，以避开孩子的父亲，他因为酗酒眼睛都看不见了。乔治就出生在小屋的地板上。我看见她睡在地上，缩成一团。乔治就在她的两腿中间。他们就那样睡着，直到月光洒进来。她多爱乔治呀！她有多依靠他呀！对乔治有多好都不算过分。宁可自己挨饿她也让乔治吃饱，为了让乔治上学她还卖身。一切都是为了乔治。“你哭了。”我问她，“怎么了？他又给你惹事了？”乔治的身体从未好过：他全身都长

脓疮。我们三个人一起坐在黑暗里时，有时他会说："哼首曲子吧！"然后他们俩开始低声哼唱。过了一会儿乔治会走近她，搂着她，像个孩子一样哭起来，"我一点儿也不舒服。"他会一遍一遍地说，然后他会咳嗽起来，一咳起来就没个完。他的眼睛跟她一样又黑又亮，长在他那苍白的脸上就像一对灯笼。后来他走了，去了一个农场，我们认为他的病或许好了。谁知一个肺化脓了，治好之后另一个肺又化脓了。医生对他停止治疗之前，我希望自己能像恶性肿瘤一样，扩散爆炸，挣开束缚；如果需要的话就杀死他的母亲，免得她心痛，让她不再痛苦，不再无声地折磨自己。而我，什么时候真正爱过她？什么时候？我想不清楚。我一直在寻找让我舒服的子宫，然后关在一间小屋里，把自己锁在里面，观察月亮照进来又移走，看见一个又一个血肉模糊的东西从她两腿之间掉下来。天啊，对了，就是那个地方！靠近"士兵之家"。而他，孩子的父亲，也是个诱奸犯，心安理得地躲在酒吧里喝酒。他就这副死尸。而后来，就再没人提起他，他成了一具躺在棺材里的尸体，就躺在几个街区远的地方。后来我才听说他们把他的尸体运到了北方，她埋的他，用了军人的礼节。天哪！一个人不知道的时候什么事都会发生，而你只是出去散了会儿步，去图书馆查了本要紧的书。一个肺、两个肺、割除、死胎、产后风、白肿病、失业、寄宿生、拖着垃圾桶、抵押自行车、坐在屋顶看鸽子。这些虚幻的事物和事件充斥着我的脑海，然后烟消云散，忘得一干二净，像腐烂的肿瘤一样，扔进了垃圾桶，直到突然两片嘴唇贴在长满耳垢的耳朵上，发出震耳欲聋的叫声。

第二天我没有拿钱过去，十天之后的葬礼上我也没出现，但在那之后的三周里我都觉得自己有问心无愧于莫德。当然，我一字未提那天晚上在地板上悄无声息的做爱，但我的确承认送她回家了。换别的女人，我也许会坦白始末，对莫德却不行。因为即使说出了这一点点事情，她已经吓得不行了。她听不下去了，一等我说完，她就十分坚信地否定了。

坦白地说，期待她同意我的建议是有点儿不尽人意。很少有女人会同意。我希望她说什么呢？喂，请卡洛特来和我们一起住吧！是的，我最后得出了这么一个非同寻常的结论：我唯一能帮她的就是让她和我们一块住。我尽力向莫德解释清楚，我从没爱过卡洛特，我只是可怜她，而且我还欠了她的情。奇怪的男性逻辑！疯了，简直疯了！但我却坚信我说的每一个字，卡洛特可以搬来，自己住一间，过她自己的生活。我们可以宽厚地待她，就像对待一位落魄的王后。这些在莫德听来都是空洞而荒谬的。既然莫德已经下定了决心；既然除了我自己没人信我的话，没人愿听我说；既然说这些话就像对牛弹琴，我就继续阐明我的观点，越说态度越认真，语气越令人信服，态度也越坚定，而她一直像个木头人一样听着，什么也打动不了她的铁石心肠。

回答就是“不”！昨天、今天、明天，都是“不”！坚定不移的“不”！她的全部身心都在支持她坚定地回答：“不！”确定不移的“不”！

如果她对我说：“听着，你不能让我做那种事！你难道疯了吗？我们三个人怎么相处？我知道你想帮她，我也想帮她，但是……”

如果她那样说，我就会走到镜子前，长时间地冷冷地盯着自己，像个斗败的公鸡一样大笑，然后赞成说那样做是完全疯了。我不仅会这样做，甚至还会……我会相信她真的有所企图，到底想要什么而她那贫瘠的思想又没能力想得到。是的，我会像她死去的继父以往经常做的那样，把她抱在腿上，彼此接吻，抚爱，低声交谈，装作986加2等于负69。我会温柔地掀起她那蝉翼般透明的外衣，满足她的情欲。

但是，事实并不是如此。面对她的铁石心肠，所有努力都是徒劳。我被激怒了，在午夜时我冲出房门，开始徒步走向科尼岛。天气很暖，当我到达海滨的木板路后，我在一个斜坡上坐下，出声大笑。我突然想起了斯坦利，想起了他从奥格素普要塞放出来之后我与他相遇的那个夜晚，想起了我们租了辆敞篷四轮四座马车，我们把喝空的啤酒瓶堆在对面的座位上。当了四年骑兵的斯坦利成了名钢铁汉子。他的内心和他的外表一样刚强，就像一位教皇。如果我敢激怒他，他会咬碎我的耳朵，也许还会把唾沫吐在我脸上。他口袋里有一两百美元，而且想要在一晚上花个精光。我记得那天晚上我们俩还有足够的钱在巴拉芙大厅附近的一家快倒闭的旅馆里租了间房子。我还记得他喝得酩酊大醉，以至于都不能下床小便，只是翻了个身，对着墙撒了泡尿。

第二天我仍怒气未消，接下来第三天、第四天都是如此。那个“不”占据了我整个大脑，要用一千个“对”来掩盖它。当时我无所事事，装作要靠卖书糊口，卖的那些书据说是“世界最佳文学书籍”。但不管我干什么，每天醒来时耳边还是回响起“不”的轰鸣声，我仍旧怒不可遏。一天我正吃着早餐，突然想起来我从未向朱莉表妹征订过图书。朱莉是莫德的表妹。她结婚很久的。我猜，她也想找点刺激。朱莉可以成为我第一个推销对象。我可以在午饭前从容不迫地去找她，卖一套书，吃一顿饭，睡个好觉，然后去看戏。

朱莉住在曼哈顿，她的丈夫据我所知是个书呆子，也就是说他是个地地道道的本分人，老老实实地挣钱，根据自己的喜好投票支持共和党或民主党。朱莉性情温顺，却大脑简单，最多翻一翻《星期六邮政晚报》。

当她来开门的时候我大吃了一惊。我没想到一年左右的时间里一个人的身上会有这么大的改变，也没想到过上午十一点钟光景若没有客人来访，大多数女人都是一副什么样子。这样说有点损，但她看上去就像一块抹了番茄酱又被放回冰箱里去的冰凉的火腿肉，相比之下，我上次见到的朱莉好像是在梦里。我很快调整自己回到现实

之中。

我自然是更想卖书而不是做爱，然而我又隐隐觉得要想兜售图书我得先做爱。朱莉不能理解我怎么想到上她这儿来推销图书。我又不能告诉她说是因为她没脑子，看书可以提高她的智力。她即使清楚这一点也不会承认的。

她让我一个人呆一会儿，自己进去精心打扮。我开始看起我卖的书的内容简介。我发现它太有意思了，我自己几乎都想买它一套。我看了一篇有关柯勒律治的简介，他的思想真精辟（原先我总以为他是个粪桶）。这时我觉得她走了过来，文章写得相当精彩，我没抬头，接着往下看。她在我身后跪在沙发上也看起来。我觉得她在用手轻轻晃动我的身体，而我正专注于跟着柯勒律治美妙的眼前往下走呢，就任凭她摆布。

突然书从我手上被夺了出去。

“你看那没用的东西干吗？”她嚷道，抓着我的胳膊肘子使劲晃。“我一个字也看不懂，我猜你肯定也这样，你到底怎么啦？你就不能干点别的？”

她脸上慢慢露出令人厌恶的、愚蠢的媚笑。她看上去就像在真正思考的日耳曼天使。我站起来，把书捡起来，问中餐吃什么。

“天哪，你真是厚脸皮，”她说，“你以为我是什么人哪？”

我只得装作是开开玩笑。把手伸进她的上衣，捻弄了一会儿她的右乳头之后，我又巧妙地回到吃饭的话题上。

“听着，你已经变了，”她说，“我不喜欢你说话的样子，还有做事的样子。”她坚定地把她的乳头放回去，就像把一卷湿袜子放进了要送去干洗的口袋里。“听着，我是个结了婚的女人，你不知道吗？你知道如果被迈克抓住了，他会干什么？”

“你自己也有点变了，”我说，站起身，寻找着吃的。现在我只想吃东西，我也不知道这是为什么，但我认定她会给我做顿好吃的，她最起码会为我做这点，因为她有点性欲异常。

唯独让她消气的方法就是抚摸她，我装作动情地抚摸她的屁股，但却不能太动情，因为那样做就好像我想马上做爱而不是吃饭。如果吃饱了饭，我也许会捎带跟她上床。我一边笨手笨脚地抚摸她，脑子里一边这么想。

“天哪，好了，我去给你做饭。”她脱口而出，这正中了我的意图。

“好的，”我也几乎嚷嚷上了，“你有什么好吃的？”

“你自己来看。”她回答道，把我拉进厨房，打开了冰箱。

我看见有火腿、土豆沙拉、沙丁鱼、凉的甜菜根、米糊布丁、苹果酱、牛肉香肠、泡菜、奶油、奶酪，还有一盘抹了蛋黄酱的什么东西。我知道这我是不会吃的。

“我们把它们全拿出来吧！”我提议说。“你有啤酒吗？”

“有，我还有芥末。”她大声说道。

“面包呢？”

她嗔怪地看了我一眼。我迅速打开冰箱，把这些吃的全拿出来，放在了桌上。

“最好再煮点咖啡。”我说。

“我猜你想在咖啡里放些掼散的奶油，对吗？我真想毒死你。天哪，如果你手头紧，你完全可以找我借钱。你不该来找我推销那些无用的书本。如果你表现好点，我会请你一起吃饭。我有戏票。我们可以过得很开心。……我甚至还会让那个傻瓜买你的书。迈克人倒不坏，即使我们不想看那些书他也会买的，如果他觉得你需要帮助的话……你走进来待我就像我是垃圾似的。我招你惹你啦？我犯不着受你的气。别笑！我是很认真的。我不知道我为什么要对你这么好。你究竟认为你是我什么人？”

她把一个碟子扔到我面前，然后转身进了厨房。我一个人坐在那儿，面前堆满了吃的。

“好了好了，别再这么说了！”我一边说一边把勺吃地放进嘴里，“你知道我并没有什么私欲。”（“私欲”这个词吓了我自己一跳，因为太不合适了。不过我清楚她喜欢这个词）。

“管你有没有私欲。我懒得理你的，”她回嘴说，“吃饱了你就滚，我去给你煮咖啡。我不想再见到你。你太恶心人了。”

我放下刀叉走进厨房。水还是凉的，我花几分钟时间安抚安抚她也不碍事。

“对不起，朱莉，”我说着，想用胳膊抱住她。她生气地把我推开。“你看，”我开始为自己辩解，“我和莫德处得不大好。今天早上我们吵得很厉害。我心里不大舒服。”

“那你把气撒在我身上？”

“没有哇，我不知道该怎么办。今天早上我很懊恼，所以我就来找你了，然后，我就开始跟你做工作，让你买那些书，即便是能让你装着想买……”

“我知道你是怎么啦，”她说，“你对我的长相感到失望了，我已经变了，这就是问题根源。你是只斗败的公鸡，你想借我出气，但那都是你自己的过失。你有一个漂亮的妻子，为什么不对她忠诚点？每个人都有和别人吵架的时候，世上又不是只有你们俩才拌嘴，如果我生气了也跑到别人丈夫那儿去行吗？我们成什么人啦？迈克不是圣人，我想没有人是圣人。你的行为就像一个被宠坏的小孩。你觉得生活是什么？是做梦？是遗精吗？”

这段话很严肃，我只好求她坐下和我一块吃饭，给我一个机会让我解释。她不情愿地答应了。

我一边狼吞虎咽地吃着，一边叙述着那个冗长的故事。她好像被我的真诚感动了。

我开始绘声绘色地讲起我的看法，但我讲得很小心。因为这次必须看起来像是我在帮她的忙才行，而事实上是我在设法让她帮我。同时我在想这样做是否划得来。也许去看戏更令人愉快。

她又恢复了正常，变得友善，可以信赖了。咖啡煮得相当不错，我刚喝完第二杯却觉得要大便。我来到卫生间，解完大便觉得舒畅极了。我在抽水马桶上坐了一会儿，有点昏昏欲睡的感觉，也有点欲火焚身的感觉，可突然我觉得自己像是在坐盆浴。马桶里的水涨过我的腿流到了地板上。我反弹起来，用毛巾擦干屁股，系上裤子的扣子，惊恐地瞪着马桶。我把想到的方法都试过了，水还是不停地上升，流出来，还带出一两块粪块和一堆卫生纸。

我惊恐地喊朱莉过来。门开了一条缝，我求她告诉我该怎么办。

“让我进来，我来修。”她说。

“告诉我怎么做，”我恳求道，“我来干。你现在仍不能进来。”

她不依，我只好打开了门。我生平从未这么困窘过。地板上全是脏东西，但朱莉麻利地干了起来，就像这是每天要干的事。一会儿水就不流了，就留下要收拾地上的脏东西。

“听着，你现在出去，”我求她，“让我来干吧，你有畚箕和拖把吗?”

“你出去，”她说，“我来收拾。”说着，她把我推了出来，关上了门。

我在外面如坐针毡地等她出来。我真的惊慌失措了。唯一 一件能做的事就是尽快溜走。

我忐忑不安地呆了一会儿，侧着身子听了听里面的动静，不敢从门缝往里偷看，我知道我再也不敢面对她了，我朝四面看了看，粗测了到门口的距离，竖起耳朵听了听，然后拿起我的东西，踮着脚尖就跑了出来。

大楼里有电梯，但我不想等着坐电梯。我跳着跑着下楼梯。一次迈三级台阶，好像有鬼追我似的。

出了大楼我做的第一件事就是去了一家饭馆，彻底洗了洗我的手。那儿有一台机器，投一枚硬币，就会对你喷香水。我让自己喷了一身香水才出来走到阳光里，我漫无目的地走了一会儿，让灿烂的阳光驱散内心的不安。

很快我发现自己走到了河边。不远处有个小公园，至少有一块草地和几张长凳。我坐下来，陷入了沉思。没过一会儿我的思绪就回到了柯勒律治。让自己回想一些美好的事物是一种解脱。

我心不在焉地翻开那本书的简介，开始看在朱莉家发生那件令人难堪的事情之前吸引我的那个章节。我一页页地翻看着。在书的后面附有各种图表以及在世界各地发现的碑匾上的古代书法的复制品。我碰巧看到了乌格斯的“神奇的书法”，这个人曾经从中亚游历到欧洲。我读到有些城市的地势是在地壳运动时，因为山脉的形成而被抬高一万两千到三千英尺的；我还读到梭伦和柏拉图的谈话，我还读到在西藏发现了一万七千年前的雕刻文字，其中预言着现在存在的尚不知名的大陆。我碰巧翻到了毕达哥拉斯学说的理论依据，却又悲伤地读到亚历山大图书馆的毁坏。玛雅人的碑文生动地再现了保罗·克利对自己教义的游说。先人留下的书法、符号、图案和文章就像幼儿园里的孩子发明出来的东西一样吸引人，而另一方面，正是一些大胆的想象使这些文章充满理性的智慧光芒。我还读到许多思想家的理论，每一位先哲的思想都是一个宇宙，每一种理论都有一根无形的链条将其与瞬息万变的现代社会相连。我还看到一个图表，其中的线条像班卓琴指板上的定音档一样平行分布着，横向列出了“有文明以来”人类历史的延续，纵向列出了文学巨星的姓名、生平大事记及其著作。欧洲中世纪在历史长河中的位置就像摩天大楼侧边黑洞洞的窗户；某些先哲振臂高呼，极力想唤醒那些生活在水深火热之中意志消沉的民众，他们的智慧之光时不时地照射在空白的墙壁上。当欧洲被黑暗统治时别处已经一片光明，先哲的思想就像一个名副其实的荧光屏，经常能穿透重重迷雾，展现各种符号和图案。一件事情格外注目，那就是通过荧光屏，先哲们的思想在渗透，在振臂高呼，发人深省。当他们被黑暗所吞噬时，他们的思想就会像被冰雪覆盖的喜马拉雅山山脉一样威严耸立。对于我来说，有理由相信，除非爆发毁灭性的灾难，他们的思想光芒永远不会消失。当我关上思绪的闸门，脑海中又浮现出一个谜一样的人物的形象：列奥那多·达·芬奇这位欧洲思想家的苍老的面容。他脸上戴的用来隐藏他的身份的面具就是曾经被天堂使者断定为最令人迷惑的伪装之一。我一想到那双坚定地注视着未来的眼睛所察觉到的景象，我就不寒而栗……

我朝河对岸“泽西河滨”望去，在我眼里它相当荒凉，甚至比干涸的砾石河床还要显得荒凉。在这里，人类历史上什么重要的事情都未发生过。或许再过几千年也不会发生。分布在中非、东南亚和大洋洲一带的身材矮小的俾格米人比新泽西州的居民要有意思得多，也更值得研讨。我上上下下打量哈德逊河，这条甚至从我第一次看亨利·哈德逊的恐怖小说《半个月亮》时我就一直憎恶的河流。河流两岸我都一样讨厌。我讨厌根据它的名字编出来的传说。整个峡谷就像喝多了啤酒、走起路来都步履蹒跚的荷兰人做的梦一样空洞。我从未跟住在曼哈顿的女人做过爱。我讨厌纽约人的祖先，我希望河的两岸种有一万棵内含炸药的树，而且它们能同时爆炸。

十四

我突然想出搬出“蟑螂大厅的决定”。为什么呢？因为我遇到了丽贝卡……

丽贝卡是我的老朋友阿瑟·雷蒙德的第二个老婆。这两个人现住在沿河路的一套相当大的公寓里，他们想出租房间。是克伦斯基告诉我这事的，他说他打算租一间。

“你为什么不来见见他妻子？你会喜欢她的，她和莫娜长得就像姐妹俩。”

“她叫什么名字？”我问。

“丽贝卡。丽贝卡·瓦伦丁。”

“丽贝卡”这个名字我听了很激动。我一直想见见叫丽贝卡的女人，而不是什么“贝克”（丽贝卡、露丝、露克森、罗莎琳德、弗雷德里克、厄休拉、希莉亚、诺玛、盖丽弗、利奥诺拉、萨宾娜、玛薇拉、索兰奇、黛德。这些女人的名字都相当好听。像花，像星星，像星座）。

莫娜不太想搬，但当我们到了阿瑟家，她听见他弹琴，于是她改变了主意。

开门的是雷妮，阿瑟的妹妹。她约莫十九岁，满头卷发，充满活力，性格刚强。她的声音像夜莺的叫声，不管她说什么你都愿意听。

最后丽贝卡露面了。也像是《旧约全书》中的人物，皮肤是日晒充足的棕褐色。莫娜立即上前和她亲热地打招呼，就像是一对失散的姐妹。她们俩都很美丽。丽贝卡更成熟些，更可靠些，更容易让人接近，让人本能地觉得她总喜欢说真话。我喜欢她紧紧握着对方手的模样，喜欢她跟人问好时直盯着对方的眼神。她好像具有一般女性没有的魅力。

阿瑟很快就加入了我们的谈话。他身材矮小，肌肉发达，嗓音较粗，鼻音很重，还不时发出阵阵爽朗的笑声，笑得前俯后仰。他取笑自己做过的蠢事，笑起来就像是在取乐别人。他的生活毫无规律，身体却壮得像头牛，生气勃勃，乐观向上，精力充沛。他一直是这副样子。过去，当我和莫德第一次跟他作街坊时，我就很喜欢他。一天二十四时间里我都可能突然去找他，一聊就是三四个小时，给他介绍我刚看过的书。后来他娶了艾玛，而艾玛后来成了我在公司的同事。

当我站在那儿看他说话时，我的脑子里迅速回忆着往事。她的妹妹雷妮正和克伦斯基的妻子进行毫无兴趣的谈话（不管你跟她谈什么有趣的话题，克伦斯基的妻子总是漠不关心）。我心里直犯嘀咕，我们这一大帮子人，同在一个屋檐下，该怎么相处呢？才两间空房，克伦斯基已经预订了较大的那间，我们六个人得挤在另一间，而这一间比鸟笼子大不了太多。

“哦，那就可以啦。”阿瑟·雷蒙德说：“天哪，你们要不了多大地方。我们这儿有整栋房子呢，我希望你们搬过来。我们可以在这儿过得很开心，天哪!”他又开心地大笑起来。

我知道他手头拮据，可碍于面子他又不愿承认缺钱花。丽贝卡期待地看着我，我很清楚她的意思。莫娜突然开口说：“我们当然会租下来。”克伦斯基高兴地搓着手说：“你们肯定会的！你们看吧，我们会相处得很好的!”然后她开始和他们讨价还价。但阿瑟·雷蒙德不愿谈论钱财，“你们自己商量好了。”他说罢，转身去大房间看哪儿放了钢琴。我听见他在砰砰地弹钢琴。我竖起耳朵想听清楚，但丽贝卡站在我面前，总有问不完的问题。

几天之后我们搬了进来。关于这个新住处我们注意到的第一件事就是好像每个人都急着用卫生间。从留下的气味上你就能知道最后一个人是谁。水池总是被长头发堵住，而且阿瑟·雷蒙德从来不带牙刷，总是用他前面那人的。另外总有太多的女性造访。阿瑟的姐姐杰西卡是位演员，经常来这儿过夜。还有丽贝卡的妈妈，经常出出进进，吊着脸，像具僵尸似的拖着身子走路。还有克伦斯基的朋友、丽贝卡的朋友、阿瑟的朋友和雷尼的朋友，更别提那些日夜都在这儿呆着的小学生。刚开始钢琴声还是挺悦耳动听的：巴赫、莫扎特等人作曲的片段。但马上变得不堪入耳，尤其是当阿瑟·雷蒙德自己演奏时。他像疯子似的，一遍又一遍地反复弹一句，先是一只手弹，节奏很慢却很有力度，接着换另一只手弹，仍是慢慢地，有力地弹；然后两只手一块弹，很慢，很有力，随后慢慢加快速度，直到正常节奏。这样反复二十次，五十次，一百次。接下来他稍稍加快几拍，反复好多次。然后又回过头去，从头开始弹。他会突然停下来，弹点他喜欢的新鲜的曲子。他全身心地投入演奏，好像是在举行音乐会，但这样三遍下来他犹豫了。沉默一阵之后，他又弹慢了几拍。一会儿慢，一会儿快，一会儿用一只手，一会儿用两只手，手、脚、胳膊肘、指关节一齐上，像一支坦克部队在前进，席卷了他面前的一切，摧毁了树木、篱笆、牛棚、围墙。听他的音乐让人痛苦。他弹琴不是为了娱乐，而是在完善他的技巧。他要把指尖磨秃把屁股磨平。一直在前进，在进攻、在歼灭、在扫荡，重新招集人马，排兵布阵，控制后方，挖壕固守，审问囚犯，隔离伤员，侦察敌情，布下伏兵，打出照明弹，发射火箭，轰炸军工厂和铁路，发明新的鱼雷、发电机、喷火器，破译情报…… 不论怎么说，他是一个伟大的

老师，一个认真的老师。穿着他那件土黄色的衬衫，衣服子总是敞着，他像一支难以驾驭的黑豹在房间里走来走去。有时他一手托肘，站在角落里认真倾听，他的学生正按照他的要求努力练习；有时他走到窗前向外眺望，跟着学生弹的曲子轻轻哼唱起来。如果碰上年纪非常小的学生，他会温顺得像头羊羔，他会逗这小孩子笑，会把他从凳子上抱起来，“你看……”他很慢，很细心，很温柔地教他怎样弹。对这些年幼的学生他的耐心好像是极有尽头的，看了真令人感动。他照顾他们就好像他们是花朵。他全心深入他们的灵魂，尽力去安抚他们，激发他们的创造力。而对待年龄大些的学生的方式，则更令人感动。他全神贯注，机警得像头豪猪，两腿叉开，身体上下前后左右晃动，面部表情也随着弹奏的曲调迅速地变化着。对这些学生讲话时他把他们当作高手来看待。他建议用这种或那种手法。他经常中断学生的演奏，长达十到十五分钟，插进去讲解技巧，比较、评估几种手法，将一份乐谱和一本书进行对比，比较两位作者，将一个音调和一个人的方言进行对比，诸如此类。他让音乐成为神灵活现的东西，无论从什么东西里他都能听到音乐的声音，是的，他就像是太阳神，像是救世主，他的光辉普照大地。

和克伦斯基辩论时，他就像是换了个人。那种追求完美的狂热，对教师这一职业的热衷，都是他作为一名音乐教师的宝贵财富，而表现在思想上却是那样滑稽可笑。克伦斯基就像猫逗老鼠那样戏弄他。阿瑟·雷蒙德好像总是在说：“伸出你的拳头！打呀！打呀！你这个狗杂种。”但克伦斯基却没有让自己成为攻击目标的意思。

我从没见过阿瑟·雷蒙德看书。我认为他看的书肯定不多，但他的知识却很渊博。无论他看什么，都能过目不忘。除了我的朋友罗伊·汉密尔顿，他从书上摘记下来的东西比我认识的任何一个人都要多。他看一篇文章总是狼吞虎咽，罗伊·汉密尔顿却可以说是一个字一个字地研读，有时一次在一个词组上停留几天乃至几个星期，有时看完一本很薄的书得花上一两年的时间。但每当他看完的时候，他的思想境界好像又得到了升华。对他来说，六本好书则此生足矣。彻底看完一本书，他会得到一种看过所有书的感觉。他和那种每看完一本书思想就退后一步的学者正好相反。书和他的关系就像真理和瑜伽的关系，它们帮助他与上帝沟通，对话。

另一方面，阿瑟·雷蒙德好像是在贪婪地看书。他全心全意地投入到阅读中去了，至少根据这些书对他的影响来看，我认为是这样。他看书就像海绵吸水，力求吸收作者的全部思想精髓。他唯一关心的就是消化、吸收，再消化，再吸收。

他是那样一种人：每看完一本书，在随后的几周内谈论的话题除了这本书没别的东西。不管别人说起什么，他都会将它和他刚看完的那本书扯上关系。他谈论的并不是书本身，而是他，阿瑟·雷蒙德是如何透彻地理解这本书的。若是很想期望他介绍一下这本书那是徒劳。他只会告诉你一些你能够听懂的一些内容的分析，尽管他不停地对你说："你得看看这本书，真是太精彩了。"而他的意思是"从我这儿你能知道这是一本重要的著作，否则的话我不会浪费时间跟你讨论这本书"。而且，他的弦外之音是你没看过这本书的原因是凭你自己的努力，你永远也领会不到我阿瑟·雷蒙德理解的内容。"等我给你讲完，"他好像是说，"你就没必要看了，我不仅知道作者说出了的，而且还知道他想说而没说出来的内容。"

这种冗长无味、无聊透顶的讨论正是在我们这座房子里进行的。莫娜已经不去舞厅上班了，她正准备去剧院谋职。我们经常一起在厨房吃饭，等着夜深了回到我们的小天地去，但是阿瑟·雷蒙德毫无时间概念，一旦他对一个话题感兴趣了，他不会想到食物、睡眠或是性。只要他愿意，即使是凌晨五点钟上床，他也会在八点钟起床；或者一睡就是十八个小时，他让丽贝卡给他重新进行日程安排。自然这种生活会造成混乱并且误事。当情况乱得一团糟时，阿瑟·雷蒙德就会干脆撒手不管，逃之夭夭。有时一走就是好几天。这些天的失踪之后，人们会编出有关他的稀奇的谣言和荒唐的故事。显然这几天的出游对恢复体力是很有必要的，音乐家的生活也许无法满足他粗鲁野蛮的秉性。他喜欢和一些比他自己要长得块头大的笨蛋吵架，喜欢无情地打断别人的胳膊或腿。这些人越强壮，阿瑟·雷蒙德就越喜欢。因为怕伤了自己的手他不敢用拳头。我觉得他更卑鄙的一点就是，他总是假装不想打架，然后出乎意料地击倒对手。"我实在看不起你，"有一次我告诉他说，"如果你跟我玩这种把戏，我会用瓶子砸裂你的脑袋。"他吃惊地看着我，他知道我不在乎跟他打架还是摔跤。"我不会在乎的，"我补充说道，"如果你黔驴技穷，使出这最后一招的话。我知道你只想显示显示。你这个蠢驴，总有一天会搬起石头砸自己的脚……"

他笑了。他说我说起话来就是莫名其妙的。

"这也是我喜欢你的原因。"他说，"你这人让人捉摸不透。真的，亨利，"他发出一阵狂笑，"有时我真不理解你。我想跟你交个朋友……我们曾经是朋友，你记得吗?……但你已经变了……你的骨子里很硬……你是雷打不动的。天哪！你认为我很坚强……我只是狂妄自大，争强好胜，精神饱满。你才是强硬的那种人。你是个流氓，你知道吗?"他又笑了，"是的，亨利，你正是这种人——你是个精神流氓，我不信任你……。"

看到我和丽贝卡之间的关系轻松和睦，他很烦恼，但他没吃醋，他也没有理由吃醋。不过他很嫉妒我和他妻子友好相处的能力。他总是跟我说她有多理智，好像这是她吸引我们俩的原因。但如果丽贝卡在场的话，他对她的态度就会来个一百八十度的转弯，认为她的观点可有可无，而他听莫娜说话时那副郑重其事的样子又太好笑了。

还没听完她的话他就连声说："是的，是的，没错。"而实际上他根本没听她究竟在说什么。

单独和丽贝卡在一起，看她做饭或熨衣服，我总是聊一些只是和别人的老婆聊天时才说的话题。丽贝卡很朴实，但一点儿也不理智，容易冲动，感情用事。她喜欢被当作一个女人而不是一个有理智有头脑的人。我们谈论的是最简单的话题，就是些家务事，而音乐教师对此是毫无兴趣的。

谈话只是别的一些更微妙的交流形式的前奏。如果后者没什么效果的话，谈话也没什么意思了。如果两人愿意彼此交流的话，无论谈话内容多么混乱都没什么关系。说话条理清晰、层次分明的人往往不能让别人明白他的意思。人们说话时并不讲究语法，也不在意前后矛盾，有些谎言什么的。如果你的谈话对象愿意听的话，即使不知所措地乱说几句，他也会很好地理解。不管你是和男人还是和女人说话，如果是这种谈话的话，那么你们两人就很会默契了。男人之间和女人之间的谈话都非常需要这种默契。由于显而易见的原因，夫妇之间则很少有这种谈话。

说起阿瑟·雷蒙德和克伦斯基我这两个年轻的朋友，其中一个只对共产主义思想感到认同，他认为只有它才是解决问题的方法。而另外一个后来成了我的病人，当时我暗示说会是这种结局，他还说我疯了呢。音乐教师放弃了音乐试图拯救社会，但他没有成功。他的失败甚至使他的生活更加充实，更加丰富多彩和兴趣盎然；而另一个放弃了他的医学研究，最后成了我这位精神分析学家的病人。他明知道我没有行医执照，只有满腔热情和真诚。他故意这么做，甚至对这种一无所获的结果也感到满意，因为他早就预料到了。

我们一起住在沿河路的日子距现在已有二十多年了。几天前，当我在街上无意识地闲逛时，我遇到了阿瑟·雷蒙德。如果不是他跟我打招呼的话，我可能就跟他擦肩而过了。他变了许多（腰几乎与克伦斯基一样粗了）。人入了中年，牙齿熏得黄黄的。没说几句，他就聊起了他的大儿子，他现在在上大学，是橄榄球队队员。他的一切希望都寄托在儿子身上。我对这些不感兴趣，我想知道他自己的情况，但却一无所获。他只爱谈论他的儿子。他会是个人物的！（一个运动员，一位作家，一名音乐家——鬼才知道是什么！）我对他儿子不感兴趣，从他的谈话中我唯一的收获就是他，阿瑟·雷蒙德已经完全失去灵性了。他活在对儿子的期望之中。这可怜的人。我恨不得早点儿摆脱他。

"你得过来看看我们，"（他想握住我的手）"让我们一起好好聊聊。你知道我有多喜欢聊天！"

"你现在住哪儿？"他握着我的胳膊，又问。

我从口袋里拿出一张纸，胡乱写了一个地址和电话号码。心想，下次我们见面可能是在阴曹地府了。

当我走开时，我突然意识到他对我这些年来都干些什么毫无兴趣。他知道我出过国，写过几本书。“你知道，我看过你的书，”他曾经说过。而后他莫名其妙地笑了，好像是说，“但我了解你，你这个老流氓……你骗不了我！”我很可能会回答说：“是的，我也十分了解你，我知道你被人骗过。”

如果我们互相叙述自己的经历，谈话会是相当愉快的。我们可能比以前更了解对方。如果他给我机会，我也许会指出他虽然没取得成功，但在我心目中他还是我崇拜过的那个前程远大的年轻人。从某个方面来说，我们俩都是悖逆者，而且我们都曾经奋斗过，为了创造出一个新世界。

在沿河路做邻居之后，我也有好久没见过克伦斯基了。一次听说头部受伤打乱他的整个生活，脑子里老是胡思乱想，不太正常。后来我们又在纽约见面了，并兴奋地交谈起来。他听说我在国外结识了一些精神分析学家。我提到几个，他对他们的作品都非常熟悉。他很奇怪我居然会认识他们，而且和他们成了朋友。他开始怀疑，几年不见，他是否要对他的老朋友亨利·米勒刮目相看了。

见了几次面之后，我意识到他一直疑心。他不能接受我懂精神分析这一事实，他想得到证实。“你现在在纽约干什么工作？”他问。我的回答是事实上我什么都没有做。

“你没写东西？”

“没有。”

沉默了许久，他终于说出要我做一次实验，一个伟大的实验。让我进行。详情细节他跟我讲清楚的。

其实就是他想拿他的几个病人做实验（我得说是他原来的病人，因为他已经不给人看病了）。他肯定我能跟别人一样干得好，也许还会更棒。“我不会告诉他们说你是作家，”他说，“你过去是名作家，但你去欧洲之后就成了名精神分析学家。这样说如何？”

我笑了。乍闻起来倒也不坏，但事实上，我一直没有认真考虑过这一天。我欣然接受了他这种说法。“那么就这样定了，明天下午四点钟，我把你介绍给我的一个病人。”

不久我就有了七八个病人。他们似乎对我的工作很是满意。至少他们是这么对克伦斯基大夫说的。他当然希望如此。他还认为自己也可以当一名精神分析学家。为什么不能呢？我得承认我没有理由反对。任何一个有魅力、有头脑、有理智的人都可以成为精神分析学家。早在玛丽·贝克·埃迪和西格蒙特·弗洛伊德之前就有许多位用

宗教迷信方式给人治病的人。常识也能帮人治病。

“不过，要成为一名精神分析学家的话，”我说，你应该首先分析一下自己“你知道，一个人首先得分析一下自己。”

“那你呢？”他问。

我假装说我已经被分析过了。我告诉他是奥托·朗克给我分析的。

“你从未给我讲过。”他说，又被我吸引住了。他特别崇拜奥托·朗克。

“那要花多长的时间？”他问。

“大约三个月。我猜你知道吧，朗克不相信精神分析的时间需要拖得太长。”

“那倒是真的。”他说着，陷入了沉思。过了一会儿他问道：“分析一下我如何？我是很严肃的。我知道我们相互比较了解，但也一样可以分析吧？”

“是的，”我缓缓说道，“可能我们甚至可以验证一下你那愚笨的偏见。毕竟，弗洛伊德还分析过朗克，对不对？”（这是个骗局，因为朗克从未被分析过，即使是被弗洛伊德。）

“那么明天吧，上午十点钟！”

“好的，”我说，“你必须守时。我按小时收费。一次一小时。如果你不按时来，那就是你自己的损失……”

“你要收费？”他问，看着我的眼神好像我神志不清似的。

“当然！你很清楚病人接受精神分析是要付钱的，这很重要。”

“但我不是病人！”他叫嚷，“天哪，我是在帮你的忙！”

“那随便你吧，”我镇定自若地说：“如果你能找着别人，不收费给你分析的话，那最好不过。我只收你最基本的费用，就是你让你自己的病人交的费用。”

“听着，”他说，“你太傲了。别忘了，毕竟是我让你开这一诊所的。”

“我得忘掉这点！”我坚持说，“这不能冲动。首先我得提醒你：你需要分析自己不仅是因为你想成为一名精神分析学家，还因为你是精神病患者。如果你是个精神病患者，你就不可能成为一名精神分析学家。在你给别人治病之前你得先治疗你自己。而如果你不是精神病患者，在我结束对你的分析之前，我会让你成为这种人的。你觉得怎样？”

他觉得这是天大的笑话，但第二天上午他还是来了，而且还很准时。他看上去就像为了准时来而熬了一晚。

还没等他脱下外衣，我就说：“钱呢？

他想一笑了之，在沙发上坐下，那种急切的心情就像是襁褓中的婴儿盼着他的奶瓶一样。

“你现在得把钱给我，”我坚持说，“否则拒绝对你进行精神分析。”我喜欢跟他顶牛，这对我也挺新鲜的。

“可你怎么知道我们会一直进行下去呢?”他说，尽量想敷衍过去。“我告诉你……如果我喜欢你进行分析的方式，不论你问什么我都会告诉你的，……当然，得合乎情理，但现在别小题大做。来吧，让我们切入正题吧!”

“什么也不能做，”我说，“一手交钱一手交货。如果我不称职，你可以控告我。但如果你需要我的帮助，那么你就得付费——提前付费……顺便告诉你，你要知道你这是在浪费时间。你坐在这里赖账会花去你更多的钱。现在是——”我看了一下手表，“现在是十点二十。你一准备好我们就马上开始……”

他很痛苦，但我没有理会他，让他坐在角落里，他必须先交钱。

当他准备掏钱时，我提出一次十美元。他抬起头，但这次他的神情就像那种已经把自己拜托给医生的病人。“你的意思是说，如果某一天我来这儿却没带钱，如果我碰巧忘了或是少带了几美元，你也不会对我进行精神分析?”

“一点儿没错，”，我说，“我们彼此太了解了。我们现在开始吗?”

他靠在沙发上，就像一头准备挨宰的绵羊。“静下心来，”我说，坐在他后面，不让他看见我，“安静下来。放松。你什么都可以告诉我……从头开始说。别以为你一次就能说完，我们得进行许多次。到底要多长时间取决于你。记住一次十美元，但别老想着这点。因为如果你只想到这要花你多少钱的话，你就会忘记你真正想说的内容。这是一个痛苦的过程，但这对自己有好处。如果你学会了怎样当一名病人，那么你也会怎样当一名精神分析学家。对你自己要求严点，而不是对我。我只是个仪器，我只是在这儿陪着你。……现在集中注意力，放松点，我随时洗耳恭听。……”

他的身子很不安静，手在身上抓来抓去，身子在沙发上挪来挪去，一会儿揉眼睛，一会儿打呵欠，又是咳嗽，又是吐痰。最后他张开嘴想要说什么——但什么也没说出来。哼吱几声之后他手托着下巴，把头扭向我，眼睛里流露出乞求的眼神。

“你就不能问我几个问题?”他说，“我不知道从何说起。”

“我什么问题都不问你最好，”我说，“如果你好好想想，你会理出头绪来的。一旦开始，便一发而不可收了。别忘了这点。”

一阵缄默。

“你无论从哪儿说起都没关系。不管你先说什么，都会触到你的痛处的。”我停了一会儿，然后以一种安慰的语气说，“如果你愿意，你还可以小睡。也许这会对你好一些。”

他突然完全清醒了，开口说起话来。花钱睡觉这种事刺激了他。他立刻滔滔不绝

地说了起来。我心想，这倒不失为一条好计策。

“你在记笔记吗?”他问道，一副自鸣得意的样子。

“别担心我，”我回答说，“想着你自己，你自己的问题。记住，你必须充分相信我。你用来想你的话会有什么反应的时间都是在浪费钱，你别想给我留下什么印象。你的任务就是认真地对待你自己。这儿没有听从，我只是个接收器，一只大耳朵。你可以往里面倒垃圾，也可以扔珍珠进去。在这儿我们只需要真正真实的东西……。”

他又缄默了，身体不安地挪动了一会儿，然后停止了。他的手折叠放在脑后，身子靠在靠垫上，以防睡着。

“刚才我一直在想，”他用一种相当平静而且非常深沉的语气说，“我昨晚做的一个梦。我想把它讲给你听。也许它能提供点儿线索……”

他费劲地讲完了这个连贯的梦。随后他停了下来，好像在等我的评述，是赞成还是批评。既然我沉默，他便开始评论起这个梦的意义。说到一半，他戛然而止，轻轻地把头扭向我，沮丧地低声说，“我猜我不该这么做的……这是你该干的，对不对?”

“只要你愿意，你什么都可以做。”我平静地说，“如果你愿意自己分析自己而且给我付钱的话，我不反对。我想，你意识到了你来找我的原因之一就是要学会信任别人。你没认识到这点就是你的病症之一。”

他立即叫了起来，他要抗议这种污蔑。他对别人缺乏信任不是真的，我这样说只想刺激他。

“跟我吵架也没用，”我打断他说，“如果你唯一关心的就是想证明你比我懂得多的话，那我们的分析就会毫无进展。我向你保证你是比我懂得多，但这也是你病症之一，也就是说你懂得太多。你永远不可能什么都知道。如果知识能够挽救你的话，你就不会坐在这儿了。”

“你是对的，”他温顺地说，接受了我的观点，好像这是他应受的责罚。“现在让我们看看……我说到哪儿了？我打算弄清事情的真相……”

这时我随便瞄了一眼手表，发现一小时已经到了。

“时间到了。”我说，站起来向他走过去。

“等一会儿，好吗?”他说，看着我的表情就像我刚刚骂过他。“我现在刚开始想告诉你点儿什么。再坐一会儿吧……”

“不，”我说，“我们不能这样做。你已经有过机会——我给了你整整一小时的时间。下次你可能会做得更好。这是唯一学习的方法。”说着我把他从沙发上拉了起来。

他笑了，伸出手紧紧握着我的手。“天哪!”他说，“你说的很对！你已经完全适应了你这份新职业啦。如果我处在你现在的位置，我也会这样做的。”

我递给他外衣和帽子，走到门前，打开门让他走。

“你不是在赶我走吧，对不对?”他说，“我们就不能再聊一会儿?”“你想和我讨论这种处境，对吗?”我说着，把他拉到了门前，“现在走吧，克伦斯基大夫，没什么好谈的。明天同一时间我等你。”

“但今天晚上你不能上我家来玩吗?”

“不能。在结束对你进行精神分析之前我们之间只是医生和病人的关系。你会发现这样更好些。”我握着他的手，果断地说了声再见。他迷茫地退出了房门。

前几个星期他每隔一天来一次，后来他求我把时间错开，抱怨说他的钱都掏完了。我当然知道这笔花费对他是个包袱，因为自从他不再给人看病，他唯一的收入来源就是保险公司给的。在车祸前他很可能存了一大笔钱，而且可以肯定的是，他的妻子是一个中学教师，有固定收入，我不能忽略这一点。但问题是，要让他摆脱那种依赖心理，把他现有的每一分钱光，使他重新产生去赚钱谋生的愿望。人们几乎不能相信，一个像他这样有能力有魄力有精力的人可能摧残自己以求赢得保险公司的同情。不用怀疑，在车祸中受伤害的只是他的躯体，可他已经变成了一个怪物。我相信车祸只是加剧了他这种可怕的变态。当他突然想当一名精神分析学家时，我意识到他还有一点希望。表面上我接受了对他进行精神分析，但我知道他的虚荣心绝不会允许他承认他已经成了一个“精神病患者”，我特意总是用“病症”这个词来刺激他，让他承认他需要帮助。我还知道，如果他给自己一点机会的话，他的虚荣心就会最终崩溃，完全由我支配。

车祸并没有从根本上改变他，只是改变了他的外貌，夸大了隐藏在他体内的一些本性。那些潜伏的东西现在已经变成了神灵活现的事实：他成了一个怪物。每天他都可以照照镜子，用自己的眼睛去看看自己成了什么样的人。他可以从他妻子的眼睛里看出她对他的厌恶。很快他的孩子也会开始对他另眼相看，最终会承受不了这些反应而崩溃的。

把一切过错都推给车祸，他就能成功地获得那些粗心大意的人的一点点安慰。他也就能成功地让人注意到他的外表而不是精神，但在他的内心深处，他知道这只是个很快就会结束的游戏。他不可能永远拿他的肉体作掩护。

当他躺在沙发上，放松自己的时候，奇怪的是，无论从过去什么时候开始说起，他总是觉得自己荒诞，不可思议。用“黔驴技穷”来描述他自己的感受最恰当不过了。从一开始就决定了这样的结局。在内心深处他完全缺乏自信。他自然会不可避免地把他这种感觉强加给别人；他总觉得他的朋友或情人会让他失望或背叛他。他挑选了他们就像耶稣选择了犹大一样错误。

精神分析学家总会让你在柔软的沙发上躺下。尽量去想别的什么东西。分析学家的时间和耐心都是无限的。你和他呆在一起的每一分钟都意味着往他口袋里装钱。从某种意义上说，他就像上帝——你自己的创造力的主宰。不管你是在哭诉，还是在嚎叫；不管是在哀求，还是在啼哭；不管是在恳求，还是在哄骗；不管是在乞求，还是在诅咒，他都是一样在听。他只是只大耳朵加上一个充满同情心的神经系统。他只接受现实。如果你想花钱愚弄他，那就愚弄他好了。那会是谁在受损失呢？如果你认为他能帮你，而不是你自己帮自己的话，那么就坚持让他对你进行精神分析，直到你把钱一点不剩，他什么损失也不会有。但如果你认识到他不是神，而是跟你自己一样的普通人，有烦恼，有缺点，雄心勃勃同时又意志薄弱。如果你认识到他并不是无所不知的圣贤，而是跟你自己一样的迷途羔羊，那么你也许就会停止让自己的钱哗哗地往外白流不止。不管他的声音在你听起来有多么悦耳动听，你都应该用你自己的双腿站起来，用上帝给你的声音歌唱。坦白、哭诉、抱怨、怜悯这都需要花费，而唱歌却不花你一分钱，它不仅不花钱，事实上你还能丰富别人的生活。赞美上帝吧！这是神的旨意！啊，放声歌唱吧，哦，伟大的救世主！放声歌唱吧，伟大的勇士！但是，你吹毛求疵起来，当整个世界都在崩溃的时候，当我四周的人都生活在水深火热之中的时候，我怎么能歌唱呢？你知道吗？当先烈们即便遭受酷刑的时候，他们还在歌唱，他们没看见垮掉，他们没听见痛苦的呼喊。他们歌唱是因为他们有坚定的信仰。谁能摧毁一个人的信仰？谁能抹去快乐？每个年代都有人这样尝试过，但从未有人成功过。快乐和信仰是宇宙中固有的。漫漫人生路上有痛苦，有奋斗，也有快乐，有狂欢，有和平与安详。在飞机与天空之间，在地球与外层空间之间有梯子和格子。登梯子和爬格子的人都在高唱。他被眼前所呈现的景象搞得精神错乱，但他的步履仍很稳健，不去想身下是什么，他会不会滑倒，会不会抓不住扶手……只想着前面，前面，向前，向前。前途一片光明，道路没有尽头。一个人走得越远，身后的道路便也越长。前进的路上不要被往事纠缠得太紧，否则就像拖着铁链的囚犯在前进。囚犯不是犯过罪的人，而是坚持罪行并一错再错的人。我们都有罪，最伟大的罪行就是没有充分善待生命，但我们都有潜在的自由。我们可以不去想我们没能干成什么，而去做我们力所能及的事。我们潜在的能力谁也想象不到有多么大。它们是无穷无尽的。想象力是勇敢者的专利。上帝什么都敢想象。

十五

无论是谁都说莫娜和丽贝卡是姐妹俩。从外貌上看，她们好像长得十分相像，而她们在性格、气质方面却毫无相似之处。丽贝卡完全是位当代美国女性，虽然她承认过她的犹太血统。她精神健全、身体健康、智力发达、食欲旺盛、谈吐轻松，我想她的床上功夫一定很好，而且睡眠充足。她深深懂得生存竞争的道理，并且从环境中学会了生存竞争的技巧。她是男人们做梦都想娶之为妻的那种女人，她是真正的女人。有她在，一般的美国妇女就像一群乌鸦。

她的特点在于她的朴实。出生于俄罗斯南部，又侥幸躲过了犹太人苦难的生活，她身上体现了她身边纯朴的俄罗斯人民的优秀品质。她刚柔并济，从她的本性上说她是个共产主义者，因为她朴实无华又生机勃勃。

虽然她是位犹太教教士的女儿，但她很小就摆脱了家庭的管教。从父亲那里，她继承了敏锐和正直的秉性，而这些秉性是他们那些虔诚的犹太人与生俱来的。懦弱和伪善从来不是真正的犹太人的品质。他们的弱点，就像中国人一样，对他们信仰的宗教过分虔诚。对他们来说，教义的字字句句都是神圣不可侵犯的，而不是犹太教徒对它却一无所知。

至于莫娜，无从去猜她的祖籍在哪儿。长期以来她都坚持说她出生于新哈姆塞尔，毕业于新英格兰学院。她可以是葡萄牙人巴斯克人、罗马尼亚人、匈牙利人，或是佐治亚州人。她会挑一个让你相信。她的英语说得相当纯正，大多数人都听不出有口音。她可能也不是美国人，因为她显然是经过努力钻研才掌握英语的。为了让人听不出她的口音，她苦心操练。有她在连房子都在振动。她的声音有独特的频率和波长：短而有力，穿透性强。她的声音会阻断其他声音的传播，就像汹涌澎湃的大海上空的闪电。

两个个性很强的人现在要组建成新的家庭了。这样一来她局促不安。她的护照已经放好，行李却纹丝未动。每次短暂的相聚之后，她都得重新聚集体力，但她心里很清楚她自己的体力正在减退。我们单独呆在那间小屋的时候，我总要努力去抚平她的伤口，给她勇气去等候下一次会面。当然，我得装作是她自己表现出色。我经常背诵一些她说过的话，稍微修饰，要适当加以发挥，以便给她提供一些线索，帮她找寻。

我从不直接向她提问，以免她难堪。我胆战心惊，如履薄冰，通过我的耐心，努力去抚平她心灵的创伤。

这是一场怪异的、令人困窘的游戏。我惊异地发现自己心里已经对她产生了一种新的情感：怜悯。她知道我了解她的情况，但她坚持要回避。为什么？为什么认为我也这样？她究竟害怕什么？我发现她的弱点，也绝不会减少我对她的爱，相反的却增添了我对她的爱。她的心事也成了我的心事，而保护她也就是保护我自己。她难道看不出我同情、怜惜她只会增进我们俩的感情？但也许她并不担心这点，也许她认为我们俩的感情自然而然地会与日俱增。

让自己避免伤害，这就是她摆脱不掉的心事和忧虑。了解到这一点后，我越发地怜惜她了。我几乎认为她好像是个残疾人。当两个人沐浴爱河时总会出现这种情况的。如果是两个人毫无保留地结合，那么，这种情况只会加深爱情。一方不仅急切地想忽视不幸的另一方的污点，而且想尽力弄清这些污点。“让我来为你分担可爱的污点吧！”这是痴情的呼唤，只有冥顽不化的自大狂才能回避由一场不公平的比赛强加上去的思想包袱。不深爱着的一方想到伟大的尝试就心潮澎湃。他静静地乞求允许他把手放入火焰中，而如果受宠的另一方仍坚持要玩那伪装的游戏，那么已经敞开的心扉就会有缝隙，落入空荡的坟墓。然后不仅是那片污迹，连同被爱的人的身体和灵魂都会被吞食在活生生的坟墓里。

真的是丽贝卡让莫娜受折磨的，更确切地说，是她眼看着莫娜自己在受煎熬。因为是莫娜自己要求玩这场游戏的，谁也不能推脱说不是她的责任。她立场坚定，毫不退让。既同情之心也非惨无人道。所有莫娜用来对付女人和勾引男人的骗人把戏和手段，她也深恶痛绝。这两个看似姐妹的人之间的本质区别越发明显了。用不着开口说话，这两个女性思想的对抗性就清楚不过地表现出来了。表面上看来，莫娜代表永恒的女性这一类型，而丽贝卡，因为她豁达的性格没有虚伪的外表，具有真正的女性的柔顺和鲜明的个性，所以她这种人正是当代男人心目中的理想的多变的偶像形象。

我们在丽贝卡家住了不久，一天早上冲澡的时候我发现龟头一圈有带血的糜烂。不用说我吓了一大跳，我马上想到是染上了“梅毒”。我的性生活很健康，那么只能假设是莫娜传染给我的。

不过，按我的脾气我不会立即去看病。对我们来说，一般的医生若不是惯犯，就是江湖术士。我们通常去找外科大夫，当然他们当中很多是“生意中人”，要完全治愈这种鬼病恐怕得支付一笔可观的费用。

我心想，它自己会不治而愈的。我一天把它掏出来二三十次呢。

当然最直接了当的就是问问莫娜。于是我便去找她。

“唉，听着，”我说，态度非常友善，“如果你得了淋病，最好告诉我。我不会追究你怎么染上的。我……我只想知道实情，就实情。”

这种直来直去的问话方式逗得她放声大笑。我想她笑得也太凶了点。

我说，“你可能是上厕所时被传染上的。”

这次她笑得更厉害了，几乎都有点歇斯底里。

“要么是原先得过，又复发了。我不介意你什么时候、在哪儿感染上的。……你得过吗？我只想知道这个。”

回答是否定的，坚决的否认。她呜咽起来，随后变得又有些恼怒。我怎么会想到这样去质问她呢？我把她当什么人啦——荡妇吗？

“嗯，如果真是这样，”我十分温和地说道：“没必要担心嘛。你就忧虑过多，我会忘掉这件事的。”

然而要忘记却并不容易。首先做爱是停止了。一个星期过去了，而如果你习惯了每天做爱的话，一周的时间就很漫长。

手淫是最好的替代方式。事实上，它提供了一种新的方式。躺在那儿，我一只手抱着她一只手抚摸她。她变得格外温驯，好像她整个思想都被我的手指控制住了。淫水开始流了出来，她曾经叫它“脏东西”。

女人掩盖事实的本领真是有厉害。刚一开始她也经常会撒谎，用一些伤大雅的谎话来试探你的反应。如果她们觉得你没受太大伤害，她们会试着吐出几句真言，巧妙地隐藏在谎言堆里的几句实话。

就拿她讲的那次疯狂的驱车兜风的故事来说吧！没有人会认为她喜欢同三个陌生男子和两个舞厅里头脑简单的舞女一块出去。她能找到的唯一借口是因为最后着实找不到别的女孩子。然后，当然她还希望其中能有一个男士会有人性，听她讲她的遭遇并帮她摆脱困境，也许能给她一张五十美元的钞票。

就像一般的驱车兜风会发生的情况一样。他们开始放肆起来。如果车子里没有别的女孩子，情况会更糟。车子一开动，他们就把她们的裙子撩到了膝盖上面。更糟糕的是他们还酗酒。当然她假装也喝了几口，只是润了一下嗓子，而其他两个女孩都咕嘟了好多酒。她不在意和那些男人接吻，那没什么，但他们立刻抓住她，扯她的乳头，抚摸她的大腿。她认为他们肯定是意大利人，浪荡的淫棍。

然后她承认了一些实情，可我知道那不过只是该死的谎言。不过，还是挺有意思的。是的，你看，另外两个女孩都为她感到难过，为她们让她陷入困境而感到抱歉。她们知道她不习惯跟陌生男人睡觉。于是他们停下车，换了一个座位，让她和那个卷毛小伙子坐在一起，这么长时间以来他表现得还算文雅温柔。她们坐在男人的膝盖上，裙子撩了起来，背冲着他们。她们抽着烟，喝着酒，浪笑着，让男的在后面乱搞。

我忍不住问她，“那个男的对你干了什么？”

“他什么也没干，”她说，“我让他握着我的手。我不停地跟他聊天，以便让他别想那事。”

“快说真话，”我说，“别跟我说这个。那他干了什么？”

“嗯，信不信由你，很长一段时间里他的确只是握着我的手。”

“那他不是还在开车吗？”

“你是说他从没想过把车停下来吗？他当然想过。他试过好几次，但我都跟他聊别的。”她又停下了，在拼命想如何表达好。

“后来呢？”我问道，想让她放松一点。

“嗯，他突然放开我的手。”她欲言又止了。

“快说呀！”

“他又抓起我的手，把它放在他腿上。他裤裆上的扣子已经解开，我特别害怕。但他不让我把手收回，我只好把他推开。他于是停下车要把我推出去。我求他别把我扔出去。我说：‘你开慢点，我再干那事。我害怕。’他用手绢把阴茎擦干，又开了起来。他开始说一些下流话……”

“什么话？你记得他说什么啦？”

“哦，我不想再提……那太恶心了。”

“你都给我讲了这么多，没什么不好启齿啦。”我说。

“好吧，既然你想听。他说，‘你就是我想要的那那种货。我想干你想了好长时间啦。我喜欢你屁股的扭动。我喜欢你的乳头。你不是处女，跟多少男人上过床？’都是这类的下流话。”

“你是在挑逗我吧，”我说，“接下去，什么都告诉我吧！”

我看得出，她太兴奋了，想全盘托出。“我们都不必再伪装什么，既然我们俩都乐在其中。”

“后来坐在后面的那个男的想交换了，这可吓坏我了。我唯一能做的就是装着想先跟身边的这个搞。他想立刻停车出去玩。我哄他说，‘开慢一点，我一会儿就跟你做。我……我不想他们马上全上来。’瓦尔，我跟你讲，我以前从未摸过那么大的玩艺儿。他肯定是头野兽。”

“听着，”我打断她，被她的故事刺激得很激动了。“说实话吧，有那玩艺儿握在手里，你肯定特别想干那事。”

“等等，”说着，她的眼睛闪闪发光。“吻吻我。”她的舌头在我嘴里搅动。“哦，天哪，现在我们要能做爱就好了。这真是折磨人，我已经有点儿受不了啦……”

“别跑题呀，接下来呢？他干什么啦？”

“那东西那么大，瓦尔，说实话，我从未见过那么大的玩艺儿。他什么都让我干。他一直都掐着我的脖子。我几乎都要疯了。”

到这时我已经快到高潮了。我的阴茎像根流油的蜡烛在抽动。我心想，“管他是不是淋病，今晚得做爱了。”

过了一会儿，她继续讲她的故事。“他让我坐在车的一角，抬起腿，他只用一只手开车，汽车在公路上盘旋前进，颠簸得厉害。而那两个姑娘到这会儿开始一丝不挂，唱起淫荡的小调。不知道车开到哪儿啦，也不知道后来发生了什么。我害怕极了，一点儿也没有激情。他们什么都干得出来。他们是淫棍。我只想着逃跑。我吓坏了……。”

“看在上帝的分上，别停下来，”我说道，“接着呢？”

“嗯，他把车停在了一块收割后的麦地旁。不能再犹豫不决啦。坐在车后面的两个姑娘想把衣服穿上，但那两个男的把光着身子的她们推了出去。她们尖叫着，其中一个下巴碰坏了，像木头一样摔倒在路边。另一个开始交叉紧握十指，好像是在祷告，但她已经吓得惊讶不已，一句话也说不出来。

“我在他身边等他打开车门，然后我迅速跳下车，开始在田野上奔跑。我的鞋跑丢了，脚被庄稼的残梗扎疼了。我拼命往前跑，他在后面紧追。后来他追上了我，把我的裙子扯掉，然后我看见他举起了手，随后两眼直冒金星。什么也看不见了，就觉得他骑在了我身上，像头野兽似的乱抓乱挤。疼极了，我想喊却又怕他再打我。我躺在那儿，吓得浑身僵硬，只能让他乱搞。他咬我的嘴唇，我的耳朵，我的脖子，我的肩膀，我的乳头。他一刻都没停，就像一头发狂的野兽。我想我的内脏都被捣碎了。我哭了起来。‘不许哭，’他说，‘要不我就打掉你的下巴。’我的后背刺骨地疼。他躺在那儿，眼珠子乱转，嘴巴张得大大的，呼吸很急促，然后他把我拉到他身上，把我推来操去，好像我是根羽毛。又把捏过捏去的，好像我是橡皮做的。‘这下舒服多了，’他说，‘你这次表现还可以，贱货。’他又用两手抱住我的腰，让我使尽全身的力气陪他玩。瓦尔，我起誓，我一点儿感觉也没有，除了好像有根利剑插进了我的体内似的刺痛。片刻之后，他又把我掀翻在地，像狗一样趴着。他害得我的头都埋进了泥里，土都溅进我眼睛里了，疼得很。我再也受不了，低下头，我听见他说，‘他妈的！’然后他肯定又打了我。其实我什么都不记得了。直到我醒来时，冷得发抖，浑身青一块紫一块。地上湿漉漉的，而我孤孤零零一个人……”

说到这里故事告一段落，后来又有一个又一个故事。我迫切地想听她的故事，几

乎都忘了听她故事的意义，就是证实她得过那病。她最初没意识到是那种病，因为刚开始像是痔疮，她也断定是因为躺在潮湿的地上干那事引起的。至少这是大夫的诊断，然后病症就显示出来是淋病，但她及时去看了医生并治愈了她的病。

这些故事听起来挺有意思的，一想到我更关心她的病，另外一件事突然显得非常重要起来。我没怎么注意听她故事的后半部分，也就是她怎样站起来，求别人搭车到纽约，向弗洛莉借了些衣服，等等。我记得打断过她，问她被强奸是多久以前的事，在我印象里她的回答非常含糊。但当我把几件事联系起来，我突然意识到她提到过卡鲁瑟斯，提到过在他那儿住，给他做饭什么的。那又是怎么回事呢？

“但我告诉你，”她说，“我去他那儿是因为我当时那副样子不敢回家。他特别和蔼。他对我就像对待自己的女儿一样。我去找的就是他的家庭医生，而且是他亲自带我去的。”

我猜她和卡鲁瑟斯一直住在我们俩约会的那个地方，那次他出乎意料地走了进去，满腔醋意。但是我错了。

“在那之前我跟他很早就认识了，”她说，“他那会儿住在城里。”她还提到了那时和卡鲁瑟斯住在一块的一个著名的幽默小说家的名字。

“你那时还是个小孩吧？除非你现在跟我瞒了年龄。”

“那时我十九岁。战争期间我从家跑了出来。我去了新泽西州，在一家军工厂工作。我在那里只干了九个月。卡鲁瑟斯就让我辞职回去上大学。”

“那你的确完成学业啦？”我问，被所有这些前后矛盾的事情搞得有点糊涂了。

“我当然大学毕业了。我希望你别再……”

“而你是在军工厂遇到卡鲁瑟斯的？”

“不是在那里。他在附近一家染织厂上班。他那会儿时常带我去纽约。我想他是那儿的副董事长。不管是什么，他高兴上哪儿就上哪儿。他常常带我去剧院，去夜总会。他喜欢跳舞。”

“那时你没跟他同居？”

“没有。那是后来的事。即使是在城里，在我被强奸之后，我都没跟他同居。我给他做饭及干其他家务，是为了报答他为我做的一切。他从没叫我做他的管家。他想娶我，但他不忍心抛弃他妻子。她有点无能……”

“你是说性无能？”

“我给你讲她的故事，有什么意义呢？”

“我真的被你搞糊涂了。”我说。

“但我一直在给你讲事实。你让我什么都告诉你，你又不信我的话。”

这时我脑海里闪过一个念头，那次“强奸”（也许并不是强奸）就是不久以前的事。也许下流的“意大利佬”就是北部树林里的那两位喜欢跟女人调情的守林人。半夜三更，驱车兜风，车上还有受了挑逗极想放荡一下的姑娘，肯定会有不止一次地“强奸”案发生。清晨赤裸着身体，一个人站在田野里，遍体鳞伤，子宫壁脱落，直肠被捣烂，鞋也丢了，眼睛青一块紫一块……这一类话都是一个浪漫的年轻女子在不小心失身之后编出来的故事，而这次失身带来的结局是染上淋病和痔疮，尽管与淋病相比，痔疮看起来算不了什么。

“我认为我们明天最好去看病，我们两个都去做一次骨盆检查。”我平静地说道。

“我当然会跟你一块去的。”她答应了。

我们静静地互相拥抱在一起，随后长时间地做爱。

我有一种预感，她会找借口推到后天去看病。那时，如果查出我有病，那就可能是我传染给她的。我认为这种想法太荒唐。通过检查，医生可能说不是她传染给我的，就是我传染给她的。可除了通过她，我怎么会染上淋病的呢？

入睡前我又了解到她的处女膜是十五岁时破的。那实在是她妈的过错。在家里他们老是谈论赚钱，赚钱，赚钱，都快把她逼疯了。于是她在电影院前面的一个小商亭里当出纳。不久一个大老板看上了她，全国各地都有那个老板的电影公司。他拥有劳斯莱斯名牌轿车，穿着考究，脚上套着鞋套，手上戴着柠檬色的手套，衣服纽扣上别着鲜花。他挥金如土，总是从他那大皮夹子里抽出一张张百元面值的钞票。双手戴满了钻戒，指甲修剪得十分精细。年龄看不出来，可能不到五十岁。性欲旺盛的男人总是要四处打野食的。她当然接受了他的礼物，但并没有跟他胡闹。她觉得自己能将他玩弄于股掌之间。

但那时家里总在给她压力。不管她给家里多少钱，从来没有够用的时候。

于是当一天他问她是否愿意和他一起去芝加哥办一家新的剧院时，她答应了。她肯定能很好地控制他，而且她特想离开纽约，远离她的父母。

他的行为举止就像一位完美的绅士。一切进展顺利：他给她一笔可观的费用，给她买衣服，带她去上等的地方，全都和她想象的一样。一天晚饭后（他本来已买了戏票），他直截了当说他想知道她是否还是位处女。既然她的贞操是她的骄傲，她太想向他证实了。但是使她奇怪的是，他然后开始对她坦白说这花了他很多钱，也使他自己陷入了窘境。显然他无法控制这种欲望。他承认这很堕落，但他已习惯了这种纵情享乐，他不想有所改变。他暗示说他的行为一点儿也不粗鲁。他对他的性伙伴总是很温柔体贴的。毕竟，她们以后还把他当作财神爷呢。每一位少女迟早都得成为少妇。他甚至还说什么，既然这是迟早的事，把这第一次让给行家，不是更好吗？许多年轻的

丈夫都笨手笨脚的，毫无经验，他们的妻子后来都有些性冷淡了。他坚持认为许多不幸的婚姻也许就跟新婚之夜有关。

总之，听了她的叙述，让人觉得他是一个相当精彩的鼓动家，不仅精通奸污少女，还有一套理论。

“我告诉自己说，”莫娜接着说道，“我就跟他玩一次。他许诺说会付给我一千美元。我知道这一千美元对我父母意味着什么。我也觉得可以信任他。”

“所以那天晚上你们没去看戏?”

“不，我们去了。既然我已经答应了，他说那就不用急了。我也不担心，他向我保证过不会太疼。他说他相信我的能力；他注意我好久了，他知道我会表现不错的。为了表明他的诚意，他提出先给我钱，我没有同意。他一直待我不错，我觉得我应该先干活再拿钱。瓦尔，说实话，我开始喜欢上他了。他很聪明，没逼我干。要不然我会恨他的。因为他根本没强迫我，所以我对他相当感激，尽管后来的情况比我想象的要糟。”

我正在琢磨她这句话的意思，她自己又接下去说了：“你知道吗?我的处女膜特别厚实。有时有的人还得动手术，但当时我对这些事都一无所知。我想会有点儿疼，会出血，……过一会儿……然后会………。然而是事实并非如此。他花了几乎一周的时间才弄破它。我得说他很喜欢我，而且他特别温柔！也许他只是装作它太厚实不好弄破，也许他只想拖延时间。何况他也不够彪悍。他不像有些畜生那样说下流话，他是个肉欲主义者，他看着我，教我怎样扭动身体，给我讲各种姿势。天哪，这样本来可能会持续更长一段时间的，如果不是有一天晚上变得过于激动的话。它让我疯狂了。”

“当时你真的很喜欢?”我问。

“喜欢?我都疯了！当我抓住他，费力气把他按倒在地的时候，我知道这肯定把他吓坏了。‘我要你！我要你！’我喊道，压在了他身上，咬住他的嘴唇。那时他失去了控制，开始猛烈进攻。我觉得有些疼，但还是不停地扭动身体。我肯定能有四五次高潮，我想全部感受到。不管怎样，我不再害羞，也不再担心，我只想做爱，再不管疼不疼啦。”

我在想她说的是否都是实话，但很快我就有了结果。在这件事上她十分诚实。我似乎觉得对她的往事有一种非同寻常的感受。让我意识到当女人被折腾得非常舒服的时候，她们有多感激。

“我当了他非常长一段时间的管家，”她持续说道，“因为他强调过只对处女感兴趣，所以我总是希望他厌倦我。当然，从某种意义上讲，我还是个处女。我相当年轻，尽管人们总认为我有十八九岁了。他教会了我许多。我跟着他走遍了全国。他很喜欢我，总是十分体贴我。一天我注意到他有些吃醋。我很奇怪，因为他有过许多女人，而我又认为他并不爱我。当我拿这件事笑话他时，他说，‘但我的确爱你。’这使我开始觉得难以理解。我想知道他希望这种事能继续多久。我总是担心某个时候，他会找到另外一个他想跟她上床的姑娘。我怕看到他和其他年轻姑娘在一起。

“‘但我不会想别的女孩，’他告诉我，‘我要你，而且我想抓牢你。’

“‘但你告诉过我……’我欲言又止，然后我听见他笑了。我立即意识到我有多愚蠢。‘你是那么告诉我的。’我说，然后觉得想报复一下。我很傻，因为他从未伤害过我，但我却想羞辱他一番。

“你知道，我的确看不起自己这种行为。”她继续说，“我不应该那样待他的，但在让他难过的过程中我感到极其满足。我厚着脸皮和我遇见的每个男人调情。我甚至还和他们中的一些人上床。我把这些事告诉他，当我看到这对他有多大伤害时我觉得洋洋得意。‘你还小，’他总是说，‘你还不懂你都在干什么。’这倒是真的，但我只懂一点，那就是我控制了他，即使我已经卖身给他，他还是我的奴隶。‘去给你自己再买个妓女吧！’我还说，‘你不用花一千美元就能搞到。如果你提出给五百，我也会答应的。如果你再聪明点儿，你一分钱都不用花就能把我弄到手。要是我有你那么多钱，我会每天晚上换一个的。’我不停地说这些直到他再也受不了为止。一天晚上他提出结婚，他发誓说如果我答应他，他会马上跟他妻子离婚。他说没有我活不下去。‘但没有你我却能活下去。’我这样回答。他退缩了。‘你太粗鲁了，’他说，‘你对我太不公平了。’我不想嫁给他，不管他有多认真。我不在乎他的钱。我不知道我为什么这样凌辱他。后来，我离开他之后，我为自己感到特别害羞。有一次我回去找他，乞求他原谅我。他和另外一个女孩同居了，他一看见我马上告诉了我。‘我永远都对你忠诚，’他说，‘我爱你。为了你我愿意干任何事情。我并不奢求你能够永远和我在一起。你太固执……你太高傲。’他就像我父亲那样跟我谈话。我想哭了……然后我做了一件连我自己都没想到的事。我求他跟我上床，他激动地得发抖。不过，他那么文雅，他不忍心占我的便宜。‘你并不是真想跟我上床，’他说，‘你只想向我证明你的歉意。’我坚持说我想跟他上床，而且愿意他做我的情人。他几乎再也抵制不住了。但我猜他害怕会失态，他不想再对我着迷，但我只想报答他。我不知道除了这些还能用什么样方式可以报答他。我知道他爱我，我的肉体和我的一切。我想让他高兴，即使这样会让他不安……不管怎样，我们还是上了床，但他却挺不起来。我从未想到会是这样。我什么姿势都试过。我喜欢羞辱自己。我暗自好笑，心想多奇怪呀，我这样大汗淋漓地对付一个我瞧不起的男人，但还是没用。我说我第二天再试试。他看着我好像被我的话吓坏了。‘记得吗？最初你对我是很耐心的。’我说，‘为什么现在我不能耐心点呢？’‘你

疯了。'他说，'你不爱我。你像个妓女一样出卖自己。''我现在就是这种人。'我说。他毫不夸张地把我看成'妓女'。他看上去给吓坏了，完全给吓坏了。"

我等着听她讲下去。"你回去了吗?"我问。

"不，我再没回去。我再也没见过他。"

我心想他肯定成整天提心吊胆地过着日子。

第二天早晨我提醒她我们要去看病。我告诉她下午给她打电话，让她在医院等我。我想请教克伦斯基。我想知道什么都可以问他，他相当渊博。

我们去找了克伦斯基推荐的医生。我们验了血，然后还和医生一块吃了晚饭。他很年轻，我想他不是特别自信。他不知道我的阴茎是怎么回事。他想知道我是否得过淋病或是梅毒。我告诉他我得过淋病。复发过吗?我不知道。诸如此类的问题。他认为最好再等几天再做诊断。同时他已经化验了我们的血样。他认为我们俩看上去都很健康，尽管外表总是有一定的欺骗性。简短地说，就像年轻的大夫经常做的那样，他不停地问这问那（年老的大夫也都这样）。

两次就诊期间我去拜访了莫德。我把这事告诉了她。当然，我让她相信这是莫娜的责任。她当然也这么认为。的确可笑的是，她对我生病的阴茎有一种特别的兴趣。好像它是她的私有财产。她先是小心翼翼地摸它，可后来她兴趣更大了，那东西在她手里越来越粗，她变得越来越不谨慎。我得格外小心不能让自己太激动。后来，她求我让她轻轻地洗洗它，才肯答应我把它放回去，她肯定这样不会伤害它。于是我和她一起来到浴室。我看着她温柔地爱抚它。

当我们再去找那个大夫时，我们得知检查结果全是阴性。尽管他解释说，这并不是最后的诊断。

"你知道，"他说（显然在我们到来之前他反复考虑过），"我一直认为如果你割除包皮，你身体会更好。当包皮割掉之后，炎症就会消了。你的包皮过长，这没妨碍过你吗?"

我承认以前从未想过。包皮是人从生下来到死都会有的。直到要把它割掉人们才会想到它只是附属物。

"对，"他继续说，"没有包皮你的病好起来就快了。当然，你得住院，大约要一周的时间。"

"那要花多少钱?"我接着问道。

他说不准，可能要一百美元。

我告诉他我想过了。我不大想失去我宝贵的包皮，即使那样更有利于健康。我脑子里闪过一个奇怪的念头。那样之后，我的龟头感觉就会迟钝了。我一点也不喜欢变成这样。

然而在我离开他的办公室之前，他还是劝我一周后跟外科大夫定个时间。“如果到时你的病好了，你就不需要动手术了，既然你不喜欢这个主意。”

“但是，”他补充说，“如果我是你，我还是动手术，不管我喜欢不喜欢，那样更卫生。”

随后的几天晚上，莫娜都在讲她的故事。莫娜已经好几个星期没去那家舞厅了，所有的晚上我们都在一起。她不知道下一步该怎么办（钱的问题总是让她烦恼），但她肯定再也不回那家舞厅了。知道自己血样检查正常，她好像和我一样松了口气。

“但你认为真的没事，对吗？”

“谁知道呢？”她说，“那个可怕的鬼地方……那些下流的姑娘。”

“姑娘？”

“还有男人。别说这些啦。”沉默了一会儿，她笑着问，“你认为我去演戏怎么样？”

“那不错，”我说，“你觉得自己会表演吗？”

“我觉得能行。瓦尔，你等着。”我会做给你看的。

那天晚上，我们俩回来得很晚，轻手轻脚地溜上了床，她又讲了一段故事。她一直在等着我讲，我没有生气，也没有打断她的话，我保证过的。

我躺在那里，专注地听着。又是钱的问题。一直旧事重提，一块老疤。“你不想让我继续呆在舞厅里，对吗？”我当然不想。可下一步怎么办？

她自然会找到必要的经济来源。边走边看吧我告诉自己。我让自己感觉麻痹点，听她讲而不用脑子想。奇怪的是她又讲了些不无关痛痒的事。她提到了老头，她在舞厅结识的友善的老头。他只想有一位漂亮的年轻姑娘做伴，有人陪着一块吃饭，一块去看戏。他们一点儿也不喜欢跳舞，甚至不想和姑娘上床。他们只想让别人看见他们和年轻的女人在一起，这样会使他们觉得年轻些，快活些，也更充满希望。这帮老家伙却很有钱，他们不知道该怎么花。她提到他们中有一个拥有一家大的干洗店。他八十多岁，脾气倔强，青筋暴露，目光呆滞。他的行为几乎像个孩子。我当然不会嫉妒他。他只想在她身上花钱。她说不清他已经花了多少，但她推断说数目肯定不小。另外还有一个，他住在黑兹·卡尔顿，是个制鞋商。有时她在他那儿吃饭。因为这能给他带来快乐。他最多只有勇气吻她的手……几周前她就打算把这一切都告诉我，但她一直怕我发火。“你不会的，对吗？”她偎在我怀里，问我。我没有马上回答。我在思考、琢磨所有她的事。“你为什么不说话。”她用肘尖轻轻地推我，说道，“你说过你不会生气的，你曾发誓过。”

“我没有生气。”我说道，说完又沉默了。

"但是，你生气了。你受了伤害。哦，瓦尔，你怎么这么傻？如果我知道你会受伤害，你认为我会告诉你这些吗？"

"我什么也没想，"我说，"没事了，相信我。你认为行得能就去做。我只是为了他们感到难过。"

"但不会总这样的，它就那么一段时间，所以我想去演戏。我和你一样讨厌那样做。"

"好吧，"我说，"让我们一起忘掉它吧！"

第二天因为早晨我得去医院检查，我早早地醒了。淋浴时我注意地看了看我的阴茎。哎呀，一点儿也不发炎了！我几乎不敢相信我的眼睛。我叫醒莫娜给她看。我又上床很快检验了一下它是否真的好了，然后我去了电话亭，给大夫挂了电话。"它全好了，"我说，"我不想割掉包皮了。"我迅速挂上电话免得再听他啰唆。

我正要离开电话亭，突然想起应该给莫德去个电话。

"我不敢相信。"她说。

"这是真的，如果你不信，下周我去你那里证明给你看。"

她好像不想挂电话了，一直说着许多不相关的事。"我得挂了。"我说，有点烦了。

"再等一会儿！"她央求道，"我想问你这个星期天是否能带我们去郊外？我们三个可以一起野餐。我会准备好吃的。"

她的声音如此温柔。

"好吧，"我说，"我会来的，我大约早上八点钟来。"

"你肯定你好了吗？"她问。

"我完全好了。星期天我证明给你看。"

她兴奋地笑了两声，在等她答话之前我就把电话挂上了。

十六

就在我即将办理离婚手续的时候，杂七杂八的事情一个接一个地重现，只有战争才能了结这一多事之秋。最先出现的是，电报公司的那帮魔鬼又认为我该挪地方了，这样我就搬到位于脏乱差的地区一座旧阁楼的顶层去办公。这是一间闲置的大房子，原先是邮递员们下班后在这里训练用的。现在我的办公桌就放在地板的中央，隔壁房子也同样空闲，集医疗所、药房和健身房于一体，而唯一缺少的就是几张台球桌。有几个傻瓜为打发他们的休息时间还带来了旱冰鞋。他们整天吵吵嚷嚷，喧声冲天，但我对公司的计划和项目已提不起兴趣，这样，他们的喧哗不但不让我心烦意乱，反倒给我增添了无穷的乐趣。我和其他办公室已完全隔离了，他们对我的窥视和侦查便自然而然地停止了。可以说，我现在逍遥自在，过着世外桃源的生活。招工聘人和炒鱿鱼如同梦幻一样变化无穷，我这儿的编制已削减到两个——我自己以及原先管理过剧院服装的退役拳击家。我无意整理那些卷宗，也懒得去查阅资料，对各种信件一概根本不接，甚至电话也不怎么接，真有急件的话，只有电报了。

这里无疑是诱发痴呆症的温床。他们把我打到冷宫，而我也乐得如此。一忙完白天的工作，我就钻进隔壁房里去欣赏他们的恶作剧。有时，我自己也穿上旱冰鞋和那些傻小子们滑上几圈。我的助手斜视着我，不清楚我是怎么了。虽然他一向表情严肃、尊口难开而且分心有术，有时也会捧腹大笑，说他歇斯底里也不过分。有一次他问我是否心情不畅，我想，他幻想我下一步会喝得酩酊大醉的可能。

事实上，由于种种原因，我确实开始放纵地酗酒了。开始我只是吃晚饭的时候开始饮酒，对身体不会有害。直到有一次，我纯属偶然地发现了杂货店后面有一家法意餐馆。令人惬意的气氛。人人都是“角色”，甚至警察小队长和侦探们也在那里白吃白喝，丑态百出。

自从莫娜通过关系进了剧院以后，我只好去某个地方消磨晚上的时光。我永远也了解不到莫纳汉给她找的这份工作，还是如她所说是自己起了一个适合她职业的新名字，随之也便有了全新的生活经历和列祖列宗。她摇身一变成了英国人，这样，她的家族便与剧院有了某种源远流长、无法追溯的关系。就在当时很盛兴的小剧场里，她

进入了那个使她如鱼得水的金粉世界。既然他们几乎不付给她分文，他们上当受骗也不蒙受任何损失呀！

阿瑟·雷蒙德和他的夫人起初也实难相信这个消息。他们觉得莫娜又在瞎编故事了。从不善于掩饰感情的丽贝卡竟当面嘲弄莫娜，直当莫娜有天晚上带回施尼兹勃的剧本手稿，并煞有其事地排练她的角色时，他们的疑虑才转为惊愕。莫娜耍了一些令人费解的花招在格尔德剧院立足，这时家里人却又妒意大发，竭尽恶意诽谤之能事。莫娜可真是在演戏了——她很有可能成为她所扮演的那位女演员。

看来，莫娜的排练是要无休无止地进行下去。我无法弄清莫娜晚上几点才回家。我的确和她度过了一个傍晚，但这就像听醉鬼的唠叨。新生活的魔力使她彻底陶醉了。有时我也在晚上静下心来想写点儿什么东西，结果却徒劳一场。阿瑟·雷蒙德像条章鱼一样总赖在我这儿不走。他总要说："写这玩艺儿干吗呀？天哪，难道这世界上的作家还不够多吗？"然后他就开始谈论作家，当然是那些他所崇拜的作家。这时我便坐在打字机前，好像他一离开我就要重新写作似的。其实，我只是经常给某一名作家写封信而已，告诉他我是多么地钦佩他的作品，并且暗示他，如果他还没听说过我的大名，很快就会使他感觉到如临泰山的。久而久之，我终于有一天惊奇地收到陀思妥耶夫斯基的一信口述信。他的真名叫纳特·汉森。信是由秘书写的，不通文理，这对于一个即将获得诺贝尔奖的人来说，这封信太让人大惑不解了。他首先表示，我的敬意使他非常高兴，甚至激动万分，继而又说美国的出版商对他的书的销售收入不太满意。除非读者对他表示出更加浓厚的兴趣，否则，他们很难再也不会出他的书了。他一副虎落平川遭犬欺的腔调，含糊其词地想知道如何才能摆脱目前这种困境，这倒不是为了他自己，而是为了因他而蒙受损失的可爱的出版商。赘述之中，他突然灵机一动，想出了一个妙招，就写在信中。此招如下：有一次他接到一位博伊尔先生的信，此人也住在纽约，肯定会是我的相识啦（！）他想，或许我可以和博伊尔先生联手出主意、想办法，一定会想出一个万全之策。比如，我们可以告诉美国的读者，在挪威的荒郊野地之中隐居着一位名叫纳特·汉森的大作家，把他的作品被辛辛苦苦地译成了英语，而今，这些作品却被出版商痛苦地悬之高阁。他确信假如订数能够多增加几百本的话，出版商又会重新振作起来，对他充满信心。他说自己曾来过美国，尽管他的英语蹩脚得不能亲笔致信，但他相信，秘书会把他的想法和意图会被表达清楚的。我得去寻找博伊尔先生，地址他是想不起来了。他说，尽您所能吧！或许纽约还有别人对他的大作有所耳闻，这样我们可以与他们联手。信的结尾忧伤却也不失尊严……我把信件仔细地查看了一番，想知道他写信时是否饱含泪水。

倘若信封上没盖挪威的邮戳，或者信中没有他的亲笔签名（后来证明的确是他亲

笔所签），我会认为这是一场骗局。一番狂笑之后，不免有一番热切的评判。这只能归咎于我那愚蠢的英雄崇拜。我的偶像被打得粉碎，评判意识也瞬间消失。谁也不可能会见到我拜读纳特·汉森的作品了。老实说，我真想痛哭一场。这肯定是一场可怕的骗局，只是我无法识破罢了。尽管证据确凿，我实在不能相信，《饥饿》《潘神》《维多利亚》《国家的成长》等巨著的作家能口出此言。毋庸置疑，他让秘书全权代写，最后却懒得看一眼信的内容，就信任地大笔一挥，置上名字。像他这样享誉全球的作家，每天绝对要收到各地崇拜者的几十封信件。他这种身份的人根本不会在意我那热情洋溢的颂扬，而且，由于在美国那一段人生历程中备尝了生活的艰辛，他可能非常鄙视整个美国人民。他更可能不止一次地告诉他的笨蛋秘书，说美国的销售量不值一提。可能出版商过去一直在找他的麻烦，因为出版商与作者打交道时只关心书的销量这一件事。没准儿他当着秘书的面十分厌恶地说美国佬干什么都舍得掏腰包，而对人生中有价值的东西却吝啬得很。而她，这位对主子顶礼膜拜的白痴秘书，决意利用这个机会写了几个建议，企图改善一下这种痛心的境遇。但她绝不是达格玛或者埃德韦汀，甚至也不如像玛特·古德这样毫无头脑的姑娘，要知道玛特·古德拼死拼活也不被赫尔·纳吉的浪漫爱情的勾引而私奔。她大概是一位受过良好教育的挪威笨蛋，各方面都很不错，就是缺乏想象力；也许颇有见识，会把房间收拾得有条不紊，能出色地完成自己的本职工作，也不损人利己，并且梦想着将来能管理育婴堂或者私生子收养院什么的。

我所崇拜的这个偶像毁灭了，我有意识地重读了他书中的某些篇章。尽管我很幼稚，但读到某些段落时也不禁热泪盈眶。我感动万分，竟怀疑这封信是否是梦中所想。

这场“骗局”对我的冲击难以估量。我变得疯狂、残酷和刻薄。我成了流浪汉，弹奏着低调的琴弦。我扮演着我偶像的作品中的一个又一个人物。我口吐污秽，废话连篇，咒天骂地的，痛骂世上的一切无不在我的痛骂之列。我成了双料人物——我自己和我所扮演的形形色色的人物。

离婚判决即将开庭。出于某种难以名状的原因，我变得更加疯狂与刻薄。我厌恶这种打着公平旗号的闹剧，也鄙视莫德为保护她的利益而聘请的那个律师。他看起来像个傻里土气的罗曼·罗兰，一个毫无幽默感或者想象力的独断专行的家伙。他看起来像个伪君子，是眼中钉、肉中刺，是懦夫、小人、做道学先生。一看到他，我就浑身起鸡皮疙瘩。

野餐那天，我们再不因为他而心烦意乱了。我们躺在麦尼罗附近的草地上，孩子跑来跑去地采集着花朵。天气十分温暖宜人，干燥的热风吹得人心情荡漾。我把自己那玩艺掏出来，放到她手中。她羞涩地查看了一番，并不想对它过分研究，然而却也

急于相信我这玩艺儿没有任何不适之处。不一会儿，她放开它，又躺到地上，膝盖翘起来，暖风吹拂着她的屁股。我诱使她摆出一个好看的姿势，又让她褪去了紧身短衬裤。她又产生了抵触情绪，不喜欢在光天化日之下干那种害羞之事。我说这四周连个人影儿都没有。她半推半就地顺从了。

我把她抱在怀里，想进一步有所作为，她退缩了，是怕孩子瞧见难堪。我环顾四周，说："没事的，她玩得很开心，哪能顾上想我们呢？"

"万一她回来……并且看见我们在……"

"她会以为我们睡着了，哪能知道我们在干什么呢……？"

听到这里，她猛然把我推开，这实在令人难以忍受。可她却说："你干这种事竟然当着孩子的面！真可怕。"

"这有什么可怕的？可怕的倒是你。我告诉你，男欢女爱是纯洁的事。即使她长大以后还会记得的话，那时她也是女人，会理解这一点的。性交一点儿也不肮脏，说白了，是你的思想不纯洁。"

这时她已套上了短裤，我也懒得把我那玩艺儿塞回去。它现在蔫不拉唧地躺在草地上。

"得啦，那咱们吃点东西吧！性交不成，可总得填饱肚子吧？"我说。

"是，你就吃吧！你多会儿都知道吃。你唯一关心的就是吃饭、睡觉。"

"是性交，不是睡觉。"我说道。

"我希望你别再对我这么说话，"说着，她便开始摆午饭，"你把什么都搞糟了。我本想咱们可以和和谐谐地度过这一天，也就这么一次了。你总说要带我们出外野餐的，可你一次都未采取行动，一次都没有。你满脑子想的都是你自己、你的朋友、你的女人。我傻乎乎地还以为你会改邪归正呢。对孩子你根本漠不关心，甚至对她不屑一顾。你在她面前都不能控制自己的欲望，还假惺惺地说那种事是纯洁的。你太卑鄙了，幸好一切就要结束了。下周这时候，我就自由了……我将永远摆脱你。你把我害得不轻，让我变得刻薄可恶。你使我自己看不起自己。自从跟你认识以后，我再也认识不到自己了。我成了你随意塑造的东西。你从没爱过我……从来没有。你唯一的要求就是满足自己的欲望。你把我当动物看待，占有之后又弃我而去。玩了我之后，你又盯住下一个女人，只要她愿意为你张开大腿，什么女人你都敢上。你内心里毫无一点儿忠诚、温存与关怀……给你，拿着吧！"说着，她塞给我一块三明治，"但愿这东西噎死你！"

我把三明治刚塞到嘴边，就闻到了手指上沾着的她的特殊气味。我使劲地嗅了嗅，朝她咧嘴笑了笑。

"你真让人恶心！"她说。

“不至于吧，我的太太。尽管你这个人乖戾可恶，可这味道蛮好的。我喜欢它，这是我唯一喜欢你的地方。”

她恼羞成怒，气得哭了起来。

“因为我说喜欢你那玩艺儿你就哭！好一个怪女人！我的老天哪，应该是我鄙视你呀！哪有你这种女人呢？”

她愈加眼泪连连。这时孩子跑回来。怎么啦？妈妈哭什么呢？

“没事儿，”莫德边说边拭干了眼泪。“我脚扭了。”尽管她在努力控制着自己，但还是禁不住地干哭了几声。她弯腰从篮子里为孩子挑了一块三明治。

“你怎么就不动，亨利？”孩子说。她坐在那儿，用一副严肃疑惑的表情看看这个，看看那个。

我跪下来，为莫德按摩脚踝。

“别碰我！”她粗鲁地说。

“可他会治好伤的。”孩子说。

“对，爸爸手艺不错。”说着，我轻轻地按摩她的脚踝，然后又抚摸她的小腿肚子。

孩子说：“亲亲她呀，别让她流泪了。”

我俯下身去吻她的脸颊。没料想她张开双臂紧紧抱住了我，狂吻着我的嘴，孩子也搂着亲吻我们。

突然，莫德号啕大哭，看上去着实可怜。我觉得很对不起她，便慢慢地搂住她，安慰她一番。

“天哪，”她哭泣着，“多么滑稽呀！”

我说：“这滑稽什么！我可是诚心诚意的。我非常抱歉，为我所做的一切抱歉。”

孩子哀求道：“别再哭了。我要吃东西，然后让亨利带我去那儿，”说着，她用小手指着草地边上的一片矮树林。“我要你也来。”

“想想就这么一次了……咱们不得不分手了。”她呜咽着。

“别这么说，莫德。天还早着呢。一切都抛到脑后。来，咱们先吃饭。”

她无精打采、极不情愿地拿起一块三明治放到嘴边。“我吃不下去。”她低声说着，又放下了。

“来吧，你能吃下的！”我劝说着，用一只胳膊搂着她。

“你现在装得挺好……过一会儿你又会让人扫兴。”

“不，我不会的……我向你保证。”

“再亲亲她呀！”孩子又嚷起来。

我侧过身子，轻柔温存地吻着她的双唇。这次她好像真的平静了，眼中放出一丝

温柔的光。

“你就不能永远这样吗?”她顿了一下说。

“只要有机会，我会好好待你的。我可不想和你打打闹闹。何必呢?我们再不是什么夫妻啦。”我说。

“那你为什么要那样对待我?为什么总要和我做爱?干吗不让我安静一会儿?”

“我可不是想跟你做爱，”我回答道，“没有爱情，只有激情。但也不是罪恶吧?看在上帝的分上，咱们别再瞎折腾了。今天，你要我怎样待你，我就怎样待你。我不会再碰你了。”

“我才不呢。我不是说你不该碰我，可是你的做法太不尊重我了，所以我很讨厌你。我知道你不再爱我了，但你应该对我放尊重些，哪怕你不在乎呢。我可不是你所认为的那种正正经经的女人。我也有感情，或许比你的要深厚强烈得多。别以为我找不着男人了，追我的男人一大串，我只是需要一些时间罢了……”

她心不在焉地嚼着三明治。突然她眼中迸发出一线光亮，脸上显出顽皮而又卖弄风骚的表情。

她继续说:“要是我乐意，明天就能结婚。你根本没想到这一点吧?说实话，已经有三个男人在追我了。最后一个人嘛就是……”这时她说出了那个律师的名字。

“是他呀!”我不禁轻蔑地一笑。

“对，是他，”她说，“他不是你想象中的那种人。可我非常喜欢他。”

“哦，原来如此。现在我终于明白为何他对这桩案子如此热衷了。”

比起那个戴着橡胶指套检查她阴道的医生来，她对这个律师还不太热情。其实，她对谁都不在乎；她想的就是求得宁静，不想受到任何伤害。她需要的就是在黑暗中坐在男人的大腿上，让阴茎神秘地进入她体内，听喋喋不休的情话来满足她那难以启齿的欲望。至于律师什么的当然可以担当此任。有什么不可以呢?他会忠实得像一支自来水钢笔，谨慎得如一具捕鼠夹，深思熟虑得如同保险公司制定的条款。他是个活公文包，满脑子装的都是文件，也是个生活在火中的精灵，心脏成了五香熏牛肉。当他得知我把另一个女人带到我家中过夜时，会担当此任吗?看到我把用过的避孕套扔在水池边上，会震惊万分吗?知道我和情妇共进早餐时，会不战而颤吗?蜗牛一碰到雨点儿击打就会缩进壳里；将军得知他不在时自己的部队惨遭杀戮就会惊恐万状；而上帝一看到人类是多么的愚蠢和迟钝时，毫无疑问，他自己也惊呆了；但我怀疑天使们是否会感到震惊——即使精神病人出现在眼前。

我在竭力给她讲道德推动力的辩证法。我费尽口舌想让她领会野兽与天才的婚姻结合。她听得如堕山里云雾之中，犹如一个门外汉在听你解释第四维空间是个什么玩艺儿。她谈到体贴与尊重时，仿佛是在说两块蛋糕。性就是关在动物园中的动物，人们时常去参观以研究其进化过程。

夜幕降临时，我们从野营地乘车返回市区，最后的一截路是乘的高架火车。孩子在我怀里睡得很香。在我们脚下，这座城市死气沉沉地伸向四面八方，建筑物里产生着一个个罪恶之梦，而且是一场无法唤醒的梦。梅盖尔波利坦夫妇和他们的孩子被捆绑着，像野味儿一样被悬挂在空中，每个人都被绑着双脚倒挂在那儿。铁道的一端是贫穷饥馑，另一端则是破产衰败。两站之间是当铺，其标志是挂着的三个金色圆球，老板可以说是掌管出生、鸡奸和疾病的三位一体之神。幸福的日子啊！一场大雾从罗克维方向弥漫而来。在麦尼罗，大自然的生命力像一片死树叶蜷缩着垮掉了。门时开时闭的，刚走出来的人群仿佛是送往屠宰场的一批批肉。三言两语的交谈如同山雀的叫声，叽叽喳喳。谁会想到你身边的这个圆脸蛋的小家伙十年或者十五年之后会在异国他乡被吓得屁滚尿流呢？整个白天你都在耍些无用的小诡计；而到了晚上，你却坐在黑乎乎的屋子里看着银幕上晃动着的妖魔鬼怪。也许就在你蹲在茅坑上拉屎的时候，你才知道这是最真实的时刻。这事不像吃饭、性交或者搞什么艺术创作，既不需要你破费，也不要你承担一点儿责任。你离开了厕所，却又陷进了社会这个大粪坑。不管你摸什么，到处都是屎。即使这玩艺儿包在玻璃纸中，味道也还在呀！屎！工业时代的点金石呀！死亡与异化都会变成屎！这就像在百货商场里，一个柜台在出售薄如蝉翼的绸缎服装，而另一个柜台却兜售炸弹。不管你如何解释，人们的每一个想法、每一个行动，都打上了金钱的烙印。从你第一次呼吸时，你就被人愚弄着。社会是一个庞大的国际商业机器公司。如他们所说的，这是社会的后勤，一切都要从这儿生产出来。

妈妈和爸爸现在已心平气静了。他们心中的抖动儿早已荡然无存了。野外的一天是多么令人舒心啊，那里有很多虫子，还有上帝创造的其他动物。多么快乐的插曲呀！生活仿佛是一场梦，悠然而过。如果你准备把依然温热的身体劈开，你根本找不到任何与田园生活相似的东西，倘若你把体内的五脏六腑都掏出来，塞进很多石头，那它就会像死鸭子一样石沉大海。

天开始下雨，真是大雨倾盆。鹅卵石般的冰雹在人行道上跳来跳去。整个城市看起来就像用六〇六药粉杀死的一堆蚂蚁。洪水在下水道口咆哮着，把里面的淤泥也翻腾出来了。天空黑沉沉、阴森森的，令人毛骨悚然。

我蓦然有一种恶意的快感。我祈求耶稣基督就让它这样一连下上四十个昼夜；我很想看看这座城市怎样在这偌大的粪池中漂浮而去；我也想看看矮小的人类都漂到河里去，让现金收纳机在卡车的轮子下辗个粉碎；我还想看看疯子们举着砍刀，左劈右

砍地冲出疯人院。这可是洪水治愈法啊！就像九八年的洪水医治了菲律宾人的病一样！可是我们的阿基纳尔多在哪里呢？这个嘴里衔着大砍刀、迎着洪水而上的背信弃义者在何处呢？

我打出租车带他们回家，刚把他们安顿好，一道闪电就击碎了街角上那个该死的天主教堂的尖顶。钟的碎片跌落在人行道上，发出刺耳的响声。教堂里的那尊石膏圣母像也被击得粉碎。牧师吓得目瞪口呆，竟来不及系好裤扣，他的睾丸胀得如同两块鹅卵石。

梅拉妮像只发狂的海鸥在家里走来走去。“把你的衣服拧干！”她狂喊着。我这衣服脱得好艰难。她不住地尖叫、叱责，累得气喘吁吁的。我穿上了莫德的睡衣，就是带有秃鹳毛的那件，看上去就像在扮演儿童剧中的小仙子。现在是一错再错，反正已经是这样了。我那家伙又硬了，你要明白我的意思，那可是“无缘无故的硬”。

莫德正在楼上安抚孩子入睡。我敞开睡衣，光着脚板四处走动，心中涌起非常美妙的感觉。梅拉妮偷偷地朝屋里看了看，只是想弄清楚我是不是没事了。她穿着内裤满屋乱窜，手腕上还站着个小鹦鹉。她最怕闪电了。我双手捂着下身和她说话。空中不时传来电闪雷鸣，留下一股橡胶烧焦的味道。

我正站在大镜子前欣赏自己那抖动不止的家伙，突然，莫德轻快地跑进来。她身着薄纱内衣，像只兔子。看到眼前的一切，她似乎一点儿也不害怕。她走过来，站在我身边。我催促她：“开始玩吧！”

“你欲望来了？”说着，她便慢悠悠地脱衣服。我把她拽过来，紧紧地搂着她。我们对着镜子互相观看着。她看得入迷了。我把她的衣服下摆撩到屁股上，好让她看得更清楚些。我们像两条蛇一样纠缠在一起，哪里还顾及脸面与尊严呢。狂乱之中她又从地板上挺起身子，接着一阵呻吟、痉挛。她那放肆扭曲的表情仿佛是在被锤子击碎的镜片中照出的一张脸。我的性欲越来越强，她呻吟着，使劲地吸气。我挺着下身，仿佛是世界的主宰。莫洛克火神正在揉搓一片邦巴辛毛麻织品。她的眼睛疯狂地乱转，而她本人则像一头滚动着球的大象，只是缺少一个大鼻子大吼几声。性交已到静止状态，我倒在她身上，咬着她的舌头，直至疲惫不堪。

猛然间我想起她要冲洗下身，就用力地推了推她，说：“起来！起来！”

“没必要了。”她有气无力地答道，并会意地一笑。

“你的意思是……？”我惊讶地望着她。

“对，不必担心了……你没事吧？要不要洗一下？”

在洗澡间，她坦白以告，说去看过医生，当然是另一个医生，再不必担惊受怕了。

“是怎么回事？”我吹了声口哨。

她往我的下身涂上了香粉，“哦，上帝，”说着，她张开双臂抱住我，“要是……”

“要是什么？”

“你知道我要说什么……”

我挣开身子，转过头，说道：“是，我想我知道，但不管怎么说，你是不再恨我了，对吗？”

“我谁也不恨。事情闹到这种地步真是太遗憾了。以后我要和她一起共同分享你。”她回答道。

“你一定饿了吧，”她紧接着说，“在你走以前我给你弄些吃的。”她先是往脸上精心地涂脂抹粉，抹上口红然后又随随便便地梳理了一下头发，但却收拾得十分诱人。她腹部以上的衣服都敞开着，裸露着迷人的肉体；像只美丽而又贪吃的小动物，比以前要迷人一千倍。

我光着身子在厨房里走来走去，帮她准备着便餐。令我感到惊讶的是，她居然翻出了一瓶自酿的酒，这是邻居送给她的一瓶草莓酒。我们关上所有的门，打开炉子以保持温暖。天哪，简直妙不可言！我们仿佛在重新认识对方呢。我时不时地站起来，抱住她，激动地吻着她，另一只手同时在她身上到处游走。她丝毫没有一点儿害羞、反抗的样子。

“你不必立刻走，对吗？”当我坐下来又开始吃饭时，她问我。

“要是你不想让我走。”我几乎是非常亲切地说，算是默认了。

她说：“我过去从来没有感到这么幸福，是我的过错吗？我是不是这么一个神经兮兮的东西？”她坦率诚恳地望着我。我几乎认不出这个与我厮守多年的女人了。

“我想咱俩都有责任。”说着，我又是一杯酒下肚。

她去冰箱里拿好吃的去了。

当她抱着一大堆食品回到饭桌时，说：“你知道我想干什么吗？我很想把电唱机搬到楼下来跳舞。我有一些很柔和的唱片，喜欢吗？”

“没问题，”我答道，“听起来妙极了。”

“咱们喝它个痛快……你介意吗？我的情绪极好，想庆祝一番。”

“到哪儿去弄酒啊？”我说，“你就那么点儿吗？”

“我可以从楼下的姑娘那里搞点儿，要不就喝法国白兰地，怎么样？”

“无所谓，只要你高兴就成。”

她马上就要上楼。我跳起来抱住了她的腰。

“放开我，”她喃喃地说，“我马上就回来。”

她往回走时，我听见她和楼上的姑娘窃窃私语。她轻轻地敲了敲玻璃隔窗，温柔

对我说：“穿上点儿衣服，我让埃尔茜也来啦。”

我进了洗澡间，往腰间围了一条大浴巾。埃尔茜看见我的模样，发出一阵大笑。自从她发现我和莫娜上床之后，我们还没见过面呢。她似乎很幽默，让人觉得妙趣横生；事态发展到这等地步，她一点儿也不觉得尴尬。她们又拿了一瓶酒和一些白兰地，电唱机和唱片也一并拿下来了。

埃尔茜的心境正适合参加我们的小型庆祝会。我本以为莫德会敬她一杯酒，然后很礼貌地打发她走，然而结果并非如此。埃尔茜的到来使她一点儿也不觉得碍眼。她的确为自己半裸着身子向埃尔茜说抱歉，但说的时候笑得很自然，仿佛这没什么大不了的。我们放上唱片，我和莫德随着舞曲翩翩起舞。浴巾滑脱了，但我们俩谁都不想弯腰去捡。舞曲一完，我就站着，阴茎硬得像根旗杆，但我仍然若无其事地去拿我的杯子。埃尔茜一脸惊讶的神情，然后就把头转过去了。莫德递给我浴巾，更确切地说是挂在了我的阴茎上。她说：“你不在意吧，埃尔茜？”埃尔茜异常的平静，似乎可以听到她太阳穴上的脉搏跳动。这时，她走向唱机，翻过唱片。尔后又拿起杯子，也没看我们一眼，一口喝干了那杯酒。

莫德对我说：“你干吗不和她跳呢？我又不拦你，去吧！埃尔茜，和他跳一跳。”

我走向埃尔茜，浴巾还挂在阴茎上。当她背对着莫德时，她便拽开浴巾，用滚烫的手抓住了我的阴茎。我感觉她全身都在颤抖，仿佛是冻得颤抖。

莫德说：“我去拿些蜡烛来，这儿的灯太刺眼了。”她钻进了隔壁房间里。突然，埃尔茜停止了跳舞，嘴唇凑了上来，舌尖伸进我的嘴里。她还是握着我那玩艺儿。唱片停了，我们谁也不去关机子。我听到莫德往回走，但我还被埃尔茜握着。

我心想，这可惹下麻烦了，但莫德似乎不在意这些。她点亮了蜡烛，关上了电灯。我觉得她站到了我们身边，便起劲地抽身。她却说：“没关系。我不在乎。咱们一块玩吧！”说着，她搂住了我们，我们三人开始互相接吻。

“哟！这样太热！”埃尔茜终于脱身而出。

莫德说：“乐意的话，就脱掉衣服吧！我先脱。”她迅速地脱了衣服，赤裸裸地站在我们面前。

随后，我们大家都脱得不着一缕。

我坐下后，莫德就坐到我的大腿上。埃尔茜站在我们旁边，一只胳膊搂着莫德的脖子。她的身材比莫德高，也非常苗条。我抚摸着她的肚皮，不住地搓捻，莫德带着自信的微笑看着我们。

“再别互相就好了。”莫德轻轻地说。

埃尔茜的脸上泛起了绯红。她搞不清楚自己是什么角色，能放肆到什么地步。她仔细地观察着莫德的言行，好像还不能完全相信她的真诚。我正充满激情地吻着莫德，手却还放在埃尔西的身上。我感到埃尔茜在不由自主地往我身上贴。

莫德悄悄地去了洗澡间。她返回来时，埃尔茜正坐在我腿上，一只胳膊搂着我的脖子，脸热得发烫。接着，埃尔茜站起来进了洗澡间。我走向洗碗池，清洗了一下。

莫德走到电唱机那儿，换上了另一张唱片，说："我从没这么幸福过。把杯子递过来，"她倒酒时咕哝着，"你回家后怎么自描自画呢？"她见我不吱声，赶忙低声说："你就说我们有一人病了。"

"没关系，这难不倒我。"我说。

"你不生我的气吧？"

"生气？生哪门子气呢？"

"耽误了你这么久。"

"说到哪儿去了。"我说。

她搂住我温柔地亲吻。我们互相搂着对方的腰，拿起酒杯，默默地祝福着，然后一饮而尽。这时埃尔茜回来了。我们互相挽着胳膊，互相祝酒。

我们又开始跳舞。蜡烛烧得直往下淌。我知道它们一会儿就会燃尽，但谁也不想去换新的。我们不停地交叉着跳，以免有人受到冷落而显得尴尬。有时她们俩一起跳，十分淫荡地互相蹭磨着身体，然后便笑着散开，而且她们俩总有人过来拽我一下。那种自由自在、亲密无间的感觉使人觉得可以做任何手势、搞任何动作。我们开始纵声大笑，不断地开着玩笑。最后，当蜡烛一根一根地烧完，窗外投进来一束银白的月光，我们身上所有的那种克制或者体面都不复存在了……

"我要睡觉了。"我决定到此为止，就去了隔壁房间，想躺在睡椅上。

"你可以和我住一起。"莫德拽着我的胳膊说。看到我眼中惊讶的表情，她又问，"为什么不呢？"

埃尔茜说："是呀，为什么不呢？没准儿我也和你们睡。你们允许吗？"她决然地问莫德，又说，"我不会麻烦你们的，我只是不想离开你们。"

"那你的家人会怎么说？"莫德说。

"他们不知道亨利呆在这儿，对吗？"

"当然不知道啦！"莫德说着，但一想起来就有点儿怕。

"那么，梅拉妮呢？"

"噢，她早晨走得早。她现在有工作了。"

我突然想，我终究如何向莫娜交代呢？我几乎受到了惊吓。

"我觉得该给家里打个电话。"我说。

“哦，现在别打，”埃尔茜哄劝我，“这么晚了……等明天再说吧！”

我们藏好酒瓶子，把盘子堆进碗池子，然后把电唱机搬到楼上。这样做只是不想引起梅拉妮太多的怀疑。我们怀里搂着东西，踮起脚尖穿过大厅，上了楼梯。

我躺在她们中间，她们安静地躺了许久，我觉得她们已睡熟了。我累得够呛，却睡不着。我睁眼躺着，望着上面漆黑的空间。到后来，我侧过身子，面朝莫德。她马上转向我，用胳膊把我团团搂住，亲吻着我。然后她移开双唇，对着我的耳朵低声说：“我爱你！”我没应声。她又悄悄说：“你听见了吗？我爱你呀！”我轻轻拍拍她的面颊，没有作声。就在这时，我觉得埃尔茜翻了个身，像个勺子一样紧紧靠着我。她的嘴对着我的脖子，湿润凉爽的嘴唇轻柔地吻着我。

过了一阵子，我翻身趴在床上。埃尔茜也照我的样子做。我合上双眼，强迫自己入睡，但却没有效果。床垫子又软又舒适，身旁的两个女人温香暖玉的很有磁力，头发和性的味道直往我鼻孔里钻。花园里飘来浓郁的湿泥土的芳香。真奇怪，奇怪得令人欣慰，我竟然能回来躺在这张大床上，这张新婚的用床，身边还有个第三者，而且我们三人都陷入坦诚的色欲之中。一切都美妙得让人觉得这不是真的。我真害怕随时有人把门撞开，厉声叱责我们：“不要脸的东西，滚出去！”然而，这里只有夜的宁静、黑暗、大地与性生活的气息。

我再次翻身时身子就向着埃尔茜了。她急不可待地紧靠着我，将她那滚烫、厚实的舌头伸进我的喉咙。

她悄悄地说：“她睡了吗？再来一次吧！”她哀求着我。

我一动不动地躺着，一只胳膊搂在她的腰上。

“现在可不行，”我低声说，“或许早晨可能。”

“不，现在就玩！”她恳求着。她悄悄地说：“求求你，亨利。”

“让他睡吧！”莫德依偎着我说，声调好像她吸过毒品。

“好吧！”埃尔茜拍了拍莫德的胳膊。不过她只安静了几分钟，嘴巴又贴近我的耳朵，说一个字停顿一下：“等她睡着了，行吗？”我点头表示同意。这时我感到睡意袭来，“真是谢天谢地！”我自语道。

我完全睡着之后，觉得一片空白，而且是长长的一片空白。我慢慢醒来，感觉到埃尔茜正趴在我身上扭来扭去。我也奇怪自己居然还能勃起。

她像狗一样在我身上翻来滚去，大汗淋漓。

到后来，她低声说：“天哪，我就喜欢这样！我要天天晚上和你干。”

我们转身侧躺着，但还紧贴在一起，既不动，也不出声。

“你住哪儿？”她低声说，“我可以到哪儿找你？……单独去。明天给我写清地址……告诉我在哪儿碰头。我要天天交欢……听见了吗？我希望永远这样下去。”

静寂。我只能感到她的大腿把我夹得那么紧。凭我的经验来看，她性交的次数顶多也不过十几次，大概也从来没有达到这样的境界，以至她尝到甜头，便贪心得总要寻觅、抓捏、抚摸、逗弄。她的舌头总是很灵活，牙齿咬着、夹着、啃着……

她现在十分安静，一动也不动。又悄悄地说：“我的动作对吗？你教教我，好吗？我没什么经验。我能永远地交欢下去……你不累了，是吗？上帝呀，这可真是天堂……”

又安静了。我觉得自己能永远这么躺着，可我还想听她说。

“我有个朋友，”她还是低声说，“我们可以在她家会面……她不会说什么的。好吗，我的亨利？你真是上帝，我从没想到会有这么好。你能天天这样性交吗？”

黑暗中，我笑了笑。

“怎么啦？”她咕哝着。

“不能每晚必干。”我低声说，几乎咯咯地笑出声来……

我们又一次同时达到高潮，一次长久的快感。我思索，哪儿产生的这么多精液呢？

她说：“你真厉害。十全十美，真不可思议。”

莫德在睡梦中笨重地侧过身来。

“晚安，”我低声说，“我要睡了……累死我了。”

“明天再给我写地址吧，”她吻着我的脸颊，“或者给我打电话……答应我。”

我应了一声。她躺在我怀里，搂着我的腰。我们迷迷糊糊地睡着了。

十七

这次户外活动是在星期天进行的。我在星期二凌晨才见到莫娜，这完全不是因为我同莫德呆在一起。我星期一早上就直接去了办公室。到中午给莫娜打电话，才知道她还在睡觉。接电话的是丽贝卡，她说莫娜一夜都没有回来，一直都在排练。“可是，你这一夜在哪儿呢？”她全然一副关切的口吻问道。我解释说，孩子生病，我只好整夜陪着她。“趁还没有见到莫娜，你最好想出一个更好的理由，”她笑着说，“她一整夜都在给你打电话，她非常地想你。”

“怪不得她没有回家，是吗？”

“你并不指望每个人都相信你说的这一套，对吧？”丽贝卡压低声音含着笑说，“你今晚回来吗？我们想你都疯了……你知道吗？亨利，你真不该结婚……”

我打断了她的话。“我今晚要回家吃饭。等莫娜醒来后再告诉她，好吗？可是，提起孩子的事时，可别笑出来哟。”

她在电话那边笑出声来。

“听着，丽贝卡，我相信你。不要让我下不来台。你清楚我很爱你。如果我能再娶一个女人，那无疑是你了，你知道……”

那边笑声更大了。她接着说：“亨利，看在上帝的份上，闭别再说了吧！今晚可一定要回来……我想听到所有的一切。阿瑟不回家了，我很想站在你这边……虽然你不配。”

于是，我在溜冰场休息了一会儿，就回家了。到家时，我心里非常兴奋，因为有个埃及学学者在我走时还同我谈了两三句，他想找份儿夜班邮差的工作。他对金字塔的可能始建的年代的论述使我的情欲毫无兴趣，所以我根本不在乎莫娜对我的说法会有什么反应。他说，有理由相信金字塔至少有六千年的历史了；我敢肯定他的确是这么说的。如果这是真的，那么关于埃及文明的所有的理论就变成了垃圾，而且很多其他的历史概念亦将如此。在地铁里，我回味着历史的古老渊源，试图追溯二三千年前那些谜一般的石柱搭建的建筑物与尼罗河畔那古老文明废墟之间的交汇点。我悬浮于时空之中，“年代”这个词开始具有新的含义。我不过是产生了一种很奇怪的想法：如果我活一百五十岁抑或一百五十五岁，会是什么样子呢？我极力隐藏的这些乱七八糟的小事，在这一百五十年的人生经历中，算得了什么呢？莫娜离我而去，又算得了什么呢？我在第十四夜里的所作所为与以往的三代人会有什么关系呢？假设我九十五岁时依然雄风犹在，而且死了六个老婆，或者八个、十个的，又会怎样呢？假如我们在二十一世纪又回到一夫多妻的摩门教时代，又该如何呢？或者我们看到，不仅是看到，而且是实践着爱斯基摩的性生活逻辑，会怎样呢？假如取消了财产所有权的概念，而且婚姻法也不复存在，一切又将怎样？过上七八十年，革命动荡就会发生。这么说，我也不过一百来岁，还相当年轻呢！我或许忘记了我的多数妻子的名字，更不必说那些逢场作戏的事了……当我迈进家门时，完全一副春风得意的样子。

丽贝卡马上来到我的房间。家里空荡荡的。她说莫娜已来过电话，说还有一场排练，说不准几时会回来。

“这就不错了，”我说。“你做晚饭了吗？”

“天哪，亨利，你真可爱。”她伸出双臂亲热地搂着我，很自然地亲了我一下。“阿瑟若是这样就好了。那样会让我有时候更容易宽恕他。”

“没有别人吗？”我问道。家里这么冷冷清清，简直有点儿反常。“是的，大家都出去了，”丽贝卡一边说，一边翻弄着炉子上的烤肉。“你现在可以你刚才在电话里所说的堂而皇之地爱情了。”她又笑了，声音很低，无拘无束，这反而使我不自在了。“你知道我这人不太严肃认真，”我说。“我有时什么话都敢说……虽然，我在一定意义上也是这个意思。你懂了吗？”

“真棒！这就是我如何要喜欢你的原因了。你根本不忠实，可又值得信任。这真是绝妙的结合。”

“你知道你和我呆在一起有安全感。是这意思吧，嗯？”说着，我转身向她，用手臂搂住她。她笑着挣脱开了，脱口而出，“我觉得就不是这样，这你是知道的。”

“我只是让你别那么斯文，”我咧嘴笑着说。“我们现在要好好地吃一顿了……谢天谢地，味道很好……做的什么？是鸡吗？”

“猪肉！”她说。“鸡肉……你想到哪儿去了？那是我特地给你做的吗？接下讲吧！别一门心思地只管吃。尽量说些有趣的，别接近我，小心我用叉子扎你……说给我听听昨晚怎么啦，说真话，量你也不敢撒谎……”

“这倒不难，亲爱的丽贝卡。尤其是我们单独在一起的时候。说来话长了，你真的那么爱听吗？”

她又笑了。

“天哪，你笑得真无耻，”我说。“好吧，不管怎样。我讲到哪儿了……噢，对了。

讲真话……听着，我的确和我老婆睡觉了……”“我想也是这样。”丽贝卡说。“别着急下结论，好的还在后头呢。身边还有另外一个女人“你的意思是，这个女人在你和你老婆睡觉以后，还是以前?”

“同时。”我和蔼地笑着。

“不！不！别说了！”她扔掉叉子，叉着腰站起来，看着我。“我不知道……你什么都能做得出来。等一等，我摆好桌子再说。我想听听事情的经过。”

“你不给来点儿杜松子酒?”我说。

“我有些红酒……只能这么招呼你了。”

“好，好！这当然可以。红酒呢?”

当我打开瓶塞时，她走近我，抓住我的胳膊说，“听着，要老实交代。要不我放不过你。”

“可我说的就是实话呀!”

“这就好，碰了杯再说。我们坐下吧……你爱吃菜花吗？我没有买别的蔬菜。”

“我什么都爱吃，什么都喜欢。我喜欢你，喜欢莫娜，喜欢我老婆，喜欢马、牛、鸡、炒粉、木薯淀粉、果味饼干、汽油、痱子……”

“你喜欢……这都是你喜欢的吗？你说得好极了。听得我也饿了。你的确喜欢很多很多，可是你不会爱。”

“我也爱。我爱吃喝，爱酒色。我当然爱喽。你怎么认为我不爱呢？如果你喜欢，我就爱。爱只不过是最高的层次。我与上帝的爱毫无两样，在我们眼里，时间、地点、种族、肤色、性别所有一切，都没有什么区别。我也以同样的方式爱你。我想这还不足吗?”

“你借题发挥得太多太多了。你跑题了。听着，安静一点。我把肉切开，浇上肉汁，好吗?”

“肉汁……噢，噢，我爱肉汁。”

“像你爱你的妻子、我和莫娜一样，对吧?”

“怎么可能止这些呢。现在我喜欢的就是肉汁。我得浇上一勺子。多些，浓些，丰富的肉汁……太好了。顺便说一下，我刚才同一个埃及学学者交谈了，他打算找我份信差的工作。”

“肉汁在这儿。别只顾谈他。还是讲讲你老婆的事吧!”

“那是，我肯定会说的。我竹筒倒豆子，全讲给你听。首先，我得说，你手里端着肉汁的时候，模样可爱极了。”

“你要再东扯西扯，”她说，“我就给你一刀。你到底怎么了？你每次见到你老婆，她都会使你这样吗？你们一定玩得很开心。”她在我旁边坐下来。

“我是玩得很开心，”我说。“我刚才谈到有一位埃及学者来求职……”

“哎呀！不听那个讨厌的埃及学学者！我要听的是你妻子的事，还有另外那个女人。天哪，你要再瞎扯，我就杀了你！”

我狼吞虎咽地吃着肉和菜花。喝上一大口酒，把嘴里的东西吞下肚去。我吃得香极了。真是美味极了！我还要吃。

“是这样的……”我吞下几口肉后又开始说了。

她嗤嗤地笑了。

“怎么啦？我说什么了？”

“这不是你说的话，你用这种方式说话吧！你好像很让人肃然起敬，很非凡，又是一副天真的样子。上帝啊！这就是天真无邪吧！如果不是通奸，而是犯了杀人案，你还会用这种方式说话吧！你真是自得其乐，是吗？”

“当然……不该这样吗？有什么奇怪吗？”

“不，不，”她拉着腔调。“我想没什么……不过，你的行为有时听起来有点儿可怕。你总是夸夸其谈，口气太大。你要是生在俄国就好了！”

“哦，俄国！何尝不是呢。我热爱俄国！”

“你还爱猪肉和菜花，当然还有肉汁与我本人。告诉我，你不爱什么？仔细想一想，我非常想知道。”

我咽下一块浸满肉汁的肥肉，看着她。

“哦，有了。我不喜欢工作。”我停了一下，想着我还不喜欢什么东西。“噢，对了！”我严肃认真地说，“我还不喜欢苍蝇。”

她放声大笑。“工作和苍蝇，就这些吧！我得记住，上帝哪，这就是你讨厌的所有一切？”

“目前能想到的就这些了。”

“那么对于犯罪、邪恶、暴政等类似于这些的东西呢？”

“哦，像这些嘛！”我说，“你有什么办法呢？你还不如问我天气怎么样呢。”

“你是这意思？”

“是的。”

“真不可思议！大概是你吃起饭来就不会思考了吧！”

“这倒也是，”我说。“我一吃起东西就思路不清。你呢？其实，我不愿意这样。再说，我本来就不是个思想家。思考总归不能解决问题。它是一种妄想。思考会使你生病……顺便问一下，有甜食吗？就像力德克之类的东西？那可是很棒的奶酪，你不觉

得吗?”

“我觉得听起来有点儿怪,”我接着往下说,“人们总是说喜欢、很好、真棒、了不起诸如此类的话,好像这就意味着好一些。当然,我并非每天都有这样的感受,但是,当我正常时,当我是我自己的时候,我就喜欢这样说。只要遇上机会,谁都会这样。这是内心的自然流露。问题是我们在一般时间里都感到恐怖。我说的这种恐怖感,意味着我们自己吓唬自己。就拿昨晚来说吧!你根本想象不出那一切是多么地不寻常。除了闪电,没有任何外界的东西参与。刹那间,一切都变得面目全非,但是,还是同样的房子,同样的气氛,同一个妻子,同一张床。这就犹如压力突然消失一般——我指的是心理压力,是那种我们生来就有的难以想象的忧愁与烦恼,一下子都消失得无影无踪。你说到什么暴政啦、邪恶啦,等等,我明白你的意思。在我十五六岁正风华正茂的时候,这些问题常常出现于我脑中。后来,我世事洞明,对一切了如指掌,可以说,思想能够让人明白一切。可以说,我纯洁无私,毫无偏见之心。我对一切事情都不设防线,甚至对我最不相信的制度也是一样,甚至连小孩都不会这样做的。我完全依据个人的意愿设想一个理想的世界。这一理想的世界非常简单:没有金钱,没有所有权,没有法律与警察,没有政府和士兵,没有刽子手和监狱,也没有什么派别。我排除任何干扰和制约的因素,实现彻底的自由。我在这真空状态中爆发了。我真希望每个人像我一样行事,或者按我的想法行事。我渴望有一个按我的思想而建立的世界,填满我的精神灵魂的世界。我拜自己为上帝,这样,谁也阻止不了我的言行……”

我喘了口气,注意到她听得那么入神,那么认真。

“还往下说吗?这些话你可能听了一千次了吧!”

“你一定要往下说,”她柔声柔气地说着,将一只手放在我的臂上。“我开始看到了另外的你,我愈发喜欢这时的你了。”

“忘了乳酪了吧?对了,这酒也不错。可能有点儿辣,但还不错。”

“听着,亨利,吃吧!喝吧!抽烟吧!你可以随心所欲。只要我们这家里有,你尽情享受吧!只是不要停下来,就谈吧!”

她正要坐下。我突然地站起来,热泪盈眶,我搂住了她。“现在我要实实在在地告诉你,”我说,“我真的爱你。”我并不想去吻她,只是想拥她入怀。我放开手,拿起酒杯,一饮而尽。

“你是个演员。”她说,“这一点儿也不夸张。我很不解的是为什么人们有时很怕你。”

“我知道,我有时还怕自己呢。尤其是别人有反应时更是这样。我不知道该如何掌握分寸。如果我们真正地放任自流,也不会有什么卑鄙、丑恶或者犯罪的事,但这很难让人明白。不管怎么说，想象中的世界与平常的世界之间是有界限可言的，其实这也不是什么平常，只不过是一片胡言乱语。如果是静观事物……我说的是观察，而不是思考，也并非评判……那么你会感到一个完全疯狂的世界。这是上天造就的疯狂！天下太平是如此，发生战争或者革命时也是如此。罪恶是疯狂的，灵丹妙药也是疯狂的。我们像狗一样被驱来赶去。我们正在逃脱。逃脱什么？我们也不清楚。摆脱百万个难以名状的事情。这种逃脱是一种溃退，一种恐怖。但是这没有终点，除非你就站在那儿不动。如果你能做到这一点，能沉得住气，以静制动，你就能把握住自己，就能正常地生活下去，要是你理解我的意思就好了。从早上醒来到晚上上床，人们都在欺骗，装模作样，尔虞我诈。谁心里都清楚这一点，但谁都会联合起来把这场骗局永远地进行到底。这就是我们为什么相互看起来都很讨厌的原因。难怪战争、屠杀、圣战以及一切肮脏的勾当都会如此容易发生。我们所祈祷的就是要胡作非为，因而妥协投降总是那么顺利，勾引女人总是那么得心应手，但所有这些都进行得堂而皇之，引不起任何非议与抱怨。如果我们还相信神，我们要让他成为复仇之神。我们全身心地受他指挥，把万事万物涤荡得干干净净。假惺惺地要把这污泥浊水涤荡干净已为时晚矣。我们还身陷其中。我们并不需要一个新世界……只是想把我们业已创造的这个乱七八糟的世界葬送掉。十六岁的时候，你可以相信一个新世界，事实上你可以什么都相信。可到了二十岁，你就命中注定了，你明白了。你开始成熟，你最大的期望就是结识四肢健全的异性。这不是希望幻灭的问题。希望就是幻灭的标志；它是脆弱无能的。勇气也无济无补，因为人人会因作恶而鼓足勇气的。我不知道该怎么说，除非我用想象力这个词。我这并不是策划好的蓝图，也不是指把某种想象变成现实。可以说，我说的是指某种更加灵活持久的、永恒的超级视觉，有点儿像我们所说的我们曾经有过的第三只眼吧！这是一种人人都具有的、天然的预见性。有了这一心灵，那只能使我们看到过去、现在和将来的眼睛所摄入的一切被大脑吸收消化了，于是我们以新的方式感悟到这个世界，做到相互察觉。我们那可怜的自我意识慢慢苏醒，接着便是狂妄自大，目无一切，甚至连盲人都不如。”

“你这些思想是怎么产生的？”丽贝卡突然问道。“要么是一时的冲动所导致？我想让你给我讲一讲。你把这思想记下来了吗？你在写些什么？你从来没让我看过。我全然不知道你在干什么。”

“哦，原来如此，”我说，“你是没读过任何东西。我还没说什么呢。我无从谈起。不知道究竟该说什么，要说得实在太多了。”

“是不是按你说的写下来？我想知道这一点。”

“我不这样认为，”说着，我脸红了。“我对写作全然不会。我想，我的自我意识太

强了。”

“你不该这样，”丽贝卡说。“你说话时没有显出什么自我意识，而且在行动上也没表现出来。”

“丽贝卡，”我慢条斯理地继续说，“我要是知道自己有什么能耐，还会坐在这儿和你胡扯吗？我有时觉得自己好像崩溃了。对于这悲惨世界，我根本不在乎。我习惯了。我想要放开一些，想搞明白自己内心的一切。我希望大家都敞开心扉。我好像一个手拿开罐刀具的傻瓜，面对这一片天地不知如何下手。我知道这片天地之下的美妙神奇……我这样感受的时候，每一个人都似乎很神奇美妙……一切的一切……甚至鹅卵石、纸片……山羊胡子，我都感到这么神奇。这就是我想写的东西，但却不知道如何下手。这也许太主观了，听起来可能是一派胡言乱语。在我看来，艺术家、科学家、哲学家都在加工透明的镜片，准备着亘古未有的工作。总有那么一天，这个镜片会日臻完美，我们透过它就会看清一个令人吃惊的、无与伦比的美好世界；但同时，可以这样说，我们没有眼镜也要往前走。像患有近视眼、瞎眼的傻瓜一样蹒跚前行。我们看不见鼻子底下是什么，因为我们太习惯于仰望星星，或者想看清楚星星的深处。我们试图用心灵去看，但只能看到被告知的一切。心灵的慧眼难以启开，但只寻求审美的愉悦。你注意到了吗？当你不看了，当你根本不想看的时候，你却突然看到了？……你看到了什么？看的人又是谁？为什么看到的一切如此地不一样？此时此刻如此美妙地不同？哪一个是真实的？是这种视觉真实，还是那种视觉真实？你领会我的意思吗？心里有灵感，你感到轻松，当你把这种灵感传给别人时，一种无形的、未知的力量会充满你的心。一旦心灵很缓慢，或者完全停止，会发生什么呢？不论是如何看或者看什么，事情的运转规律将会另改其道。运转得再好，但其目标好像也是随意的。它产生另一种观念。如果你毫不犹豫地接纳它，这就成了了不起的观念。如果你想用另一原理好好检验它，这就变得毫无意义，或者不是没有意义，而是疯狂……天哪，我想又跑题了吧！”

她循循善诱地让我讲她想要听的故事。她对细小情节都非常感兴趣。她笑得很开心，低调而放肆，这笑声里既有挑逗意味，又夹杂着赞美。

“你碰到了最奇怪的女人，”她说。“你似乎是闭着眼睛摸的吧，难道你以前就没想过与她们在一起？”

我突然感觉到，她把话题又转到莫娜身上了。对她来说，莫娜是一个谜。她想知道我们之间有什么共同之处，想知道我是如何忍受她的谎言、虚假，或者我是否在意这些。沙滩上盖不起楼房，这总是有什么原因的。丽贝卡对我和莫娜的事可费了心思了，甚至在她没见过莫娜之前就动脑筋想呀想的。她从各种渠道听打听莫娜的事，很想知道她的一切，了解她的魅力之所在。莫娜是很漂亮，漂亮得让人陶醉，可能也很聪明。可是，老天呀！没有谁能把握住她，她幽灵般地从你手上溜走。这真是太戏剧性了！

“你真正了解她什么？”她在激我。“你见过她的双亲吗？对她以前的生活了解多少？”

我承认自己对她几乎一无所知。可能不知道才好呢。她身上的那种神秘氛围很诱人。

“胡言乱语！”丽贝卡厉声地说。“我觉得没什么神秘可言。她父亲可能是个犹太教徒。”

“什么！你怎么口出此言？你怎么知道她是个犹太人？连我自己都不知道呀！”

“你是不想知道。其实我也不知道。只是她强烈地否认这一点，反而让人起疑心。再说她看起来像一般的美国人吗？算了吧，别说你没有起疑心，你没有那么傻！”

使我更加惊奇的是丽贝卡早已和莫娜争论过这个问题，而我对此一无所知。如果我能躲在帘子后面听她们谈这些事情，我任何条件都答应。

“你要真的想知道，”我说，“我倒情愿她是个犹太人，我当然没有强加给她，这个话题毕竟很痛苦。看着吧，她以后会自动说出来的。”

“你过分浪漫了吧？”丽贝卡说。“你真是无可救药。我在不同的地方呆过，没觉得犹太人与别的种族有何不同。我既不觉得奇怪，也不觉得有什么好。”

“当然喽！”我说“你总是一成不变。不会因环境而改变自己的想法。你诚实、开朗，无论走到哪儿，都能如鱼得水，得心应手，但是大多数人不是这样。他们很看重种族、肤色、宗教、国籍等诸多问题。所有的人在我的仔细审视下都呈现出神秘的色彩。比起他们的亲人来，我更能看出他们的差异。事实上，我很喜欢这种把他们分而又合、合而又分的差异。我认为，假惺惺地说我们大家都是如出一辙是可笑的。只有那具有真正差异的个体才能互相类似。兄弟情谊不是自下面而是自上面起源的。我们越接近上帝，我们越是相似。底层好像一堆垃圾，也就是说，这看起来就像一堆垃圾，可是走近一看，这所谓的垃圾是由数百亿、数千亿的分子构成的；而且，无论这些垃圾分子之间是多么不同，真正的区别不归于垃圾范畴，从而使它们有别于垃圾。宇宙的构成也可以分解为各种极小的物质……好了，我也不清楚自己在说些什么……或许……只要有生命，就会有三六九等。生命总是呈现金字塔形的。在每个领域里都是如此。如果你处于下层，就要承受一种压力；假如高高在上，或者是接近上层，你就会感觉到事物的差异。如果有什么朦朦胧胧的东西，特别是关系到人，你就会被权力欲望后面的东西所吸引。你会发现这只是虚无的角逐，结果一无所得，留下的只是一个

问号，而差别依然存在……”

我说得意犹未尽。“还有与此相反的呢，”我接着说。“就比如同我前妻的事吧！我当然可能猜到她有另一面。我恨她，因为她装得太正经了。完全可以说，极为谦恭就是地地道道的虚伪做作；分析家亦作如是观，但我们很少有机会目睹一个人大起大落的变化。除非你和这个转化中的人生活在一起才能看得清。昨天我就亲眼目睹了这种情况，这倒不是别人，而恰恰是我！不管你怎么认为自己多么了解一个人的秘密以及潜意识中的动机等等吧，当你眼巴巴地看到这种转变，你会怀疑自己是否真正了解与你相守一辈子的人呢。拿一个朋友来说吧，你完全不认为他有杀人动机，但是，一旦他真的持刀向你走来，那又另当别论了。不管你多么聪明，你都难以预料。你指望他持刀冲着别人，可千万别对准你……哦，亲爱的别这样！我现在觉得自己就应该对可疑之人的一举一动要做好准备。这并不是说要忧心忡忡，我要说的无非就是要处变不惊。只是还会出现令人惊讶的事。噢！对了，我要是成为传教士，就能够应付过去。你刚才说到传教士，你觉得我能成为一个优秀的传教士吗？我是这意思。如果我想当的话，为什么就不能做个传教士？或者去当教皇，做个达官贵人、达赖喇嘛？可怜虫也可以做个神呀！”

我们就这样谈了几个钟头，阿瑟回来时才匆匆打住。为了不让他有任何疑心，我多呆了一会儿，接着告辞。莫娜凌晨时分回来的，一副兴冲冲的样子，她的肌肤犹如玉石一般光泽明亮，更加可爱迷人了。她为自己的事得意忘形，欣喜若狂，几乎听不进我关于头天晚上的解释。事情接二连三地出现，她不知道从哪说起。这最重要的事就是他们已经答应她在下部戏里做主角的替补；这是导演承诺的，别人不知道此事。这个导演爱上了她，在她上周的薪水袋里悄悄放进了求爱信。男主角也对她情有独钟，而且爱得很疯狂。是他一直在帮助她排练，教她怎样呼吸、怎样放松，如何站立行走，又如何用嗓子。这一切都很奇妙。她是新手，还谈不上什么知名度。她很自信，自信得难以想象。她很快就会走红，让纽约城为之倾倒，走遍全国，冲向海外，或许……谁能预料到未来呢？但她还是有点儿担心。她非常想让我帮帮她，拿来新角色的台词念给我听。她懂的东西少得可怜，但又不愿意在热恋的几个情人面前出羞相。也许她会去找瑞芝卡通那儿的老头子给她买件新外套。她需要的东西太多了：帽子、鞋、裙子、衬衣、手套、袜子……。这些东西对她扮演的角色十分重要。她还要转变一下发型。我只得随着她走进大厅，仔细地看着她刚学来的仪态与步伐。难道我没注意到她的声音变了吗？好，我马上听一听。她彻底被重塑了一番，但我更加发爱她。在我眼里，她相当于一百个风情万种的女人。她突然想起早已被她忘却的老情人——那个帝国大厦的服务员。他二话不说就会给她买来所需的一切。对了，她早上一定要给他去

电话。我吃晚饭时就能见到穿着一新的她了。我不会吃醋吧？他是个年轻人、服务员，但同时又是个十足的傻瓜、笨蛋。他攒钱否则是为了供她花销。否则，要这钱有何用？他愚蠢绝顶，不知道怎么花钱。要是他能偷偷地握握她的手，他就感激不尽了。一旦她特别需要帮助时，将来或许会给他一个吻的。

她总是什么都想，什么都干……自己所喜欢的那种手套、表达意见的方式、印第安人的走路方式、瑜伽功的重要性、训练记忆力的方法、达情传意的香水……剧场观众的着迷、慷慨、诡计、爱、骄傲以及观后感。这空荡荡的屋里怎么能练出那种轰动效果呢？这些场面要在有包厢的观众的欣赏下进行，并且配有舞台布景与灯光以及专用的化妆室。但这得会产生了嫉妒！人们相互产生嫉妒之心。狂热，骚动，娱乐，富丽堂皇。人们陶醉了，沉迷于其间，幻生幻灭。

争吵！仅仅一个鸡毛蒜皮的事就会导致激烈的争论，往往以破口大骂、鼻青脸肿为结束。有些人，尤其是女人，心里都有恶魔。只有涉世很浅的年幼女子才是天真无邪的。她们破口大骂别人都是名副其实的泼妇、女妖。相形之下，舞台上的姑娘们如天使一般。

停了好长一段时间。

无话可说。她问起离婚案什么时候判。

“这个星期。”我很惊讶她的脑子转得这么快。

“那我们马上结婚。”她说。

“当然。”我回答。

她不喜欢我说“当然”的口气。就说：“强扭的瓜不甜，不愿意就的确。”

“可我确实愿意呀，”我说。“然后我们就离开这里，找一个属于我们自己的地方。”

“是这意思吗？”她尖叫起来。“我非常高兴。早就等你这句话呢。我们一起开创新生活。离开这些人！你也该辞去这个恶心的工作了。我给你找间能写作的地方。你不必去赚钱，我很快就挣好多好多的钱。你可以随心所欲。我把你所有爱读的书都买回来……说不定你会写个剧本，那就由我主演！这肯定很棒，对不？”

我真不敢想象要是丽贝卡听了这些话会说什么？她听到的仅仅是女演员的台词，还是发现了一个陌生人畅所欲言的自白？或许莫娜的神秘不在于她的朦朦胧胧，而是她的原生状态。真的，她的个性轮廓还根本没有定型，但不能因为这而责备她的虚情假意。她擅长模仿，是一种内在的而非外表的模仿。她的任何外在的表现都是明显而肯定的。她能马上令你对她产生深刻印象，但实质上却如一缕轻烟。稍微抑制她的意愿就会马上改变她的个性。她对压力非常敏感，这压力不是别人的意愿，而是别人的欲望。舞台角色对她不是演不演的问题，这是她对待现实的方式。所想的事情，她都

相信；所信之事，她都当真；是真的，她就付之行动。对她来说，没有什么不是真实的，除非她想不到。一旦她注意到了，无论事情多么可怕、荒谬，她都以为是真实的。在她心中，没有什么边际可言。相信她有坚强意志的人就大错特错了。她确实有意志，但不是那种处变不惊的意志；这种意志是行为表现。她可以从一个角色骤然跳跃到另一个角色，用杂技名家惯用的魔术当着你的面扮演各种角色。她在生活中无意识地表演着，而舞台则教她深思熟虑地去干。他们只能从艺术的意义上把她培养成演员，他们展示了创作的局限性。如果由她任意施展，也许她会失败。

十八

开庭那天，我坦然轻松地来到法庭。一切都预先安排好了，我只需举起手来、糊里糊涂地发誓、承认自己有罪、接受惩罚就可以。法官看上去犹如一个个稻草人，两只手装模作样地摆动着。法庭内鸦雀无声。看到我满不在乎的样子，他好象有点儿被激怒了。其实，我并没有把他那种装腔作势的傲劲儿放在心上；他与一堆狗屎没有什么区别。圣经、废纸篓、国旗、桌子上的屎尿记录册，为维持法庭尊严而身穿制服的打手，他满脑子的垃圾，那些发霉的书、法律条文，他的眼镜、身份以及威严——这一切都是毫无意义的盲目组合，我对此不屑一顾。我所希望的就是清楚自己可以随意地再把自己套在哪种链子上就行了。

这一套仪式犹如你拦我跳的划格子游戏，划上一个又一个的。到最后，如果你有油水，法律非要把你榨干才甘心。我突然意识到他在问我是否同意定期付一笔赡养费。

“为什么?”我问道。这竟然引起了他的兴趣。他滔滔不绝地给我罗列协议书上所规定的内容。

“我不同意，”我口气很坚定。“我愿意付——”随即我说出一个高出他说的两倍的钱数。

轮到他问我原因了。

我又说了一遍我愿付的钱数，他不解地看着我，猜想我是不是神经病。接着，他以胜利者的姿态大声说：“很好！就随你吧！你责无旁贷。”

“我有责任，而且也心甘情愿!”我附和着。他死劲地瞪了我一眼，随后向身边的律师招了招手，在他耳边嘀咕了一番。我清晰地听到他在问那人我是否神志正常，那人确定我没有什么问题。他抬起头，盯着我说：“年轻人，你知道不履行法律责任会有什么后果吗?”

“先生，我不知道，”我回答道。“我也不想听，现在我该回去工作了。”

外面的天气棒极了。我慢条斯理地走着，很快来到布鲁克林桥边。我迈上桥，但没过多久又觉得信心全无。我踅回来，钻进地铁。我不愿回办公室去，我有一天休假，得好好玩上一天。

我在泰晤士广场下了车，本能地朝三号街上的那家法意餐馆走去。食品铺子昏暗阴冷，午饭时间顾客寥寥无几，很快就剩下我和一个身材高大的爱尔兰姑娘。她已经喝醉了，我们鬼使神差地提起了天主教会，她好像唱歌一般唠叨着，“教皇总是有理，可我不拍他马屁。”后来，她往后挪了挪椅子，费劲地想站起来上厕所（那是一间男女共用的室内厕所）。我看她实在吃力，就起来搀扶她。她醉醺醺的，犹如在风雨中漂泊摇摆的船。走到厕所门口，她央求我把她扶到蹲位上去。她撩起裙子，想褪下内裤，可是手使不上劲。“帮帮我吧！”我帮她脱好，轻轻地拍拍她，她蹲下以后，我便转身要走。

“别走！”她抓着我的手央求道。我被她拽着，一直等她完了事。她嘴里唠叨个不停：“不，我才不拍教皇的马屁呢！”她看上去那么有气无力，我想着自己可能还得给她擦屁股。幸好经过多年的锻炼，她还是自己擦了，只是费了那么大的劲儿。这把我搞得直想呕吐，她还是求我把她扶起来。我帮她提裙子时，情不自禁地蹭了蹭她的性感区。我欲望急剧上升，但是那种气味很冲，使我放弃了那种念头。

我扶她出了厕所，老板看见我们，并且难过地对她点了点头。我不知道她是否意识到我这样做显示出了不起的绅士风度。我们又回到餐桌旁，叫了杯浓咖啡，聊了一会儿。她慢慢地酒醒了，对我的帮助非常感激。她说我要是送她回家的话，她愿意奉献一切来报答我的帮助。她说：“我洗个澡，换上干净衣服。现在实在太脏了。”

我告诉她，我想会叫辆出租车送她的，只是我不一同去。

“你这人真难处，”她说。“怎么啦，我对你不重要吗？上厕所也不是我的错呀！你也是人呀，也要拉撒吧！等我洗了澡，你将会看到我的模样了。把手伸过来！”她抓住我的手放在她的裙子下面，正好碰到隐秘的部位上。“好好地感受感受，”她急切地说：“喜欢吗？这玩艺儿可是你的了，我好好地洗一洗，再喷上香水。你可以随心所欲地玩儿。我不是修女，也不是婊子。我只不过有点儿醉了。有个家伙把我抛弃了，我才不傻乎乎地把他放在心上呢。他不久将回来的，你别担心，我不在乎他。我给他讲我自己不会拍教皇的马屁，他听了很伤心。我们俩都是天主教徒，但我不会把教皇敬成神圣的耶稣基督，你能吗？”

她自言自语地唠叨着，东拉西扯……我猜她是个大酒店的接线员，不是那种坏女人。看得出，只要她的酒劲儿过去，她很迷人，诱惑力很强。她眼睛蓝莹莹的，头发乌亮，笑起来既腼腆又调皮。也许我该帮她洗澡，若有不测，我就溜之大吉。麻烦的是我还得和莫娜吃晚饭，得在麦克宾酒店的玫瑰客厅等她。

我们坐上出租车，住宅区开去。她的头靠在我肩上。“你待我真好，”她说得让人昏昏欲睡“我不知道你是谁，可你真不错。天哪，我想先闭上眼睛再说。等我好吗？”

“没问题，”我说。“大概也要睡一会儿呢。”

她的房间小巧舒适，比我原本想象的好多了。她一开门就脱掉鞋。我帮她脱了衣服。她站在镜子前，除了内裤，全身光溜溜的。她身材不错，乳房丰满白嫩，两个乳头如草莓一样鲜美。

我指着她的内裤，“怎么不脱下来?”“不！等一会儿。”她突然害羞起来，脸也红了。“我刚才脱过你的内裤。现在有什么不同吗?”我说。我把手搭在她腰上，要把它脱下来。

“别这样!”她请求道，“等我洗澡时再脱吧，”停了一下，她又说：“我月经刚过去。”

我心里紧了一下，感到慌张。“好吧，”我说，“你去洗澡，我休息一会儿。”

“你不帮我擦背吗?”她翘起嘴巴，顽皮地嬉笑着。

“为什么不呢? 当然……”说着，我就和她走进洗澡间，一边推着她，一边想着尽快摆脱她。当她褪下内裤，我看到上面有暗红的血斑。“我无论如何不能干这个，千万不能，”我想着，“我不能拍教皇的马屁!”

可是，当她躺下来给自己搓香皂时，我感到全身发软。我接过香皂，向她的毛发上擦去，我那沾满皂沫的手指揉搓着她，她快活地扭动着……

“我看行了吧!”说着，她弓起臀部，双手支起下身。“你看吧……看清了吗?”

我的右手中指沾满香皂，轻轻地抚摸她。她仰身躺下，头枕着双手，扭动着屁股：“这样很舒服。我还要这样，也许我不用睡觉了。”过了一会儿，她浑身瘫软，躺进澡盆，气喘吁吁，闭上双眼。

我想自己得走了，于是借口去买烟，抓起帽子，关上门，就跑下了楼梯，带着满手的女人体味和香皂味

过了几天，剧院正在举行个人演出。莫娜求我不要去现场，她说如果她心里老觉得我在台下，她会乱了手脚的。我有些不快，但还是妥协了。等演出结束后，我在舞台出口等她。她约好了确切时间。

我提前来到剧院。先没去舞台门口，而是来到剧院门口。我反复地看着海报，她的名字用粗线明白无误地标出来了，我心里一阵颤动。演出结束后，我走到街的对面，注视着汹涌的人群。我也不知道自己为何要如此这样……只是傻傻地站着。剧场门口很黑，出租车川流不息。我突然看见有人冲动地走向栏杆边，一个弱小的男人正在那儿等出租车。这是莫娜，她吻着那个男人，接着车开走了，她挥手告别。后来她有气无力地放下手，站了一会儿，似乎有什么心思。最后，她转身穿过大门，冲进剧场。

过了一会儿，我在舞台出口见到她，她显出一副过度疲劳的样子。我告诉她我刚

才目睹的经过。“这么说，你见到他了？”说着，她抓住我的手。

“是的，那个人是谁？”

“是我父亲。他是从床上爬起来看我演出的。他活不了多久了。”

她说着说着，眼泪就流下来了：“他说现在可以放心地死了。”莫娜喘了口气，突然抱头痛哭，泣不成声地说：“我本该送他回家。”

“可你为什么不让我见见他？”我说。“我们可以一起送他回家嘛。”

她不再谈这件事，说很想一个人回家，好好地哭上一场。我有什么办法？只好答应——这似乎是最好的办法了。

我把她送上出租车，目送她离去，心里感慨万分。过了一会儿，我平静下来，向人群走去。走到百老汇的拐角处，我听到有个女人叫我。

“你怎么走过去了？不认识我啦？看你像丢了魂似的，怎么啦？”她伸出双手要让我握。

原来是阿瑟·雷蒙德的前妻艾玛。

“真好玩，”她说，“我刚才还看见莫娜呢。她从车里出来，沿着街跑。她看起来精神恍恍惚惚的。我本想与她打招呼，可她跑得极快，想必是没有看见我……你们在不在一起住了？我还以为你在阿瑟那儿呢？”

“刚才在哪儿看见她了？”我想她是不是给搞糊涂了。

“怎么啦，就在拐弯那个地方呀！”她说。

“你绝对肯定吗？”

她诡谲地对我笑了笑：“我不会认错她，对吧？”

“我不知道，”我自己唠叨着，“简直不可能。她穿什么衣服？”

艾玛准确地说出了她的衣着打扮。等她说到“天鹅绒斗篷”时，我便确信无疑了。

“你们吵架了？”

“完全没有。”

“应该你现在很了解莫娜了。”艾玛想转移话题。她挽起我的胳膊，引着我向前走，好像我的四肢不听使唤了。

“看见你真令人高兴。多洛雷丝和我常提起你。你不想呆一会儿吗？多洛雷丝见到你会高兴的。我们住在一套房子里，离这儿很近。来吧！我真想与你谈论天儿。一年多没见面了，记得吗？你那时刚与妻子分手，而现在又和阿瑟住在一起了——真是莫名其妙。他现在怎么样？过得好吗？听说他找了个漂亮老婆。”

请我去她们那儿喝点什么，其实用不着这么绕弯子。艾玛好像很高兴，叽叽喳喳说个不停。她说是对我友好，但还不至于像现在这么露骨。我不知道她在搞什么鬼。

我们上了楼梯，家里一片昏黑。“真怪，”艾玛说。“她说今晚早回来的，噢！对了，她等下就回来，绝对没错。脱下衣服，坐下来吧，我去拿点儿喝的。”

我坐了下来，心里总有些茫然。我前几年刚认识阿瑟·雷蒙德的时候，我很喜欢艾玛。当他们分手后，她爱上了我的朋友奥玛拉，而他也学着阿瑟的样子，把艾玛弄得很凄惨。奥玛拉说她很冷酷，倒不是性冷淡，而是自私。因为我当时正与多洛雷丝打得火热，也就没有在意她。我们只有那么一次亲密地接触过，纯属偶然，而且谁也没有过分。我们在街上一个廉价的电影院门口遇上，寒暄之后，两人都觉得精疲力竭，提不起精神，于是就进了电影院。那片子枯燥乏味，让人难以忍受。放映厅里几乎没什么人了。我们把大衣搁在大腿上。片子无聊至极，这就需要来点儿人为的刺激。我们握着手坐着，眼睛盯着那空洞无味的屏幕。过了一会儿，我伸手将她拉过来。又过了一会儿，她推开我的手，把她自己的手伸进我的腿间。我一动不动，好奇地想知道她要干什么，我记得奥玛拉说她冷酷无情，无动于衷……我就等待着。她摸着我，我的肉体开始冲动，她又抓又压又抚摸……这一切都悄然无声地发生着，非常得体。这好像是她在睡梦中下意识地做着这些事。我仍然不动，也不去碰她。我企望她自己干这一切。她的手指灵活而又熟练。她像只猫一样蜷缩成一团，眼睛已不再盯着屏幕。我见她掀起大衣，盯着我的下身。……最后，我把精液都射在了她手上。

“对不起，”她嘀咕着，伸手取出包里的手帕。我默默地让她用丝制手帕给我擦拭干净。我也不去拥抱她，一动不动，就犹如我是在看着她给别人这样做。接着，她往脸上扑了粉，把东西放进包里。我把她拉近，紧紧地吻着她。动作粗鲁，手也没闲着，做着她刚才做过的事，一直弄得她高潮迭起。

我们离开电影院时，喝了咖啡，吃了些点心，说了半天话，随后便分手了，好像什么事都没有发生。

“对不起，让你等了这么长时间。我想把东西整理得舒适一些。”

我从幻想中醒来，抬头看见一个可爱的身影递过来一只高脚杯。她把自己打扮成日本女人。我们刚在沙发上坐下，她又站起来到衣橱前。我听见她在挪动行李箱，接着发出一声惊叫，想必打碎了什么东西，她像是以某种声音提示我去帮忙。

我赶紧跑过去，见她站在摇摇晃晃的行李箱上，要取架子上的东西。我一下挟住她的腿，让她站稳。就在她转身下来的时候，我把手溜进她的和服里，她顺势倒进我怀里，我们站在那儿，动情地拥抱着。就在这时，门开了，多洛雷丝走了进来，她吃惊地发现我们俩都藏在衣橱里。

“咦，”她惊叫一声，“你们在这里，真可笑！”我放开艾玛，伸出手臂搂住多洛雷丝，她只是无力地反抗一下。她似乎比以前更美了。

她挣脱开我的搂抱，发出往常那种讽刺的笑声。“我们何必站在衣橱里呢？”说着，她抓起我的手。艾玛这时也伸过来一条胳膊搂着我。

“为什么不呆在这儿？”我说。“这里舒适温暖如子宫。”我乘机捏了一下艾玛的屁股。

“天哪，你毫无变化，”多洛雷丝说。“总想占人便宜，是不是？我想你正在疯狂地爱着……我忘了她叫什么了。”

“莫娜。”

“对。叫莫娜。她怎么样？这事可来真的？我想你不会再找其他女人了吧！”

“肯定不会，”我说。“是这样的，你会看到的。”

“我知道，”她隐约露出嫉妒之心，“我知道你这些事总是朝夕会改的，是吗？”

我们走进卧室，多洛雷丝恶狠狠地扔着她的东西，一副准备决一死战的姿态。

“给你倒杯饮料吧？”艾玛问道。

“好的，还是来点儿浓的吧，我需要一杯……噢，那事与你没关系，”她见我用不解的目光盯着她，便说：“这是你的朋友乌瑞克搞的。”

“怎么了，他不是对你很好吗？”

她默不作声，淡淡地看了我一眼，好像是说：“你该知道我要说什么。”

艾玛觉得灯光太刺眼，就熄了灯，只留下沙发边上的那只台灯。

“看来你们在演戏，”多洛雷丝冷言冷语，同时让人感到她的语气里有点莫名其妙的激动。我知道自己要对付的是多洛雷丝。艾玛呢，就像只猫，轻盈而又宁静地走动着，随时对付任何不测。

“能让你单独留下来真好。”艾玛的口气像是找到了多年不见的老大哥。她四仰八叉地躺在靠墙的沙发上。多洛雷丝和我几乎坐在她的腿边。我隔开多洛雷丝的背，伸出一只手放在艾玛的大腿上；她的肉体散发出一种热量。

“她一定在注视你的所有举动，”多洛雷丝指的是莫娜。“她很怕失去你，还有别的什么？”

“也许吧，”我挑衅地微笑着。“也许是我怕失去她。”

“这么说是认真的？”

“非常认真，”我回答道。“我找到了自己需要的女人，我要和她在一起。”

“结婚了吗？”

“没，还没有……不过也快了。”

“接下来就生儿育女，锅碗瓢盆？”

“我不知道我们是不是会要孩子，噢，这很重要吗？”

“应该善始善终嘛!”多洛雷丝说。

“唉，快住嘴!”艾玛说。“听你这话，好像有些嫉妒，我却不！很高兴他找到了意中人，他命该如此。”她捏着我的手，将它放在她的腹部缓和着紧张气氛。

多洛雷丝感觉到快要发生什么事了，但却装作没看见，便起身进了卫生间。

“她非常怪，好像嫉妒得要死。”艾玛说。

“你是说嫉妒你?”我有些百思不解。

“不，不是，当然不是。是嫉妒莫娜。”

“这就奇怪了，我以为她爱上了乌瑞克。”

“是的，但她没有忘掉你呀！她……”

我吻着艾玛，不让她往下说。她伸手搂着我的脖子，猫一般地钻进我怀里。“我很庆幸自己没那样嫉妒人，”她嘀咕着。“我不想与你谈情说爱，这样我更喜欢你。”

我再次把手伸进她的和服里，她热情而又快乐地回应着。

多洛雷丝返回来，蹩脚地解释自己坏了我们的好事。她站在我们身边，淘气地盯着我们。

“把杯子递过来，好吗?”我说。

“你也许还想让我给你扇扇风吧!”她边说边把杯子递到我嘴边。

我把她拉到身边坐下，拍打着她那从裙子里露出来的腿。她已经把内衣脱了。

“你不给我留个空间躺一会儿吗?”我问道，眼睛从一条腿扫向另一条腿。

“为什么要这样呢?”说着，艾玛就高兴地挪开身子。

“唉，别这么顺着他，”多洛雷丝翘着嘴笑了。“他就爱这样。他想捅出乱子，搂着又告诉我们他对妻子是多么忠诚。”

“她还不是我老婆。”我嬉笑着接过艾玛递过来的杯子。

“噢，不是吗?这就更糟了。”

“更糟?你这话是什么意思?我可什么也没做呀!”

“是的，但你跃跃欲试。”

“你是说你喜欢我这样做，别着急，随便会轮到你的。”

“不是跟我，”多洛雷丝说，“我要去睡了，你们俩随意吧!”

我把门关好，开始脱衣服。等我转过身来，发现多洛雷丝还躺在沙发上，艾玛一丝不挂地坐在她身旁。

“别信她的话，”艾玛说。“她和我一样都喜欢你，或许更喜欢你呢。只是她讨厌莫娜。”

"真的吗?"我看看艾玛，又看看多洛雷丝，多洛雷丝一言不发，算是一种默认。

"我真弄不明白你为何对莫娜如此不满，"我赶紧往下说，"她对你可没做亏心事。你也不该嫉妒她，因为当初你并没爱我。"

"当初？什么意思？谢天谢地！我根本没爱过你。"多洛雷丝说。

"说这话可差了，"艾玛开着玩笑说，"听着，你要是从未爱过他，就别那么感情冲动。"她转向我，爽快地说："还不快亲亲她，堵住她那臭嘴。"

"好，好，"说着，我弯下腰，搂住多洛雷丝。开始她还紧闭双唇，挑战似的看着我，接着，她便逐渐地妥协了，到最后，竟抬起身子，紧紧咬住我的嘴唇。她挪开嘴巴时，把我推了一下说："快走开!"我同情而又厌烦地看着她。她马上觉得失言了，便又依了我。我再次俯下身，柔情地把舌头伸进她的嘴里，手摸向她的大腿。她想推开我的手，却没有一点儿力气。

"哟！真带劲儿，"我听见艾玛叫唤着，接着她把我拉开。"我也在呀！别忘了我。"说着，便主动地贴过来嘴巴和胸脯。

紧接便是一场拔河赛。我跳过去给自己倒了一杯水。浴衣松开了，犹如一个敞开的帐篷。

"你这是给我们展览吗?"多洛雷丝装出害羞的样子。

"才不呢，既然你提出来了，我就非这么干不可。"我一边说，一边脱下浴衣，裸露着全身。

多洛雷丝把头转向墙，假装歇斯底里地喊着"真恶心，不害臊"之类的话，而艾玛却乐此不疲地观赏着。她起身要接我给她倒的饮料，我趁机松开她的衣裙，我们一块儿喝着饮料，身体互相挤蹭着，好不惬意。

"我也要喝，"多洛雷丝有些不高兴了。我们一起转身看着她。她脸色绯红，两眼放光，好像吃了什么药。"你们真放荡。"说着，她的眼睛在我们身上转来转去。

我递过杯子，她使劲地喝了一口。她努力地想达到艾玛那种随意的样子。

这会儿，她的语调有些挑逗："你们怎么不放着胆子干呢?"她扭动着光光的身子；她对性事很精通，也就不那么遮来挡去的了。

"躺在那儿吧!"我把艾玛轻轻地放倒在沙发上。

艾玛抓住我的手说："你也躺下吧!"

我把水杯递到嘴边，边喝边把灯关了。"不要，请不要这样!"多洛雷丝叫着。但是灯已灭了，我站在那儿等着把饮料喝完。艾玛的手摸到我的臀部，她颤抖地抚摸着。我放下杯子，站到她们中间。我马上感到她们贴了过来。多洛雷丝动情地吻着我，艾玛也依样画葫芦，这真是太爽了。

黎明时分，我才回到德莱维河边那个地方。莫娜还没回来，我躺下听着她的脚步声。我真怕她出什么事情，更糟的是她可能会自杀，或者有这种念头。她也有可能回家看望父母了。可她为什么下了出租车呢？也许换乘地铁了。可地铁不往那个方向开。我当然可以往她家打个电话，可我明白她不会好好解释的。不知道她夜里是否打过电话。丽贝卡和阿瑟从不给我留条儿，总是等我回来再说。

八点钟，我去敲他们的门，他们还在睡梦中。我使劲敲，就是没人应。我才发现到他们很晚才回家。

我沮丧地来到克伦斯基的房间。他也在蒙头大睡，好像不知道我为什么来。

到后来，他说："怎么？她又是整夜不归吗，也没有给你来个电话吧？快走开，让我清静一会儿！"

我彻夜未眠，感到身心疲惫。我忽然想起她会给我办公室打电话。我似乎看见写字台上留有一张便条。

我一整天都在打盹。我两手抱头，趴在桌子上迷迷糊糊地睡着。我给丽贝卡打了几个电话，问她有什么消息，但回答总是千篇一律。下班时，我又徘徊着。无论如何，她总得给我来个电话呀！这真让我不解！

我蓦地想出一个奇怪而又令人激动的念头。我一下子清醒了，即使在床上躺上三天也没有这般清醒，我再等半小时，她要再不来电话，我就直奔她家。

当我在办公室来回走动的时候，门开了，进来一个黑皮肤的小伙子。他随手关上门，像是在挡什么人。他的古巴话说起来花里呼哨的，让人觉得既神秘又可爱。

他脱口就说："米勒先生，你想给我找份工作吗？我必须找到这份邮差活儿，才能完成学业。大家都说你是个好人，我自己也看得出来你这个人和蔼可亲。一旦你了解了我，就会发现我能做好多事情。我叫朱安·瑞克，十八岁了，还会写诗。"

"好，好，"我轻声笑着，敲了敲他的下巴。他长得像侏儒。我说："如此说来你是个诗人？那我一定给你找份工作。"

"我还能演杂技呢，"他说，"我父亲曾有个马戏团。你会发现我是个飞毛腿。我很想来这儿。我又很懂礼貌，送信时会说，'谢谢你先生'，而且还要脱帽致敬。包括布罗克斯在内，我对所有的街道都了如指掌。如果你让我负责西班牙人住的街区，你就会发现我非常有能耐。行吗？先生。"他得意地笑了笑，来显示他很会推销自己。

"坐到那边儿吧！我给你拿张表填上。明天一大早就开始工作吧，可要微笑服务呀！"

"哦，我会笑，先生，而且笑得很甜，"说着，他笑了一下。

"你真的十八岁？"

“是的，先生。我带着所有的证件，可以证明。”

我递给他一张空白申请表，就走到隔壁的溜冰场，留下他一个人在屋里。突然电话铃响了。我疾步回到桌前拿起话筒。是莫娜！她声音微弱，极不自然，好像疲惫不堪。

“他刚刚死了。我离开你以后就一直陪着他……”

我赶忙说些安慰的话，接着问她几时回来。她不敢肯定。她接着要我帮忙给她买一套孝服和几副黑手套。要十六码的，说不清是什么料子的，随我选好了。她又说了几句话，随即挂了。可怜的朱安·瑞克像条忠实的狗看着我的眼睛。他脑子很灵，想以那种体恤同情的古巴方式让我知道他愿意为我分担忧愁。

“朱安，没什么的，人固有一死嘛。”

“你妻子打来的？她一定很漂亮吧！”他问我的时候，眼睛湿润，含着泪光闪闪。

“你怎么知道的?”

“从你说话的样子里，我似乎看见了她，但愿我有一天能娶到漂亮女人。我常常想着这件事。”

“你这小伙子有意思，竟然考虑结婚的事了。你可是个孩子呀!”

“先生，我的申请表填好了。你现在看看好吗？这样我好确定自己明天上班。”

我扫了一眼，给他吃了个定心丸。

“那我就可以为你效劳了，先生。你要是愿意，我想陪陪你。我觉得这时候一个人呆着会难过的。伤心的时候，朋友非常重要。”

我放怀大笑：“好主意！我们一块儿去吃饭，再去看场电影，怎么样？合适吗?”

他站起来，像一条训练有素的狗快步走着。他突然对隔壁的空房子感到好奇。我跟他走了进去，当他仔细地查看房间设备时，我温和地看着他。他非常有兴趣地拿起溜冰鞋，左看右看，好像没有见过似的。

“穿上溜一圈吧，这儿是溜冰场。”我说。

“你也会溜冰?”他问道。

“当然没问题。想瞧瞧吗?”

“想，”他说，“咱们一块儿溜吧！我好几年不玩这个了。这种娱乐挺滑稽的，是吗?”

我们开始溜了。我背着手弓着身子向前，朱安跟在我身后。场中心有一根细长的柱子，我绕着柱子溜，好像是做示范动作。

“太棒了!”朱安下气不接下气，“你溜起来像风一样轻盈。”

“像什么?”

“像一阵风……轻柔和煦的风。”

“噢，轻盈的风!”

“我很早以前写过一首关于风的诗。”

我抓住他的手，绕着他转。用力，我把他拉到跟前，搂着他的腰，推着他，领着他轻盈地转着。最后，我拼命一推，他突然子溜到房间的另一端。

“我现在给你摆几个在特洛尔学的花样，”说着，我伸出双臂，抬起一条腿。想到莫娜绝不会想到我此刻在干什么，我心里有些恶作剧般的得意。我在朱安身边溜来溜去，他坐在窗台上看得津津有味。我朝他做鬼脸，先是痛苦悲伤的面孔，接着是快活的、漫不经心的、狂欢的、沉思的、一本正经的，到后来就是恐惧的、呆傻的。我把手藏在腋窝，装猴子笑；像训练有素的狗熊一样迈着华尔兹舞步；像跛子似的一蹲一拐的；像疯子一样扯开嗓门喊。我一圈一圈地溜着，快活地溜着，像鸟一样随心所欲。朱安也来凑热闹。我们像动物一样迈着大步，跳着华尔兹，做着哑语动作。

我老是想着莫娜在灵堂里踱着步子，穿着孝服、黑手套及其他东西。

我们一圈圈地转着，溜得非常。如果有一点儿汽油、一根火柴，就能把我们点燃；我们就成了着火的走马灯。我看着朱安的脑袋就像个火种，真想恶狠狠地往他身上点火，把他扔进电梯的通风管里，转上几圈后再把他拖出窗外。

我冷静了许多。下地狱的不是布鲁海尔，而是哈尔尼木斯·布斯克。他深受陈旧思想的毒害，先是被砍下一只手臂，接着被砍掉一条腿，最后只剩下了躯干。有人不停地演奏音乐，布拉格竖琴也响起来了。犹太教堂附近的街道十分冷落。远处不时传来忧郁的钟声和女人的呜咽声。

再也不是布斯克了，变成了查戈尔。身着布衣的天使斜坐在屋顶。地面覆盖着雪，阴沟里有几片供耗子吃的肉。克拉科夫在紫色的灯光下做了心脏移植术。结婚、诞生、死亡葬礼。披着大衣的男人拉着只剩下一根弦的小提琴。新娘子疯了似的，残肢断腿了还要跳舞。

我一圈一圈地溜着。门铃响了，马拉的雪橇铃也响了。整个天地一片哀鸣。我头上覆着霜，脚下踩着火。这个世界成了汹汹火焰的走马灯，很多马被烧得只剩下蹄子了。父亲奄奄一息地躺在床上。母亲妒忌心强，人品特坏。新郎一个人跳着摇摆舞。

首先，我们要把他埋在冰冷的地下，然后再埋葬他的名字、经历，以及他那想以身殉夫的寡妇。我要娶这个寡妇的女儿为妻——在她身着孝服，戴着黑手套的时候。我要救赎，把圣灰涂抹到头上。

一圈又一圈……八字型、美元型、横一字型，只要有一点儿汽油、一根火柴，我就会像一棵圣诞树被烧成灰。

“米勒先生！米勒先生！快停下来吧！”朱安叫喊着。这小伙子看上去吓呆了。他为什么这么盯着我呢？

"米勒先生，"他牢牢抓住我的上衣后摆，"请别这样笑！我害怕。"

我放松下来，温和地冲他笑着。

"这样好一些，先生。你真让我担心。我们现在走好吗?"

"可以吧，朱安。我们今天的运动量够大的。明天你要买辆自行车。你饿吗?"

"先生，我是饿了。我胃口总特别好。我曾经独自吃了一个整鸡，那是我姑妈死的时候。"

"咱们今晚也吃鸡，你一只，我一只。"

"先生，你真好。你现在不难受了吧?"

"没事了，朱安。这时候到什么地方能买到孝服呢?"

"我真不知道。"

我叫了出租车。我想到东边有些铺子还在营业，司机说他确定能找到一家。

当我们来到一家服装店时，朱安说："来这儿还可以，它一直是这个样子吗?"

我说："一直是这样，节假日也是这样。只有穷人才能享受到生活的乐趣。"

"以后，我打算来这儿工作，他们用什么语种?"

"什么都可以，你也可以讲英语嘛。"

店主站在门前，友好地拍着朱安的头。

"买一套孝服，十六号的，"我说，"不要太贵，今晚一定要送到，货到交钱。"

一个黑色皮肤的犹太女郎走过来，说着俄罗斯口音问："是年轻妇女，还是老太太穿?"

"年轻的。跟你身材差不多，是我妻子。"

她给我拿出各式各样的样品，我请求她给选一件最合适的。"不要太难看，也不用太讲究。明白我的意思吧?"

"还有黑手套，可别忘了。"朱安说。

"多大号?"女店员问。

"我看看你的手。"我仔细看了半天说，"比你的手略大一些。"

我留下地址，送给那个送货的小伙子一笔可观的小费。

店主走上前去与朱安搭了几句话，他好像很喜欢朱安。

"你是哪里人?孩子。波多黎各人?"

"从古巴来的。"

"是的西班牙语吗?"

"说。我还能说法语和葡萄牙语。"

"这么年轻就会说这么多语言。"

"我父亲教我的。他是哈瓦那一家报纸的编辑。"

“噢，你让我想起了我在奥德萨认识的一个小男孩。”

“奥德萨？我去过。我在商船上当过小工。”

“什么！”店主大叫一声。“你去过奥德萨？简直难以想象。你多大了？”

“十八岁，先生。”

店主转向我，问是否可以邀请我们到隔壁的冷饮厅里喝点儿什么。

我们欣然接受。店主叫爱因斯坦。他和我们聊到了俄国。他原先是医学院的学生。那个极像朱安的孩子是他儿子，已经不在人世了。爱因斯坦说：“这孩子很怪，和家里其他人不一样。他有自己的思维方式。很想周游世界。不管你说什么，他都有自己的主意。他是个小哲学家。有一次，因为想研究金字塔，就跑到埃及。我们告诉他要去美国时，他反而说要去中国。他说自己不想像美国人那样发财致富。这孩子怪得很！独立性很强！天不怕，地不怕，更不要说怕哥萨克兵了。有时我真有点儿担心。他是怎么来的？他的模样根本不像个犹太人……”

他独自讲述着这股注进犹太人血统里的怪异的血脉。他讲起阿拉伯、非洲、中国的奇特部落，甚至认为爱斯基摩人也流淌着犹太人的血液。说着说着，他沉醉于这种血统与种族相结合的想法中。要是没有犹太人，这个世界将是一潭死水。

“我们就像被风夹杂着的种子，”他说，“我们遍地开花，生命力极其旺盛，即使被连根拔掉，我们也不会死去。我们能绝处逢生，能在石头缝之间生长出来。”

他一直以为我是犹太人。我后来解释说，我不是犹太人，而我妻子才是。

“如此说来，她成了基督徒了？”

“不，我成了犹太人。”

朱安百思不解地看着我。爱因斯坦先生不知我是否在开玩笑。

我说：“我到这儿来十分幸福。我不知道这是为什么，但总觉得像是到了家里。大概我身上有着犹太人的血统，只是不知道罢了。”

“恐怕不会吧，”爱因斯坦说，“你魅力四射，因为你不是犹太人。你喜欢猎奇，就是这样吧！也许你曾经恨过犹太人。这不足为奇。可是，当一个人突然意识到自己的错误，而且对原来恨过的东西突然狂热地爱起来，那他就走向另一个极端。我认识一个不信犹太教的人，后来变成了犹太教徒。你知道，我们并不会试图改变信仰。你要是个虔诚的基督徒，那就当你的基督徒好了。”

“但我并不在乎宗教信仰呀！”我说。

“宗教就是一切，”他说，“你要不是个虔诚的基督徒，那你也不会是虔诚的犹太教徒。我们不是一群人或者一个种族，我们是一个宗教。”

“我不信你所说的这些。事情不仅仅是这样。这就好像说你是一种细菌，什么都解

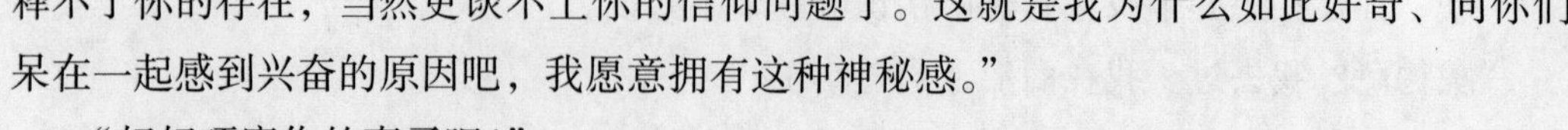

释不了你的存在，当然更谈不上你的信仰问题了。这就是我为什么如此好奇、同你们呆在一起感到兴奋的原因吧，我愿意拥有这种神秘感。”

“好好琢磨你的妻子吧！”

“我会这样的，但我就是摸不透她。她是一团谜。”

“但是你爱她吗？”

“爱，而且爱得特别深。”

“可你为什么不和她在一起？为什么不自己把衣服给她送去？是谁死了？”

“她父亲，但我从来未见过他，也从来没去过她家。”我回答得很快。

他说：“太糟糕了，那儿一定出了乱子。你应该去见见她。不要介意她没有请你去。去找她吧！别让她在父母面前丢面子。你不必参加葬礼，但应该让她明白你是关心她的家庭的。你只不过是她生活中的小插曲。一旦你死了，这个家庭还会生存下去。他们会吸收你的生命活力。我们接受每个民族的血统，像河流一样流淌不息。不要认为你只是娶了她一个人，你这是和犹太民族结了婚。我们给你生命，赋予你力量，哺育你。到最后，所有的民族都会走到一起的。我们盼望和平，将要创造一个新世界，而且人人有份。不，现在不能让她孑身一人，否则你会后悔的。她这个人自尊心很强，原因就在这里。你一定要温柔体贴，像鸽子一样向她求爱。或许她会非常非常地爱你呢。没有一个犹太女人会像她那样全身心地爱上一个男人，特别是这个男人是异教徒。她可真了不起，你最好忍字当头，不要发号施令。请原谅我说这种话，我也是为你好呀！看得出，你是个与众不同的异教徒。你失去了宗教信仰，连你自己也搞不清自己在寻求什么。我们了解你这样的人，我们并不渴望得到你的爱。我们经常遭到背叛。有时有个敌人还好一些，这样可以知道我们的处境。和你这种人在一起，我们不敢肯定自己的处境。你就像水一样，而我们却是岩石。你慢慢地把我们吃掉，不是用恨，而是用善良。你如海浪拍岸一样拍打着我们。我们所能遇到的惊涛，却是在温柔地拍打着我们，使我们的力量逐渐消失。”

听到这意料之外的离题话，我兴奋异常，我不得不打断他的话。

他说：“是的，我清楚你的感受。我们对你了如指掌，而你却对我们一无所知，你可以结上一千次婚，娶上一千个犹太女人，但是你始终不了解我们的想法。我们一直就在你的心里，也许就像细菌一样。你的生命力顽强，我们就支持你；要是弱不可支，我们就吃掉你。对异教徒来说，我们不是生活在人世间，而是生活在精神世界里。物质世界生命短暂，而精神却是永远存在的。我的孩子理解这一点。他想保存那份纯真。他觉得这个世界不如意。他死于羞耻，为这个世界而感到羞耻。”

十九

过了几分钟，当我们信步走在夕阳的紫色余晖中时，我便用新的眼光审视着这个犹太人住宅区。纽约夏日的夜空湛蓝湛蓝的，夜色下的建筑群落无论从外形上还是从本质上都显得那么合适，让人伸手可及。一缕缕浑浊不清的阳光平时只能暴露出那些厂房的丑陋和廉价公寓的破败，但这时常会随着日落而全然消失；尘埃落到地上，各种建筑的轮廓清晰可见，就像聚光灯照射下的一具妖魔鬼怪的面孔。几只鸽子在楼顶上空来回盘旋，随即便飞上了天空。偶尔从楼群间冒出一个圆形屋顶，那便是土耳其浴室了。抬头便可望见庄严而又简朴的圣马克教堂，它矗立在与第一大道毗邻的充满异国情调的布瓦利广场。血色的煤气储存罐赫然耸立在低矮的荷兰式建筑的楼顶上。熟悉的人行道旁标着非常不谐调的美国人的名字。那些三角板应该是老早以前就弄好的界标。布鲁克林的滨水区又狭又窄，人们几乎能辨认出河对岸的行人。纽约的魅力就凝聚在这块不断扩充的区域，它浸透着辛勤的血汗和辛酸的泪水。纽约人践踏、摒弃了这片土地，但他们对这片土地最熟悉，最有亲切感和怀旧感。整个纽约城本应该是一大片犹太人区：毒素应该排除掉，大家都应该同呼吸、共命运，欢乐共享，患难与共。纽约的其他地区只是一幅抽象作品；它毫无气息、呆板单调，僵硬得如同一具死尸，或者可以说它神经错乱——如果你登高望远、大胆观察的话。只有在那闹哄哄的蜂巢里，你方能发现人类的气息，方能找到那座叹息、喧嚣和充满气味的城市；若到犹太人区以外去寻找它，只能是徒劳无获。住在这个区域之外的人将要枯萎、死亡；他们都是些行尸走肉，就像上了发条的闹钟，每天只是单调地行走。他们像海豹一样为人表演，像票房里售出的票一样被人毁灭。而在那乱哄哄的蜂巢中，人们能意识到植物般的生长、动物般的令人窒息的温暖、因摩擦和凝聚而产生的活力、一种灵与肉的希望、一种既危险而又有益于健康的沾染；或许是类似小蜡烛一样燃烧的微不足道的灵魂，但却不断地燃烧，并能在囚禁他们的四壁上投下怪异的影子。

在这柔和的紫色光线中，你随意沿街行走，忘掉一切，使你的大脑变成一片空白。成千上万种感觉马上会从四面八方同时向你袭来。人类依然穿着飞禽走兽的皮，仍然谈论着囊肿及石英之类的话。建筑物里发出滔滔不绝的声音，各家各户都安着纯粹用

金属制作的遮阳板，窗户上都附着水汽；这里也有教室，孩子们展开四肢懒洋洋地躺在门廊下，类似杂技演员在做柔体表演；蜿蜒曲折的街道上，除了梦想家的眼睛和心灵能透视清楚外，没有任何静止、定性的物体，一切都是那么不可思议。也有富有幻觉的大街，那里的一切刹那间便会寂静无声，街上空寂荒凉，如无人烟，仿佛刚刚患了一场大瘟疫。有的大街人流川息，像香火旺盛的庙宇一样热闹，你要是横尸街头，鬼都不瞅你一眼。有的大街奇异古怪，香精油的芬芳中夹杂着韭菜和大葱刺鼻的味道在这里久久不散。穿着拖鞋行走的大街上回旋着鞋底与脚板发出的懒洋洋的吧嗒吧嗒声。还有的街道类似欧几里德风格，抽象得只能通过逻辑与定理来解释。

当地球缓慢地转动时，门廊和楼梯扶手也在动，孩子们也与它们一起转；在酷热晚间的阴霾中，一切世俗、快乐和有预感能力的事物都像齐拉尔琴一样奏响着乐曲。一个沉重的轮子，载有饲料、羽毛褥垫，小巧的香油灯以及纯种动物的汗珠。它们转呀转，不时吱嘎吱嘎作响，不时颤颤悠悠地晃动，不时隆隆行进，时而呜呜咽咽，但是依然转啊，转啊，转啊！然后，如果你完全静止下来，比如站在一个门廊里，小心翼翼的什么也别想，一种短浅而无理性的清晰便包围了你的视觉。轮子上面有轮辐，有一个毂；毂的中央是一个空心儿，是抹润滑油和车轴的地方。你就在那儿，在虚无的中心，而且随着巨轮的呼呼声在飕飕地旋转。一切都有了活力，凝聚了内涵，甚至你昨天甩在门把手上的鼻涕也不例外。一切都会衰败凋零，由于磨损和爱护而变得破旧不堪；一切都会被看过成千上万次，被枕骨、目光摩擦和抚摸着……

一位古代部落的人痴呆地站在那里，闻着数千年前他的列祖列宗们为他烹调的食物：一只鸡、一碗肉糊、一条填鱼，还有鲱鱼和绒鸭。他一直与它们生活在一起，而它们也依靠他而生存。飞禽的羽毛在空中飞舞，那些羽毛是装在筐子里的——在乌尔、巴比伦、埃及、巴勒斯坦都是这样。同样光亮的丝绸，由于年代久远，黑色也已发绿，它们产自别的年代、别的城市、别的犹太区，也经历过屠杀的场面。时而还可以见到一架咖啡豆研磨机或者一副俄国式茶饮具，一个用于盛装来自东方的香料、没药、树脂和芦荟的小木匣。有一片片小块地毯，来自中东的露天市场、东方的集市或者地中海东岸诸国的大商场。还有阿斯特拉罕羔皮、饰带、披肩、羊毛编织的女式头巾和用火红色的火烈鸟皮做成的裙子。有些人还带着自己的小鸟，他们的宠物都是暖融融、软绵绵的小动物，细颈在颤动，却学不会新的语言；它们没有新的动听的叫声，只能被关在闷热的笼子里，悬挂在安全出口的上面，无精打采，垂头丧气，日趋消瘦下去。铁栏杆围成的阳台上挂满了肉、床上用品、植物与宠物——这种蠕动而又窒息的生活甚至能把铁锈也疯狂地蚕食掉。夜幕带来了凉风，孩子们像茄子似的一个个被摆了出来；他们躺在星空下面，美国大街上那污秽的胡言乱语催他们进入梦乡。楼下的木桶中是漂浮在盐水中的腌菜。没有腌菜、椒盐卷饼以及土耳其式的街道，这犹太区就没有了味道。各种各样的面包，有带果酱的，也有不带果酱的；面包有大有小，有软有硬，白色的、黑色的、棕色的、浅灰色的，任你挑选……

这就是犹太区！大理石桌面上放着一篮子面包，一瓶矿泉水，最好是蓝色的，还有一碗鸡蛋汤。两个人在谈天说地，他们嘴上都叼着根烟卷，吞云吐雾的，他们不断地说这说那。周围的地下室里传来阵阵音乐，一猜便知道是一帮奇装异服的家伙，装出一副诡谲的神态在玩弄着古怪的乐器。鸟儿开始鸣叫，天气毒辣辣的，面包堆成了垛，矿泉水瓶在冒着热气。人们软绵绵地拖着长腔说话，就好似从一堆锯木屑中拖过一件貂皮长袍；有几只狗龇牙咧嘴地狂叫着，不断地立起身子在空中乱抓乱挠。打扮得花枝招展而被头巾缠得要窒息的女人们，在她们盛装血肉绚丽的棺材中酣然大睡。赤褐色的眼睛淡然无光但却凝聚着诱人的强烈欲望。

在另一个地窖，有位老人穿着大衣坐在柴火堆上一根一根地数着胡须。他的生活无非就是与煤炭和柴火打交道，是从黑暗到白昼的暂短途旅行。他的耳朵仍然能听得见马蹄踏在鹅卵石街道上的得得声，依然听得到人们的尖叫哭喊声、大刀碰撞的铿锵声、子弹射进白灰墙上的噗噗声。不管你坐在影院、教堂、咖啡屋或者什么地方，你总能听到两种音乐——一种苦涩的，一种甜蜜的。有人坐在怀旧河的当中，河里填满了从世界的残骸中收集来的小礼物。这是无家可归者的礼物，是辛辛苦苦地用棍子和树枝建造避难所的小鸟们的礼物。破碎的鸟巢、鸟蛋随处可见；幼鸟的脖子也被折断了，灰暗的眼睛凝视着苍穹。在马口铁皮做成的墙下、在锈迹斑斑的棚子下、在倾覆的船舶底下，怀旧河进入了梦乡。在这个世界上，希望被截肢，抱负遭到扼杀，子弹穿不透贫困和饥饿；即便一丝温暖的呼吸也要靠走私才能运进来，鸽子心大的宝石却被用来交换一码的空间、一盎司的自由。这一切都被拌进一碗熟悉的肝糊中，就着一片没味的薄酥饼喝进了肚子里。一大口吞下去五千年的苦涩、五千年的废墟，也吞下了五千年的断枝、碎蛋壳以及遭扼死的雏鸟。

在人类心灵的深处地穴中，铁弦的竖琴弹起了忧愁的曲子。

营造你们那辉煌壮丽的城市吧！铺设好你们的下水道，架好你们的桥梁吧！睡觉时不要做梦。像夜莺那样疯狂地展开歌喉吧！在下面，在那最深的根基底下，生活着另一个人种。他们皮肤黝黑，心情忧郁，但却充满激情。他们钻进了大地的肠胃，正在积蓄精力，耐心地等候。这是巨大的危险。他们是食腐肉动物，是豺狼虎豹，是复仇者。他们出现之时，将是一切化为尘埃之日！

二十

我只身熬了七天七夜，才觉得她真的离我而去了。她打来两次电话，不过听起来精神恍惚、茫然，伤心欲绝。这倒让我想起爱因斯坦先生的话。我想知道她是否已改变主意了。

有一天，我下班时，她突然从电梯里走出来，站到我面前。她着一身素装，一方紫红色的头巾显得特别耀眼，别有风韵。看来她是回心转意了。她的眼睛温柔有加，皮肤更是雪白细嫩。她身材迷人，仪态端庄，梦游似的静谧安详。

过了好大一会儿，我觉得这是幻觉。她身上有一种让人晕眩的东西，让人震撼、着迷和惊讶。她如同意大利文艺复兴时期的占卜女郎，坐在宽大的帆布棚里，含着谜一般的微笑，久久地盯着你看。她迈步地向我走来，投入到我怀里，这时我觉得我们之间那无形的鸿沟一下子就填平了。似乎我们俩的世界又出现了，她似乎凭着超人的神奇意志，超越空间与我会合。刚才她脚下的那片土地已经不存在了，对我来说，如同一块陆地被大海淹没一般，一切都已成为历史。我当时脑子里不知想的是什么，后来，大概由于我不断地回味这个时刻，才清晰如初，才理解了我们破镜重圆的真谛。

我紧紧地抱住她的身子，心中涌上一种完全异常的感觉。真是脱胎换骨呀！我抱着的是她这全新的肉体。说她是全新的，是她身上的某种东西失而复得。这样说似乎不可思议，她好像带着灵魂来到我身边，当然这不是她本人的灵魂，而是整个种族的化身。她似乎给我带来了法宝。

我们相对无言，只是注视着对方，咯咯地笑着。我见她扫视着这地方，恨不得饱览全部，她最后把目光落在书桌和我身上，好像说，“在这儿干吗?”然后，她紧拥着我，呢喃着，“他们对你怎么啦?”确实，我体会到了她这个民族的力量与尊严。我这人平常得很，所以说没有选择你。我要带你离开这个世界，我要对你崇拜得五体投地。

这就是莫娜——舞场的红人。以前与上百个，也许是上千个人打得火热吧，现在却来找我，向我献上她的肉体。人类就是这么一朵奇异而美妙的花！你手里捧着花儿，而且你熟睡时，这朵花在长，它变化很大，散发着迷人的芳香。

瞬间的工夫，我已是十分虔诚的人了。我不敢盯着她看。想着她要跟我回家，接受我给她安排的生活，真让我难以置信。我追求的是女人，到手的却是皇后。

吃饭时发生的事我是一点儿也不记得了。想必是在饭馆吃的饭吧，可能还聊了聊，还规划了一下未来吧！这一切我都置于脑后了。深刻在我脑海里的是她的面孔，那充满深情的面孔、亮丽而迷人的双眼、洁白光滑的肌肤。

记得我俩在阒无一人的街上溜达了半天。也许我就听到了她的说话声吧，她可能后来跟我说，她知道我一直渴望了解她的一切，我却一个字都记不起来了。除了我们的前途，一切都不重要，都没有什么意义。我紧紧地抓着她的手，与她十指交叉，与她携手走向辉煌的未来。如烟往事俱不复存。世界展现在我们面前，历史如同一块大陆板块被大海深深淹没，完全地消失了。多么神奇呀，她得救了，又回到我身边，想着这样的时刻将永远延续下去，是多么不寻常啊！珍惜她、爱护她，这是我的责任、使命，是我生命中注定的东西。想到眼前的这些事情，我从内心，似乎从一粒小种子里有一种冲动，情绪越来越高涨，我觉得这粒种子在我的心里崩裂开来。

我们站在角落里，这时驶来一辆公共汽车。我们就跳上车，朝车厢的上层走去，坐在最前面的座位上。刚买下票我就拥着她，激情地吻她。车子在崎岖不平的公路上蹒跚前行，剩下我们俩依偎在一起。

突然，我看到她向四周扫了一眼，热切地撩起裙子，叉开腿，骑坐在我身上。我们在这颠簸的街道上疯狂地翻云播雨，热火朝天地干完之后，她仍坐在我大腿上，充满深情地抚摸我。

我们一走进阿瑟·雷蒙德的家，大家都欢呼雀跃起来，好像他们一直盼着她的归来。克伦斯基、阿瑟的两个姐姐、丽贝卡和她的一些朋友都在场。他们非常热情地同莫娜打着招呼，她真受不了这个劲儿。

这是值得庆祝的时刻。人们拿出酒杯，摆好桌子，举起相机。似乎每个人都说，“好，好，让我们开心地玩吧！”我们纵情欢笑，翩翩起舞，引吭高歌，倾心交谈，大吃二喝。玩得越来越开心，越来越高兴，互相倾吐，心往一起想，劲儿往一处使，连克伦斯基也使出吃奶的力气一展歌喉。我们一直玩到深夜，这简直是一次新婚喜宴。新娘子逃脱了死神，回到我们中间。她又焕发了青春，花一般地盛开着。

的确，这就是我们的婚庆。那天晚上我懂了：我们拂去了历史的尘埃。

“我的爱人，我的妻子！”我俩睡着时，我自己还这样自语着。

二十一

父亲去世后，莫娜全心思想着要结婚，也许是要实现她对父亲临终前许下的诺言吧！每一次谈及这个事，我们都要争吵一番。大概是我不太看重这事了。有一天，经过一番争吵哭闹，她就开始整理自己的东西。她连一天都跟我过不下去了。我们没有大提箱，她只得用棕色的纸张把东西打成包，最后成了一个又笨又重的大包裹。

我说："背着这个东西走在街上，看起来就像个移民。"我坐在床上看着她忙活了半个多小时。不知什么原因，我自己也把握不住她走不走。我期待着以往那最后一分钟的峰回路转——大发雷霆，号啕大哭，然后就是温柔体贴、两心相悦的和解。

可是，这一次她似乎坚决要走。当她拖着那个大包，穿过大厅，打开前门时，我依然坐在床上。我们甚至都没说声再见。

前门砰的一声关上了。阿瑟闻声来到我房间，站在门槛对我说："你可不能这样让她走了。这样太没人情味了。"

"是吗？"我无可奈何地苦笑着。

"我实在是不理解你。"他说话的口气好像在抑制着自己的愤怒。

"也许她明天会回来的。"我说。

"如果我是你，我可不敢说有把握。她这个姑娘非常敏感，而你呢，却是个冷血动物。"阿瑟·雷蒙德沉浸在道德的说教之中。其实他很喜欢莫娜。他要是开诚布公的话，他应该承认自己在爱着莫娜。

一阵尴尬的沉默过后，他忽然说："你怎么不去追她？你要乐意的话，我愿意去。上帝哪，怎么可以让她这么走呢！"

我无言对答。阿瑟俯下身子，按着我的肩膀说："算了，这太愚蠢了。你呆在这儿，我去把她追回来。"

说完，他冲向客厅，开了前门。我听到他喊着："喂，喂！我要让你回来。好！快过来呀，到这儿来，我给你拿东西好不好？"我听见他非常高兴地笑着，这银铃般的笑声有时刺激人的神经。"快回这儿来，他在等你，当然啦，我们都在等你回来。你何必这样呢？就这么走呀！我们都是朋友，是不是？你不能就这么离开我们呀……"

听他的语气，谁都以为她的丈夫是阿瑟，而不是我。他好像在向我暗示这个意思。

这一切都是在刹那间发生的，但是，就在这短短的几秒钟里，我好像又看见了我最初碰到的那个阿瑟。当时是埃德·加瓦尼把我带到他家的。那段时间，他老是和我提起他的朋友阿瑟·雷蒙德，并说他天资很高。埃德·加瓦尼认为自己能让我们两人结识是非常庆幸的事情，因为在他眼里，我也是个天才。在美不胜收的园林区的其中一幢外表神圣的豪华房子里，阿瑟·雷蒙德坐在一间昏暗的地下室里。他比我开始想的要矮许多，但他声音洪亮，待人热情，活泼开朗，我喜欢他的个性，他全身散发着生命活力。

我马上意识到自己面前的这个人极不寻常。后来我才得知道他也是怀才不遇，境况很不好。他一彻夜都去外面酗酒闹事，和衣而卧，而且神经过敏，脾气暴躁。寒暄过后，他又坐到钢琴旁，嘴上叼着未抽完的烟头；说话的时候，神经质地用力弹着上音域的几个琴键。过几天就要举行个人演奏会，时间不多了，所以强制自己多多练习。这演奏会可是生平第一次呀！埃德·加瓦尼对我解释说，阿瑟从小就显示出非凡的才华，他母亲把他打扮成洛德·凡特洛尹的样子，带他走遍全国，参加一个又一个的音乐会。结果，有一天，阿瑟死活不演奏了，他得了恐惧症——不敢在大庭之众之下演奏了。他很想走自己的路，而且他这样做了。他变得横行霸道，暴虐无忌。他极力要把他母亲创造的那个艺术家毁掉。

阿瑟不耐烦地听着，到最后，他在凳子上转了一圈，打断了加瓦尼的话，说话的时候，两只手不停地忙着。他又叼上一支烟，手不停地敲打着键盘，烟圈在他眼前袅袅上升。他想努力摆脱这种尴尬。我同时又觉得他希望听我开口说话。当埃德·加瓦尼说我也是音乐家时，阿瑟跳将起来，恳请我弹上一曲。“快点，快点儿吧！”他几乎是用一种野蛮的口气说话，“我真想听你弹。老天哪，我实在听烦了自己弹的声音。”

我非常不情愿地坐下，弹了一小段。我心里非常清楚，自己弹得确实太差了。我特别不好意思，对自己的蹩脚演奏深表歉意。

“他说得很对！”他笑吟吟地说，“你应该弹下去……你很有天赋。”

“说真的，我几乎是不摸琴了。”我坦言相告。

“怎么？为什么不呢？你后来做什么？”

埃德·加瓦尼主动地解释说：“他可是个作家呀！”

阿瑟的眼睛一亮：“作家！好，真厉害……”说着，他又回到原地弹了起来。他那严肃认真的表情不仅让我喜欢，而且让我永世难忘。他的演奏让我佩服得五体投地。这琴声明快激昂，充满深情和智慧。他忘我地弹着，已经沉醉于其中了。如果我没记错的话，他当时弹的是巴赫奏鸣曲，而且，我从来没这么喜欢过巴赫。过了一会儿，

他突然停下来，还没等我们开口说话，他又弹起了德彪西的曲子，然后，忽而是拉维尔，忽而肖邦。当他弹奏肖邦的序曲时，埃德·加瓦尼朝我使眼色。序曲过后，埃德·加瓦尼要阿瑟弹奏《革命练习曲》。“哦，那种玩艺儿，算了吧，我的老天，你怎么会喜欢那种东西!”他刚弹了个开头，就停下了，手仍然放在键盘上，吐掉烟头，接着就弹莫扎特的曲子。

与此同时，我心里很不平静。听着阿瑟的演奏，我想，假如我要做一名钢琴演奏家，我就又得从头学起。我觉得自己开始没有真正地弹过钢琴，只是玩玩而已。当我开始读陀思妥耶夫斯基的作品时，我也曾有过相似的感受。我就觉得自己对文学知识全然不知。(当时我心里说：“我现在正倾听人类的交谈!”）听阿瑟的演奏，我第一次似乎懂得了作曲家们所要表达的心声。当他忽然停下来，反复弹奏一个短句时，我仿佛听到他们的声音，这种语言谁都知道，但我们大多数人却一窍不通。我突然记起了我们的拉丁文老师，他听了我们那文不达意的翻译后，就一下子把书抢过去，开始用拉丁语给我们大声朗读。他读得很投入，但在我们眼里，无论我们的译文如何优美，它总是拉丁语，而且没有生气；用拉丁文写作的人比他们写作时使用的语言更令人憎恶。是的，听阿瑟的演奏，无论是贝奇的、巴赫的还是肖邦的，他弹得十分和谐，过渡十分自然；一切都表现出格式、标准和内涵，没有一点儿单调、残缺和低俗。

那次见面，我脑子里还出现着一件事，这就是他的妻子——艾玛。这是个聪明伶俐、迷人可爱的女人，她不像个妻子，倒像是德累斯顿的精美瓷具。我们一见面，我就知道他俩不和谐。阿瑟的声音刺耳，举止粗鲁；她在他面前缩手缩脚的，好像他抬抬脚就能把她踢成碎片。我们握手时，我感觉到她的手心湿热。她也注意到这一点，就红着脸说她的分泌腺出了毛病，可她这样说的时候，谁都会觉得她的分泌腺失调的真正原因是阿瑟·雷蒙德所致，是他的“天才”搞得她忐忑不安。奥玛拉的评价是对的，艾玛完全是只猫，喜欢得到别人的爱抚。而且，阿瑟·雷蒙德不会在这上面耗费时间的，谁都知道他是那种目的性极强的人，我就感觉到他是在强奸她。她后来也向我证实了这一点。

埃德·加瓦尼又滔滔不绝地讲着。从阿瑟跟人讲话的方式中可以知道他习惯于逢迎拍马。他的朋友都是马屁精。他肯定厌恶这种奉承，但又离不开它。他母亲没有给他一个良好的开端——她几乎是毁了他。每次演奏，他都没有任何自信，弹出来的调子胜似催眠曲，而他母亲却渴望演奏成功。他恨她，他需要一个信任他的女人，希望她把他当作男人，一个真正的人，而不是驯服的海豹。

艾玛也痛恨阿瑟的母亲，但阿瑟不能容受这一点。他觉得应该保护母亲不受他妻子的攻击。可怜的艾玛！她真是进退两难呀！其实，她根本不懂什么音乐，对任何东西都不感兴趣。她只是温柔、顺从、美丽、苗条，唯一能起回应的是性欲得到满足时哼出的愉快满意的调子。我觉得她对夫妻生活也很无情。有时她的性高潮来了，玩得还挺满意，但这整个过程纯粹是一种兽性的活动，甚至是一种耻辱。如果性生活同步，那当然是另一回事了。一想起做爱的种种姿势，她有时就觉得这样做很掉价。阿瑟的那个玩艺儿很短，且非常硬挺，是根撞墙锤。他性交起来，好像在案板上剁肉一样粗鲁。她还没来得及体味个中滋味，性交就结束了。这种肉搏急促而又短暂，有时在地板上进行；实际上，无论何时何地，只要他来了兴致，什么地方都可以干。他甚至等不及她宽衣解带，这种做爱真是“可怕”，艾玛就爱用“可怕”这个字眼儿。

而奥玛拉在这方面可是个情场老手。他心里明白该如何操纵性事。可是艾玛也不喜欢他的做爱方式，因为奥玛拉好像把他的阴茎当成一件与肉体相离的工具。当她心急火燎地躺在床上时，他却拖延磨蹭，以激起她的欲望；他要让她感到她受他随心所欲地摆布，更确切地说，是受到他的蹂躏。可以说，只要有兴致，他任何时候都会干一场。他根本不受欲望的驱使，这种欲望全部集中在他的下身。由于经验丰富，他也能变得温柔有加，但不管怎么样，这并不是因接触她而温柔似水，这只是他琢磨得来的一种性技巧。艾玛认为他不“浪漫”。他对自己的性能力非常满意。认为自己在这一点上与众不同，能把她玩得忘乎所以，她也就难以抗惧这种诱惑。奥玛拉的那个玩艺儿蔫不唧唧的。他属天蝎座，非常狠毒。他像某种原始动物，潜伏在丛林中；也像某种硕大粗壮、耐力极强的爬行动物，深藏在沼泽地里。他冷酷无情，但性欲极其狂旺；他生来就是为了性交，但在必要时，他甘于忍耐，可以年复一年地等待，然而，只要得到你，只要把你抓得牢牢的，他就把你一片片地吞进肚子。这就是奥玛拉呀！

我抬头看见莫娜泪流满面地站在门口。阿瑟站在她身后，双手提着那个笨重的大包。他满脸堆着笑容，他对自己的表现很满意，太自豪了。

尤其是当着阿瑟的面，我可不能站起来表示什么。

莫娜说：“哼，你没什么说的了吧？你不觉得惭愧?”

“他当然。”阿瑟唯恐她再摔门离开。

“我不是在问你，”她怒气冲冲地说，“我在问他。”

我起身向莫娜走过去。阿瑟局促不安地看着这一切。我知道，他可能会舍了性命来换得我这个位置。当我们拥抱时，莫娜转过头，伸过肩膀嘀咕着：“你咋不走开?”阿瑟成了个红脸公鸡。他想蹦出几个歉意的字眼，但却如鲠在喉。他转身离开了，莫娜砰地关上门，说：“笨蛋！我讨厌!”

她把身子探过来的时候，我产生了一种新的饥渴和强烈愿望。这次分离，尽管短暂，但对她来说是一次真的别离。这也使她感到恐惧。谁也没有允许她那样离开。她

不但蒙受了耻辱，而且变得难以捉摸。

这个时候瞧瞧女人的啰唆劲儿真是有意思。问的话也是千篇一律的："你为什么要这样?"或者"你怎么能那么对待我?"要是男人的话，就会说："别提这事了……忘个一干二净吧!"但是这个女人啰唆起来，仿佛她受了致命伤，并且无法愈合这种创伤。她纯粹是为个人考虑，说起话来总是以自我为中心，但是引起她谴责的倒不是自我主义，而是"女人"这个称呼。她爱的那个男人，全身心地依靠的那个男人，成为自己偶像的那个男人，突然变得难以把握，这太不可思议了，她无法接受。要是别的女人遇到这问题，她还可以将心比心，可能能理解了，但是，仅仅因为女性的惯用伎俩，就毫无理智地放纵自己，这样轻易地让步，这一切使她神秘化了。然而，一切都如同建造海市蜃楼，落花流水春去也，再也无法控制了。

"你知道我不会离你而去，是吗?"她笑着说，但眼睛里还闪着泪花。

说"是"或者"不是"都是对她的伤害，一定引起一场争吵。所以我这么说："阿瑟认为你会回来的。我没有把握，我以为可能会失去你了。"

最后这句话使她极为满意。"失去她"意味着她在我心目中举足轻重，也说明她能回来是一种恩赐，是她赐予我的最珍贵的礼物。

她温柔地看着我，轻声说："我怎么会那么做呢?我只是想知道你是否还在意我。我有时老做傻事……我觉得自己好像需要你向我证实你的爱……这太蠢了。"她抱紧我，身子紧贴着我。她很冲动，手摸着我的裤扣。"你真的想要我回来?"她呢喃着，一只手急切地在我下身揉捏着。"说说那方面的话!我可想听你说呢!"

我把自己所能想到的下流话都说了出来。

她听着听着，嘴巴剧烈地抽搐起来。她跳上床去，身上还套着裙子。"快给我脱掉!"她央求着，急得都找不见裙扣了。

"等等，"我边说边脱衣服，"我得先把这碍手碍脚的衣服脱掉。"

"快点儿，快点儿!"她情急似火，"上帝，瓦尔，我不能没有你……"她鳗鱼般地扭动着身子。"啊，瓦尔，再也别让我走了。抱紧，抱紧些!噢，天哪，抱紧我，抱紧我吧!"我等着这性高潮平静下来，我按她希望的那样做了。我死劲挤压着，甚至能感觉到她的肉体像饥饿的小鸟在不停地扑腾着翅膀。"等等，亲爱的，……等。"她聚积力量又爆发了一次，此时，她两眼湿润，瞳孔放大，十分放肆。我们变着花样儿地飞快地做爱，好像在疯狂地寻找某一焦点，我们玩得酣畅淋漓，性高潮同时来临。好像荡秋千的行家荡到了最高点。她经常有这种感受，性高潮暴风骤雨似的不断出现。我这时真想打她个耳光，使她从中清醒过来。

做爱之后当然是吸烟了。她仰面躺在床上，大口大口地喘气，好像在做人工呼吸。

“有时我觉得心都停止了跳动，我会突然死掉的。”她一软绵绵的样子。

我们玩够了以后，就裹着床单，舒舒服服地睡下了。这时，突然发出一阵敲门声。原来是丽贝卡。她想知道我们是否已经和好如初。她要沏茶，并希望我们和她们一起玩儿。

我告诉她我们正在休息，说不准什么时候能起来。

“我可以进来吗?”说着，她把门推开了一半。

“当然可以，进来吧!”说着，我的一只眼睛向她眨了眨。

“天呀，你们俩可真是恩爱夫妻呀，”她高兴地抿着嘴轻笑着，“你们就不嫌玩得累？我在客厅那头儿都听见你们做爱的声音了。真让我妒忌。”

她站在床边看着我们。莫娜的手捂在我那玩艺儿上，本能地保护着。丽贝卡的眼睛似乎死劲盯着那个地方。

她说：“看在上帝的分上，我说话的时候，可别玩这一套，不行吗?”

“你怎么还不走呀?”莫娜说，“我们可没进你的卧室！难道我们就不能有些隐私?”

丽贝卡发出刺耳的笑声：“我们的卧室哪有你们这儿诱惑力大呀！你们简直是在度蜜月嘛，把这房子搞得这么淫荡狂热。”

莫娜说：“我们马上要离开这儿了。我想找间自己的房子。在这里简直跟乱伦似的。我的老天，我月经来潮谁都能知道。”

我觉得应该打打圆场，万一丽贝卡火气上来，就会和莫娜打起来。“我们下周就结婚，”我插了一句，“可能搬到布鲁克林，找个僻静处，那可有点儿世外桃源的味道。”

丽贝卡说：“我知道。当然啦，自从搬到这里，你们就一直要结婚。我绝对没有阻止你们吧?”她的口气好像受到了伤害。

她说了几句就走了。我们又接着睡觉，到很晚才醒来。我们肚子饿得咕咕叫，就到街上打了辆出租车直奔法意餐馆。十点多钟了，这个地方还是那么拥挤。我们座位的一边是警察中尉，一边是个侦探。我们坐在很长的饭桌旁边。我对面墙壁的钉子上挂有一个装有手枪的皮套。左边是正在营业的厨房，老板的那个肥胖粗壮的哥哥不停地忙着。他是个非常木讷的笨拙汉子，脸上流着油污和汗水；看得出来，他总是处于半击发状态。后来我们酒足饭饱后，他就请我们与他饮酒。他的弟弟，专事上菜和收账，完全是另一种人。他英俊潇洒，风度翩翩，英语说得非常漂亮。客走人稀时，他总要坐下来和我们聊天。他主要跟我们谈欧洲的事情，讲那里是那么有特色，多么“文明”，生活多么舒心。有时也谈起他的家乡意大利北部那儿的金发碧眼的女郎，他描述得十分传神，比如头发和眼睛的颜色，皮肤的肌理，充满肉欲和性感的嘴唇，以及她们行走时的绰约风姿，等等。他说自己在美国就见不到类似这样的女人。谈到美

国女人，他总是翘起嘴唇，带着轻蔑的神情，这几乎是一种厌恶了。他会说："米勒先生，真弄不明白你们为什么要呆在这儿。你的妻子这么迷人，为什么不去意大利？我跟你说，只要呆上几个月，你们就不想回来了。"说完，他又给我们添上饮料，并让我们再多呆一会儿……说不准他的一个朋友要来，这位朋友是市歌剧院的歌唱家。

接下来，我们又和坐在对面的一男一女谈得很高兴。他们兴头十足，已经喝了很多咖啡和烈性甜酒。从他们的言语中可以知道他们在影剧院工作。

坐在我们两边的那两个恶棍流氓却使我们的谈话很难发展下去。因为我们谈的话题大大超过了他们的知识范围，他们就觉得受到了怠慢。那个警察还时不时地插进来说些关于"舞台演出"的外行话；而那个侦探，早已醉得不成人样了。我很讨厌他们俩，早已怒形于色，完全不理睬他们在说什么。最后，他们不知如何是好，就准备找我们的麻烦。

"咱们换个地方吧，"说着，我对店主挥了挥手，"可不可以往那边搬张桌子吗？"

"怎么啦？出什么事了？"店主问道。

"没什么，我们只是不喜欢在这儿聊天。"

"你是说讨厌我们吧！"那个侦探吼了起来。

"就是这个意思。"我也大声回敬道。

"你讨厌我们，嗯？也不照照镜子，你到底是个什么东西？"

"我是麦金利总统。你呢？"

"自以为是，嗯？"他转向店主，"说，这小子到底是何人？是做什么的？他想跟我打架吗？"

"住嘴！你醉了吧？"店主说。

"醉！谁说我醉了？"他想站起来，却又溜到椅子上。

"你最好离开这儿……你想闹事吗？我这儿可容不得，懂吗？"

"说明白点儿，我做什么了？"他的边作像个小赖子。

"我不希望你赶走我的客人。"店主说。

"谁赶走你的客人了？这个国家言论自由，我可以随心所欲地说话，对吗？你告诉我！我说什么了？我什么都没说。我也算是个君子吧！"

"你几辈子也成不了绅士。快点儿，拿上你的东西，离开这里，回家休息去吧！"他转过身意味深长地看了警察一眼，好像是说：这是你的事，赶快把他带走！

紧接着，店主把我们带到另一间房里，坐在我们对面的那一男一女也跟着进来了。他让我们坐下，说："我马上就把这俩叫花子赶走。非常抱歉，米勒先生。美国有这该死的禁酒法，我只好忍气吞声。在意大利可从来没这种事。大家都各顾各的事。你想喝点什么？等一等，我给你弄些可口的……”

这个房子是一群艺术家的雅座餐厅，虽然有那么几个作曲家、雕刻家和画家，但大多数都是剧院的人。有个人走到我们面前做了一番自我介绍，然后又把我们引见给其他成员。他们似乎非常高兴我们到这里来。我们马上离开我们的座位，来到这群人坐的大桌子旁，这上面摆满了饮料、矿泉水、乳酪、小甜饼、咖啡等一大堆东西。

这时，店主满面春风地走进来，说：“这里好些吧？”他抱着两瓶味浓性烈的甜酒，坐下来说：“为什么不来点儿音乐？阿图勒，吉他呢，快点儿，弹个曲子！也许这位女士同意伴唱呢。”

很快，我们大家都放开了歌喉，唱起了意大利、德国、法国以及俄国的歌曲。那个厨师，也就是店主的傻哥哥，端着一盘水果进来了。他像个喝醉酒的粗鲁汉子，走起路来摇摇晃晃，发出呼噜呼噜的喘息声，一副笑吟吟的模样。他没有一点儿智力都没有，不过做得出一手好菜。我觉得他从未出去散过步，他这一辈子就是在厨房里度过的。他只管做饭，从不问钱。他要钱有什么用？总不能用钱烹调吧，管钱可是他弟弟的事。他负责人们吃什么喝什么，从不过问他弟弟的事。“好吃吗？”——这是他最关心的。至于他们吃什么了，他根本不知道。如果想骗他，真是不费吹灰之力，但是没有谁这样做过。只需说句：“我没带钱，下次付账吧！”“当然，就下次吧！”他油乎乎的脸上并无半点儿担忧。“下次带朋友来吧，嗯？”说着，就会用毛茸茸的手在你背上拍一拍，他这重重的一击真能把你的骨头抖落出来。他这种人未经世故，脑子非常简单。他的老婆小巧玲珑，长着一双深信不疑的大眼睛，干什么都不出声息的，说也好，听也好，眼神总是那么忧郁。

他叫路易斯，真是名副其实——胖子路易斯！他弟弟叫乔伊——萨尼蒂尼·乔伊。乔伊对待他的傻哥哥真的就像马夫对他喜欢的马一样。只要他想让哥哥给老主顾巧手做出一顿美味佳肴时，他总是亲切地拍拍他。而路易斯呢，这时总是呼噜一声或者嘶叫一下，就好像是匹反应灵敏的母马，拍拍它那光滑的屁股，它就非常高兴。他甚至还要卖弄风情，好像这么一拍就把他的某种潜在的女性本能逗起来了。看他那胡子拉茬的野劲儿，谁也不会怀疑他的性能力。他是个中性人，不男不女的。他那玩艺儿只会小便，不会干别的。关键时刻，路易斯就会把那玩艺儿贡献出去，切片做菜，他宁愿失去自己的那玩艺儿，而不想给你做一份没什么料的餐前小吃。

“意大利比这儿吃得好，”乔伊向我和莫娜解释道。“那里肉香、菜鲜、水果好。每天阳光灿烂。到处是音乐！大家都在唱歌。可是这儿的每个人都那么愁容满面。我真搞不明白，这儿的钱多，工作也好找，可大家都不幸福。除了好挣钱，这个国家简直没法子呆。过两三年我就回意大利去。我要带着路易斯去，在那儿开个小餐馆。倒不

是为了钱，只是不想闲着。在意大利谁也不赚钱，大家都穷，但都很正常。米勒先生，请原谅，我们过得很舒服！美女如云呀！你有这么一个漂亮的妻子，真是三生有幸。你的妻子保准儿喜欢意大利，意大利人心地善良，待人公正，和谁都能交上朋友……"

那天晚上，我们睡在床上谈起了欧洲。莫娜说："我们去欧洲吧！"

"好哇，可怎么去呢？"

"我不清楚，瓦尔，但总能想出办法的。"

"你认为去欧洲得花多少钱？"

"这算什么，想去的话，我们总挣出这笔钱的。"

我们仰面平躺着，双手交叉压在脊背下面，两眼直勾勾地望着暗处，思绪翻飞，好像正在欧洲漫游……

"你在想什么？"我用肘臂轻轻地碰她。

"我正想着在罗马尼亚拜访老乡呢。"

"罗马尼亚？在罗马尼亚的什么地方？"

"我也说不清。在喀尔巴阡山区的某个地方吧。"

"我曾认识一个邮差，是荷兰人，神经有点不正常。他从喀尔巴阡山区给我写来很长的一封信，他说自己正呆在皇后的宫殿里……"

"你愿不愿意去非洲吗？比如摩洛哥、阿尔及利亚、埃及，等等？"

"我刚才还梦想着去那儿呢？"

"我总想去大沙漠，然后在那里消失得无影无踪。"

"真有趣，我也这么想。我想大沙漠都想疯了。"

一片寂静，仿佛在大沙漠里消失了……

有人在和我说话。我们一直在长谈着。我可不是在大沙漠里，而是在高架火车站下的第六号大街上。我的朋友乌瑞克按着我的肩，非常信任地向我微笑着。他正翻来覆去地说着刚才的话——我在欧洲会幸福的。他又谈起了那里的雄伟的大山、美味的葡萄、悠闲的生活、美味佳肴、明媚的阳光……。他在我心里播下了一粒种子。

十六年后的一个星期天的上午，在一个阿根廷人和一个从蒙特马特来的法国妓女的陪同下，我在那不勒斯的天主教堂内悠闲地漫步。我感觉自己似乎终于看到了我要顶礼膜拜的圣殿。这个教堂不属于上帝或者教皇，而是意大利人民的；它大如谷仓，到处都是教徒喜欢的饰物标志，装备的设施压根不讲究风格，还有许多地方空空荡荡。人们从各个门汹涌而入，随心所欲地走来走去，给人一种正在度假游玩的印象。孩子们在天真烂漫地玩着赌博的游戏，有些小孩儿手里还举着几束鲜花。人们都走在一起互相问候，这亲热劲儿不亚于在街头相遇。沿墙都立着姿态各异的殉难者的雕像，他们的样子看上去非常痛苦。我真想抚摸这冰冷的大理石，劝说他们不要跟自己过不去，但总觉得失礼，只好作罢。我正走近一个雕像，眼角一扫，就看见一个一身黑衣的妇女正跪在神圣的石像前。她显然是那种典型的虔诚者；但我却情不自禁地注意到她的屁股十分优美雅致，可以说能奏出悦耳动听的音乐（女人的屁股能展示一切，你可以从中看出她的性格、气质，她是否健康、快乐、忧郁；是否有责任感；是否有母亲的天性；是否活泼可爱、真诚实在，或者是不是天性恶劣）。

我对这个女人的屁股发生了兴趣，也很想探知她内心中的虔诚。我津津有味地观赏着这屁股，以至于这个女人转过了身，但还双手合十地举着祈祷，嘴巴嚅动着，好像在睡梦中嚼着橄榄。她厌恶地瞪了我一眼，满脸通红，随即又转过身盯着她所崇拜的那个殉难者；能看出，这是一尊跛脚的基督教徒的石像，他神情沮丧，脊梁骨也断了，好像正在吃力地向山上攀登。

我满怀敬意地离开了这尊雕像，去寻找我的同伴。这么多人的活动使我想起了爱恩特酒店的门廊的情景，使我想起乌赛罗的那几幅油画（场面非常壮观）。由于这种华而不实的喧嚷，也使我想到了苏格兰市场、伦敦。

我开始想起很多往事，除了这座教堂本身外，什么都想。我真期望看到马尔沃里奥或者默库提奥穿着紧身衣裤走进来。我看见一个男人，很明显是个理发师，他使我很形象地想起了《奥赛罗》中的沃纳·克劳瑟。我认出了从纽约来的风琴手，我曾经跟踪他去过市政厅后面的他那个兽窝。

最让我困惑的是，那几个那不勒斯的老家伙长着奇丑无比的脑袋。他们好像是从文艺复兴时期涌现出来的额头发红的炭块，身上的钱就非常多，很像威廉姆·布莱克想象出来的尤里曾。他们带着一种优越感来回地走动，脑袋转来转去，动个不停，好像屈尊来参加这尘世的教堂举办的极坏的圣餐礼，居高临下地看着教堂里那些道德岸然的坏蛋。

我如鱼得水，毫无拘束。教堂里充满欢声笑语，热闹非凡，说这里是个集贸市场也不为过。

大家在教堂的圣坛前说话很谨慎、很讲究，虽然叽叽喳喳的听不清楚，但气氛颇有闺房的韵味；主持仪式的牧师在几个被阉割了的助手的搀扶下，用圣水洗了袜子。华丽宽大的白色法衣后面是几个格子结构的门，进进出出的都是些我们往日常在街上见到的那种江湖骗子。在这些神秘的小门里，你什么事情都能听得到。圣坛混乱不堪，有镶着花边的手镯和玉冠，还散发着油污、香火、汗水和废弃物的味道。这就如同浅薄喜剧的最后一幕，或者一场演的是卖淫、而结尾却要吃避孕药的演出，演员们激起

了观众的喜爱与同情；他们不是宗教意义上的罪人，而是四海为家的流浪者。人类两千多年的尔虞我诈在这一幕表演中达到淋漓尽致的地步。大家喝着热甜啤酒，吃着带蜜饯的冰淇淋，而在这俗不可耐、令人恶心的狂欢中，用熟石膏做成的耶稣基督，却像一个女人气的阉人。在这阉人面前，女人为孩子的平安而顶礼膜拜，男人为嗷嗷待哺的嘴巴而双手合十。

而在教堂外边的人行道上，却堆放着蔬菜、水果、鲜花等芳香四溢的东西。几个理发店的门敞开着正在营业，而那些酷似基督教徒兄弟后代的小孩子们，却手拿巨型扇子，不住地赶苍蝇。这毕竟是个美丽的城市，人人充满活力，阳光遍布城市的每个角落。维苏威火山喷发之后，寂静的火山锥上袅袅地升起一缕轻烟。

我是在意大利，对此我非常肯定。我所企盼的就是这个样子，然而，我一下子意识到她不在我身边，立刻，我心里非常难过。于是，我对这种梦想的生根发芽和开花结果深表怀疑。因为在那天晚上，我们是带着对欧洲的梦想上床入睡的，有些梦想在我心中扎根生长了。时光飞逝……多么短暂的宝贵年华呀，在这期间，那些曾扎根于我心中的萌芽似乎被捣成稀泥。生活的节奏一天比一天快，她只一味地追求肉欲，而我的情况就复杂了。她迫不及待地向前跳跃，走着走着就像羚羊那样大步慢跑；而我却站在原地不动，没有任何起色，只是像陀螺一样地自旋。她的目的性极强，但却欲速则不达，反而离目标越来越远。我知道自己这样下去根本达不到目的。我恭顺地向前走着，但眼睛老是盯着内心中的那粒种子。当我如同猫或者孕妇软弱无力地滑倒在地，我总是留心自己怀中发芽的那粒种子。欧洲、欧洲，欧洲……我老是梦想着欧洲，即使我们疯狂地互相争吵叫喊，我也不改其衷。我像着了魔一般，每次谈话总要回归到只能让我着迷的欧洲。夜幕降临，我们在城中徘徊，如同饿猫一样寻觅着残羹剩饭，但心里依然想着欧洲的城市和欧洲的人。我简直就像梦想着自由的奴隶，心里只有一个念头：往欧洲跑！这个时候谁也说不动我，要是让我在莫娜与心驰神往的欧洲作之间出选择的话，我必定选择后者。若是她自己给了我这么一个选择机会，我这样做可真是发疯了。若许还会有更奇怪的事呢，我前往欧洲那天，会向我的朋友乌瑞克借上十美元，这样就揣上钱踏上我那可爱的欧洲大地。

我依然在黑暗中做着无声无息的梦，只有在夜晚才能进入荒凉的沙漠，乌瑞克的声音在安慰着我，喀尔巴阡山脉在月光下起伏，廷巴克图市的驼铃声叮叮当当，还能闻到皮革与干粪的气味（“你在想什么?”“我也是一样呀!”），千钧一发、内涵丰富的沉默，对面住房的墙壁昏暗无光；其实上阿瑟入睡了，他早上要练琴，一直不停地练，但是我已经改变了，尽管只在想象中，仍然有退路的漏洞可钻，所有这些如同发酵粉一般，激发了我对未来岁月的向往。这激发了我对她的爱。它使我相信，因为有了她、为了她，和她同甘共苦，我就能完成我独自一人没有办法完成的事业。她是喷水器、肥料、温室、维他命、灭火器，她精明能干，富有进取精神，她能养家糊口，在生活的漩涡中左右逢源。

从那天起，一切都在加快脚步地进行。结婚？没问题，为什么不结婚呢？说干就干。领结婚证的钱有吗？没有，不过没关系，我去借。好。在拐弯处见面。

我们乘哈得逊号地铁前往哈伯肯那儿举行婚礼。为什么在哈伯肯？我也搞不清楚了。可能想隐瞒自己以前结过婚的事实吧，也许赶在法律认可之前吧！总而言之，我们要去哈伯肯。

我们在车上又拌嘴了，还是那老一套——她怀疑我不是真心实意地与她结婚，以为我这样做只不过是为了取悦她而已。还有一站就到哈伯肯了，她却跳下车，我也马上跳下去跟上她。

"怎么啦？疯了？"

"你又不爱我，我不嫁给你了。"

"上帝啊！你这劲儿又上来了。"

我赶忙抓住她，把她拽回到站台，下趟火车进站时，我紧紧地拥抱着她。

"你肯定吗？瓦尔，你真愿意娶我吗？"

我又吻了她，说："你看，别说话了。你非常明白我们就要结婚了。"我们上了车。

我们到了哈伯肯。这是个十分糟糕沉闷的地方，比起北京和拉萨来更令我感到陌生。我们来到市政厅，叫了几个无业游民做我们的证婚人。

仪式开始了。你叫什么？说，你的名字？那么他的名字呢！等等。你认识这个男人多久了？他是你的朋友？是的，先生。你在哪儿碰到他的？在垃圾桶里？好吧！签字吧，砰砰！举起你的右手！跟我说，我郑重宣誓，等等，等等。好了，你们算是完婚了，请交上五美元。亲吻新娘。下一个请……

每个人都幸福吗？

我真想啐一口。

在火车上，我握着她的手。我们俩情绪低落，感觉是受了非常大的耻辱。"对不起，莫娜……我们不该选这样的方式完婚。"

"没关系，瓦尔。"她心里非常平静，好像我们刚刚死了亲人似的。

"怎么没关系。他妈的，我真恼火，特别想吐。就这么结婚了？我绝不……"

我突然闭住了嘴。她惊诧地看着我，"你要说什么？"我编着瞎话说："我绝不会原谅这种做法。"说完，我沉默无语。她的嘴唇在颤抖。

"我还不想回那个房子里去。"她说。

"我也不想回。"

沉默无语。

我说："我给乌瑞克打个电话，和他一起吃饭，好吗？"

"好吧！"她温柔地说。

我们一同走进电话亭给乌瑞克打电话。我一只胳膊搂住她。"你现在是米勒夫人了，"我说，"感觉如何？"

她却哭了。

"喂，喂？乌瑞克，是你吗？"

"不，我是内德。"

看来乌瑞克不在那儿，今天也许去什么地方了。

"听着，内德，我们刚刚结婚。"

"谁结婚了？"他说。

"当然是莫娜和我呀……你认为是谁？"

他在开玩笑，好像说他不能肯定我和谁结婚了。我说："听着，内德，这事可不是开玩笑。大约你从没结过婚吧！我们没钱了，莫娜在哭鼻子，我也快落泪了。我们能不能去你那儿呆一会儿？我们很孤独。你准备些喝的，可以吗？"

内德又大笑起来。我们当然要立即去。他正等着他的性伙伴玛塞尔呢。不过这没关系，他对她厌倦了。她对他太好了。她背着他就招摇撞骗，生活非常放荡。好吧，马上就去，……把忧伤抛到九霄云外吧！

"好了，别担心，内德有钱。我们让他请我们吃一顿。我猜想谁也不会想着送我们结婚礼物。你知道吗，莫德和我结婚的第二天，我们就当掉了一些结婚礼物，而且我们再也没有赎回来，因为我们不想要太多的刀叉之类的玩艺儿，你说呢？"

"请别这么说了，瓦尔。"

"对不起，我今天有点儿神经错乱。结婚仪式真让我恶心，我真该把那个家伙杀了。"

"瓦尔，求求你！住嘴巴！"

"好吧，咱们再别提这事了。现在都高兴点儿，好吗？咱们痛痛快快地笑吧！"

内德笑得很温和。我很喜欢他。他很软弱，软弱而又可爱，但心底自私，非常的自私。难怪他结不了婚。他很能干，本事很大，但是没有天赋，缺少毅力。他是个艺术家，却永远找不到自己的表现方法。他最爱借酒发挥，一喝上酒就忘乎所以了。他的健康状况好的时候，体格就让人想起约翰·巴里莫尔。生活上却像风流浪子唐璜，尤其是他穿着一身燕尾服、脖子上打着阔领带，更像玩弄女性的唐璜。他说话的声音十分可爱，抑扬顿挫，特别迷人。虽然他说的话不值得去记，但听起来却显得文雅而又重要。他说话的时候似乎在抚慰着你，就像一条快活的小狗舔遍你的全身。

“哟，来了，”他咧着个大嘴笑着，能看出，他事先压根儿没准备好，难免显得有些仓促。“这么说你们去办婚事了？好哇，来，快进来。莫娜，你好吗？祝贺你们新婚愉快！玛塞尔还没来，但愿她别回来。我今天不太需要她。”

他坐在靠近画架的大椅子上，依然咧着嘴笑着，“乌瑞克没赶上这个场合，肯定会遗憾的。威士忌酒，还是杜松子酒？”

“杜松子酒吧！”

“好的，给我讲讲结婚过程吧！什么时候举行的？刚才？怎么不通知我？我会支持你们的。”他转向莫娜，“你没怀孕吧？”

“真是的，咱们谈些别的吧！我发誓再也不结婚了，这事太可怕了。”莫娜说。

“听着，内德，趁你还没喝酒，跟我说说，你身上有多少钱？”

他掏出六美分，说：“瞧，就这么多，玛塞尔有一些。”

“但愿她能来。”

“哦，别着急，她会来的。真讨厌，我不知道哪个更糟，是跟她分手呢，还是就这么凑合着。”

“我觉得她没这么坏吧！”我说。

“是的，她真的挺好，”内德说，“她的确是个好姑娘，但太柔情，依赖性很强。你知道，我不是那种追求夫妻恩爱的人。我很厌倦老面孔，即使它是圣母玛利亚的，我也讨厌。我感情无常，而她却是老样子。她一直在勉强地同我过着。我不想这样，当然不是一直不想。”

莫娜说：“你不清楚自己想要什么，拥有的东西却不懂得珍惜。”

内德说：“我想你说得不错，乌瑞克也这样说。我猜想我们是色情受虐狂。”他咧着嘴笑了，如此露骨地说出这个词真有点不好意思。这个词本身很文雅，内德却用得这么随意。

这时门铃响了，是玛塞尔来了，我听见她一进门就给内德一个响亮的吻。

“你认识亨利和莫娜吗？”

“当然认识喽，”玛塞尔非常高兴地说，“记得吗？他们给你来了个措手不及，这好像是很久的事了。”

内德说：“听着，你想他们干什么了？他们结婚了！对，刚才那一会儿，在哈伯肯举行的仪式。”

“这好极了！”玛塞尔走到莫娜跟前，吻了她一下，也吻了我一下。

"他们的样子不难过吗?"内德说。

"是的,"玛塞尔说,"我看不出他们难过。为什么要难过呢?"

内德给她倒了一杯酒,一边递给她一边说:"你有钱吗?"

"当然有。怎么啦?需要钱吗?"

"不,是他们需要一些。他们都花完了。"

"真对不起,"玛塞尔说,"我当然有。给你多少呢?十元?二十元?当然给二十元。也不要还了,权当结婚礼物!。"

莫娜走上去握着玛塞尔的手说:"你真是个大好人,玛塞尔。真谢谢你。"

"那我们请你们去吃饭吧!"我极力表示着我的感激之情。

"不,你们别请了,"玛塞尔说,"咱们就在这儿做饭吧!咱们歇一会儿,休息休息。出去庆祝有什么好的?是的,我特别高兴。我喜欢看到人们结婚,而且安安稳稳地过日子。也许我太保守了,但是我相信爱情。我真想一辈子生活在爱情中。"

"玛塞尔,你到底是哪儿的人?"我说。

"犹他州,有什么事吗?"

"没什么,我挺喜欢你的。你让人觉得耳目一新。我也爱看你怎么往外掏钱。"

"你拿我开开心吧?"

"不,我不是这个意思。我说话很认真。你是个好女人。你配那个流浪汉绰绰有余。怎么不嫁给他?快点吧!这会吓死他的,不过,对他有好处哇。"

"听清了吗?"她转向内德,咯咯咯地笑着说,"我不是一直跟你这样说吗?问题是你太懒了。你都不知道我是多么抢手呀!"

这时,莫娜一阵大笑,好像肋条都崩出来了。她说:"我真受不了,太好笑了。"

"你没喝醉吧?"内德说。

"不,不是喝醉了。她太放松了。我们很久没这么轻松了。是这样吧,莫娜?"

又是一阵狂笑。

"而且,我借钱时她总有些不好意思,是这样的吗,莫娜?"我说。

她没有回答——又是一阵大笑。

玛塞尔走到她身边,用平和的口气对着莫娜说:"把她交给我吧,你们俩喝多了。莫娜,我们出去买些吃的,好吗?"

"她怎么这么嘶声歇底的?"等这两个女人走后,内德说。

"我可不知道!我想她还不习惯结婚这事吧!"我说。

"听着,你为什么要这样?不是有些鲁莽吗?"

"你坐下,听我给你讲。你没喝醉,还能听清楚吧?"

“你可别给我冗长地讲。”他一副毕恭毕敬的样子。

“我要给你说正经事，现在听着……我们不是刚刚结婚吗？你觉得这错了，嗯？我告诉你，我这一生就这件事做得最漂亮。我爱她，她让我干啥我干啥。如果她要我扭断你的喉咙，如果我觉得这样能使她高兴，我就敢下手。她为什么会歇斯底里地笑？你这个可怜的废物，这和你没关系。你再也感觉不到了吧？你只是想保护自己。嗨，我就不想保护自己。我就想做傻事，想做鸡毛蒜皮的事，想做简简单单的事，啥事都想做，只要能让女人高兴就行。你明白吗？你，还有乌瑞克，认为这是开玩笑，是爱情交易。我亨利此生不再娶了。绝不！头脑发热，一时冲动，过不多久就会分道扬镳，你们就这样看问题。哼，你们错了。我爱得太深，不知道如何表达这种感情。莫娜这会儿在街上吧！说不定会被卡车挂一下。什么事都会发生，一旦我想到自己赶上这事，听到她出事的消息，我就全身抖个不停，就会语无伦次、精神错乱的疯子。首先，我会马上杀掉你。你无法理解这种爱意味着什么，是吧？你只是想着每天做早饭的那张一成不变的面孔。我就觉得她的面孔非常令人叫绝，千变万化，让人百看不厌，我没见过她的面孔，我见到的只是无限的爱慕之情。爱慕这个词真不错，我敢说你从来没说过。我说到哪儿了？对，我崇拜她。再说一遍，我非常崇拜她！上帝啊！这样说真是太妙了！我崇拜她，而且愿意跪在她脚下。我敬仰她。为她祈祷！你觉得这怎么样？当我第一次带她来这儿，你怎么也没想到我将来会这样讲吗？而且我还提醒了你们俩。我给你们讲过发生的事，可你们却笑了，以为比我了解得更透彻。哼，你们俩无论是谁，都一无所知。你不知道我是何许人也，也不知道我从哪里来。只不过看见我的表象而已，永远看不到我的真实面目。我笑一下，你还以为我很高兴呢。其实你根本不清楚，我有时开怀大笑恰恰说明我濒临绝望，过去至少是这样的。以后就不会了。现在的笑才是真正的笑，不再是强作欢笑而内心泣血。我表里如一，成了完整的人。我是个享受着爱情的男人，是个以前从没真正结过婚的男人，也是个只知道女人而不懂得爱情的男人……现在，我给你唱歌吧！愿意的话，给你朗诵也行。想听什么？提个头就行……听着，她回来的时候，真的，只要知道她快回来了，她不会一走了之——她回来时，我要你快乐些……而且要自然。说些好听的，你觉得是好事就行，说些你往常难以表达的好事。答应她的要求。告诉她你会给她买一个结婚信物的。告诉她你希望她生儿育女，必要时，编个谎话，只要让她高兴就成。别再让她歇斯底里地笑了，听明白了吗？我不想听她那种笑声，再也不想听了！你笑啊，你这个蠢猪！装成个乡巴佬，装成个白痴，但要让她相信你认为万事如意，一切都非常完美，而且会永远这样……”

我停下来喘了口气，又喝了一大口杜松子酒。内德张着个大嘴注视着我的一举

一动。

“继续说！往下讲吧！”他说。

“你喜欢听，是吗?”

“太精彩了！真有激情啊！我真想听要紧处。说吧，随便怎么说都行。别担心我不好受。我无所谓。”

“看在上帝的面上，千万别这么说，不然，你就把我弄得没热情了。我又不是在演戏，我可是正儿八经的。”

“我知道你的态度，正因为如此，我才让你接着讲的。别人才不说这话呢，至少我认识的那些人说不出来。”

他站起来，挽着我的胳膊，脸上笑容可掬。他的眼睛大大的，水汪汪的，眼睑如同闪闪发光的茶托。他给人一种热情、善解人意的印象，这真让我惊奇。刹那间，我真怀疑自己是否低估了他。对于任何一个使人产生感情幻觉的人，你都不该抛弃他、鄙视他。我怎么能分得清他为了能面子上过得去而佯作已经沟通了思想，或者可能还在作思想斗争呢？我有什么资格对他或者任何一个人下判断呢？要是有人对你面带微笑、拉着你的胳膊、对热情至极，一定是他们内心的外化。人是有灵性的，谁也不是木头一根。

“别老担心我的想法，”他充满感情地说，“我真希望乌瑞克来这儿，比起我来，他更欣赏你这番话。”

“内德，看在上帝的份上，可别这么说。人不希望得到感恩，只希望得到共识。说实话，对于这件事，我不知道自己想从你或者任何人身上得到什么评论。我只清楚一点，就是我希望得到比现在更多的东西。我要你卸下伪装，我要每个人都剥下伪装，不仅仅要展示肉体，更重要的是裸露灵魂。我有时饥饿难忍、贪婪成性，真想把人们吞进肚子里。我根本等不及他们给我讲他们的感受、需要，等等吧！我真想把他们活活地嚼进肚里，说做就做，马上就吃。听着……”

我抓起放在桌子上的乌瑞克的一幅画，说：“看见这个了吗？假如我吃了它呢?”我开始咬嚼着这张一画。

“天啊！亨利，快住手！这玩艺儿他已经画了三天了。这是他的作品呀！”他从我手里把画抢了去。

“好吧！那就来点儿别的。给我一件大衣，……什么都行。来，把手给我！”说着，我抓住他的手就往嘴里塞。他粗暴地抽了回去。

“你疯了，”他说，“听着，快别这么干了吧！姑娘们就要回来了，你就可以好好地吃顿饭了。”

“我什么都吃，”我说，“我不饿，只是太激动。我就是想让你看看我的感受。难道你就没有过？”

“根本没有！”他龇着牙，笑着说，“天哪，真有这么糟糕，我就去看医生了。你最好别喝这杯了，杜松子酒喝多了没什么益处。”

“你以为是酒的问题吗？好吧，我就把杯子扔掉。”说完，我走到窗口，把它扔到院子里了。“现在，给我倒杯水吧！干脆搬一罐来吧！我要喝给你看，你从来没见过喝水喝醉的吧，嗯？好，瞧我的！”

我跟着他进了洗澡间，接着说：“趁我还没喝醉水，我想让你看一下兴奋与喝醉之间有啥不同。姑娘们就要回来了。到那会儿我就醉了。你等着瞧吧，有好戏看。”

“我当然会的，”他说，“要是我能学会喝水就醉，那我就不头痛了。来，先把这杯拿上。我搬罐子去。”

我接过杯子一饮而尽。他提着罐子回来了，我一杯接一杯地喝起来，他好像在看小丑要杂技。

“再喝五六下，结果就出来了。”我说。

“你真的不想加一滴酒吗？我不会说你耍赖。这水实在没味儿呀！”

“水可是生命之源啊！我亲爱的内德。要是我周游世界，我就给有创造力的人一份面包加水的食谱，而送给傻瓜们杂粮和酒，以满足他们的欲望，把他们毒死。食物会腐蚀灵魂。吃饭满足不了饥饿，喝酒也不能解渴。吃饭、性交或者别的什么只能满足肉体的欲望。饥饿是另一回事。谁也满足不了饥饿。饥饿是灵魂的气压计。心醉神迷是气压平均值，宁静致远是永远不受天气条件影响的最高境界。这就是我们向往的最高目标。我有点醉了，没看出来？当你想着宁静致远的时候，说明你早已过了兴奋的极限。中国人说得好，万物瞬息变幻呀，但你只能站在这最高点和最低点静止不动地呆一下。在这两极之间，上帝限定你一个跳跃的机会。在陶醉于肉欲、物欲的最底层，你完全可以疯疯癫癫，或者自我毙命；而在精神极度狂欢的最高境界，你就能彻底进入宁静致远的世界，进入极乐世界。现在这座心灵的钟已是十二点十分。夜幕正在临近。我再也没有饥饿感了，我一心只想着要幸福、要快活。这就是说，我很想和你以及每一个人分享我的醉意。这也很愉快。等我喝完这罐水，我就会相信普天之下皆好人。我的价值观会消失，只有这样，我们才能知道如何获得幸福，才能相信我们大家都是一样的货色。这是精神匮乏而产生的幻觉，就像在炼狱里安上电扇和现代化家具一样。这是对幸福快乐的莫大讥讽，快乐意味着统一，幸福意味着多数人拥有。”

“我去撒泡尿，不介意吧？”内德说，“我知道你说到哪儿了。我感到非常高兴。”

“这正是幸福的反映。你住在月球上，我一不发光，你就不复存在了。”

“亨利，对极了，天哪，跟你呆在一起就像是打了兴奋剂。”

罐子几乎空了。我说：“再填满，我神志清醒，还没喝醉。但愿姑娘们马上回来。我需要刺激，但愿她们别让汽车压了。”

“你一喝醉还唱歌吗？”内德问。

“我吗？想听我唱歌？”我便放声唱了起来。

正唱到高兴处，姑娘们提着大包小包回来了，我仍旧唱着。

“你们俩真高兴呀！”玛塞尔扫了我们一眼。

“他喝醉了，是喝水喝的！”内德说。

“喝水喝醉的？”她们几乎是异口同声。

“是的，是喝水。他说这样就不会心醉神迷。”

“我听不懂你的话，让我闻闻你的呼吸。”玛塞尔说。

“别闻我的，闻他的呀！我愿意喝酒喝醉。亨利说，过了十二点就是夜间时间。幸福只不过是炼狱里摆设的空调架子，是这意思吗，亨利？”

“听着，亨利没有醉，醉的是你。”玛塞尔说。

“快乐是统一，幸福总是在多数人身上，大概是这意思吧？你们真该早一点儿赶回。他想吃我的手。遭受拒绝时，他又要吃一件衣服。你们过来看看，他把乌瑞克的画弄成什么样子了。”

她们看着这幅画，发现一角已被嚼烂了。

“那是饿的，”内德解释着，“他指的不是我们平常所说的意思，而是精神饥渴。目标是最高境界，而气质在那里总是平稳的。是这意思吗，亨利？”

“没错，”我严肃地笑了笑，说，“内德，快告诉莫娜你刚才给我说什么了……”我向他使了个眼色，又端起了一杯水。

“我觉得你最好别让他喝那么多的水了，”内德恳求着莫娜，“他已经喝了一罐。我就怕他得了浮肿病或者脑积水什么的。”

莫娜看着我，目光很税利，好像是说：这到底是怎么回事？

我轻轻地把手放在她的胳膊上，好像往上面放了根魔棒，说：“他有话跟你说，好好听着。你会很高兴的。”

大家都盯着内德。他红着脸，结结巴巴说不出来。

“怎么回事？”玛塞尔说，“他的话就这么有吸引力吗？”

“看来我得替他说了，”我握着莫娜的双手，注视着她的眼睛，说，“莫娜，他是这样说的，‘我从来不知道一个人可以改变另一个人，就像莫娜改变了你一样。有些人皈依宗教，而你却皈依爱情。你是世界上最幸运的男人。’”

莫娜说：“内德，这真是你说的吗？”

玛塞尔说：“我怎么就没有改变了你？”

内德语无伦次了。

“我想他还得喝一杯。”玛塞尔说。

“不，喝酒只能满足最低的欲望，”内德说，“我要寻求生命之源，按亨利的说法应该是水。”

“过后我给你生命之源，”玛塞尔回答说。“现在吃块冻鸡怎么样？”

“你们买骨头了吗？”我问道。

玛塞尔露出完全不解的神情。

我说：“我想吃骨头。那里边有磷和钙。我情绪高昂时，莫娜总给我骨头吃。你们看，我一兴奋就散发出生命力。你们不需要骨头；你们需要的是大量精髓。你们已把身上那层神圣的皮磨得薄透了，正向外放射着性的欲望。”

“用普通的英语怎么解释？”

“我是说，你们吃的是种子，而不是果实。你们精神上的荷尔蒙已经枯竭。喜欢骑牛而讨厌坐牛车。你们会找到自己的天堂乐园，但未免有些低级。那么唯一的逃避就是精神错乱。”

“真是语无伦次。”玛塞尔说。

“他的意思是说不要舍本逐末。”内德主动地说。

“什么舍本逐末？你们俩到底在说什么呀？”

“还不明白吗？玛塞尔，”我说，“你还没有得到爱情带来的一切吧？”

“除了责任，我一无所获，而他全得到了。”

“确切地说，这就是为什么感觉良好的原因。”

“我可没这么说！听着，你们在谈论什么？你肯定自己感觉良好吗？”

“我在探讨你的灵魂，你一直在愧对你的灵魂，正像我刚才说的，你需要大量的精髓。”

“是吗？可到哪里去买呢？”

“不需要买……只要祈祷就够了。你就没听说过天降甘露的事吗？今晚就祈祷这神赐的甘露吧，它会使你的韧带肌肉都丰满谐调。”

“我不懂什么韧带之类的东西，我只懂屁股，”玛塞尔说，“如果你问我，我就觉得你在说双关语。你为什么不去洗澡间呆上一会儿，在里面手淫一番呢？婚姻使你变得不正常了。”

“亨利，明白了吧，”内德插话说，“她们把事情说得这么俗不可耐。她总是担心自

己的生殖器，你说是吗，亲爱的？”他弹了弹她的下巴，继续说，“我想今天晚上应该去看看杂耍表演了吧，用一个新奇的方式庆祝一下这个特殊的日子，你们觉得怎么样？”

玛塞尔看着莫娜，显然，她们觉得这个主意不怎么样。

我建议说：“咱们先吃吧！递过来那件衣服，或枕头吧，我得靠着点儿。说起屁股，你们真的咬过吗，真真实实地咬过吗？比如玛塞尔吧，我就认为她的屁股非常有吸引力。”

玛塞尔呵呵地笑着，本能地摸了摸屁股。

“别担心，我不会咬你的屁股。得先吃鸡，然后再来点儿别的。不过说实话，有时候真想撕下一大块肉来。对了，要是一对乳头，可就不一样了。我可从不咬女人的乳头，我说的是下狠心咬。我总怕奶水溅到我脸上，而且，乳房上布满血管，天哪，那里边流淌着血汗。可是，女人的屁股却很迷人、很有魅力，总之，你不会想到屁股流血吧？那可是白嫩白嫩的肌肤呀！女人还有一块更细嫩柔软的肉呢！我不知道，也许我有些夸张。反正，我饿了……等等，等我尿完了再说吧！这半天说得我那玩艺儿硬邦邦的，它一硬，我就没法吃东西。给我留些烤肉，要带皮的。我喜欢吃皮。好好地做一块三明治，样子要像女人那玩艺儿，然后再往上抹些凉凉的肉汁。天哪，我要流口水了。”

“感觉好些了吧？”当我从卫生间回来时，内德说。

“我饿死了。那边大碗里装的又好看又恶心的东西是什么？”

“甲鱼粪炒臭鸡蛋，还掺了些女人的经血。这些东西刺激食欲吗？”内德说。

玛塞尔说：“我希望你们换个话题。我这人不挑剔，可是我吃饭的时候，不想听你们这些恶心话。非要说些肮脏的，还不如谈谈性呢。”

“你什么意思，性肮脏吗？亨利，你说，性是肮脏的吗？”内德说。

我回答说：“性是物质再生的九大原因之一。其他八个都是次要的，我们要是神仙的话，就不存在性的问题了，我们可以腾云驾雾啊！飞机没有性，上帝也没有性。性可以繁殖生育，而生育却导向死亡。世界上最色情的人是疯子。他们生活在天堂，但却失去了天真。”

玛塞尔说：“你这么聪明的人，尽说些蠢话。怎么不谈谈我们大家都知道的事呢？为什么给我们说些有关神、上帝和精神病的废话呢？如果你醉了，那就另当别论，可是你没醉，而且也没装醉呀！你孤芳自赏，夜郎自大。你在故意卖弄吧？”

“好一个玛塞尔！很好！你想听真话吗？我真烦透了。我是来这儿吃顿饭，借些钱的，哟，咱们谈些简单平常的事吧！你上次手术怎么样？你喜欢白肉还是瘦肉？咱们谈些不动脑子的话吧！当然，你非常好；看到我们的窘境，马上就给了二十美元。你的心地真善良。不过，听你说话的时候，我产生一种渴望，很想听别人说些见解独到的话。我知道你心肠好，慈悲为怀，从不干伤天害理的事。我猜测你也很在意自己的事吧，可这又引不起我的兴趣。我非常讨厌心地善良、慷慨大方的人。我很想展现自己的性格与气质。天哪，这个关键时刻我绝不不能醉。我觉得自己就像被上帝放逐的犹太人。我就爱引火烧房或者干诸如此类的事。也许你会脱下内裤，再在招待客人用的咖啡里浸一下。要么就拿上一根牛肉香肠，边吃边消磨时光。咱们简单些吧！好，就直来直去地说吧！听着，我以前智力平平，没有经天纬地的梦想，对生活几乎一无所求，一句话，我是个普通人。就这，我在别人的眼里几乎是个怪物。所以我憎恨普通，它使我成了傻蛋。死亡是很平常的事，谁都会摊上这事。我不想死去，我决心已定，要永远活下去。死太容易了，这就像到了精神病院，只是你再也不能手淫了。内德说你喜欢自己大腿间的那个玩艺儿，其实，大家都是彼此彼此。可是结果会怎样呢？过了十年，你的屁股就不再丰满，乳房也会像空布袋子一样干瘪。十年……二十年……有什么区别吗？你尽情地与人做爱，纵欲享受，过后却没有性能力了。那又怎么样呢？一旦你不能寻欢作乐了，你就会变得忧郁痛苦。你无法调整自己的生活，只好让自己的阴户发挥作用。你就任凭男人的那个坚硬的玩艺儿摆布吧！”

我停下来喘了口气，非常惊奇自己没有挨打。内德两眼放光，可能是友善、鼓励或者一种杀气腾腾的东西吧！我真渴望有人发作，扔瓶子、摔家具、大声叫嚷，干什么都行，只要不呆呆地坐在那儿，蠢驴似的听我胡说八道。我搞不明白自己为什么要冲着玛塞尔说这么难听的话，她可没动我一根毫毛。我只是把她当成了靶子，尽情地发泄。莫娜真该打断我的话，我还期待着她这样做呢。可是，她没做，坐在那儿一言不发，一副毫不偏私的样子。

我说：“既然我掏出了心里话，那就让我道歉吧！玛塞尔，我不知道该向你说什么，你本不该听我这席话。”

“没关系，”玛塞尔满不在乎地说，“我估计你这是着了什么魔。原因不在我，……嗯，了解我的人都不会那么对我说话。咋不换点儿杜松子酒喝喝？你这下就明白水是什么东西了。来，喝点儿刺激的。”

我一口气喝下半杯，果真有了效果。

“怎么样，这酒让你觉得自己是个人吧？再喝些，吃些鸡块，还有土豆色拉，你这个人的毛病就是过于敏感，我那老爸就是这种人。他的志向是当部长，谁知只做了个记账员。他心里一不痛快了，我母亲就让他喝个酩酊大醉。他就对我们破口大骂，连我母亲也不放过。可是一过了这酒劲，他就好多了，我们一家子也欢欢喜喜的。痛痛

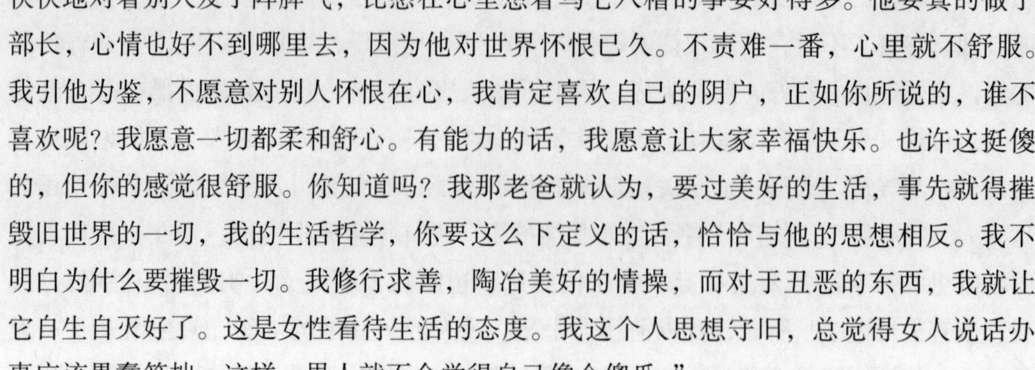

怏怏地对着别人发了阵脾气，比憋在心里想着乌七八糟的事要好得多。他要真的做了部长，心情也好不到哪里去，因为他对世界怀恨已久。不责难一番，心里就不舒服。我引他为鉴，不愿意对别人怀恨在心，我肯定喜欢自己的阴户，正如你所说的，谁不喜欢呢？我愿意一切都柔和舒心。有能力的话，我愿意让大家幸福快乐。也许这挺傻的，但你的感觉很舒服。你知道吗？我那老爸就认为，要过美好的生活，事先就得摧毁旧世界的一切，我的生活哲学，你要这么下定义的话，恰恰与他的思想相反。我不明白为什么要摧毁一切。我修行求善，陶冶美好的情操，而对于丑恶的东西，我就让它自生自灭好了。这是女性看待生活的态度。我这个人思想守旧，总觉得女人说话办事应该愚蠢笨拙，这样，男人就不会觉得自己像个傻瓜。”

“我真该死！”内德大声叫嚷，“我以前可没听过你这样说。”

“你当然听不到，亲爱的。你从来不相信我的聪明，对不对？你就知道玩了女人后蒙头大睡。这一年来，我一直求你娶我，可你还没准备好。你总是有别的事。好吧，将来你就会发觉自己手头只有一件事没安排好，那就是你自己。”

“精彩！说得太好了！玛塞尔。”突然冒出这句话的是莫娜。

“我的老天哪！怎么啦？你们在搞鬼？”内德说。

“你知道，”玛塞尔像是自言自语，“我有时就觉得自己真是个傻瓜，在等着这家伙娶我呢，假如他真的娶了我，又能怎么样？他不会比以前更了解我。他根本没有爱心，如果男人爱着你，他就不会担忧未来的生活。爱情是赌博，可不是进了保险箱。我想我就了解我自己。内德，我不会再为你忧虑了。你这种人就爱忧虑，真是没治了。我是说你让我为你忧虑了这么久，我要从中解脱出来。我想得到爱情，而不需要别人的保护。”

“我的老天呀，这不是当真吧？”内德被这个突如其来的话题搞迷糊了。

“当真？”玛塞尔讥讽着说，“我要跟你分手，你以后就独自生活吧，这样你就可以解决困扰你的大问题了，我也觉得如释重负。”玛塞尔转向我，伸出手说：“亨利，你的话让我如梦方醒，我真是感激不尽。我想你毕竟不是在胡言乱语……”

二十二

克莱奥仍旧是休斯敦大街滑稽歌舞团的当红演员，她的名声像米丝汀格特一样如日中天。这也不难理解她为什么能勾引住有魄力的明斯基兄弟每晚在他们的屋顶花园所召集来的观众了。实际上，你随便哪一天站在舞场的票房外，看看稀稀拉拉的观众就明白了。晚上来的观众都非同一般，他们来自曼哈顿、布鲁克林、昆斯、布罗克斯、斯塔特岛、新泽西等地方。甚至帕克大街也在晚上运送观众。但是在阳光灿烂的白天，门前的大帐篷看起来像是患了瘟疫一般，隔壁的天主教堂臭气熏天，破烂不堪，像个叫花子的模样，牧师整天站在台阶上挠屁股，以表示他的厌恶与不满。对宗教持顽固的怀疑态度的人在竭力解释上帝的不存在时，会绘出一幅写真的作品，画的正是这位牧师的形象。

我常在剧院的入口处晃荡，睁大着眼睛看是否有人能借给我几分钱去买张票。当你失了业或者厌恶找工作时，在臭烘烘的剧场呆上几个小时绝对要比坐在公共厕所里舒服，就因为那里暖和。性与贫穷可是一根藤上的瓜。

剧场里的恶臭让人窒息！厕所里的臊气，尿液里冒泡的樟脑球味儿！汗臭、脚臭、口臭、泡泡糖味、清毒剂味汇成一股熏天恶臭！喷射器对着你直喷恶心的除臭剂，好像你们是一群绿头苍蝇。恶心吗？难以用语言形容。即使最臭的奥男本人也不会比这更臭。

舞台装饰也有问题。雷诺阿风格已经到了生坏疽的最后阶段。一只灿烂的红灯照亮了一个腐烂的子宫，与狂欢节的灯光效应完美地结合在一起。你心里清清楚楚散场之后还得拖着沉重的身体步跋涉回研究所，所以，在这个罪恶的剧场，你借着微弱的灯光与一群白痴们坐在一起，心里有一种不光彩的满足感。只有一贫如洗的人才能够充分享受这个剧场糜烂物的温暖与恶臭；有数百个类似他这样的人就坐在这种氛围中等着开幕。在你的周围，肥肥胖胖的白痴们在剥花生，啃巧克力，用吸管喝瓶装饮料。他们是流氓无产者，是宇宙的渣滓。

剧院里的空气恶臭得如同一个聚集起来放出的大屁，还有捕兽器、牙膏精品以及显示时间的钟表图案——好像时间在我们的生活中很重要！散场后去哪儿吃顿快餐呢？

好像我们的钱多得发烧，好像我们看完戏后都要去路易或者奥古斯特娱乐厅欣赏那些姑娘们，给她们的屁股上夹些钱，再光顾一下北极光或者红白蓝酒吧。

剧场的引座员……要是男的，必定邋遢不堪，像个囚犯；要是女的，必定是个荡妇、婊子。间或有一位迷人的波兰金发女郎，但却是一副傲慢无礼的神态。这就是那种蠢猪的女人，宁可老老实实挣小钱，也不愿撅起屁股让男人操一下。无论冬夏春秋，你都能闻到她们衬衣的臭味儿。

总之，一切都按付款提货的方式进展。这是明斯基的计划，而且还很有效。不管演出多么糟糕，却没有一次砸锅。倘若你经常光顾的话，你会熟悉这里的包括演员和观众在内的每一张面孔，仿佛是一次家庭大聚会。如果你感到恶心，你无须对着镜子看你的脸色——只要瞥一眼你邻座的人就明白了。它真该叫作“同形人剧场”。你在这里可以找到自己的原形。

这里没有任何富有新意的东西，我都看过上千次了。这就好像你对女人的阴部已经厌烦透顶了，因为你知道每一道红褐色的褶子和皱纹；你对这玩艺儿深恶痛绝，甚至都想唾它一口。或者找个泵，把卡在喉咙里的浓痰都抽出来。对，一点儿也没错，许多次我真想放把火，或者把机关枪对准他们，让这帮男女老少好好享受枪子儿。有时，一阵眩晕的感觉袭击了你：你就想躺倒在地板上，而且就躺在那些花生皮中，让那些油腻、恶臭、脏兮兮的脚从你身上踩过。

但大家总还有一丝爱国气息。任何一个破鞋烂货出场时，身体的前胸都悬挂着美国国旗，而且靠一支老掉牙的曲子赢得满场喝彩。假如你占了一个好座，你就会发现她们站在舞台两侧时居然用国旗擦鼻子。可悲的故事……她们多么喜欢一些歌颂母亲的歌啊！

贫穷、无知、受人玩弄的笨蛋货们！当说起家庭和母亲时，她们伤心得如同哭泣的老鼠。那位低能的白发老妪总呆在女厕所里，她们领她出来唱这些歌。她日日夜夜呆在厕所而得到的报偿就是在唱一首多愁善感的曲子中被口水淹没。她腰粗肚大，很可能患有子宫下垂，而且眼睛也没有一点儿光彩。她既驯服又愚昧，可以当这里每个人的母亲。她有三十五年的生育史，又挨过丈夫的抽打，流过产，有过血崩，还有溃疡、瘤子、疝、静脉曲张以及其他妇女病，可以说是个典型的母亲形象。总使我奇怪的是，没有一个人想到用子弹结束她的生命。

毋庸置疑，明斯基兄弟什么事都考虑到了，而且每件事都使人想起他要避开做的事情。他们知道怎么展示一切破旧腐烂的东西，当然也包括你的卑鄙想法，而且把这种调和物像一块臭抹布一样在你的鼻子底下擦来擦去。不可否认，他们很有魄力，雄心壮志。尽管他们也尽力支持毗邻的天主教堂，但没准儿还是左翼党派呢。严格来说，他们是唯一神论者，但骨子里都有一颗仁慈宽厚的心。思想解放，能为穷人的欢乐着想，这是千真万确的。我深信他们每晚（数过钱后）都要去洗蒸汽浴，若有闲暇，或许还要去教堂忏悔。

回头说说克莱奥吧！她今晚还是同过去一样登台表演。她将出现两次，中场休息前一次，表演结束时一次。

玛塞尔和莫娜从来没看过滑稽歌舞的表演；她们自始至终都有一种戒备心理。滑稽演员引起了她们浓厚的兴趣，因为她们没料到这种表演会是乱七八糟的东西。这帮滑稽演员干的都是下三烂的活儿。他们的全副装备就是一条宽松的裤子，一把尿壶，一部电话，再加一个衣架，这样就能创造出一个无意识的法则主宰的虚幻世界。每一位滑稽演员，如果称职的话，内心中必有一股英雄之气。每一场演出中，他都要杀死像幽灵一样徘徊在潜意识自我的门口的检查员。他不但为我们活活杀了他，还要在他身上撒尿，凌辱他的肉体。

还是说克莱奥吧！克莱奥登台亮相时，大家都准备好开始手淫了（在印度却不同，一个富豪可以买下许多排座位，以便能静下心来手淫。在这里，大家只能偷偷摸摸的手淫）。炼乳般浓稠的精液，像废水一样到处流动。即使瞎子也能知道除了女人的阴户外，什么也看不到。让人迷惑的是居然没有一个人受到惊吓而溜走。倒是偶尔有人回家后用生锈的刀片割掉了自己的睾丸，但这些小小的壮举报纸上只字不提。

克莱奥的舞蹈能引人注止的一点就是紧身褡的中间嵌了一朵小菊花——正好插在她那片玫瑰丛的上方。它吸引你的眼睛盯着那块风水宝地。她能像风车一样转动它，也能像电击一样让它跳跃和颤动。有时它还能气喘吁吁地停下来，就像妙人儿在经历了极度的性高潮之后躺下来休息。它时而蛮横无理、粗暴有加，时而郁郁寡欢、乖僻异常。它似乎成了她的一部分，是她阴户上长出来的一个小绒球。一准儿是在阿尔及利亚的某个妓院里从一个法国水手那里得来的。它撩人情欲，特别吸引那群十六岁的孩子，他们还不知道触摸女人那片小树丛会有什么感觉。

我几乎想不起她的长相了。我隐约记得她是个翘鼻子。有一点我敢肯定，她若穿上衣服，谁也不会认出她来。你全神贯注地欣赏她的肉体，那中间画着一个深红色的大肚脐眼儿。这个肚脐眼儿好比一张饥饿难耐的嘴巴，也像一条突然瘫痪的鱼的嘴。我敢说，她的阴户看上去远不如这玩艺儿有刺激性。或许阴户是一片连狗都不屑闻一下的暗蓝色的肉呢。她的胸脯活蹦乱跳的，那个从胸骨下开始隆起的丰满的鸭梨在剧烈起伏。这具身体总让我想起摆在发廊里的人体模型，两条大腿支撑在雨伞筋骨状的架子上。我小时候总喜欢用手去摸那肚脐眼儿，感觉十分舒服。其实，模特儿没有胳膊和腿，这就增加了上身丰腴的美感。有时底下没有支架，只剩半截身子，脖子上总

漆着黑亮的领子，但这都是些很有迷惑力的可爱的模特儿。某天晚上的穿插表演中，我碰到一个真的模特儿，跟家里做衣服用的人体模型差不多。她在舞台上甩着手轻移莲步，就好像在踩水。我走得离她很近，和她聊了起来。当然，她有头，还相当靓丽，有点儿像大都市里时装区的发廊里那些蜡像。从谈话中得知她是维也纳人，而且生下来就没有腿。我有点儿跑题了……她吸引我的也是身上那个性感的隆起部分，那个梨状的起伏。我长时间地站在她的表演台边，只是想从各个角度仔细瞧瞧她。遗憾的是，她的腿截得那么短。若再截一段儿，她就不再是个妞儿了。我越看越想把她推到一边。我可以在想象中把她抱起来，夹在腋下，带到一个无人的地方强暴了她。

中场休息时，姑娘们都上洗手间方便去了。内德和我站在装饰着剧院外部的铁制楼梯上。从剧院的最高排座处可以看到街对面的房间里，可爱的老妈妈们像一些愤怒的蟑螂焦虑、烦躁。假如你欲望很强，并能欣赏夏加尔的紫外线的梦，那么这些公寓就很温暖舒适。生活主要是吃饭和睡觉。有时这两样儿竟毫无差别地混杂在一起。患了肺结核的父亲卖了一天火柴后，却发现自己在吃床垫子。穷人吃饭要花时间去准备，而美食家们却喜欢到芬芳宜人的酒家去品尝美味。穷人还没爬上楼胃就饿得难受，以至于什么到手就先吃一口；富人却沿街遛狗——想开开胃口。穷人看见躺在水池下面的病恹恹的母狗，觉得狠狠地踢它一脚倒是件好事。他不需要刺激胃口。他肚子饿得咕咕叫，却老是干巴巴地想得到他要求的东西，哪怕吸一口新鲜的空气也是一种享受呀！可惜他不是一条狗，也就没人牵他出去兜兜风，呜呼哀哉！我看见那些可怜的家伙们趴在窗子边上，用手支撑着好像是万圣节时做的南瓜灯一样的脑袋。猜出他们的想法并不是什么艰难的事情。有时为了凿几个换气孔反而拆毁了一排房子。当我经过这些空荡荡的像掉了牙似的地方时，我时常想象着这些可怜兮兮的家伙还趴在窗台上，房子已被拆掉，他们自己却困在半空，下面由悲伤和贫穷支撑着，好像手脚不灵便的胖子摆脱了地心的吸到，谁会关注这些空中的幽灵呢？谁在乎他们是悬在空中还是被埋在地面六英尺之下呢？莎士比亚说得对，表演才是人们的需要。包括星期天在内，演出一日两场，从不间断。假如你缺吃少喝，炖一双破袜子有什么用呢？明斯基兄弟专门给大家提供娱乐。在你手淫之前和之后，赫西杏仁巧克力总会随时奉送到你手中。每周换一个新节目，演员还是老面孔，笑话还是旧笑话，而真正给明斯基先生们带来灾难的却是克莱奥患的双疝气或者不慎怀上孩子，很难说哪个更糟。她或许患上了破伤风、肠炎、幽闭恐怖症，不过，这一点儿关系都没有。她甚至能挺过更年期，或者说明斯基兄弟能挺过，但疝气这个病无异于死亡，是无可挽救的。

在这短暂的幕间休息中，内德在想什么呢？我只能乱猜了。“演得很可怕，是不是？”他下的评论正好与我的某些观察产生了共鸣。他说话时的那种脱俗态度使帕克大街的孩子们也感到脸上有光。他的话意思是，谁也无能为力。二十五岁时，也就是五六年以前的事了，他就成了某家广告公司的艺术指导。自那以后，他就灾难重重，命运多舛，然而逆境丝毫也没有改变他对生活的勇气，反而只能确证他认为贫穷是应该拒之门外的这一基本观点。留得青山在，不愁没柴烧。时来运转，他又会飞黄腾达，不可一世；今天他向别人摇尾乞怜，它日，别人又得向他俯首称臣。

他给我讲，他在给一家广告公司策划如何使人家多抽烟又不损害健康的广告时，心里早就有一个应急的创意，另外还想出一个绝无仅有的绝招。麻烦的是，他现在一败涂地，有谁会去听他的呢？如果他还是个艺术指导，人人都会马上采纳他的意见，并认为它还是个锦囊妙计呢。内德只不过是看清了现实生活的讽刺性而已。他认为这和他的态度有关——或许他看起来不如以前有信心了。如果他换上更好的行头，如果他能一段时期内不喝酒，如果他能激发起生活的热情，如果……那一切就不是现在这个样子了。玛塞尔折磨着他。她正在榨取他的精力。每次与她性交，他就觉得又一个锦囊妙计被扼杀了。他想独自清静一会儿，以便能好好整理一下思绪。假如玛塞尔只是在他需要做爱的时候才到来，而不在他思绪翻腾的时候突然出现，那有多惬意啊！

"你想要的是开瓶的起子，而不是女人。"我说。

他大笑，似乎有点儿难堪。他说："哦，你知道是怎么回事。老天呀，我非常喜欢她……她很优秀。换个姑娘早就把我丢掉了。不过……"

"我知道你的意思。麻烦的是，她死活不走开。"

"听起来挺滑稽的，是不是?"

"是很滑稽，"我说，"听着，你想过吗？你可能再不是什么艺术指导了，你本有机会，但却失之交臂了。现在你又有了机会，但你又要失去。你可以结婚成家，成为……好啦，我不知道该……妈的……这又有什么区别呢？在不苛求的情况下，你有机会过上正常、幸福的生活。我想，开车送牛奶可以过上好日子，而你却似乎很难接受这一点吧？这活儿是不是对你太乏味了呢？太糟糕了！我倒希望你当个苦役雇工，而不主张你做什么棕榈橄榄香皂公司的总裁。你并不像自己想象的那样浑身都迸发着独到的思想见解，你只不过是想寻回自己所失去的东西罢了。驱使你的是自尊，而不是雄心壮志。如果你有什么创造性的话，你就会想方设法地证实它，这样就能更加适应环境。我知道折磨你的是事业的失败。塞翁失马，焉知非福。可惜你不知道该如何利用自己的挫折与不幸。也许你在其他方面得心应手，是个天才，然而你也不会扑着身子去寻找那到底是什么。你老是绕着心里的疙瘩转，这跟笼子里的老鼠有什么两样呢？你要问我的看法是什么，那简直可怕极了……比观看吊在窗户外的这些可怜的土崽子还要可怕。他们愿意着手处理任何事情；你连手指头都不愿动一下。你很想再坐到你

的宝座上去，成为广告界的头号人物。可是，一旦你的希望落空，你将要让周围的人受苦受难。你要阉割自己，却非要说是别人把你的两个睾丸割走了……”

乐师们正在调音。我们急忙回到座位上。莫娜和玛塞尔已经坐好。她们谈得很投入。突然乐池里一片轰鸣，乱得就像把氢氰酸泼在一块绷得很紧的油布上。钢琴前的红发小伙子全身柔软，手指像钟乳石一般落在琴键上。还有很多人从厕所里拖拖拉拉地往回走。音乐越来越狂热，铜管乐和打击乐压倒了一切。四面八方间或有灯光闪烁，仿佛是一串带电的老鹰在不停地眨眼睛。坐在我们前面的一位小伙子把一根点燃的火柴举到一张明信片的背后，期望借着这个光能透射出在奢华淫靡的大都市倚楼卖笑的妓女，或者在性高潮中频频摇摆的一对如胶似漆的男女。

帷幕升起时，从丽莺屯大街来的埃及美女开始做表演前的准备动作。她们在台上到处扑腾雀跃，就像刚刚脱钩的比目鱼。一位精瘦的柔体演员在表演原地旋转，然后像跳水一样做了个前弯身，又做了几个向后翻的筋斗，最后想吻自己的屁股。音乐变得伤感起来，节奏不断变幻，但毫无进展。观众们快沉不住气了，就在一切快要轰然倒塌之时，活泼可爱的姑娘们退到幕后了。那位柔体演员也站起身来，像个麻风病人似的一瘸一拐地隐去了。接着出来的小丑，动作极不协调，装扮成风月场中的好色之徒进行表演。后幕徐徐落下，他们站在伊尔库茨克城市的大街中央，其中一个人急需女人安慰，他的舌头伸得很长。另一个是鉴定马肉的行家。他有个小小的秘诀，是类似芝麻开门的法宝；他要以964美元32分的价格卖给他的朋友，最后以1．5美元的让价成交。真是皆大欢喜。有个女人从这条街上走过。她是从第一大街来的。买下法宝的那个人用法语与她交谈，而她用某种世界语作答。他刺激了她的情欲，使得她伸出双臂抱住了他。这一动作变化了92种花样，上周就是如此，上上周也是如此——其实，这可以追溯到鲍伯·菲茨西蒙的时代。帷幕降落，一位帅气的青年男子手持话筒从舞台一侧走出来，浅吟低唱一首浪漫的柔情小曲，大意是一架飞机向住在加利多利亚的情人送信。

这时，出现场是比目鱼，这次扮演的却是美国西南部的那伐鹤人。她们绕着电子篝火转圈儿。音乐从“小不点儿”换成了“克什米尔人”，然后又变成了“脸上的雨滴”。有个拉脱维亚姑娘头发上插着一枚羽毛站在那里，如同海华沙眺望着日落时的大地一样。她踮起脚尖一直听着小宾·克劳斯比吟完由赫丝特大街的一位牛仔写的具有爱斯基摩民间风格的十四节四行诗。接着一声枪响，歌舞演员们顿时兴致勃勃，随即展开了美国国旗，那位柔体演员一个筋斗翻过了碉堡，海华沙跳起了西班牙舞，乐队也疯狂起来。灯光熄灭，那位从厕所出来的满头华发的母亲正站在电椅旁，眼睁睁地看着儿子被烧死。这个令人撕心裂肺的场面是在用假声演唱的“金钱中的银线线”的歌声中进行的。被判决的受害者是一个小丑，一会儿就会端着尿盆出来。他将给女主角量尺寸做一件浴衣。她很礼貌地弯下腰。伸展开屁股让他量得分毫不差。尔后，她将成为疯人院的护士，手持装满水的注射器，射进他的裤裆。接着出来两位衣着随便的女主角，坐在豪华舒服的房间，翘首等待着男朋友的来访。男朋友们来了，不一会儿，他们便开始脱裤子。突然，她们的丈夫回来了，这几个男孩子像跛腿的麻雀一样穿着内衣四处躲藏。

一切都进行得很准时，到十点二十三分，克莱奥准备她的第二次也就是最后一场演出了。根据合同条款，她只有八分钟的演出，然后就站在舞台一侧呆上十二分钟，再与其他演员共演最后一幕。这十二分钟搞得她非常恼火。这宝贵的十二分钟就完全浪费了。她甚至不能换衣服；当帷幕降落时，她必须盛装出场，朝观众扭上几下子就算谢幕了。她真是怒火中烧！

十点二十二分半了！音乐开始减弱，鼓手敲着 2/4 拍的闷声鼓，这预示着有人要粉墨登场了。除了出口处，所有的灯光一同熄灭，聚光灯对准了舞台的一侧。十点二十三分，光圈中先出现了一只手，接着是一只胳膊，然后露出一只乳房。身体出现之后才显露出头部，就像神光跟随着圣徒一样。她的脑袋用细刨花包着，眼睛上面覆着几片白菜叶子；她的动作犹如海胆正在与美洲鳗激烈地搏斗。她那大嘴一样的深红色肚脐上画着一位使用聋哑符号进行腹语表演的电报收发员。

只有克莱奥像敲鼓点一样疯狂地摇摆扭动自己的腰身时，全场的观众才会欢呼雀跃、高潮迭起。不过，在此之前，她却扭着水蛇腰绕着舞台旋转，悠闲自在得催人入眠。腰间佩带的窸窣作响的珠帘儿掩着一双柔软白嫩的大腿。粉红色的乳头在透明的薄纱下面时隐时现。她身子酥软，温情脉脉，如痴如醉，就像一个头顶草发的水母在碧波荡漾的湖中起伏跳跃。

当她把叮当作响的罩衣扔到地板上时，音乐忽而是喧嚣的管乐，忽而是单调的鼓声，变幻无穷。

现在我们所看到的是非洲最黑暗的心脏地带，乌班吉河从这里流过。两条蛇缠绕在一起进行生死搏斗。大的是条蟒。小的大约十二英尺长，有毒。那大蟒的嘴已接近它的头部时，它的毒牙还在撕咬，一直挣扎到最后一息。接下来便是大蟒在阴凉处歇息着，为的是把肚里的小蛇充分地消化掉。这场奇异悄然的搏杀不是出于仇恨，而是源于饥饿。非洲是个富饶的大陆，但饥饿却横行无忌、肆虐有加。鬣狗和秃鹰是这里的独裁者。一块死寂阴冷的土地上，时而发出狂怒的咆哮和痛苦的哀叫。一切都被生吞活剥。如此丰富的生命刺激了死亡的胃口。这里没有仇恨，只有饥饿，富饶中的饥饿。死神骤然降临。谁若失去了战斗力，谁就会被马上吞噬。饥肠辘辘的小鱼会吞掉

一个巨兽，顷刻之间就把他变成了一具骷髅。血液像水一样被喝光，皮毛也很快被瓜分一空。爪子和利齿做成了武器和货币。一切都被利用，没有丁点儿浪费。在令人毛骨悚然的咆哮和尖叫声中，一切都被活活地吃掉了。迅疾而凶猛的死神犹如闪电雷鸣轰击着树木与河流。小动物在劫难逃，大动物也遭遇厄运。他们都是可怜的牺牲品！

在无休止的纷争中，人类王国的残存者开始翩翩起舞。饥饿是非洲的阳体，舞蹈则是阴体。舞蹈表现了一种次性饥饿，那就是性。饥饿与性好似缠绕在一起进行生死搏斗的两条蛇。一切无始无终，无首无尾。一个吞并了另一个，以便繁殖第三个：肉体变成了机器。机器自行运转，没有任何目的，除非它要生产的越来越多，从而创造得越来越少。大猩猩似乎是一个懂得自我克制的智者。他们居住在森林中，过着孤独的生活。他们比犀牛和母狮还要可怕，是百兽中的凶煞神。他们发出震耳欲聋的尖叫声，谁也不敢接近它们。

非洲处处都翩翩起舞。它是统管自然界黑暗势力的永不停息的故事。精神通过本能发生作用。非洲的舞蹈是非洲要从纯粹繁衍生息的混乱状态中解脱出来的一种尝试。

在非洲，舞蹈是神圣的、淫秽的，没有什么个性的感情。当阴茎勃起，而且像香蕉一样让人不忍放下时，这可不是“个人的勃起”，而是部落的勃起。这是“宗教性的勃起”，它所指向的不是一个女人，而是生活在部落中的每一个女性。群体的人进行群体性交。人类通过自己创造的宗教仪式使自己超脱了动物世界；他对性交的模拟表演说明人类已使自己超脱出单纯的性交行为。

大都市中，专司色情挑逗的舞蹈演员不能与人共舞，这是一个非常棘手的问题。法律禁止人们做出响应，也不允许他人加入。除了身体“暗示性”的运动，原始仪式中的一切都已截然无存。他们所提示的做爱动作与观众个人的理解大相径庭。对于大多数人来说，或许那只是黑暗中一次不同凡响的性交。更确切地说，是梦中的性交。

但是又是什么法律使得观众好像被捆住手脚一般僵硬地呆在座位上呢？是集体无意识的法则使得性生活成为偷偷摸摸的肮脏行为，只有得到教堂的认可才可以享受性的快乐。

在观看克莱奥表演时，那位只有半截躯干的维也纳女孩的形象又映入我脑中。克莱奥不是也像那位生来无腿但很诱人的残疾一样被社会完全遗弃了吗？谁也不敢粗鲁地摸弄克内岛上的那位无腿美人，也没人敢袭击克莱奥。虽然她身体的每一个动作都是基于世俗的性交形式，但却没人对她的刺激性行为做出反应。在舞蹈期间触摸克莱奥将被视为与强暴穿插表演中那位无助的残疾女孩一样凶残可恶。

我想起了女裁缝店里的那个人体模特儿，它曾经是女性魅力的象征。我觉得，在我看到上半截身体下面由铁丝支撑的空荡荡的裙子时，那种给我带来肉欲快感的形象会怎样无影无踪呢?

这就是我脑海里的一幕幕画面。

从理论上来讲,我们是一个有着七八百万人的社会,享有民主化的自由与平等,并为全人类的生存、自由和幸福而奋斗终生。在理论上,我们代表着世界上文明发展到极致的几乎所有的民族。在理论上,我们有权按自己的意愿崇拜上帝、参加选举、制订自发的法律,可以做自己愿意做的事。

理论上,一切都是理想的、合理的、公平的。非洲依然黑暗,白人在这块土地上刚刚开始用《圣经》和利剑恩威并重地教化它,然而,有个叫克莱奥的女人正按照某种奇特而神秘的协定在毗邻教堂的一所昏暗的房子里表演淫秽下流的舞蹈。她要是在大街上这么跳,定会鄉铛入狱;若在私人家中这么跳,就会被强奸和碎尸;若在学校课堂上这么跳,定会掀起一场革命。她的舞蹈违反了美利坚合众国的宪法。这种舞蹈原始、简单、淫秽,只会激起和点燃饮食男女的最低俗的情欲。它只有一个明显的目的——为明斯基兄弟增加票房收入。它的确做到了这一点。得啦,别再想这事了,否则你就得发疯。

可是我禁不住地还在想……我看到一个人体模型在一只慧眼的色眯眯的注视下变得有血有肉,生动起来。我看到她耗尽了世界第二大城市中所谓的文明观众的感情。他们的肉体、思想、感情、淫荡的梦和欲望都在她身上表现得活灵活现;在此过程中,她截了他们的下肢,把他们变成了铁丝支撑的半身标本。我怀疑她甚至摘取了他们的性器官,因为他们倘若还是男男女女的话,何以就那么无有所感地坐着呢?我把这整个熟练之极的表演看作一种降神会,一次灵巧绝妙的心灵转移。我怀疑自己是否真的置身于剧场。除了那种性的暗示力以外,我不相信一切。如果说我们置身于长崎的一个出售性具的集市上,并且坐在暗处,手里拿着橡胶做的性器具在疯狂的手淫,那我绝无半点儿疑心。我会相信我们身陷囹圄,周围都是冥冥世界的云烟,眼前所浮现出的一切都是来自痛苦和磨难的现象世界的幻影。我会相信我们都被拴着脖子悬挂着,捕捉机一弹起来,脑脊髓神经便在一刹那中折断,这就引起最后一次十分剧烈的叫喊声。我绝不相信我们能生活在有七八百万之众的大都市里,这里一切自由平等,人人有教养懂礼貌,大家都为人类生存、自由和幸福而奋斗终生。总之,我发现自己很难相信我第三次地把这一天奉献给圣洁的婚姻,怀疑我们作为夫妇坐在黑暗中肩并肩地坐着,也不敢相信我们正以激动的心情庆祝着春天的仪式。

我发觉这一切非常令人怀疑。有些场面完全是对智慧法则的蔑视。有时候,八百万之众的荒谬结合倒能哺育出极端疯狂的片片花瓣。马奎斯·萨德心静如水,怡然自得,撒切尔·马佐奇是个静如处子的人杰,而连杀六个老婆的蓝胡子却是个温柔如鸽

的和平使者。

在聚光灯这冷冰冰的照射下，克莱奥越发显得光亮照人。她的肚皮变成一片波涛汹涌的大海，耀眼夺目的深红色肚脐颤动得如同气喘吁吁的大嘴。她将腹下的片片花瓣抛向乐池。这时乐池里时而传来轰鸣的管乐，时而传来单调的鼓声，这两种声音轮流演奏。她的血管中流淌着手淫狂的血液，乳头上那紫青色的动脉管向四周扩散、伸延。嘴巴像红红的烙铁闪着光，好似猛兽的一排利齿撕咬下的一条伤口。她的胳膊舞动得如眼镜蛇，双腿仿佛由漆皮做成。面孔洁白似象牙，表情就像尤卡坦的赤褐色的魔鬼，没有一点儿变化。乌合之众的强烈的欲望侵袭着她，那种饥饿的模糊不清的节奏感也渐渐地明朗起来。像是从地球那火焰一般的表面上攫取来的一轮明月，她只好吐出一片片浸透着血液的肉。她就像新近在战场上被打断四肢的受害者梦中所遐想的，不用腿也能走动。她靠着想象中被截掉但还未愈合的断肢蠕动着，发出一阵阵无病呻吟。

高潮慢慢到来了，这就像一位痛苦的老头流出的最后几滴血。在这八百万人的城市里，她孤苦伶仃，无依无靠，为社会所不容。她在为这甚至能使死尸复活的性激情的表演做最后的冲刺。城市元老们保护着她，明斯基兄弟祝福着她。这两个具有远见卓识的小伙子从平斯基旅行来到明斯基这个城市，并在这儿把一切都计划得非常周到。结果他们梦想成真，在紧挨天主教堂的地方经营了一个美丽迷人的“冬日花园”。包括厕所里的那位白发老妈妈，一切都按计划进行着。

最后的几次狂舞……为何一切都如此寂静呢？黑色的花瓣在滴着浓浓的液汁。有个名叫西尔弗伯格的男子在吻一匹母马的牝处，而另一个名叫维多利奥的家伙正在奸淫一只母羊。一位无名女人剥下花生壳，把它们塞进了两腿间。

与此同时，几乎是同一分钟，在阿斯特饭店前的第三级台阶上，站着一个皮肤黝黑、油头粉面的家伙。他身着漂亮的夏装，系一条连这套夏装都配不上的金灿灿的领带，扣眼里插着一朵白色石竹花。他把身子轻轻地倚靠在竹拐杖上，每天这个时候他都要拄着这根拐杖散步。

他叫奥斯曼利，这名字一听就知道是瞎编的。他口袋里有一卷十、二十、五十元的美钞。他的前胸口袋里故意露出一截丝手帕，散发出高价的花露水的香气。他精神饱满得像朵雏菊，衣冠楚楚，神态自若，有一种天下舍我其谁的气度。看来他是个真正的标准男子汉。若凭以貌取人，谁也不会怀疑到他受雇于某个宗教集团。他生活的唯一使命就是施放毒气，散布谣言，恶语中伤；他以此为乐，睡得安稳，活得悠然。

明天中午，他就会跑到联邦广场那个老地方，在美国国旗的保佑下登上一个临时演说台开始演讲。他扯起一副沙哑的公鸡嗓子大喊大叫，嘴唇上淌着唾沫，鼻孔气得

发抖。他的皮囊里装着人们为抵制共产主义的引诱而编造的每一条论据，一旦需要，他就像街头耍魔术的，把它们从帽子里抽出来。他去那儿不仅仅是与人争个高低，也不仅仅是抛撒毒药、恶意诽谤，而是能更好地挑起祸端：他要引起暴乱，招来警察，然后再到法庭上控告无知的人们袭击了星条旗。

等他把联邦广场搅得不可收拾时，就跑到波士顿、普罗维登斯以及其他美国城市。他总是围着美国国旗，到哪儿都受到训练有素的相互克制的煽动分子的包围，而且总能在教会的羽翼下躲风避雨。这个人的来历谁也搞不清楚，他频频改头换姓，一次又一次地为各种青红皂白的党派组织效犬马之劳。他没有国籍，没有准则，缺乏信仰，无所顾忌。是魔鬼撒旦的奴仆，是走狗、密探、背信弃义者和卖国求荣者。他最擅长搅乱人们的思想，是阴谋集团的行家里手。

他没有知己，没有情妇，也没有任何亲属。他来无踪去无影。一条无形的绳子把他与所服侍的主子联在一起。一站在临时演说台上，他就像魔鬼附身一样胡言乱语，大放厥词。每天晚上，他都要在阿斯特饭店的台阶上站立一会儿，好像是在俯瞰着芸芸众生，又好像有点儿忧心忡忡、心不在焉，显出一副沉着冷静、温文尔雅和漠然置之的神态。他刚洗过澡，按摩了全身，指甲修剪得整整齐齐，皮鞋刷得油光铮亮；他舒服地睡了一小会儿，接着在只为食品鉴赏家提供佳肴的一家安静时髦的饭店享受了一顿十分丰盛的美餐。为了消化肚中的美食，他常在公园里走上几圈。他以聪慧、欣赏的目光环顾四周，感觉到了情欲的诱惑，也感受到了天地的美丽。他爱好音乐，喜欢花草，博览群书，周游四方，脚踏着人类的罪恶时也常常沉思冥想。他喜欢辞藻的风韵情调，常常把它们在舌头上卷来绕去，仿佛在嚼一口精美的食物。他知道自己可以随心所欲地玩弄人类于股掌之中，可以激起他们的感情，煽动他们的欲望，然后再把他们踩在脚下，然而，正是这种能力使得他蔑视、唾弃、嘲弄自己的同类。

他现在站在阿斯特饭店前的台阶上，好像一位花花公子、浪荡少年和纨绔子弟。他若有所思地注视着人们的头顶，面对着这泡泡糖似的街灯、无业游民、幽灵般的马具的叮当声以及行人眼中那无所用心、精神分裂的表情，他心如死灰，没有丝毫的触动。他是天马行空的自我，不受任何信仰和准则的支配。他能够买下所需要的一切以维持他的幻觉：他无有所缺，谁也不需要。看来，今天晚上他比任何时候都要自由，都要超脱。他也要承认自己就像一部俄国小说中的某个人物，迷迷糊糊地想知道自己为何竟沉浸在这种情绪中。他意识到自己刚刚消除了自杀的念头；发现自己过去一直抱有这种思想时还的确有点儿吃惊。他过去一直在同自己做思想斗争；现在回想起来，才发觉那是一场旷日持久的争辩。最让他苦恼的是他再也认不出那个曾与他探讨自杀问题的自我了。这个潜伏很深的自我以前从来没有将自己的愿望表白出来。他总是绕着一片真空为时常变化的个性建造了一座真正的大教堂。躲在它的墙后，他总觉得自己很孤独。然而，就在刚才，他发现自己并不孤独；不管人们的面具如何变化，不管建筑物如何离间人们之间的关系，总要有人与他生活在一起，这个人和他成了知己，并劝他干掉那个自我。

最不可思议的是这个人当时就逼他马上行动，不要浪费时间。真是荒唐至极，因为尽管他承认这个主意颇具诱惑力，但他又体会到了人类的欲望，希望享受一下在幻想中活过这一段死亡的特权，哪怕一小时左右也好。他似乎是在祈求一点儿时间。这很奇怪，因为他一生中从没有产生过自我了结的念头。他本应打消这个想法，而不是像一个被定罪的犯人恳求得到片刻的恩惠。他经常处于这片空虚与孤寂中，现在它们开始具有压力和真空的爆炸性。他明白，水泡就要爆裂了。他也知道自己无回天之力，不能使它保持原状。他疾步走下阿斯特饭店的台阶，钻进了人群。他想了半天，或许自己能消失在这茫茫人海中，但事与愿违，他神志越来越清楚，自我意识也越来越强，也更坚定地决意服从教唆他的那个蛮横的声音。他犹如奔赴约会地点的恋人一般。他只有一个念头——他自身的毁灭。它燃烧得像一团火，照耀着前边的路。

他转向人行道以快速到达目的地，他非常清楚自己似乎已被控制了，他唯一能做的就是凭着感觉走。他没遇到什么麻烦或者冲突。做了几个无意识的动作，脚步却一点也没放慢。比如，路过一个垃圾桶时，他把一卷美钞扔了进去，那动作仿佛是在丢香蕉皮；拐弯的时候，他把内衣口袋里的东西倒进了下水道；他的手表和表链，戒指、小折刀都以类似的方式处理了。他一边走一边拍拍全身，以确认身上所带之物是否都抛弃了。甚至在最后一次擦完鼻子时，他也把手帕扔进了水沟。他感到身子轻如鸿毛，在昏暗的街上越走越轻松。到时候，他就会看到信号，然后就结束自己的生命。我们想象人在死的时候都会有一系列杂乱的想法向他袭来，比如死前的恐怖感，人的意愿、希望、遗憾等等，但奥斯曼利却只感到一种奇特的并且不断扩张的空虚。他的心犹如一碧如洗的晴空，连一缕稀薄的云彩都难得看见。人们或许会认为他已经跨进了另一个世界的门槛，在他的肉体实际死亡之前，他已处于昏迷麻木的状态，当他清醒后发觉自己到了另一边时，便会吃惊自己竟然走得那么快。也许只有到那时他才能理清思绪；只有在那时他才能够问自己为什么会如此这般。

头顶上空的高架火车在哐啷哐啷地行进着，声音震耳欲聋。有个人飞快地从他身旁穿过，后面有个警察握着左轮手枪紧追不放。他也撒腿飞奔。现在是他们三人在飞跑。他不知道为什么，甚至还不知道后面有人在追。当子弹穿破他的后脑勺，他直挺挺地趴倒在地上时，一缕炫目的清醒在他全身回荡。

脸贴地面死在了人行道上，耳朵里也长出了青草，奥斯曼利再次走下阿斯特饭店的台阶。他没有再钻进人群，而是从后面溜进某个小村庄的一所朴素的小房子，在那儿他讲的是另一种语言。他坐在厨房的桌前，吸吮着一杯脱脂乳。一切似乎就发生在昨天，他就坐在这张桌子旁，妻子告诉他说她要离他而去。这消息惊得他目瞪口呆，半天说不出话来，他眼睁睁地看着她走了，一点儿也没阻拦她。他一直平静地坐在那儿喝他的脱脂乳，她残忍、坦率地告诉他，说她根本没有爱过他。她还说了几句残酷无情的话，然后便拍拍屁股走了。几分钟之后，他好像变了一个。震惊过后，他反而体验到了最令人惊讶的兴奋。似乎她说的是："你现在可以自由行动啦！"他感觉到这种自由来得有点儿神秘，以至于他想知道以前的生活是否是一场梦。行动吧！就这么简单。他出门走到院子里，一边本能地想着，一边走向狗窝，向这只狗打了个呼哨。等它刚伸出脑袋，他就干脆利索地把它的头砍掉了。这就算是自由行动了！就这么出奇的简单，他大笑不止。他现在知道了自己可以为所欲为。他回到房间唤着女仆，想用新的眼光好好看看她。除此之外，他脑中空空如也。一小时之后，他奸污了她，便直接去了银行，从那儿又去了火车站，搭上进站的第一趟列车。

从此以后，他便过上了万花筒般的生活。他几乎是心不在焉地犯下了几桩谋杀案，没有恶意，没有仇恨，没有贪婪。他做爱时也几乎如此。他既不知道恐惧与胆怯，也不知道什么叫谨慎与小心。

十年就这样转眼间过去了。他不再那么过分地给凡夫俗子套上什么枷锁了。他自由自在地漫游了全世界，体验到了自由与豁免权的乐趣，继而又在闲暇之余纵情地幻想，并客观冷静地归纳出：死亡是他放弃的一种奢侈品。这样，他便走下阿斯特饭店的台阶。几分钟之后，他脸向下地倒在地上死去的时候，他才意识到她说从来没有爱过他时，他并没有听错。多年来他第一次想起这句话，虽然这也是最后一次想到它，但却像十年前第一次听到它时那样，一个字也不明白。当时它毫无意义，现在还是如此。他依然在吸吮他的脱脂乳。他已是个死人，他无能为力，这就是他感到如此自由的原因。但他从来没有如他想象的那么自由。那只不过是一种幻觉而已。首先，他根本没有砍掉狗的脑袋，否则它就不会这么兴奋地狂叫。只要他能够站起来亲眼看一看，他就会确定这一切是真实呢还是幻觉，但是，他已经没有力量挪动一步了。从她说出那几句掷地有声的话起，他就知道自己再也没办法动弹了。为什么她要选择他正喝脱脂乳的这个节骨眼上呢？为什么她等了好长时间才告诉她？他无法理解，也永远不会理解，甚至也不想设法去理解。他听得清清楚楚的，就好像她把嘴唇贴近他的耳朵，把她的话灌进去了。那句话迅速地传遍他身上的每个部位，仿佛一颗子弹在他大脑中爆炸一般。那么——她的话是昙花一现的效果呢，还是一种永恒？——宛如蝴蝶从蛹里脱身而出，他摆脱了传统的自我束缚。接着是狗，然后是女仆，再接着是这个，然后是那个——许许多多的事件在按照提前设计好的计划一件一件地重新出现。一切都是如法炮制，甚至那三四个偶然的谋杀事件也同以往的模式相差无几。

传奇故事里讲，只要是放弃远见卓识的人都会掉进只有死路一条的迷宫。这些传奇故事借用像征和寓意的手法使人们明白，就窒息而死的过程而言，大脑的复杂、迷宫的曲折以及大蛇的脊柱缠绕都是同出一辙；这种死亡的过程是人类闭门思过、画地为牢、思想趋于僵化的过程。奥斯曼利这个微贱的专横分子就是这样的命运。在这最虚幻的自由和超然冷静的时刻，他站在阿斯特饭店的台阶上浮想联翩。从人群的头顶上看过去，他凭着超常的记忆力仿佛看见了他可爱的夫人的形象，她的狗一样的脑袋已化为石头。面对着这副面具，那种想抑制悲痛之心的可怜愿望早就没了。这种难以形容的失意使他有一种山重水复疑无路的感觉。他的面部紧贴着地面，好像是在亲吻他失去的那个女人的石头面部。他那迂回曲折的灵敏逃脱使他面对面亲眼目睹自了我保护的盾牌上反射出来的明亮的恐怖形象。他扼杀了世界，自己也被杀死了。他在死亡中找到了自己的本体。

克莱奥要结束她的舞蹈了。她最后一次的疯狂扭动与我对奥斯曼利之死的奇妙回忆吻合。

二十三

这种幻觉虽然难以置信，但在现实生活中毕竟不是无源之水。当奥斯曼利向前倒在人行道上时，不过是提前演出了我生活中的一幕。让我们跳过几年，钻进恐怖的漩涡中吧！

倒霉的人总有一张桌子可供胳膊肘休息，而且还能支撑一下他们那沉甸甸的大脑。倒霉蛋们总是没有视力，用茫然的眼光观看这个世界。倒霉蛋们总被折腾得失去活力，体内是一种深不可测的空虚。倒霉蛋总是异口同声地借口说自己失去了可爱的人。

地下室就是我们的家。晚上，我坐在那里，整夜地等她归来，就好像犯人被锁在牢房的地板上一样。她和另一个她称作朋友的女人一直密谋着要背叛我，并且使我的希望落空。她们没给我留下饭菜，也无火和照明的东西。

她们让我自个儿消遣解闷，一直等到她们归来。

这几个月的羞辱生活使我学会了忍受孤独。我不再寻求外界的帮助，也不再给人开门。我独自生活着，心里忐忑不安，乱糟糟的。我陷入了自己的幻觉之中，只等洪水泛滥，把我淹没。

只要她们回来折磨我时，我的行为如同我已变成的那只动物。我饿得向食物猛扑过去，用手指抓着吃。一边狼吞虎咽，一边冷酷地朝她们龇牙咧嘴地笑着，仿佛是个疯狂嫉妒的沙皇。我装出愤怒无比的样子恶毒地侮辱她们，用箭头威胁她们，咆哮着啐她们几口。

为了激起我那几乎泯灭的感情，我夜夜都这样干。我已经没有力量去感受了。为了把这一缺陷掩盖过去，我模仿着各种情感。有几个晚上，我就像一头受伤的狮子狂嚎乱叫，无休止地逗弄她们。有时，我轻轻抡起巴掌就把她们打翻在地。她们就会在地上滚来滚去，歇斯底里地大笑不止，这时我甚至还往她们身上撒尿。

她们说我天生是小丑的料子，还说哪天晚上邀请一些朋友来，让我为他们表演一番。我咬牙切齿，但还得摇头晃脑地表示赞同。我在学习动物园中的各种花招。

我最得意的花招就是装出一副嫉妒心很强的样子，特别对一些鸡毛蒜皮的事更要如此。我从不过问她是否和这个或者那个男人睡过觉，但我就是想搞清楚他是否吻过

她的手。我会因这么一个小动作而火冒三丈，并且操起刀威胁着要割断她的喉咙。有时我还敢在她那如胶似漆的男友屁股上轻轻地扎上一刀，而后又拿起碘酒、橡皮膏给他敷上，还亲吻他的屁股蛋子。

若她们有天晚上回来，发现火灭了；若我这天晚上的情绪极佳，因为我以钢铁般的意志征服了饥饿的折磨，在黑暗中独自抵挡了精神病的袭击，并几乎确信只有自高自大才能产生痛苦与忧伤；让我们进一步假设，她们进入这个监狱般的地下室时，却根本没有感觉到我那种胜利在握的神态。她们只能感受到房间里有一股刺骨的冷气，也不会问我冷不冷，只说：这地方真冷。

冷吗，我的小公主们？然后你们就会享有一炉熊熊烈火。我操起椅子朝石头墙上狠狠地撞去。我跳过去，将它弄成小碎片。我把纸和小碎片放进炉膛，生起一小堆火，就这样把这把椅子一片片地烧完了。

她们想着我这一招一式真是太可爱了。到此一切都很美满。现在该吃点东西，喝杯冷啤酒了吧！这么说，你们今晚过得还不错吧？门外很冷，是吗？你募集了一点儿钱吧？好，明天就存到零钱储蓄所！你，赫戈罗伯露，出去买瓶朗姆酒！我明天要走……我准备云游四方。

火苗渐渐小了。我操起空空的椅子架，对着墙壁砸出了它的脑髓。火焰又旺了。赫戈罗伯露笑容满面地回来了，递给我酒瓶。我急切地打开盖子，美美地喝了一口。肚子里也燃起了火。站起来！我叫喊着。给我再拿把椅子！抗议，号啕大哭，尖声叫嚷。实在太过分了。你们说，外边很冷，对吗？所以我们需要更多的温暖。走开！我胳膊一抡，把盘子都扫到地上，然后紧紧抓住桌子不放。她们拼命把我推开。我出了门，在外边的垃圾箱里找到了斧头。我开始狂劈乱砍，把桌子剁成了碎片。然后又砍洗脸台，上面的东西都掉到地板上。我警告她们，我要把一切砸个稀巴烂，哪怕是陶器也在劫难逃。我们要享受以前从没有过的温暖。

我们三人在地板上躺了一夜，就像燃烧的软木来回翻滚。我们互相嘲笑，彼此嘲弄。

“他绝不会走……他只不过是在演戏。”

我耳边传来低低的声音：“你真的要走吗？”

“对，我是说真的。”

“可我不想让你走。”

“我不再在乎你愿不愿意。”

“可我爱你呀！”

“我不信。”

“你一定得相信我。”

“我谁也不信，什么都不信。”

“你病了。你不清楚自己在干什么。我不会让你走的。”

“你怎么能拦住我呢？”

“别这样，瓦尔，别这么说……你让我忧心忡忡。”

寂静无声。

传来怯生生的耳语：“没有我，你怎么生活呢？”

“我不知道，也不在乎。”

“可你需要我呀！你不懂得如何照顾自己。”

“我谁都不需要。”

“我害怕，瓦尔，我就怕你有个什么事儿。”

早晨，她们还沉浸在甜甜的梦乡时，我便悄然离开了这里。偷了一个卖报瞎子的几分线，我便到了泽西海岸，并且向高速公路进发。我感到有一种难以言传的轻松和自由。在费城，我俨然一个游客四处游荡着。肚子饿了，就向行人讨了一角钱。我试了好几次——只是觉得这样挺有趣。我走进一家酒吧，免费饱食了一顿午餐，还喝了一大杯啤酒。酒足饭饱之后又向高速公路进发了。

我搭车向匹兹堡方向驶去。这个司机不善言谈，我也如此。好像我雇了一个私人司机似的。过了一阵子、我纳闷自己到底要去何方。要找工作吗？不。要重新开始生活吗？不。要度假吗？不。我什么也不要。

那么你到底想干什么呢？我自问、回答总是完全一致：什么也不想干。

哦，这正应了你这个人：什么也没有。

两人都不说话。我开始对插在仪表盘上的那个打火机产生了兴趣。我忽然想到了“楔子”这个词。我长久地把玩着这个词，随即便果断地轰走了它，就像一个人轰走整天缠着要和他玩球的孩子。

公路干线朝着四面八方延伸。假如没有路，这个地球会是什么样呢？是一望无际的海洋。是一片森林。穿越荒野修建的第一条路似乎就像是一项辉煌的成就。测方向，搞定位，准备运输工具，然后再修建两条路、三条路……再接着便有了成千上万条路。这些路就是一张蜘蛛网，里边是创造世界的人类，像苍蝇一样粘到了网上挣脱不开。

我们以每小时七十英里的速度行驶，这也许是我的猜测。我们没有搭过一句话。他可能害怕听我说饿了或者没有地方睡觉之类的话吧！他也许在想，若我打什么坏主意，他在哪儿把我抛出去最好。他时不时地用那个电子打火机点上香烟抽。那个小玩艺儿让我着迷。它就像个小小的电椅。

司机突然说："我在这儿拐弯，你去哪儿？"

"你可以让我在这儿下车……谢谢。"

下了车，我才发现天上下着毛毛细雨，天气阴沉沉的。道路通向四面八方。我必须决定想去哪儿，我一定得有一个目标。

我痴呆地站在雨中，上百辆车从我身边一晃而过，我都没抬头看一眼。我发现自己居然没有一条备用的手帕。我想擦一下眼镜，但又想，何必呢？我不用看得清楚。不用太敏感，思维也不必太清晰。我哪儿都不去。累了，就躺下睡一觉。动物在雨中睡觉，人为什么不能呢？我若能变成一只动物，定会走遍天涯海角。

一辆卡车停在我身边——司机要找火柴。

"我可以带你走吗？"他问。

我也不问他去哪儿就钻了进去。雨下得更大了，天色突然变得漆黑。我不知道我们驶向哪里，也不想知道。不挨雨淋水浇，还紧靠着温暖的身体坐着，我也就满足了。

这家伙是个乐天派，比较健谈。说起火柴，他说，用着了就觉得它举足轻重，可是说丢就很容易地丢了；诸如此类的话他谈了好多好多。他真是无话也要找话说。当你确有非常重大的问题需要处理时，却一丝不苟地大谈特谈那些鸡毛蒜皮的事，岂不怪哉？除了谈一些生活琐碎的事外，我们可以在法国的沙龙中进行那种交谈。公路把世界的万事万物神奇地联在一起，就连空虚也可以被轻易地运送。

当我们把车停在一座大城市的郊区时，我问他这是什么地方。

他说："哦，这是菲利。你以为自己在哪儿？"

我说："不知道。我完全不清楚。我想，你是去纽约吧？"

他轻轻地哼了一声，说："你好像往哪儿走都无所谓。你这样子跟在黑暗中乱闯一样。"

"说得对。我就是在这么做……黑灯瞎火地乱闯一气。"

我又坐下来听他讲，有些人在黑暗中乱闯，要找个歇息的地方。他说话的口气仿佛是园艺师在论述某些灌木品种的特点。正如科日布斯基说的，他是个"行空者"，是个不管大路小路都要开车自己跑的家伙。公路两侧都是草原，栖息在这块荒无人烟之地的动物都是急于请求搭车的流浪汉。

他谈得愈多，我愈加专心致志地琢磨避难所的意思。那个地下室毕竟不是太糟的。而在外边的世界里，人们也同样凄凄惨惨。他们与我的唯一不同的是，他们走出去得到了自己的所需；为了这个，他们出力流汗，尔虞我诈，拼得死去活来。我没有这些麻烦，唯一的问题就是怎样能够日复一日地独自生活下去。

我在想，若是再溜回那个地下室，独自找个角落蜷缩起来，拉下被子盖住耳朵，那是多么滑稽，多么可悲呀！我可以像条狗一样夹着尾巴爬进去。我不会再假装嫉妒而给她们添乱子了。她们赐给我一点儿面包屑我就感恩不尽。如果她要把情人带来，当着我的面做爱，那也无妨。人总不会恩将仇报吧？既然我已经见了世面，还有什么可抱怨的呢？呆在这里怎么着也比站在雨中不知道往哪儿走要强。反正我还有思想，我可以躺在黑暗中思索，想多想少都由着我。外界的人跑前跑后，搬这搬那，时买时卖，把钱存在很行里，接着又取出来。整天忙乎，太可怕了。我可不想这么做。我宁愿装成一只动物，比如一条狗，这样就不时地有人给我扔块骨头啃。要是能循规蹈矩，还会得到主子的宠爱与抚摸。我或许能碰上好主子，他会用皮条牵我出去，让我到处撒尿。说不定还能碰上一条异性的狗，不时的快速交欢一番。哦，我如今知道该怎样安静，怎样顺从了。我已有了小小的教训。我将在炉边的一个角落蜷缩成一团，如你所愿的那样安静柔顺。她们若把我踢出去，那就太卑鄙无耻了。此外，要是我表示自己不需要任何东西，也不想得到任何恩惠，要是我让她们就像我那样独自生活，那么，在这个角落里给我方寸之地有什么危害呢？

棘手的是要趁她们外出时偷偷地溜进去，这样她们就不会当着我的面把门关上。

我正幻想到这儿，忽然有一种最烦躁的思绪攫住了我。假如她们消失得无影无踪，若那座房子被遗弃了，怎么办？

在伊丽莎白这个地方附近，汽车抛锚了。是引擎出了毛病。下去再搭别的车似乎比整夜呆在这里明智些。我走到离这儿最近的加油站，在附近游荡着，想等上一辆车把我拉回纽约去。我等了一个多小时还不见有车，心里就不耐烦了，索性就靠着这两条腿沿着昏暗的公路走下去。雨势减弱，只是零零星星的毛毛细雨。我顺着公路走着，时不时地还疾步小跑，心里却想着要是能爬进一个狗窝该多好。距离伊丽莎白市大约十五英里远了。

走着走着，我突然觉得自己很开心，竟放声大唱起来。歌声越唱越嘹亮，似乎要让她们知道我回来了。我当然不会唱着歌踏进那所房子——那样会吓死她们的。

唱歌使我觉得腹中空空。我在路边的小摊上买了一块赫尔希巧克力。它挺好吃。看，你还不是太糟吧，我自言自语。你还没吃骨头和垃圾呢。临死前你还能吃到几个像样的菜。你在想什么——炖羊肉？你不能想什么美味佳肴……只能想骨头和垃圾。从现在起，你就过狗的日子。

当我坐在伊丽莎白市这边的一块大石头上休息时，突然看见一辆大卡车飞驶而来。原来还是那个司机。我跳上车。他便启开话匣子，说引擎最容易出什么毛病，什么驱使它们运转，等等。“我们很快就到啦！”他冷不丁地冒出这么一句，让人莫名其妙。

“去哪儿？”我问。

“当然是纽约啦……你以为是哪儿?”

“哦，纽约，嗨……你看我这记性。”

“喂，冒昧地问一句，你到纽约究竟干什么呢?”

“与家人团聚。”

“离家很久了吗?”

“大概十年了吧!”我若有所思地把声调拖得很长。

“十年啦！真他妈的不短。你一直做什么，只是四处流浪吗?”

“对，只是四处流浪。”

“我想他们见到你会很高兴，我是说你的家人。”

“我觉得他们会的。”

“你好像口气不硬。”说着，他疑惑地看了我一眼。

“没错儿。哦，你知道怎么回事。”

“我想是的，”他答道，“你这样的人我见得多了。他们总要抽个时间回来看着自己的老巢。”

他说老巢，我压低嗓子说，实际上讲应该是狗窝。我更喜欢狗窝。巢是供鸡、鸽子以及下蛋的禽类用的。我不下蛋。骨头和垃圾，骨头和垃圾……我一遍遍地重复着这句话，以给我自己一种道德力量，使自己能像条负伤累累的落水狗一样爬回去。

分手时，我借了他五分钱，便钻进了地铁。我觉得自己精疲力竭，腹中空空，一副饱经风霜的样子。在我眼中，旅客们都是死气沉沉的没有生气，就好像有人刚把他们从监狱或者济贫院里放出来。我外出逛世界，走得好远好远呀！十年来，我到处流浪，而现在我回来了。欢迎归来，回头浪子！欢迎归来！天哪，我听过多么美妙的故事，见过多少宏伟的城市啊！多么不可思议的冒险！从早到晚，一年的生活经历呀！家里人还会在那儿吗?

我蹑手蹑脚地走进通道，想找到一丝亮光。没有一点儿生活的迹象。嗨，她们从来不这么早回家。我要从门廊处上楼。说不定她们呆在房子后面呢。有时她们坐在大厅那边赫戈罗伯露的卧室里。厕所里的马桶昼夜不停地直往大厅滴水。

我轻轻推开门，走到楼梯的顶口，顶口给封住了，我轻轻地一步一步地向下走去。台阶的底部有一个门。我完全置身于黑暗中。

在台阶底部，我听到有人在窃窃私语。她们在家呢！我高兴得要命，心情激动不已。我真想冲进去，趴在她们脚下，摇着自己的小尾巴，但这不是我计划中的行动方案。

我把耳朵贴在墙板上听了一会儿之后，便抓住球形门拉手，缓慢无声地转动着。

门开了一英寸左右，里边的声音听得更清楚了。大的在讲话，那是赫戈罗伯露。她听起来很伤感，几乎歇斯底里，似乎一直在喝酒，另一个人说话声音很低，是我迄今为止听到的最让人感到慰藉的声音。她似乎是在恳求那个大的。谈话还很奇怪地暂停下来，她们似乎拥抱在一起。我敢发誓，那个大的不时地咕哝一声，好像是在抚摸另一个人的皮肤。紧接着，她突然发出一声兴奋的却是一种复仇的嚎叫，她突然尖叫起来。

“那么，你真的还在爱着他？你对我撒谎！”

“不，不！我发誓我不爱他。你要相信我的话，我从不爱他。”

“简直是谎话！”

“我向你发誓……我发誓自己从没爱过他。他对我来说只是个孩子罢了。”

接着便传来一阵刺耳的狂笑。随即又是一阵轻微的骚动，好像是在扭打，继而寂静无声，似乎是她们的嘴唇贴在一起了。再到后来，她们好像在互相脱衣服，床吱吱嘎嘎地响，说自家人的坏话，没错儿。她们赶走了我，好像我是个麻风病人，而现在，她们竟干起了男女之间的勾当。多亏我没在那个角落里用爪子捧着脑袋看。不然，我肯定会非常生气地狂吠，也许还要咬她们几口，而过后，她们可能就像对待一条脏兮兮的杂种狗一样，踢得我满地乱转。

我不想再听了，便轻轻关上门，摸黑坐在台阶上。我也不感到疲倦和饥饿了。现在十分地清醒。三小时内我就能步行到旧金山。

我必须去个什么地方！必须确定下来，要不然，我会发疯。我知道自己绝对不是个孩子了。我不知道自己是否想成为一个男子汉，因为我受到的伤害和打击太多了，但我绝对不是个孩子了！

紧接着，我的生理上发生了戏剧性的变异。我开始月经来潮，身上每一个毛孔都涌出经血。

一旦男人月经来潮，几分钟就没事了。他不会留下任何麻烦事。

我四肢着地爬上楼梯，像进来时那样静悄悄地离开了那所房子。雨过天晴，繁星灿烂，微风拂面。路对面的路德教堂白天的颜色像小孩的粪便，而现在却呈现出暗淡的橘黄色，与沥青的黑色谐调地揉合在一起。对于未来，我心中仍然不踏实。我在一个街角站立片刻，来回打量着那条街道，好像是生平第一次才注意到它。

当你在某个地方经历许多困难，你就会觉得这街道就记录着你的苦难史，但是，你若观察一下，街道似乎对任何个人的痛苦都无动于衷。假如你失去了一个亲密的朋友后再乘着夜色走出家门，那么你眼前的这条街道看起来的确很漠然，没有一点儿人味。要是外界变得与里边一样，那就太难以忍受了。街道是个喘息或休息的地方……

我朝前走去，想确定下来去什么地方，但还是拍不了板。路边有一个装满骨头和

垃圾的垃圾桶。有些人把旧鞋、破烂的拖鞋、帽子、吊袜带以及其他用坏了的东西扔在他们的住宅前。毫无疑问，假如我开始夜间寻找食物，就那些丢弃的面包屑也足以使我活得很滋润了。

我敢肯定自己不再想什么狗窝里的生活了。反正我已不再觉得自己像条狗了……倒觉得像只公猫。猫是独立的，是无政府主义者，是天马行空的东西。一到晚上，统治禽巢的可是猫呀!

又饥肠辘辘了。我漫步走向区政厅的灯火耀眼处，那儿的自助餐厅热闹非凡。我透过宽大的窗户向里张望，看是否能发现一张友善的面孔。我继续朝前走，经过一个又一个商店的橱窗，仔细观看里面陈设的鞋、男人服饰用品、烟丝等林林总总的东西。我又在地铁入口处站了好一会，可怜巴巴地希望有人粗枝大叶地掉下一枚五分硬币。我望望那边的报刊摊，看有没有瞎子，企图再偷上几分钱。

过了一会儿，我走上了哥伦比亚高地的陡坡。路过一座庄严肃穆的褐色沙石房子时，我记得在老早以前给父亲的一位顾客送交一包衣服时进过这个地方。我还记得自己站在后面那个宽大的房间里，凸肚窗朝着河流开着。那是个阳光灿烂的日子，下午晚些时候，那个房间简直就像一幅弗美尔的风景画，煞是好看。我只好帮助那位老人穿好衣服。他患有疝气。他穿着针织内衣，站在房间的中央，看上去真是淫荡之极。

陡坡下面是条街道，两侧布满了货栈和商店。富豪人家的露台像个空中花园，在这条沉闷的街道上方大约二三英尺的地方戛然而止，毫无生气的窗户和阴森森的拱廊一直通到码头。走到这条街的顶头，我站在一堵墙前面撒尿。这时过来一个酒鬼站在我身边。他尿湿了全身，然后突然弯下腰开始呕吐。我离开时还能听到秽物溅到他鞋上的声音。

我顺着通往码头的很长的一级台阶跑着，却发现迎面站着一个身着制服、手操棍棒的家伙。他问我来干什么，还没等我回答，他便开始推搡我，还舞弄着手中的棍子。

我又攀上那段长长的台阶，坐在一条凳子上。我面对着一家老式旅馆，有位对我挺亲热的老师就住在里面。最后一次见到她时，我带她出去吃饭，告别时我只好求她给我一枚五分硬币。她给了我——就一枚五分硬币——那副表情我到死都忘不了。我上学时，她对我寄予很高的希望，但那副表情明摆着告诉我她已完全改变了对我的看法。她或许会说：“你永远不会对付这个世界!”

繁星闪烁，很明很亮。我在凳子上舒展着四肢，凝神注视着它们。我的一切失败现在都紧紧地凝固在我心里，这是一个名副其实的大意的胚胎。过去的一切此刻都似乎异常的遥远。我无所事事，只能在冥冥之中寻求快乐。我开始星际旅游……

大概过了一个小时，我已冻得骨头发冷，便站起来疾步行走。我沉浸在疯狂的欲望之中，想再回到那个被赶出来的房子里去，也很想搞清楚她们是否还没有睡。

窗帘没有完全拉上，床前的烛光给前厅撒下一抹宁静的亮光。我偷偷摸摸走近窗口，把耳朵贴上去。她们在唱那个大个子喜欢的一首俄罗斯歌曲。显然，这里一切都很欢快。

我踮起脚走出了通道，拐进了位于拐角上的爱情巷。这条巷很可能是在革命战争时期命名的，而现在它只不过是条布满车库和修理店的陋巷，垃圾桶像被吃掉的棋子儿，扔得到处都是。

我又顺原路返回河边，返回那条阴森恐怖的街道。在富人家悬空的露台下，这条街道蜿蜒曲折，像一条枯萎的尿道。这里太危险，谁也不敢在深更半夜行走。

四周连个鬼影子儿都看不见。从货栈下面穿过的通道中可以瞥见河上迷人的生活——驳船死气沉沉地歇息着，拖船犹如烟雾升腾的鬼魂悄然滑过，纽约的海岸边凸现着摩天大楼的轮廓，硕大粗壮的铁柱子上吊拖着成捆的缆绳，成堆的砖头、木材，成袋的咖啡都堆放在这里。最动人的景象要算天空本身了。风吹云散，夜空中遍布的一簇簇繁星，就像古代犹太教高僧镶有十二颗宝石的法衣，闪闪发光。

最后，我准备从一个拱廊下穿过去。走着走着，一只硕大的老鼠窜过我的脚面。我吓了一跳站了下来，又一只从我脚面滑过。我吓得惊慌失措，又跑回到大街上。在大街的对面，有个人在离墙不远的地方站着。我一动不动地站着，不知道往哪边拐，就盼着那个一声不吭的家伙先走，但他却静止在那儿，像老鹰一样盯着我。我又心惊肉跳了，就害怕如果我一跑动，他也跟上来怎么办，但这次我决心先走开。我尽量无声地行走，竖起耳朵听他的脚步声。我不敢回头看，走得很慢，很轻，脚后跟几乎不敢落地。

我刚走了几码远，便确信他是在跟着我，不在街道的那边，而是直接跟在我后边，也许就离几码远。我快马加鞭，但还是不敢弄出声音。我觉得他比我走得还快，在步步紧逼，似乎脖子都能感受到他的呼吸。我猛然一转身，他就在我屁股后面，几乎伸手可及。我知道此时躲不开他了。我感觉他是带着武器。只要我企图朝他扑过去，他便会动用匕首或者手枪之类的武器。

出于本能，我闪电般地一扭，便躬身往他的腿间撞。他倒在我背上，头砸在人行道上。我知道自己没有力气与他扭打，所以就得速战速决。我跳起来时，他正翻身，似乎受了点惊吓。他的手正要往兜里伸，我一脚踢去，正中他的胸部。

他呻吟着在地上翻滚。我撒腿就跑，使出吃奶的力气飞奔，但街道太陡，我没跑几步便只得变成行走了。我再次转身倾听。天色太暗，根本辨不清他是站起来了还是依然躺在人行道上。天地之间，我只听到心脏的狂跳和太阳穴的咚咚声。我靠在墙上想喘喘气，只觉得浑身虚弱得随时会晕倒。我真怀疑自己有没有劲爬到山坡顶上。

正当我庆幸自己死里逃生时，我看到一个影子从我甩下他的那堵墙上慢慢移动过

来。恐惧心理使我的腿像灌了铅一样，动弹不得。我完全瘫软了，眼睁睁地看着他移得越来越近，自己却挪不了一步。他好像是在凭直觉推测刚才发生的一幕，步子一直没有加快。

他离我只有几英尺之遥的时候亮出了手枪。我本能地举起双手。他走到我跟前要搜我的身，然后，他把枪放进裤兜里，始终一言不发。他摸完我所有的口袋，什么也没发现，就用手背扇了我一个嘴巴，然后退到水沟边。

“放下你的手。”他说得低沉而又严厉。

我赶忙放下手，吓得呆在那里。

他又掏出枪，端平了，还是用刚才那种口气说：“你这坏小子，我要打穿你的肚子!”一听这话，我瘫倒在地。往下坠的时候，我听见子弹撞到墙上的声音。就这么两下子。我预料到他会打出一阵连射。我记得自己蜷缩得像个胚胎，又担心把眼睛打瞎，只好弯起胳膊遮掩着。这时传来一阵连射，再到后来我就听见他跑走了。

我知道自己要死了，但却感觉不到痛苦。

我突然意识到自己安然无恙，便坐起来，看见有个人手里拿着枪在追击那个逃跑的袭击者。他边跑边射，但都没有击中目标。

我摇晃着站起来，在全身摸了半天，确信自己没有受到伤害，便等着那位警察回来。

“请帮个忙吧，”我恳求道，“我很虚弱。”

他怀疑地打量着我，手里还拿着枪。

“深更半夜的，跑到这里干什么?”

我咕哝着说：“我一点儿力气也没了。过会儿再告诉你。把我送回家，行吗?”

我把自己的住址告诉了他，还说自己是个作家，出来想呼吸新鲜空气。“他把我洗劫一空，幸好你来了……”我又补了一句。

我昏天黑地地瞎编了一通，他的态度缓和了，说：“好吧，拿着这点儿钱，打个出租吧！我想，你没事儿。”他往我手里塞了一美元。

我在一家饭店前找到一辆出租车，要司机送我回爱情巷。中途我又停下来买了一包烟。

这时灯都关了。我跨上台阶，悄悄溜进门厅。没有一丝声息。我把耳朵凑到卧室的门口，屏息静听，然后又蹑手蹑脚地返回大厅顶头那个小地下室。我慢慢转动着把手，等门开到一定程度时，我一下子趴到地上，小心翼翼地摸索着朝床铺爬去。我抬手摸了摸床，是空的。我快速地脱了衣服，钻进被窝。床脚上有些烟蒂，摸起来就像垂死的甲壳虫。

我倒头便进入了沉沉的梦乡。我梦见自己躺在炉边的角落里，浑身毛茸茸的，耳朵长长的，爪子也是肉肉的。我的两只爪子举着一块啃得很干净的骨头。我嫉妒地护着它，甚至在梦中也是这样。有个人进来了，在我的肋骨上踢了一脚。我假装没感觉到。他又踢了一下，好像要惹我嚎叫——或许是让我放弃那块骨头。

“起来!”他吼着，并挥舞着他一直藏在身后的鞭子。

我身子虚弱得动弹不了。我泪眼婆娑，可怜巴巴地仰望着他，默默地祈求他让我安静一会儿。

“起来，滚出去!”他嘟囔着，举起鞭子要打我。

我摇摇晃晃地站起来，想挣扎着走出去。脊椎骨似乎断了。我像个被扎破的气垫子一样瘫倒在地。

那个家伙又无情地举起鞭子，用鞭把朝我劈头盖脸地打下来。我疼得嚎叫一声。他被激怒了，于是握住鞭把，开始恶狠狠地抽我。我想挣扎着站起来，但无济于事——我的脊椎脊髓真的断了。我章鱼似的在地板上来回滚动，身上不停地挨鞭笞。愤怒的鞭子抽得我喘不过气来。他以为我死了，便转身走开。我这才开始发泄自己的痛苦。起先只是啜泣几声，待我精力恢复后，便开始尖叫、狂吠。我像个海绵球似的全身往外渗血。血四处流动，形成黑黑的一大滩，有点儿像动画片中的镜头。我的叫声愈来愈弱，偶尔也狺狺地叫一声。

我睁开眼睛时，那两个女人站在我身旁，推搡着我。

“别叫了，看在上帝的份上，别叫啦!”那个大个儿说。

另一个说：“上帝，瓦尔，出什么事啦？醒来，醒来呀!”

我坐起来，迷惑地看着她们。我赤身裸体，身上血迹斑斑，伤痕累累。

“你去哪儿了？出什么乱子了？”她们异口同声地问。

“我想我是在做梦。”我想微笑，但却成了龇牙咧嘴的苦笑。我哀求说：“看看我的背，好像是断了。”

她们扶我躺下，把我翻过身，好像我身上有什么“易碎”的记号。

“你伤痕累累，一定遭毒打了吧!”

我闭上眼睛，尽力地回忆所发生的事情。我只记得那场梦，那个野蛮的家伙站在我身旁，用鞭子抽打我。他踢我的肋骨，好像我成了一条癞皮狗。(“你这坏小子，我要打穿你的肚子!”)我清楚地记得脊背是被打断了。我倒在地上像条章鱼似的来回滚动。在我无法反抗的时候，他凶猛残暴地鞭笞我。

“让他睡吧!”我听到大个儿说。

“我去叫辆救护车。”另一个说。

她们开始争辩。

“走开，让我独自静一会儿。”我咕哝着。

一切又复归平静。我入睡了。我梦见自己在狗的展示会上；我是一条脖颈上系有蓝丝带的中国家犬。隔壁的笼子里也是一条中国家犬，脖子上围着一条粉色丝带。我们俩谁能得胜，尚难以预测。

有两个我好像认识的女人在对我们各自的优缺点评论着，争辩不休。最后，裁判走过来，用手摸了摸我的脖子。那个大个儿女人生气地走开，还厌恶得直吐唾沫。另一个女人却弯下腰，抓抓我的耳朵，拍拍我的脑袋，亲亲我的长嘴，低声对着我这个宠物说：“我就知道你会为我得奖。你真是个非常可爱的小动物。”她开始抚摸我的毛，“等等，亲爱的，我给你拿点儿好东西去。稍等……”

她回来时，手里拿着一个包裹；它用棉纸包着，还捆着一条精美的丝带。她把这东西举到我面前，我用后腿站立起来，吠叫着，“汪汪！汪汪！”

“别急，亲爱的，”说着，她慢慢地解开包裹，“妈妈给你带来一件漂亮的小礼物。”

“汪汪！汪汪！”

我急不可耐地想得到这礼物。我不明白她为什么这么慢。我想，一定是什么特别珍贵的东西吧！

包裹几乎打开了。她把那个小礼物藏到身后。

“起来！对……站起来！”

我又用后腿支起身子，开始跳跃和立地旋转。

“你讨要吧！讨要它！”

“汪汪！汪汪！”我高兴极了。

突然，她提着那玩艺儿在我面前晃了晃。它是一块辉煌无比的指关节骨，里边都是骨髓，上面还套着一枚结婚戒指。我真想一口咬住它，但她却高高举在头顶上，无情地逗弄我。到后来，她竟然伸出舌头开始把骨髓往她自己嘴里吸，然后又把骨头转过来，从另一头吸。等她吸出一个孔来时，她抓住我，动手抚摸着我的胯下。她可真是个行家里手，一会儿，抚摸得我那东西粗挺起来，像个生萝卜。接着她拿起骨头（上面还套着那只结婚戒指）套在我的那个萝卜上。“你这个小宝贝，我要把你带回家，把你放在床上。”说完，她抱起我就往外走。人们哈哈大笑，起劲地拍着手。我们刚到门口，骨头就滑出来掉在地上。我想从她怀里挣脱出来，可她把我抱得紧是的。我开始哭泣。

“嘘！别作声！”说完，她伸出舌头舔我的脸，“你这个迷人、可爱的小家伙！”

“汪汪！汪汪！汪！汪，汪，汪！”

我吠叫着。

世界禁书文库

麦田里的守望者

【美】杰罗姆·大卫·塞林格 ⊙ 著
马肇基 ⊙ 译

线装书局

1

你要是真想听我讲，你想要知道的第一件事可能是我在什么地方出生，我倒霉的童年是怎样度过，我父母在生我之前干些什么，以及诸如此类的大卫·科波菲尔式废话，可我老实告诉你，我无意告诉你这一切。首先，这类事情叫我腻烦；其次，我要是细谈我父母的个人私事，他们俩准会大发脾气。对于这类事情，他们最容易生气，特别是我父亲。他们为人倒是挺不错——我并不想说他们的坏话——可他们的确很容易生气。再说，我也不要告诉你他妈的我整个自传。我想告诉你的只是我在去年圣诞节前所过的那段荒唐生活，后来我的身体整个儿垮了，不得不离家到这儿来休养一阵。我是说这些事情都是我告诉 D. B. 的，他是我哥哥，在好莱坞。那地方离我目前可怜的住处不远，所以他常常来看我，几乎每个周末都来，我打算在下个月回家，他还要亲自开车送我回去。他刚买了辆“美洲豹”，那是种英国小轿车，一个小时可以驶两百英里左右，买这辆车花了他将近四千块钱。最近他十分有钱。过去他并不有钱。过去他在家里的时候，只是个普通作家，写过一本了不起的短篇小说集《秘密金鱼》，不知你听说过没有。这本书里最好的一篇就是《秘密金鱼》，讲的是一个小孩怎样不肯让人看他的金鱼，因为那鱼是他自己花钱买的。这故事动人极了，简直要了我的命。这会儿他进了好莱坞，当了婊子——这个 D. B. 。我最最讨厌电影。最好你连提也不要向我提起。

我打算从我离开潘西中学那天讲起。潘西这学校在宾夕法尼亚州埃杰斯镇。你也许听说过。也许你至少看见过广告。他们差不多在一千份杂志上登了广告，总是一个了不起的小伙子骑着马在跳篱笆。好像在潘西除了比赛马球就没有事可做似的。其实我在学校附近连一匹马的影儿也没见过。在这幅跑马图底下，总是这样写着：“自从一八八八年起，我们就把孩子栽培成优秀的、有脑子的年轻人。”完全是骗人的鬼话。在潘西也像在别的学校一样，根本没栽培什么人材。而且在那里我也没见到任何优秀的、有脑子的人。也许有那么一两个。可他们很可能在进学校时候就是那样的人。

嗯，那天正好是星期六，要跟萨克逊·霍尔中学赛橄榄球。跟萨克逊·霍尔的这场比赛被看作是潘西附近的一件大事。这是年内最后一场球赛，要是潘西输了，看样子大家非自杀不可。我记得那天下午三点左右，我爬到高高的汤姆孙山顶上看赛球，就站在那尊曾在独立战争中使用过的混账大炮旁边，从这里可以望见整个球场，看得见两队人马到处冲杀。看台里的情况虽然看不很清楚，可你听得见他们的叱喝声，一片震天价喊声为潘西叫好，因为除了我，差不多全校的人都在球场上，不过给萨克逊·霍尔那边叫好的声音却是稀稀拉拉的，因为到客地来比赛的球队，带来的人总是不多的。

在每次橄榄球比赛中总很少见到女孩子。只有高班的学生才可以带女孩子来看球。这确实是个阴森可怕的学校，不管你从哪个角度看它。我总希望自己所在的地方至少偶尔看见几个姑娘，哪怕只看见她们在搔胳膊、擤鼻子，甚至在吃吃地傻笑。赛尔玛·绥摩——她是校长的女儿——倒是常常出去看球，可像她这样的女人，实在引不起你多大兴起。其实她为人倒挺不错。有一次我跟她一起从埃杰斯镇从公共汽车出去，她就坐在我旁边。我们俩随便聊起天来。我挺喜欢她。她的鼻子很大，指甲都已剥落，像在流血似的，胸前还装着两只假奶，往四面八方直挺，可你见了，只觉得她可怜。我喜欢她的地方，是她从来不瞎吹她父亲有多伟大。也许她知道他是个假模假式的饭桶。

我之所以站在汤姆逊山顶，没下去看球，是因为我刚跟击剑队一道从纽约回来。我还是这个击剑队的倒霉领队。真了不起。我们一早出发到纽约去跟麦克彭尼中学比赛击剑。只是这次比赛没有比成。我们把比赛用的剑、装备和一些别的东西一股脑儿落在他妈的地铁上了。这事也不能完全怪我。我得不住地站起来看地图，好知道在哪儿下车。结果，我们没到吃晚饭时间，在下午两点三十分就已回到了潘西。乘火车回来的时候全队的人一路上谁也不理我。说起来，倒也挺好玩哩。

我没下去看球的另一原因，是我要去向我的历史教师老斯宾塞告别。他患着流行性感冒，我揣摩在圣诞假期开始之前再也见不到他了。他写了张条子给我，说是希望在我回家之前见我一次。他知道我这次离开潘西后再也不回来了。

我忘了告诉你这件事。他们把我踢出了学校，过了圣诞假后不再要我回来，原因是我有四门功课不及格，又不肯好好用功。他们常常警告我，要我好好用功——特别是学期过了一半，我父母来校跟老绥摩谈过话以后——可我总是当耳边风。于是我就给开除了。他们在潘西常常开除学生。潘西在教育界声誉挺高。这倒是事实。

嗯，那是十二月，天气冷得像巫婆的奶头，尤其是在这混账的小山顶上。我只穿了件晴雨两用的风衣，没戴手套什么的。上个星期，有人从我的房间里偷走了我的骆驼毛大衣，大衣袋里还放着我那副毛皮里子的手套。潘西有的是贼。不少学生都是家里极有钱的，可学校里照样全是贼。学校越贵族化，里面的贼也越多——我不开玩笑。嗯，我当时一动不动地站在那尊混账大炮旁边，看着下面的球赛，冻得我屁股都快掉了。只是我并不在专心看球。我流连不去的真正目的，是想跟学校悄悄告别。我是说过去我也离开过一些学校，一些地方，可我在离开的时候自己竟不知道。我痛恨这类事情。我不在乎是悲伤的离别还是不痛快的离别，只要是离开一个地方，我总希望离开的时候自己心中有数。要不然，我心里就会更加难受。

总算我运气好。刹那间我想起了一件事，让我感觉到自己他妈的就要滚出这个地方了。我突然记起在十月间，我怎样跟罗伯特·铁奇纳和保尔·凯姆伯尔一起在办公大楼前扔橄榄球。他们都是挺不错的小伙子，尤其是铁奇纳。那时正是在吃晚饭前，外面天已经很黑了，可是我们照样扔着球。天越来越黑，黑得几乎连球都看不见了，可我们还是不肯歇手。最后我们被迫歇手了。那位教生物的老师，柴柏西先生，从教务处的窗口探出头来，叫我们回宿舍去准备吃晚饭。我要是运气好，能在紧要关头想起这一类事情，我就可以好好做一番告别了——至少绝大部分时间都可以做到。因此我一有那感触，就立刻转身奔下另一边山坡，向老斯宾塞的家奔去。他并不住在校园内。他住在安东尼·魏恩路。

我一口气跑到大门边，然后稍停一下，喘一喘气。我的气很短，我老实告诉你说。我抽烟抽得凶极了，这是一个原因——那是说，我过去抽烟抽得极凶。现在他们让我戒掉了。另一个原因，我去年一年内竟长了六英寸半。正因为这个缘故，我差点儿得了肺病，现在离家来这儿他妈的检查治疗那一套。其实，我身上什么毛病也没有。

嗯，等我喘过气来以后，我就奔过了第二〇四街。天冷得像在地狱里一样，我差点儿摔了一跤。我甚至都不知道自己为什么要奔跑——我揣摩大概是一时高兴。我穿过马路以后，觉得自己好像失踪了似的。那是个混账的下午，天气冷得可怕，没太阳什么的，在每次穿越马路之后，你总会有一种像是失踪了的感觉。

嘿，我一到老斯宾塞家门口，就拼命按起铃来。我真的冻坏了。我的耳朵疼得厉害，手上的指头连动都动不了。“喂，喂，”我几乎大声喊了起来，“快来人开门哪。”最后老斯宾塞太太来开门了。他们家里没有佣人，每次总是他们自己出来开门。他们并不有钱。

“霍尔顿！”斯宾塞太太说。“见到你真高兴！进来吧，亲爱的！你都冻坏了吧？”我觉得她的确乐于见我。她喜欢我。至少我是这样觉得。

嘿，我真是三脚两步跨进了屋。“您好，斯宾塞太太？”我说。“斯宾塞先生好？”

“我来给你脱大衣吧，亲爱的，”她说。她没听见我问候斯宾塞先生的话。她的耳朵有点聋。

她把我的大衣挂在门厅的壁橱里，我随便用手把头发往后一掠。我经常把头发理得很短，所以用不着用梳子梳。“您好吗，斯宾塞太太？”我又说了一遍，只是说得更响一些，好让她听见。

“我挺好，霍尔顿。”她关上了橱门。“你好吗？”从她问话的口气里，我立刻听出老斯宾塞已经把我被开除的事告诉她了。

“挺好，”我说。“斯宾塞先生好吗？他的感冒好了没有？”

“好了没有！霍尔顿，他完全跟好人一样了——我不知道怎么说合适……他就在他自己的房里，亲爱的。进去吧！”

2

他们各有各的房间。他们都有七十左右年纪，或者甚至已过了七十。他们都还自得其乐——当然是傻里傻气的。我知道这话听起来有点混，可我并不是有意要说混话。我的意思只是说我想老斯宾塞想得太多了，想他想得太多之后，就难免会想到像他这样活着究竟有什么意思。我是说他的背已经完全驼了，身体的姿势十分难看，上课的时候在黑板边掉了粉笔，总要坐在第一排的学生走上去拾起来递给他。真是可怕极了，在我看来。不过你要是想他想得恰到好处，不是想得太多，你就会觉得他的日子还不算太难过。举例来说，有一个星期天我跟另外几个人在他家喝热巧克力，他还拿出一条破旧的纳瓦霍毯子来给我们看，那是他跟斯宾塞太太在黄石公园向一个印第安人买的。你想象得出老斯宾塞买了那条毯子心里该有多高兴。这就是我要说的意思。有些人老得快死了，就像老斯宾塞那样，可是买了条毯子却会高兴得要命。

他的房门开着，可我还是轻轻敲了下门，表示礼貌。我望得见他坐的地方。他坐在一把大皮椅上，用我上面说过的那条毯子把全身裹得严严的。他听见我敲门，就抬起头来看了看。“谁?”他大声嚷道：“考尔菲德？进来吧，孩子。”除了在教室里，他总是大声嚷嚷。有时候你听了真会起鸡皮疙瘩。

我一进去，马上有点儿后悔自己不该来。他正在看《大西洋月刊》，房间里到处是丸药和药水，鼻子里只闻到一股维克斯滴鼻药水的味道。这实在叫人泄气，我对生病的人反正没多大好感。还有更叫人泄气的。是老斯宾塞穿着件破烂不堪的旧浴衣，大概是他出生那天就裹在身上的。我最不喜欢老人穿着睡衣或者浴衣。他们那瘦骨嶙峋的胸脯老是露在外面。还有他们的腿。老人的腿，常常在海滨之类的地方见到，总是那么白，没什么毛。“哈罗，先生，”我说。“我接到您的便条啦。多谢您关怀。”他曾写了张便条给我，要我在放假之前抽空到他家去道别，因为我这一走，是再也不回来了。“您真是太费心了。我反正总会来向您道别的。”

“坐在那上面吧，孩子，”老斯宾塞说。他意思要我坐在床上。

我坐下了。“您的感冒好些吗，先生?”

“我的孩子，我要是觉得好些，早就去请大夫了，”老斯宾塞说。说完这话，他得意的了不得，马上像个疯子似的吃吃笑起来。最后他总算恢复了平静，说道：“你怎么不去看球？我本来以为今天有隆重的球赛呢。”

“今天倒是有球赛。我也去看了会儿。只是我刚跟击剑队从纽约回来，”我说。嘿，他的床真像岩石一样。

他变得严肃起来。我知道他会的。“那么说来，你要离开我们了，呃?”他说。

“是的，先生。我想是的。”

他开始老毛病发作，一个劲儿点起头来。你这一辈子再也没见过还有谁比他更会点头。你也没法知道他一个劲儿点头是由于他在动脑筋思考呢，还是由于他只是个挺不错的老家伙，糊涂得都不知道哪儿是自己的屁股哪儿是自己的胳膊弯儿了。

“绥摩博士跟你说什么来着，孩子？我知道你们好好谈过一阵。”

“不错，我们谈过。我们的确谈过。我在他的办公室里呆了约莫两个钟头，我揣摩。”

“他跟你说了些什么？”

“哦……呃，说什么人生是场球赛。你得按照规则进行比赛。他说得挺和蔼。我是说他没有蹦得碰到天花板什么的。他只是一个劲儿谈着什么人生是场球赛。您知道。”

“人生的确是场球赛，孩子。人生的确是场大家按照规则进行比赛的球赛。”

“是的，先生。我知道是场球赛。我知道。”

球赛，屁的球赛。对某些人说是球赛。你要是参加了实力雄厚的那一边，那倒可以说是场球赛，不错——我愿意承认这一点。可你要是参加了另外那一边，一点实力也没有，那么还赛得了什么球？什么也赛不成。根本谈不上什么球赛。“绥摩博士已经写信给你父母了吗？”老斯宾塞问我。

“他说他打算在星期一写信给他们。”

“你自己写信告诉他们没有？”

“没有，先生，我没写信告诉他们，因为我星期三就要回家，大概在晚上就可以见到他们了。”

“你想他们听了这个消息会怎么样？”

“呃，……他们听了会觉得烦恼，”我说。“他们一定会的。这已是我第四次换学校了。”我摇了摇头。我经常摇头。“嘿！”我说。我经常说“嘿！”这一方面是由于我的词汇少得可怜，另一方面也是由于我的行为举止有时很幼稚。我那时十六岁，现在十七岁，可有时候我的行为举止却像十三岁。说来确实很可笑，因为我身高六英尺二英寸半，头上还有白头发。我真有白头发。在头上的一边——右边，有千百万根白头发，从小就有。可我有时候一举一动，却像还只有十二岁。谁都这样说，尤其是我父亲。这么说有点儿对，可并不完全对。人们总是以为某些事情是完全对的。我压根儿就不理这个碴儿，除非有时候人们说我，要我老成些，我才冒起火来。有时候我的一举一动要比我的年龄老得多——确是这样——可人们却视而不见。他们是什么也看不见的。

老斯宾塞又点起头来了。他还开始掏起鼻子来。他装作只是捏一捏鼻子，其实他早将那只大拇指伸进去了。我揣摩他大概认为这样做没有什么不对，因为当时房里只有我一个。我倒也不怎么在乎，只是眼巴巴看着一个人掏鼻子，总不免有点恶心。

接着他说：“你爸爸和妈妈几个星期前跟绥摩博士谈话的时候，我有幸跟他们见了面。他们都是再好没有的人。”

再好没有，我打心眼里讨厌这个词儿。完全是假模假式。我每次听见这个词儿，心里就作呕。

一霎时，老斯宾塞好像有什么十分妙、十分尖锐——尖锐得像针一样——的话要跟我说。他在椅子上微微坐直身子，稍稍转过身来。可这只是一场虚惊。他仅仅从膝上拿起那本《大西洋月刊》，想扔到我旁边的床上。他没扔到。只差那么两英寸光景，可他没扔到。我站起来从地上拾起杂志，把它搁在床上。突然间，我想离开这个混帐房间了。我感觉得出有一席可怕的训话马上要来了。我倒不怎么在乎听训话，不过我不乐意一边听训话一边闻维克斯滴鼻药水的味道，一边还得望着穿了睡裤和浴衣的老斯宾塞。我真的不乐意。

训话终于来了。"你这是怎么回事呢，孩子?"老斯宾塞说，口气还相当严厉。"这个学期你念了几门功课?"

"五门。先生。"

"五门，你有几门不及格?"

"四门。"我在床上微微挪动一下屁股。这是我有生以来坐过的最硬的床。"英文我考得不错，"我说，"因为《贝沃尔夫》和'兰德尔我的儿子'这类玩艺儿，我在胡敦中学时候都念过了。我是说念英文这一门我用不着费多大劲儿，除了偶尔写写作文。"

他甚至不在听。只要是别人说话，他总不肯好好听。

"历史这一门我没让你及格，因为你简直什么也不知道。"

"我明白，先生。嘿，我完全明白。您也是没有办法。"

"简直什么也不知道，"他重复了一遍。就是这个最叫我受不了。我都已承认了，他却还要重复说一遍。然而他又说了第三遍。"可简直什么也不知道。我十分怀疑，整整一个学期不知你可曾把课本翻开过哪怕一回。到底翻开过没有?老实说，孩子。"

"呃，我约略看过那么一两次，"我告诉他说。我不愿伤他的心。他对历史简直着了迷。

"你约略看过，嗯?"他说——讽刺得厉害。"你的，啊，那份试卷就在我的小衣柜顶上。最最上面的那份就是。请拿来给我。"

来这套非常下流，可我还是过去把那份试卷拿给他了——此外没有其他办法。随后我又坐到他那张像是水泥做的床上。嘿，你想象不出我心里有多懊丧，深悔自己不该来向他道别。

他拿起我的试卷来，那样子就像拿着臭屎什么的。"我们从十一月四日到十二月二日上关于埃及人的课。在自由选择的论文题里，你选了写埃及人，你想听听你说了些什么吗?"

"不，先生，不怎么想听，"我说。

可他照样念了出来。老师想干什么，你很难阻止他。他是非干不可的。

> 埃及人是一个属于高加索人种的古民族，住在非洲北部一带。我们全都知道，非洲是东半球上最大的大陆。

我只好坐在那里倾听这类废话。来这一套确实下流。

> 我们今天对埃及人极感兴趣，原因很多。现代科学仍想知道埃及人到底

> 用什么秘密药料敷在他们所包裹的死人身上，能使他们的脸经无数世纪而不腐烂。这一有趣的谜仍是对二十世纪现代科学的一个挑战。

他不念了，随手把试卷放下。我开始有点恨他了。“你的大作，我们可以这么说，写到这儿就完了，”他用十分讽刺的口吻说。你真想不到像他这样的老家伙说话竟能这么讽刺。“可是，你在试卷底下还写给我一封短信，”他说。

“我知道我写了封短信，”我说。我说得非常快，因为我想拦住他，不让他把那玩艺儿大声读出来。可你没法拦住他。他热得像个着了火的炮仗。

> 亲爱的斯宾塞先生（他大声念道）。我对埃及人只知道这一些。虽然您讲课讲得极好，我却对他们不怎么感兴趣。您尽管可以不让我及格，反正我除了英文一门以外，哪门功课也不可能及格。极敬爱您的学生霍尔顿·考尔菲德敬上。

他放下那份混账试卷，拿眼望着我，那样子就像他妈的在比赛乒乓球或者其他什么球的时候把我打得一败涂地似的。他这么把那封短信大声念出来，这件事我一辈子也不能原谅他。要是他写了那短信，我是决不会大声念给他听的——我真的不会。尤其是，我他妈的写那信只是为了安慰他，好让他不给我及格的时候不至于太难受。

“你怪我没让你及格吗，孩子？”他说。

“不，先生！我当然不怪你，”我说。我他妈的真希望他别老这么一个劲儿管我叫“孩子”。

他念完试卷，也想把它扔到床上。只是他又没有扔到，自然的。我不得不再一次起身把它拾起来，放在那本《大西洋月刊》上面。每两分钟起身给他拾一次东西，实在叫人腻烦。

“你要在我的地位，会怎么做呢？”他说。“老实说吧，孩子。”

呃，你看得出他给了我不及格，心里确实很不安。我于是信口跟他胡扯起来。我告诉他说我真是个窝囊废，诸如此类的话。我跟他说我要是换了他的地位，也不得不那么做，还说大多数人都体会不到当老师的处境有多困难。反正是那一套老话。

但奇怪的是，我一边在信口开河，一边却在想别的事。我住在纽约，当时不知怎的竟想起中央公园靠南边的那个小湖来了。我在琢磨，到我回家时候，湖里的水大概已经结冰了，要是结了冰，那些野鸭都到哪里去了呢？我一个劲儿琢磨，湖水冻严以后，那些野鸭到底上哪儿去了。我在琢磨是不是会有人开了辆卡车来，捉住它们送到动物园里去。或者竟是它们自己飞走了？

我倒是很幸运。我是说我竟能一边跟老斯宾塞胡扯，一边想那些鸭子。奇怪的是，你跟老师聊天的时候，竟用不着动什么脑筋。可我正在胡扯的时候，他突然打断了我的话。他老喜欢打断别人的话。

“你对这一切是怎么个感觉呢，孩子？我对这很感兴趣。感兴趣极了。”

“您是说我给开除出潘西这件事？”我说，我真希望他能把自己瘦嶙峋的胸脯遮盖起来。这可不是太悦目的景色。

“要是我记得不错的话，我相信你在胡敦中学和爱尔敦·希尔斯也遇到过困难。”他说这话时不仅带着讽刺，而且带着点儿恶意了。

“我在爱尔敦·希尔斯倒没什么困难，”我对他说。“我不完全是给开除出来的。我只是自动退学，可以这么说。”

“为什么呢，请问？”

“为什么？哎呀，这事说来话长，先生。我是说问题极其复杂。”我不想跟他细谈。他听了也不会理解。这不是他在行的学问。我离开爱尔敦·希尔斯最大的原因之一，是因为我的四周围全都是伪君子。就是那么回事。到处都是他妈的伪君子。举例说，学校里的校长哈斯先生就是我生平见到的最最假仁假义的杂种。比老绥摩还要坏十倍。比如说，到了星期天，有些学生的家长开了汽车来接自己的孩子，老哈斯就跑来跑去跟他们每个人握手。还像个娼妇似的巴结人。除非见了某些模样儿有点古怪的家长。你真该看看他怎样对待跟我同房的那个学生的父母。我是说要是学生的母亲显得太胖或者粗野，或者学生的父亲凑巧是那种穿着宽肩膀衣服和粗俗的黑白两色鞋的人，那时候老哈斯就只跟他们握一下手，假惺惺地朝着他们微微一笑。然后就一径去跟别的学生的父母讲话，一谈也许就是半个小时。我受不了这类事情。它会逼得我发疯，会让我烦恼得神经错乱起来。我痛恨那个混账中学爱尔敦·希尔斯。

老斯宾塞这时又问了我什么话，可我没听清楚。我正在想老哈斯的事呢。“什么，先生？”我说。

“你离开潘西，有什么特别不安的感觉吗？”

“哦，倒是有一些不安的感觉。当然啦……可并不太多。至少现在还没有。我揣摩这桩事目前还没真正击中我的要害。不管什么事，总要过一些时候才能击中我的要害。我这会儿心里只想着星期三回家的事。我是窝囊废。”

“你难道一点也不关心你自己的前途，孩子？”

“哦，我对自己的前途是关心的，没错儿。当然啦。我当然关心。”我考虑了约莫一分钟。“不过并不太关心，我揣摩。并不太关心，我揣摩。”

“你会的，”老斯宾塞说。“你会关心的，孩子。到了后悔莫及的时候，你会关心的。”

我不爱听他说这样的话。听上去好像我就要死了似的，令人十分懊丧。“我揣摩我会这样的，”我说。

“我很想让你的头脑恢复些理智，孩子。我想给你些帮助。我想给你些帮助，只要我做得到。”

他倒是的确想给我些帮助。你看得出来。但问题是我们俩一个在南极一个在北极，相距太远；就是那么回事。“我知道您是想给我帮助，先生。”我说。“非常感谢。一点不假。我感谢您的好意。我真的感谢。”说着，我就从床边站起身来。嘿，哪怕要了我的命，也不能让我在那儿再坐十分钟了。“问题是，咳，我现在得走了。体育馆里还有不少东西等我去收拾，好带回家去。我真有不少东西得收拾呢。”他抬起头来望着我，又开始点起头来，脸上带着极其严肃的神情。突然间，我真为他难受得要命。可我实在没法再在那儿逗留了，像这样一个在南极一个在北极，他呢，还不住地往床上扔东西，可又老是半路掉下，他又穿着那件破旧的浴衣，还裸露出他的胸膛，房间里又弥漫着一股象征流行性感冒的维克斯滴鼻药水气味——在这种情况下，我实在呆不下去了。“听我说，先生。别为我担心，”我说。“我是说老实话。我会改过来的。我现在只是在过年轻人的一关。谁都有一些关要过的，是不是呢?”

“我不知道，孩子。我不知道。”

我最讨厌人家这样回答问题。“当然啦。当然谁都有关要过，”我说。“我说的是实话，先生。请别为我担心。”我几乎把我的一只手搁在他的肩膀上了。“成吗?”我说。

“你喝杯热巧克力再走好吗? 斯宾塞太太马上——”

“谢谢，真谢谢，不过问题是，我得走啦。我得马上到体育馆去。谢谢。多谢您啦，先生。”

于是我们握了手，说了一些废话。我心里可真难受得要命。

“我会写信给您的，先生。注意您的感冒，多多保重身体。”

“再见吧，孩子。”

我随手带上门，向起居室走去，忽然又听到他大声跟我嚷了些什么，可我没听清楚。我深信他说的是“运气好!”我希望不是。我真他妈的希望不是。我自己从来不跟任何人说“运气好!”你只好仔细想一想，就会觉得这话真是可怕。

3

你这一辈子大概没见过比我更会撒谎的人。说来真是可怕。我哪怕是到铺子里买一份杂志，有人要是在路上见了我，问我上哪儿去，我也许会说去看歌剧。真是可怕。因此我虽然跟老斯宾塞说了要到体育馆去收拾东西，其实完全是撒谎。我甚至并不把我那些混账体育用具放在体育馆里。

我在潘西的时候，就住在新宿舍的“奥森贝格纪念斋”里。那儿只住初中生和高中生。我是初中生。跟我同房的是一个高中生。这个斋是以一个从潘西毕业的校友奥森贝格为名的。他离开潘西以后，靠做殡仪馆生意发了横财。他在全国各地都设有殡仪停尸场，你要只付五块钱，就可以把你的家属埋葬掉。你真应该见见老奥森贝格。

他或许光是把尸体装在麻袋里，往河里一扔完事。不管怎样，他给了潘西一大笔钱，他们就把我们住的新斋以他的名字命名。今年头一次举行橄榄球赛，他坐了他那辆混账大“凯迪拉克”来到学校里，我们大伙儿还得在看台上全体肃立，给他来一个“火车头”——那就是一阵欢呼。第二天早晨，他在小教堂里向我们演讲，讲了足足有十个钟头。他一开始就讲了五十来个粗俗的笑话，向我们证明他是个多么有趣的人物。真了不起。接着他告诉我们说，每逢他有什么困难，他从来不怕跪下来向上帝祷告。他教我们经常向上帝祷告——跟上帝无话不谈——不管我们是在什么地方。他教我们应该把耶稣看作是我们的好朋友。他说他自己就时时刻刻在跟耶稣谈话，甚至在他开车的时候。我听了真笑疼肚皮。我可以想象这个假模假式的大杂种怎样把排档推到第一档，同时请求耶稣多开几张私人小支票给他。他演讲最精彩的部分是在半当中。他正在告诉我们他自己有多么了不起，多么出人头地，坐在我们前面一排的那个家伙，爱德伽·马萨拉，突然放了个响屁。干这种事确实很不雅，尤其是在教堂里，可也十分有趣。老马萨拉，他差点儿没掀掉屋顶。可以说几乎没一个人笑出声来，老奥森贝格还装出压根儿没听见的样子，可是校长老绥摩也在讲台上，正好坐在他旁边，你看得出他已经听见了。嘿，他该有多难受。他当时没说什么，可是第二天晚上他让我们到办公大楼上必修课的大教室里集合，他自己就登台演讲。他说那个在教堂里扰乱秩序的学生不配在潘西念书。我们想叫老马萨拉趁老绥摩正在演讲时照样再来一个响屁，可他当时心境不好，放不出来。嗯，不管怎样，反正那就是我住的地方。老奥森贝格纪念斋，在新宿舍里。

离开老斯宾塞家回到我自己房里，自另有一种舒服，因为人人都去看球赛了，房里又正好放着暖气，使人感到十分温暖适意。我脱下大衣解下领带，松了衣领上的钮扣，然后戴上当天早晨在纽约买来的那顶帽子。那是顶红色猎人帽，有一个很长、很长的鸭舌。我发现自己把所有那些混账宝剑都丢了之后，刚下了地铁就在那家体育用品商店橱窗里看见了这顶帽子，只花一块钱买了下来。我戴的时候，把鸭舌转到脑后——这样戴十分粗俗，我承认，可我喜欢这样戴。我这么戴了看去挺美。随后我拿出我正在看的那本书，坐在自己的椅子上。每个房里都有两把椅子。我坐一把，跟我住一房的华西·斯特拉德莱塔坐另一把。扶手都不像样子了，因为谁都坐在扶手上，不过这些椅子坐着确很舒服。

我看的这本书是我从图书馆里误借来的。他们给错了书，我回到房里才发现。他们给了我《非洲见闻》，伊萨克·迪纳逊著。我本以为这是本臭书，其实不是。写的还挺不错。我这人文化程度不高，不过看书倒不少。我最喜欢的作家是我哥哥 D. B.，其次是林·拉德纳。在我进潘西前不久，我哥哥送了我一本拉德纳写的书，作为生日礼物。书里有几个十分离奇曲折的短剧，还有一个短篇小说，讲的是一个交通警察怎样爱上了一个非常漂亮的、老是开着快车的姑娘。只是那警察已经结了婚，因此不能再跟她结婚什么的。后来那姑娘撞车死了，原因是她老开着快车。这故事真把我迷住了。

我最爱看的书是那种至少有几处是别出心裁的。我看过不少古典作品，像《还乡》之类，很喜爱它们；我也看过不少战争小说和侦探故事，却看不出什么名堂来，真正有意思的是那样一种书，你读完后，很希望写这书的作家是你极要好的朋友，你只要高兴，随时都可以打电话给他。可惜这样的书并不多。我倒不在乎打电话给这位伊萨克·迪纳逊。还有林·拉德纳，不过 D. B. 告诉我说他已经死了。就拿索麦塞特·毛姆著的《人类的枷锁》说吧，我去年夏天看了这本书。这是本挺不错的书，可你看了以后绝不想打电话给索麦塞特·毛姆。我说不出道理来。只是像他这样的人，我就是不愿打电话找他。我倒宁可打电话找托马斯·哈代。我喜欢那个游苔莎·斐伊。

嗯，我戴上我那顶新帽子，开始阅读那本《非洲见闻》。这本书我早已看完，但我想把某些部分重新看一遍。我还只看了三页，就听见有人掀开淋浴室的门帘走来。我用不着抬头看，就知道来的人是谁。那是罗伯特·阿克莱，住在我隔壁房里的那个家伙。在我们这个斋里，每两个房间之间就有个淋浴室，老阿克莱一天总要闯进来找我那么八十五回。除了我，整个宿舍里恐怕只有他一个没去看球。他几乎哪里都不去。他是个十分古怪的家伙。他是个高中生，在潘西已整整念了四年，可是谁都管他叫“阿克莱”，从不叫他名字。连跟他同屋住的赫伯·盖尔也从不叫他“鲍伯”甚至“阿克”。他以后万一结了婚，恐怕连他自己的老婆都要管他叫“阿克莱”。他是那种圆肩膀、个子极高的家伙——差不多有六英尺四——牙齿脏得要命。他住在我隔壁那么些时候，我从来没见他刷过一次牙。那副牙齿像是长着苔藓似的，真是脏得可怕，你要是在饭厅里看见他满嘴嚼着土豆泥和豌豆什么的，简直会使你他妈的恶心得想吐。此外他还长着满脸的粉刺。不像大多数人那样，在脑门上或者腮帮上长几颗，而是满脸都是。不仅如此，他还有可怕的性格。他为人也近于下流。说句老实话，我对他实在没什么好感。

我可以感觉到他正站在我椅子背后的淋浴台上，偷看斯特拉德莱塔在不在屋里。他把斯特拉德莱塔恨得入骨，只要他在屋里，就从不进屋。他把每个人都恨得入骨，几乎可以这样说。

他从淋浴台下来，走进我的房里。“唉，”他说。他老是这么唉声叹气的，好像极其腻烦或者极其疲乏似的。他不愿意让你想到他是来看望你或者拜访你什么的。他总要让你以为他是走错了路撞进来的，天知道！

“唉，”我说，可我还是照样看我的书，并没抬起头来。遇到像阿克莱这样的家伙，你要是停止看书把头抬起来，那你可就玩儿完了。你反正早晚要玩儿完，可你如果不马上抬起头来看，就不会完得那么快。

他像往常一样，开始在房间里溜达起来，走得非常慢，随手从你书桌上或者五屉柜上拿起你的私人东西来看。他老是拿起你私人的东西来看。嘿，他这人有时真能叫你心里发毛。“剑斗得怎么样？”他说。他的目的只是不让我看书，不让我自得其乐。对于斗剑，他才他妈的不感兴趣呢。“我们赢了，还是怎么？”他说。

“谁也没赢，”我说。可仍没抬起头来。

“什么？”他说。不管什么事，他总要让你说两遍。

“谁也没赢，”我说。我偷偷地瞟了一眼，看看他在我五屉柜上翻什么东西。他在看一张相片，是一个在纽约时经常跟我一起出去玩的名叫萨丽·海斯的姑娘的相片。自从我拿到那张混账相片以后，他拿起来看了至少有五千次了。每次看完，他总是不放回原处。他是故意这样做的。你看得出来。

“谁也没赢，”他说。“怎么可能呢？”

“我把宝剑之类的混账玩艺儿全都落在地铁上了。”我还是没抬起头来看他。

“在地铁上，天哪！你把它们丢了，你是说？”

“我们坐错了地铁。我老得站起来看车厢上的一张混账地图。”

他走过来干脆挡住了我的光线。“嗨，”我说，“你进来以后，我把这同一个句子都看了二十遍啦。”

除了阿克莱，谁都听出我他妈的这句话里的意思。可他听不出来。“他们会叫你赔钱吗？”他说。

“我不知道，我也他妈的不在乎。你坐下来或者走开好不好，阿克莱孩子？你他妈的挡住我的光线啦。”他不喜欢人家叫他“阿克莱孩子”。他老是跟我说我是个他妈的孩子，因为我只有十六岁，他十八岁。我一叫他“阿克莱孩子”，就会气得他发疯。

他依旧站在那里不动。他正是那种人，你越是叫他不要挡住光线，他越是站着不动。他最后倒是会走开的，可你跟他一说，他反倒走得更慢。“你在他妈的看什么？”他说。

“一本他妈的书。”

他用手把我的书往后一推，看那书名。“好不好？”他说。

“我正在看的这个句子实在可怕极了。”我只要情绪对头，也很会说讽刺话。可他一点也听不出来。他又在房间里溜达起来，拿起我和斯特拉德莱塔的一切私人东西翻看。最后，我把那本书扔在地下了。有阿克莱那样的家伙在你身旁，你就甭想看书。简直不可能。

我往椅背上一靠，看老阿克莱怎样在我房里自得其乐。我去纽约一趟回来，觉得有点儿累，开始打起呵欠来。接着我就开始逗笑玩儿。我有时候常常逗笑取乐，好让自己不至于腻烦。我当时干的，是把我的猎人帽鸭舌转到前面，然后把鸭舌拉下来遮住自己的眼睛。这么一来，我就什么也看不了。“我想我快要成瞎子啦，”我用一种十分沙哑的声音说。“亲爱的妈妈，这儿的一切怎么都这样黑啊！”

“你是疯子。我可以对天发誓，”阿克莱说。

“亲爱的妈妈，把你的手伸给我吧！你干吗不把你的手给我呢！”

“老天爷，别那么孩子气了。”

我开始学瞎子那样往前瞎摸一气，可是没站起身来。我不住地说：“亲爱的妈妈，你干吗不把你的手给我呢?”我只是逗笑取乐。自然啦，这样做有时候能使我觉得十分快活。再说，我知道这还会让阿克莱烦恼得要命。他老是引起我的虐待狂。我对他往往很残忍。可是最后，我终于停止逗趣儿了。我仍将鸭舌转到脑后，稍稍休息一会儿。

“这是谁的!”阿克莱说。他拿起我同屋的护膝给我看。阿克莱这家伙什么东西都要拿起来看。他甚至连你的下体护身也要拿起来看。我告诉他说这是斯特拉德莱塔的。他于是往斯特拉德莱塔的床上一扔。他从斯特拉德莱塔的五屉柜里拿出来，却往他的床上扔。

他过来坐在斯特拉德莱塔的椅子扶手上。他从来不坐在椅子上。老是坐在扶手上。“他妈的这顶帽子是哪儿弄来的?”他说。

“纽约。”

“多少钱?”

“一块。”

“你上当啦。”他开始用火柴屁股剔起他混账指甲来。说来可笑。他的牙齿老是污秽不堪，他的耳朵也脏得要命，可他老是剔着自己的指甲。我揣摩他大概以为这么一来，他就成了个十分干净利落的小伙子了。他剔着指甲，又望了我的帽子一眼。“在我们家乡，就戴这样的帽子打鹿，老天爷,”他说。“这是顶打鹿时候戴的帽子。”

“见你妈的鬼。”我脱下帽子看了一会儿。我还闭了一只眼睛，像是朝他瞄准似的。“这是顶打人时候戴的帽子,”我说。“我戴了它拿枪打人。”

“你家里人知道你给开除了吗?”

“不知道。”

“斯特拉德莱塔他妈的到底到什么地方去了?”

“看球去了。他约了女朋友。”我打了个呵欠。我全身都在打呵欠。这房间实在他妈的太热了。使人困得要命。在潘西，你不是冻得要死，就是热得要命。

“伟大的斯特拉德莱塔,”阿克莱说。“——嗨。把你的剪刀借给我用一秒钟，成不成?拿起来方便吗?”

“不。我已经收拾起来了。在壁橱的最上面呢。”

“拿出来借我用一秒钟，成不成?”阿克莱说,“我指头上有个倒拉刺想铰掉哩。”

他可不管你是不是已经把东西收拾起来放到了壁橱的最上面。我没办法，只好拿给他。拿的时候，还差点儿把命给送掉了。我刚打开壁橱的门，斯特拉德莱塔的网球拍——连着木架什么的——正好掉在我的头上。只听得啪的一声巨响，疼得我要命。可是乐得老阿克莱他妈的差点儿也送掉了命。他开始用他极高的假嗓音哈哈大笑起来。我拿下手提箱给他取剪刀，他始终哈哈地笑个不停。像这一类事——有人头上挨了块石头什么的——总能让阿克莱笑得掉下裤子。“你真他妈的懂得幽默，阿克莱孩子,”我对他说。“你知道吗?”我把剪刀递给了他。“让我来当你的后台老板。我可以送你到混账的电台上去广播。”我又坐到自己的椅子上。他开始铰他那看上去又粗又硬的指甲。"你用一下桌子好不好?"我说。"给我铰在桌子上成吗?我不想在今夜天里光着脚踩你那爪子一样的指甲。"可他还是照样铰在地板上。一点不懂礼貌。我说的是实话。

"斯特拉德莱塔约的女朋友是谁?"他说。他老是打听斯特拉德莱塔约的女朋友是谁,尽管他恨斯特拉德莱塔入骨。

"我不知道。干吗?"

"不干吗?嘿,我受不了那婊子养的。那个婊子养的实在叫我受不了。"

"他可爱你爱得要命呢。他告诉我说他以为你是个他妈的王子,"我说,我逗趣儿的时候,常常管人叫"王子"。这能给我解闷取乐。

"他老是摆出那种高人一等的臭架子,"阿克莱说。"我实在受不了那个婊子养的,你看得出他——"

"你能不能把指甲铰在桌子上呢?嗨?"我说。"我已经跟你说了约莫五十——"

"他老是摆出他妈的那种高人一等的臭架子,"阿克莱说。"我甚至觉得那婊子养的缺少智力。他认为自己很聪明。他认为他大概是世界上最最——"

"阿克莱!天哪。你到底能不能把你爪子似的指甲铰在桌子上?我已经跟你说了五十遍啦。"

他开始把指甲铰在桌子上,算是换换口味。你只有对他大声吆喝,他才会照着你的话去做。

我朝着他看了一会儿。接着我说:"我知道你为什么要痛恨斯特拉德莱塔,那是因为他偶尔叫你刷牙。他虽然大声嚷嚷,倒不是有心侮辱你。他说话方法不对,不过他并不是有意侮辱你。他的意思不过是说你要是偶尔刷刷牙,就会好看得多,也舒服得多。"

"我怎么不刷牙。别给我来这一套。"

"不,你不刷牙。我看见你不刷牙,"我说。可我倒不是成心给他难看。说起来我还有点为他难受呢。我是说如果有人说你不刷牙,那自然不是什么太愉快的事。"斯特拉德莱塔这人还不错。他心眼儿不算太坏,"我说。"你不了解他,毛病就在这里。"

"我仍要说他是婊子养的。他是个自高自大的婊子养的。"

"他的确自高自大,可他在某些事情上也十分慷慨。他的确是这样的,"我说。"瞧。比如斯特拉德莱塔打着根领带,你见了很喜爱。比如说他打着的那根领带你喜欢得要命——我只是随便举个例子。你知道他会怎么样?他说不定会解来送你。他的确会。要不然——你知道他会怎么样?他会把领带搁在你床上或者其他什么地方。可他会把那根混账领带送你。大多数人恐怕只会——"

"他妈的,"阿克莱说。"我要是有他那么些钱,我也会这样做的。"

"不,你不会的。"我摇摇头。"不,你不会的,阿克莱孩子。你要是有他那么些钱,你就会成为一个最最大的——"

"别再叫我'阿克莱孩子',他妈的。我大得都可以当你混账的爸爸啦。"

“不，你当不了。”嘿，他有时候的确讨人厌。他从不放过一个机会让你知道你是十六他是十八。“首先，我决不会让你进我那混账的家门，”我说。

“呃，只要你别老是冲着我叫——”

突然间，房门开了，老斯特拉德莱塔一下冲进房来，样子十分匆忙。他老是那么匆忙。一切事情在他看来都是了不起的大事。他直过来像他妈的闹着玩似的在我两边脸上重重拍了两下——这种举动有时真是叫人哭笑不得。“听着，”他说。“你今天晚上有事出去吧？”

“我不知道。我可能出去。他妈的外面在干吗啦——下雪了？”他的大衣上全是雪。

“是的。听着。你要是不到哪儿去，能不能把你那件狗齿花纹呢上衣借我穿一下？”

“谁赢了？”我说。

“还只赛了半场。我们不看了，”斯特拉德莱塔说。“不开玩笑，今晚上你到底穿不穿那件狗齿花纹上衣？我那件灰法兰绒上面全都溅上脏东西啦。”

“穿倒不穿，只是我不愿意你把肩膀撑得他妈的挺大，”我说。我们俩的身高差不多，可他的体重几乎超过我一倍。他的肩膀宽极了。

“我不会把肩膀撑大的。”他急忙向壁橱走去。“孩子你好，阿克莱？”他跟阿克莱说。斯特拉德莱塔倒是个挺和气的家伙。和气里面带着点儿假，不过他见了阿克莱至少总要打个招呼什么的。

他说“孩子你好？”的时候，阿克莱好像是哼了一声。他不会回答他，可他没胆量连哼也不哼一声。接着他对我说：“我想我该走了。再见。”

“好吧，”我说。像他这号人离开你回他自己的房间去，你绝不至于为他心碎的。

老斯特拉德莱塔开始脱大衣解领带。“我想马上来个快速刮脸，”他说。他是个大胡子。他的确是。

“你的女朋友呢？”我问他。

“她在侧屋等我。”他把洗脸用具和毛巾夹在胳肢窝下走出房去，连衬衫也没穿一件。他老是光着上半身到处跑，因为他觉得自己的体格挺他妈的魁伟。他的体格倒也的确魁伟，这一点我得承认。

4

我闲着没事，也就到盥洗室里，在他刮脸时候跟他聊天。盥洗室里就只我们两个，因为全校的人还在外面看球赛。室内热得要命，窗子上全是水汽。紧靠着墙装有一溜盥洗盆，约莫十个左右。斯特拉德莱塔使用中间那个，我就坐到他紧旁边的那个盥洗盆上，开始把那个冷水龙头开了又关——这是我的一种病态的爱好。斯特拉德莱塔一边刮脸，一边吹着《印度之歌》口哨。他吹起口哨来声音很尖，可是调子几乎永远没

有对的时候，而他还总是挑那些连最会吹口哨的人也吹不好的歌曲来吹，如《印度之歌》或《十号路上大屠杀》。他真能把一支歌吹得一塌糊涂。

你记得我说过阿克莱的个人习惯十分邋遢吗？呃，斯特拉德莱塔也一样，只是方式不同。斯特拉德莱塔是私底下邋遢。他外貌总是挺不错，这个斯特拉德莱塔。可是随便举个例子说吧，你拿起他刮脸用的剃刀看看。那剃刀锈得像块烂铁，沾满了肥皂沫、胡子之类的脏东西。他从来不把剃刀擦干净。他打扮停当以后，外貌倒挺漂亮，可你要是像我一样熟悉他的为人，就会知道他私底下原是个邋遢鬼。他之所以把自己打扮得漂漂亮亮，是因为他疯狂地爱着他自己。他自以为是西半球上最最漂亮的男子。他长得倒是蛮漂亮——我承认这一点。可他只是那一类型的漂亮男子，就是说你父母如果在《年鉴》上看到了他的照片，马上会说，"这孩子是谁？"——我的意思是说他只是那种《年鉴》上的漂亮男子。在潘西我见过不少人都要比斯特拉德莱塔漂亮，不过你如果在《年鉴》上见了他们的照片，决不会觉得他们漂亮。他们不是显得鼻子太大，就是两耳招风。我自己常常有这经验。

嗯，我当时坐在斯特拉德莱塔旁边的盥洗盆上，看着他刮脸，手里玩弄着水龙头，把它开一会儿关一会儿。我仍旧戴着我那顶红色猎人帽，鸭舌也仍转在脑后。这顶帽子的确让我心里得意。

"嗨，"斯特拉德莱塔说。"肯大大帮我一个忙吗？"

"什么事？"我说，并不太热心。他老是要求别人大大帮他一个忙。有一种长得十分漂亮的家伙，或者一种自以为了不起的人物，他们老是要求别人大大帮他一个忙。或者一种自以为了不起的人物，他们老是要求别人大大帮他一个忙。他们因为疯狂地爱着自己，也就以为人人都疯狂地爱着他们，人人都渴望着替他们当差。说起来确实有点儿好笑。

"你今天晚上出去吗？"

"我可能出去。也可能不出去。我不知道。干吗？"

"我得准备星期一的历史课，有约莫一百页书要看，"他说。"你能不能代我写一篇作文，应付一下英文课？我要你帮忙的原因，是因为到了星期一再不把那篇混账玩艺儿交上去，我就要吃不了兜着走啦。成不成？"

这事非常滑稽。的确滑稽。

"我考不及格，给开除出了这个混账学校，你倒来要求我代你写一篇混账作文，"我说。

"不错，我知道。问题是，我要是再不交，就要吃不了兜着走啦。做个朋友吧！成吗？"

我没马上回答他。对付斯特拉德莱塔这样的杂种，最好的办法是卖关子。

"什么题目？"

"写什么都成。只要是描写性的。一个房间。或者一所房子。或者什么你过去住过的地方——你知道。只要他妈的是描写的就成。”他一边说，一边打了个很大的呵欠。就是这类事让我十分恼火。我是说，如果有人一边口口声声要求你帮他妈的什么忙，一边却那么打着呵欠。“只是别写得太好，”他说。“那个婊子养的哈兹尔以为你的英文好得了不得，他也知道你跟我同住一屋。因此我意思是你别把标点之类的玩艺儿放对位置。”

这又是另一类让我十分恼火的事。我是说如果你作文做得好，可是有人口口声声谈着标点。斯特拉德莱塔老干这一类事。他要你觉得，他的作文之所以做不好，仅仅是因为他把标点全放错了位置。在这方面他也有点像阿克莱。有一次我坐在阿克莱旁边看比赛篮球。我们队里有员棒将，叫胡维·考埃尔，能中场投篮，百发百中，连球架上的板都不碰一下。阿克莱在他妈的整个比赛中却老是说考埃尔的身材打篮球合适极了。天哪，我多讨厌这类玩艺儿。

我在盥洗盆上坐了会儿，觉得腻烦了，心里一时高兴，就往后退了几步，开始跳起踢踏舞来。我只是想让自己开开心。我实际上并不会跳踢踏舞这类玩艺儿，不过盥洗室里是石头地板，跳踢踏舞十分合适。我开始学电影里的某个家伙。是那种歌舞片里的。我把电影恨得像毒药似的，可我倒是很高兴学电影里的动作。老斯特拉德莱塔刮脸的时候在镜子里看着我跳舞。我也极需要一个观众。我喜欢当着别人卖弄自己。“我是混账州长的儿子，”我说。我那样不要命地跳着踢踏舞。都快把自己累死了。“我父亲不让我跳踢踏舞。他要我上牛津。可这是他妈的我的命——踢踏舞。”老斯特拉德莱塔笑了。他这人倒是有几分幽默感。“今天是‘齐格飞歌舞团’开幕的第一夜。”我都喘不过气来了。我的呼吸本来就十分短促。“那位领舞的不能上场。他醉得像只王八啦。那么谁来替他上场呢？我，只有我。混账老州长的小儿子。”

“你哪儿弄来的这顶帽子？”斯特拉德莱塔说。他指的是我那顶猎人帽。他还一直没看见哩。

我实在喘不过气来了，所以我就不再逗笑取乐。我脱下帽子看了第九十遍。“今天早晨我在纽约买的。一块钱。你喜欢吗？”

斯特拉德莱塔点点头。“很漂亮，”他说。可是他只是为了讨我欢喜，因为他接着马上说：“喂，你到底肯不肯替我写那篇作文？我得知道一下。”

“要是我有时间，成。要是我没有时间，不成，”我说。我又过去坐在他身边的那个盥洗盆上。“你约的女朋友是谁？”我问他。“费兹吉拉德？”

“去你妈的，不是！我不是早跟你说了，我早跟那母猪一刀两断啦。”

“真的吗？把她转让给我吧，嘿。不开玩笑。她很合我胃口。”

“就给你吧……对你说来她年纪太大啦。”

突然间——没有任何其他原因，只不过我一时高兴，想逗趣儿——我很想跳下盥洗盆，给老斯特拉德莱塔来个“半纳尔逊”。你要是不知道什么是“半纳尔逊”，那么我来告诉你吧，那是摔跤的一种解数，就是用胳膊卡住对方的脖子，如果需要，都可以把他掐死。我就这么做了。我像一只他妈的美洲豹似的一下扑到了他身上。

“住手，霍尔顿，老天爷!”斯特拉德莱塔说。他没心思逗趣儿。他正在一个劲儿刮胡子。“你要让我怎么着——割掉我的混账脑袋瓜儿?”

我可没松手。我已紧紧地把他的脖子卡住了。“你有本事，就从我的铁臂中挣脱出来，”我说。

“老——天爷!”他放下剃刀，猛地把两臂一抬，挣脱了我的掌握。他是个极有力气的大个儿，我是个极没力气的瘦个子。“哎，别瞎闹啦，”他说。他又把脸刮了一道。每次他总要刮两道，保持外表美观。就用那把脏得要命的剃刀。

“你约的要不是费兹吉拉德，那又是谁呢?”我问他。我又坐到他旁边的盥洗盆上。“是不是菲丽丝·史密斯那小妞儿?”

“不是。本来应该是她，后来不知怎么全都稿乱了。我这会约的是跟布德·莎同屋的那位……嗨。我差点儿忘了。她认得你呢。”

“谁认得我?”

“我约的那位。”

“是吗?”我说。“她叫什么名字?”我倒是感兴趣了。

“让我想一想……啊!琼·迦拉格。”

嘿，他这么一说，我差点儿倒在地上死去了。

“琴·迦拉格，”我说。他一说这话，我甚至都从盥洗盆上站起来，差点儿倒在地上死了。“你他妈的说得不错，我认识她。前年夏天，她几乎就住在我家隔壁。她家养了只他妈的道柏曼种大狗。我就是因为那狗才跟她认识的。她的狗老是到我们——”

“你挡住我的光线啦，霍尔顿，老天爷，”斯特拉德莱塔说。“你非站在那儿不成吗?”

嘿，我心里兴奋着呢。我的确很兴奋。

“她在哪儿?”我问他。“我应该下去跟她打个招呼才是。她在哪儿呢?在侧屋里?”

“不错。”

“她怎么会提到我的?她现在是在 B. M. 吗?她说过可能要上那儿去。不过她也说可能上西普莱。我一直以为她在西普莱呢。她怎么会提到我的?”我心里十分兴奋。我的确十分兴奋。

“我不知道，老天爷。请你起来一下，成不成?你坐在我毛巾上啦，”斯特拉德莱塔说。我确实坐在他那块混账毛巾上了。

“琴·迦拉格，”我说。我念念不忘这件事。“老天爷。”

老斯特拉德莱塔在往他的头发上敷维他力斯。是我的维他力斯。

“她是个舞蹈家，”我说。“会跳芭蕾舞什么的。那会儿正是最热的暑天，她每天还要练习两个小时，从不间断。她担心自己的大腿可能变粗变难看。我老跟她在一起下象棋。”

"你老跟她在一起下什么来着?"

"象棋。"

"象棋,老天爷!"

"不错。她从来不走她的那些国王。她有了国王,却不肯使用,只是让它呆在最后一排,从来不使用。她就是喜欢它们在后排呆着时的那种样子。"

斯特拉德莱塔没言语。这类玩艺儿一般人都不感兴趣。

"她母亲跟我们在同一个俱乐部里,"我说。"我偶尔也帮人拾球,光是为挣几个钱。我给她母亲拾过一两回球。她约莫进九个穴,得一百七十来分。"

斯特拉德莱塔简直不在听。他正在梳他一绺绺漂亮的鬈发。

"我应该下去至少跟她打个招呼,"我说。

"干吗不去呢?"

"我一会儿就去。"

他又重新分起他的头发来。他梳头总要梳那么个把钟头。

"她母亲跟她父亲离了婚,又跟一个酒鬼结了婚,"我说。"一个皮包骨头的家伙,腿上长满了毛。我记得很清楚。他一天到晚穿着短裤。琴说他大概是个剧作家什么的,不过我只见他一天到晚喝酒,听收音机里的每一个混账侦探节目。还光着身子他妈的满屋子跑,不怕有琴在场。"

"是吗?"斯特拉德莱塔说。这真的让他感兴趣了:听到一个酒鬼光着身子满屋子跑,还有琴在场。斯特拉德莱塔是个非常好色的杂种。

"她的童年真是糟糕透了。我不开玩笑。"

可斯特拉德莱塔对这不感兴趣。他感兴趣的只是那些非常色情的东西。

"琴·迦拉格,老天爷。"我念念不忘。我确是念念不忘。"至少,我应该下去跟她打个招呼。"

"你他妈的干吗不去,光嘴里唠叨着?"斯特拉德莱塔说。

我走到窗边,可是望出去什么也看不见,因为盥洗室里热得要命,窗玻璃上全是水汽。"我这会儿没那心情,"我说。我的确没那心情。做那类事,你总得有那心情才成。"我还以为她上西普莱了呢。我真会发誓说她是去西普莱啦。"我手足无措,就在盥洗室里溜达了一会儿。"她爱看这场球赛吗?"我说。

"嗯,我揣摩她爱看。我不知道。"

"她告诉你我们老在一起下棋吗?"

"我不知道。老天爷,我只是刚遇到她呢,"斯特拉德莱塔说。他刚梳完他漂亮的混账头发,正在收拾他那套脏得要命的梳妆用具。

"听我说。你代我向她问好,成不成?"

"好吧,"斯特拉德莱塔说,可我知道他大概不会。像斯特拉德莱塔那样的家伙,他们是从来不代别人问候人的。

他回房去了，可我仍在盥洗室里呆了一会儿，想着琴。随后我也回到了房里。

我进房时，斯特拉德莱塔正在镜前打领带。他这一辈子总有他妈的一半时间是在镜子面前度过的。我在自己的椅子上坐下，望了他一会儿。

“嗨，”我说。“别告诉她我给开除了，成不成?”

“好吧!”

斯特拉德莱塔就是这一点好。在一些小事情上，他跟阿克莱不一样，你用不着跟他仔细解释。这多半是因为，我揣摩，他对一切都不怎么感兴趣。这是真正的原因。阿克莱就不一样。阿克莱是个极好管闲事的杂种。

他穿上了我那件狗齿花纹的上衣。

“老天爷，可别全都给我撑大了，”我说。“我还只穿过两回哩。”

“我不会的。他妈的我的香烟到哪儿去了?”

“在书桌上。”他老是记不得自己搁的东西在什么地方。“在你的围巾底下。”他把香烟装进了他的上衣口袋——我的上衣口袋。

我突然把我那顶猎人帽的鸭舌转到前面，算是换个花样。我忽然精神紧张起来。我是个精神很容易紧张的人。“听我说，你约了你的女朋友打算上哪儿呢?”我问他。“你决定了吗?”

“我不知道。要是来得及，也许上纽约。她外出时间只签到九点三十，老天爷。”

我不喜欢他说话的口气，所以我说：“她所以只签到九点三十，大概是因为她不知道你是个多漂亮、多迷人的杂种。她要是知道了，恐怕要签到明天早晨九点三十哩。”

“一点不错，”斯特拉德莱塔说。你很难一下子惹他生气。他太自高自大了。“别再开玩笑了。替我写那篇作文吧，”他说。他已经穿上了大衣，马上准备走了。“别费太大劲儿，只要写篇描写的文章就成。可以吗?”

我没回答他。我没那心情。我只说了句：“问问她下棋的时候是不是还把所有的国王都留在后排。”

“好的，”斯特拉德莱塔说，可我知道他决不会问她。“请放心，”他砰的一声关上门，走出了房间。

他走后，我又坐了约莫半个小时。我是说我光是坐在椅子里，什么事也不做。我一心想着琴，还想着斯特拉德莱塔跟她约会。我心绪十分不宁，都快疯了。我已经跟你说过，斯特拉德莱塔是个多么好色的杂种。

一霎时，阿克莱又闯了进来，跟平常一样是掀开淋浴室门帘进来的。在我混账的一生中，就这一次见了他我从心底里觉得高兴。他给我打了岔，让我想到别的事情上去。

他一直呆到吃饭的时候，议论着潘西里面他所痛恨的一切人，一边不住地挤他腮帮上的一个大粉刺。他甚至连手绢也不用。我甚至都不认为这杂种有手绢，我跟你老实说。至少，我从来没看见他用过手绢。

在潘西，一到星期六晚上我们总是吃同样的菜。这应该算是道好菜，因为他们给你吃牛排。我愿意拿出一千块钱打赌，他们之所以这样做，只是因为星期天总有不少学生家长来校，老绥摩大概认为每个学生的母亲都会问她们的宝贝儿子昨天晚饭吃些什么，他就会回答："牛排。"多大的骗局。你应该看看那牛排的样子，全都又硬又干，连切都切不开。而且在吃牛排的晚上，总是给你有很多硬块的土豆泥，饭后点心也是苹果面包屑做的布丁，除了不懂事的低班小鬼和像阿克莱这类什么都吃的家伙以外，谁都不吃。

可是我们一出餐厅，不禁高兴起来。地上的积雪已有约莫三英寸厚，上面还在疯狂地下个不停。那景色真是美极了。我们立刻打起雪仗来，东奔西跑闹着玩。的确很孩子气，不过每个人都玩得挺痛快。

我没有约会，就跟我的朋友马尔·勃罗萨德——那个参加摔跤队的——商量定，打算搭公共汽车到埃杰斯镇去吃一客汉堡牛排，或者再看一场他妈的混账电影。我们两个谁也不想在学校里烂屁股坐整整一晚。我问马尔能不能让阿克莱跟我们一块儿去，我之所以这样问，是因为阿克莱在星期六晚上什么事也不做，只是呆在自己房里，挤挤脸上的粉刺。马尔说能倒是能，不过他并不太感兴趣。他不怎么喜欢阿克莱。不管怎样，我们俩都各自回房收拾东西，我一边穿高统橡皮套鞋什么的，一边大声嚷嚷着问老阿克莱去不去看电影。他从淋浴室门帘听得见我说话，可是他并不马上回答。他就是那样一种人，问他什么事都不肯马上回答。最后他从混账门帘那儿过来了，站在淋浴台上，问我还有谁同去。他老是打听什么人去什么地方。我敢发誓，这家伙要是在哪儿沉了船，你把他救到一只他妈的船里，他甚至在跨上救生船之前都要打听是哪个在划船。我告诉他说还有马尔·勃罗萨德同去。他说："那杂种……好吧！等我一会儿。"听起来倒像是他在给你很大面子呢。

他总要过那么五个钟头才能收拾停当。在他收拾打扮的时候，我走到自己的窗口，打开窗，光着手捏了个雪球。这雪捏起雪球来真是好极了。不过我没往任何东西上扔。我本来要往一辆停在街对面的汽车上扔，可我后来改变了主意。那汽车看去那么白，那么漂亮。跟着我要往一个救火龙头上扔，可那东西也显得那么白，那么漂亮。最后我没往任何东西上扔，只是关了窗，在房间里走来走去，把雪球捏得硬上加硬。后来，我、勃罗萨德和阿克莱三个一起上公共汽车的时候，我手里还捏着那个雪球。公共汽车司机开了门，要我把雪球扔掉。我告诉他说我不会拿它扔任何人，可他不信。人们就是不信你的话。

勃罗萨德和阿克莱两个都已看过正在上演的电影，所以我们只是吃了两客汉堡牛排，玩了会儿弹球机，随后乘公共汽车回潘西。我倒不在乎没看到电影。好像是个喜剧，凯利·格兰特主演，反正是那一套玩艺儿。再说，我过去也跟勃罗萨德和阿克莱一起看过电影，他们两个见了一些毫不可笑的事物，都会笑得像个疯子似的。我甚至不乐意坐在他们身旁看电影。

我们回到宿舍里，还只八点三刻。老勃罗萨德是个桥牌迷，一回到宿舍，就到处找人打牌去了。老阿克莱在我房里呆了会儿，只是为了换换口味。不过这次他不是坐在斯特拉德莱塔椅子的扶手上，而是干脆躺在我的床上，他的整个脸儿还都贴在我的枕头上。他开始用极单调的声音嘟嘟哝哝地说起话来，同时一个劲儿挤着满脸的粉刺。我给了他总有一千个暗示，都没法把他打发走。他只顾用那种极单调的声音絮絮地谈着今年夏天他怎样跟一个小妞儿发生暧昧关系。这事他跟我说过总有一百遍了，每次说的都不一样。这一分钟说是在他表兄的别克牌汽车里跟她胡搞，下一分钟说是在什么海滨木板路下面。全是一派胡言，自然啦。在我看来，他倒真是个不折不扣的童男。我怀疑他甚至连女人摸都不曾摸过一下哩。嗯，我最后不得不直截了当地告诉他说，我要替斯特拉德莱塔写一篇作文，他得他妈的给我出去，好让我凝神思索。他最后倒是出去了，可是跟往常一样磨蹭了半天才走。他走后，我换上睡衣和浴衣，戴上我那顶猎人帽，开始写起作文来。

问题是，我实在想不起有什么房间、屋子或者其他什么东西可以照斯特拉德莱塔说的那样加以描写。至少我自己对描写房屋之类的东西不太感兴趣。因此我索性描写起我弟弟艾里的垒球手套来。这题目倒极容易描写。的确容易。我弟弟是个用左手接球的外野手，所以那是只左手手套。描写这题目的动人之处在于手套的指头上、指缝里到处写着诗。用绿墨水写成。他写这些诗的目的，是呆在野地遇到没人攻球的时候可供阅读。他已经死了，是一九四六年七月十八日我们在缅因州的时候患白血病死的。你准会喜欢他。他比我小两岁，可比我聪明五十倍。他实在聪明过人。他的老师们老是写信给我母亲，告诉她班上有他那么个学生他们有多高兴。而他们也绝不是随便说说的。他们说的确是心里话。他不仅是全家最聪明的孩子，而且在许多方面还是最讨人喜欢的孩子。他从来不跟人发脾气。大家都认为有红头发的人最最容易发脾气。可艾里从来不发脾气，他的头发倒是极红极红。我来告诉他有什么样的红头发吧！我十岁就开始打高尔夫球，我还记得十二岁那年夏天，有一次正在打高尔夫球，我忽然觉得只要猛一转身，就会看见艾里。我转身一看，果然不错，他正坐在篱笆外面的自行车上呢——围着高尔夫球场有道篱笆——他坐在离我约莫一百五十码的地方，在看我打球。他就有那样的红头发。可是天哪，他真是个好孩子，嘿。他往往在饭桌上忽然想起什么，一下子笑得不可开交，差点儿从椅子上摔了下来。我还只有十三岁的时候，他们就要送我去做精神分析，因为我用拳头把汽车间里的玻璃窗全都打碎了。我并不怪他们，我真的不怪。他死的那天晚上我睡在汽车房里，用拳头把那些混账玻璃窗全都打碎了，光是为了出气。我甚至还想把那年夏天买的那辆旅行车上的玻璃也都打碎，可我的手已经鲜血淋漓，使不出劲儿了。这样做的确傻得要命，我承认，可我简直不知道自己在干什么，再说你也不认识艾里。现在到了阴雨天，我那只手仍要作痛，此后也一直攥不拢拳头——我的意思是说攥不紧——可是除此以外我并不怎么在乎。我是说我反正不想当他妈的外科医生或者小提琴家什么的。

嗯，这就是我给斯特拉德莱塔写的作文。老艾里的垒球手套。那手套凑巧在我的手提箱里，我就把它取出来，抄下写在上面的那些诗。我要做的只有一件事，就是把艾里的名字换了，不让人知道这是我弟弟的名字而不是斯特拉德莱塔弟弟的名字。我并不太愿意这么做，可我一时想不起有什么其他东西可以描写。再说，我倒是有点儿喜欢写这题目。我写了约莫一个钟头，因为我得使用斯特拉德莱塔的混账打字机，使起来很不顺手。我没有用自己打字机的原因是我已把它借给楼下的一个家伙了。

我写完的时候，约莫是十点三十分，我揣摩。我一点不觉得困，所以走到窗口往外眺望一会儿，雪已经住了，可是每隔一会儿，你就可以听见一辆抛锚的汽车发动引擎的声音。你还可以听见老阿克莱打呼噜的声音。就从混账的淋浴室门帘那儿传来。他的鼻腔有毛病，睡着的时候呼吸不怎么畅快。那家伙简直样样毛病都全了。鼻腔炎，粉刺，黄牙，口臭，灰指甲。你有时真不禁有点替这个倒霉的婊子养的难受呢。

6

有的事情很难回忆。我现在正在回想斯特拉德莱塔跟琴约会后回来时候的情景。我是说我怎么也记不起我听到他混账的脚步声从走廊传来时我到底在干什么。我大概还在往窗外眺望，可我发誓说我怎么也记不起来了。原因是，我当时心里烦得要命。我要是为什么事心里真正烦起来，就不再胡闹。我心里一烦，甚至都得上厕所。只是我不肯动窝儿，我烦得甚至都不想动，我不愿随便动窝儿打断自己的烦恼。要是你认识斯特拉德莱塔，你也一准会心烦。我曾跟那杂种一块儿约会过女朋友，我知道我自己说的什么。他这人不知廉耻。他真是这样的人。

嗯，走廊上铺着厚厚的油毡，你听得见他那混账的脚步声正往房里走来。我甚至记不起他进来的时候，到底坐在什么地方——坐在窗边呢，还是坐在我自己的或者他的椅子上。我可以发誓，我再也记不得了。

他进来的时候没事找碴儿，怪外面天气太冷。接着他说："他妈的这儿的人都到哪儿去了？简直像个混账停尸场。"我甚至都没肯搭理他。谁叫他自己他妈的那么傻，都不知道这是星期六晚上，大伙儿不是外出度周末，就是睡觉或回家了，所以我也不会急于告诉他。他开始脱衣服。关于琴的事他一字没提。连吭都没吭一声。我也和他一样。我只是拿眼望着他。他呢，只是就我借给他穿狗齿花纹上衣的事向我道谢了一声。他把上衣搭在一个衣架上，放进了壁橱。

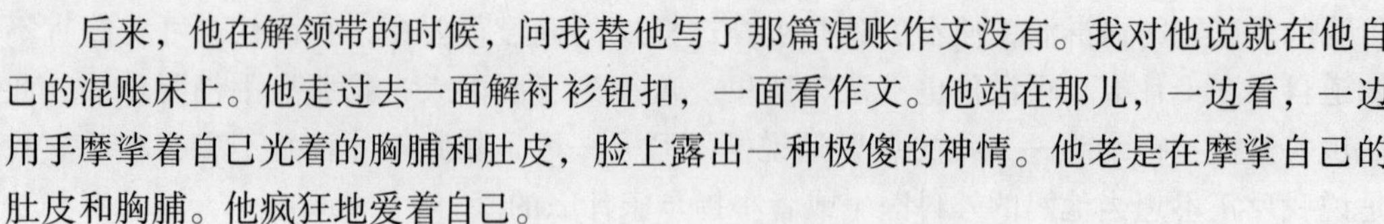

后来，他在解领带的时候，问我替他写了那篇混账作文没有。我对他说就在他自己的混账床上。他走过去一面解衬衫钮扣，一面看作文。他站在那儿，一边看，一边用手摩挲着自己光着的胸脯和肚皮，脸上露出一种极傻的神情。他老是在摩挲自己的肚皮和胸脯。他疯狂地爱着自己。

突然他说："天哪，霍尔顿。这写的是一只混账的垒球手套呢。"

"怎么啦？"我说。冷得像块冰。

"你说怎么啦是什么意思？我不是跟你说过，要写他妈的一个房间、一所房子什么的！"

"你说要写篇描写文章。要是写了篇谈垒球手套的，他妈的有什么不一样？"

"真他妈的。"他气得要命。他这次是真生气了。"你干的事情没一样对头。"他看着我。"怪不得要把你他妈的开除出去，"他说。"要你干的事他妈的没一样是好好照着干的。我说的是心里话。他妈的一样也没有。"

"好吧，那就还给我好了，"我说。我走过去，把作文从他的混账手里夺过来，撕得粉碎。

"你他妈的写那玩艺儿干什么？"他说。

我甚至都没回答他。我只是把碎纸扔进字纸篓，回到自己的床上躺下，有好长时间我们两人谁都没说话。他把衣服全脱了，只剩下裤衩，我呢，就歪在床上点了支烟。宿舍里本来不准吸烟，可等到夜深人静，大伙儿有的睡觉有的外出，没人闻得到烟味的时候，你可以偷着吸。再说，我这样做也是故意跟斯特拉斯德莱塔捣蛋。他只要见人不守校规，就会气得发疯。他自己从来不在宿舍里吸烟。只有我一个人吸。

关于琴的事他依旧只字不提。因此最后我说："要是她外出的时间只签到九点三十，你倒他妈的回来得挺晚呢。你让她回去得迟了？"

他正在自己的床沿上铰他的混账脚指甲，听我问他，就回答说："迟到一两分钟。在星期六晚上，有谁他妈的把外出时间签到九点三十的？"天哪，我有多恨他。

"你们到纽约去了没有？"我说。

"你疯了？她要是只签到九点三十，我们怎么能去他妈的纽约？"

"这倒是糟糕。"

他抬起头来瞅着我。"听着，"他说，"你要是非在房里抽烟不可，干吗不到厕所里去抽？你或许他妈的就要滚出这个学校，我可要一直呆到毕业哩。"

我没理睬他。我真的没有。我像疯子似的一个劲儿抽着烟。我只是侧转身来瞅着他铰他的混账脚指甲。什么个学校！你老得瞅着人铰他的混账脚指甲，或是挤他的粉刺，或是诸如此类的玩艺儿。

"你替我问候她了没有？"我问他。

"唔。"

他问了才怪哩，这杂种！

“她说了些什么？”我说。“你可曾问她下棋的时候是不是还把所有的国王都留在后排？”

“没有，我没问她。你他妈的以为我我们整个晚上都在干什么——在下棋吗，我的天？”

我甚至没搭理他。天哪，我有多恨他。

“你们要是没上纽约，你带她上哪儿去啦？”过了一会我问他说，说的时候禁不住声音直打颤。嘿，我心里真是不安得很。我只是感觉到有什么不对头的事发生了。

他已经铰完了他的混账脚指甲，所以他从床上起身，光穿着他妈的裤衩，就他妈的兴致勃勃地跟我闹着玩儿起来。他走以我床边，俯在我身上，开始玩笑地拿着拳头打我的肩膀。“别闹啦，”我说。“你们要是没上纽约，你带着她到底上哪儿啦？”

“哪儿也没去。我们就坐在他妈的汽车里面。”他又玩笑地在我肩膀上轻轻打了一拳。

“别闹啦，”我说。“谁的汽车？”

“埃德·班基的。”

埃德·班基是潘西的篮球教练。老斯特拉德莱塔在篮球队里打中锋，是他的得意弟子之一，所以斯特拉德莱塔每次借汽车，埃德·班基总是借给他。学生们本来是不准借用教职人员的汽车的，可是所有那些搞体育的杂种全都一鼻孔出气。我就读的每个学校里，所有那些搞体育的杂种全都一鼻孔出气。

斯特拉德莱塔还一个劲儿在我肩上练习拳击。他本来用手拿着牙刷，现在却把它叼在嘴里。“你干了些什么啦？”我说。“在埃德·班基的混账汽车里跟她干那事儿啦？”我的声音可真是抖得厉害。

“你说的什么话。要我用肥皂把你的嘴洗洗干净吗？”

“到底干了没有？”

“那可是职业性的秘密，老弟。”

底下情况，我记不得太清楚了。我只知道我从床上起来，好像要到盥洗室去似的，可我突然打了他一拳，使尽了我全身的力气，这一拳本来想打在那把叼在他嘴里的牙刷上，好让那牙刷一家伙戳穿他的混账喉咙，可惜我打偏了。我没打中，只打在他的半边脑袋上。我也许打得他有点儿疼，可并不疼得像我所希望得那么厉害。我本来也许可以打得他很疼，可我是用右手打的，一点也使不上劲儿。

嗯，我记得的下一件事，就是我已躺在混账地板上了，他满脸通红地坐在我胸脯上。那就是说他用他妈的两个膝盖压着我的胸脯，而他差不多有一吨重。他两手握住了我的手腕，所以我不能再挥拳打他，我真想一拳把他打死。

“他妈的你这是怎么啦？”他不住地说，他的傻脸蛋越来越红。

“把你的臭膝盖打我的胸上拿掉，”我对他说。我几乎是在大声吆喝。我的确是的。“滚，打我身上滚开，你这个下流的杂种。”

可他没那么做，依旧使劲握住我的手腕，我就一个劲儿骂他杂种什么的，这样过了约莫十个钟头。我甚至记不起我都骂他什么了。我说他大概自以为要跟谁干那事儿就可以干。我说他甚至都不关心一个姑娘在下棋时候是不是把她所有的国王都留在后排，而他所以不关心，是因为他是个傻极了的混账窝囊废。他最恨你叫他窝囊废。所有的窝囊废都恨别人叫他们窝囊废。

“住嘴，嘿，霍尔顿，”他说，他那又大又傻的脸涨得通红。“给我住嘴，嘿。”

“你都不知道她的名字是琴还是琼，你这个混账的窝囊废！”

“嘿，住嘴，霍尔顿。真他妈的——我警告你，”他说——我真把他气坏了。“你要是再不住嘴，我可要给你一巴掌了。”

“把你那肮脏的、发臭的窝囊膝盖打我的胸膛上拿掉。”

“我要是放你起来，你能不能闭住你的嘴？”

我甚至没搭理他。

他又说了一遍。“霍尔顿。我要是让你起来，你能不能闭住你的嘴？”

“好吧！”

他从我身上起来，我也跟着站了起来。我的胸脯给他的两个臭膝盖压得疼极了。“你真是个婊子养的又脏又傻的窝囊废，”我对他说。

这真把他气疯了。他把他的一只又粗又笨的指头伸到我脸上指划着。“霍尔顿，真他妈的，我再警告你一次。也是最后一次。你要是再不闭住你的臭嘴，我可要——”

“我干吗要闭住？”我说——我简直在大声喊叫了。“你们这些窝囊废就是这个毛病。你们从来不肯讨论问题。从这一点上就可以看出你是不是一个窝囊废。他们从来不肯讨论一些聪明的——”

我的话没说完，他真的给了我一下子，我只记得紧接着我又躺在混账的地板上了。我记不起他有没有把我打昏过去，我想大概没有。要把一个人打昏过去并不那么容易，除非是在那些混账电影里。可我的鼻子上已全是血。我抬头一望，看见老斯特拉德莱塔简直就站在我身上。他还把他那套混账的梳妆工具夹在胳肢窝底下。“我叫你住嘴，你他妈的干吗不听？”他说话的口气好像很紧张。我一下子倒在地板上，他也许是害怕已把我的脑袋瓜儿打碎了什么的。真倒霉，我的脑袋瓜儿怎么不碎呢。“你这是自作自受，真他妈的，”他说。嘿，瞧他的样子倒真有点害怕了。

我甚至不打算站起来，就那么在地板上躺了一会儿，不住口地骂他是婊子养的窝囊废。我都气疯了，简直在破口大骂。

“听着。快去洗一下脸，”斯特拉德莱塔说。“你听见了没有？”

我叫他去洗他自己的窝囊脸——这话当然很孩子气，可我确实气疯了。我叫他到盥洗室去的半路上最好顺便拐个弯，跟席密德太太干那事去。席密德太太是看门人的妻子，大约六十五岁了。

我坐在地板上不动，直到听见老斯特拉德莱塔关上门，沿着走廊向盥洗室走去，我才站起来。我哪儿也找不到我那顶混账猎人帽子。最后才在床底下找到。我戴上帽子，把鸭舌转到脑后，我就喜欢这么戴，然后过去照镜子，瞧瞧我自己的笨脸蛋。你这一辈子再也没见过那样的血污。我的嘴上、腮帮上甚至睡衣上和浴衣上全都是血。我有点儿害怕，也有点儿神往。这一片血污倒让我看上去很像个好汉。我这一辈子只打过两次架，两次我都打输了。我算不了好汉。我是个和平主义者，我老实跟你说。

我依稀觉得老阿克莱听见我们争吵，这时正醒着。所以我掀开淋浴室门帘走进他的房间，看看他在做什么。我很少进他的房间。他的房内老是有一股奇怪的臭气，因为他这个人的私生活实在邋遢极了。

7

有一缕微光从我们房里透过淋浴室门帘照进来，我看得见他正躺在床上。我也他妈的完全知道他压根儿醒着。"阿克莱?"我说。"你醒着?"

"不错。"

房间里太暗，我一脚踩在地板上不知谁的鞋上，险些儿他妈的摔了个跟头。阿克莱在床上坐起来，斜倚在一只胳膊上。他脸上涂了不少白色玩艺儿，治他的粉刺。在黑暗中看去他有几分像鬼。"你他妈的在干什么，嗯?"我问。

"你问我他妈的在干什么是什么意思?我正要睡觉，就听见你们这两个家伙吵起来了。你们他妈的到底为了什么打起架来?"

"灯在哪儿?"我找不到灯。我伸手往墙上乱摸一气。

"你开灯干什么?……就在你手旁边。"

我终于找到了开关，开亮了灯。老阿克莱举起一只手来遮住眼睛。

"老天爷!"他说。"你这是怎么啦?"他说的是我全身血污。

"我跟斯特拉德莱塔之间发生一点他妈的小小争执，"我说着，就在地板上坐下来。他们房里一向没有椅子。我不知道他们他妈的把那些椅子都弄到哪儿去了。"听着，"我说，"你愿意跟我玩一会儿卡纳斯塔吗?"他是个卡纳斯塔迷。

"你还在流血呢，天哪。你最好上点儿药。"

"过一会儿就会止住的。听着。你到底跟不跟我玩卡纳斯塔?"

"卡纳斯塔，老天爷。我问你，现在几点钟啦?"

"不晚。还只十一点多，十一点三十。"

"还只十一点多!"阿克莱说，"听着。我明天早晨还要去望弥撒哩，老天爷。你们这两个家伙又打又闹，就在他妈的半——你们他妈的到底为什么打架?"

"说来话长，我不想让你听了腻烦，阿克莱。我这完全是为你着想，"我跟他说。我从来不跟他讨论我个人的私事。首先，他甚至比斯特拉德莱塔还要愚蠢。跟阿克莱相比，斯特拉德莱塔简直是个他妈的天才了。“嗨，”我说，“我今天晚上睡在爱利的床上成不成？他要到明天晚上才回来，是不是？”我他妈的完全知道他要到明天晚上才回来。他几乎每个周末都回家去。

“我不知道他会在他妈的什么时候回来，”阿克莱说。

嘿，这话真叫我生气。“你不知道他在什么时候回来，你他妈的这话是什么意思？他一向是在星期天晚上才回来，是不是？”

“是的，可是老天爷，我实在没法让别人随便睡他的床，要是有人想睡的话。”

我听了差点儿笑痛肚皮。我从坐着的地方举起手来，在他的混账肩膀上拍了一下，“你真是个王子，阿克莱孩子，”我说，“你知道吗？”

“不，我说的是心里话——我实在没法让别人睡在——”

“你的确是个王子。你是个绅士，也是个学者，孩子，”我说。他倒是个绅士学者呢。“我问你，你还有香烟没有？——说声‘没有’，我非立刻倒在地上死去不可。”

“不，没有，真的没有。听着，你们他妈的到底为什么事打架？”

我没回答他。我只是起身走到窗口往外眺望。一霎时，我觉得寂寞极了。我简直希望自己已经死了。

“你们他妈的到底为什么事打架，嗯？”阿克莱说，大概是第五十次了。这方面，他确实叫人腻烦透了。

“为了你，”我说。

“为了我，老天爷？”

“不错。我是在保护你的混账荣誉。斯特拉德莱塔说你为人下流。我听了这话能放他过去吗？”

这话使他兴奋起来。“他真的说了？不开玩笑？他真的说了？”

我对他说我不过是开开玩笑，接着就过去在爱利的床上躺下。嘿，我真是苦闷极了。我觉得寂寞得要命。

“这房间臭极了，”我说。“我在这儿都闻得出你袜子的味儿。你的袜子是不是从来不洗？”

“你要是不喜欢这气味，你知道你可以怎么办，”阿克莱说。说得多妙。“把混账的灯关掉好不好？”

我可没马上关灯。我只顾在爱利的床上躺着，想着琴的事。我一想到她和斯特拉德莱塔两个同坐在埃德·班基的那辆大屁股汽车里鬼混，不由得心里直冒火，气得真要发疯。我只要一想起这事，就想从窗口跳出去。问题是，你不知道斯特拉德莱塔的为人。我可知道。潘西有许多家伙只不过老在嘴里说着怎样跟女孩子发生暧昧关系——像阿克莱那样，举例说——可斯特拉德莱塔却是真的干。我自己就至少认识两个跟他发生过关系的姑娘。这是实话。

“把你一生中有趣的事情讲给我听听吧，阿克莱孩子，”我说。

“把混账的灯关掉好不好？我明天早起还要去望弥撒哩。”

我起来把灯关了，好让他高兴。接着我又躺到爱利的床上。

“你打算干吗——睡在爱利的床上吗?”阿克莱说。他真是个顶呱呱的好主人，嘿。

“我也许睡，也许不睡，别为这件事担心。”

“我并不为这件事担心。只是我最痛恨这一类事，万一爱利突然回来，看见有人——”

“请放心。我不会睡在这儿的。我不会辜负你他妈的这番殷勤招待。”

一两分钟以后，他就像个疯子似的打起鼾来。我仍旧躺在黑暗中，竭力不让自己去想琴和斯特拉德莱塔一同在埃德·班基那辆混账汽车里的事，可那简直办不到。糟糕的是，我熟悉斯特拉德莱塔这家伙的花招。这就叫我心里越发受不了。有一次我们俩一块儿跟女朋友约会，在埃德·班基的汽车里，斯特拉德莱塔跟他的女朋友在后座，我跟我的女朋友在前座。瞧这家伙的花招。他开始用一种极其温柔、极其诚恳的声音跟他的女朋友甜言蜜语——好像他不仅是个非常漂亮的小伙子，而且也是个挺好、挺诚恳的小伙子。我听着他说话，差点儿都呕出来了。他的女朋友不住地说：“别——劳驾啦。别这样。劳驾啦。”可老斯特拉德莱塔始终用他那种亚伯莱罕姆·林肯般的诚恳声音跟她甜言蜜语，到最后那座上只是一片可怕的寂静。那情况可真恼人。我想那天晚上他还不至于跟那姑娘干那事儿——不过也他妈的相差不远了。真他妈的相差不远了。

我正躺在床上竭力不让自己胡思乱想，忽听得老斯特拉德莱塔从盥洗室回到了我们的房间。你可以听到他正在安放他那套肮脏的梳妆用具，随即打开窗子。他是个新鲜空气迷。后来过了一会儿，他关了灯。他甚至不看看我在什么地方。

连外面街上都是一片死寂。你甚至听不到汽车声。我觉得那么寂寞、那么苦闷，甚至不由得叫醒阿克莱。

“嗨，阿克莱，”我说，声音压得很低，不让斯特拉德莱塔通过淋浴室门帘听见。

可阿克莱没听见我叫他。

“嗨，阿克莱!”

他依旧没听见。他睡得像块石头。

“嗨，阿克莱!”

这一声他倒是听见了。

“你他妈的怎么啦?”他说。“我都睡着啦，老天爷!”

“听着。进寺院有什么条件?”我问他。我忽然起了进寺院的念头。“是不是非当天主教徒不可?”

“当然得先当天主教徒。你这杂种。你叫醒我难道就是为了问我这种混账的问题——”

“啊，睡你的觉吧，我反正不会进寺院的。像我这样的运气，进去以后，大概遇到的僧侣全不会对头。全都是傻杂种，或者光是杂种。”

我一说这话，老阿克莱就他妈的一下子在床上坐了起来。“听着，”他说，“我不在乎你说我什么，或者关于别的什么，可你要是拿我他妈的宗教取笑，老天爷——”

“请放心，”我说。“谁也不会拿你他妈的宗教取笑。”我从爱利的床上起来，向门边走去，我不想再在那种混账气氛里逗留了。可我在半路上停住脚步，抓起阿克莱的手，装腔作势地跟他大握特握。他抽回手去。“这是什么意思？”他说。

“没什么意思。你是那么个混账的王子，我只是想向你表示谢意，就是这么回事，”我说。说的时候声音还极其诚恳。“你是个大亨，阿克莱孩子，”我说。“你知道吗？”

“乖孩子。总有一天会有人揍得你——”

我甚至没心思听他说完。我关上了那混账的门，走进了廊子。

宿舍里的人不是已经睡着，就是已经外出或者回家度周末了，所以走廊里十分、十分静，十分、十分寂寞。李希和霍夫曼的门外放着一只考里诺斯牙膏空盒，我一边往楼梯边走，一边用那只穿羊皮拖鞋的脚不住地踢那空盒。我本来想到楼下去看看老马尔·勃罗萨德在干什么，可是刹那间我改变了主意。刹那间，我打定了主意怎么办，我要他妈的马上离开潘西——就在当天晚上。我是说不再等到星期天什么的。我实在不想在这儿呆下去了。我觉得太寂寞太苦闷，因此我打定主意，决计到纽约的旅馆里开一个房间——找一家最便宜的旅馆——一直逍遥到星期三。到了星期三，我休息够了，心情好转，就动身回家。我盘算我父母大概总要在星期二、三才会接到老绥摩的信，通知我被开除的事。我不愿早回家，我要等他们得到通知、对这事完全消化以后才回去。我不愿在他们刚接到通知时就在他们身边。我母亲非常歇斯底里。可是不管什么事她只要完全消化之后，倒也不难对付。再说，我也需要有个小小的假期。我的神经过于紧张了。确实过于紧张。

嗯，这就是我打定主意要做的。我于是回到房里，开亮灯，开始收拾东西。有不少东西我都已收拾好了。老斯特拉德莱塔甚至都没醒来。我点了支香烟，穿好衣服，动手整理我的两只手提皮箱。我只花了两分钟。我收拾起东西来速度快得惊人。

收拾行李时，有一件事有点儿叫我难过。我得把我母亲刚在几天前寄给我的那双崭新的冰鞋装起来。这使我心里难过。我想象得出母亲怎样到斯保尔丁商店里，向售货员问了百万个傻里傻气的问题——可我这下又给开除了。这使我觉得很伤心。她把冰鞋买错了——我要的是跑刀，她给我买了花样刀——可我照样觉得伤心。几乎每次都是这样，每逢有人送我什么礼物，到头来都会让我觉得伤心。

我收拾停当以后，又数了数钱。我已记不起到底有多少钱，反正数目很不小。我祖母在约莫一个星期前刚给我汇来一笔钱。我的这个祖母使起钱来手头很阔。她已经老糊涂了——老得不能再老——一年内总要寄给我四次钱，作为生日礼物。可是，尽管我现有的钱数目已经不小，我还怕不够，生怕有什么不时之需。所以我走下楼去，喊醒了法莱德里克·伍德鲁夫，就是借我打字机的家伙。我问他肯出多少钱把我的打字机买下来。这家伙相当有钱，他说他不知道，还说他不怎么想买。可他最后还是买下来了。这架打字机约莫值九十块钱，可他只给我二十块就买下了。他很没好气，因为我叫醒了他。

我拿了手提箱什么的准备动身，还在楼梯口站了一会儿，顺着那条混账走廊望了最后一眼。不知怎的，我几乎哭了出来。我戴上我那顶红色猎人帽，照我喜欢的样子将鸭舌转到脑后，然后使出了我的全身力气大声喊道："好好睡吧，你们这些窝囊废!"我敢打赌我把这一层楼的所有杂种全都喊醒了。随后我就离开了那地方，不知哪个混蛋在楼梯上扔了一地花生皮，我他妈的差点儿摔断了我的混账脖子。

时间太晚，已叫不到出租汽车，所以我就一直步行到车站。路并不远，可是天冷得要命，一路上的积雪很不好走，那两只手提箱还他妈的不住磕碰着我的大腿。不过我倒很欣赏外面的新鲜空气。唯一不好受的是，冷风吹得我鼻子疼痛，还有我上嘴唇底下也疼，那是斯特拉德莱塔打我一拳地方。他打得我的嘴唇撞在牙齿上，所以那地方疼得厉害。我的耳朵倒挺暖和。我买的那顶帽子上面有耳罩，我把它放下了——我他妈的才不在乎好看不好看哩。可是路上没一个人。谁都上床啦。

到了车站，我发现自己的运气还不错，因为只消等约莫十分钟就有火车。我等着的时候，就捧起一掬雪洗了下我的脸。我脸上还有不少血呢。

通常我很喜欢坐火车，尤其在夜里，车里点着灯，窗外一片漆黑，过道上不时有人卖咖啡、夹馅面包和杂志。我一般总是买一份火腿面包和四本杂志。我要是在晚上乘火车，通常还能看完杂志里某个无聊的故事而不至于作呕。你知道那故事。有一大堆叫大卫的瘦下巴的假惺惺人物，还有一大堆叫林达或玛莎的假惺惺姑娘，老是给大卫们点混账的烟斗。我晚上乘火车，通常都能把这类混账故事看完一个。可这一次情况不同了。我没那心情。我光是坐在那里，什么也不干。我光是脱下我那顶猎人帽，放在我的衣袋里。

一霎时，有位太太从特兰敦上来，坐在我身旁，几乎整个车厢都空着，因为时间已经很晚，可她不去独坐个空位置，却一径坐到我身旁，原因是她带着一只大旅行袋，我又正好占着前面座位。她把那只旅行袋往过道中央一放，也不管列车员或者什么人走过都可能绊一跤。她身上戴着兰花，好像刚赴了什么重大宴会出来。她年纪约在四十到四十五左右，我揣摩，可她长得十分漂亮。女人能要我的命。她们的确能。我并不是说我这人有色情狂之类的毛病——虽然我倒十分好色。我只是喜欢女人，我是说。她们老是把她们的混账旅行袋放在过道中央。

嗯，我们这么坐着，忽然她对我说："对不起，这不是一张潘西中学的签条吗?"

她正拿眼望着上面行李架上我的两只手提箱。

"不错，"我说。她说得不错。我有一只手提箱上面的确贴着潘西的签条。看上去十分粗俗，我承认。

"哦，你在潘西念书吗？"她说。她的声音十分好听，很像电话里的好听声音。她身上大概带着一架混账电话机呢。

"唔，不错，"我说。

"哦，多好！你也许认得我儿子吧！欧纳斯特·摩罗？他也在潘西念书。"

"唔，我认识他。他跟我同班。"

他儿子无疑是潘西有它那段混账历史以来所招到的最最混账的学生。他洗完淋浴以后，老是在走廊上拿他的湿毛巾抽别人的屁股。他完全是那样一种人。

"哦，多好啊！"那太太说。并不粗俗，而是和蔼可亲。"我一定要告诉欧纳斯特我遇见了你，"她说。"可以告诉我你的名字吗，亲爱的？"

"鲁道尔夫·席密德，"我告诉她说。我并不想把我的一生经历都讲给她听。鲁道尔夫·席密德是我们宿舍看门人的名字。

"你喜欢潘西吗？"她问我。

"潘西？不算太坏。不是什么天堂，可也不比大多数的学校坏。有些教职人员倒是很正直。"

"欧纳斯简直崇拜它。"

"我知道他崇拜，"我说。接着我又信口开河了。"他很能适应环境。他真的能。我是说他真知道怎样适应环境。"

"你这样想吗？"她问我。听她的口气好像感兴趣极了。

"欧纳斯特？当然啦，"我说。接着我看着她脱手套。嘿，她戴着一手的宝石哩。

"我打出租汽车里出来，不小心弄断了一个指甲，"她说。她抬头看了我一眼，微微一笑。她笑得漂亮极了。的确非常漂亮。有许多人简直不会笑，或者笑得很不雅观。"欧纳斯特的父亲和我有时很为他担心，"她说。"我们有时候觉得他不是个很好的交际家。"

"你这话什么意思？"

"呃，这孩子十分敏感。他真的不会跟别的孩子相处。也许他看问题太严肃，不适于他的年龄。"

敏感。简直笑死了我。摩罗那家伙敏感得就跟一只混账马桶差不离。

我仔细打量她一下。她看去不像是个傻瓜。看她样子，似乎应该知道她自己儿子是什么样的杂种。可是也很难说——我是说拿那些当母亲的来说。那些当母亲的全都有点儿神经病。不过，我倒是挺喜欢老摩罗的母亲。她看去挺不错。"你要抽支烟吗？"我问她。

她往四下里望了望。"我不信这是节吸烟车厢，鲁道尔夫，"她说。鲁道尔夫。真笑死了我。

“没关系，我们可以抽到他们开始向咱们嚷起来，”我说。她就从我手里拿了支香烟，我给她点了火。

她抽烟的样子很美。她把烟吸进去，可并不像她那年纪的大多数女人那样咽下去。她有不少迷人之处。她还有不少富于性感的地方，你要是真想知道的话。

她用一种异样的眼光看着我。“也许我眼红了，可我相信你的鼻子在流血呢，亲爱的，”她突然说。

我点了点头，掏出我的手绢。“我中了个雪球，”我说。“一个硬得像冰一样的雪球。”要不是说来话长，我也许会把真情实况全告诉她。不过我确实很喜欢她。我开始有点儿后悔不该告诉她我的名字叫鲁道尔夫·席密德。“老欧尼，”我说。“他是潘西最有人缘的学生之一。你知道吗?”

“不，我不知道。”

我点了点头。“不管是谁，的确要过很久才了解。他是个怪人。许多方面都很怪——懂得我的意思吗? 就像我刚遇到他那样。我刚遇到他的时候，还当他是个势利小人哩。我当时是这样想的。他其实不是。只是他的个性很特别，你得跟他相处久了才能了解他。”

摩罗太太什么话也没说，可是，嘿，你真该见一下她当时的情景。我都把她胶住在位置上了。不管是谁家母亲，她们想要知道的，总是自己的儿子是个多么了不起的人物。

接着，我真正瞎扯起来。“他把选举的事告诉你了没有?”我问她。“班会选举?”

她摇了摇头。我已经使她神魂颠倒了，好像是。她真有点神魂颠倒了。

“K 顾，我们一大堆人全推选老欧尼当班长。我是说他是大家一致推选出来的。我是说只有他一个人才能真正担任这个工作。”我说——嘿，我真是越说越远啦。“可是另外那个学生——哈利·范叟——当选了。他当选的原因是，那显而易见的原因是，欧尼怎么也不肯让我们给他提名。他真是腼腆谦虚得要命。他拒绝了……嘿，他真是腼腆。你应该帮助他克服这个缺点。”我瞅着她。“他告诉你这事没有?”

“不，他没有。”

我点了点头。“这就是欧尼的为人。他不肯告诉人。他就是有这么个缺点——他太腼腆、也太谦虚了。你真应该让他随便点儿才是。”

就在这当儿，列车员过来查看摩罗太太的票，我趁机不再往下吹了。不过我很高兴自己瞎吹了一通。像摩罗这样老是用毛巾抽人屁股的家伙——他这样做，是真要打疼别人——他们不仅在孩提时候下作。他们一辈子都会下作。可我敢打赌，经我那么信口一吹，摩罗太太就会老以为他是个十分腼腆、十分谦虚的孩子，连我们提名选他做班长他都不肯。她大概会这样想的。那很难说。那些当母亲的对这类事情感觉都是不太灵敏的。

“你想喝杯鸡尾酒吗？”我问她。我自己心血来潮，很想喝一杯。“我们可以上餐车去。好不好？”

“亲爱的，你可以要酒喝吗？”她问我，不过问得并不卑鄙。她的一切都太迷人了，简直很难用上卑鄙二字。

“呃，不，严格说来不可以，可我因为长得高，一般总可以要到，”我说。“再说我还有不少白头发呢。”我把头侧向一边，露出我的白头发给她看。她看了真乐得不可开交。“去吧，跟我一块儿去，成不成？”我说。我真希望有她陪我去。

“我真的不想喝。可我还是非常感谢你，亲爱的，”她说。“再说，餐车这会儿大概已停止营业。时间已经很晚了，你知道。”她说得不错。我完全忘记这会儿已是什么时候啦。

接着她看着我，问了我一个我一直怕她问的问题。“欧纳斯特信上说他将在星期三回家，圣诞假期从星期三开始，”她说。“我希望你不是家里花有人生病，把你突然叫回去的吧！”她看去真的很担心。她不像是好管闲事，你看得出来。

“不，家里都很好，”我说。“是我自己。我得去动一下手术。”

“哦！我真替你难受，”她说。她也确实如此。我也马上后悔不该说这话，不过为时已经太晚。

“情况不算严重。我脑子长了个小小的瘤子。”

“哦，不会吧！”她举起一只手来捂住了嘴。

“哦，没什么危险！长得很靠外，而且非常小。要不了两分钟就能取出来。”

然后我从袋里掏出火车时刻表观看。光是为了不让自己再继续撒谎。我一开口，只要情绪对头，就能一连胡扯几个小时。不开玩笑。几个小时。

此后我们就不再怎么谈话。她开始阅读自己带来 那本《时尚》杂志，我往窗外眺望一会儿。她在纽瓦克下了车。她祝我手术进行得顺利。她不住地叫我鲁道尔夫。接着她请我明年夏天到马萨诸塞州的格洛斯特去看望欧尼。她说他们的别墅就在海滨，他们自己还有个网球场什么的，可我谢绝了，说我要跟我的祖母一块儿到南美去。这实在是弥天大谎，因为我祖母简直很少出屋子，除非出去看一场混账日戏什么的。可是即使把全世界的钱都给我，我也不愿去看望那个婊子养的摩罗——哪怕是在我穷极潦倒的时候。

9

我下车进了潘恩车站，头一件事就是进电话间打电话。我很想跟什么人通通话。我把我的手提箱放在电话间门口，以便照看，可我进了里边，一时又想不起跟谁通话。我哥哥 D. B. 在好莱坞。我的小妹妹菲绊在九点左右上床了——所以我不能打电话给她。我要是把她叫醒，她倒是不在乎，可问题在于接电话的不会是她，而是我的父母。所以这电话决不能打。接着我想到给琴·迦拉格的母亲挂个电话，打听一下琴的假期什么时候开始，可我又不怎么想打。再说时间也太晚了。我于是想到打电话给那位常常跟我在一起的女朋友萨丽·海斯，因为我知道她已放圣诞假了——她写了封又长又假的信给我，请我在圣诞前夕到她家去帮她修剪圣诞树——可我又怕她母亲来接电话。她母亲认识我母亲，我可以想象到她一接到电话，也就不怕摔断他妈的腿，马上急煎煎打电话去通知我母亲，说我已经在纽约了。再说，我也不怎么想跟老海斯太太通话。她有一次告诉萨丽说我太野。她说我太野，没有生活的目标。我于是又想起打电话给那个我在胡敦中学时的同学卡尔·路斯，可我不怎么喜欢他。所以我在电话间里呆了约莫二十分钟，却没打电话就走了出来，拿起我的手提箱，走向停出租汽车的地道，叫了辆汽车。

我当时真他妈的心不在焉，竟出于老习惯，把我家里的地址告诉了司机——我是说我压根儿忘了我要到旅馆里去住两三天，以假期开始后才回家。直到汽车在公园里走了一半，我才想起这件事来，于是我就说："嗨，你一有机会，马上拐回去成不成？我把地址说错啦。我想回市中心去。"

司机是个机灵鬼。"这儿可没法拐，麦克。这是条单行线。我得一直开到九十号路。"

我不想跟他争论。"好吧，"我说。接着刹那间我想起了一件事。"嗨，听着，"我说。"你知道中央公园南头浅水湖附近的那些鸭子吗？那个小湖？我问你，在湖水冻严实以后，你可知道这些鸭子都上哪儿去了？你知道不知道，我问你？"我知道多半是白问，只有百万分之一可能性。

他回过头来瞅着我，好像我是疯子似的。"你这是要干吗，老弟？"他说。"拿我开玩笑吗？"

"不——我只是很感兴趣，问问罢了。"

他没再言语，我也一样。直到汽车出了公园，开到九十号路，他才说："好吧，老弟。上哪儿？"

"呃，问题是，我不想住东区的旅馆，怕遇见熟人。我是在微服旅行，"我说。我最讨厌说"微服旅行"这类粗俗的话，可是每遇到一些粗俗的人，我自己也就装得很粗俗。"你可知道在塔夫特或者纽约人夜总会里，是谁的乐队在伴奏，请问？"

"不知道，麦克。"

"呃——送我到爱德蒙吧，那么，"我说。"你在半路上停一下，我请你喝杯鸡尾酒好不好？我请客。我身上有的是钱。"

"不成，麦克，对不起。"他真是个好伴侣。可怕的性格。

我们到了爱德蒙旅馆，我就去开了个房间。在汽车里我又戴上了我那顶红色猎人帽，完全是聊以解闷，可我进旅馆之前又把它脱下了。我不愿把自己打扮成一个怪人。

说起来也真滑稽可笑。我当时并不知道那个混账旅馆里住的全是变态的和痴呆的怪人。到处是怪人。

他们给了我一个十分简陋的房间，从窗口望出去什么也看不见，只看见旅馆的另外一边。我可不怎么在乎。我心里沮丧得要命，就顾不得窗外的景色好不好了。领我进房间的侍者是个六十五岁左右的老头子，他这人甚至比房间更叫人泄气。他正是那一类秃子，爱把所有的头发全都梳向一边，来遮掩自己的秃顶。要是我，就宁可露出秃顶，也不干这样的事。不管怎样，让一个六十五岁左右的老头子来干这种活儿，也未免太难了。给人提行李，等着人赏小费。我猜想他大概没什么知识，可不管怎样，那也太可怕了。

他走后，我也没脱大衣什么的，就站在窗边往外眺望一会儿。我没别的事可做。可是旅馆那一边房间里在干些什么，你听了准会吃惊。他们甚至都不把窗帘拉上。我看见有个头发花白的家伙，看样子还很有身份，光穿着裤衩在干一件我说出来你决不相信的事。他先把自己的手提箱放在床上。然后他拿出整整一套妇女服装，开始穿戴起来。那是一套真正妇女服装——长筒丝袜，高跟皮鞋，奶罩，耷拉着两条背带的衬裙，等等。随后他穿上了一件腰身极小的黑色晚礼服。我可以对天发誓。随后他在房间里走来走去，像女人那样迈着极小的步子，一边还抽烟照镜子。而且只有他一个人在房里。除非有人在浴室里——这我看不见。后来，就在他上面的那个窗口，我又看见一对男女在用嘴彼此喷水。也许是加冰的威士忌苏打，不是水，可我看不出他们杯子里盛的是什么。嗯，他先喝一口，喷了她一身，接着她也照样喷他——他们就这样轮流着喷来喷去，我的老天爷。你真应该见见他们。在整个时间内他们都歇斯底里发作，好像这是世界上最最好玩的事儿。我不开玩笑，这家旅馆确是住满心理变态的人。我也许是这地方唯一的正常人了——而我这么说一点也不夸大。我真想他妈的拍个电报给老斯特拉德莱塔，叫他搭最快一班火车直奔纽约。他准可以在这旅馆里称王哩。

糟糕的是，这类下流玩艺儿瞧着还相当迷人，尽管你心里颇不以为然。举例说，这个给喷得满脸是水的姑娘，长得却十分漂亮。我是说这是我最糟糕的地方。在我的内心中，我这人也许是天底下最最大的色情狂。有时候，我能想出一些十分下流的勾当，只要有机会，我也不会不干。我甚至想象得出，要是男女双方都喝醉了酒，你要是能找到那么个姑娘，可以彼此往脸上喷水什么的，那该有多好玩——尽管有些下流。不过问题是，我不喜欢这种做法。你要是仔细一分析，就会发现这种做法非常下流。我想，你要是真不喜欢一个女人，那就干脆别跟她在一起厮混；你要是真喜欢她呢，就该喜欢她的脸，你要是喜欢她的脸，就应该小心爱护它，不应该对它干那种下流事，如往它上面喷水。真正糟糕的是，许多下流的事情有时候干起来却十分有趣。而女人们也好不了多少；如果你不想干太下流的事，如果你不想毁坏真正好的东西，她们反倒不乐意。一两年前，我就遇到过一个姑娘，甚至比我还要下流。嘿，她真是下流极了！我们用一种下流的方式狂欢了一阵，虽然时间不长。性这样东西，我委实不太了解。你简直不知道他妈的你自己身在何处。我老给自己定下有关性方面的规则，可是马上就破坏。去年我定下规则，决不跟那些叫我内心深处觉得厌恶的姑娘一起厮混。这个规则，我没出一个星期就破坏了——事实上，在立下规则的当天晚上就破坏了。我跟一个叫安妮·路薇丝·肖曼的浪荡货搂搂抱抱的整整胡闹了一晚。性这样东西，我的确不太了解。我可以对天发誓我不太了解。

我站在窗口不动，心里却起了个念头，琢磨着要不要给琴挂个电话——我是说挂个长途电话到B. M，就是到她念书的那个学校，而不是打电话给她妈，打听她在什么时候回家。照说是不应该在深更半夜打电话给学生的，可我什么都核计好了。我打算跟不管哪个接电话的人说我是她舅舅。我打算她舅母刚才撞车死了，我现在马上要找她说话。这样做，本来是可能成功的。我没这么做的唯一原因是我当时情绪不对头。你要是没那种情绪，这类事是做不好的。

过了一会儿我在一把椅子上坐下，抽了一两支烟。我的性欲上来了，我不得不承认。后来刹那间，我想起了一个主意。我拿出了我的皮夹，开始寻找一个地址，那地址是我今年夏天在舞会上遇到的一个在布林斯敦念书的家伙给我的。最后我找到了那地址，纸已褪了色，可还辨认得出字迹。地址上的那个姑娘不完全是个妓女，可也不反对偶尔客串一次，那个布林斯敦家伙是这样告诉我的。他有一次带了她去参加布林斯敦的舞会，差点儿就为这件事给开除出学校。她好像是个脱衣舞女什么的。不管怎样，我走到电话机旁边，给她挂了个电话。她的名字叫费丝·卡凡迪西，住在百老汇六十五条街斯丹福旅馆。一个垃圾堆，毫无疑问。

一时间，我还以为她不在家里。半晌没人接电话。最后有人拿起了话筒。

"哈罗?"我说。我把自己的声音装得很深沉，不让她怀疑我的年龄或者别的什么。反正我的声音本来就很深沉。

"哈罗，"那女人的声音说，并不太客气。

"是费丝·卡凡迪西小姐吗?"

"你是谁?"她说。"是谁在他妈的这个混账时间打电话给我?"

我听了倒是稍稍有点儿害怕。"呃，我知道时间已经挺晚啦，"我说，用的是成年人那种极成熟的声音。"我希望您能原谅我，我实在太急于跟您联系啦。"我说话的口气温柔得要命。的确是的。

"你是谁?"她说。

"呃，您不认识我，可我是爱迪·波德塞尔的朋友。他跟我说，我要是进城，可以请您一块儿喝一两杯鸡尾酒。"

"谁? 你是谁的朋友?"嘿，她在电话里真像只雌老虎。她简直是在跟我大声吆喝。

"爱德蒙·波德塞尔。爱迪·波德塞尔，"我说。我已记不起他的名字是爱德蒙还是爱德华。我只遇见过他一次，是在他妈的那个混账舞会上遇见的。

"我不认识叫这名字的人，杰克。你要是认为我高兴让人在深更半夜——"

“爱迪·波德塞尔？布林斯敦的？”我说。

你感觉得出她正在搜索记忆，想这个名字。

“波德塞尔，波德塞尔……布林斯敦的……是不是布林斯敦学院？”

“对啦，”我说。

“你是打布林斯敦学院来的？”

“呃，差不离。”

“哦……爱迪好吗？”她说。“不过在这时候打电话找人，真叫人意想不到。老天爷。”

“他挺好。他叫我向您问好。”

“呃，谢谢您。请您代我向他问好。”她说。“他这人再好没有。他这会儿在干什么？”刹那间，她变得客气得要命。

“哦，你知道的。还是那套老玩艺儿，”我说。他妈的我哪知道他是在干什么？我都不怎么认识他。我甚至都不知道他这会儿是不是依旧在布林斯敦。“瞧，”我说。“您不能赏光在哪儿跟我碰头，喝一杯鸡尾酒？”

“我问您，您可知道现在是什么时间啦？”她说。“您到底叫什么名字，请问？”一刹那，她换了英国口音。“听您的声音，好像还挺年轻。”

我扑哧一笑。“谢谢您的恭维，”我说——温柔得要命。“我的名字是霍尔顿·考尔菲德。”我本应当给她个假名字的，可我一时没想到。

“呃，瞧，考菲尔先生，我可不习惯在深更半夜跟人约会。我是个有工作的。”

“明天是星期天，”我对她说。

“呃，不管怎样，我得好好睡一会儿，保持我的青春，您也知道这个道理。”

“我本来想咱俩也许可以在一块儿喝杯鸡尾酒。时间还不算太晚。”

“呃。您真客气，”她说。“您是在哪儿打的电话？您这会儿是在哪儿，嗯？”

“我？我是在公用电话间里。”

“哦，”她说。接着沉默了半晌。“呃，我非常愿意在什么时候跟您一块儿玩玩，考菲尔先生。听您的声音十分可爱。您好像是个极可爱的人。不过时间实在太晚啦。”

“我可以上您家来。”

“呃，在平时，我会说这再好没有了。我是说我倒是很高兴您上我家来喝杯鸡尾酒，可是不巧得很，跟我同屋的那位恰好病了。她整整一晚都不曾合眼，这会儿才刚睡着哩。”

“哦。这真太糟糕啦。”

“您住在哪儿？明天咱们也许可以一块儿喝鸡尾酒。”

“明天可不成，”我说。“我只在今天晚上有空。”我真是个大傻瓜。我不应该这样说的。

“哦。呃，真是对不起得很。”

"我可以代您向爱迪问好。"

"您肯吗？我希望您在纽约玩得痛快。这是个再好没有的地方。"

"这我知道。谢谢，再见吧，"我说，接着就把电话挂了。

嘿，我真正把事情搞糟啦，我本应该至少约她出来喝喝鸡尾酒什么的。

10

时间还挺早。我记不清楚已经几点钟了，不过还不算太晚。我最讨厌做的一件事就是我还不觉得困的时候上床睡觉。因此我打开手提箱，取出一件干净衬衫，随后走进浴室，擦洗一下，换了衬衫。我想做的，是下楼去看看"紫丁香厅"里到底他妈的在干什么。他们这个旅馆里有个夜总会，叫作紫丁香厅。

我在换衬衫的时候，差点儿给我小妹妹菲绊挂了个电话。我倒是真想跟她在电话上谈谈。跟一个真正懂事的人。可我不能冒险打电话给她，因为她还只是个小孩子，这会儿准不会不上床，更不用说不会在电话旁边接电话了。我曾想到万一是我父母来接电话，是不是马上就把电话挂了，可这也不是办法。他们会知道是我。我母亲总知道是我。她未卜先知。可我倒是真想找老菲绊聊聊天。

你真应该见见她。你这一辈子再也不会见过那么漂亮、那么聪明的小孩子。她真是聪明。我是说从上学到现在，门门功课都是优。说实在的，我是家中唯一的笨蛋。我哥哥 D. B. 是个作家什么的，我弟弟艾里，就是我前面跟你谈到过的已经死去的那个，简直是个鬼精灵。唯有我是个真正的笨蛋。可你真应该见见老菲绊。她也是那种红头发，跟艾里的有点儿相像，在夏天剪得很短。夏天，她总把头发一股脑儿扎在耳朵后面。她的耳朵也挺小挺漂亮。冬天，她的头发蓄得挺长，有时我母亲给她梳成辫子，有时不梳。可那头发的确漂亮得很。她还只十岁。她个儿很瘦，像我一样，可是瘦得很漂亮。室内溜冰的那种瘦。有一次我从窗口望着她穿过五马路向公园走去，她的确是那模样儿，室内溜冰的那种瘦。你见了准会喜欢她。我是说你不管跟老菲绊讲些什么话，她总知道你他妈的讲的什么。我是说你简直哪儿都可以带她去。你要是带她去看一个蹩脚电影，比方说，她就会知道这电影蹩脚。你要是带她去看一个好电影，她也会知道这电影好。D. B. 跟我曾带她去看法国电影《面包师的妻子》由莱缪主演。这电影简直要了她的命。可她最爱看的是《三十九步》，罗伯特·唐纳主演。她把那电影都背熟了，因为我带她去看了约莫十次。当老唐纳到了苏格兰农场的时候，比方说，当他逃避警察的时候，菲绊就会在电影院大声说——就在影片里那个苏格兰人开口说话的时候——"你吃不吃青鱼？"她背得出所有的对话。影片里的那位教授，其实是个德国间谍，还没伸出那个小指头给罗伯特·唐纳看，指头的中间关节还缺了一块，老菲绊已比他先伸手了——她在黑暗中把她的小指头伸了过来，一直伸到我眼面前。她真是不错。你见了准会喜欢她。唯一的缺点是，她有时候有点儿过于亲热。她感情非常容易冲动，就她那个年纪的孩子来说。她的确是。她干的另一件事是一天到晚写书。只是这些书没有一本是写完的。写的全都是关于一个叫作海泽尔·威塞菲尔的孩子——只是老菲絆把名字写成了“海士尔”。老海士尔·威塞菲尔是个女侦探。她本来应该是个孤儿，可她的老子却经常出现。她的老子总是个“高个子漂亮绅士，年纪在二十上下”。简直笑死了我。这个老菲絆我可以对天发誓，你见了她准会喜欢。她还是很小很小的时候，就很聪明。她还是个很小的孩子的时候，我跟艾里常常带她上公园去，尤其在星期天。在星期天，艾里总爱带着他的那只帆船上公园玩，我们总是带着老菲絆一块儿去。她戴着白手套，走在我们中间，就像个贵夫人似的。遇到艾里跟我谈话起什么事情来，老菲絆总是在一旁听着。有时候你会忘掉有她在身边，因为她还是个那么小的孩子，可她总会提醒你。她会不住地打断你。她会推我或者艾里一下，说道：“谁？谁说的？是鲍比还是那位小姐？”我们就告诉她是谁说的，她就会“哦”一声，依旧听下去。她也简直要了艾里的命。我是说他也喜欢她。她现在十岁了，不再是那么个小孩子了，可她依旧惹每个人喜爱——每个有头脑的人，嗯。

嗯，像她这样的人，你没事总想跟她在电话上聊聊。可我很怕我父母来接电话，那样他们就会发现我在纽约，已给潘西开除了出来，等等一切。所以我光是穿上衬衫，收拾好一切，然后乘电梯下去到休息室里看看。

除了少数几个王八样的男子，几个婊子样的女人，休息室里简直没什么人，可你听得见乐队在紫丁香厅奏乐，所以我就走了进去。里面并不十分拥挤，可他们依旧给我找了个极不好的桌位——在尽后面。其实我早应该拿出一块钱来举到侍者头儿的鼻子底下的。在纽约，嘿，钱真能通神——我不开玩笑。

乐队是糟得要命的布迪·辛格乐队。全是管乐，可不是那种高雅的管乐，而是粗俗的管乐。此外，厅里极少像我这样年纪的人。事实上，没一个像我这样年纪的人。他们大多数都是上了年纪的、装腔作势的家伙约了他们的女朋友在一起。除了我隔壁桌上的几个。在我隔壁桌上坐着三个年约三十的姑娘。三个全都难看得要命，三个全都戴着那么一种帽子，你一看就知道她们不是真正住在纽约的，可是其中有一个金头发的，看上去还可以。她像是那种爱卖俏的女人，那个金头发的，所以我就开始跟她做起媚眼来，可就在这时，那个侍者过来了，问我喝些什么。我要了杯威士忌和苏打水，叫他不要掺和在一起——我说得快的要命，因为你只要稍一结巴，他们就会怀疑你不到二十一岁，不肯卖给你含有酒精的饮料。可是尽管这样，他还是给了我麻烦。“对不起，先生，”他说，“您有什么证明年龄的证件吗？您的司机执照，比方说？”

我冷冷地瞅了他一眼，好像他给了我极大的侮辱似的，随后问他说：“我的样子像不到二十一岁吗？”

“对不起，先生，可我们有我们的——”

“得啦，得啦，”我说。我早就琢磨好了。“给我来杯可口可乐。”他刚转身要走，我又把他叫了回来。“你能掺点儿甜酒什么的吗?”我问他，问得极其客气。“我可不能坐在这样庸俗的地方连一滴酒也不喝。你能掺点儿甜酒什么的吗?”

“非常对不起，先生……”他说着，就走开了。我倒不怎么怪他。要是有人发现他们卖酒给年轻人喝，他们就要丢掉饭碗。而我又年轻得要命。

我又开始跟邻桌上的三个巫婆做起媚眼来。主要当然是对那个金头发的，对其他两个完全出于无奈。可我也没做得太过火。我只是不时朝她们三个冷冷地那么瞅一眼。可她们三个见我这样，都像痴子似的咯咯笑起来。她们也许以为我太年轻，不该这样跟女人做媚眼，这使我火得要命——她们也许以为我要跟她们结婚什么的哩。她们这样做后，我本应该给她们泼瓢冷水的，可糟糕的是，我当时真想跳舞。有时候我非常想跳舞，当时凑巧正是这样的时候。因此突然间，我朝她们弯过身去说：“你们哪位姑娘想跳舞?”我问的时候口气并不冒失，事实上还十分温柔。可是真他妈的，她们把这也看成是一个惊人的举动。她们又开始咯咯笑起来。我不说玩话，她们是三个真正的痴子。“请吧，”我说。“我请你们三位轮流跟我跳舞。好不好?成吗?请吧!”我可真想跳舞呢。

最后，那个金头发的站起来跟我跳舞了，因为谁也看得出我主要是在跟她讲话，我们两个于是进入舞池。我们一走，那两个傻瓜差点儿犯起歇斯底里来。我当然是实在没有办法，才跟她们这样的人打交道的。

可那样做却很值得，这位金发女郎很会跳舞。她是我生平遇到过的跳舞跳得最好的姑娘之一。我不开玩笑，有些极傻极傻的姑娘真能在舞池上把你迷住。那般真正聪明的姑娘不是有一半时间想在舞池上带着你跳，就是压根儿不会跳舞，你最好的办法是干脆留在桌上跟她痛饮一醉。

“你真能跳舞，”我对金发女郎说。“你真该去当个舞蹈家。我说的是心里话。我跟舞蹈家一起跳过舞，她还不及你一半哩。你可曾听说过玛可和米兰达没有?”

“什么?”她说。她甚至都没在听我说话。她一直在东张西望。

“我问你听说过玛可和米兰达没有?”

“我不知道。不，我不知道。”

“呃，他们是舞蹈家，尤其是那个女的。可她跳得并不太好。她把该做的一切都做了，可她跳得并不怎么好。你可知道一个跳舞跳得真正好的姑娘是怎么样的?”

“你说什么?”她说。她甚至都没在听我说话。她的心思完全用在别的地方。

“我问你可知道一个跳舞跳得真正好的姑娘是怎么样的?”

“啊——啊!”

“呃——关键就在于我搭在你背上的那只手底下。我要是手底下什么也感觉不到——没有脑袋，没有腿，没有脚，什么也没有——那么这姑娘才是真正会跳舞的。”

可她并没在听。因此我有好一会儿工夫没搭理她。我们光是跳着舞。天哪，这个傻姑娘真能跳舞。布迪·辛格跟他的臭乐队正在演奏《就是这么回事》，可是连他们也没能把那曲子完全糟蹋掉。这是支了不起的歌曲。我们跳舞的时候，我没想玩什么花样——我最讨厌一个人在舞池上耍花样显本领——可我老带着她转来转去，而她也跟得很好。可笑的是，我本来还以为她也在欣赏跳舞呢，可突然间她说出了一句十分愚蠢的话。“我和我的女朋友昨天晚上看见了彼得·劳尔，”她说。“那个电影演员。他本人。正在买报纸。他真神气。”

“你运气好，”我对她说。“你运气真好。你知道吗？”她真是个痴子。可真能跳舞。我忍不住在她笨脑瓜顶上吻了一下——你知道——正吻在那个笨地方。我吻了以后，她十分生气。

“嗨！怎么回事？”

“不。没什么。你真能跳舞，”我说。“我有个小妹妹，还在他妈的念小学四年级。你跳得简直跟她一样好，而她跳舞跳得比哪个活着的或者死去的人都好。”

“说话留神点儿，你要是不介意的话。”

倒真是个贵族小姐，嘿。一位女王，老天爷。

“你们几位是打哪儿来的？”我问她。

可她并没回答我。她正忙着东张西望，大概是看看老彼得·劳尔有没有在场，我揣摩。

“你们几位是打哪儿来的？”我又问了一遍。

“什么？”她说。

“你们几位是打哪儿来的？你要是不高兴回答，就别回答。我不愿让你太紧张。”

“西雅图，华盛顿州，”她说。她告诉我这话，像是给了我什么天大的恩惠似的。

“你倒真是健谈，”我对她说。“你知道吗？”

“什么？”

我没再说下去。反正说了她也不懂。“要是他们演奏一个快步舞曲，你想跳会儿摇摆舞吗？不是那种粗俗的摇摆舞，不是那种跳跳蹦蹦的——而是那种轻松愉快的。只要一奏快步舞曲，那些老的、胖的全都会坐下，咱们的地方就宽敞啦。成不成？”

“对我说来都无所谓。”她说。“嗨——你到底几岁啦？”

不知什么缘故，这话使得我很恼火。“哦，天哪。别煞风景，”我说。“我才十二岁呢，老天爷，我的个儿长的特别高大。”

“听着。我已跟你说了。我不爱听那样说话，”她说。“你要是再那样说话，我可以去跟我的女朋友一块儿坐着，你知道。”

我像个疯子似的不住道歉，因为乐队已在奏一个快步舞曲了。她开始跟我一起跳起摇摆舞来——但只是轻松愉快的，那种，不是粗俗的那种。她跳得真是好。你只要用手搭着她就成。她让我神魂颠倒了。我说的是心里话。我们一起坐下的时候，我有一半爱上她了。女人就是这样。只要她们做出什么漂亮的举动，尽管她们长得不漂亮，尽管她们有点儿愚蠢，你也会一半爱上她们，接着你就会不知道自己他妈的身在何处。

女人。老天爷，她们真能让你发疯。她们真的能。

她们没请我过去坐到她们桌上——多半是因为她们太没知识——可我还是坐过去了。那个跟我一起跳舞的金发女郎叫作蓓尼丝什么的——我记不清是姓克拉伯斯还是克莱伯斯了。那两个特别丑的叫作马蒂和拉凡恩。我告诉她们我的名字叫吉姆·斯梯尔，当然是他妈的随口胡诌的。接着我想跟她们谈些有意思的事，可那简直办不到。你干什么都得扯她们的胳膊。你也很难说她们三个中间到底哪一个最傻。她们三个全都在这个混帐房间里不住地东张西望，好像希望看到一大群混账电影明星随时闯进来似的。她们大概以为那些电影明星一到纽约，都不去白鹳俱乐部或者爱尔·摩洛哥那类地方，反倒全都来到紫丁香厅。嗯，我差不多费了半个钟头，才打听出她们三个都在西雅图什么地方干活。她们全都在一家保险公司里工作。我问她们喜不喜欢那工作，可你以为能从这三个傻瓜嘴里听到什么聪明的回答吗？我本以为那两个丑的，马蒂和拉凡恩，是姊妹俩，可我这么一问，却把她们两个都气坏啦。你看得出她们俩谁也不愿自己长得像对方，当然这也不能怪她们，不过仔细想来，倒也十分有趣。

我轮流着跟她们三个全都跳了舞。那个叫拉凡恩的丑姑娘跳的还不太坏，可另外那个叫马蒂的简直可怕极了。跟老马蒂跳舞，就好像抱着自由女神像在舞池上拖来拖去。我这样拖着她转来转去的时候，唯一让自己作乐的办法是拿她取个笑儿。因此我告诉她说我刚在舞池那头看了电影明星加莱·库柏。

“哪儿?”她问我——兴奋得要命。“哪儿?”

“唷，你正好错过了他。他刚出去。我刚才跟你说的时候，你干吗不马上回过头去呢?”

她几乎停止跳舞，拼命从大家的头顶上望过去，想最后看他一眼。“唉！唉!”她说。我差点碎了她的心——真是差一点儿。我真后悔自己不该跟她开这个玩笑。有些人是不能开玩笑的，尽管他们有可笑的地方。

可是最最好笑的还在后面。我们回到桌上以后，老马蒂就告诉其他两个说，加莱·库柏刚刚出去。嘿，老拉凡恩和蓓尼丝听了这话，差点儿都想自杀。她们全都兴奋得要命，问马蒂看见了没有。老马蒂说她只隐约见了他一眼。我听了差点儿笑死。

酒吧马上就要停止营业，所以我给她们每人要了两杯饮料，我自己也另外要了两杯可口可乐，这张混账桌子摆满了杯子。那个叫拉凡恩的丑姑娘不住地拿我取笑，因为我光喝可口可乐。她倒真富于幽默感。她和老马蒂只喝汤姆·柯林斯——还是在十二月中旬，我的天。她们除此之外不知道喝什么别的。那个金发女郎老蓓尼丝光喝掺水的威士忌。而且也真的喝得一滴不剩。三个人老是在寻找电影明星。她们很少讲话——甚至在她们彼此之间。老马蒂比起其余两个来，讲的话还算多些。她老是说着那种粗俗的、叫人腻烦的话，比如管厕所叫“小姑娘的房间,”看见布迪·辛格乐队里那个又老又糟地吹木箫地站起来呜呜吹了几下，就认为他吹得好得了不得。她还管那根木箫叫“甘草棒”。你说她粗俗不粗俗？另外那个叫拉凡恩的丑姑娘自以为非常俏皮。

她老叫我打电话给我父亲，问问他今晚上在干什么。她还老问我父亲约了女朋友没有。这话整整问了四遍——她倒真是俏皮。那个金发女郎老蓓尼丝简直一句话也不说，每次我问她什么，她总是说“什么?”这样要不多久，会使你的神经受不了。

突然间，她们喝完自己的酒，三个全都站起来冲着我说她们要去睡了。她们说明天一早还要到无线电城的音乐厅去看早场电影。我还想留她们多呆一会儿，可她们不肯。因此我们互相说了声再见。我对她们说我要是有机会到西雅图，一定去拜望她们，可我很怀疑自己说的话。我是说怀疑我自己会不会真的去拜望她们。

加上香烟什么的，账单上共约十三元。我想，她们至少应该提出来付一部分账款，就是在我坐到她们桌上去之前她们自己叫的那些饮料帐——我自然不会让她们付，可她们至少应该提一下。不过我并不在乎。她们实在太没知识了，她们还戴着那种又难看又花哨的帽子哩。还有，她们一早起来要去无线电城音乐厅看早场电影一事也让我十分懊丧。假如有人，比如说一个戴着极难看帽子的姑娘，老远来到纽约——还是从华盛顿的西雅图来的，老天爷——结果却是一早起来去无线电城音乐厅看一场混账的早场电影，那就会让我懊丧得受不了。只要她们不告诉我这一点，我宁肯请她们喝一百杯酒哩。

她们一走，我也就离开了紫丁香厅。他们反正也快关门了，乐队已经离开很久了。首先，这类地方简直没法呆，除非有个跳舞跳得好的姑娘陪着你跳舞，或者除非那里的侍者让你买的不光是可口可乐，而是一些真正的饮料。世界上没有一个夜总会可以让你长久坐下去，除非你至少可以买点儿酒痛饮一醉，或者除非你是跟一个让你神魂颠倒的姑娘在一起。

11

一霎时，在我出去到休息室的半路上，我脑子里忽然又想起老琴·迦拉格来。她进了我的脑子，却再也不肯出去。所以我就在那令人作呕的休息室椅子上坐下，又想起她跟斯特拉德莱塔一块儿坐在埃德·班基那辆混账汽车里的事来，虽然我他妈的十分肯定老斯特拉德莱塔没法儿跟她干那事儿——我对琴理解得像一本书那么透——可我仍不能把琴从我的脑子里打发走。我对琴理解得像一本书那么透。这的确不假。我是说，除了下棋，她还挺喜爱一切体育运动，我自从跟她认识以后，整个夏天我们差不多天天早晨在一起打网球，天天下午在一起打高尔夫球。我跟她的关系的确十分密切。我说的并不是什么肉体关系之类——的确不是——可我们确实老在一起。你不一定非得通过猥亵关系才能理解一个姑娘。

我认识她的经过是因为她家的那只德国种猎狗老在我家草地上拉屎。我母亲为这事十分生气。她去找了琴的妈，闹得很不愉快。过了一两天，我在俱乐部里遇见了琴，看见她合扑着卧在游泳池旁边，就跟她打了个招呼。我知道她就住在我家隔壁，可我以前从来没跟她说过话。那天我跟她打招呼的时候，她对我冷得像块冰。我真他妈的费了不少工夫跟她解释，说我他妈的才不管她的狗在哪儿拉屎哩。对我来说，它就是到我家的客厅里来拉屎都成。嗯，这以后，琴就跟我做了朋友。那天下午我就跟她一块儿去打高尔夫球。她失了八个球，我记得。八个，我费了很大工夫，才教会她在开球的时候至少张开眼睛。她在我的帮助下球艺进步得很快。我自己高尔夫球打得极好。要是我告诉你经过情形，你大概不会相信。我有一次差点儿给拍进了电影，是那种体育短片，可我最后一分钟改变了主意。我揣摩像我这样一个痛恨电影的人，要是让他们把我拍成短片，岂不成了真正的伪君子了?

她是个可笑的姑娘，那个琴。我并不打算把她说成地道的美人。可她的确让我神魂颠倒。她可以说是个花嘴姑娘。我的意思是说她只要一讲话，加上心里激动，她的嘴和嘴唇就会向五十个方向动。这简直要了我的命。而她也从来不把嘴闭得紧紧的。那张嘴总是微微张开一点，尤其是她摆好姿势要打高尔夫球或者是她在看书的时候。她老是在看书，看的都是些非常好的书。她还读过不少诗。艾里那只写着诗的垒球手套除了我家里的人以外，我只给她一个人看过。她从来没见过艾里，因为她还是第一次到缅因来度暑假——以前的暑假，她都到鳖鱼角去——可我把他的事情跟她讲了许多。她对这类事儿很感兴趣。

我母亲不怎么喜欢琴。我是说琴和她妈妈见了我母亲老是不跟她打招呼，我母亲就以为她们是故意怠慢她。我母亲经常在村里遇到她们，因为琴常常开着她们那辆拉萨尔敞篷汽车跟她母亲一起上市场。我母亲甚至都不以为琴长得漂亮。我呢，当然认为她漂亮。我就喜欢她长的那个模样儿，就是那么回事。

我记得有一天下午的事。那是唯一的一次琴跟我两人接近于搂搂抱抱地胡搞。那天是星期六，外面正下着瓢泼大雨，我恰好在她家里的廊子上——他们有那种装着纱窗的大廊子。我们俩在一块儿下棋。我偶尔也拿她取笑，因为她总不肯把那些国王从后排拿出来使用。可我也并不把她取笑得太厉害。你是决不会想把琴取笑得太厉害的。我觉得我自己确实很喜欢一有机会，就把一个姑娘取笑得面红耳赤，可好笑的是，那些我最最喜欢的姑娘，我却不想拿她们取笑。有时候我觉得你拿她们取笑以后，她们反倒高兴——事实上，我知道她们是会高兴的——可你一旦跟她们相处久了，平时从来没拿她们取笑过，那简直很难开始。嗯，我打算告诉你的，是那天下午琴跟我怎样接近于搂搂抱抱地胡搞。天正下着倾盆大雨，我们都在外面的廊子上，刹那间跟她母亲结婚的那个酒鬼出来到廊子上，问琴家里还有香烟没有。我跟他不很熟，不过从外表看，他很像那种不太爱理人的家伙，除非是他有求于你。他有种极讨厌的个性。嗯，他问琴知不知道哪儿有香烟，琴却不回答他。因此那家伙又问了她一遍，她依旧不回答他。她甚至都没从棋盘上抬起头来。最后那家伙走进屋去了。他进去后，我就问琴他妈的到底是怎么回事。当时她甚至都不肯回答我。她假装着好像在集中注意思考下一步棋应该怎么走。接着突然间，那颗泪珠儿啪的一下掉棋盘上了。正好掉在一个红方格上——嘿，我这会儿还看得见哩。她只是用手一擦，把那颗泪珠儿擦进了棋盘。我不知怎的，觉得心里极不对劲儿。我于是走过去让她在她坐的那把长椅上挪出些位置，好让我坐在她身旁——事实上我简直就坐在她怀里。接着她真的哭了起来，我呢，只知道在她脸上狂吻——一切地方——她的眼睛，她的鼻子，她的前额，她的眉毛，她的耳朵，——她整个的脸，除了她嘴上一带。她仿佛不让我吻她的嘴。不管怎样，这是我们俩最接近于搂搂抱抱地胡搞的一次。过一会儿，她起身进去，换上伯红白两色的运动衫，就是我见了最神魂颠倒的那一件，于是我们俩一块儿去看混账电影了。在路上，我问她古达罕先生——就是那酒鬼的名字——可曾对她不规矩过。她年纪还很轻，可她有那种极好的身段，所以换了我，就决不会让她呆在古达罕那杂种的身旁。不过她说他没有。我怎么也弄不明白这他妈的是怎么回事。有些女孩子你简直怎么也弄不明白究竟是怎么回事。

我希望你不要仅仅因为我们不在一起搂搂抱抱地胡搞，就把她看成是他妈的冰棍什么的。她才不是呢。我就老跟她握手，比如说。这听起来好像没什么，我知道，可你跟她握起手来却是滋味无穷。大多数的姑娘你要是握住她们的手，她们那只混账的手就会死在你的手里，要不然她们就觉得非把自己的手动个不停不可，好像生怕让你觉得腻烦似的。琴可不一样。我们进了一个混账电影院什么的，就马上握起手来，直到电影演完才放开，既不改变手的位置，也不拿手大做文章。跟琴握手，你甚至都不会担心自己的手是不是在出汗。你只知道自己很快乐。你的确很快乐。

我刚想起另一件事。有一次，在电影院里，琴干了一件事，差点儿让我的灵魂儿都出了窍。好像还是在放映新闻片的时候，我突然觉得有只手搭在我脖子后面，那是琴的手。干这样的事说来确实是很可笑。就是说她还那么年轻，而你瞧见的那些把手搭在别人脖子后面的姑娘，多半都是在二十五岁到三十岁之间，而且对方不是她们的丈夫便是她们的孩子——比如说，我自己就偶尔把手搭在我小妹妹菲絆的脖子后面。可是遇到一个年轻的姑娘干这样的事，那真是别有滋味，简直叫你销魂。

嗯，这就是我坐在休息室里那把令人作呕的椅子上想的心事。想的是琴。我只要一想起她跟斯特拉德莱塔一起出去坐在埃德·班基那辆混账汽车里的那部分，就会难过得差点儿发疯。我知道她决不会让他攻入一垒，可我心里照样难过得要命。我甚至都不高兴谈这件事，如果你一定要我说老实话。

休息室里已经没有人。连所有那些婊子样的女人也都不在了，忽然间我觉得自己非他妈的离开这地方不可了。这地方实在太叫人泄气了。不过我还一点不觉得困。因此我上楼回到自己房里，穿上大衣。我还往窗外眺望了一下，看看所有那些心理变态的人是不是还在行动，却见对面房里全都熄灯了。我又乘电梯下去，叫了辆出租汽车，要司机送我去“欧尼”。“欧尼”是格林尼治村里的一个夜总会，我哥哥 D. B. 还没到好莱坞去当婊子之前常去那地方，他偶尔也带我去过几次。开夜总会的欧尼是个又高又胖的黑人，会弹钢琴。这家伙势利得要命，见了人甚至都不肯理睬，除非你是个大人物或者名人或者别的什么。可他的钢琴确实弹得好，事实上好得都有点流于粗俗了。我自己也不太清楚我说这话是什么意思，可我说的是心里话。我确实喜欢听他演奏。不过有时候你真想把他那架混账钢琴翻个个儿。我想那是因为他有时候弹起钢琴来，听去就像那种势利鬼，除非你是大人物就不肯理睬你。

12

我坐的那辆出租汽车是辆真正的旧汽车，里面的气味就好像有人刚刚呕吐过似的。我只要深夜出去，总会坐到这类令人作呕的汽车。更糟糕的是，外面又是那么静寂那么孤独，虽说是在星期六晚上。街上我几乎没看见什么人。偶尔只见一男一女穿过街心，彼此搂着腰；或者一帮阿飞模样的家伙跟他们的女朋友在一起，全都像恶魔似的哈哈大笑着，至于引起他们发笑的东西，你可以打赌根本不好笑。遇到深夜有人在街上大笑，纽约确是个可怕的地方。你在好儿英里外都听得见这笑声。你会觉得那么孤独，那么沮丧。我真希望自己能回家去，跟我妹妹菲絆瞎扯一会儿。可是最后，等到我在车里坐了一会儿以后，那司机就跟我聊起天来。他的名字叫霍维兹。他比我早先遇见的那个司机要好多了。嗯，我忽然想起他或许知道那些鸭子的事。

"嗨，霍维兹，"我说。"你到中央公园浅水湖一带去过没有？就在中央公园南头？"

"去过哪儿？"

"浅水湖。那个小湖。里边有鸭子。你知道。"

"不错，怎么回事？"

"呃，你知道在湖里游着的那些鸭子吗？在春天和别的时候？可是到了冬天，你知道它们都到哪儿去了？"

"谁到哪儿去了？"

"那些鸭子，你知道吗？我问你。我是说到底是有人开来卡车把它们运走了呢，还是它们自己飞走了——飞到南方或者什么地方去了？"

老霍维兹把整个的身子都转了过来，直望着我。他是那种沉不住气的家伙。可他为人倒不坏。"他妈的我怎么知道？"他说。"他妈的我怎么知道像这样的傻事？"

"呃，别为这个生气，"我说。看样子他好像有点儿生气了。

"谁生气了？没人生气。"

我看他为一点小事他妈的那么容易生气，就不再跟他说话。可他自己又跟我搭讪了。他又把整个身子转过来，说道："那些鱼哪儿都不去，它们就呆在原来的地方，那些鱼。就呆在那个混账湖里。"

"那些鱼——那不一样。那些鱼不一样。我讲的是鸭子，"我说。

“那有什么不一样？没什么不一样，”霍维兹说。他不管说什么话，总好像憋着一肚子气似的。“在冬天，鱼比鸭子还要难过呢，老天爷。用你的脑子吧，老天爷。”

约莫一分钟工夫，我什么话也没说。接着我说：“好吧！要是那个小湖整个儿结成一块严实的冰，人们都在上面溜冰什么的，那么那些鱼什么的，它们怎么办呢？”

老霍维兹又转过身来。“它们怎么办呢，你他妈的这话是什么意思？”他向我吆喝说。“它们就呆在原来的地方，老天爷。”

“它们可不能不管冰。它们可不能不管。”

“谁不管冰？没有人不管！”霍维兹说。他变得他妈的那么激动，我真怕他会把汽车撞到电线杆或者别的什么东西上去。“它们就住在混账的冰里面。这是它们的本性，老天爷。它们就那么一动不动整整冻住一个冬天。”

“是吗？那么它们吃什么呢？我是说，它们是要冻严实了，就不可能游来游去寻找食物什么的。”

“它们的身体，老天爷——你这是怎么啦？它们的身体能吸收养料，就从冰里混账的水草之类玩艺儿里吸收，整个时间它们的毛孔全都张着。这是它们的本性，老天爷。懂得我的意思吗？”他又他妈的把整个身子转过来看着我。

“哦，”我说。我不再往下说了。我生怕他会把这辆混账汽车撞得粉碎。再说，他又是那么个容易为小事生气的家伙，跟他讨论什么事情可不是件愉快事儿。“你能不能在哪儿停一下，跟我喝一杯？”我说。

他并没回答我。我揣摩他还在思索。我又问了他一遍。他是个挺不错的家伙。十分有趣。

“我没时间喝酒，老弟，”他说。“你他妈的到底几岁啦？干吗不在家睡觉呢？”

“我不困。”

我在欧尼夜总会门口下了车，付了车钱，老霍维兹忽然又提起了鱼的问题。他确是在思考这问题呢。“听着，”他说。“你要是鱼，大自然母亲就会照顾你，对不对？你总不会认为到了冬天，那些鱼都会死去吧？”

“不，可是——”

“你他妈的说得对，它们不会死去，”霍维兹说着，就像只飞出地狱的蝙蝠似的，开着车一溜烟走了。他可以说是我一辈子遇到的最容易为一点小事生气的家伙。不管你说什么，都会惹他生气。

尽管时间已经这么晚了，老“欧尼”还是拥挤不堪。绝大多数是大学预科和大学里一些粗俗不堪的家伙。几乎世界上的每一个混账学校都比我进的那些学校放假早。这地方挤得差点儿连大衣都没法存。可是倒静得很，因为欧尼正在弹钢琴。只要他在钢琴边坐下，便被看成是神圣的事，其实老天爷，谁也不可能好得那样。除我之外，约莫还有三对男女在等桌子，他们全都推推搡搡的，踮起脚尖，想看一眼欧尼弹钢琴的样子。他的钢琴前面放着一面混账大镜子，他身上照着极亮的聚光灯，因此在他演奏的时候，人人都能看着他的脸。他演奏的时候你看不见他的指头——只看见他那张宽阔的老脸。真是了不起。我不太记得我进去的时候他正在演奏什么曲子，不过不管是什么曲子，他却真的把它糟蹋得一塌糊涂。他卖弄本领，傻里傻气地把那些高音符弹得像流水一样，还有其他许多油腔滑调的鬼把戏，我听了真是厌恶极了。可是，你真该听听他弹完时听众的那阵声音。你听了准会作呕。他们全都疯了。他们完全像电影院里的那些痴子，见了一些并不可笑的东西却笑得像魔鬼一样。我可以对天发誓，换了我当钢琴家或是演员或是其他什么，这般傻瓜如果把我看成极了不起，我反而会不高兴。我甚至不愿他们给我鼓掌。他们总是为不该鼓掌的东西鼓掌。换了我当钢琴家，我宁可在混账壁橱里演奏。嗯，他一弹完，当每个人都在不要命地鼓掌的时候，老欧尼就从他坐着的凳子上转过身来，鞠了一个十分假、十分谦虚的躬。像煞他不仅是个杰出的钢琴家，而且还是个谦虚得要命的仁人君子。完全是假模假式——我是说他原是那么个太势利鬼。可是说来可笑，他演奏完毕时，我倒真有点儿替他难受。我甚至都认为他已不再知道他自己弹得好不好了。这也不能完全怪他。我倒有点儿怪所有那些不要命地鼓掌的傻瓜——你只要给他们一个机会，他们会把任何人宠坏。嗯，这又让我心里沮丧和烦闷起来，我他妈的差点儿都想取回我的大衣回旅馆去了，只是时间太早，我不太想回去独自呆着。

最后他们给我找了一个糟得不能再糟的桌位，靠着墙壁，前面还挡着一根混账柱子，望出去什么也看不见。桌子又小，邻桌上的人要是不站起来让路——他们当然从来不站起来，这班杂种——你简直得爬进你的椅子。我要了杯威士忌酒和苏打水，这是我最爱喝的饮料，除了代基里酒以外。你哪怕只有六岁，都能在欧尼夜总会要到酒，这地方是那么暗，再说谁也不管你有多大年纪。哪怕你是个有吸毒瘾的，也没人管。

我周围全是些粗俗不堪的人。我不开玩笑。在我左边另一张小桌上，简直就在我头上坐着一个怪模怪样的男子和一个怪模怪样的姑娘。他们跟我差不多年纪，或者也许稍稍比我大一点儿。说来真是好笑。你看得出他们都小心得要命，用慢得不能再慢的速度呷着少得不能再少的酒。我听了一会儿他们的谈话，因为我没有别的事可做，他正在讲给她听当天下午他看的一场职业选手的橄榄球比赛。他把整场比赛里的每一个混账动作都给她讲了——我不开玩笑。我从来没听见过讲话比他更腻烦的。你也看得出他的女朋友对这场混账球赛甚至都不感兴趣，可她的模样儿长得甚至比他还要丑，所以我揣摩她也就非听不可。真正的丑姑娘说来也真可怜。有时我真替她们难受。有时候我甚至连看都不敢看她们，特别是她们跟那种喋喋不休地大谈一场混账的橄榄球赛的家伙在一块儿的时候。可是在我右边，所进行的谈话甚至还要糟糕。我右边是一个非常像耶鲁学生模样的家伙，穿着一套法兰绒衣装，里面是件轻飘飘的塔特萨尔牌内衣。所有这些名牌大学里的杂种外表都一模一样。我父亲要我上耶鲁，或者布林斯敦，可我发誓决不进常青藤联合会里的任何一个学院，哪怕是要我的命，老天爷。不管怎样，这个耶鲁模样的家伙却跟一个漂亮极了的姑娘在一起，嘿，她长得真是漂亮。

可你真该听听他们正在进行的那场谈话。首先，他们两个都有了醉意。那个男的一边在桌子底下抚摸她，一边却跟她讲着他宿舍里某个家伙怎样吃了整整一瓶阿司匹林自杀，差点儿死了。他的女朋友不住地对他说："多可怕哪……别这样，亲爱的。请别这样。这儿不成。"想一想，一边抚摸女人，一边讲给她听怎样有人自杀！我听了差点儿笑死。

我这样独自个儿坐着，的的确确开始感觉到自己很像是一匹得了奖的马的屁股。我除了抽烟喝酒之外，别无其他事情可做。我于是叫侍者去问问老欧尼是不是肯来跟我一块儿喝一杯。我叫他去告诉他说我是 D. B. 的弟弟。可是我认为他甚至都不会把信送到。这些杂种是决不会代你向任何人送信的。

一霎时，有个姑娘过来对我说："霍尔顿·考尔菲德！"她的名字叫莉莉恩·西蒙斯。我哥哥 D. B. 过去有一时期曾跟她在一起过。她的胸脯非常饱满。

"嗨，"我说。我自然想站起来，可是在这样的地方，要站起来颇费一番工夫。跟她在一块儿的是一个海军军官，他那样子就像屁股后面藏着根通条似的。

"见到你多高兴！"老莉莉恩·西蒙斯说，完全是假模假式。"你哥哥好吗？"其实她想知道的，还不就是这个。

"他挺好。他到好莱坞去了。"

"到好莱坞去了！多了不起！他在干什么呢？"

"我不知道。写作吧，"我说。我不想细谈这件事，你看得出她认为进好莱坞十分了不起。差不多每个人都这样认为。他们多半都没看过他写的小说，这种事情可真叫我发疯。

"多让人高兴，"老莉莉恩说。接着她把我介绍给那海军军官。他的名字叫鲍洛甫队长什么。他就是那种人，跟你握起手来要是不把你的指头捏断那么四十根，就会以为自己是娘儿腔。天哪，我痛恨这类事儿。"你只一个人吗，小伙子？"老莉莉恩问我。她把过道上整个儿的混账交通都堵塞住了。你看得出她很喜欢堵住交通。有个侍者等着她让路，可她甚至就当没有他这个人似的。真是好笑。你看得出那侍者并不喜欢她，你看得出甚至连那个海军也不喜欢她，虽说他把她约了出来。而我也不喜欢她。谁也不喜欢她。说来你倒真有点儿替她难受呢。"你没约女朋友吗？小伙子？"她问我。我这时已站了起来，她甚至都不叫我坐下。她就是那种人，喜欢让你一站几个小时。"他长得漂亮不漂亮？"她对那个海军说。"霍尔顿，你却是越长越漂亮了。"那海军叫她往前走，告诉她说他们把整个过道都堵住了。"霍尔顿，来跟我们坐在一起吧，"老莉莉恩说。"把你的酒搬过来。"

"我马上就要走了，"我对她说。"我还有个约会。"你看得出她是想向我讨好。好让我将来告诉老 D. B. 。

"呃，你这个漂亮小伙子。你倒是挺不错。可你见到你哥哥的时候，请告诉他说我恨他。"

她说完走。那海军跟我互相说了声“见到你真高兴”。这类事情老让我笑疼肚皮，我老是在跟人说“见到你真高兴”，其实我见到他可一点也不高兴。你要是想在世界上活下去，就得说这类话。

我既然跟她说了另有约会，就只好离开这地方，此外别无他妈的其他选择。我甚至都不能多呆会儿，听听老欧尼弹一曲比较像样的曲子。不过我当然不会搬过去，跟老莉莉恩·西蒙斯和那海军坐在一桌，去自讨苦吃，让自己腻烦死。所以我离开了。可我取大衣的时候，心里恨得要命。这些人就是会扫你的兴。

我徒步走回旅馆。整个儿穿过第四十一条大街。我这样做，倒不是因为我想散步什么的，主要还是因为我不想再在另一辆出租汽车里进进出出。有时候你会突然讨厌乘出租汽车，就像会突然讨厌乘电梯一样。你于是就得靠两只脚走，不管路有多远，楼有多高。我小时，就常常靠两只脚走上我们的公寓房间，足足爬了十二层楼梯。

你甚至都不知道天已经下过雪了。人行道上连雪的影儿都没有。可天气冷得要命，我就从衣袋里取出我那顶红色猎人帽戴在头上——我才他妈的不管我打扮成什么鬼样儿哩。我甚至把耳罩都放了下来。我真想知道是谁在潘西偷走了我的手套，因为我的两只手都快冻僵了。其实我即使知道了，也不会采取什么行动。我是那种胆小鬼。我尽可能不表现出来，可我骨子里真的是个胆小鬼。比方说，我要是在潘西发现了是谁偷走了我的手套，我也许会走到小偷的房里说：“喂，把你那副手套拿出来怎么样?”那小偷听了或许会装出十分天真的样子说：“什么手套?”我会怎么办呢，我或许会到他的壁橱里把那副手套找出来，是藏在他那双混账的高统橡皮套鞋或者别的什么东西里的，比如说。我会把手套拿出来，给那家伙看，说道：“我揣摩这是你的混账手套?”于是那小偷大概会装出十分假、十分天真的模样，说道：“我这一辈子从来没见过这副手套。这手套要是你的，你就拿去。我可不要这种混账东西。”我于是大概会直挺挺地在那儿站那么五分钟，手里拿着那副混账手套，心里想着应该在那家伙的下巴颏儿上揍那么一拳——打落他的混账下巴颏儿。只是我没那勇气。我只会站在那儿，装出很凶狠的样子。我会怎么做呢，我只会说一些十分尖刻、十分下流的话，来激怒他——却不敢挥拳打他的下巴。嗯，我要是说了些十分尖刻、下流的话，那家伙大概会起身向我走来，说道：“听着，考尔菲德。你是不是在骂我小偷?”我听了都不敢说：“你他妈的说得一点不错，你这个偷东西的下流杂种!”我大概只会说：“我只知道我的那副混账手套在你的混账套鞋里。”那家伙听了，大概会马上摸我的底，看看我究竟敢不敢动手揍他，所以他会说：“听着。咱们打开天窗说亮话。你刚才是不是管我叫小偷来着?”我大概会这样回答：“谁也没管谁叫小偷。我只知道我的手套在你的混账套鞋里。”就这样翻来覆去讲几个小时。可我最后离开的时候，甚至都不会碰他一下。我大概会到盥洗室里，偷偷抽一支烟，在镜子里看着自己装出凶狠的样子。嗯，这就是我回旅馆时一路上想的心事。当个胆小鬼绝不是什么好玩的事儿。也许我并不完完全全是个胆小鬼。我不知道。我想也许我只是一半出于胆小，一半出于丢了副手套什么的并不他妈的在乎。我有这么个缺点，就是不管丢了什么东西都不在乎——我小时候我母亲就常常为这事气得发疯。有些人要是丢了东西，不惜花几天工夫到处寻找。我好像从来就不曾有过什么好东西丢了以后会着急得要命。或许这就是我一半胆小的原因。不过这不是给自己开脱的理由。的确不是。一个人压根儿就不应该胆小。你要是应该往谁的下巴颏儿上揍一拳，心里如果想揍，就应该动手揍。可我就是下不了手。我宁可把一个人推出窗口，或者用斧头砍下他的脑瓜儿，也不愿拿拳头揍他的下巴颏儿。我最恨跟人动拳头。我倒不在乎自己挨揍——尽管我并不乐于挨揍，自然啦——可是用拳头打架的时候我最害怕对方的脸。我的问题是，我不忍看对方的脸。要是双方都蒙住眼睛什么的，那倒还可以。你要是仔细一想，这确是种可笑的胆小，不过照样是胆小，一点不假。我决不自欺欺人。

我越是想到我的那副手套和我自己的胆小，我的心里就越烦闷，最后我决计停下来上哪儿喝一杯。我在欧尼夜总会里只喝了三杯，最后一杯都没喝完。我有一个长处，就是酒量特别大。我只要心情好，可以整宵痛饮，都不动一点声色。有一次，在胡敦中学，我跟另一个叫雷蒙德·高尔德法伯的家伙买了一品脱威士忌酒，星期六晚上躲在小教堂里喝，那儿没人会瞧见我们。他已烂醉如泥，我却甚至连酒意都没有一点。我只是变得十分冷静，对什么都无动于衷。我在睡觉之前呕吐了一阵，可也不是非吐不可——我是让自己硬吐出来的。

嗯，在我回旅馆之前，我还想到一家门面简陋的小酒吧里去喝一杯，忽然有两个酩酊大醉的家伙走出来，问我地铁在哪儿。有一个家伙看去很像古巴人，在我告诉他怎么走的时候，不住地把他嘴里的臭气往我脸上喷。结果我连那个混账酒吧的门都没进，就一径回到旅馆里。

休息室里空荡荡的，发出一股像五千万支熄掉了的雪茄的气味。的确是这样一股气味。我依旧不觉得困，只是心里很不痛快。烦闷得很。我简直不想活了。

接着，突然间，我遇到了那么件倒霉事。

我才一进电梯，那个开电梯的家伙就跟我说：“有兴趣玩玩吗，朋友？还是时间太晚了？”

“你说的什么？”我说。我真不知道他说的是什么意思。

“今儿晚上要个小姑娘玩玩吗？”

“我？”这么回答当然很傻，可是有人直截了当地问你这么个问题，一时的确很难回答。

“你多大啦，先生？”开电梯的说。

“怎么?”我说。“二十二。”

“嗯——哼。呃，怎么样？你有兴趣吗？五块钱一次。十五块一个通宵。”他看了看手表。“到中午。五块钱一次，十五块钱到中午。”

“好吧，”我说。这违背我的原则，可我心里烦闷得要命，甚至都没加思索。糟就糟在这里。你要是心里太烦闷，甚至都没法思索。

“要什么？要一次，还是到中午？我得知道。”

“就一次吧?”

“好吧，你住几号房间?”

我看了看我钥匙上面那个写着号码的红玩艺儿。“1220，”我说。我已经有点儿后悔不该这么着，不过已经太晚了。

“好吧！我在一刻钟内送个姑娘上来。”他打开电梯的门，我走了出去。

“嗨，她长得漂亮吗?”我问他。“我可不要什么老太婆。”

“没有老太婆。别担心这个，先生。”

“我怎么给钱?”

“给她，”他说。“就这样吧，先生。”他简直冲着我劈脸把门关上了。

我回到房里往头发上敷了些水，可是在水手式的平头上实在梳不出什么名堂来。接着我想起在欧尼夜总会里抽了那么些烟，又喝了威士忌和苏打水，就试了试自己的嘴里有没有臭味。你只要把手放到嘴下面，对准鼻孔呼气，就闻得出自己嘴里有没有臭味。我嘴里的味儿倒不大，可我还是刷了刷牙。接着我又换了件干净衬衫。我知道自己用不着为了个妓女把身上打扮得像个布娃娃似的，不过这样我总算有事可做了。我有点儿紧张。我的欲念开始上来了，可我也有点儿紧张。我老实跟你说，我原来还是个童男哩。我真的是个童男。我倒有几次机会可以失去我的童贞，可我始终没失去。总是有什么事情发生。比方说，你要是在女朋友的家里，她的父母总会突然回家——或者你害怕他们会突然回家，或者你要是在别人汽车里的后座上，那么前座上总有什么人——或者说有什么姑娘——老想知道整个混账汽车里在干些什么。我是说前座上总有个姑娘老回过头来看看后面在他妈的干些什么。不管怎样，反正总有什么事发生。有一两次，我只差一点儿就上手了。特别是有一次，我记得。可后来出了什么事了。——我都记不得到底出什么事了。问题是，每当你要跟一个姑娘行事的时候——我是说不是个做妓女什么的姑娘——十有九次她总不住地叫你住手。我的问题是，每次我都住手了。大多数男人都不这样。我却由不得自己。你总拿不准她们是真正要你住手呢，还是她们害怕得要命，还是她们故意要你住手，万一你真的干了那事，那么过错就都在你身上，她们可以脱掉干系。不管怎样，每次都住手了。问题是，我心里真有点儿替她们难受。我是说大多数姑娘都那么傻。你只要跟她们搂搂抱抱一会儿，就可以真正看出她们全都失去了头脑。一个姑娘只要真正热情上来，就不再有头脑。我不知道。她们要我住手，我就住手了。我送她们回家以后，总后悔自己不该住手，可到时候又总是老毛病发作。

嗯，我在穿另一件干净衬衫的时候，心里暗忖，这倒是我最好的一个机会。我揣摩她既是个妓女，我可以从她那儿取得一些经验，在我结婚后也许用得着。有时候我可真担心这玩艺儿。在胡敦中学的时候，我有一次看到一本书，里面讲一个非常世故、非常和蔼可亲、非常好色的家伙。他的名字叫勃朗夏德先生，我还记得。这是一本坏书，可勃朗夏德这个人物倒是写得不错。他在欧洲里维耶拉河上有一座大城堡，空闲时他总是拿根棍子把一些女人打跑。他是个真正的浪子，可很使女人着迷。他在书的某一章里说女人的身体很像个小提琴，需要一个大音乐家才能演奏出好音乐。这是本粗俗不堪的书——我知道这一点——可我怎么也忘不掉那个小提琴的比喻。我之所以想取得些经验，以备结婚后应用，说来也是如此。考尔菲德和他的魔鬼提琴，嘿。这有点粗俗，我知道，可也不算太粗俗。我不在乎自己在这玩艺儿上成为老手。如果你真要我说老实话，我可以告诉你说当我跟一个女人一起胡搞的时候，有多半时间我都他妈的找不到我所寻找的东西，要是你懂得我意思的话。就拿刚才我说的那个差点儿跟我发生关系的姑娘来说吧！我差不多花了一个小时才把她的奶罩脱掉。到了我真正把它脱掉的时候，她都准备往我的脸上吐唾沫了。

嗯，我不住地在房间里踱来踱去，等那妓女来。我真希望她长得漂亮。不过我对这个也不十分在乎。我很愿意这事能快点儿过去。最后，有人敲门了，我去开门的时候，在手提箱上绊了一跤，差点儿摔坏了我的膝盖。我总是选择这种紧要时刻绊倒在手提箱之类的东西上。

我开了门，看见那妓女正站在门外。她穿了件驼毛绒大衣，没戴帽子。她有一头金发，不过你看得出是染过的。可她倒不是个老太婆。“您好，”我说。温柔得要命，嘿。

“你就是毛里斯说的那位?”她问我，看样子并不太他妈的客气。

“毛里斯是不是那个开电梯的?”

“是的，”她说。

“唔，是我。请进来，好不好?”我说。说着说着我变得越来越凉了。一点不假。

她进房后马上脱下大衣，往床上一扔。她里面穿着件绿衣服。她斜坐在那把跟房间里的书桌配成一套的椅子上，开始颠动她的一只脚。她把一条腿搁在另一条腿上，开始颠动搁在上面的那只脚。对一个妓女来说，她的举止似乎过于紧张。她确实紧张。我想那是因为她年轻得要命的缘故。她跟我差不多年纪。我在她旁边的一把大椅子上坐下，递给她一支香烟。“我不抽烟，”她说。她说起话来哼哼唧唧的，声音很小。你甚至都听不见她说的什么。你请她抽烟什么的，她也从来不说声谢谢。她完全是出于无知。

“让我来自我介绍吧！我的名字叫吉姆·斯梯尔，”我说。

“你有手表吗?”她说。她并不在乎我他妈的叫什么名字，自然啦。“嗨，你到底多大啦？”

“我？二十二。”

“别逗人啦。”

这话的确可笑。听去真像个孩子。你总以为一个妓女会说“别见鬼啦”或者“别胡扯啦”，不会说“别逗人啦”这类话。

“你多大啦？”我问她。

“反正比你更懂事，”她说。她倒是真鬼。“你有手表吗？”她又问了我一遍，随即站起来，从头顶上脱下衣服。

她脱衣服的时候，我的确有一种奇特的感觉。我是说她脱得那么突然。我想，你要是看见过女人站起来从头顶上脱衣服，总难免要动情，可我当时并没有。情欲我倒是真的没有。我并没动情，只觉得十分沮丧。

“你有手表吗，嗨？”

“不。不，我没有，”我说，嘿，我倒真有一种奇特的感觉。“你叫什么名字？”我问她。她现在只穿着一件粉红色套裙，看了真让人窘得很。一点不假。

“孙妮，”她说。“咱们来吧，嗨。”

“你想不想再谈一会儿？”我问她。这话说得很孩子气，可我当时的心境真是他妈的奇特。“你是不是有什么非常要紧的事？”

她望着我，好像我是个疯子似的。“你有什么话要跟我谈的？”她说。

“我不知道。没什么特别的话，我只是想，你或许愿意聊一会儿天。”

她又在书桌边的椅子上坐下。可她心里并不高兴，你看得出来。她又开始颠动她的一只脚——嘿，她真是个容易紧张的姑娘。

“你想抽支烟吗？”我说。我忘了她不抽烟。

“我不抽烟。听着，你要是想聊天，就聊吧！我还有事呢？”

可我想不出有什么话可聊。我本想问问她怎么会当妓女的，可我又怕问她。看样子她也不会告诉我。

“你不是打纽约来的吧，是不是？”我最后说。我只想出了这么句话。

“好莱坞，”她说着，起身走到床上她放衣服的地方。“你有衣架吗？我不想把这件衣服弄皱。还是崭新的呢。”

“当然有，”我马上说。我能站起来做点儿什么事，真是太高兴了。我把她的衣服拿到壁橱里挂好。说来好笑，我挂的时候，心里竟有点难过。我想起她怎样到铺子里去买衣服，铺子里的人谁也不知道她是妓女。售货员卖给她衣服的时候，大概还以为她是个普通的姑娘哩。这使我心里难过得要命——我也说不出到底是什么道理。

我又坐下来，想继续跟她聊天。她真他妈的不会聊天。“你每天晚上都工作吗？”我问她——这话说出口后，听上去似乎很不像话。

“是的。”她在房里到处转悠。她从书桌上拿起菜单来看。

"你白天干什么?"

她耸了耸肩膀。她的个子很瘦。"睡觉。看电影。"她放下菜单朝我看着。"咱们来吧,嗨。我可没那么多——"

"瞧,"我说。"我今天晚上精神不好。我这一夜过得很糟糕。一点不假。我照样付你钱,可我们要是不干那事儿,你不会在意吧?你不会很在意吧?"糟糕的是,我真的不想干那事儿。我没有冲动,只觉得沮丧,我老实告诉你说。她本人很叫人泄气。还有那挂在壁橱里的绿衣服什么的。再说,我觉得自己真不能跟一个整天坐在混账电影院里的姑娘干那事儿。我觉得真的不能。

她走到我身边,脸上带着那种可笑的神情,好像并不相信我的话。"怎么回事?"她说。

"没什么。"嘿,我怎么会那么紧张呢!"问题是,我最近刚动过一次手术。"

"是吗?哪儿?"

"在我那——怎么说呢——我的锁骨上。"

"是吗?那玩艺儿是在他妈的什么地方?"

"锁骨!"我说。"呃,真正说来,是在脊椎骨里。我是说在脊椎骨的尽里边。"

"是吗?"她说。"真糟糕。"说着她就坐到我他妈的怀里来了。"你真漂亮。"

她真让我紧张极了,我只好拼命撒谎。"我还没完全恢复健康呢,"我对她说。

"你很像电影里的一个家伙。你知道像哪一个。你知道我说的是谁。他叫什么名字来着?"

"我不知道,"我说。她不肯从我他妈的怀里下来。

"你当然知道。他就在那张曼尔—温·道格拉斯主演的片子里。是不是曼尔—温·道格拉斯的弟弟?就是打船上掉下来的那个?你知道我说的是谁?"

"不,我不知道。我很少看电影。"

接着她开始逗起我来。粗野得很。

"不干那玩艺儿你不会在意吧?"我说。"我精神不好,我刚才已跟你说了。我刚动过手术。"

她依旧没从我怀里下来,可是极其鄙夷地望了我一眼。"听着,"她说。"混账的毛里斯叫醒我的时候,我睡得真香呢。你要是以为我是——"

"我说过照样付你钱。我说了算数。我有的是钱。唯一的原因是我动了一次大手术,差不多刚刚复——"

"那你干吗告诉混账毛里斯说你要个姑娘!要是你刚刚在你的什么混账地方动了一次混账手术,哼?"

"我当时以为自己的精神还不错。我对自己估计过高了。不开玩笑。很抱歉。要是你能起来那么一会儿,我就马上拿钱给你。我不骗你。"

她火冒要命,不过她终于从我的混账怀里下来了,好让我过去到五屉柜上取我的皮夹子。我拿出一张五块的钞票递给她。“谢谢，”我对她说。“非常感谢。”

“这是五块。要十块呢。”

她这是在捉弄我了，我看得出来。我最怕这类事儿——一点不假。

“毛里斯说五块，”我告诉她。“他说十五块到中午，五块一次。”

“十块一次。”

“他说的是五块。很抱歉——我真的很抱歉——可我只能给这么些钱。”

她耸了耸肩膀，就像刚才那样。接着她冷冷地说：“劳驾给我拿一下衣服好吗？是不是太麻烦您了？”她是个十分可怕的小鬼。尽管她说话的声音那么细小，她却能吓得你心惊肉跳。要是她是个经验丰富的老娼妇，脸上满是脂粉，就不会那么吓人了。

我过去给她拿了衣服。她穿好衣服，又从床上拿起她的驼毛绒大衣。“再见，瘪三，”她说。

“再见，”我说。我并没谢她。我很高兴我没谢她。

14

老孙妮走了以后，我在椅子上坐了一会儿，抽了两支烟。外面天已慢慢亮了。嘿，我心里很难过，我那时心里有多沮丧，你简直没法想象。我当时干了些什么呢，我开始大声跟艾里讲起话来。有时候我心情实在沮丧得厉害，就会这么办，我口口声声叫他回家取自行车去，到鲍比·法隆家门口来找我。我们在缅因的时候，就住在鲍比·法隆家附近——那是几年前的事了。嗯，那次是这么回事，有一天鲍比和我想骑自行车到塞德比哥湖去。我们自带午饭，还带着支汽枪——我们还都很小，以为用我们的汽枪可以打猎。嗯，艾里听见我们谈论这事，也要跟着去，我不肯答应。我告诉他说他还太小。此后每逢我心里十分沮丧，就会口口声声跟他说：“好吧！回家取你的自行车去，我在鲍比家门口等你。快去。”那倒不是我出去的时候总不带他一起去。我是带的。可是那一天我没带他去。他倒没生气——他从来不为什么事生气——可我只要心里十分沮丧，就老会想起这件事。

最后，我脱掉衣服上床了。上床以后，我倒是想祷告什么的，可我祷告不出来。我真想祷告的时候，却往往祷告不出来。主要原因是我不信教。我喜欢耶稣什么的，可我对《圣经》里其他那些玩艺儿多半不感兴趣。就拿十二门徒来说吧，他们都叫我腻烦得要命，我老实告诉你说。耶稣死后，他们倒是挺不错，可耶稣活着的时候，他们起的作用，简直等于是在他的脑袋里打了个窟窿眼儿。他们只会泄他的气。在我看来《圣经》里的任何人物都要比十二门徒强。你如果要我说老实话，《圣经》里除了耶稣以外，我最最喜欢的要数那个疯子，就是住在坟墓里不断地拿石头砍自己的那个。这个可怜的杂种，我喜欢他要胜过那些门徒十倍。我在胡敦中学的时候，常常为这事跟住在走廊尽头的那个叫作亚瑟·查尔兹的家伙争论个没完。老查尔兹是个教友会信徒，一天到晚在读《圣经》。他是个很不错的孩子，我很喜欢他，不过关于《圣经》里的许多事物，我始终没法跟他取得一致看法，尤其是那些门徒。他口口声声跟我说，我要是不喜欢那些门徒，也就是不喜欢耶稣本人。他说，既然是耶稣选择了那些门徒，你应该喜欢他们。我说，我也知道是他选择了他们，不过他只是随便挑选的。我说，他没时间对每个人作仔细分析。我说，我毫无责备耶稣的意思。他之所以没时间，那也不能怪他。我记得我还问过老查尔兹，那个出卖耶稣的犹大自杀以后是不是进了地狱。查尔兹说当然啦。我就是在这一点上不能同意他的意见。我说，我可以跟他赌一千块钱，耶稣并没有将犹大打入地狱。我现在依旧愿意跟人打这个赌，只要我有一千块钱。我觉得任何一个门徒都会把犹大打入地狱——而且打得极快——不过我可以拿随便什么东西打赌，耶稣决不会这样做。老查尔兹说，我的问题在于从来不上教堂。他这话说得倒是有些对。我的确从来不上教堂。主要是，我父母信不同的教，家里的孩子也就什么教也不信了。你如果要我说实话，我可以老实告诉你说我甚至受不了那些牧师。就拿我念书的那些学校里的牧师来说吧，他们布道的时候，总装出那么一副神圣的嗓音。天哪，我真讨厌这个。我真他妈的看不出他们为什么不能用原来的嗓音讲道。他们一讲起道来，听去总是那么假。

嗯，我上床以后，却怎么也祷告不出来。我只要一开始祷告，就会想起老孙妮怎样管我叫瘪三。最后，我在床上坐起来，又抽了支烟。那烟抽在嘴里一点味道都没有。我自从离开潘西以后，差不多抽掉两包烟了。

我正躺在床上抽烟，忽听得外面有人敲门。我很希望敲的不是我的房门，可我心里清清楚楚地知道敲的正是我的房门。我不知道自己怎么会知道，可我的确知道得很清楚。我也知道谁在敲门。我未卜先知。

“谁敲门？”我说。我心里很害怕。我对这类事情一向很胆小。

他们光是一个劲儿地敲门。越敲越响。

最后我从床上起来，穿着睡衣裤去开门。我甚至都用不着开房间里的灯，因为天已经亮了。老孙妮和开电梯的王八毛里斯就站在门外。

“怎么啦？有什么事？”我说。嘿，我的声音怎么抖得这样厉害。

“没什么事，”老毛里斯说。“只要五块钱。”两个人里面只他一个人讲话。老孙妮只是张大了嘴站在他旁边。

“我已经给她了。我给了她五块钱。你问她，”我说。嘿，我的声音直发抖。

“要十块，先生。我跟你说好的。十块一次，十五块到中午。我跟你说好的。”

“你不是跟我这么说的。你说五块一次。你说十五块到中午，不错，我清清楚楚地听你说——”

“把门开大点儿，先生。”

“干吗？”我说。天哪，我的那颗心差点儿从我嗓子眼里跳出来了。我真希望自己至少穿好了衣服，遇到这样的事，光穿着睡衣裤真是可怕。

“咱们进去说，先生，”老毛里斯说着，用他的那只脏手狠狠地推了我一把，我他妈的差点儿倒栽了个跟斗——他是个魁伟的婊子养的。一转眼，他跟老孙妮两个都在房里了。瞧他们模样，就像这混账地方是属于他们的。老孙妮坐在窗台上。老毛里斯就坐在那把大椅子上，解开了衣服领子——他还穿着那套开电梯的制服。嘿，我当时紧张极了。“好吧，先生，拿钱来吧！我还得回去干活儿呢。”

“我已经跟你说过十遍啦，我不欠你一个子儿。我已经给了她五——”

“别说废话啦，嗳。拿钱来吧！”

“我嘛，干吗还要给她五块钱？”我说。我的声音响彻整个房间。“你这不是在向我勒索！?”

老毛里斯把制服钮扣全都解开了。里面只有个衬衫假领，没穿衬衫什么的。他有个毛茸茸的又大又肥的肚子。“谁也不向谁勒索，”他说。“拿钱来吧，先生。”

“没有。”

他听了这话，就从椅子上起身向我走来。看他的样子，好像十分、十分疲倦或是十分、十分腻烦。天哪，我心里真是害怕。我好像把两臂交叉在胸前，我记得。我想，我当时要不是光穿着混账的睡衣裤，情况怕不至于那么糟。

“拿钱来吧，先生。”他一直走到我站着的地方。他只会说这么句话。“拿钱来吧，先生。”他真是个窝囊废。

“没有。”

“先生，你是不是一定要我给你点儿厉害看呢。我不愿那样做，不过看样子非那样做不成了。”他说。“你欠我们五块钱。”

“我并不欠你们五块钱。”我说。“你要是动我一根汗毛，我就会大声叫喊。我会把旅馆里的人全都喊醒，我要叫警察。”我声音抖得像个杂种。

“嚷吧！把你的混账喉咙喊破吧！好极了，”老毛里斯说。“要你的父母知道你跟一个妓女在外面过夜吗？像你这样个上等人？”他说话虽然下流，却很锋利，一点不假。

“别捣乱啦。你要是当时说十块，情况就不同了。可你清清楚楚地——”

“你到底给钱不给？”他把我直顶到那扇混账门上。他简直是站在我上面，挺着那个毛茸茸的脏肚子。

“别捣乱啦。快给我滚出去，”我说。我依旧交叉着两臂。天哪，我真是个傻瓜蛋。

这时孙妮头一次开口说话了。“嗨，毛里斯。要不要把他的皮夹子拿来？”她说。“就在那地方。”

“好的，拿来吧！”

“别动我的皮夹子！”

“我已拿到了，”孙妮说着，拿了五块钱在我面前一扬。“瞧？我只拿你欠我的五块。我不是小偷。”

我突然哭了起来。我真希望自己当时没哭，可我的确哭了起来。“不，你不是小偷，”我说。“你只是偷走了五块——”

“住嘴，”老毛里斯说着，推了我一把。

“别理他，嗨，”孙妮说。“走吧，嗨。咱们拿到了他欠我的钱。咱们走吧，嗨。”

“我来啦，”老毛里斯说，可他没动窝儿。

“我要你来，毛里斯，嗨。别理他。”

“是谁在出口伤人?”他说，装出极天真的样子，接着他用手指重重地在我的睡裤上弹了一下，疼得我要命。我对他说他是个混账下流的窝囊废。“你说什么?”他说。他把手圈在耳后，像是个聋子似的。“你说什么？我是什么?”

我还在哭。我是他妈的那么生气，那么紧张。“你是个下流的窝囊废，”我说。“你是个向人勒索的混账窝囊废，再过两年，你就会成一个叫花子，在街上向人讨一毛钱喝咖啡。你那件肮脏破烂的大衣上面全是鼻涕，你还要——”

我话没说完，他就揍了我一拳。我甚至都没想躲避。我只觉得自己的肚皮上重重挨了一下。

我并没打昏过去，因为我还记得自己怎样从地板上目送他们两个一起走出房间，还随手把门带上。我在地板上躺了好一会儿，就像我跟斯特拉德莱塔打架时那样。只是，这一次我以为自己快要死了。我真的这样以为。我觉得自己好像掉在水里快要淹死似的。问题是，我的呼吸十分困难。最后我好容易站起来，得弯着腰捧着肚子向浴室走去。

可我真是疯了。我可以对天发誓我是疯了。在去浴室的半路上，我开始幻想自己心窝里中了一颗子弹。老毛里斯开枪打了我。我现在是到浴室去喝一大口威士忌什么的，定一定神，好让自己真正下毒手。我幻想着自己从混账的浴室里出来，已穿好了衣服，袋里放着一支自动手枪，走起路来还晃晃悠悠的。我并不乘电梯，而是步行下楼。我用手扶住栏杆，嘴角里断断续续淌出一点血来。我就这样走下几层楼——用手捂着心窝，流得到处是血——随后我就按铃叫电梯。老毛里斯一打开电梯的门，看见我手里握着一支自动手枪，就会害怕得朝着我高声尖叫起来，叫我别拿枪打他。可我还是开了枪。一连六枪打在他那毛茸茸的肚皮上。然后我把那支手枪扔下电梯道——当然先把指印什么的全部擦干净了。随后我爬回自己房里，打电话叫琴来给我包扎心窝上的伤口。我想象自己怎样浑身淌着血，由琴拿着一支烟让我抽。

那些混账电影。它们真能害人。我不说瞎话。

我在浴室里呆了约莫一个小时，洗了一个澡。随后我回到床上。我过了好一会儿才睡着——我甚至不觉得困——可我终于睡着了。我当时倒是真想自杀。我很想从窗口跳出去。我可能也真会那样做，要是我确实知道我一摔到地上马上就会有人拿布把我盖起来。我不希望自己浑身是血的时候有一嘟噜傻瓜蛋伸长脖子看着我。

15

我没睡多久，因为我记得自己醒来时候还只十点光景。我抽了支烟，立刻觉得肚子饿得厉害。我最后一次吃东西，还是跟勃罗萨德和阿克莱一起到埃杰斯镇看电影时吃的两客汉堡牛排。那已很久很久了，好像在五十年以前似的。电话就在我旁边，我本想打电话叫他们送早点上来，可我又怕他们会派老毛里斯送来早餐。你要是以为我急于再见他一面，那你才有神经病呢。所以我只是在床上躺了会儿，又抽了支烟。我本想打个电话给琴，看看她有没有回家。可我没那心情。

我于是给老萨丽·海斯打了个电话。她在玛丽·伍德鲁夫念书，我知道她已放假回家，因为两星期之前我曾接到过她的信。我对她并不怎么倾心，可我认识她已有好几年了。我由于自己愚蠢，一直以为她十分聪明。我之所以这样想，是因为她对戏剧文学之类的玩艺儿懂得很多。要是一个人对这类玩艺儿懂得很多，那你就要花很大工夫才能发现这人是不是真正愚蠢。拿老萨丽来说，我花了几年工夫才发现。我想如果我们不老是在一起搂搂抱抱的，我也许能发现得更早一些。我的一个大问题是，只要是跟我在一起搂搂抱抱的姑娘，我总以为她们很聪明。其实这两件事没一点儿混账关系，可我总要那么想。

嗯，我打了个电话给她。先是女佣人接电话。接着是她爸爸。接着她来了。“萨丽?”我说。

“不错——你是谁?”她说。她是个假模假式的姑娘。我早已告诉她父亲我是谁了。

“霍尔顿·考尔菲德。你好?”

“霍尔顿！我很好！你好吗?”

“好极了。听着。你好吗，嗯？我是说学校里?”

“很好，”她说。“我是说——你懂得我的意思。”

“好极了。呃，听着。我不知道你今天有空没空，今天是星期天，可是星期天也总有一两场日戏演出。什么义演之类的玩艺儿。你想不想去”

“我很想去。再好没有了。”

再好没有。我最讨厌的就是这句话，再好没有。它听去那么假模假式。一时间，我真想叫她忘了看日戏这回事吧！可我们又聊了一会儿天。那是说，她一个人聊了起来。你简直插不进一个字。她先告诉我说有个哈佛学生——大概是一年级生，可她没说出来，自然啦——怎样在拼命追她。日日夜夜打电话给她。日日夜夜——我听了差点儿笑死。接着她又告诉我另外一个家伙，是什么西点军校的，也为她要寻死觅活。真了不起。我告诉她两点钟在比尔特摩的钟底下跟我见面，千万别迟到，因为戏大概在两点半开演。她平常总是迟到。随后我把电话挂了。她有点儿让我腻烦，不过长得

倒是真漂亮。

我跟老萨丽订好约会以后，就从床上起来，穿好衣服，然后整理行装。我离开房间之前又往窗外望了望，看看所有那些心理变态的家伙都在干什么，可他们全把窗帘拉上了。到了早晨，他们都成了谦虚谨慎的君子淑女。我于是乘电梯下楼，结清了账。我哪儿也没看见老毛里斯。那个狗杂种，我不会为寻找他扭断自己脖子的，自然啦。

我在旅馆外面叫了辆出租汽车，可我一时想不起他妈的上哪儿去好。我没地方可去。今天才星期日，我要到星期三才能回家——最早也要到星期二。我当然不想再去住旅馆，让人把自己的脑浆打出来。最后我叫司机送我到中央大车站。那儿离比尔特摩很近，便于过会儿跟萨丽会见。我当时打算做的，是把我的两只手提箱存到车站的存物处，然后去吃早饭。我肚子真有点饿了。我在汽车里的时候，拿出我的皮夹来数了数钱。我记不得皮夹里还剩多少钱，反正已经不多。我在约莫两个混账星期里已经花掉了一个国王的收入。一点不假。我天生是个败家子。有了钱不是花掉，就是丢掉。有多半时间我甚至都会在饭馆里或夜总会里忘记找给我的钱。我父母为这事恼火得要命，那也怪不得他们。我父亲倒是很有钱，我不知道他有多少收入——他从来不跟我谈这种事情——可我觉得他挣得很不少，他在一家公司里当法律顾问。干这一行的人都很能赚钱。我知道他有钱的另一个原因，是他老在百老汇的演出事业上投资。可他总是蚀掉老本，气得我母亲差点儿发疯。自从我弟弟艾里死后，她身体一直不很好。她的神经很衰弱。也就是为了这个缘故，我真他妈的不愿让她知道我给开除的事。

我在车站的存物处存好我的手提箱以后，就到一家卖夹馅面包的小饭馆里去吃早饭。我吃了一顿对我来说是很饱的早饭——橘子汁、咸肉蛋、烤面包片和咖啡。平常我只喝一点橘子汁。我的食量非常小。一点不假。正因为这个缘故，我才他妈的那么瘦。照医生嘱咐，我本来应该多吃些淀粉之类玩艺儿，好增加体重，可我从来不吃。我在外面吃饭的时候，往往只吃一份夹干酪的面包和一杯麦乳精。吃的不算多，可你在麦乳精里可以得到不少维生素。霍·维·考尔菲德。霍尔顿·维生素·考尔菲德。

我正吃着蛋，忽然来了两个拿着手提箱的修女——我猜想她们大概是要搬到另外一个修道院去，正在等候火车——挨着我在吃饭的柜台旁边坐下。她们好像不知道拿她们的手提箱往哪儿搁好，因此我帮了她们一手。这两只手提箱看上去很不值钱——不是真皮的。这原是无关紧要的小事，我知道，可我最讨厌人家用不值钱的手提箱。这话听起来的确很可怕，可我只要瞧着不值钱的手提箱，甚至都会讨厌拿手提箱的人。曾经发生过这样一件事。我在爱尔克敦·希尔斯念书的时候，有一时期跟一个名叫狄克·斯莱格尔的家伙同住一个房间，他就用那种极不值钱的手提箱。他并不把这些箱子放在架子上，而是放在床底下，这样人家就看不见他的箱子跟我的箱子并列在一起。我为这件事心里烦得要命，真想把我自己的手提箱从窗口扔出去，或者甚至跟他的交换一下。我的箱子是马克·克罗斯制造的，完全是真牛皮，看样子很值几个钱。可是后来发生了一件好笑的事。事情是这样的，我最后也把我的手提箱从架子上取下来，搁到了我的床底下，好不让老斯莱格尔因此产生他妈的自卑感。可是奇怪的事发生了。我把我的箱子搁到床底下之后，过了一天他却把它们取了出来，重新搁回到架子上。他这样做的原因，我过了很久才找出来，原来他是要人家把我的手提箱看作是他的。他真是这个意思。在这方面他这人的确十分好笑。比如说，他老是对我的手提箱说着难听的话。他口口声声说它们太新，太资产阶级。“资产阶级”是他最爱说的混账口头禅。他不知是从哪儿读到的或是听来的。我所有的一切全都他妈的太资产阶级。连我的自来水笔也太资产阶级。他一天到晚向我借着使，可它照样太资产阶级。我们同屋住了约莫两个月后，双方都要求换房。好笑的是，我们分开以后，我倒很有点想念他，因为他这个人非常富于幽默感，我们在一起有时也很快乐。如果他也同样在想念我，我决不会惊奇。最初他说我的东西太资产阶级，他只是说着玩儿，我听了一点也不在乎——事实上，还觉得有点好笑。可是过了些时候，你看得出他不是在说着玩了。问题是，如果你的手提箱比别人的值钱，你就很难跟他同住一屋——如果你的手提箱真的好，他们真的不好。或许你看见对方为人聪明，富于幽默感，就会以为他们不在乎谁的手提箱好，那你就错了。他们可在乎呢。他们的确在乎。后来我去跟斯特拉德莱塔这样的傻杂种同住一屋，这也是原因之一。至少他的手提箱跟我的一样好。

嗯，那两个修女坐在我旁边，我们就闲聊起来。我身旁的那个修女还带着一只草篮子，修女们和救世军姑娘们在圣诞前就是用这种篮子向人募捐的。你常常看见她们拿着篮子站在角落里——尤其是在五马路上，在那些大百货公司门口。嗯，我身旁的那个修女把她的篮子掉在地上了，我就弯下腰去替她拾起来。我问她是不是出来募捐的。她说不是。她说她收拾行李的时候这只篮子装不进箱子，所以就提在手里。她望着你的时候，脸上的笑容很可爱。她的鼻子很大，戴的那副眼镜镶着铁边，不怎么好看，可她的脸却非常和蔼可亲。“我本来想，你们要是出来募捐，”我对她说，“我也许可以捐几个钱。其实你们不妨把钱留下，等到你们将来募捐的时候算是我捐的。”

“哦，你真好，”她说。另外一个，她的朋友，也抬起头来看我。另外那个修女一边喝咖啡，一边在看一本黑皮的小书。那书的样子很像《圣经》，可是比《圣经》要薄得多。不过是那本属于《圣经》一类的书。她们两个都只吃烤面包片和咖啡当早点。我一见，心里就沮丧起来。我最讨厌我自己吃着咸肉蛋什么的，别人却只吃烤面包和咖啡。

她们同意我捐给她们十块钱，还不住地问我要不要紧。我对她们说我身边有不少钱，她们听了似乎不信。可她们终于把钱收下了。她们两个都不住口地向我道谢，倒弄得我很不好意思。我于是改换话题，问她们要到哪儿去。她们说她们都是教书的，刚从芝加哥来到这儿，要到第一六八条街或是第一八六条街或是其他任何一条远离市中心的小街上某个修道院里去教书。坐在我旁边那个戴眼镜的修女说她教英文，她朋友教历史和美国政府。我听了立刻胡思乱想起来，心想坐在我旁边那个教英文的既是个修女，在她阅读某些书备课的时候，不知有何感想。倒不一定是那种有许多色情描写的淫书，而是那种描写情人之类的作品。就拿托马拿·哈代的《还乡》里的游苔莎·斐伊来说，她并不太淫荡，可你仍不免要暗忖一个修女阅读老游苔莎这样的人物，心里不知会有何感想。我嘴里什么也没说，自然啦，我只说英文是我最好的一门功课。

“哦，真的吗？哦，我听了真高兴！”那个戴眼镜教英文的说。“你今年念了些什么？我很想知道。”她的确和蔼可亲。

“呃，我们多一半时间念盎格鲁·撒克逊文学。贝沃尔夫，还有格兰代尔，还有《兰德尔，我的儿子》，都是这一类的玩艺儿。可我们偶尔也得看些课外读物。我看过托马斯·哈代写的《还乡》还有《罗密欧与朱丽叶》和《裘力斯——》。”

“哦，《罗密欧与朱丽叶》！太好啦！你爱看吗？”听她的口气，的确不太像修女。

“是的。我爱看。我很爱看。里面有些东西我不太喜欢，不过整个说来写得很动人。”

“有哪些地方你不喜欢？你还记得吗？”

说老实话，跟她讨论《罗密欧与朱丽叶》，真有点不好意思。我是说这个剧本有些地方写得很肉麻，她呢，又是个修女什么的。可是她问了我，我也只好跟她讨论一会儿。“呃，我对罗密欧和朱丽叶并不大感兴趣，”我说。“我是说我喜欢倒是喜欢他们，不过——我不知道怎么说好。他们有时候很让人心里不安。我是说老茂丘西奥死的时候，倒是比罗密欧和朱丽叶死的时候更让我伤心。问题是，自从茂丘西奥死后，我就一直不太喜欢罗密欧了。那个刺死茂丘西奥的家伙——朱丽叶的堂兄——他叫什么名字？”

“提伯尔特。”

“不错。提伯尔特，”我说——我老忘掉那家伙的名字。“那全得怪罗密欧。我是说整个剧本里我最喜欢的是老茂丘西奥，我说不出什么道理。所有这些蒙太古和凯普莱特，他们都不错——特别是朱丽叶——可是茂丘西奥，他真是——简直很难解释。他这人十分大方，十分有趣。问题是，只要有人给人杀死，我心里总会难过得要命——特别是死的是个十分大方、十分有趣的人——况且不是他自己不好而是别人不好。至于罗密欧和朱丽叶，他们至少是自己不好。”

“你在哪个学校念书？”她问我。她大概不想跟我继续讨论罗密欧和朱丽叶，所以改换话题。

我告诉她说是潘西，她听说过这学校。她说这是间非常好的学校。我听了没吭声。随后另外一个，那个教历史和美国政府的，说她们该走了。我抢过她们的账单，可她们不肯让我付。那个戴眼镜的又从我手里要了回去。

“你真是太慷慨了，”她说。“你真是个非常可爱的孩子。”她这人真是和蔼可亲。她有点儿让我想起老欧纳斯特·摩罗的母亲，就是我在火车上遇见的那位。尤其是她笑的时候。“我们刚才跟你一块儿聊天，真是愉快极了。”她说。

我说我跟她们一块儿聊天，也很愉快。我说的也真是心里话。其实我倒是还能愉快些，我想，要不是在谈话中间我老有点儿担心，生怕她们突然问我是不是天主教徒。那些天主教徒老爱打听别人是不是天主教徒。我老是遇到这样的事，那是因为，我知道，我的姓是个爱尔兰姓，而那些爱尔兰后裔又多半是天主教徒。事实上，我父亲过去也的确入过天主教，但跟我母亲结婚后就离开了。不过那般天主教徒老爱打听你是不是天主教徒，哪怕他连你的姓都不知道。我在胡敦中学的时候，就认识一个天主教学生叫路易·夏尼的，他是我在胡敦时候最先结识的学生。他和我两个在开学那天同坐在混账校医室外面最前头的两把椅子上，等候体格检查，我们两个开始谈起网球来。他对网球非常感兴趣，我也一样。他告诉我说他每年夏天都到森林山去参加联赛，我告诉他说我也去，于是我们一同聊了会儿某几个网球健将。他年纪不大，关于网球倒是知道的不少。一点不假。后来，就在他妈的谈话中间，他突然问："我问你，你可曾注意到镇上的天主教堂在哪儿？"问题是，你可以从他问话的口气里听出，他实在是想要打听你是不是个天主教徒。他真的是在打听。倒不是他有什么偏见，而是他很想知道。他跟我一起聊着网球聊得挺高兴，可你看得出他要是知道我也是个天主教徒什么的，他心里一定会更高兴。这类的事儿让我难受得要命。我不是说会破坏我们谈话什么的——那倒不会——可也决不会给谈话带来什么好处，这一点是他妈的千真万确的。就是因为这个缘故，我很高兴那两个修女没问我是不是天主教徒。她们要是问了，倒也不一定会给谈话带来不快，不过整个情况大概会不一样了。我倒并不是在责怪那般天主教徒。一点也不。我自己要是个天主教徒，大概也会这样做。说起来，倒有点儿跟我刚才讲的手提箱情况相同。我只是说它不会给一次愉快的谈话带来好处。这就是我要说的。

这两个修女站起来要走的时候，我做了件非常傻、非常不好意思的事情。我正在抽烟，当我站起来跟她们说再见的时候，不知怎的把一些烟吹到她们脸上了。我并不是故意的，可我却这样做了。我像个疯子似的直向她们道歉，她们倒是很和气很有礼貌，可我却觉得非常不好意思。

她们走后，我开始后悔自己只捐给她们十块钱。不过问题是，我跟老萨丽·海斯约好了要去看日戏，我需要留点儿钱买戏票什么的。可我心里总觉得很不安。他妈的金钱。到头来它总会让你难过得要命。

16

我吃完早饭，时间还只中午，可我要到两点才去跟老萨丽·海斯相会，所以我开始了一次漫长的散步。我心里老是想着那两个修女。我想着她们不在教书的时候怎样拿了那只破旧的草篮到处募捐。我努力想象我母亲或者别的什么人，或者我姑母，或者萨丽·海斯的那个混账母亲，怎样站在百货公司门口拿了只破旧的草篮替穷人募捐。

这幅图简直很难想象。我母亲倒还好，可另外那两个就不成了。我姑母倒是很乐善好施——她做过不少红十字会工作——可她非常爱打扮，不管她做什么慈善工作，总是打扮得漂漂亮亮，擦着口红什么的。她要是只穿一套黑衣服，不擦口红，我简直没法想象她怎么还能做慈善工作。至于老萨丽·海斯的母亲。老天爷，只有一种情况下她才可能拿出篮子出去募捐，那就是人们捐钱给她的时候个个拍她马屁。如果他们光是把钱扔进她的篮子，对她不瞅不睬，连话也不跟她说一句就走开了，那么要不了一个钟头她自己也会走开。她会觉得腻烦。她会送还那只篮子，然后到一家时髦饭店里去吃午饭。我喜欢那些修女就在这一点上。你看得出她们至少不到时髦地方去吃午饭。我想到这里，不由得难过得要命，她们为什么不到时髦地方去吃午饭什么的呢。我知道这事无关紧要，可我心里很难过。

我开始向百老汇走去，没有任何混账目的，只是因为我有好几年没上那一带去了。再说，我也想找一家在星期天营业的唱片铺子。我想给菲绊买一张叫什么《小舍丽·宾斯》的唱片。这是张很难买到的唱片，唱的是一个小女孩因为两颗门牙掉了，觉得害羞，不肯走出屋去。我曾在潘西听到过。住在我底下一层楼的一个学生有这张唱片，我知道这唱片会让老菲绊着迷，很想把它买下来，可那学生不肯卖。这是张非常了不起的旧唱片，是黑人姑娘艾丝戴尔·弗莱契在约莫二十年前唱的。她唱的时候完全是狄克西兰和妓院的味道，可是听上去一点也不下流。要换了个白人姑娘唱起来，就会做作得要命，可老艾丝戴尔·弗莱契知道怎么唱。这确是一张很少听到的好唱片。我揣摩我也许能在哪家星期天营业的铺子里买到，然后带着它到公园去。今天是星期天，每到星期天菲绊常常到公园溜冰。我知道她的一般行踪。

天气已不像昨天那么冷，可是太阳依旧没有出来，散起步来并不怎么愉快。可是有一件事很不错。有一家子人就在我面前走着，你看得出他们刚从哪一个教堂里出来。他们一共三人——父亲、母亲，带着一个约莫六岁的小孩子——看去好像很穷。那父亲戴着一顶银灰色帽子，一般穷人想要打扮得漂亮，通常都戴这种帽子。他和他妻子一边讲话一边走，一点也不注意他们的孩子。那孩子却很有意思。他不是在人行道上走，而是紧靠着界沿石在马路上走。他像一般孩子那样在走着直线玩，一边走一边还哼着歌儿。我走近去听他唱些什么。他正在唱那支歌：“你要是在麦田里捉到了我。”他的小嗓子还挺不错。他只是随便唱着玩，你听得出来。汽车来去飞驰，刹车声响成一片，他的父母却一点也不注意他，他呢，只顾紧靠着界沿石走，嘴里唱着“你要是在麦田里捉到了我。”这使我心情舒畅了不少。我心里不像先前那么沮丧了。

百老汇熙来攘往，到处是人。今天是星期天，还只十二点左右，可已到处是人。人人在走向电影院——派拉蒙或者阿斯特或者斯特兰德或者凯比托尔或者任何一个这类混账地方。人人都穿得很齐整，因为今天是星期天，这就使情况更加糟糕。可最糟糕的是你看得出他们全都想要到电影院去。我没法拿眼看他们，这叫我心里受不了。我可以理解有些人因为没事可做而到电影院去，可是如果有人真正想要到电影院去、甚至还加快脚步以便早些到达，我见了就会沮丧得要命。特别是我看见千百万人排成可怕的长队站了整整一条街，显出极大的耐性等着座位。嘿，我真恨不得插翅飞过这个混账百老汇。我的运气很好。我进去的第一家唱片店就有张《小舍丽·宾斯》。他们要我五块钱，因为这种唱片很难买到，可我不在乎。嘿，我一时变得高兴极了。我恨不得马上赶到公园里，看看老菲绊是不是在，好把唱片给她。

我从唱片店出来，经过一家药房，就走了进去。我想打一个电话给琴，看看她有没有放假回家。因此我进了电话间，打了个电话给她，讨厌的是，接电话的是她母亲，所以我不得不把电话挂了。我不想在电话里跟她进行一次长谈。一句话，我不爱在电话里跟女朋友的母亲谈话。可我至少应该问问她琴回家没有。那也要不了我的命。不过我当时没那心情。干这种事，你真得心情对头才成。

我还得去买两张混账戏票，所以我买了份报纸，看看有些什么戏在上演。今天是星期天，只演出三场日戏。我于是买了两张《我知道我的爱》的正厅前排票。这是场义演什么的。我自己并不怎么想看，可我知道老萨丽是天底下最最假模假式的女子，她一听说我买了这戏票，由伦特夫妇主演，就会高兴得要命。她就喜欢看这种戏，既枯燥又俗气，由伦特夫妇什么的主演。我跟她不一样。我根本不喜欢看戏，如果你要我说老实话。它们不像电影那么糟糕，可是当然也没什么可夸奖的。主要是，我讨厌那些演员。他们从来不像真人那样行动。他们只是自以为演得像真人。有几个好演员演得倒是有点儿像真人，不过并不值得一看。一个演员要是真正演得好，你总是看得出他知道自己演得好，这就糟蹋了一切。拿劳伦斯·奥列维尔爵士来说吧！我看过他主演的《哈姆莱特》，是 D. B. 去年带了菲绊和我一起去看的。他先请我们吃了顿午饭，然后请我们去看戏，他自己已经看过了，吃午饭时他把戏说得那么好，连我也恨不得马上就去看。可我看了却不觉得怎么好。实在看不出劳伦斯·奥列维尔爵士好在哪里。他有很好的嗓子，是个挺漂亮的家伙，他走路或是斗剑时候很值得一看，可他一点不像 D. B. 所说的哈姆莱特。他太像个混账的将军，而不像个忧郁的、不如意的倒霉蛋。整个戏里演得最好的部分是老奥菲莉娅的哥哥——就是最后跟哈姆莱特斗剑的那个——要动身，他父亲给了许许多多忠告。父亲一个劲儿给他许许多多忠告，老奥菲莉娅却不住地在逗她哥哥玩，把他的匕首从鞘里拔出来，用各种方法逗他，他呢，却一本正经，假装对他父亲的胡说八道很感兴趣。这的确演得不错，我看了非常高兴，可是像这样的玩艺儿戏里并不多。老菲绊喜欢的只有一个地方，就是哈姆莱特拍拍那只狗的脑袋的时候。她觉得这很好玩，也很有意思，事实上也确是这样。可我非做不可的是，我不得不把那剧本读一遍。我的问题是，遇到这类玩艺儿我总是非自己读一遍不可。要是由演员演出，我总不肯好好听。我老是担心他下一分钟会不会做出假模假式的事来。

我买了伦特夫妇主演的戏票，就乘出租汽车到公园。我本应该乘地铁什么的，因为我的钱已经不多了，不过我实在想离开那个混账百老汇，越快越好。

公园里也很糟糕。天气倒不太冷，可是太阳依旧没出来，整个公园除了狗屎和老人吐的痰、扔的雪茄烟斗以外，好像什么都没见，那些长椅看去也湿漉漉的，简直没法坐下。这幅景象实在很叫人泄气，而且你走着走着，不知怎的隔一会儿就会起鸡皮疙瘩。这儿一点没有快要过圣诞节的迹象。这儿简直什么迹象都没见。可我还是一直向林荫路走去，因为菲绊来到公园，总是在这一带玩。她喜欢在音乐台附近溜冰。说来好笑，我小时候，也总喜欢在这一带溜冰。

可我到了那里，连她的影儿也没有。有几个小孩子在那儿溜冰，还有两个大男孩拿了个垒球在玩"空中飞球"，只是不见菲绊。后来我看见有个跟她差不多年纪的小女孩独自坐在长椅上紧她的溜冰鞋。我想她也许认得菲绊，能告诉我她在什么地方，所以我走过去在她身旁坐下，问她说："我问你，你认得菲绊·考尔菲德吗?"

"谁?"她说，她只穿了条运动裤和约莫二十件运动衫。衣服上好像全都是疙瘩，你看得出准是她母亲自己做的。

"菲绊·考尔菲德。住在第七十一条街，念四年级，就在——"

"你认得菲绊?"

"不错，我是她哥哥。你知道她在哪儿吗?"

"她不是凯隆小姐班上的?"小女孩问。

"我不知道。不错，我想她是那班上的。"

"那么说来，她大概在博物馆里。我们上星期六去过了，"小女孩说。

"哪个博物馆?"我问她。

她好像耸了耸肩膀。"我不知道，"她说。"在博物馆里。"

"我知道，不过是那个有图片的呢，还是那个有印第安人的?"

"那个有印第安人的。"

"谢谢，"我说。我站起来要走，可突然记起今天是星期天。"今天是星期天呢，"我对小女孩说。

她抬起头来看看我。"哦，那她就不在那儿了。"

她费了很大的劲儿在紧她的四轮溜冰鞋。她没戴手套什么的，两只小手冻得又红又冷。我就帮了她一下。嘿，我有多少年没摸过溜冰鞋钥匙啦，可我拿在手里一点也不觉得陌生。哪怕是五十年以后，在漆一样黑的暗地里，你拿一把溜冰鞋钥匙塞在我手里，我都知道这是溜冰鞋钥匙。我把她的溜冰鞋收紧以后，她就向我道谢。她是一个很好、很懂礼貌的小姑娘。老天爷，我就喜欢那样的孩子，你给他们紧了溜冰鞋什么的，他们很懂礼貌，会向你道谢。大多数孩子都这样。一点不假。我问她是不是愿意跟我一块儿去喝杯热巧克力什么的，可她说不，谢谢你。她说她得去找她的朋友。孩子们老是要去找他们的朋友。真让我笑疼肚皮。

尽管是星期天，菲绊和她的全班同学都不会在那儿；尽管外面的天气是那么潮湿、那么糟糕，我还是穿过公园一路向综合博物馆走去。我知道这就是那个紧溜冰鞋的小姑娘所说的博物馆。我对整个博物馆里的一切熟悉得就像背一本书一样。菲绊进的学校也是我小时候进的学校，我们那时候老是到博物馆去。我们那个名叫艾格莱丁格小姐的老师差不多每星期六都带我们去。有时候我们去看动物，有时候看古代印第安人做的一些玩艺儿。陶器、草篮以及类似的玩艺儿。我只要一想起这事，心里就非常高兴。连现在也这样。我还记得我们看完所有这些印第安玩艺儿以后，常常到大礼堂去看电影。哥伦布。他们老是放映哥伦布发现新大陆的电影，先是费了很大劲儿向老斐迪南和伊萨伯拉借钱买船，后来又是水手们打算背叛他。对老哥伦布谁也没多大兴趣，可你身上总是带着不少糖果和口香糖之类的玩艺儿，再说大礼堂里面也有一股很好闻的气味。尽管外面天气挺好，你进了里面总闻到一股好像外面在下大雨的气味，好像全世界就是这个地方最好、最干燥、最舒适。我很喜欢那个混账博物馆。我记得到大礼堂去的时候得经过印第安馆，那是个极长、极长的房间，进了里面不准大声说话。而且总是老师走在头里，全班的学生跟在后头。孩子们排成双行，每人都有个伴儿。绝大多数时间跟我做伴儿的总是个叫作杰特鲁德·莱文的小姑娘。她老爱拉着你的手，而她的手又老是汗津津、粘糊糊的。地板是一色的石头地，你要是有几颗玻璃弹子在手里，随便往地上一扔，它们就会在地上到处乱蹦，发出一片响声，老师就会叫全班同学都停下来，自己走回来查看出了什么事。可是这位艾格莱丁格小姐从来不发脾气。接着你经过那艘挺长、挺长的印第安独木战艇，约莫有三辆混账凯迪拉克排在一溜那么长，里面约莫有二十个印第安人，有几个在打桨，有几个只是神气活现地站在那儿，每人的脸上都绘着武士的花纹。在独木船的后部有个非常可怕的家伙，脸上戴着面具。他是个巫医。他让我起鸡皮疙瘩，可我还是挺喜欢他。另一件事，你走过时候要是碰了下木桨什么的，其中一个看守就会跟你说："别碰东西，孩子们。"可他说话的声音总是挺和气，并不像个混账警察什么的。接着你经过那只大玻璃柜，里面有几个印第安女人在擦木棒取火，还有个印第安女人在织毯子。这个织毯子的印第安人弯着腰，我们都看得见她的乳房，我们经过的时候，总要偷偷瞧一眼，连姑娘们也那样，因为她们还都是小孩子，跟我们一样没什么乳房。接着，就在进大礼堂之前，靠近大门旁边，你还经过那个爱斯基摩人。他正坐在一个冰湖里面的窟窿上面，往窟窿里钓鱼。窟窿旁边还有两条鱼，是他已经捉得的。嘿，这个博物馆里，玻璃柜子可真不少。楼上甚至还要多，里面有鹿在水洞边喝水，有鸟儿飞往南方过冬。离你最近的那些鸟全都是剥制的，挂在一些钢丝上，后面的那些鸟都画在墙上，可你一眼看去，全都像真正往南飞，你要是低下脑袋倒着看，它们甚至显得更快地在往南飞。不过博物馆里最好的一点是一切东西总呆在原来的地方不动。谁也不挪移一下位置。你哪怕去十万次，那个爱斯基摩人依旧刚捉到两条鱼；那些鸟依旧在往南飞；鹿依旧在水洞边喝水，它们的角依旧那么美丽，它们的腿依旧那么又细又好看；还有那个裸露着乳房的印第安女人依旧在织同一条毯子。谁也不会改变样儿。唯一变样的东西只是你自己。倒不一定是变老了什么的。严格说来，倒不一定是这个。不过你反正改了些样儿，就是这么回事。比如说这一次你穿了件大衣，或者上次跟你排在一起的那个孩子患了猩红热，另换了个人排在你旁边，或者带领学生的已不是艾格莱丁格小姐，另换了别的什么人，或者你听见你妈妈和爸爸在浴室里打了一个次架，打得很凶，或者你刚在街上经过一汪子一汪子的水，水上的汽油泛出虹一般的色彩。我是说你反正总有些地方不一样了——我说不清楚我的意思。即使我说得清楚，我怕自己也不一定想说。

我走着走着，就从口袋里掏出那顶猎人帽，戴到头上。我知道不会遇到什么熟人，再说外面的天气又潮湿得那么厉害。我一边走，一边想着老菲絆怎样在每星期六像我一样上博物馆。我想着她怎样观看我过去常常看的同一些玩艺儿，怎样每次看的时候她这个人总会有所不同。我这样想着，心里虽然说不上沮丧，却也不会快活得要命。有些事物应该老保持着老样子。你应该把它们搁进那种大玻璃柜里，别去动它们。我知道这是不可能办到的，不过这照样是件很糟糕的事。嘿，我一边走，一边就想着这一类事。

我经过体育场，就停住脚步看两个很小的小孩子玩跷跷板。有一个孩子比较胖，我就把手搁在瘦孩子那一头，帮他们平衡，可你看得出他们不喜欢我在他们旁边，我也只好走了。

接着发生了一件很好笑的事。我走到博物馆门口，忽然不想进去了，哪怕白给我一百万块钱我也不想进去。我这会儿就是没那个心情——可我刚才还眼巴巴地穿过整个混账公园来到博物馆，恨不得尽快进去呢。要是菲絆在里面，我或许会进去，可她就在里面。因此我在博物馆门口叫了辆出租汽车上比尔特摩了。我心里并不怎么想去，可我已他妈的跟萨丽约好啦。

我到那儿的时候还很早，所以我就在休息室钟旁的皮榻上坐下，看那些姑娘。许多学校都已放假，这儿总有一百万个姑娘或坐或立，在等她们的男朋友。有的姑娘交叉着腿，有的姑娘并不交叉着腿，有的姑娘大腿好看得要命，有的姑娘大腿难看得要命，有的姑娘看去为人很不错，有的姑娘看去很可能是只母狗，如果你对她有进一步了解的话。这委实是一片绝好的景色，你要是懂得我意思的话。可是说起来，这景色看了也有点叫人泄气，因为你老会嘀咕着所有这些姑娘将来会有他妈的什么遭遇。我是说在她们离开中学或大学以后。你可以料到她们绝大多数都会嫁给无聊的男人。这类男人有的老是谈着他们的混账汽车一加仑汽油可以行驶多少英里。有的要是打高尔夫球输了，或者甚至在乒乓球之类的无聊球赛中输了，就会难过得要命，变得非常孩子气。有的非常卑鄙。有的从来不看书。有的很讨人厌——不过在这一点上，我得小心一些。我是说在说别人讨人厌这一点上。我不了解讨人厌的家伙。我真的不了解。

我在爱尔克敦·希尔斯的时候，跟一个叫哈里斯·梅克林的家伙同屋住了两个月。他这人非常聪明，可又是我所遇到的最讨人厌的家伙。他说话的声音极其刺耳，可又一天到晚讲个不停，简直没完没了。更可怕的是，他从来不讲任何你听得入耳的话。可他有一个长处。这个婊子养的吹起口哨来，可比谁都好。他一边铺床，或者是一边往壁橱里挂着什么——他老是往壁橱里挂着什么——真叫我受不了——他一边干着这类玩艺儿，一边就吹着口哨，只要他不是在用刺耳的声音讲话。他连古典歌曲都能吹，可他绝大部分时间只吹着爵士歌曲。他都能吹最地道的爵士歌曲，像《白铁屋顶忧伤曲》之类，而且吹得那么好听，那么轻松愉快——就在他往壁橱里挂什么东西的时候——你听了都会灵魂儿出窍。自然啦，我从来没告诉他我认为他的口哨吹得好得了不得。我是说你决不会走到什么人身边直截了当地说："你的口哨吹得好得了不得。"可我还是跟他同屋住了差不多整整两个月，尽管我把他讨厌得要命，原因是，他的口哨吹得真是好极了，是我听到过的最最好的。所以我不了解讨人厌的家伙。也许你瞧见哪个挺不错的姑娘嫁给他们的时候心里不应该太难受。他们中间绝大多数并不害人，再说他们私下里也许都是了不得的口哨家什么的。他妈的谁知道？至少我不知道。

最后，老萨丽上楼来了，我就立刻下楼迎接她，她看去真是漂亮极了。一点不假。她身穿一件黑大衣，头戴一顶黑色法国帽。她平时很少戴帽子，可这顶法国帽戴在她头上的确漂亮。好笑的是，我一看见她，简直想跟她结婚了。我真是疯了。我甚至都不怎么喜欢她，可突然间我竟觉得自己爱上了她，想跟她结婚了。我可以对天发誓我的确疯了。我承认这一点。

"霍尔顿！"她说。"见到你真是高兴！咱们好像有几世纪没见面啦！"你跟她在外面相见，她说话的声音总是那么响，很叫人不好意思。她因为长得他妈的实在漂亮，所以谁都会原谅她，可我心里总有点作呕。

"见到你也真高兴，"我说。我说的也是心里话。"你好吗？"

"好得不能再好啦。我来迟了没有？"

我对她说没有，可事实上她来迟了约莫十分钟。我倒是一点也不介意。《星期六晚报》上所登的那些漫画，一些在街头等着的男人因为女朋友来迟了，都气得要命——这是骗人的玩艺儿。要是一个姑娘跟你见面的时候看去极漂亮，谁还他妈的在乎她来得不是迟了？谁也不会在乎。"咱们最好快走，"我说。"戏在二点四十开演。"我们于是下楼向停出租汽车的地方走去。

"咱们今天看什么戏？"她说。

"我不知道。伦特夫妇演的。我只买到这个票。"

"伦特夫妇！哦，真太好了！"

我已经跟你说过，她只要听见是伦特夫妇演的，就会高兴得连命都不要。

在去戏院的路上，我们在汽车里胡搞了一会儿，最初她不肯，因为她搽着口红什么的，可我真是他妈的猴急得要命，她简直拿我没办法。有两次，汽车在红灯前突然停住，我都他妈的差点儿从座上摔下来。这些混账司机从来不注意自己的汽车往哪儿开，我敢发誓他们从来不注意。现在，我再来告诉你我究竟疯狂到了什么地步，当我们在这次热烈的拥抱中清醒过来的时候，我竟对她说我爱她。这当然是撒谎，不过问题是，我说的时候，倒真是说的心里话。我真是疯了。我可以对天发誓我真是疯了。

“哦，亲爱的，我也爱你，”她说。接着她还一口气往下说：“答应我把你的头发留起来。水手式的平头已经不时兴了。再说你的头发又那么可爱。”

可爱个屁。

这戏倒不像我过去看过的某些戏那么糟。可也不怎么好。故事讲的是一对夫妇一生中约莫五十万年里的事。开始时他们都很年轻，姑娘的父母不答应她跟那个小伙子结婚，可她最后还是跟他结婚了。接着他们的年纪越来越大。丈夫出征了，妻子有个弟弟是个醉鬼。我看了实在不感兴趣。我是说我对他们家里有人死了什么的毫不关心。他们不过是一嘟噜演员罢了。那丈夫和妻子倒是一对挺不错的夫妇——很有点儿鬼聪明——可我对他们并不大感兴趣。特别是，他们在整场戏里老是在喝着茶或者其他混账玩艺儿。你每次看见他们，总有个佣人拿茶端到他们面前，或是那妻子在倒茶给什么人喝。还有戏里不住有人进进出出——你光是看着人们坐下站起都会看得头昏眼花。阿尔法莱德·伦特和琳·封丹演那对夫妇，他们演得非常好，可我不怎么喜欢他们。不过凭良心说，他们确是与众不同。他们演得不像真人，也不像演员。简直很难解释。他们演的时候，很像他们知道自己是名演员什么的。我是说他们演得很好，不过他们演得太好了。比如说，他们一个刚说完话，另一个马上接口很快地说了什么。这是在学真实生活中人们说话时彼此打断对方说话的情形。他们的表演艺术很有点儿像格林尼治村的老欧尼弹钢琴。你不管做什么事，如果做得太好了，一不警惕，就会在无意中卖弄起来。那样的话，你就不再那么好了。可是不管怎样，戏里就只他们两个——我是说伦特夫妇——看去像是真正有头脑的人。我得承认这一点。

演完第一幕，我们就跟其他那些傻瓜蛋一起出去抽烟。这真是个盛举。你这一辈子从未见过有这么多的伪君子聚在一起，每个人都拼命抽烟，大声谈论戏，让别人都能听见他们的声音，知道他们有多么了不起。有个傻里傻气的电影演员站在我们附近抽烟。我不知道他的名字，可他老是在战争片里担任胆小鬼的角色。他跟一个极漂亮的金发姑娘在一起，他们两个都装出很厌倦的样子，好像甚至都不知道周围有人在看他们似的。真是谦虚得要命。我看了倒是十分开心。老萨丽除了夸奖伦特夫妇外，简直很少说话，因为她正忙着伸长脖子东张西望，装出一副迷人的样子。接着她突然看见休息室的另一头有一个她认识的傻瓜蛋。那家伙穿了套深灰色的法兰绒衣服，一件格子衬衫，是个地道的名牌大学生。真了不起。他靠墙站着，只顾没命地抽烟，一副腻烦极了的样子。老萨丽不住地说：“我认识那小伙子。”不管你带她去什么地方，她总认识什么人，或者她自以为认识什么人。她说了又说，后来我腻烦透了，就对她说：“你既然认识他，干吗不过去亲亲热热地吻他一下呢？他准会高兴。”她听了这话很生气。最后，那傻瓜蛋终于看见了她，就过来跟她打招呼。你真该看见他们打招呼时的样子。你准以为他们有二十年没见面了。你还会以为他们小时候都在一个澡盆里洗澡什么的。是一对老得不能再老的朋友。真正叫人作呕。好笑的是，他们也许见过一面，在某个假模假式的舞会里。最后，他们假客气完了，老萨丽就给我们两个介绍。他的名字叫乔治什么的——我都记不得了——是安多佛大学的学生。真——真了不起。可惜你没看见老萨丽问他喜不喜欢这戏时他的那副样子。他正是那种假得不能再假的伪君子，回答别人问题的时候，还得给自己腾出地方来。他往后退了一步，正好一脚踩在一位站在他后面的太太的脚上。他大概把她的那几个脚趾全都踩断了。他说那戏本身不怎么样，可是伦特夫妇，当然啦，完完全全是天仙下凡。天仙天凡。老天爷，天仙下凡。我听了差点儿笑死。接着他和萨丽开始聊起他们两个都认识的许多熟人来。这是你一辈子从来没听到过的最假模假式的谈话。他们以最快的速度不断想出一些地方来，然后再想出一些住在那地方的人，说出他们的名字。等到我回到座位上的时候，我都快要呕出来了。一点不假。接着，等到下一幕戏演完的时候，他们又继续了他们那令人厌烦的混账谈话，他们不断想出更多的地方，说出住在那地方的更多人的名字。最糟糕的是，那傻瓜蛋有那种假极了的名牌大学声音，就是那种极其疲倦、极其势利的声音。那声音听去简直像个女人。他竟毫不犹豫地来夹三，那杂种。戏演完后，我一时还以为他要坐进混账的出租汽车跟我们一起走呢，因为他都跟着我们穿过了约莫两条街，不过他还得跟一嘟噜伪君子碰头喝鸡尾酒去，他说。我都想象得出他们怎样全都坐在一个酒吧里，穿着格子衬衫，用那种疲倦的、势利的声音批评着戏、书和女人。他们真让我差点儿笑死，那班家伙。

我听那个假模假式的安多佛杂种讲了约莫十个钟头的话，最后跟老萨丽一块儿坐进出租汽车的时候，简直恨死她了。我已准备好要送她回家——我的确准备好了——可是她说："我想起了个妙极了的主意！"她老是想起什么妙极了的主意，"听着，"她说。"你得什么时候回家吃晚饭？我是说你是不是急于回家？你是不是得限定时间回家？"

"我？不。不限定时间，"我说，这话真是再老实也没有了，嘿。"干吗？"

"咱们到无线电城冰场溜冰去吧！"

她出的总是这一类的主意。

"到无线电城冰场上去溜冰？你是说马上就去？"

"去溜那么个把钟头。你想不想去？你要是不想去的话——"

"我没说我不想去，"我说。"我当然去。要是你想去的话。"

"你真是这个意思吗？要不是这个意思就别这么说。我是说去也好不去也好，我都无所谓。"

她会无所谓才怪哩。

"你可以租到那种可爱的小溜冰裙，"老萨丽说。"琴妮特·古尔兹上星期就租了一条。”

这就是她急于要去溜冰的原因。她想看看自己穿着那种只遮住屁股的短裙时的样子。

我们于是去了，他们给了我们冰鞋以后，还给了萨丽一条只遮住屁股的蓝色短裙。她穿上以后，倒是真他妈的好看。我得承认这一点。你也别以为她自己不知道。她老是走在我前头，好让我看看她的小屁股有多漂亮。那屁股看去也的确漂亮。我得承认这一点。

可是好笑的是，整个混账冰场上就数我们两个溜得最糟。我是说最糟。而冰场上也有几个溜得真正棒的。老萨丽的脚脖子一个劲儿往里弯，差点儿都碰到了冰上。这不仅看上去难看得要命，恐怕也疼得要命。我自己很有这个体会。我的脚脖子疼得都要了我的命。我们的样子大概很值得一看。更糟糕的是，至少有那么一两百人没事可做，都站在那儿伸长了脖子看热闹，看每个人摔倒了又爬起来。

“你想不想进去找张桌子，喝点儿什么？”我最后对她说。

“你今天一天就是这个主意想得最妙，”她说。她简直是在跟自己拼命。真是太残忍了。我倒真有点替她难受。

我们脱下了我们的混账冰鞋，进了那家酒吧，你可以光穿着袜子在里面喝点儿什么，看别人溜冰。我们刚一坐下，老萨丽就脱下了她的手套，我就递给她一支烟。看她的样子并不快活。侍者过来了，我给她要了杯可口可乐——她不喝酒——给我自己要了杯威士忌和苏打水，可那婊子养的不肯卖酒给我，所以我也只好要了杯可口可乐。接着我开始划起火柴来。我在某种心情下老爱玩这个。我让火柴一直烧到手握不住为止，随后扔进了烟灰缸。这是种神经质的习惯。

一霎时，在光天化日之下，老萨丽竟说：“瞧。我得知道一下。在圣诞前夕你到底来不来我家帮我修剪圣诞树？我得知道一下。”她大概是溜冰的时候弄疼了脚脖子，那股子气还没消下去。

“我已经写信告诉你说我要来。你问过我总有二十遍了。我当然来。”

“我意思是我得事先知道一下，”她说完，又开始在这个混帐房间里东张西望起来。

一霎时，我停止划火柴，从桌上探过身去离她更近些。我脑子里倒有不少话题。“嗨，萨丽，”我说。

“什么？”她说，她正在看房间那头的一个姑娘。

“你可曾觉得腻烦透顶？”我说。“我是说你可曾觉得心里打鼓，生怕一切事情会越来越糟，除非你想出什么办法来加以补救？我是说你喜不喜欢学校，以及所有这一类的玩艺儿？”

“学校简直叫人腻烦透了。”

“我是说你是不是痛恨它？我知道它腻烦透了，可你是不是痛恨它？我要问的是这个。”

“呃，我倒说不上痛恨它。你总得——”

“呃，我可痛恨它。嘿，我才痛恨它哩，”我说。“不过不仅仅是学校。我痛恨一切。我痛恨住在纽约这地方。出租汽车，梅迪逊路上的公共汽车，那些司机什么的老是冲着你大声吆喝，要你打后门下车；还有被人介绍给一些假模假式的家伙，说什么伦特夫妇是天仙下凡；还有出门的时候得上上下下乘电梯；还有一天到晚得上布鲁克斯让人给你量裤子；还有人们老是——”

“别嚷嚷，劳驾啦，”老萨丽说。这话实在好笑，因为我根本没嚷。

“拿汽车说吧，”我说，说的时候声音极其平静。“拿绝大多数人说吧，他们都把汽车当宝贝看待。要是车上划了道痕迹，就心疼得要命；他们老是谈一加仑汽油可以行驶多少英里；要是他们已经有了一辆崭新的汽车，就马上想到怎样去换一辆更新的。我甚至都不喜欢汽车这玩艺儿。我是说我对汽车甚至都不感兴趣。我宁可买一匹混账的马。马至少是动物，老天爷。对马你至少能——”

“我甚至都不知道你在说些什么，”老萨丽说。“你一会儿谈这，一会儿——”

“你知不知道?”我说。“我这会儿还在纽约或是纽约附近，大概完全是为了你。要不是你在这儿，我大概不知道到他妈的什么地方去了。在山林里，或者在什么混账地方。我这会儿还在这里，简直完全是为你。”

“你真好，”她说。可你看得出她很希望换个混账话题。

“你几时最好到男校去念书试试。你几时去试试，”我说。“里面全是些伪君子。要你干的就是读书，求学问，出人头地，以便将来可以买辆混账凯迪拉克；遇到橄榄球队比赛输了的时候，你还得装出挺在乎的样子，你一天到晚干的，就是谈女人、酒和性；再说人人还在搞下流的小集团，打篮球地抱成一团，天主教徒抱成一团，那般混账的书呆子抱成一团，打桥牌的抱成一团。连那些参加他妈的什么混账读书会的家伙也抱成一团。你要是聪明点儿——”

“嗳，听我说，”老萨丽说。“有不少小伙子在学校里学到更多的东西。”

“我同意！我同意有些人学到更多的东西！可我就只能学到这一些。明白不?我说的就是他妈的这个意思，”我说。“我简直学什么都学不成。我不是什么好料。我是块朽木。”

“你当然是。”

接着我突然想起了这么个主意。

“瞧，”我说。“我想起了这么个主意。我在格林尼治村有个熟人，咱们可以借他的汽车用一两个星期。他过去跟我在一个学校念书，到现在还欠我十块钱没还。咱们可以在明天早上乘汽车到马萨诸塞和凡蒙特兜一圈，你瞧。那儿的风景美丽极了。一点不假。”我越想越兴奋，不由得伸手过去，握住了老萨丽一只混账的手。我真是个混账傻瓜蛋。“不开玩笑，”我说。“我约莫有一百八十块钱存在银行里。早晨银行一开门，我就可以把钱取出来，然后我就去向那家伙借汽车。不开玩笑。咱们可以住在林中小

屋里，直到咱们的钱用完为止。等到钱用完了，我可以在哪儿找个工作做，咱们可以在溪边什么地方住着。过些日子咱们还可以结婚。到冬天我可以亲自出去打柴。老天爷，我们能过多美好的生活！你看呢？说吧！你看呢？你愿不愿意跟我一块儿去？劳驾啦！”

“你怎么可以干这样的事呢，”老萨丽说，听她的口气，真好像憋着一肚子气。

“干吗不可以？他妈的干吗不可以？”

“别冲着我吆喝，劳驾啦，”她说。她这当然是胡说八道，因为我压根儿没冲着她吆喝。

“你说干吗不可以？干吗不？”

“因为你不可以，就是这么回事。第一，咱们两个简直还都是孩子。再说，你可曾想过，万一你把钱花光了，可又找不到工作，那时你怎么办？咱们都会活活饿死。这简直是异想天开，连一点儿——”

“一点不是异想天开，我能找到工作。别为这担心。你不必为这担心。怎么啦？你是不是不愿意跟我一块儿去？要是不愿意去，就说出来好了。”

“不是愿意不愿意的问题。完全不是这个问题，”老萨丽说。我开始有点儿恨她了，嗯。“咱们有的是时间干这一类事——所有这一类事。我是说在你进大学以后，以及咱俩真打算结婚的话。咱们有的是好地方可以去。你还只是——”

“不，不会的。不会有那么多地方可以去。到那时候情况就完全不一样啦，”我说。我心里又沮丧得要命了。

“什么？”她说。“我听不清你的话。一会儿你朝着我吆喝，一会儿又——”

“我说不，在我进大学以后，就不会有什么好地方可以去了。你仔细听着。到那时候情况就完全不一样啦。我们得拿着手提箱之类的玩艺儿乘电梯下楼。我们得打电话给每个人，跟他们道别，还得从旅馆里寄明信片给他们。我得去坐办公室，挣许许多多钱，乘出租汽车或者梅迪逊路上的公共汽车去上班，看报纸，天天打桥牌，上电影院，看许许多多混账的短片、广告和新闻片。新闻片，我的老天爷。老是什么混账的赛马啦，哪个太太小姐给一艘船行下水礼啦，还有一只黑猩猩穿着裤子骑混账的自行车啦。到那时候情况就根本不会一样了。你只是一点不明白我的意思。”

“也许我不明白！也许你自己也不明白，”老萨丽说。这时我们都成了冤家对头啦。你看得出跟她好好谈会儿心简直是浪费时间。我真他妈的懊悔自己不该跟她谈起心来。

“喂，咱们走吧，”我说。“你真是讨人厌极了，我老实告诉你说。”

嘿，我一说这话，她蹦得都碰着屋顶了。我知道我本不应该说这话，换了平常时候我大概也不会说这话，可当时她实在惹得我心里烦极了。平常我从来不跟姑娘们说这种粗话。嘿，她真蹦得碰着屋顶了。我像疯子似的直向她道歉，可她不肯接受。她甚至都气得哭了。我见了倒是有点儿害怕，因为我有点儿怕她回家告诉她父亲，说我骂她讨人厌。她父亲是那种沉默寡言的大杂种，对我可没什么好感。他曾经告诉老萨丽说我有点儿他妈的太胡闹。

"我不骗你。我很抱歉，"我不住地对她说。

"你很抱歉。你很抱歉。真是笑话，"她说。她还在那儿哭，一时间我真有点儿懊悔自己不该跟她说这话。

"喂，我送你回家吧，不骗你。"

"我可以自己回家，谢谢你。你要是以为我会让你送我回家，那你准是疯啦。我活到这么大，从来没有一个男人跟我说过这样的话。"

你要是仔细想来，就会觉得整个事情确实很好笑，所以我突然做了桩我很不应该做的事情。我放声大笑起来，我的笑声又响又傻。我是说我要是坐在自己背后看电影什么的，我大概会弯过腰去跟我自己说，请劳驾别笑啦。我这一笑，可更把老萨丽气疯啦。

我逗留了一会儿，一个劲儿向她道歉，请她原谅我，可她不肯。她口口声声叫我走开，别打扰她。所以我最后也就照着她的话做了。我进去取出我的鞋子和别的东西，就离开她独自走了。我本来不应该这样做的，可我当时对一切的一切实在他妈的厌倦透了。

你如果要我说老实话，那我可以告诉你说甚至都不知道我为什么要跟她来这一套。我是说一块儿到马萨诸塞和凡蒙特去什么的。即便她答应同我去，我大概也不会带她去。她不是那种值得带着去的人。不过可怕的是，我要求带她去的时候却真有这个意思。就是这一点可怕。我可以对天发誓我真是个疯子。

18

我从溜冰场出来，觉得有点儿饿，就到咖啡馆里吃了一客干酪夹馅面包，喝了杯麦乳精，然后走进电话间。我本来想再打个电话给琴，问问她有没有回家。我是说我整个晚上没事，所以想打个电话给她，她要是已经回家了，就约她出来跳舞什么的。我认识她已有那么长时间，可是从来没跟她一块儿跳过舞。我倒是看见她跳过一次舞，好像跳得很好。那次是在俱乐部里举行的庆祝七月四日的舞会，我当时跟她还不熟，觉得自己不应该过去夹三。约她跳舞的是那个在乔埃特念书的可怕家伙亚尔·派克。我对他不怎么了解，可他整天泡在游泳池里。他穿了件永久牌之类的白色游泳裤，老是在最高的跳板上跳水。他整天跳的都是同一种蹩脚的倒栽葱姿势。他就只能跳这一种姿势，可他自以为非常了不起。他这人全是肌肉，没有脑子。嗯，那天晚上约琴出来的就是这么个人。我实在没法理解，我发誓我没法理解。我跟琴比较熟了以后，就问她怎么会跟亚尔·派克这种喜欢卖弄的杂种约会。琴说他并不喜欢卖弄。她说他有自卑感。看她的样子好像有点儿同情他，而她也绝不是在装模作样。她真是这个意思。

女孩子就是这点好笑。遇到那种地地道道的杂种——十分卑鄙，或者十分自高自大——你每次只要一跟姑娘们提起，她们就会说他有自卑感。也许他确有自卑感，可在我看来这也不能构成他不成为杂种的理由。那般姑娘，你真不知道她们心里是什么想法。有一次我介绍罗蓓塔·华尔西的同房间姑娘跟我一个朋友约会。他的名字叫鲍伯·鲁滨孙，他倒真是有自卑感。你看得出他很为自己的父母难为情，因为他们说话土里土气，而且并不怎么有钱。可他不是个杂种。他是个挺不错的家伙。不过跟罗蓓塔同屋的那位姑娘一点也不喜欢他。她对罗蓓塔说他十分自高自大——而她之所以认为他自高自大的理由，却是他偶尔跟她提起自己是辩论会的负责人，就是那么件小事，可她就认为他自高自大！姑娘们的问题是，她们要是喜欢什么人，不管他是个多下流的杂种，她们总要说他有自卑感；要是她们不喜欢他，那么不管他是个多好的家伙，或者他有多大的自卑感，她们都会说他自高自大。连聪明的姑娘也免不了。

嗯，我又给琴打了个电话，可没人来接，我只好把电话挂了。接着我不得不拿出笔记本来翻阅地址，看看他妈的今天晚上能找到什么人。不过问题是，我的笔记本里总共只有三个人的地址。一个是琴，一个是安多里尼先生，是我在爱尔克敦念书时教我的老师，还有个我父亲办公室的电话号码。我老是忘掉把人们的名字记下，所以我最后只好打电话给老卡尔·路斯。他是胡敦中学的毕业生，是在我离开之后毕业的。他的年纪比我约莫大三岁，我不很喜欢他，可他为人十分聪明——是胡敦全校学生中智力商数最高的一个——我想他也许能跟我一块儿在外面吃晚饭，谈一些比较有意思的话。他有时候极能启发人。因此我给他打了个电话。他现在进了哥伦比亚大学，可他住在第六十五条街，我知道这会儿他大概在家。我跟他通话的时候，他说他不能跟我一块儿吃晚饭，可他要我十点钟在第五十四条街的维格酒吧间等他，一同喝一杯。我揣摩他听见我打电话给他大概很吃惊。我过去曾骂过他是胖屁股的伪君子。

在十点以前还有不少时间要消磨，所以我就到无线电城去看电影。这大概是我当时能做的最糟糕的事，可那地方近，我一时又想不出有别的什么事可做。

我进去的时候，正在表演混账舞台节目。罗凯特姐妹们正在拼命地跳，她们全都排成一行，彼此用胳膊互搂着腰。观众们像疯子似的鼓着掌，我背后有个家伙不住地对他妻子说："你知道这是什么吗？这是精确。"我听了差点儿笑死。继罗凯特姐妹之后，是一个穿着无尾礼服和一双四轮溜冰鞋的家伙出来表演，他在一嘟噜小桌子底下钻来钻去、一边还说着笑话。他溜的倒是非常好，可我并不怎么欣赏，因为我脑子里老是想象着他怎样日夜苦练，为了将来在舞台上表演。这在我看来简直傻得要命。我揣摩我当时的心情确实不对头。他之后，是无线电城每年上演的圣诞节目。所有那些天使开始从包厢和其他各处出来，手里拿着十字架什么的，那么整整一大嘟噜——有好几千个——全都像疯子似的唱着"你们这些信徒，全都来吧！"真是了不起。干这玩艺儿的本来意思大概算是虔诚得要命，我知道，同时也好看得要命，可我实在看不出有什么虔诚或好看的地方，老天爷，像这样让一嘟噜演员拿着十字架满舞台转。等他们表演完毕重新走出包厢的时候，你都看得出他们已等不及回去抽烟了。去年我跟老萨丽·海斯也来看过一次，她不住口地称赞，说服装什么的都美极了。我说老耶稣要是能亲眼看见，准会作呕——见了所有这些时髦服装什么的。萨丽说我是亵渎神明的无神论者。我大概是这么个人。耶稣可能真正喜欢的恐怕是乐队里那个敲铜鼓的家伙。我从约莫八岁开始就看他表演。我弟弟艾里和我要是跟我们父母一块儿出来，我们两个往往特地换了座位，到前面去看他敲铜鼓。他是我生平见到过的最好的鼓手。整个演出中他只有机会敲一两次鼓，可他没事做的时候从来不露出腻烦的神色。等到他敲鼓的时候，他敲得那样好，那么动听，脸上还露出紧张的表情。有一次我们跟父亲一起到华盛顿去的时候，艾里还寄给他一张明信片，可我敢打赌他一直没收到。我们那时都还不知道怎样写地址呢。

圣诞节目演完后，混账电影开始了。那电影混账到了那种程度，我倒真是舍不得不看。故事讲的是个英国佬，叫艾力克什么的，参加了战争，在医院里丧失了记忆力。他从医院里出来，拄着根拐棍，一瘸一拐地在伦敦到处跑，不知道他妈的他自己是谁。他其实是个公爵，可他自己不知道。后来他遇到那个可爱、温柔、真挚的姑娘上公共汽车。她那顶混账帽子给风吹掉了，他去给她拾来，他们于是一块儿到汽车顶层上坐下，谈起查尔斯·狄更斯来。他们两个都喜欢这个作家。他身边带着本《奥列弗·退斯特》，她正好也带着一本。我差点儿都呕了出来。嗯，他们俩就这样一见钟情了，就因为彼此都是热爱查尔斯·狄更斯作品的疯子。他还帮着她做出版生意。那姑娘是个出版商。只是她的生意并不怎么兴隆，因为她哥是个酒鬼，把她挣的钱全给花了。他心里窝着一肚子火，她那个哥哥；因为战时他是个军医，给震坏了神经，不能再开刀动手术了，就一天到晚喝酒，可他为人倒是十分诙谐有趣。嗯，后来老艾力克写了一本书，那姑娘把它出版了，两个都赚了不少钱。他们都准备好要结婚了，那另一个姑娘，叫什么玛霞的，突然出现了。玛霞原是艾力克失去记忆之前的未婚妻，艾力克在书铺里往他书上亲笔签名的时候给她看见了。她认出了他，就跟他说他原是个公爵什么的，可他不信她的话，也不愿跟着她回去看他母亲什么的。他母亲的眼睛瞎得都跟蝙蝠似的。可另外那个姑娘，那个可爱温柔的姑娘，却要他回去。她的心地十分高尚。他于是回去了。可是尽管他的那只丹麦种大狗冲着他又跳又蹦，他母亲用指头在他脸上到处抚摸，还拿出他小时爱玩的玩具熊给他看，可他仍旧没恢复记忆。后来有一天几个小孩在草地上打棒球，一球打在他脑袋上。他立刻恢复了他的混账记忆，进去吻他母亲的前额什么的。他于是依旧当起公爵来，把那个做出版生意的温柔姑娘完全丢在脑后了。我倒愿意把底下的故事说完，可这样一来我非真正呕出来不可。倒不是我会给你把故事糟蹋掉，那故事根本没什么可供你糟蹋的，我的老天爷。嗯，反正最后艾力克跟那个温柔的姑娘结婚了，接着那酒鬼哥哥的神经恢复了正常，给艾力克的母亲动了手术，使她依旧看得见东西，接着那个酒鬼哥哥和老玛霞成了眷属。最后一幕是大家坐在长长的晚饭桌上，看见那只大丹麦狗带着一嘟噜小狗进来，个个笑得命都不要了。或许大家都以为它是只雄狗呢，我揣摩，或者诸如此类的混账玩艺儿。我能说的只有一句话：你要是不想把自己的肠子呕出来，就别去看这电影。

最让我受不了的是旁边还坐着位太太，在整个混账电影放映时哭个不停。越演到假模假式的地方她越哭得凶。你也许会以为她这样做是因为她心肠软得要命，可我正好坐在她旁边，看出她并不是软心肠。她带着个小孩子，他早已看不下去电影，一定要上厕所去。她不住地叫他规规矩矩坐着。她的心肠软得就跟他妈的狼差不离。那些在电影里看到什么假模假式的玩艺儿会把他们的混账眼珠儿哭出来的人，他们十有九个在心底里都是卑鄙的杂种。我不开玩笑。

看完电影，我就徒步向维格酒吧间走去，我跟老卡尔·路斯约好了在那儿会面。我一边走，一边却想起战争来。那些战争片老引起我胡思乱想。我觉得自己要是被征去当兵，恐怕会受不了。我真的会受不了。要是他们光是让你去送死什么的，那倒也不太坏，问题是你在军队里呆他妈的那么久。这是最大的问题。我哥哥 D. B. 在军队里呆了他妈的四年。他也参加了战争——还参加了进攻欧洲大陆什么的——可我真觉得他痛恨军队比痛恨战争还厉害。我那时年纪还很小，可我记得他每次休假回来，简直是躺在床上不起来。他甚至连客厅都不进去。后来他到海外参加战争，身上没受过什么伤，也不用开枪打人。他光是驾驶着一辆指挥车载着一个牛仔将军整天转悠。他有一次跟艾里和我说，他要是得开枪打人，都不知道应该朝哪个方向打。他说他呆的军队简直跟纳粹军队一样，全都是些杂种。我记得艾里有一次问他参加战争对他有没有好处，因为他是个作家，战争可以向他提供不少材料。他叫艾里去把那只垒球手套拿来，随后他问艾里，谁是最好的战争诗人，是鲁帕特·勃洛克还是艾米莉·狄更生？艾里说是艾米莉·狄更生。我自己读诗不多，不太懂得他们的意思，可我却清楚地懂得我自己要是被征去当兵，一天到晚跟一嘟噜像阿克莱、斯特拉德莱塔和老毛里斯之类的家伙一块儿厮混，跟他们一块儿行军什么的，那我非发疯不可。我有一次在童子军里呆了那么一个星期，我甚至都没法老望着我前面那个家伙的后脑勺。他们老是叫你望着你前面那个家伙的后脑勺，我实在受不了。我发誓如果再发生一次战争，他们不如干脆把我送去放在行刑队跟前枪决算了。我决不反对。我对 D. B. 有一点不很了解，他那么痛恨战争，却在今年夏天让我阅读《永别了，武器》这样的小说。他说这本书写得好极了。就是这一点我不能理解。小说里有个叫作亨利少尉的家伙，大概算是个好人吧！我实在不了解 D. B. 一方面那么痛恨军队和战争，一方面却能喜欢这样一个假模假式的人。我的意思是，比方说，我不了解他怎么能一方面喜欢这样一本假模假式的小说，一方面却又能喜欢林·拉德纳的那本小说，或者另外那本他最最喜欢的小说——《伟大的盖茨比》。我这么一说，D. B. 听了很生气，说我年纪太小，还欣赏不了那样的书，可我不同意他的看法。我告诉他说我喜欢林·拉德纳和《伟大的盖茨比》这类书。我的确喜欢。我最最喜欢的是《伟大的盖茨比》。老盖茨比。可爱的家伙。我喜欢他极了。嗯，不管怎样，他们发明了原子弹倒让我挺高兴。要是再发生一

次战争，我打算他妈的干脆坐在原子弹顶上。我愿意第一个报名，我可以对天发誓，我愿意这样做。

19

你或许不住在纽约，所以我来说给你听，维格酒吧间是在那个叫作萨敦饭店的高级旅馆里。我过去经常去，现在不去了。我慢慢地改掉了这习惯。这是个十分浮华的场所，那班伪君子之流的假模假式人物挤得简直都从窗口往里跳。他们一向雇着两个法国姑娘，提娜和琴妮，一个晚上出来弹钢琴歌唱三次，她们两个一个弹钢琴——弹得真是糟糕透顶——另一个唱歌，唱的不是下流歌曲就是法国歌曲。那个唱歌的老琴妮在唱歌之前老是在扩音器里小声说一通。她会这样说："我们现在唱一支《你要法国姑娘吗?》唱的是一个法国小姑娘来到了一个像纽约这样的大城市，爱上了一个来自布鲁克林的小伙子。我们希望你们喜欢这支歌。"说完，她就装腔作势，唱起一支混账歌来，一半用英文一半用法文，听得所有那些在场的假模假式男女高兴得都快疯了。你要是在那儿多坐会儿，老听着所有那些假模假式男女鼓掌什么的，你准会痛恨起世界上的每一个人来，我发誓你一定会。酒吧里那个掌柜的也下流得很。他是个势利鬼。他简直很少理睬人，除非你是个大亨或者名人或者类似的人物。可你万一真是个大亨或者名人或者类似的人物，那么他的所作所为还要更令人作呕。他会满脸堆着可爱的笑容走过来跟你说话，像煞他是个他妈的挺讨人喜欢的人物似的。"嗯！康涅狄格的情况怎样啦?"或者"佛罗里达的情况怎么样啦?"这真是个可怕的场所，我不说瞎话。我慢慢儿少去，后来压根儿不去了。

我到那儿时间还早，就在酒柜边坐下——酒吧里挤得很——在老路斯没来之前先喝两杯掺苏打水的威士忌。我要酒的时候，还特地站起来，让他们看看我的身材有多高，免得他们怀疑我是个未成年的混账娃娃。这以后，我就观察一会儿那些假模假式的男女。我旁边的一个家伙正在用甜言蜜语一个劲儿哄骗跟他在一起的姑娘。他口口声声说她的那双手很像贵族。差点儿笑死我了。酒柜的另一头坐的全是些搞同性恋的性变态者。看他们的样子倒不太像那样的人——我是说他们的头发并不过于长，也没有其他怪相——可你总看得出他们是搞同性恋的。最后老路斯来了。

老路斯，了不起的家伙。我在胡敦念书的时候，他本应该是我的辅导员。可他只做一件事，就是在夜深人静的时候在他的房间里纠集一帮人大谈其性问题。他对性问题颇有研究，特别是性变态者之类。他老讲给我们听有些可怕的家伙怎样胡来，以及怎样把女人的裤子当作衬里缝在自己的帽子上。还有搞同性恋的男男女女，老路斯知道在美国搞同性恋的每一个男女。只要你提出一个人的名字——任何一个人的名字——老路斯就会告诉你他是不是搞同性恋的。有时候你简直很难相信，他把那些电影明星之流的男女都说成是搞同性恋的。有几个据他说是搞同性恋的男人甚至都结了婚，我的老天爷。你这么问他："你说乔·勃罗是个搞同性恋的？乔·勃罗？那个老在电影里演流氓和牛仔的又魁伟又神气的家伙？"老路斯就会说："当然啦。"他老是说"当然啦。"他说在这件事上结婚不结婚无关紧要。他说世界上有一半结了婚的男子都是搞同性恋的，可他们自己不知道。他还说只要你有那迹象，简直一夜之间就可以变成一个搞同性恋的。他常常把我们吓得魂不附体。我就一直等着自己突然变成一个搞同性恋的。说起老路斯来，有一点倒是很好笑，我心里老怀疑他本人就搞同性恋。他老是说，"这件事你可以实地干一下试试。"你走到走廊上的时候，他还会在你后面拼命呵痒。……这类玩艺儿就有搞同性恋的迹象。一点不假。我在学校里认识一些搞同性恋的家伙，他们就老是搞这一套玩艺儿，所以我不免要疑心起老路斯来。不过他为人的确很聪明。一点儿不假。

他跟你见面的时候从来不跟你打招呼。他来了以后刚一坐下，头一句话就说他只能跟我一起呆几分钟。他说约好了一个女朋友。随后他要了不带甜味的马提尼鸡尾酒。他跟掌柜的说要一点都不带甜味，也不要橄榄。

"嗨，我给你找到了个搞同性恋的，"我对他说，"就坐在酒柜那头。现在先别看。我是特地保留着让你好好欣赏的。"

"滑稽极了，"他说。"还是同一个老考尔菲德。你什么时候才能长大？"

我惹得他十分腻烦。我真的惹得他十分腻烦。不过他也引得我很开心。他这种人的确能引得我十分开心。

"你的性生活怎样？"我问他。他最恨你问他这一类问题。

"别着急，"他说。"你先靠在椅子上歇一会儿，老天爷。"

"我早就歇过来了，"我说。"哥伦比亚怎样？你喜欢吗？"

"我当然喜欢。我要是不喜欢，就不会进去，"他说。他这人有时候也很能让人腻烦。

"你主修什么？"我问他。"性变态吗？"我是成心逗他玩。

"你这算什么——滑稽？"

"不，我跟你逗着玩呢，"我说。"听着，嗨，路斯。你是个聪明人。我需要你的忠告。我目前遇到了可怕的——"

他冲着我重重地呻唤了一声。"听着，考尔菲德。你要是能坐在这儿好好喝会儿酒，好好谈会儿——"

"好吧，好吧，"我说。"别着急。"你看得出他不想跟我讨论任何严肃的问题。那般聪明人就是这个毛病。他们从来不肯跟你讨论任何严肃的问题，除非是他们自己想谈。因此我就只跟他们讨论些一般性问题。"不跟你开玩笑，你的性生活怎样？"我问他。"你是不是仍旧跟你在胡敦念书时候的那个姑娘在一起？那个极可爱的——"

"老天爷，不啦，"他说。

“怎么啦？她出了什么事啦？”

“我一点儿也不知道。你既然问起，我想她这会儿大概在新汉普夏当婊子啦。”

“这样说不好。要是她过去待你挺不错，老让你跟她发生最亲密的关系，你至少不应该这么说她。”

“哦，天哪！”老路斯说。“难道这是一次标准的考尔菲德谈话吗？我马上要知道。”

“不，”我说，“不过这样说总不太好。要是她过去待你挺不错，老让你——”

“难道我们非照着这个可怕的题目谈下去不成？”

我不再说下去了。我有点儿怕他站起来离开我，要是我不住嘴的话。所以我当时什么话也没说，只是又要了一杯酒，我很想喝个烂醉。

“你现在跟谁在一起？”我问他。“你愿意告诉我吗？”

“你不认识。”

“是吗，不过到底是谁呢？我也许认得她。”

“一个住在格林尼治村的姑娘。女雕刻家。你要是非知道不可的话。”

“是吗？不开玩笑？她多大啦？”

“我从来没问过她，老天爷。”

“嗯，大概有多大啦？”

“我想她都快四十了，”老路斯说。

“都快四十了？嗯？你喜欢？”我问他。“你喜欢这么大年纪的女人？”我之所以这样问他，是因为他的性知识的确非常丰富。我认识的真正有性知识的人并不多，可他确是其中的一个。他早在十四岁的时候就破了身，在南塔基特。一点不假。

“我喜欢成熟的女人，要是你问的是这个意思的话。当然啦。”

“你喜欢？为什么？不开玩笑，她们在性方面是不是更好一些？”

“听着。咱们把话说清楚。今天晚上我拒绝回答任何一个标准的考尔菲德的问题。你他妈的到底什么时候才能长大？”

我有一会儿没再说话。我让我们的谈话中断了一会儿。接着老路斯又要了杯马提尼，还叫掌柜的再去掉点儿甜味。

“听着，你跟她在一起有多久啦，这个会雕刻的姑娘？”我问他。我真是感兴趣极了。“你在胡敦的时候认识她吗？”

“不认识。她到这个国家还只几个月哩。”

“真的吗？她是打哪儿来的？”

“好像是打上海来的。”

“别开玩笑！她是中国人，老天爷？”

“当然。”

“别开玩笑！你喜欢吗？像她这样的中国女人？”

“当然。”

“为什么？我很想知道——我的确想知道。”

“我只是偶然发现东方哲学比西方哲学更有道理。你既然问了。”

“真的吗？你是说‘哲学’？你的意思是不是包括性一类问题？你是说中国的更好？你是这个意思吗？”

“不一定是中国，老天爷。我刚才说的东方。咱们难道非这么疯疯癫癫谈下去不可吗？”

“听着，我是跟你谈正经呢，”我说。“不开玩笑。为什么东方的更好？”

“说来话长，老天爷，”老路斯说。“他们只是把性关系看成是肉体和精神的双重关系。你要是以为我——”

“我也一样！我也把它看成——你怎么说的——是肉体和精神的关系。我的确是这样看的。可是关键在于跟我发生关系的是他妈的人。要是跟我发生关系的是那种我甚至都不——”

“别这么大声，老天爷，考尔菲德。你要是不能把你的声音放低些，那我们干脆就别——”

“好吧，可是听我说，”我说。我越说越兴奋，声音就未免太大了一点。有时候我心里一兴奋，讲话的声音就大了。“可我说的是这个意思，”我说。“我知道那种关系应该是肉体和精神的，而且也应该是艺术的。可我的意思是，你不能跟人人都这样——跟每一个和你搂搂抱抱的姑娘——跟她们全都来这一手。你说对吗？”

“咱们别谈了吧，”老路斯说。“好不好？”

“好吧，可是听我说。就拿你和那个中国女人来说，你们俩的关系好在什么地方？”

“别谈了，我已经说过啦。”

我问的都有点儿涉及私人隐私了。我明白这一点。可老路斯就是这些地方让你觉得不痛快。我在胡敦的时候，他会叫你把你自己最最隐秘的事情形容给他听，可你只要一问起有关他自己的事情，他就会生起气来。这般聪明人就是这样，如果不是他们自己在发号施令，就不高兴跟你进行一场有意思的谈话。他们自己一住嘴，也就要你住嘴，他们一回到他们自己的房间，也就要你回到你自己的房间。我在胡敦的时候，老路斯一向痛恨这样的事——那就是他在他自己的房间里向我们一伙人谈完性问题后，我们还聚集在一起继续聊一会儿天。我是说另外那些家伙跟我自己。在别人的房间里。老路斯痛恨这类事情。他只喜欢自己一个人当大亨，等他把话说完，就希望每个人都回到自己的房间里不再言语。他最害怕的，就是怕有人说出来的话比他高明。他的确引得我很开心。

“我也许要到中国去。我的性生活糟糕得很呢，”我说。

“自然啦，你的头脑还没成熟。”

“不错。一点不错。我自己也知道，”我说。“你知道我的毛病在哪儿？跟一个我并不太喜欢的姑娘在一起，我始终没有真正的性欲——我是说真正的性欲。我是说我得先喜欢她。要是不喜欢，我简直对她连一点点混账的欲望都没有。嘿，我的性生活真是糟糕得可怕，我的性生活真是一塌糊涂。”

“这是最自然不过的啦，老天爷。我上次跟你见面的时候就跟你说了，你该怎么办。”

“你是说去找精神分析家？”我说。他上次告诉我该做的是这个。他父亲就是个精神分析家。

“那完全由你自己决定，老天爷。你怎样处理你自己的私生活，那完全不是我他妈的事儿。”

我一时没吭声，我在思索。

“我要是去找你父亲用精神分析法治疗，”我说。“他会拿我怎么办呢？我是说他会拿我怎么办呢？”

“他不会拿你他妈的怎么办。他只是跟你谈话，你也跟他谈话，老天爷。有一点他会帮你做到，他会让你认识自己的思想方式。”

“我自己的什么？”

“你自己的思想方式。你的思想按照——听着。我不是在教精神分析学的基础课。你要是有兴趣，打电话跟他约个时间。要是没有兴趣，就别打电话。我一点也不在乎，老实说。”

我把一只手搭在他的肩上。嘿，他真让我开心。“你真是个够朋友的杂种，”我对他说。“你知道吗？”

他正在看手表。“我得走了，”他说着，站了起来。“见了你真高兴。”他叫来了掌柜的，要他开账单。

“嗨，”我在他离开之前说。“你父亲对你做过精神分析没有？”

“我？你问这干什么？”

“没什么。他作了没有？有没有？”

“说不上分析。他帮助我纠正某些地方，可是没必要做一次全面的精神分析。你问这干什么？”

“没什么。只是一时想起。”

“呃。别为这种事伤脑筋，”他说。他把小账留下，准备走了。

“再喝一杯吧！”我跟他说。“劳驾啦。我寂寞得要命。不开玩笑。”

他说没法再喝一杯。他说他已经迟了，说完他就走了。

老路斯。他确实非常讨人厌，可他的语汇确实丰富。我在胡敦的时候，全校学生就数他的语汇最丰富。他们测验过我们一次。

20

我坐在那儿越喝越醉，等着老提娜和琴妮出来表演节目，可她们不在。一个梳着波浪式头发、样子像搞同性恋的家伙出来弹钢琴，接着是一个叫凡伦西娅的新来姑娘出来唱歌。她唱得并不好，可是比老提娜和琴妮要好些，至少她唱的都是好歌曲。钢琴就放在我坐的酒柜旁边，老凡伦西娅简直就站在我身旁。我不断跟她做媚眼，可她假装连看都没看见我。在平时我大概不会这么做，可我当时已喝得非常醉了。她唱完歌，马上就走出房间，我甚至都来不及邀请她跟我一块儿喝一杯，所以我只好把侍者头儿叫来。我叫他去问问凡伦西娅，是不是愿意来跟我一块儿喝一杯。他答应了，可他大概连信都不会给她捎去。这些家伙是从来不给人捎口信的。

嘿，我在那个混账酒吧间里一直坐到一点钟光景，醉得很厉害。我连前面是什么都看不清楚了。不过有件事我很注意，我小心得要命，一点没让自己发酒疯什么的。我不愿引起任何人的注意，让人问起我的年纪。可是，嘿，我连前面是什么都看不清楚了。我只要真正喝醉了酒，就会重新幻想起自己心窝里中了颗子弹的傻事来。酒吧间里就我一个人心窝里中了颗子弹。我不住伸手到上装里面，捂着肚皮，不让血流得满地都是，我不愿意让人知道我已受了伤。我在努力掩饰，不让人知道我是个受了伤的婊子养的。最后我忽然灵机一动，想打个电话给琴，看看她是不是回家了。因此我付了账，走出酒吧间去打电话。我老是伸手到上装里边，不让血流出来。嘿，我真是醉啦。

可我一走进电话间，就没有心情打电话给琴。我实在醉得太厉害，我揣摩。因此我只是给老萨丽·海斯打了个电话。

我得拨那么二十次才拨对号码。嘿，我的眼睛真是瞎啦。

“哈罗，”有人来接混账电话的时候我就这样说。我几乎是在大声吆喝，我醉得多厉害啊！

“谁呀？”一位太太非常冷淡的声音说。

“是我。霍尔顿·考尔菲德。请叫萨丽来接电话，劳您驾。”

“萨丽睡啦。我是萨丽的奶奶。你干嘛这么晚打电话来，霍尔顿？你知道现在是几点钟啦？”

“知道。我有话跟萨丽说。十分要紧的事。请她来接一下电话。”

“萨丽睡啦，小伙子。明天再来电话吧！再见。”

“叫醒她！叫醒她，嗨。劳驾。”

接着是另一个声音说话。“霍尔顿，是我。”正是老萨丽。“怎么回事？”

“萨丽？是你吗？”

“是的——别吆喝。你喝醉了吗？”

“是的。听着。听着，嗨。我在圣诞前夕上你家来。成吗？帮你修剪混账的圣诞树。成吗？成吗，嗨，萨丽？”

“成。你喝醉了。快去睡吧！你在哪儿？有谁跟你在一起？”

“萨丽！我上你家来帮你修剪圣诞树，成吗？成吗，嗨？”

“成。快去睡吧！你在哪儿？有谁跟你在一起？”

“没有人。我，我跟自己。”嘿，我真是醉啦！我依旧用一只手捂着我的心窝。“他们拿枪打了我。洛基的那帮人拿枪打了我。你知道吗？萨丽，你知道不知道？”

“我听不清你的话。快去睡吧！我得走了。明天再给我来电话吧！”

“嗨，萨丽！你要我来帮你修剪圣诞树吗？你要我来吗？嘿？”

“好的。再见吧！快回家睡觉去。”

她把电话挂了。

“再见。再见。萨丽好孩子。萨丽心肝宝贝，”我说。你能想象我醉得有多厉害吗？跟着我也把电话挂了。我揣摩她大概跟人约会了刚回家。我想象她跟伦特夫妇一块儿出去了，还有那个安多佛的傻瓜蛋。他们全在一壶混账的茶里游泳，彼此说着一些装腔作势的话，做出一副假模假式的可爱样子。我真希望刚才没打电话给她。我只要一喝醉酒，简直是个疯子。

我在那个混账电话间里呆了好一会儿。我使劲攥住电话机，不让自己醉倒在地。说实话，我当时并不怎么好过。可是最后，我终于像个白痴似的跌跌撞撞地走了出来，进了男厕所，在一个盥洗盆里放满了凉水。随后我把头浸在水里，一直浸到耳朵旁边。我甚至没把头发擦干，听凭这个婊子养的去直淌水。随后我走到窗边电炉旁，一屁股坐在上面。这地方真是又暖又舒服。我坐着特别觉得舒服，因为我这时已经冷得瑟瑟乱抖。说来好笑，我只要一喝醉酒，就会冷得瑟瑟乱抖。

我没事可做，就老在电炉上靠着，数地板上那些白色的小方块。我身上渐渐都湿透了。约莫有一加仑水从我脖子上流下来，流到我的领子和领带上，可我毫不在乎。我醉得太厉害了，对什么都毫不在乎。接着过不一会儿，那个给老凡伦西娅弹钢琴的，就是那个梳着波浪式头发、样子非常像搞同性恋的家伙，进来梳他的金头发了。他梳头的时候，我们两个就闲聊起来，只是他这家伙并不他妈的太友好。

“嗨。你回到酒吧间去的时候，会见到那个凡伦西娅姑娘吗？”我问他。

“非常可能，”他说。俏皮的杂种。我遇到的，全是些俏皮的杂种。

“听着，代我向她问好。问她一声，那个混账侍者有没有把我的口信捎给她，成不成？”

“你干吗不回家去，孩子？你到底多大啦，嗯？”

“八十六岁。听着。代我向她问好。成吗？”

“你干吗不回家去呢，孩子？”

“我才不呢。嘿，你的钢琴弹得他妈的真叫好，”我对她说。我只是拍拍他马屁。其实他的钢琴弹得糟糕透了。我老实跟你说。“你真应该到电台上广播，”我说。“像你长得那么漂亮。还有一头混账金头发。你需要个后台老板吗?”

“回家吧，孩子，好好回家睡去。”

“无家可归啦，不开玩笑——你需要个后台老板吗?”

他没有回答我。他自顾自走了出去。他把头发梳了又梳，拍了又拍，梳好以后就自顾自走了。就跟斯特拉德莱塔一样。所有这些漂亮家伙全都一个样儿。他们只要一梳完他们混账的头发，就理都不理你，自顾自走了。

我最后从电炉上下来，向外面衣帽间走去，我那时都哭出来了。我不知道为什么哭，可我的确哭出来了。我揣摩那是因为我觉得他妈的那么沮丧，那么寂寞。接着我到了衣帽间，却怎么也找不着我那存衣帽的混账牌儿了。可那个管衣帽的姑娘十分和气。她照样把我的大衣给了我。还有那张《小舍丽·宾斯》唱片——我依旧带在身边。我见她那么和气，就给了她一块钱，可她不肯收。她口口声声叫我回家睡觉去。我想等她工作完毕后约她出去玩，可她不答应。她说她的年纪大都可以做我的妈妈了。我把我混账的斑白头发给她看，对她说我已经四十二岁啦——我只是逗她玩，自然啦。她倒是挺和气。我把我那顶混账的红色猎人帽拿出来给她看，她见了很喜欢。她还叫我出去之前把帽子戴上，因为我的头发还湿得厉害。她这人真是不错。

我出去到了外边，酒就醒了好些，可是外边的天气冷得厉害，我的牙齿开始上下打起战来，怎么也止不住。我一直走到梅迪逊路，在那儿等公共汽车，因为我剩下的钱已经不多。我得开始节约，少乘出租汽车什么的。可我实在不想乘混账公共汽车。再说，我也不知道往哪儿去好。所以我信步往中央公园那儿走去。我揣摩我也许可以到那个小湖边去看看那些鸭子到底在干什么，看看它们到底还在不在湖里。我依旧拿不准它们在不在湖里。公园相距不远，我也没有什么别的地方可去——我甚至都不知道去哪儿睡觉哩。我一点也不觉得困或者累。我只觉得懊丧得要命。

接着在我进公园的时候，发生了一桩可怕的事。我把老菲绊的唱片掉在地下了，碎成了约莫五十片。那唱片包在一个大封套里，可照样跌得粉碎。我心里真是难过得要命，真他妈的差点哭出来了，可我当时所做的，却是把碎片从封套里取出来，放进我的大衣口袋。这些碎片一点用处都没有了。可我并不想把它们随便扔掉。接着我进了公园。嘿，公园里可真黑。

我在纽约住了整整一辈子，小时候一直在中央公园溜冰，骑自行车，所以我对中央公园熟悉得就像自己的手背一样。可那天晚上我费了非常非常大的劲才把那浅水湖找到。我知道它在什么地方——就在中央公园南头——可我怎么也找不到。我当时醉得一定要比自己想象的厉害得多。我越往前走，四周围也越黑、越阴森可怕。我在公园的整个时间，一直没见一个人影。这倒让我很高兴，要是我遇到了什么人，准会吓得我跳到一英里以外。可是最后，我终于找到了那浅水湖。那湖有一部分冻了，一部分没冻。不过我哪儿也看不见一只鸭子。我围着这个混账的湖绕了他妈的整整一周——事实上，我还险些儿掉进湖里——可我连一只鸭子也没看见。我心想，湖里要是有鸭子，它们或许在水草里睡觉什么的，因此我都差点儿掉在水里。可我一只鸭子也找不着。

最后我在一把长椅上坐下，那儿倒不他妈的太暗。嘿，我依旧冷得浑身发抖，我头上尽管戴着那顶猎人帽，可我后脑勺上的头发都结成一块块冰了。这件事倒让我有点儿担心。我想我自己大概会染上肺炎死去。我开始想象怎样有几百万个傻瓜蛋来参加我的葬礼。我爷爷从底特律来，他这人有个习惯，你只要跟他一起乘公共汽车，他就会把每条街的号码嚷给你听；还有我那些姑母、姨母——我有约莫五十个姑母、姨母——还有我所有那些混账的堂兄弟、表兄弟。简直是一群暴民。艾里死的时候，这整整一嘟噜混账傻瓜蛋全都来了，我的某一个有极厉害口臭的姑母还不住地说，他躺在那儿看去多安静哪，D. B. 告诉我说。我当时没在场。我还在医院里。我弄伤了自己的手以后，就不得不住进医院。嗯，我心里一直嘀咕着自己头发上结了那么些冰，准会染上肺炎死去。我为我母亲、父亲难过得要命。特别是我母亲，她对我弟弟艾里的哀伤都还没过去呢。我想象着她怎样看着我所有那些衣服和体育用品，不知怎么办好。只有一件还好，我知道她不会让老菲绊来参加我的混账葬礼，因为她年纪太小，还只是个小孩子。就是这一点还算好。接着我又想起他们整整一嘟噜人怎样把我送进一个混账公墓。墓碑上刻着我的名字，四周围全都是死人。嘿，只要你一死去，他们倒是真把你安顿得好好的。我自己万一真的死了，倒真他妈的希望有那么个聪明人干脆把我的尸体扔在河里什么的。怎么办都成，就是别把我送进混账公墓里。人们在星期天来看你，把一束花搁在你肚皮上，以及诸如此类的混账玩艺儿。人死后谁还要花？谁也不会要。

只要天气好，我父母常常送一束花去搁在老艾里的坟墓上。我跟着他们去了一两次，以后就不去了。主要是，我不高兴看见他躺在那个混账公墓里。四周围全是死人和墓碑什么的。有太阳的日子那地方倒还马马虎虎，可是有两次——确确实实两次——我们在墓地的时候忽然下起雨来。那真是可怕。雨点打在他的混账墓碑上，雨点打在他肚皮上的荒草上。到处都是雨。所有到公墓里来凭吊的人都急急奔向他们的汽车。就是这一点，差点儿让我发疯。所有那些来凭吊的人都能躲进自己的汽车，听收音机，然后到什么安乐窝里去吃晚饭——人人都这样做，除了艾里。我实在受不了这个。我知道在墓地里的只是他的尸体，他的灵魂已经进了天堂，等等，可我照样受不了。我真希望他不躺在公墓里。可惜你不认识艾里。你要是认识他，就会懂得我说这话的意思。有太阳的日子倒还马马虎虎，可太阳只是在它想出来的时候才出来。

后来，为了不让我脑子去想肺炎什么的，我就拿出钱来，映着街灯的那点儿混账光线数了一下。统共只剩了三张一块的钞票，五个两毛五的和一个一毛的银币——嘿，我离开潘西以后，真正花真正花了一大笔钱。接着我就走到浅水湖畔，找个湖水没冻

冰的地方，把那几个两毛五和一毛的银币掠着水面扔了出去。我不知道我自己干吗要这样做，不过我当时的确是这样做了。我揣摩我当时准以为这么一来，就可以不去想肺炎和死亡的事了。其实哪有这样便宜的事。

我开始想起万一我染上肺炎死了，老菲绊心里会有什么样的感觉。想这类事情当然很孩子气，可我禁不住要这样想。万一这样的事果真发生了，她心里一定很难受。她非常喜欢我。我是说她跟我很要好。一点不假。嗯，我怎么也摆脱不掉这念头，所以最后我打定主意，决计偷偷溜回家去看她一次，万一自己真的死了，也算是一次临死诀别。我身边带着房门钥匙，所以我决意偷偷地溜进公寓，悄悄儿地去跟她聊一会儿天。我最担心的是我家的前门。那门叽叽嘎嘎地响得要命。这所公寓房子已经很旧，管公寓的是个再懒也没有的杂种，里面的一切东西全都叽叽嘎嘎地直响。我很担心我父母会听见我溜进房去。可是不管怎样，我决定试一试。

因此我就他妈的走出公园回家了。我一路步行回家。路并不远，我也并不觉得累，甚至连酒意都没有了。只是天冷得厉害，四周围没有一个人。

21

我这几年来最好的运气，就是在我回家的时候平时那个值夜班开电梯的彼得恰好不在。一个我从未见过的新手在开电梯，所以我揣摩我要是不撞见我父母，或许可以跟老菲绊见一面再溜出去，不至于有人知道我回家来过。这真是个好得了不得的运气。更幸运的是，这个新来的家伙有点儿傻里傻气。我用一种非常随便的声音告诉他说，我要上狄克斯坦家去。狄克斯坦家跟我们住同一层楼。我这时已脱掉那顶猎人帽，不让自己有任何形迹可疑的地方。我装作非常匆忙的样子走进电梯。

他已把电梯的门关上了，准备送我上去，接着他忽然转过身来对我说："他们不在家。他们在十四层楼参加舞会。"

"没关系，"我说。"我可以等他们会儿。我是他们的侄儿。"

他带着怀疑的、傻里傻气的神气望了我一眼。"你最好到休息室等去，朋友，"他说。

"很好——那很好，"我说。"可我的一条腿有毛病。我得让它保持某种固定的姿势。我想我最好还是坐在他们房门口的椅子上等去。"

他不知道我他妈的在说些什么，所以只是"哦"了一声，就送我上楼。那倒挺不错，嘿。而且也挺好笑。你只要说些谁也听不懂的话，他们就会俯首听命，要他们干什么他们就干什么。

我在我们那层楼走出电梯——一瘸一拐地活像个跛子——开始向狄克斯坦家的方向走去。等到我听见电梯的门一关上，我就转身向我们家的方向走去。我干得很不错。

我甚至连一点酒意都没有了。接着我取出房门钥匙，悄悄把门开了，轻得一点声音都没有，随后我非常非常小心地走进房间，又把门关了。我真应该去当小偷才是。

门厅里自然黑得要命，我也自然没法开灯。我得非常小心，免得碰着什么东西。发出响声来。我确实知道自己已经到家了。我们的门厅有种奇怪的气味，跟任何别的地方都不一样。我不知道是股他妈的什么气味。既不是花的气味，也不是香水的气味——我真不知道是股他妈的什么气味——可我确实知道自己已经到家了。我脱掉大衣，想挂在门厅的壁橱里，可壁橱里全是衣架，一开橱门就咔嗒咔嗒响个不停，吓得我都不敢往里挂衣服了。接着我就慢慢地向老菲绊房间走去，走得极慢极慢。我知道那个女佣人听不见我的声音，因为她只有一个耳鼓。她的哥哥在她小时候拿了根稻草一直戳到她耳朵里边，她有一次告诉我说。她简直是个聋子。可是我的父母，尤其是我母亲，耳朵尖得就像只混账猎狗。因此我经过他们房门的时候，走得非常非常轻。我甚至都屏住了呼吸，老天爷。你可以拿把椅子砸在我父亲的脑袋上，他都不会醒来，可我母亲就不一样，你哪怕在西伯利亚咳嗽一声，她都听得见你的声音。她的神经衰弱得要命。整个晚上她有一半时间起来抽烟。

最后，过了那么一个钟头以后，我终于走到了老菲绊的房间。可她不在。我把这事给忘了。我忘了在 D. B. 到好莱坞或者什么别的地方去的时候，菲绊总是睡在他的房间里。她喜欢这房间。因为家里就数这房间最大。还因为房间里有一张疯子用的特大书桌，是 D. B. 向费拉特费亚的某个酒鬼太太买来的，还有那张其大无比的床，总有十英里长十英里宽。我不知道这张床他是从哪里买来的。不管怎样，老菲绊就喜欢趁 D. B. 不在家的时候睡在他的房间里，他也让她睡。你真该瞧瞧她在那张混账书桌上做功课时的情景。那书桌简直就跟那张床一样大。她做功课的时候你简直连看都看不见她。可她就是喜欢这类玩艺儿。她不喜欢自己的房间，因为那房间太小，她说。她说她喜欢铺张。我听了差点儿笑死。老菲绊有什么可铺张的？什么也没有。

嗯，我就这样轻手轻脚走进 D. B. 的房间，开亮了书桌上的灯。老菲绊甚至都没醒。灯亮后，我还看了她一会儿。她躺在床上睡得挺香，她的脸侧向枕头的一边。她的嘴还张得挺大。说来好笑。那些成年人要是睡着了把嘴张得挺大，那简直难看极了，可孩子就不一样。孩子张大了嘴睡，看上去仍挺不错。他们甚至可以把口水流一枕头，可他们的样儿看上去仍挺不错。

我在房间里绕了一圈，走得极轻极轻，观看房里的一切。我的心情改变了，心里觉得挺舒服。我甚至都不再怕自己会染上肺炎什么的了。我只觉得心里挺好过。老菲绊的衣服搁在紧靠着床的一把椅子上。她是个挺爱干净的孩子。我是说她并不跟别的孩子一样把自己的东西到处乱扔。她不是那种邋遢鬼。她穿的那套黄褐色衣服是我母亲给她在加拿大买的，她就把上装挂在椅背上。她的衬衫什么的全都放在椅子上。她的鞋子和袜子都放在地板上，就在椅子底下，整整齐齐地并排放在一起。这双鞋我过去从未见过，是一双崭新的深褐色鹿皮鞋，就跟我自己穿的这双一样，跟我母亲在加拿大给她买的那套衣服配在一起，真是漂亮极了。我母亲把她打扮得很漂亮，一点不假。我母亲对某些东西很有鉴赏能力。她买冰鞋之类的玩艺儿不成，可是在衣饰方面，她真是个行家。我是说菲絆身上穿的衣服老是能让你吐舌。拿一般的小孩子来说，尽管他们的父母非常有钱，他们身上的衣服却往往难看得没法形容。我真希望你能看见老菲絆穿着我母亲在加拿大给她买的那套衣服时的样子。我不骗你。

我坐在老 D. B. 的书桌上，看了看桌上的那些玩艺儿。它们多半是菲絆的学习用具。极大部分是书。最上面的一本叫作《算术真好玩!》，我打开头一页一看，只见老菲絆在上面写着：

菲苾·威塞菲尔·考尔菲德

我见了差点儿笑死。她中间的那个名字本来叫约瑟芬，老天爷，并不是威塞菲尔。可她不喜欢那名字。我每次看见她，总见她给自己找了个新的名字。

算术书下面是地理书，地理书下面是拼法书。她的拼法好极了。她的每门功课都极好，可她的拼法特别好。在拼法书下面是一大堆笔记本。她总有五千本笔记本。你再也没有见过一个小孩子会有那么多笔记本。我把最上面的那本打开一看，只见头一页上写着：

贝妮丝，请你在休息时候来找我，我有一些极重要、极重要的话要跟你说。

那一页上就写着这些。下一页上写着：

阿拉斯加东南部为什么会有那么多罐头厂?
因为那儿有那么多的萨门鱼。
那儿怎么会有宝贵的森林?
因为那儿的气候合适。
为了改善阿拉斯加的爱斯基摩人的生活，
我们政府做了些什么?
好好查一下应付明天的功课!!!
菲苾·威塞菲尔·考尔菲德
菲苾·威塞菲尔·考尔菲德
菲苾·威塞菲尔·考尔菲德
菲苾·威·考尔菲德
菲苾·威塞菲尔·考尔菲德女士

请你传给舍丽!!!
舍丽你说你是人马星座
可是你唯一的金牛星座在你到我家
来的时候给你送冰鞋来了

我就坐在 D. B. 的书桌上把那本笔记本全看完了。我没费多大功夫，再说我也爱看这类玩艺儿——孩子的笔记本，不管是菲绊还是别的孩子的——我可以整天整夜地看下去。孩子的笔记本我真是百看不厌。随后我又点了一支烟——这是我最后一支烟了。那一天我约莫抽了整整三条烟。最后我把她叫醒了。我是说我不能就在那书桌上坐那么一辈子，再说我也害怕我父母会突然撞进来，我至少要在他们进来之前跟她说声哈罗。因此我把她叫醒了。

她很警醒。我是说你用不着向她大声嚷嚷什么的。你简直只要往她床上一坐，说声："醒来吧，菲绊，"她就醒来了。

"霍尔顿，"她立刻说，她还用两臂搂住我的脖子。她十分热情。我是说就她那么个年龄的孩子来说，算是热情的了。有时候她简直是太热情了。我吻了她一下，她就说："你什么时候回家的?"她见了我真是高兴得要命。你看得出来。

"别说得这么响。你好吗?"

"我挺好。你收到了我的信没有?我给你写了封五页的——"

"不错——别这么响。谢谢。"

她给我写了封信。我却来不及回复她。信里谈的全是她要在学校里演戏的事。她叫我别在星期五那天跟人订约会，好让我去看她演出。

"你的戏怎样了?"我问她。"你说那戏叫什么名字来着?"

"《给美国人演出的一场圣诞节好红》。那剧本真是糟透了，可我演班纳迪克特·阿诺德。我演的简直是最重要的角色，"她说。嘿，她可不是完全清醒了。她跟你谈这类玩艺儿的时候总是十分兴奋。"戏开始的时候，我已经快死了。那鬼魂在圣诞前夕进来问我心里是不是觉得惭愧。你知道。为了我出卖自己的国家什么的。你来不来看?"她都直挺挺地坐在床上了。"我写信给你就是为了这个。你来不来?"

"我当然来。我一定来。"

"爸爸不能来。他要乘飞机到加利福尼亚去，"她说。嘿，她可不是完全清醒了。她只要两秒钟工夫就能完全清醒过来。她坐在——也可以说是跪在——床上，握住了我一只手。"听着。母亲说你要在星期三才回家。"她说。"她说的是星期三。"

"我提前离校了。别说得这么响。你该把每个人都吵醒啦。"

"现在几点钟啦?他们要到很晚才回来，母亲说的。他们到康涅狄格州的诺沃克参加舞会去了，"老菲绊说。"猜猜我今天中午干了什么啦!看了什么电影!猜猜看!"

"我不知道——听着。他们可曾说他们打算在什么时候——"

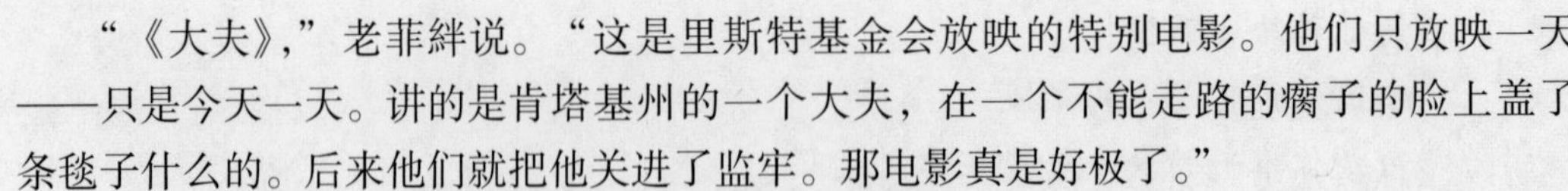

“《大夫》，”老菲絆说。“这是里斯特基金会放映的特别电影。他们只放映一天——只是今天一天。讲的是肯塔基州的一个大夫，在一个不能走路的瘸子的脸上盖了条毯子什么的。后来他们就把他关进了监牢。那电影真是好极了。”

“听我一秒钟。他们可曾说他们打算在什么时候——”

“他很替那孩子难受，那个大夫。就是为了这个缘故，他才在她脸上盖了条毯子，把她闷死。后来他们把他关进了监牢，判了他无期徒刑，可那个被他闷死的孩子老来看他，为他所做的事向他道谢。他原是出于好心才杀人的。不过他知道自己应该坐牢。因为一个当大夫的没有资格夺走上帝创造的东西。是我同班的一个同学的母亲带我们去看这电影的。她叫爱丽丝·霍尔姆保，是我最要好的朋友。整个班上就好一个人——”

“等一秒钟，好不好？”我说。“我要问你一句话，他们可曾说过他们打算在什么时候回来？”

“没有，不过要在很晚才回来。爸爸把汽车开走了，说这样可以用不着为火车的班次担心。我们这会儿在汽车里装了收音机啦！只是母亲说汽车在路上行驶的时候，谁也没法听收音机。”

我开始放下心来。我是说我终于不再担心他们会在家里撞见我什么的。我已经打定主意。万一真被他们撞见，那就撞见好了。

你真应该看见老菲絆当时的样儿。她穿着那套蓝色睡衣裙，衣领上还绣着红色大象。她是个大象迷。

“那么说来这电影挺不错，是不是？”我说。

“好极了，只是爱丽丝感冒了，她母亲老问她身上好不好过。就在电影演到一半的时候。每次总是演到节骨眼上，她母亲就弯过腰来伏在她身上，问她好过不好过。真让我受不了。”

接着我把那唱片的事告诉了她。“听着。我给你买了张唱片。”我对她说。“只是我在回家的路上把它跌碎了。”我把那些碎片从我的大衣袋里拿出来给她看。“我喝醉啦，”我说。

“把碎片给我，”她说。“我在收集碎唱片呢。”她就从我手里接过那些碎片，放进床头柜的抽屉里。她真是讨人喜欢。

“D. B. 回家来过圣诞节吗？”我问她。

“他也许来，也许不来，母亲说。得看当时的情形决定。他也许得呆在好莱坞写一个关于安纳波利斯的电影剧本。”

“安纳波利斯，老天爷！”

“定的是个恋爱故事什么的。猜猜看，这个电影将由谁主演？哪一个电影明星？猜猜看！”

“我对这不感兴趣。安纳波利斯，老天爷。D. B. 对安纳波利斯知道些什么，老天爷？那跟他要写的故事又有什么关系？”我说。嘿，那玩艺儿真让我发疯。那个混账好莱坞。“你的胳膊怎么啦？”我问她。我注意到她的一个胳膊肘上贴着一大块胶布。我之所以注意到，是因为她的睡衣没有袖子。

“我班上那个叫寇铁斯·温特劳伯的男孩子在我走下公园楼梯的时候推了我一把，”她说。“你要看看吗？”她开始撕起胳膊上的那块混账胶布来。

“别去撕它。他干吗要推你？”

“我不知道。我揣摩他恨我，”老菲绊说。“我跟另外一个叫西尔玛·阿特伯雷的姑娘在他的皮上衣上涂满了墨水什么的。”

“那可不好。你这是怎么啦——成了个小孩子啦，老天爷？”

“不，可每次我到公园里，我走到哪儿他总是跟他到哪儿。他老是跟着我。他真让我受不了。”

“也许他喜欢你。你不能因此就把墨水什么的——”

“我不要他喜欢我，”她说。接着她开始用一种异样的目光瞅着我。“霍尔顿，”她说，“你怎么不等到星期三就回家了？”

“什么？”

嘿，你得时刻留心她。你要是不把她看成机灵鬼，那你准是个疯子。

“你怎么不等到星期三就回家了？”她问我。“你不要是给开除了吧，是不是呢？”

“我刚才已经跟你说啦。学校提前放假。他们让全体——”

“你真的给开除了！真的！”老菲绊说着，还在我的腿上打了一拳。她只要一时高兴，就会拿拳头打人。“你真的给开除了！哦，霍尔顿！”她用一只手捂住了嘴。她的感情非常容易激动，我可以对天发誓。

“谁说我给开除了？谁也没说我——”

“你真的给开除了。真的，”她说。接着又打了我一拳。要是认为这一拳打着不疼，那你准是疯子。“爸爸会要你的命！”她说着，就啪的一下子合扑着躺在床上，还把那个混账枕头盖在头上。她常常爱这样做。有时候，她确确实实是个疯子。

“别闹啦，喂，”我说。“谁也不会要我的命。谁也不会——好啦，菲绊，把那混账玩艺儿打你头上拿掉。谁也不会要我的命。”

可她不肯把枕头拿掉。你没法让她做一件她自己不愿做的事。她只是口口声声说：“爸爸会要你的命。”她头上盖了那么个混账枕头，你简直听不出她说的什么。

“谁也不会要我的命。你好好想想吧！尤其是，我就要走了。我也许先在农场之类的地方找个工作。我认识个家伙，他爸爸在科罗拉多有一个农场。我也许就在那儿找个工作，”我说。“我要是真的走，那我走了以后会跟你们联系的。好啦。把那玩儿打你头上拿掉。好啦，嗨，菲绊。劳驾啦。劳驾啦，成不成？”

可她怎么也不肯拿掉。我想把枕头拉掉，可她的劲儿大得要命。你简直没法跟她打架。嘿，她要是想把一个枕头盖在头上，那她死也不肯松手。“菲绊，劳驾啦。好啦，松手吧，”我不住地说。“好啦，嗨……嗨，威塞菲尔。松手吧！”

她怎么也不肯松手。有时候她简直不可理喻。最后，我起身出去到客厅里；从桌上的烟盒里拿了些香烟放进我的衣袋。我的烟一支也不剩了。

22

我回来的时候，她倒是把枕头从头上拿掉了——我知道她会的——可她尽管仰卧着，却依旧不肯拿眼看我。等我走到床边坐下的时候，她竟把她的混账脸儿转到另一边去了。她真跟我他妈的绝交了。就像潘西击剑队那样对待我，在我把所有那些混账圆头剑丢在地铁上以后。

“老海士尔·威塞菲尔怎样啦？”我说。“你写了什么关于她的新故事没有？你上次寄给我的那个就放在我的手提箱里。手提箱寄存在车站里。那故事写得不错。”

“爸爸会要你的命。”

嘿，她有了什么念头，真是念念不忘。

“不，他不会的。他至多再痛骂我一顿，然后把我送到那个混账的军事学校里去。他至多这样对付我。可是首先，我甚至都不会在家。我早就到外地去了。我会到——我大概到科罗拉多的农场上去了。”

“别让我笑你了。你连马都不会骑。”

“谁不会？我当然会骑。我确实会骑。他们在约莫两分钟之内就可以把你教会，”我说。“别去揭它了。”她还在揭她胳膊上的胶布。“谁给你理的发？”我问她。我刚注意到她理的头发式样混账极了。短得要命。

“不要你管，”她说。她有时候很能怄人。她的确很能怄人。“我揣摩你又是哪门功课都不及格，”她说——非常怄人。说起来还真有点儿好笑。她有时候说起话来很像个混账教师，而她还只是个很小的孩子哩。

“不，不是的，”我说。“我的英文及格了。”接着，我一时高兴，就用手在她的屁股上戳了一下。她侧身躺着，正好把屁股撅得老高。她的屁股还小得很哩。我戳的并不重，可她想要打我的手，只是没打着。

接着她突然说：“哦，你干要这样呢？”她是说我怎么又给开除了。她这么一说，又让我心里难过起来。

“哦，天哪，菲绊，别问我了。人人都问我这问题，真让我烦死啦，”我说。“有一百万个原因。这是个最最糟糕的学校，里面全是伪君子。还有卑鄙的家伙。你这一辈子再也没见过那么卑鄙的家伙。比方说，你要是跟几个人在谁的房间里聊天，要是又有别的什么人要进来，而来的又是个傻里傻气的、王八样的家伙，那就谁也不会给他开门。人人都把自己的房门锁起来，不让别人进来。他们还有他妈的那种混账的秘密团体，我自己也是胆子太小，不敢不加入。有个王八样的讨人厌的家伙，名叫罗伯特·阿克莱的，很想加入。他一直想加入，可他们不让。只是因为他像个王八，讨人厌。我甚至都不想谈它。那真是个糟糕透顶的学校。你相信我的话好了。”

老菲绊一声不响。可她在仔细听。我一看她的后脑勺就知道她是在仔细听。只要你跟她说些什么，她总是仔细听着。好笑的是，有一半时间她都懂得你他妈的在说些什么。她的确懂得。

我继续谈老潘西里的事。我不知怎的兴致上来了。

“教职员里虽有那么一两个好教师，可连他们也都是假模假式的伪君子，”我说。“就拿那个老家伙斯宾塞先生说吧！他太太老请你喝热巧克力什么的，他们为人的确挺不错。可他上历史课的时候，只要校长老绥摩进来在教室后面一坐下，你再瞧瞧他的那副模样儿。老绥摩总是在上课的时候进来，在教室后面坐那么半个小时左右。他大概算是微行察访什么的。过了一会儿，他就会坐在那儿打断老斯宾塞的话，说一些粗俗的笑话。老斯宾塞简直连命都不要了，马上露出满面笑容，吃吃地笑个不停，就好像绥摩是个混账王子什么的。”

“别老是咒骂啦。”

“你见了准会呕出来，我发誓你一定会，”我说。“还有，在‘返校日’那天。他们有那么个日子，叫‘返校日’，那天所有在一七七六年左右打潘西毕业出去的傻瓜蛋全都回到学校来了，在学校里到处走，还带着自己的老婆孩子什么的。可惜你没看见那个约莫五十岁的老家伙。你猜他干了什么，他一径来到我们房间里敲我们的门，问我们是不是能让他用一下浴室。浴室是在走廊的尽头——我真他妈的不知道他干吗要来问我们。你知道他说了些什么？他说他想看看他自己名字的缩写是不是还在一扇厕所门上。他约莫在九十年前把他妈的那个混账傻名字的缩写刻在一扇厕所门上，现在他想看看那缩写是不是还在那儿。因此我跟我的同房间的那位一起陪着他走到浴室里，他就在一扇扇厕所门上找他名字的缩写，我们不得不站在那儿陪着他。在整个时间里他还滔滔不绝地跟我们讲着话，告诉我们说在潘西念书的那段时间怎样是他一辈子中最快乐的日子，他还给我们许许多多有关未来的忠告。嘿，他真让我心里烦极了！我倒不是说他是个坏人——他不是坏人。可是不一定是坏人才能让人心烦——你可以是个好人，却同时让人心烦。要人心烦很容易，你只要在哪扇门上找自己名字的缩写，同时给人许许多多假模假式的忠告——你只要这样做就成。我不知道。说不定他要不是那么呼噜呼噜直喘气，情形也许会好些。他刚走上楼梯，累得呼噜呼噜直喘气，他一边在门上找自己名字的缩写，一边直喘气，鼻孔那么一张一合的十分可笑，一边却还要跟我和斯特拉德莱塔讲话，要我们在潘西学到尽可能多的东西。天哪，菲绊！我解释不清楚。我就是不喜欢在潘西发生的一切。我解释不清楚”

老菲绊这时说了句什么话，可我听不清。她把一个嘴角整个儿压在枕头上，所以我听不清她说的话。

"什么?"我说。"把你的嘴拿开。你这样把嘴压在枕头上，我听不清你说的话。"

"你不喜欢正在发生的任何事情。"

她这么一说，我心里不由得更烦了。

"我喜欢。我喜欢。我当然喜欢。别说这种话。你干吗要说这种话呢?"

"因为你不喜欢。你不喜欢任何学校。你不喜欢千百万样东西。你不喜欢。"

"我喜欢!你错就错在这里——你完完全全错在这里!你他妈的为什么非要说这种话不可?"我说。嘿，她真让我心里烦极了。

"因为你不喜欢，"她说。"说一样东西让我听听。"

"说一样东西?一样我喜欢的东西?"我说。"好吧!"

问题是，我没法集中思想。有时候简直很难集中思想。

"一样我非常喜欢的东西，你是说?"我问她。

可她没回答我。她躺在床的另一边，也斜着眼看我。她离开我总有那么一千英里。"喂，回答我，"我说。"是一样我非常喜欢的东西呢，还是我不喜欢的东西?"

"你非常喜欢的。"

"好吧，"我说。不过问题是，我没法集中思想。我能想起的只是那两个拿着破篮子到处募捐的修女。尤其是戴着铁边眼镜的那个。还有我在爱尔克敦·希尔斯念书时认识的那个学生。爱尔克敦·希尔斯的那个学生名叫詹姆士·凯瑟尔，他说了另外一个十分自高自大的、名叫菲尔·斯戴比尔的学生一句不好听的话，却不肯收回他的话。詹姆士·凯瑟尔说他这人太自高自大，给斯戴比尔的一个混账朋友听见了，就到斯戴比尔跟前去搬弄是非。于是斯戴比尔带了另外六个下流的杂种，走进詹姆士·凯瑟尔的房间，锁上那扇混账房门，想叫他收回他自己所说的话，可他不肯收回。因此他们跟他动起手来。我甚至都不愿告诉你他们怎么对待他的——说出来实在太恶心了——可他依旧不肯收回他的话，那个老詹姆士·凯瑟尔。可惜你没见过他这个人，他长得又瘦又小，十分衰弱，手腕就跟笔管那么细。最后，他不但不肯收回他的话，反而打窗口跳出去了。我正在洗淋浴什么的，连我也听见他摔在外面地上的声音。可我还以为是什么东西掉在窗外了，一架收音机或者一张书桌什么的，没想到是人。接着我听见大伙儿全都涌进走廊下楼梯，因此我穿好浴衣也奔下楼去，看见老詹姆士·凯瑟尔直挺挺地躺在石级上面。他已经死了，到处都是牙齿和血，没有一个人甚至敢走近他。他身上还穿着我借给他的那件窄领运动衫。那些到他房间里迫害他的家伙只是给开除出学校。他们甚至没进监牢。

我当时能想到的就是这一些。那两个跟我一块儿吃早饭的修女，还有那个我在爱克敦·希尔斯念书时认识的学生詹姆士·凯瑟尔。好笑的是，我跟詹姆士·凯瑟尔甚至都不熟，我老实告诉你说。他是那种极沉默的人。他跟我一起上数学课，可他坐在教室的另一头，平时从来不站起来背书，或者到黑板上去做习题。学校里有些人简直从来不站起来背书或者到黑板上去做习题。我想我跟他唯一的一次谈话，就是他来向我借那件窄领运动衫。他向我开口的时候，我吃惊得差点儿倒在地板上死了。我记得我当时正在盥洗室里刷牙，他过来向我开口了。他说他的堂兄要来找他，开汽车带他出去。我甚至都不知道他知道我有一件窄领运动衫。我只知道点名时候他的名字就在我前面。凯伯尔，罗；凯伯尔，威；凯瑟尔；考尔菲德——我还记得很清楚。我老实跟你说，我当时差点儿没肯把我的运动衫借给他。原因是我跟他不太熟。

“什么？”我跟老菲绊说。她跟我说了些什么，可我没听清楚。

“你连一样东西都想不出来。”

“嗯，我想得出来。嗯，我想得出来。”

“呃，那你说出来。”

“我喜欢艾里，”我说。“我也喜欢我现在所做的事。跟你一起坐在这儿，聊聊天，想着一些玩艺儿——”

“艾里已经死啦——你老这么说的！要是一个人死了，进了天堂，那就很难说——”

“我知道他已经死啦！你以为我连这个也不知道？可我依旧可以喜欢他，对不对？不可能因为一个人死了，你就从此不再喜欢他，老天爷——尤其是那人比你认识的那些活人要好一千倍。”

老菲绊什么话也没说。她要是想不起有什么好说的，就他妈的一句话也不说。

“不管怎样，我喜欢现在这样，”我说。“我是说就像现在这样。跟你坐在一块儿，聊聊天，逗着——”

“这不是什么真正的东西！”

“这是真正的东西！当然是的！他妈的为什么不是？人们就是不把真正的东西当东西看待。我他妈的对这都腻烦透啦。”

“别咒骂啦。好吧，再说些别的。说说你将来喜欢当个什么。喜欢当一个科学家呢，还是一个律师什么的。”

“我当不了科学家。我不懂科学。”

“呃，当个律师——跟爸爸一样。”

“律师倒是不错，我揣摩——可是不合我的胃口，”我说。“我是说他们要是老出去搭救受冤枉的人的性命，那倒是不错，可你一当了律师，就不干那样的事了。你只是挣许许多多钱，打高尔夫球，打桥牌，买汽车，喝马提尼酒，摆臭架子。再说，即便你真的出去救人性命了，你怎么知道这样做到底是因为你真的是救人性命呢，还是因为你真正的动机是想当一个红律师，只等审判一结束，那些记者什么的就会全向你涌来，人人在法庭上拍你的背，向你道贺，就你那些下流电影里演出的那样？你怎么知道自己不是个伪君子？问题是，你不知道。”

我说的那些话老菲绊到底听懂了没有，我不敢十分肯定。我是说她毕竟还是个小孩子。不过她至少在好好听着。只要对方至少在好好听着，那就不错了。

"爸爸会要你的命。他会要你的命，"她说。

可我没有听她说话。我在想一些别的事——一些异想天开的事。"你知道我将来喜欢当什么吗？"我说。"你知道我将来喜欢当什么吗？我是说将来要是能他妈的让我自由选择的话？"

"什么？别咒骂啦。"

"你可知道那首歌吗，'你要是在麦田里捉到了我'？我将来喜欢——"

"是'你要是在麦田里遇到了我'！"老菲绊说。"是一首诗。罗伯特·彭斯写的。"

"我知道那是罗伯特·彭斯写的一首诗。"

她说的对。那的确是"你要是在麦田里遇到了我"。可我当时并不知道。

"我还以为是'你要是在麦田里捉到了我'呢，"我说。"不管怎样，我老是在想象，有那么一群小孩子在一大块麦田里做游戏。几千几万个小孩子，附近没有一个人——没有一个大人，我是说——除了我。我呢，就站在那混账的悬崖边。我的职务是在那儿守望，要是有哪个孩子往悬崖边奔来，我就把他捉住——我是说孩子们都在狂奔，也不知道自己是在往哪儿跑，我得从什么地方出来，把他们捉住。我整天就干这样的事。我只想当个麦田里的守望者。我知道这有点异想天开，可我真正喜欢干的就是这个。我知道这不像话。"

老菲绊有好一会儿没吭声。后来她开口了，可她只说了句："爸爸会要你的命。"

"他要我的命就让他要好了，我才他妈的不在乎呢，"我说着，就从床上起来，因为我想打个电话给我的老师安多里尼先生，他是我在爱尔克敦·希尔斯时候的英文教师，现在已经离开了爱尔克敦·希尔斯，住在纽约，在纽约大学教英文。"我要去打个电话，"我对菲绊说，"马上就回来，你可别睡着。"我不愿意她在我去客厅的时候睡着。我知道她不会，可我还是叮嘱了一番，好更放心些。

我正朝着门边走去，忽听得老菲绊喊了声"霍尔顿！"我马上转过身去。

她直挺挺地躺在床上，看去漂亮极了。"我正在跟那个叫菲丽丝·玛格里斯的姑娘学打嗝儿，"她说。"听着。"

我仔细听着，好像听见了什么，可是听不出什么名堂来。"好，"我说。接着我出去到客厅里，打了个电话给我的教师安多里尼先生。

我三言两语把电话打完，因为我很怕电话刚打到一半，我父亲就撞了进来。不过他们并没有撞进来。安多里尼先生非常和气。他说我要是高兴，可以马上就去。我揣摩我大概把他和他妻子都吵醒了，因为他们过了好半天才来接电话。他第一句就问我出了什么事没有，我回答说没有。我说我倒是给潘西开除了。我觉得还是告诉他好。

我说后，他只说了声“我的天”。他这人很有幽默感。他跟我说我要是愿意，可以马上就去。

安多里尼先生可以说是我这辈子有过的最好老师。他很年轻，比我哥哥 D. B. 大不了多少，你可以跟他一起开玩笑，却不至于失去对他的尊敬。我前面说过的那个叫詹姆士·凯瑟尔的孩子从窗口跳出来以后，最后就是他把孩子抱起来的。老安多里尼先生摸了摸他的脉搏，随后脱掉自己的大衣盖在詹姆士·凯瑟尔身上，把他一直抱到校医室。他甚至都不在乎自己的大衣染满了血。

我回到 D. B. 房里的时候，发现老菲绊已经把收音机开了，正播送舞曲。她把声音开得很低，免得被女用人听见。你真该看见她当时的样子。她直挺挺地坐在床中央，在被褥外面，像印度的修行僧那样盘着双腿。她正在欣赏音乐。我见了真把她爱煞。

“喂，”我说。“你想跳舞吗?”她还是个很小很小的毛孩子的时候，我就教会了她跳舞什么的。她是个了不起的舞蹈家。我是说我只教了她一些基本动作。她主要是靠自学。舞要真正跳得好，光靠人教可不成。

“你穿着鞋呢，”她说。

“我可以脱掉。来吧!”

她简直是从床上跳下来的，然后她等着我把鞋子脱掉，我们就一起跳了会儿舞。她的舞跳得真是好极了。我不喜欢人们跟小孩子一块儿跳舞，因为十有九次那样子总是十分难看。我是说，在外面餐厅里你总看见那个老家伙带着自己的小孩子在舞池里跳舞。他们总是牛头不对马嘴，老攥住孩子背上的衣服一个劲儿往上拉，那孩子呢，简直他妈的不会跳舞，所以那样子真是难看极了，可我从来不带菲绊或别的孩子在公共场所跳舞。我们只是在家里跳着玩儿。不过话说回来，她毕竟与别的孩子不同，因为她会跳舞。不管你怎么跳她都跟得上。我是说你只要把她搂得紧紧的，那样一来不管你的腿比她长多少，也就不碍事了。她会紧跟着你。你可以转身，可以跳些粗俗的花步，甚至还可以跳会儿摇摆舞，她始终紧跟着你。你甚至还可以跳探戈呢，老天爷。

我们跳了约莫四个曲子，在每个曲子的间歇时间，她的样子好笑得要命。她摆好了跳舞的姿势，她甚至话都不说。你得跟她一起摆好姿势等乐队再一次开始演奏。我见了差点儿笑死。可你还不准笑哩。

咽，我们跳了约莫四个曲子，随后我把收音机关了。老菲绊一下跳回床上，钻进了被窝。“我进步了些，是不是?”她问我。

“怎么进步的?”我说。我又挨着她的床上坐下了。我有点儿喘不过气来。我抽烟抽得他妈的太凶了，呼吸短得要命，她却连气都没喘一下。

“你摸摸我的额角看，”她突然说。

“干吗?”

“摸摸看。光是摸一摸。”

我摸了一下，却什么也没感觉到。

“是不是烧得厉害？”她说。

“不，你觉得烧吗？”

“是的——是我有意搞出来的。再摸摸看。”

我又摸了一下，仍没感觉到什么，可我说：“这回好了，我觉得有点儿烧了。”我可不愿意她产生他妈的自卑感。

她点点头。“我可以搞得烧到比体温表还高。”

“体温表。谁说的？”

“是爱丽丝·霍尔姆保教我的。你只要夹紧两腿，屏住呼吸，想一些非常非常热的东西。一个电炉什么的。随后你整个脑门就会热得把人的手烧掉。”

我差点儿笑死。我立刻把我的手从她脑门上缩回，像是遇到什么可怕的危险似的。“谢谢你警告了我，”我说。

“哦，我不会把你的手烧掉的。我不等它热得太厉害，就会止住——嘘！”说着，她闪电似的一下子从床上坐了起来。

她这么一来，可吓得我命都没了。“怎么啦？”我说。

“前门！”她用清晰的耳语说。“他们回来啦！”

我一下子跳起来，奔过去把台灯关了。随后我把香烟在鞋底上擦灭，放在衣袋里藏好。随后我一个劲儿扇动空气，想让烟散开——我真不应该抽烟，我的天。随后我抓起自己的鞋子，躲进了壁橱，把门关上。嘿，我的心都快从我嘴里跳出来了。

我听见我母亲走进房来。

“菲絆！”她说。“哟，别来这一套啦。我早看见灯光了，好小姐。”

“哈罗！”我听见菲絆说。“我睡不着。你们玩得痛快吗？”

“痛快极了，”我母亲说，可你听得出她这话是言不由衷。她每次出去，总不能尽兴。“我问你，你怎么还不睡觉？房间里暖和不暖和？”

“暖和倒暖和，我就是睡不着。”

“菲絆，你是不是在房里抽烟了。老实告诉我，劳您驾，好小姐。”

“什么？”老菲絆说。

“要我再说一遍？”

“我只点了一秒钟。我只抽了一口烟。随后把烟从窗口扔出去了。”

“为什么，请问？”

“我睡不着。”

“我不喜欢你这样，菲絆。我一点儿也不喜欢，”我母亲说。“你不再要条毯子吗？”

“不要了，谢谢。祝您晚上好！”老菲絆说。她是想尽快把她打发走，你听得出来。

“那电影好看吗？”我母亲说。

“好看极啦。除了爱丽丝的妈妈。她不住地弯过腰来，问她感冒好点儿没有，在整个放映期间简直没有停过。后来我们乘出租汽车回家了。”

“让我来摸摸你的额角看。”

“我没有感染到什么。她根本没病。毛病就在她妈身上。”

“呃，快睡吧！晚饭怎么样？”

“糟糕透啦。”

“什么糟糕不糟糕的，你没听见你爸爸怎么教你用文雅的字眼儿吗？有什么地方糟糕？你吃的是极好的羊排。我都把莱克辛登路走遍啦，就是为了——”

“羊排倒挺不错，可查丽娜不管往桌上放什么东西，总是冲着我呼气。她也冲着所有的食物呼气。她冲着一切的一切呼气。”

“呃，快睡吧！吻妈妈一下。你祷告了没有？”

“我是在浴室里祷告的。晚上好！”

“晚上好。现在快给我睡吧！我的头疼得都快裂开来啦，”我母亲说。她常常头疼。一点不假。

“吃几颗阿司匹林吧！”老菲绊说。“霍尔顿是在星期天回家，对不对？”

“据我所知是这样。快躺下去。再下去一点儿。”

我听见我母亲走出房间，带上了门。我等了一两分钟。跟着我就出了壁橱。我刚一出来，就跟老菲绊撞了个满怀，因为房里漆黑一团，她已从床上起来，想过来告诉我。“我碰疼你了没有？”我说。现在得悄没声儿说话了，因为他们两个都在家。“我得马上就走，”我说。我摸着黑找到了床沿，一屁股坐了下去，开始穿起鞋子来。我心里很紧张。我承认这一点。

“这会儿别走，”菲绊小声说。“等他们睡着了再说！”

“不。这会儿就走。现在是最好的时刻，”我说。“她正在浴室里，爸爸在收听新闻什么的。现在是最好的时刻。”我连鞋带都系不上了，我真是他妈的紧张得要命。倒不是万一他们发现我在家，就会把我杀了什么的，这反正是件很不愉快的事。“你他妈的在哪儿呢？”我跟老菲绊说。房间里那么黑，我一点也看不见她。

“在这儿。”她就站在我身边。我却一点也看不见她。

“我的两只混账手提箱还在车站上呢，”我说。“听着。你身边有钱没有，菲绊？我简直成了个穷光蛋啦。”

“只有过圣诞节的钱。买礼物什么的，我可什么也不曾买哩。”

“哦。”我不愿拿她过圣诞节的钱。

“你要用吗？”她问。

“我不想用你过圣诞节的钱。”

“我可以借你一点儿，”她说。接着我听见她向 D. B. 的书桌那儿走去，打开了千百万只抽屉，在里面摸索着。房间里黑得要命，真是伸手不见五指。“你要是离家出走，就看不见我演那场戏了，”她说，说的时候，声音有点儿异样。

“不，我看得见。我不会在你演戏之前走的。你以为我会不看你演的戏？”我说“我大概在安多里尼先生家里住到星期二晚上。随后我就回家。我要是有机会，就打电话给你。”

“钱在这儿，”老菲绊说。她想把钱给我，可是找不到我的手。

“在哪儿？”

她把钱放在我手里了。

“嗨，我不要那么多，”我说。“只要给我两块钱就够了。不跟你开玩笑——拿去。”我想把钱还给她，可她不肯收。

“你全都拿去好了。你以后可以还我。看戏的时候给我带来好了。”

“有多少，老天爷？”

“八块八毛五。六毛五。我花掉了一些。”

一霎时，我哭了起来。我实在是情不自禁。我尽量不哭出声，可我的确哭了。我一哭，可我把老菲绊吓坏了，她走过来想劝住我，可你只要一哭开，就没法看在区区一毛钱份上止住。我哭的时候仍坐在床沿上，她伸过一只胳膊来搂住我的脖子，我也伸出一只胳膊搂住她，可我依旧哭了好久，没法止住。我觉得自己哽咽得都快憋死了。嘿，我把可怜的老菲绊吓坏了。那扇混账窗子正开着，我感觉得出她正在哆嗦，因为她身上只穿着一套睡衣裤。我想叫她回到床上去，可她不肯。最后我终于止住了。不过的的确确费了我很大很大工夫。接着我扣好大衣上的钮扣。我告诉她说我会跟她保持联系的。她对我说，要是我愿意的话，可以跟她一起睡，可我说不啦，我还是走的好，安多里尼先生正等着我哩。随后我从大衣袋里掏出我那顶猎人帽送给她。她喜爱这一类混账帽子。她不肯接受，可我让她收下了。我敢打赌她准是戴着这顶帽子睡觉的。她的确喜爱这一类帽子。随后我又告诉她说，我一有机会就打电话给她，说完我就走了出来。

不知什么原因，从屋里出来要比进去他妈的容易多了。主要是，我已经不怕他们发现我了。我真的不怕了。我心想，他们要是发现，就发现吧！说起来，我还真有点儿希望他们发现呢。

我一直走下楼去，没乘电梯。我走的是后楼梯，一路上绊着了总有一千万只垃圾桶，差点儿把我的脖子都摔断了，可我终于走了出来。那个开电梯的连看都没看见我。他也许仍旧以为我在楼上狄克斯坦家里呢。

24

安多里尼夫妇住在苏敦广场一个十分阔气的公寓里，进客厅得下两个梯级，还有个酒吧间。我到那儿去过好几次，因为我离开爱尔克敦·希尔斯以后，安多里尼先生常常到我们家里来吃晚饭，打听我的情况。那时候他还没结婚。等他结婚以后，我常常在长岛森林山的“西区网球俱乐部”里跟他和安多里尼太太一起打网球。安多里尼太太是俱乐部的会员。她有的是钱。她比安多里尼先生约莫大六十岁，可他们在一起似乎过得挺不错。主要是，他们两个都很有学问，尤其是安多里尼先生，只是你跟他在一起的时候，他的小聪明往往胜过他的学问，有点儿像 D. B. 。安多里尼太太一般很严肃。她患着很严重的哮喘病。他们两个都看过 D. B. 写的所有短篇小说——安多里尼太太也看过——D. B. 要到好莱坞去的时候，安多里尼先生还特地打电话给他，叫他别去。可他还是去了。安多里尼先生说像 D. B. 这样有才能的作家，不应该到好莱坞去。这话简直就跟我说的一样，一字不差。

我本来想步行到他们家去，因为我想尽可能不花菲絆过圣诞节的钱，可我到了外边，觉得头晕目眩，很不好过，就叫了辆出租汽车。我实在不想叫汽车，可我终于叫了。我费了不知他妈的多少工夫才找到了一辆出租汽车。

开电梯的好容易最后才放我上去，那个杂种。我按门铃后，安多里尼先生出来开门。他穿着浴衣，趿着拖鞋，手里拿着一杯掺苏打水的冰威士忌。他是个很懂人情世故的人，也是个酒瘾很大的人。“霍尔顿，我的孩子！”他说。“天哪，你又长高了二十英寸。见到你很高兴。”

“您好，安多里尼先生，安多里尼太太好?”

“我们两个都挺好。把大衣给我。”他从我手里接过大衣挂好。“我还以为你怀里会抱着个刚出生的娃娃哩。没地方可去。眼睫毛上还沾着雪花。”他有时候说话非常俏皮。他转身朝着厨房嚷道：“莉莉！咖啡煮好没有?”莉莉是安多里尼太太的小名。

“马上好啦，”她嚷着回答。“是霍尔顿吗? 哈罗，霍尔顿!”

“哈罗，安多里尼太太!”

你到了他们家里，就得大声嚷嚷。原因是他们两个从来不同时在一间房里。说出来真有点儿好笑。

“请坐，霍尔顿，”安多里尼先生说。你看得出他有点儿醉了。房间里的情景好像刚举行过晚会似的。只见杯盘狼藉，碟子里还有吃剩的花生。“请原谅房间乱得不像样，”他说，“我们在招待安多里尼太太的几个打水牛港来的朋友……事实上，也真是几只水牛。”

我笑了出来，安多里尼太太在厨房里嚷着不知跟我说了句什么话，可我没听清楚。“她说的什么？”我问安多里尼先生。

“她说她进来的时候你别看她，她刚从床上起来。抽支烟吧！你现在抽烟了吗？”

“谢谢，”我说。我在他递给我的烟匣里取了支烟。“只是偶尔抽一支。抽得不凶。”

“我相信你抽得不凶，”他说着，从桌上拿起大打火机给我点火。“那么说来，你跟潘西不再是一体啦，”他说。他老用这方式说话。我有时候听了很感兴趣，有时候并不。他说的次数未免太多了点儿。我并不是说他的话不够俏皮——那倒不——可是遇到一个人老说着“你跟潘西不再是一体啦”这类话，有时候你会觉得神经上受不了。D. B. 有时候也说的太多。

“问题出在哪儿？”安多里尼先生问我。“你的英文考得怎样？要是你这个作文好手连英文都考不及格，那我可要马上开门请你出去了。”

“哦，我英文倒及格了，虽说考的主要是文学。整个学期我只写过两篇作文，”我说。“不过‘口头表达’我没及格。他们开了一门叫作‘口头表达’的课程。这我没及格。”

“为什么？”

“哦，我不知道。”我实在不想细说。我还有点儿头晕目眩，同时我的头也突然痛得要命。一点不假。可你看得出他对这问题很感兴趣，因此我只好约略告诉他些。“在这门功课里，每个学生都得在课堂里站起来演讲。你知道。而且是自发的。要是演讲的学生扯到了题外，你就得尽快地冲着他喊‘离题啦！’这玩艺儿都快把我逼疯啦。我考了个‘F’。”

“为什么？”

“哦，我不知道。那个离题的玩艺儿真叫我受不了。我不知道。我的问题是，我喜欢人家离题。离了题倒是更加有趣。”

“要是有人跟你说什么，你难道不喜欢他话不离题？”

“哦，当然啦！我当然喜欢他话不离题。可我不喜欢他太不离题。我不知道怎么说好。我揣摩我不喜欢人家始终话不离题。‘口头表达’里得分最高的全是那些始终话不离题的学生——这一点我承认。可是有个名叫理查·金斯拉的学生，演讲的时候老是离题，他们老冲着他喊‘离题啦！’这种做法实在可怕，因为第一，他是个神经非常容易紧张的家伙——我是说他的神经的确非常容易紧张——每次轮到他讲话，他的嘴唇总是哆嗦着，而且你要是坐在课堂后排，连他讲的什么都听不清楚。可是等到他嘴唇哆嗦得不那么厉害的时候，我倒觉得他讲的比别人好。不过他差点儿也没及格。他得了个 D^+，因为他们老冲着他喊‘离题啦！’举例说，有一次他演讲的题目是他父亲在弗蒙特买下的农庄。在他演讲的时候大家一个劲儿地冲着他喊‘离题啦！’教这门课的老师文孙先生那一次给了他一个 F，因为他没有说出农庄上种的什么蔬菜，养的什么家畜。理查·金斯拉讲了些什么呢？他开始讲的是农庄——接着他突然讲起他妈收到他舅舅寄来的一封信，讲到他舅舅怎样在四十二岁患了脊髓炎，他怎样不愿别人到医院去看他，因为他不愿有人看见他身上绑着支架。这跟农庄没有多大关系——我承认——可是很有意思。只要有人跟你谈起自己的舅舅，这就很有意思，尤其是他开始谈的是他父亲的农庄，跟着突然对自己的舅舅更感兴趣。我是说要是他讲得很有意思，也很兴奋，那么再冲着他一个劲儿喊'离题啦'，实在有点近于下流……我不知道怎么说好。实在很难解释。"事实上我也不太想解释。尤其是，我突然头痛得厉害。我真希望老安多里尼太太快送咖啡进来。这类事情最最让我恼火——我是说有人跟你说咖啡已经煮好，其实却没有煮好。

"霍尔顿……再问你一个很简短的、稍稍有点儿沉闷、还带点儿学究气的问题。你是不是认为每样东西都该有一定的时间和地点？你是不是认为要有人跟你谈起他父亲的农庄，他应该先把这问题谈完，随后再改换话题，谈他舅舅的支架？或者，他舅舅的支架既然是他那么感兴趣的题目，那么他一开头就应该选它作讲题，不应该选他父亲的农庄？"

我实在懒得动脑筋和回答。我的头痛得厉害，心里也很不好过。甚至我的胃都还有点儿疼了，我老实告诉你说。

"嗯——我不知道。我想他应该这样。我是说我想他应该选他舅舅做演讲题目，不应该选他父亲的农庄，要是他最感兴趣的是他舅舅的话，不过我的意思是，很多时候你简直不知道自己对什么最感兴趣，除非你先谈起一些你并不太感兴趣的事情。我是说有时候你自己简直做不了主。我的想法是，演讲的人要是讲得很有趣，很激动，那么你就不应该给他打岔。我很喜欢人家讲话激动。这很有意思。可惜你不熟悉那位老师，文孙先生。他有时真能逼得你发疯，他跟他那个混账的班。我是说他老教你统一和简化。有些东西根本就没法统一和简化。我是说你总不能光是因为人家要你统一和简化，你就能做到统一和简化。可惜你不熟悉文孙先生的为人。我是说他学问倒真是有，可你看得出他没多少脑子。"

"咖啡，诸位，终于煮好啦，"安多里尼太太说。她用托盘端了咖啡和糕点进来。"霍尔顿，不许你偷看我一眼。我简直是一团糟。"

"哈罗，安多里尼太太。"我说着，开始站起来，可安多里尼先生一把攥住了我的上装，把我拉回到原处。老安多里尼太太的头发上全是那种鬈头发的铁夹子，也没搽口红什么的，看上去可不太漂亮。她显得很老。

"我就搁在这儿啦。快吃吧，你们两个，"她说着，把托盘放在茶几上，将原先放着的一些空杯子推到一旁。"你母亲好吗，霍尔顿？"

"很好，谢谢。最近我没见到她，不过我最后一次——"

"亲爱的，霍尔顿要是需要什么，就在那个搁被单的壁橱里找好了。最高一层的架子上。我去睡啦。我真累坏啦，”安多里尼太太说。看她的样子也确实是累坏啦。“你们两个自己铺一下长榻成吗?”

“我们可以照顾自己。你快去睡吧，”安多里尼先生说。他吻了安多里尼太太一下，她跟我说了声再见，就到卧室里去了。他们两个老是当着人接吻。

我倒了半杯咖啡，吃了约莫半块硬得像石头一样的饼。可是老安多里尼先生只是另外给自己调了杯加苏打水的冰威士忌。他还把水掺得很少，你看得出来，他要是再不检点，很可能变成个酒鬼的。

“两个星期前我跟你爸爸在一起吃午饭，”他突然说。“你知道不知道?”

“不，我不知道。”

“你心里明白，当然啦，他对你非常关切。”

“这我知道。我知道他对我非常关切，”我说。

“他在打电话给我之前，显然刚接到你最近的这位校长写给他的一封颇让他伤心的长信，信里说你一点不肯用功。老是旷课。每次上课从来不准备功课。一句话，由于你各方面——”

“我并没旷课，学校里不准旷课的。我只是偶尔一有两节课没上，例如我刚才跟你谈起的那个‘口头表达’课，可是我并不旷课。”

我实在不想讨论下去。喝了咖啡我的胃倒是好过了些，不过我的头还是疼得厉害。

安多里尼先生又点了支香烟。他抽得凶极了。接着他说：“坦白说，我简直不知道跟你说什么好，霍尔顿。”

“我知道。很少有人跟我谈得来。我自己心里有数。”

“我仿佛觉得你是骑在马上瞎跑，总有一天会摔下来，摔得非常厉害。说老实话，我不知道你到底会摔成什么样子……你在听我说吗?”

“在听。”

你看得出他正在那里用心思索哩。

“或许到了三十岁年纪，你坐在某个酒吧间里，痛恨每个看上去像是在大学里打过橄榄球的人进来。或者，或许你受到的教育只够你痛恨一些说‘这是我与他之间的秘密’的人。或者，你最后可能坐在哪家商号的办公室里，把一些文件夹朝离你最近的速记员扔去。我真不知道。可你懂不懂我说的意思呢?”

“懂。我当然懂，”我说。我确实懂。“可你说的关于痛恨的那番话并不正确。我是说关于痛恨那些橄榄球运动员什么的。你真的说得不正确。我痛恨的人并不多。有些人我也许能痛恨那么一会儿，像我在潘西认识的那个家伙斯特拉德莱塔，还有另外那个家伙罗伯特·阿克莱。我偶尔也痛恨他们——这点我承认——可我的意思是说我痛恨的时间并不太长。我要是有一阵子不见他们，要是他们不到我房里来，或者我要是在饭厅里吃饭时候有一两次没碰到他们，我反倒有点儿想念他们。我是说我反倒有点儿想念他们。”

安多里尼先生有一会儿工夫没说话。他起身又拿了块冰搁在酒杯里，重新坐了下来。你看得出他正在那里思索。不过我真希望他这会儿别说下去了，有话明天再谈，可他正在兴头上。通常都是这样，你越是不想说话，对方越是有兴头，越是想跟你展开讨论。

“好吧！再听我说一分钟的话……我的措辞也许不够理想，可我会在一两天内就这个问题写信给你的。那时候你就可以彻底理解了。可现在先听我说吧！”他开始用心思索起来。接着他说：“我想像你这样骑马瞎跑，将来要是摔下来，可不是玩儿的——那是很特殊、很可怕的一跤。摔下来的人，都感觉不到也听不见自己着地。只是一个劲儿往下摔。这整个安排是为哪种人做出的呢？只是为某一类人，他们在一生中这一时期或那一时期，想要寻找某种他们自己的环境无法提供的东西。或者寻找只是他们认为自己的环境无法提供的东西。于是他们停止寻找。他们甚至在还未真正开始寻找之前就已停止寻找。你在听我说吗？”

“在听，先生。”

“真的吗？”

“真的。”

他站起来，又往自己的杯子里倒了些威士忌，重又坐下。他有好一会儿工夫没说话。

“我不是成心吓唬你，”他说，“不过我可以非常清楚地预见到，你将会通过这样或那样方式，为了某种微不足道的事业英勇死去。”他用异样的目光望了我一眼。“我要是给你写下什么，你肯仔细看吗？肯给我好好保存吗？”

“好的。当然啦，”我说。我也的确做到了。他给我的那张纸，我到现在还保存着呢。

他走到房间另一头的书桌边，也不坐下，在一张纸上写了些什么。随后他拿着那张纸回来坐下。“奇怪的是，写下这话的不是个职业诗人，而是个名叫威尔罕姆·斯塔克尔的精神分析学家。他写的——你是不是在听我说话？”

“是的，当然在听。”

“他说的是：‘一个不成熟男子的标志是他愿意为某种事业英勇地死去，一个成熟男子的标志是他愿意为某种事业卑贱地活着。’”

他探过身来，把纸递给了我。我接过来当场读了，谢了他，就把纸放进衣袋。他为我这样操心，真是难得。的的确确难得。可问题是，我当时实在不想用心思索。嘿，我突然觉是他妈的疲倦极了。

可你看得出他一点也不疲倦。主要是，他已经很醉了。“我想总有一天，”他说，“你得找出你想要去的地方。随后你非开步走去不可。不过你最好马上开步走。你决不能再浪费一分钟时间了。尤其是你。”

我点了点头，因为他正目不转睛地看着我，我可不太清楚地在讲些什么。我倒是挺有把握懂得他的意思，不过我当时并不太清楚他在讲些什么。我实在他妈的太疲倦了。

“我不愿意跟你说这话，”他说。“可我想，你一旦弄清楚了自己要往哪儿走，你的第一步就应该是在学校里用功。你非这样做不可。你是个学生——不管愿意也好，不愿意也好。你应该爱上学问。而且我想，你一旦经受了所有的维纳斯先生和他们的‘口头表达’课的考验，你就会发现——”

“是文孙先生，”我说。他要说的是所有的文孙先生，并不是所有的维纳斯先生。可我不该打断他的话。

“好吧——所有的文孙先生。你一旦经受了所有的文孙先生的考验，你就可以学到越来越多的知识——那是说，只要你想学，肯学，有耐心学——你就可以学到一些你最最心爱的知识。其中的一门知识就是，你将发现对人类的行为感到惶惑、恐惧、甚至恶心的，你并不是第一个。在这方面你倒是一点也不孤独，你知道后一定会觉得兴奋，一定会受到鼓励。历史上有许许多多人都像你现在这样，在道德上和精神上都有过彷徨的时期。幸而，他们中间有几个将自己彷徨的经过记录下来了。你可以向他们学习——只要你愿意。正如你有朝一日如果有什么贡献，别人也可以向你学习。这真是个极妙的轮回安排。而且这不是教育。这是历史。这是诗。”说到这里他停住了，从酒杯里喝了一大口酒，接着又往下说。嘿，他确确实实在兴头上。我很高兴自己没打算拦住他什么的。“我并不是想告诉你，”他说，“只有受过教育的和有学问的人才能够对这世界做出伟大的贡献。这样说当然不对。不过我的确要说，受过教育的和有学问的人如果有聪明才智和创造能力——不幸的是，这样的情况并不多——他们留给后世的记录比起那般光有聪明才智和创造能力的人来，确实要宝贵得多。他们表达自己的思想更清楚，他们通常还有热情把自己的思想贯彻到底。而且——最最重要的一点——他们十有九个要比那种没有学问的思想家谦恭得多。你是不是在听我的话哪?”

“在听，先生。”

他有好一会儿没再吭声。我不知道你是否有过这经历，不过坐在那里等别人说话，眼看着他一个劲儿思索，实在很不好受。的确很不好受。我尽力不让自己打呵欠。倒不是我心里觉得腻烦——那倒不是——可我突然困得要命。

“学校教育还能给你带来别的好处。你受这种教育到了一定程度，就会发现自己脑子的尺寸，以及什么对它合适，什么对它不合适。过了一个时期，你就会心里有数，知道像你这样尺寸的头脑应该具有什么类型的思想。主要是，这可以让你节省不少时间，免得你去瞎试一些对你不合适、不贴切的思想。你慢慢就会知道你自己的正确尺寸，恰如其分地把你的头脑武装起来。”

接着突然间，我打了个呵欠，真是个无礼的杂种，可我实在是身不由己！

不过安多里尼先生只是笑了一笑。“来吧，”他说着就站了起来。“咱们去把长榻收拾一下。”

我跟着他走到壁橱那里，他想从最高一层的架子上拿下些被单和毯子什么的，可他一手拿着酒杯，没法拿那些东西。所以他先把酒喝干，随后把杯子搁到地板上，随后把那些玩艺儿搬了下来。我帮着他把东西搬到长榻上。我们两个一起铺床。他干这个并不起劲。他把被单什么的都没塞好。可我不在乎。我实在累了，就是站着都能睡觉。

“你的那些女朋友都好？”

“她们都不错。”我的谈吐真是糟糕透了，可我当时实在没那心情。

“萨丽好吗？”他认识老萨丽·海斯。我曾向他介绍过。

“她挺好。今天下午我跟她约会了。”嘿，那好像是二十年前的事了！“我们两个的共同之点并不多。”

“漂亮极了的姑娘。还有另外那个姑娘呢？从前你跟我讲起过的那个，在缅因的？”

“哦——琴·迦拉格。她挺好。我明天大概要跟她通个电话。”

这时我们已把长榻铺好。“就当是在自己家里一样，”安多里尼先生说。“我真不知道你的两条腿往哪儿搁。”

“没关系。我睡惯了短小的床铺。”我说。“感谢你极了，先生。你和安多里尼太太今晚上真是救了我的命。”

“你知道浴室在哪儿，你要是需要什么，只顾喊好了。我还要到厨房去一会儿——你怕不怕灯光？”

“不——一点儿也不。太谢谢啦。”

“好吧！明天见，漂亮小伙子。”

“明天见，先生。谢谢您。”

他出去到厨房，我就走进浴室，把衣服脱了。我没法刷牙，因为我身上没带牙刷。我也没睡衣裤，安多里尼先生忘了借我一套，所以我只好回到客厅，把长榻边的小灯关了，光穿着裤衩钻进了被窝。那长榻我睡起来确实太短，可我真的站着都能睡觉，连眼皮都不眨一下。我醒着躺了只几秒钟，想着安多里尼先生刚才告诉我的那些玩艺儿。关于找出你自己头脑的尺寸什么的。他的的确确是个挺聪明的家伙。可我的那两只混账眼睛实在张不开了，所以我就睡着了。

接着发生了一件事。我甚至连谈都不愿谈。

我一下子醒了。我也不知道是什么时候，可我一下子醒了。我感觉到头上有什么东西，像是一个人的手。嘿，这真把我吓坏了。那是什么呢，原来是安多里尼先生的手。他在干什么呢，他正坐在长榻旁边的地板上，在黑暗中抚摸着或者轻轻拍着我的混账脑袋。嘿，我敢打赌我跳得足足有一千英尺高。

"你这是他妈的干什么？"我说。

"没什么！我只是坐在这儿，欣赏——"

"你到底在干什么，嗯？"我又说了一遍。我真他妈的不知说什么好——我是说我当时窘得要命。

"你把声音放低些好不好？我只是坐在这儿——"

"我要走了，嗯，"我说——嘿，我心里可紧张极了；我开始在黑暗中穿我的那条混账裤子。我真他妈的紧张到了极点，连裤子都穿不上了。我在学校之类的地方遇到过的性变态者要比谁都多，他们总是看见我在的时候毛病发作。

"你要上哪儿去？"安多里尼先生说。他想装出他妈的很随便、很冷静的样子，可他并不他妈的太冷静。相信我的话好了。

"我的手提箱什么的全都在车站上。我想我最好去一趟把它们取出来。我的东西全在里面呢。"

"到早晨也能取。现在快睡吧！我也要去睡了。你这是怎么啦？"

"没什么，就是有一只手提箱放着我所有的钱什么的。我马上回来。我会叫辆出租汽车，马上回来，"我说。嘿，我在黑暗中跌跌撞撞地简直站不稳脚。"问题是，那钱不是我的。它是我母亲的，我——"

"别胡扯啦，霍尔顿。快睡吧！我也要去睡了。钱不会少的，你可以到早晨——"

"不，我不是说着玩的。我非去不可。我真的非去不可。"我他妈的都已穿好衣服，只是找不着领带。我再也记不起把领带放在什么地方了。我就不打领带，穿好上装。老安多里尼先生这会儿正坐在离我不远的一把大椅子上，拿眼望着我。房里漆黑一团，我看不太清楚他的动作，可我照样知道他正拿眼望着我。而且他还在那儿喝酒呢。我都看得见他手里拿着那只盛有冰威士忌的酒杯。

"你是个十分、十分奇怪的孩子。"

"这我知道，"我说。我甚至没仔细寻找我的领带。所以我不打领带就走了。"再见吧，先生，"我说。"非常感谢您。一点不假。"

我往前门走去的时候，他一直跟在我后边；当我按电梯的铃的时候，他就站在那个混账的门道里。他什么也没说，只是重复了一遍刚才的话，说我是个"十分、十分奇怪的孩子。"奇怪个屁！随后他就站在门道里等着，直等到混账电梯上来。我这混账一辈子里等电梯再也没等过这么久的，我能对天发誓。

我在那儿等电梯，他也一直站着不动窝儿，我真不知道他妈的跟他说些什么好，所以我就说："我要开始读几本好书了。真的。"我是说你总得讲些什么才好。那情况真是尴尬极了。

"你拿了手提箱，马上就回这儿来。我不把门闩上。"

"非常感谢，"我说。"再见！"电梯终于上来了，我就进了电梯下楼。嘿，我像个疯子似的瑟瑟乱抖。我浑身还在冒汗。每次遇到这类性变态玩艺儿，我就会浑身冒汗。我从孩提时候起，这类的事遇到总有二十次了。我实在受不了。

25

到了外边，天已蒙蒙亮。天气也冷得要命，可我觉得挺舒服，因为我身上正在拼命出汗哩。

我不知道他妈的往何处去好。我不想再去开旅馆，把菲绊的钱花光。因此末了儿我往克莱辛敦走去，从那儿乘地铁到中央大车站。我的两只手提箱就存在那儿，那儿的混账候车室里也有的是长椅，我打算就在椅子上睡一觉。我果真这么做了。有那么一会儿我睡得还不坏，因为候车室里人不多，我可以把两只脚搁在椅子上。可我不想细谈这事。这不是什么好事。你千万别去尝试。我说的是真话。它会使你泄气。

我只睡到九点光景，因为那时有千百万人涌进了候车室，我只好把两只脚放下来。两只脚一搁到地板上，我就再也睡不好觉，所以我就坐了起来。我的头痛还没好，而且更厉害了，我只觉得这一辈子从来没这么泄气过。

我心里并不满意，可我不由自主地想起老安多里尼先生来，我琢磨着安多里尼太太看见我没睡在那儿，要是问起来，不知安多里尼先生会怎么说。不过这问题我并不太担心，因为我知道安多里尼先生为人非常聪明，他可以编造什么话来向她搪塞。他可以告诉她我已经回家了什么的。这问题我并不太担心。真正让我放不下心的，是我不知道自己怎么会醒来发现他轻轻拍着我的头。我是说我在怀疑或许是我自己猜错了，他并不是在那儿跟我搞同性恋。我怀疑他或许有那么个癖好，爱在别人睡着的时候轻轻拍他的头。我是说这一类玩艺儿你怎么能断定呢？你没法断定。我甚至开始琢磨着我应不应该取出我的手提箱回到他家去，就像我答应他的那样，我是说我开始想到即便他是个搞同性恋的，他待我当然非常好。我想到我这么晚打电话给他，他却一点也不见怪，还叫我马上就去，要是我想去的话。我又想到他一点不怕麻烦，给了我忠告，要我找出头脑的尺寸什么的；还有那个我跟你讲起过的詹姆士·凯瑟尔，他死的时候就只有他一个人敢走近他。我心里想着这一切，越想越泄气。我是说我开始想到我或许应该回到他家去。或许他只是随便拍拍我的头。反正我越想这件事，心里就越泄气，精神也越沮丧。更糟糕的是，我的眼睛疼得要命。由于睡眠不足，我的两眼热辣辣的，疼得要命。再说，我还有点儿感冒了，可我身上连一块混账手绢都没有。我的手提箱里倒是有几块，可我并不想把箱子从存物处牢固的铁箱里取出来，在公共场所当众把它打开。

我旁边的长椅上不知谁丢下本杂志在那里，我就拿了看起来，本想借此转移思路，至少暂时不去想安多里尼先生和千百万样其他事情。不过我看了那篇混账文章，心里反倒更不好过了。文章里全是谈的荷尔蒙。它描写如果你身上的荷尔蒙正常，你的脸色应该怎样，眼神应该怎样，可我完全不是那个样儿。我倒是跟文章里所描写的那种荷尔蒙失常的人一模一样。因此我开始为我的荷尔蒙担起心来。接着我看了另外那篇文章，写的是怎样测自己有没有得癌。它说你嘴里要是有什么溃疡，一时好不了，那可能就是癌的症状。我的嘴唇里面正好有个溃疡，已有两个星期了。因此我怀疑自己已经得了癌。这杂志倒是一服小小的兴奋剂。末了儿我不看杂志了，出去到外面散一会儿步。我揣摩自己大概要在一个两月内死去，因为我得了癌。我真是这样想的。我甚至肯定自己一定会死去。这当然不是太舒服的感觉。

天像是要下雨的样子，可我还是出去散步了。主要是，我觉得我应该吃点儿早饭。我肚子并不饿，可我觉得我至少应该吃点儿什么。我是说至少吃点儿有维生素的东西。于是我信步往东走去，那儿有不少廉价餐馆，因为我不想花很多的钱。

我一路走去，看见有两个家伙在一辆卡车上卸一棵大圣诞树。一个家伙不住地跟另一个说："把这婊子养的抬起来！抬起来，老天爷！"管圣诞树叫婊子养的，确实少见少闻。可是说来可怕，我听在耳朵里，竟还觉得有点儿好笑，所以我不由得笑起来。这实在是我千不该万不该做得最最糟糕的事，因为我刚一笑，就觉得自己要吐。确实是这样。我甚至开始呕吐起来，可是不久也就好了。我不知道这是怎么回事。我是说我不曾吃过任何不卫生的东西，而且我胃一向很健康。嗯，不管怎样我慢慢好了，我心想要是去吃些东西，说不定还能更好过一些。因此我走进一家外表看去非常便宜的餐馆，要了份油炸饼和咖啡。不过，我没吃那份油炸饼。我实在咽不下去。问题是，我要是为了某种事情心里懊丧得要命，就会食不下咽。那个侍者倒真不错。他把那份油炸饼拿了回去，没要我钱。我光是喝了咖啡。随后我走出餐馆，开始向五马路走去。

今天是星期一，离圣诞节已经很近，所有的铺子也都开门了。因此在五马路上散步倒是挺不错。很有圣诞节气象。所有那些瘦瘦的圣诞老人全都站在角落里摇着铃，还有那班救世军姑娘——脸上不搽脂粉和口红什么的——也在那儿摇铃。我东张西望，寻找昨天吃早饭时候遇见的那两个修女，可我没看见她们。我知道我看不见她们，因为她们告诉我说她们是到纽约来当教师的，可我还是一个劲儿找她们。嗯，不管怎样，一霎时已是一片圣诞节气象。千万个小孩子跟他们的母亲一起来到市中心，在公共汽车里上上下下，在铺子里进进出出。我真希望老菲绊在我身边。她已经不是那种幼稚的孩子，一进儿童玩具部就高兴得命都没有了，不过她倒是喜欢看热闹，逗笑取乐。前年圣诞节我曾带她一起到市中心买东西。我们的确乐了一阵子。我想那次是在百花公司里。我们一起进了鞋部，假装他——老菲绊——要买一双高统雨靴，那种雨靴总有一百万个穿带子的眼儿。我们简直把那个可怜的售货员折腾死了。老菲绊试了约莫二十双，每试一双，那个可怜的家伙就得把一只鞋子上面的带子全都穿好。这实在是种下流的把戏，可是差点儿把老菲绊笑死了。最后我们买了双鹿皮靴，付了钱。那个售货员倒是十分和气。我想他也知道我们是在逗着玩儿，因为老菲绊老是咯咯地笑个不停。

嗯，我就这样沿着五马路一直往前走，没打领带什么的，接着突然间，一件非常可怕的事发生了。每次我要穿过一条街，我的脚才跨下混账的街沿石，我的心里马上有一种感觉，好像我永远到不了街对面。就觉得自己永远往下走、走、走，谁也再见不到我了。嘿，我真是吓坏了。你简直没法想象。我又浑身冒起汗来——我的衬衫和内衣都整个儿湿透了。接着我想出了一个主意。每次我要穿过一条街，我就假装跟我的弟弟艾里说话。我这样跟他说："艾里，别让我失踪。艾里，别让我失踪。艾里，别让我失踪。劳驾啦，艾里。"等到我走到街对面，发现自己并没失踪，我就向他道谢。等我要穿行另一条街的时候，我又从头来一遍。可我一个劲儿往前走着。我大概是怕停下来，我想——我记不太清楚了，说老实话。我知道我一直走到第六十条街才停住脚步，都已经走过了动物园什么的。随后我在一把长椅上坐了下来。我都已喘不过气来了，浑身还在冒汗。我在那儿坐了总有一个钟头，我揣摩。最后，我打定主意，决计远走高飞。我决意不再回家，也不再到另一个混账学校里去念书了。我决定再见老菲绊一面，向她告别，把她过圣诞节的钱还她，随后我一路搭人家的车到西部去。我想先到荷兰隧道不花钱搭一辆车，然后再塔一辆，然后再一辆、再一辆，这样不多几天我就可以到达西部，那儿阳光明媚，景色美丽；那儿没有人认识我，我可以随便找个工作做。我揣摩自己可以在一个加油站里找个工作，给人家的汽车加油什么的。不过我并不在乎找到的是什么样的工作，反正只要人家不认识我、我也不认识人家就成。我又想起了一个主意，打算到了那儿，就装作一个又聋又哑的人。这样我就可以不必跟任何人讲任何混账废话了。要是有人想跟我说什么，他们就得写在纸上递给我。用这种方法交谈，过不多久他们就会腻烦得要命，这样我的下半辈子就再也用不着跟人谈话了。人人都会认为我是个可怜的又聋又哑的杂种，谁都不会来打扰我。他们会让我把汽油灌进他们的混账汽车，他们会给我一份工资，我用自己挣来的钱造一座小屋，终身住在里面。我准备把小屋造在树林旁边，而不是造在树林里面，因为我喜欢屋里一天到晚都有充足的阳光。一日三餐我可以自己做了吃，以后我如果想结婚什么的，可以找一个同我一样又聋又哑的美丽姑娘。我们结婚以后，她就搬来跟我一起住在我的小屋里，她如果想跟我说什么话，也得写在一张混账纸上，像别人一样。我们如果生了孩子，就把他们送到什么地方藏起来。我们可以给他们买许许多多书，亲自教他们读书写字。

我这样想着想着，心里兴奋得要命。我的确兴奋。我知道假装又聋又哑那一节十分荒唐，可我喜欢这样想。不过倒是真的打定主意要到西部去。我要做的第一件事是向老菲绊告别。因此突然间，我像个疯子似的奔过街心——我险些儿连命都送掉了，我老实告诉你说——到一家文具店里买了支铅笔和一本拍纸簿。我想写张便条给她，叫她到什么地方来会我，以便向她道别，同时把她过圣诞节用的钱还给她。我打算先写好便条，然后拿了它到学校里去，叫校长室里的什么人把条儿送去给她。可我只是把拍纸簿和铅笔塞进衣袋，飞快地向学校走去——我心里实在太兴奋，没法在文具店里写那张条儿。我走得极快，因为我要她在回家吃午饭之前收到那条儿，但剩下的时间已经不多了。

我知道她学校在什么地方，自然啦，因为我小时候也在那儿上学。我到了那儿以后，却有一种异样的感觉。我本来没有把握，不知道自己是否还记得里面的情景，可是到了那里，才发现自己记得很清楚。里面的一切完全跟我上学的时候一模一样。还是那个大操场，光线老是有点暗淡，灯泡外面装有罩子，球打在上面不会破。场地上依旧到处是白圈圈，以便赛球什么的。篮球架上依旧没有网——光是木板和铁圈。

场子上一个人也没有，或许因为休息时间已经过了，吃午饭时间还没到。我只看见一个黑人小孩子，正向厕所走去，他的屁股口袋里插着块木头号牌，那号牌也跟我们过去用的一模一样，用来证明他已经获得上厕所的许可。

我身上还在冒汗，可没像刚才那么厉害了。我走到楼梯边，坐在第一个梯级上，拿出我刚才买的拍纸簿和铅笔。那楼梯有一股气味，也跟我过去上学的时候一模一样。像是刚有人在上面撒了泡尿似的。学校里的楼梯老有那种气味。不管怎样，我坐在那儿写了这么张便条：

亲爱的菲苾：

我没法等到星期三了，所以我也许要今天下午搭人家的车到西部去，你要是办得到，请在十二点一刻到博物馆的艺术馆门边来会我，我可以把你过圣诞节用的钱还给你。我没有花掉多少。

你的亲爱的

霍尔顿

她的学校简直就在博物馆旁边，她回家吃午饭时反正要走过，所以我知道她准能前来会我。

接着我上楼向校长室走去，想找个人送这张条儿到她课堂里去。我把便条儿折了总有十来道，不让人随便拆开偷看。在一个混账学校里，你简直信不过任何人。可我知道他们要是听说我是她哥哥什么的，一定会把便条送给她。

我上楼的时候，突然觉得自己又要吐了。只是我没吐出来。我就地坐了一秒钟，觉得好过了一些。我刚坐下去，就看见一样东西，差点儿都把我气疯了。有人在墙上写了“×你”两个大字。我见了真他妈的差点儿气死。我想到菲绊和别的那些小孩子会看到它，不知他妈的是什么意思，最后总有个下流的孩子会解释给她们听——同时把眼睛那么一斜，自然啦——以后有一两天工夫，她们会老想着这事，甚至或许会嘀咕着这事。我真希望亲手把写这两个字的人杀掉。我揣摩大概是哪个性变态的瘪三在深夜里偷偷溜进了学校，撒了泡尿什么的，随后在墙上写下这两个字。我不住地幻想着自己怎样在他写字的时候捉住他，怎样揪住了他的脑袋往石级上撞，直撞得他头破血流，直挺挺的死在地上。可我也知道自己没勇气干这事。我知道得很清楚。这就使我心里更加泄气。我甚至都没勇气用手把这两个字从墙上擦掉，我老实告诉你说。我生怕哪个教师撞见我在擦，还以为是我写的。可我最后还是把字擦掉了。随后我继续上楼向校长办公室走去。

校长好像不在，只有一个约莫一百岁的老太太坐在一架打字机跟前。我跟她说我是4B—1班菲绊·考尔菲德的哥哥，我请她劳驾把这张便条送去给菲绊。我说这事非常重要，因为我母亲病了，没法给菲绊准备午饭，她得到约定的地方跟我会面，一起到咖啡馆里去吃饭。这位老太太倒是十分客气。她从我手里接过便条，叫来了隔壁办公室里的另一位太太，那太太就给菲绊送去了。接着那个约莫一百岁的老太太就跟我聊起天来。她十分和气，我就告诉她说，我，还有我兄弟，过去也都在这学校里念书。她问我这会儿在哪里上学，我告诉她说在潘西，她说潘西是个非常好的学校。即便我想纠正她的看法，我怕自己也没这力量。再说，她要是认为潘西是个非常好的学校，就让她那么认为好了。谁都不乐意把新知识灌输给那些约莫一百岁的老人。他们不爱听。过了一会儿后，我就走了。奇怪的是，她竟也向我大声嚷着“运气好!”就跟我离开潘西时老斯宾塞嚷的一模一样。老天，我最恨的就是我离开什么地方的时候有人冲着我嚷“运气好!”我一听心里就烦。

我从另一边楼梯下去，又在墙上看见“×你”两个大字。我又想用手把字擦掉，可这两个字是用刀子什么的刻在上面的，所以怎么擦也擦不掉。嗯，反正这是件没希望的事。哪怕给你一百万年去干这事，世界上那些“×你”的字样你大概连一半都擦不掉。那是不可能的。

我望了望操场上的大钟，还只十一点四十，离跟老菲绊约会的时间还很远，所以我还有不少时间可以消磨。可我只是向博物馆走去。此外我也实在没有其他地方可去。我心想，在我搭车西去之前要是路过公用电话间，或许跟琴·迦拉格通个电话，可我没那心情。主要是，我甚至都不知道她已放假回家了没有。因此我一径走到博物馆，在那儿徘徊。

我正在博物馆里等菲绊，就在大门里边，忽然有两个小孩走过来，问我可知道木乃伊在哪里。那个问我话的小孩裤子全没扣钮扣。我向他指了出来。他就在站着跟我说话的地方把钮扣一一扣上了——他甚至都不找个僻处，像电线杆后面什么的。他真让我笑痛肚皮。只是我没笑出声来，生怕再一次要吐。“木乃伊在哪儿，喂?”那孩子又问了一遍。“你知道吗?”

我逗了他们一会儿。“木乃伊？那是什么东西?”我问那个孩子。

“你知道。木乃伊——死了的人。就是葬在粉里的。”

粉。真笑死人。他说的是坟。

“你们两个怎么不上学?”我说。

“今天不上课，”那孩子说，两个孩子里面就只他一个说话。我十拿九稳他是在撒谎，这个小杂种。在老菲絆来到之前，我实在没事可做，因此我领着他们去找放木乃伊的地方。噢，我一向知道放木乃伊的场所，一找便着，可我有多年没到博物馆来了。

“你们两个对木乃伊那么感兴趣?”我说。

“不错。”

“你的那个朋友会说话吗?”我说。

“他不是我的朋友。他是我弟弟。”

“他会说话吗?”我望着那个一直没开口的孩子说。“你到底会不会说话?”我问他。

“会，”他说。“我只是不想说话。”

最后我们找到了放木乃伊的场所，我们就走了进去。

“你们知道埃及人是怎样埋葬死人的吗?”我问那个讲话的孩子。

“不知道。”

“呃，你们应该知道。这十分有趣。他们用布把死人的脸包起来，那布都用一种秘密的化学药水浸过。这样他们可以在坟里埋葬几千年，他们的脸一点儿也不会腐烂。除了埃及人谁也不知道怎么搞这玩艺儿。连现代科学也不知道。”

要进入放木乃伊的场所，先得通过一个非常窄的门厅，门厅一壁的石头全都是从法老的坟上拆下来的。门厅里黑漆漆的，十分阴森可怕，你看得出跟我一块儿来的这两个木乃伊爱好者不太欣赏。他们都紧靠着我，那个不讲话的孩子简直拉住我的袖子不放。“咱们走吧，”他对他哥哥说。“我已经看过啦。走吧，嗨。”他转身走了。

“他的胆子咪咪小，”另外那个孩子说。“再见!”他也走了。

于是只剩下我一个人在坟里了。说起来，我倒是有点喜欢这地方。这儿是那么舒服。那么宁静。接着突然间，你绝猜不着我在墙上看见了什么。另外两个大字“×你”。是用红颜色笔之类的玩艺儿写的，就写在石头底下镶玻璃的墙下面。

麻烦就在这里。你永远找不到一个舒服、宁静的地方，因为这样的地方并不存在。你或许以为有这样的地方，可你到了那儿，只要一不注意，就会有人偷偷地溜进来，就在你的鼻子底下写了“×你”字样。你不信可以试试。我甚至都这样想，等我死后，他们会把我葬到墓地里，给我立一个墓碑，上面写着“霍尔顿·考尔菲德”的名字，以及哪年生哪年死，然后就在这下面是“×你”两字。我有十足的把握，说实在的。

我从放木乃伊的场所走出来，就急于上厕所。我好像是泻肚子了，我老实告诉你说。我倒不在乎自己泻肚子，可是跟着又发生了另外一件事情。我刚从厕所里出来，就一下晕过去了。我的运气还算不错。我是说要是一头撞在石头地上，很可能摔死的，可我只是侧身倒下去。说来奇怪，我晕过去后醒来，倒是好过了一些，的确这样。我的一只胳膊摔疼了一点儿，可我晕得不像刚才那么厉害了。

已经快到十二点十分了，所以我就出去站在门边，等候菲绊。我心想，这大概是我最后一次跟她见面了。我的意思是说这大概是我最后一次见到我的亲属了。我揣摩我以后大概还会跟我的亲属见面，可总得在好些年以后。我想，我可能在三十五岁左右再回家一次，那也只是家里有什么人生病，在死前想见我一面，要不然我说什么也不会离开我的小屋回家。我甚至开始想象我回家以后会是什么样子。我知道我母亲会歇斯底里发作，哭哭啼啼地求我留在家里，叫我别再回到我的小屋里去，可我还是要走。我会装出若无其事的样子，先让我母亲平静下来，随后走到客厅的另一头，取出烟盒来点一支烟，冷静得要命。我请他们大伙儿有空到我那儿去玩，可我并不强求他们去。我倒是打算这么做，我打算让老菲绊 在夏天、圣诞节和复活节到我那里来度假期。D. B. 要是想找一个舒服、宁静的地方写作，我也可以让他到我那儿来住，只是他不能在我的小屋里写什么电影剧本，只能写短篇小说和其他著作。我要定出这么个规则，凡是来看我的人，都不准在我家里做任何假模假式的事。谁要是想在我家里作假，就马上请他上路。

突然，我抬头一看衣帽间里的钟，已经十二点三十五了，我开始担起心来，生怕学校里的那个老太太已经偷偷地嘱咐另外那位太太，叫她别给老菲绊送信。我担心她或许叫那位太太把那张便条烧了什么的。这么一想，我心里真是害怕极了。我在上路之前，倒真想见老菲绊一面，我是说我还拿了她过圣诞节的钱哩。

最后，我看见她了。我从门上的玻璃里望见了她。我之所以老远就望见她，是因为她戴着我的那顶混账猎人帽——这顶帽子你在十英里外都望得见。

我走出大门跨下石级迎上前去。叫我不明白的是，她随身还带着一只大手提箱。她正在穿行五马路，一路拖着那只混账大手提箱。她简直连拖都拖不动。等我走近一看，她拿的原来是我的一只旧箱子，是我在胡敦念书的时候用的。我猜不出她拿了它来究竟他妈的要干什么。“嘿，”她走近我的时候这么嘿了一声，她被那只混账手提箱累得都上气不接下气了。

“我还以为你不来了呢，”我说。“那只箱子里装的什么？我什么也不需要。我就这样动身，连我寄存在车站里的那两只手提箱我都不准备带走。箱子里到底他妈的装了些什么？”

她把手提箱放下了。“我的衣服，”她说。“我要跟你一块儿走。可以吗？成不成？”

“什么？”我说。她一说这话，我差点儿摔倒在地上了。我可以对天发誓我真是这样。我觉得一阵昏眩，心想我大概又要晕过去了。

“我拿着箱子乘后面电梯下来的，所以查丽娜没看见我。箱子不重。我只带了两件衣服，我的鹿皮靴，我的内衣和袜子，还有其他一些零碎东西。你拿着试试。一点不重。你试试看……我能跟你去吗？霍尔顿？我能吗？劳驾啦。”

“不成。给我住嘴。”

我觉得自己马上要晕过去了。我是说我本来不想跟她说住嘴什么的，可我觉得自己又要晕过去了。

“我干吗不可以？劳骂啦，霍尔顿；我决不麻烦你——我只是跟你一块儿走，光是跟你走！我甚至连衣服也不带，要是你不叫我带的话——我只带我的——”

“你什么也不能带。因为你不能去。我只一个人去，所以快给我住嘴。”

“劳驾啦，霍尔顿。请让我去吧！我可以十分、十分、十分——你甚至都不会——”

“你不能去。快给我住嘴！把那箱子给我，”我说着，从她手里夺过箱子。我几乎要动手揍她。我真想给她一巴掌。一点不假。

她哭了起来。

“我还以为你要在学校里演戏呢。我还以为你要演班纳迪克特·阿诺德呢，”我说。我说得难听极了。“你这是要干什么？不想演戏啦，老天爷？”她听了哭得更凶了。我倒是很高兴。一霎时，我很希望她把眼珠子都哭出来。我几乎都有点儿恨她了。我想我恨她最厉害的一点是因为她跟我走了以后，就不能演那戏了。

“走吧，”我说。我又跨上石级向博物馆走去。我当时想要做的，是想把她带来的那只混账手提箱存到衣帽间里，等她三点钟放学的时候再来取。我知道她没法拎着箱子去上学。“喂，来吧，”我说。

可她不肯跟我一起走上石级。她不肯跟我一起走。于是我一个人上去，把手提箱送到衣帽间里存好，又走了回来。她依旧站在那儿人行道上，可她一看见我向她走去，就一转身背对着我。她做得出来。她只要想转背，就可以转过背去不理你。“我哪儿也不去了。我已经改变了主意。所以别再哭了，”我说。好笑的是，我说这话的时候她根本不在哭。可我还是这么说了。“喂，走吧！我送你回学校去。喂，走吧！你要迟到啦。”

她不肯搭理我。我想拉她的手，可她不让我啦。她不住地转过身去背对着我。

“你吃了午饭没有？你已经吃了午饭没有？”我问她。

她不肯搭理我。她只是脱下我那顶红色猎人帽——就是我给她的那顶——劈面朝我扔来。接着她又转身背对着我。我差点儿笑痛肚皮，可我没吭声。我只是把帽子拾了起来，塞进我的大衣口袋。

“走吧，嗨。我送你回学校去，”我说。

“我不回学校。”

我听了这话，一时不知怎么说好。我只是在那默默站了一两分钟。

“你一定得回学校去。你不是要演戏吗？你不是要演班纳迪克特·阿诺德吗？”

“不。”

“你当然要演，你一定要演。走吧，喂，咱们走吧，”我说。“首先，我哪儿也不去了，我刚才不是说了吗？我要回家去。你一回学校，我也马上回家。我先上车站取我的箱子，随后直接回——”

“我说过我不回学校了。我爱干什么就干什么，可我不回学校，”她说。“所以你给我住嘴。”她叫我住嘴，这还是破题儿第一遭。听起来实在可听。老天爷，听起来实在可怕。比咒骂还可怕。她依旧不肯看我一眼，而且每次把我手搭在她肩上什么的，她总是不让我。

“听着，你是不是想散一会儿步呢？”我问她。“你是不是想去动物园？要是我今天下午不让你上学去，带你散一会步，你能不能打消你这种混账念头？”

她不肯搭理我，所以我又重复了一遍。“要是我今天下午不让你上学去，带你散一会儿步，你能不能打消你这种混帐念头？你明天能不能乖乖儿上学去？”

“我也许去，也许不去，”她说完，就马上奔跑着穿过马路，也不看看有没有车辆。有时候她简直是个疯子。

可我并没跟着她去。我知道她会跟着我，因此我朝动物园走去，走的是靠公园那边街上。她呢，也朝动物园的方向走去，只是走的是他妈的另一边街上。她不肯抬起头来看我，可我看得出她大概从她的混账上角里瞟我，看我往哪儿走。嗯，我们就这样一直走到动物园。我唯一觉得不放心的时候是有辆双层公共汽车开过，因为那时我望不见街对面，看不到她在他妈的什么地方。可等到我们到了动物园以后，我就大声向她喊道：“菲绊！我进动物园去了！来吧，喂！”她不肯拿眼看我，可我看得出她听见了我的话。我走下台阶进动物园的时候，回头一望，看见她也穿过马路跟我来了。

由于天气不好，动物里的人不多，可是在海狮的游泳池旁边倒围着一些人。我迈步继续往前走，可老菲绊停住脚步，似乎要看人喂海狮——有个家伙在朝它们扔鱼——因此我又走了回去。我揣摩这是跟她和解的好机会，所以我就走去站在她背后，把两手搭在她肩上，可她一屈膝，从我手中溜出去了——她只要成心，的确很能怄人。她一直站在那儿看喂海狮，我也就一直站在她背后。我没再把手搭在她肩上什么的，因为我要是再这么做，她当真还会给我难看。孩子们都很可笑。你跟他们打交道的时候可得留神。

我们从海狮那儿走开的时候，她不肯跟我并排走，可离我也不算太远。她靠人行道的一边走，我靠着另一边走。这当然不算太亲热，可跟刚才那么离我一英里相比，总算好多了。我们走上小山看了会儿熊，可那儿没什么可看的。只有一头熊在外面，那头北极熊。另一头棕色的躲在它的混账洞里，不肯出来。你只看得见它的屁股。有个小孩子站在我旁边，戴了顶牛仔帽，几乎把他的耳朵都盖住了，他不住地跟他父亲说："让它出来，爸爸，想法子让它出来。"我望了老菲絆一眼，可她不肯笑。你知道孩子们生你气的时候是什么样子。他们连笑都不肯笑。

我们离开熊以后，就走出动物园，穿过公园里的小马路，又穿过那条小隧道，隧道里老有一股撒过尿的臭味。从这儿往前去是旋转木马转台。老菲絆依旧不肯跟我说话什么的，不过已在我身旁走了。我一时高兴，伸手攥住她大衣后面的带子，可她不肯让我攥。她说："请放手，您要是不介意的话。"她依旧在生我的气，不过已不像刚才那么厉害了。嗯，我们离木马转台越来越近，已听得见那里演奏的狂热音乐了。当时演奏的是《哦，玛丽!》，约莫在五十年前我还很小的时候，演奏的也是这曲子。木马转台就是这一点好，它们奏来奏去总是那几个老曲子。

"我还以为木马转台在冬天不开放呢，"老菲絆说。她跟我说话这还是头一次。她大概忘了在生我的气。

"也许是因为到了圣诞节的缘故，"我说。

她听了我的话并没吭声。她大概记起了在生我的气。

"你要不要进去骑一会儿?"我说。我知道她很可能想骑。她还很小的时候，艾里、D. B. 和我常常带她上公园，她就最喜欢旋转木马转台。你甚至都没法叫她离开。

"我太大啦，"她说。我本来以为她不会搭理我，可她回答了。

"不，你不算太大。去吧！我在这儿等你。去吧!"我说。这时我们已经走到了转台边。里面有不多几个孩子骑在木马上，大都是很小的孩子，有几个孩子的父母在外面等着，坐在长椅上什么的。我于是走到售票窗口，给老菲絆买了一张票。随后我把票给了她。她就站在我身边。"给，"我说。"等一秒钟——把剩下的钱也拿去。"我说着，就把她借给我的钱所有用剩下来的全都拿出来给她。

"你拿着吧！代我拿着，"她说。接着她马上加了一句——"劳驾啦。"

有人跟你说"劳驾啦"之类的话，听了当然很泄气。我是说像菲絆这样的人。我听了的确非常泄气。不过我又把钱放回了衣袋。

"你骑不骑?"她问我。她望着我，目光有点儿异样。你看得出她已不太生我的气了。

"我也许在下次骑。我先瞧着你骑，"我说。"票子拿好了?"

"唔。"

"那么快去——我就坐在这儿的长椅上。我瞧着你骑。"我过去坐在长椅上，她也过去上了转台。她绕着台走了又走。我是说她绕着转台整整走了一圈。随后她在那只看去很旧的棕色大木马上坐下。接着转台转了起来，我瞧着转了一圈又一圈。骑在木马上的另外还有五六个孩子，台上正在演奏的曲子是《烟进了你的眼睛》，调儿完全像是爵士音乐，听去很滑稽。所有的孩子都想攥住那只金圈儿，老菲絆也一样，我很怕她会从那只混账马上掉下来，可我什么也没说，也什么也没做。孩子们的问题是，如果他们想伸手去攥金圈儿，你就得让他们攥去，最好什么也别说。他们要是摔下来，就让他们摔下来好了，可别说什么话去拦阻他们，那是不好的。

等到转台停止旋转以后，她下了木马向我走来。“这次你也骑一下吧！”她说。

“不，我光是想瞧着你骑。我光是瞧着你骑，”我说着，又给了她一些她自己的钱。“给你。再去买几张票。”

她从我手里接过钱。“我不再生你气了，”她说。

“我知道。快去——马上就要转啦。”

接着她突然吻了我一下。随后她伸出一只手来，说道：“下雨啦。开始下雨啦。”

“我知道。”

接着她干了一件事——真他的妈险些我要了我的命——她伸手到我大衣袋里拿出了我那顶红色猎人帽，戴在我头上。

“你不要这顶帽子了？”我说。

“你可以先戴一会儿。”

“好吧！可你快去吧！再迟就来不及了，就骑不着你的那匹木马了。”

可她还是呆着不走。

“你刚才的话说了算不算数？你真的哪儿也不去了？你真的一会儿就回家？”她问我。

“是的，”我说，我说了也真算数。我并没向她撒谎。过后我也的确回家了。“快去吧，”我说。“马上就要开始啦。”

她奔去买了票，刚好在转台在开始转之前入了场。随后她又绕着台走了一圈，找到了她的那匹木马。随后她骑了上去。她向我挥手，我也向她挥手。

嘿，雨开始下大了。是倾盆大雨，我可以对天发誓。所有做父母的、做母亲的和其他人等，全都奔过去躲到转台的屋檐下，免得被雨淋湿，可我依旧在长椅上坐了好一会儿。我身上都湿透了，尤其是我的脖子上和裤子上。我那顶猎人帽在某些部分的确给我挡住了不少雨，可我依旧淋得像只落汤鸡。不过我并不在乎。突然间我变得他妈的那么快乐，眼看着老菲絆一圈圈转个不停。我险些儿他妈的大叫大嚷起来，我心里实在快乐极了，我老实告诉你说。我不知道什么缘故。她穿着那么件蓝大衣，老那么转个不停，看去真他妈的好看极了。老天爷，我真希望你当时也在场。

26

我要跟你谈的就是这些。我本来也可以告诉你我回家以后干了些什么，我怎么生了一场病，从这里出去以后下学期他们要我上什么学校，等等，可我实在没那心情。我的确没有。我这会儿对这一类玩艺儿一点也不感兴趣。

许多人，特别是他们请来的那个精神分析家，不住地问我明年九月我回学校念书的时候是不是打算好好用功了。在我看来，这话问得真是傻透了。我是说不到你开始做的时候，你怎么知道自己打算怎样做？回答是，你没法知道。我倒是打算用功来着，可我怎么知道呢？我可以发誓说这话问得很傻。

D. B. 倒不像其他人那么混账，可他也不住地问我许多问题。他上星期六开了汽车来看我，还带来一个英国姑娘，是主演他正在写的那个电影剧本的。她非常矫揉造作，可长得十分漂亮。嗯，有一会儿她出去到远在走廊另一头的女盥洗室去了。D. B. 就问我对上述这一切有什么看法。我真他妈的不怎么说好。老实说，我真不知道自己有什么看法。我很抱歉我竟跟这许多人谈起这事。我只知道我很想念我所谈到的每一个人。甚至老斯特拉德莱塔和阿克莱，比方说。我觉得我甚至也想念那个混账毛里斯哩。说来好笑。你千万别跟任何人谈任何事情。你只要一谈起，就会想念起每一个人来。